U0962746

吉林农民作家作品选（2019 年）

第柒辑　吉林省作家协会 编

（上）小说卷

时代文艺出版社

图书在版编目（CIP）数据

吉林农民作家作品选. 2019年 / 吉林省作家协会编.—长春：时代文艺出版社，2020.2

ISBN 978-7-5387-6251-8

Ⅰ. ①吉… Ⅱ. ①吉… Ⅲ. ①中国文学－当代文学－作品综合集－吉林 Ⅳ. ①I218.34

中国版本图书馆CIP数据核字（2019）第291647号

出品人 陈 琛
产品总监 邓淑杰
责任编辑 李天卿
特邀编辑 马爱茹
责任校对 高 莹
李一兵
装帧设计 王义璞
平面制作 李春岩

本书著作权、版式和装帧设计受国际版权公约和中华人民共和国著作权法保护
本书所有文字、图片和示意图等专有使用权为时代文艺出版社所有
未事先获得时代文艺出版社许可
本书的任何部分不得以图表、电子、影印、缩拍、录音和其他任何手段
进行复制和转载，违者必究

吉林农民作家作品选（2019年）

吉林省作家协会 编

出版发行 / 时代文艺出版社
地址 / 长春市福祉大路5788号 龙腾国际大厦A座15层 邮编 / 130118
总编办 / 0431-81629751 发行部 / 0431-81629755 北京开发部 / 010-63108163
官方微博 / weibo.com / tlapress 天猫旗舰店 / sdwycbsgf.tmall.com
印刷 / 长春第二新华印刷有限责任公司
开本 / 880mm × 1230mm 1 / 32 字数 / 850千字 印张 / 28
版次 / 2020年2月第1版 印次 / 2020年2月第1次印刷 定价 / 76.00元（上下册）

图书如有印装错误 请寄回印厂调换

目录

短篇小说

短篇小说

春天里那个冰凌花儿开　蔡艳文

1

年岁大的人都说年节好过，平常日子难熬。初一刚过，年就在稀稀拉拉的鞭炮声中过去了，天气也一天天暖和起来。

有财咳嗽几声看着窗户说：外面日头真好，看架势暖和多了，这一冬天可把我憋坏了，真想出去透透气。

桂枝说：消停在屋待着吧，身子骨刚刚见好些，别再折腾感冒了。趴在炕上看小人书的三宝抬起头：爸，赶明儿暖和了，我扶你出去溜达溜达。有财笑：还是我老儿子招人稀罕。

桂枝叹口气：这年刚过，家里除了几个咸菜疙瘩也没啥吃的了，吃了上顿愁下顿的。有财把火盆往怀里拽了拽：不是还有点儿干菜吗？

马上就要开学了，留着给他们带饭吃呢。桂枝说。

有财也叹口气：我要是好好地，沟沟岔岔地刨点儿地，多种点儿白菜萝卜，哪能让你犯这难。

挺挺就过去了，老天爷饿不死瞎家雀儿。桂枝说着一拍大腿：你一提这茬儿我想起来了，生产队的菜地里去年秋天砍菜时都上冻了，扔下不少没包心的趴拉颗子，大宝快下地拿锹跟我去，咱弄点儿回来吃。

大宝摇头：我才不去呢，怪砢碜的。

又不偷又不抢，怎么就砢碜了？做出来你比谁都能吃。桂枝生气的吵吵道。

二宝合上作业本：妈，我跟你去吧。三宝说：我也去。

2

积雪表面亮晶晶的，有了融化的意思，踩上去嘎吱嘎吱地响着。桂枝在前面趟着雪，二宝和三宝在后面踩着桂枝的脚窝来到生产队的菜地，二宝撮去积雪，露出一颗颗大大小小冻硬的白菜和白菜帮子，桂枝就用菜刀砍下来，打扫掉发黄和坏掉的部分，然后扔到三宝撑开的袋子里。儿子，冻手不？妈给你捂捂。桂枝问三宝。三宝摇头：一点儿都不冷。

袋子很快装满了，桂枝说：二宝你送家一趟吧，我和三宝在这再划拉点儿，能搁住，多整些就能多吃一阵子。

二宝扛着袋子刚进屯就遇见狗剩媳妇，二宝，你扛的是啥东西？生产队白菜地里的白菜叶子。我看看。狗剩媳妇拉住二宝肩上的袋子。二宝放下袋子：有啥好看的，都是回家喂鸡喂鸭的。狗剩媳妇打开袋子拿出一颗白菜撇撇嘴：瞅瞅，收拾的多干净，多好，这哪是喂鸡呀，分明是人吃的嘛，不行，俺也划拉点儿。说完连跑带颠的回家拿家什去了。

桂枝把收拾好的白菜一堆堆地码放在雪地上，三宝也跟在后面忙活着。

二宝还没来，狗剩媳妇领着儿子进了地。她高门大嗓地喊：哎呀，还是你桂枝脑袋瓜子好使，这冻白菜弄回家，咋也比捧着空饭碗强呀，俺咋就没想到呢。

俺是没办法，这一大家子，实在是没啥吃的了。桂枝迎合道。

3

二宝回到家，进屋见大宝正坐在炕沿上摆弄着大凤送给他的那条手绢，见二宝进屋，忙把手绢塞到屁股下，二宝假装没看见。

你怎么自己回来了？大宝问。

二宝说：我还要去一趟，你去不？

我才不去呢，你自己去吧。

二宝拿着空袋子一个人走出村，到了白菜地。地里多了好几个人，他们都是听了狗剩媳妇的话，跟着她后面来的。白菜地的积雪，被人们翻了个遍，桂枝觉得差不多了，就和二宝三宝装满袋子高高兴兴地往家走。

三个人回到家，见有财躺在炕上睡觉，大宝不知干啥去了。桂枝就把拿回来的那些白菜洗净，码放在窗前的大缸里。她留了几棵白菜，在厨房里噼里啪啦地忙了起来。

4

大宝走出屋，沿着村道，漫无目的地闲逛着，一只狗在路边，东张西望地寻找着可以吃的东西。大宝抓起一捧雪攥成团，向那只狗打去。狗回过头叫了一声，夹着尾巴顺着路边跑远。

大宝心里像缺了什么似的，空落落的。一抬头，不知怎么就走到大凤家的门口，他抬头向院里张望，他多么希望能看到大凤的影子。

德魁走出院子，看到在门口徘徊的大宝：你在这干啥？大宝说：没，没事。德魁走了很远又回头看看，大宝不自在地继续向前走。他漫无目的地走了很远，又转回身朝回走，远远地看见大凤和二凤走出家门，便加快脚步，追上她俩找话问：你俩干啥去？大凤面无表情淡淡说：我俩去韩雪家。两个人便头也不回地只顾向前走。大宝感觉到大凤的冷淡，他自觉无趣地放慢脚步，非常沮丧地向家走，他弄不懂大凤的心为什么像春天的风一样，一会儿暖，一会儿凉，又忽东忽西地飘忽不定。

5

桂枝把白菜洗净，放进开水里焯了一下。放在菜板上剁碎，放了些猪油和调料，又和了一些玉米面，包了一帘蒸饺放进锅后。一边烧火，一边让三宝去叫连发来吃饭。

饺子好了，桂枝放上炕桌让二宝打水给有才洗手，大宝阴着脸从外面走进屋。看见饺子，便头也不抬地坐在桌子边吃起来，桂枝生气地说：让你去你不去，吃现成的倒来劲儿了。桂枝话音未落，大宝便把吃到嘴里的饺子吐在地上，又把手里的饺子摔在饭桌上：我不吃行了吧！正巧连发推门进来：这是咋的了？

你瞅瞅你瞅瞅，这孩子怎么牲口霸道的，一点儿都不懂事。桂枝说。连发笑：别吃饭时惹孩子生气。我惹他？你是不知道，现在翅膀硬了，我哪敢惹他生气呀？桂枝越说越生气：如今打不得骂不得，动不动他还尥蹶子，亏你连发叔不是外人，这要是让别人看见，还不让人笑话死。

连发说：大宝，你应该懂点儿事，你妈多不容易，你爸身体这样，你妈屋里屋外维持着这个家，你当老大的，多帮衬着才行。

大宝很不友好地看了连发一眼，没有言语。桂枝更生气了：不管他，咱们吃咱们的。桂枝招呼连发上桌，连发对大宝说：别生气了，快吃饭吧，宝宝却一摔门走了出去，桂枝在后面喊：有能耐走了就别回来。有财说：也不知咋了，这孩子越来越不懂事。咱们围桌吃，不用管他。桂枝又对连发说：连个肉星儿都没有，也不知好吃不好吃？连发咬了一口：不错，冻白菜馅的，还真挺好吃的。

好吃就多吃几个。桂枝说，我弄了不老少冻白菜，你要喜欢吃，一会儿走时就拿点儿，回去用水焯一下，不愿生火就蘸酱吃。连发又拿起一个饺子说：行，一会儿我拿点儿，这大冬天的，有菜吃就不错了。

6

大宝走出家门，在大门口转了转，一股无名火憋在心里出不来，也不知道有什么地方可去，就靠在大门边的木桩上，脚在地上踢来踢去，肚子咕噜咕噜地叫唤，他后悔最后那个饺子没有吃下去。现在没人出来叫他回去吃饭，他又撩不下脸面自己走回屋去，他越想心里越堵得慌。

冬天的太阳走得快，转眼就出溜到山那面去了，望着村中家家户户的烟筒冒着炊烟，大宝肚子里咕隆声更响了。

他像一只觅食的饿狗，游荡在村路上，护林员德彪满脸红润的迎面走来，看见大宝，瞪了他一眼说：小兔崽子，看见我连屁都不放一个。大宝也不服气地瞪了他一眼，德彪一边走一边回头骂道：不服气？找挨揍咋的？大宝没理他，小声嘟囔句便继续往前走，路过德彪家时，他想起德彪年前没收他家烧柴时张狂的样子，便停下来四处张望……

7

桂枝收拾碗筷，又从碗柜里拿出一块笼屉布，包了四个饺子递给连发：回去明早吃个现成的吧。连发接过来说：天都这么晚了，大宝怎么还没进屋呢？别把孩子饿坏了。桂枝扭头叫三宝：去，到外面看看你哥干啥呢？怎么还不进屋。

三宝出去四处张望了一遍，进屋说：我哪儿都看了，我哥没在外面，不知去哪儿了。

这孩子怎么这么不省心。桂枝生气地说：不管他，爱去哪儿去哪儿。

不管咋地还是个孩子。连发对二宝说：二宝和三宝出去找找。

有财把自己身上的棉袄拽下来递给二宝：给你小弟穿上，外面挺冷的，别感冒了。

连发起身拿着那几个饺子说：我先回去了，一帮牲口呢，出来时间长了，不放心。

就是，侍候牲口就得精心，那么多张口兽，水啦料啦的都得照顾到，忙你就回去吧。有财说。

8

大宝看看四周没人，便趁着朦胧夜色翻过木栅栏，跳进德彪家院子，他佝偻着身子，贴着栅栏边挪到德彪家仓房，仓房门没有锁，大宝轻轻拉开一道缝，侧着身子钻了进去。

仓房里比外面黑很多，只是从木板的缝隙投过几道光，大宝半天才适应过来。他直起腰四处撒目，除了一些生产工具外，一些木板整齐地堆放在一边，一个架子上放着几袋粮食，地中央大大小小放着几个缸。大宝挨个打开伸手去摸，第一个缸里有冻豆腐，几块猪肉，海菜和冻梨；第二个缸里放着黏豆包馒头和冻饺子，第三个缸盖上面放着半布袋子瓜子，缸里是过油的丸子，油炸糕，冻成砣的杀猪菜、猪头肉和几打干豆腐。

大宝心里恨恨地想，我们家吃上顿没下顿的，你们家倒好，好吃的这么多，今天非得祸害祸害你。他拿起一个馒头就咬，冻硬的馒头只是咬掉一层皮，他又摸了个丸子塞进嘴里，油炸过的丸子略微软些，在嘴里转几下就咽下去了。他刚把第二个丸子送进嘴里，就听见房门响，一阵脚步声向这边走来，他吓得慌忙躲在那摞木板后面，脚步声停下来，紧接着响起一阵哗哗的尿尿声。尿声刚停就听德彪媳妇玉华自言自语地说：这个死鬼，仓房门不锁就走了，像掉魂了似的，又不知去哪儿鬼混。说完就听咔的一声，把仓房门锁上了。

大宝听见玉华回屋将房门关上，才从木板后面出来，他轻轻推推仓房门，见门确实是锁上了，心里不免有些慌乱，一扭头看见几样农具戳在一边，便伸手去摸，摸来摸去摸到一根铁钎子。他把钎子伸进门缝，双手把铁钎子往怀里一拉，铁钉从木板里被拉出来的吱嘎声吓得他心提到嗓子眼。他听了听外面没有动静，便放慢了手脚，没费多少力气，就把钉在木板上的钌铞撬了下来。

9

二宝领着三宝从前街到后街走了好几家，都说没见到大宝。赵一炮家人可多了，会不会在他家卖呆呢？三宝提醒道。对，我咋把他家忘了呢，咱俩快去看看。二宝一拍脑袋醒悟道。

赵一炮家南炕一伙儿打扑克的，北炕一伙看小牌的，南炕北炕都围满了人，二宝挤进去看个遍也没看到大宝，他着急了，慌忙拉着三宝出来说：快回家告诉妈，咱哥不知去哪儿了。两个人慌慌张张地向家跑去。

桂枝听二宝和三宝说完，便生气地嚷道：这孩子怎么越长越回陷了呢，数落他几句就整这出，这掷毛撅腚的脾气今后还了得？

有财咳嗽几声说：谁说不是，这么大了，还不如这俩小的懂事。晚饭也没吃，冰天雪地的，这二虎吧唧的不知在哪儿眯着呢，可别冻坏了。桂枝心疼地说。会不会去饲养房？二宝提醒道。

你俩赶紧去看看。有财说：问问你连发叔，要是没看见你哥，让你叔也帮找找。

妈，要不让队长用大喇叭喊喊吧，我看人家丢猫丢狗都在大喇叭上喊几声。三宝提醒说。

啥光彩事儿呀？不怕人家笑话？真是的，我还不信，就说他几句他还能死去？桂枝又说：先和你连发叔找找看，要是再找不到就让你连发叔给拿个主意。唉！真是越大越不省心。

10

二十来米长的饲养房盖在村子的西面，连发住在五六平方米的小房间里，他糊牲口料和豆腐房在一个房间，东面大半截房子是生产队队部，院子的左右加上前面是牲口房和仓库，侍养房后面便是生产队场院，秋天剩下的一点儿粮食都入了仓库，场院只堆放几垛豆秆和喂牲口的草料。许豆腐倌还没有开始做豆腐，队部里也很少有人来，连发给牲口添完最后一遍草料，站在房西头撒尿，一扭头，借着朦胧的月光，隐约看见房后场院里的豆秆垛边有个人影，他厉声喝道：谁在那儿干什么的？那个人影没有言语，一下子闪到豆秆垛后面，连发摸起一根木棍壮胆走过去。

畏缩在豆秆垛上的大宝看见连发走过来，他抱膀低下头。黑灯瞎火的你在这干啥？大宝没言语，连发又问：是不是晚饭没回去吃？这么晚不回家，你妈能放心吗？见大宝站着不动，连发伸手去拉他，大冷的天你也不怕感冒了，走，跟我回去。大宝甩开连发的手，低头向屯里走去，连发跟在他的身后。

大宝，别怪叔多嘴，你们家病的病，小的小，家里家外全靠你妈一个人，她多不容易啊，你也老大不小了，有些事儿该担待就得担待，咋能动不动就耍毛驴脾气？连发边走边说。

我不用你管。大宝小声嘟囔道。

你嘟囔啥？连发生气道：你以为我愿意管你？要不是看在你爸妈的面子上，我才懒得管你。

微风依然刺骨，二宝和三宝一路小跑过来，看见连发和大宝，二宝高兴地说：我跟咱妈说大哥肯定在连发叔这儿。三宝说：大哥，你咋还不回家？我和二哥都找你老长时间了，你知道不？咱妈都急坏了。

11

冬天的早晨，太阳露出半拉脸的时候，村里除了鸡鸣狗叫外，大街上还很少看见人影，寒冷的季节起来早了也没什么活计，懒洋洋的人们蜷缩在温暖的被窝里不愿起来。

出外撒尿的玉华趿拉着鞋慌忙进屋，大呼小叫地摇晃着德彪：快起来，快起来！咱家来小偷了。

德彪“扑棱”一下坐起来，连声问：在哪儿？小偷在哪儿？

咱家仓房门都撬开了，也不知道都丢啥了，你快起来看看去。玉华一边给德彪拿衣服一边催促道。

仓房的门虽然被撬开，但仍然是关着的，里面的东西也不凌乱，两口子打开几个缸盖，清点东西，看看都少了什么，德彪说：猪头肉没有了。玉华说：那包豆沙馅馒头也没了。还有冻梨，油炸丸子都不见了。这是谁呀，这么缺德，馋得要死了，明天我非得到大街骂他个心惊肉跳不可。

骂啥骂？磕碜不？你骂他就给你送回来咋地？德彪又说：我知道是谁，跑不了那小子，你等着，我非得好好修理他不可。

谁？玉华问。准是大宝这小子，昨天傍黑我就看见他在咱家门口转悠，看他贼眉鼠眼的样子就不像好东西。你等哪天我遇见他，我非得削他不可。德彪恨恨地说。

也不知你咋得罪他了，看见我就不用好眼睛看我，要不让派出所来查一查，真要是他，让派出所好好收拾他。玉华说。

让外人知道咱家被人剜门撬锁丢了东西，这也太他妈没面子了，还咋出门见人？

那你说咋整？

我去问问大哥，听他咋说。

你大哥对桂枝家好着呢，长眼睛都看得出来。玉华撇了撇嘴。

别听风就是雨地跟着瞎说。

爱信不信，不信拉倒，今个儿这事儿和你哥说也没用，你哥肯定袒护他们。玉华又撇了下嘴说。

12

大宝心里有鬼，有意躲着德彪，哪知德彪却有意找他，晚饭后，大宝刚出家门，就被德彪堵个正着。他拉着大宝的胳膊说：走，找个肃静地方和你说点儿事。大宝心知不妙，硬着头皮说：有啥事在这说，我还有事呢。咋的？害怕了，不敢跟着去？德彪将着大宝，大宝壮着胆说：去就去，我又没干啥，有啥害怕的。

大宝忐忑地走在前面，心里琢磨着德彪到底知道多少事情，他既然找到自己头上，看来事情不妙。两个人一前一后走到村边，大宝停下脚步，回过头来，刚要张嘴说话，德彪一记耳光"啪"地打在他的脸上，大宝虽说心里有准备，可这记耳光还是来得太突然了，他一下愣住了。德彪说你知道我为什么打你不？大宝"哇"的一声哭起来，他一边哭一边四处踅摸能够还手的东西，德彪见状，又冲上去抓住大宝的胳膊朝他屁股狠狠地踹了几脚。大宝疯了似的转过身，连踢带咬地往德彪身上扑，住在屯边的陈快腿听见动静，急急忙忙跑过来把两个人拉开。

桂枝也心急火燎地跑来，身后跟着二宝和三宝。这是咋地？怎么放屁功夫就打起来了？大宝指着德彪喊道：他无缘无故就打我！

桂枝说：水有源，树有根，无缘无故就打人那是精神病，德彪兄弟，把我儿子这通打，到底是因为啥？

因为啥？你问你儿子吧，他心里明镜似的。德彪说。

桂枝指着大宝：你要是干了不该干的事，打你也不多，人家要是冤枉了你，咱就找个地方说理去。大宝扯开嗓子喊：我啥也没干，你凭啥打我？

德魁插着手走过来，他对围观的大伙儿说：这大冷的天，你们是不是吃饱了撑的，快散了吧。他又转身对德彪说，你也是，挺大个老爷们，怎么和孩子一般见识。

哥你不知道，这小子就是欠揍。德彪瞪着大宝说。桂枝更生气：这话我就不爱听了，我儿子咋了，咋就欠揍了？德魁对德彪说：你该干啥干啥去，挺大个人和孩子干仗，不嫌砢碜？他又对二宝说：二宝，快和你大哥回家吧。见二宝三宝拉扯着大宝走了，德魁对桂枝说：这孩子巴掌杵子打几下也没啥坏处，管松了可真容易走下坡路。

鸡吃虫子牛吃草，俺家孩子不明不白地挨顿打，是不是也得给个说道呀？桂枝不依不饶地说。桂枝呀，这德彪打孩子几下出出气也就拉倒了，这还是我压下的呢，你是不知道，德彪说啥要去报案，弄不好大宝就得抓起来。桂枝大吃一惊忙问：咋？大宝干啥违法的事了？你说盗窃算不算违法？你家大宝前几天晚上到德彪家偷过东西，德彪跟我说要报案，我硬把这事儿按下了，要不是看你面子，我操这心干啥？

这小犊子，这是不往好道上赶呀，等回家看我不扒了他的皮。桂枝恨得咬牙切齿。算了，都十八九岁了，眼瞅着就快娶媳妇了，要落个偷偷摸摸的坏名声，将来谁还敢跟他。

唉！真要这样，也不怪德彪打他，打他活该。

13

眼看天气一天天变暖，积雪开始融化，中午房檐也滴下水来。

大人们站在大街上唠着闲磕，孩子们三五成群地疯闹着。大宝走在大街上，总觉得有人在背后指指点点，那些女人本来叽叽呵呵地说笑着，看见他走过来便没了声音，这分明是在说我的坏话，他心里恨恨地想。

屁大个屯子，好事坏事谁也遮不住，陈快腿添枝加叶地学了十几遍，满屯子大人小孩儿都知道大宝偷东西这件事，三宝回家跟桂枝一说，恨得桂枝笤帚疙瘩直敲炕沿：本来就光脚，不走那溜光大道，专往那高粱地里跳，扎脚怨谁？活该！

不怪你妈骂你，不学好，落这么个名声，将来谁还跟你来往，说个媳妇都难。有财叹气道。

他们说啥你们都信，说我偷东西，谁看见了？大宝拍着地桌喊。

你还喊冤？满屯子几百号人，怎么就单单冤枉了你？桂枝又敲了下炕沿说。

他就是看咱家没能耐欺负咱！大宝狡辩着。

你这孩子没个准话，也不知道你到底偷没偷人家东西？有财说。

没有，得说几遍你们才相信。我要偷人东西就不得好死，你们这回该相信了吧？大宝赌咒发誓地说。有财看着桂枝，兴许他们真冤枉咱孩子了吧？

14

过了年生产队的豆腐房第一天开始做豆腐，许豆腐倌早早就来到豆腐房，见连发忙着给牲口准备草料，他打声招呼，进牲口棚牵出毛驴套在石磨上，往石磨上填满泡好的黄豆，锅里又填半下清水，转身去房后的豆秆垛抱豆秆引火。

一条狗趴在豆秆垛边的雪地上大口吃着东西，许豆腐倌回身找根木棍撵狗，那条狗回头龇牙使着横，许豆腐倌一棍子打在它身上，它叫了几声跑开了。许豆腐倌近身看去，地上残留着一块猪头肉，几个馒头和一地的油炸丸子。

生产队长德魁听了许豆腐倌的汇报，叫来民兵连长宋卫忠，妇女队长刘玉香一同来到现场。查看了一番后，宋卫忠说：这些东西是有人藏在豆秆垛里，被狗闻到味儿扒出来的。德魁点头说：看来这些东西都是从我弟弟德彪家偷出来的。

德魁主持召开了生产队班子会，主要是分析盗窃分子可能是谁，以及处理意见。经过一番讨论，德魁做了总结，这件事儿很明显，一是谁会偷了吃的东西不拿回家，藏在生产队的豆秆垛里，不喂狗也会让耗子吃了呀，那就是拿回家不方便；二是既然偷了东西藏在豆秆垛里，放在家里不方便，又要吃起来方便，那这个人就不会是屯里人，一定是附近的人才会这样做，最后大家一致认为这个贼就是连发。意见统一后，德魁让人到侍养房叫来连发。

连发进屋后，规规矩矩地站在地中央，德魁“啪”的一拍桌子，知道为啥叫你过来吗？连发摇头：不知道。宋卫忠指着桌子上的东西说：这些东西咋回事儿，你敢说和你没关系？

这些东西和我有啥关系？我不明白。连发说。

东西就藏在你住的屋后，你还想狡辩。德魁厉声说道：现在不是你承认不承认的问题，是你认罪的态度问题，我想你还是老实交代清楚，争取宽大处理。

妇女主任刘玉香插嘴说道：你说挺大个人干啥不好，非要干这种剜门撬锁偷偷摸摸的勾当，你可倒好，偷来的好嚼裹儿大嘴麻哈吃着，差点儿冤枉了人家大宝，白挨顿揍不说，弄得满屯子都把他当贼看，你要不露馅儿，还不毁了这孩子一辈子清白。

刘玉香的话让连发低了下头，他半天没有言语，德魁一顿茶缸子：你不要存在侥幸心理，现在老老实实交代了，兴许会宽大处理，要不就把你送到派出所去，给你定个盗窃罪，判个三年五载的。连发腰弯下去，头更低了，他迟疑了一会儿说：我交代，我全交代。

15

连发偷窃的事没一袋烟的功夫传遍了全村，说的人眉飞色舞，听的人吃惊得张大嘴巴，瞪大眼睛。真是知人知面不知心，看着笑呵呵的，哪曾想能干出这种事。有人说。可不是咋的，他要不自己承认，打死我都不信。有人附和着。

大宝弄不明白连发为什么替他背这个黑锅，听说这件事儿后，腰杆直了很多，故意在大街上多走了几趟，好像证明什么似的。

桂枝坐不住了，打死她都不相信连发会偷人家东西？自从有财瘫巴以后，她家里吃的用的连发没少搭，这个男人不光从山上救了有财的命，也默默地帮衬着这个家度过艰难的日子。在桂枝心里，连发人热情，心实诚，不计较，是个真正的好男人，他咋也不会为了几口吃的剜门盗洞毁了自己的名声，桂枝更相信偷东西的是自己的儿子大宝。可连发为啥承认是自己偷的东西呢？桂枝想到了一种可能，那就是连发在为大宝背黑锅。

桂枝收拾完碗筷来到前院军烈属老赵头家，打过招呼后桂枝说：大叔您知道，连发是有财的救命恩人，这些年又没少帮衬俺家，这份恩情俺寻思等孩子大了再报答人家，可现在连发出了这事儿，也不知道队长他们怎么处理，万一要报到公社或者派出所，事儿就大了。再说您琢磨琢磨，连发也不像那种人呀，这里是不是有啥岔头？俺寻思来寻思去，只有您能帮这个忙，您是老革命，在屯里德高望重，德魁德彪那哥俩又听您的，您给讲讲情，看看能不能网开一面，处理轻一点儿。

连发这事儿说起来我也不信，可他亲口承认了呀，人呀，熬犒大劲儿了，兴许犯糊涂，为了几口吃的，落下个偷偷摸摸的坏名声可不值。老赵头磕了磕烟袋锅说。

这事儿要是被公社抓成典型，光批斗会就够他受的。俺有心为他去求情，可俺一个妇道人家，屯里肯定有人嚼舌头，说些难听的。再说俺说话也不轻不重的，管不了用，您要是觉得连发值得您说句话，您就辛苦一趟，为连发费费心。

冲你这句话，我就拉下这张老脸去试试，给不给面子可就说不准。

16

老赵头去了趟生产队队部，班子成员正在开会，老赵头拉个凳子坐下，说了一通自己的看法。德魁听了后对大伙儿说，现在全公社正在评先进树典型，咱们生产队已经连续几年被评为先进生产队，过些天，公社就要召开动员大会，在这个节骨眼上，咱们屯出现这个事儿，传扬出去对咱们生产队评先进就会有影响。刚才老赵大叔也说了一些看法，我看就不惊动派出所和公社革委会了，再说生产队这些牲口也离不开人，这样吧，屯里开个批斗会，对他这种行为做个批判，再扣他三个月工分。

大伙儿一致认为这个决定正确，德魁队长考虑得周全。

17

马上就要开学了，孩子们既兴奋又紧张，那些还没完成寒假作业的孩子火燎腚似的到处借作业照抄。大宝怎么也没想到大凤和韩雪会到自己家来，他擦了擦炕沿，忙招呼她俩坐下。你俩喝水不？我给你俩倒水去。大凤忙摆手说不用，我俩不渴。

韩雪对二宝说你把你的作业本借我看看呗。二宝笑：大凤学习那么好，你看她的不就行了？韩雪说：我俩就想看你的，你借还是不借吧？借，借，我哪敢不借呀。二宝一边拿作业一边调侃说。

大凤说：我们明天一起去供销社买东西吧。大宝高兴地说，好哇，我明天和你们一起去。大凤扭头问二宝：你也和我们一起去吧？二宝说：我不去了，我大哥去让他给我捎回来点儿就行。

大凤很失望，韩雪说一起去吧，人多走路多热闹呀。二宝说真不行，快开学了，我在家帮我妈干点儿活，要不一开学就没时间了。大凤说不去就不去吧，想买啥我们给你捎回来。

18

桂枝坐在炕沿边洗衣服，她心里惦记着连发，出那事儿以后他再没来过，让三宝叫他来吃饭他说啥都不来，桂枝知道，连发的事儿好说不好听，他心里过不去那道坎。有财说我也动弹不了，要不说啥也得去安慰安慰他，这几年处得跟亲兄弟似的，他有事不就跟自己有事一样吗？抽空你去看看，别让人觉得咱是那不近人情的人家，见人家有难处就溜边。

桂枝拿水瓢到豆腐房换大豆腐，其实是想和连发见个面，借机和他说几句话。连发见桂枝走进生产队侍养房的大院，就开门躲了出去，桂枝换完豆腐出来，透过房山头的缝隙，看到连发站在房后的大地上，正在向远山张望，心里不由生出一阵凄凉来。

19

雪还没有完全化尽，大地却有了些许绿意，孩子们三五成群地走在山路上，他们要去十几里外的公社中学去读书。

大宝和二宝并肩走着，各自揣着自己的心事儿，前面有说有笑地走着大凤，二凤和韩雪，走着走着，大凤跑下山路，不一会儿，她从路边的小沟里举着一把漂亮的冰凌花出来，她扭头扫了一眼二宝，高声唱了句：春天里那个冰凌花儿开……

作者简介： 蔡艳文，1962年生，蛟河市河南街保家村三家沟农民。

弟弟的大学 于佳琪

那是一年的秋季，王欣欣在企业工作的父亲，患了肺癌。她母亲每天在医院里照顾病危的父亲，还要抽空照顾家里的田地与王欣欣，还有王欣欣的弟弟王欣成。姐弟两个天天放学回来，看着面容憔悴的母亲，便心痛地抱着母亲痛哭。而老天并没有因为他们可怜就眷顾他们一家，父亲的病情逐渐地加重了。

在医院里的父亲，心痛花在自己身上的每一分医药费，在一个周日，母亲领着王欣欣与弟弟到医院里去看父亲。她的父亲就悄悄地将王欣欣的母亲叫了过来说："欣欣她妈，不要将钱花在我的身上了。我自己知道我的病很重，迟早有一天我会离你们而去的，留下点儿钱，以后你们孤儿寡母的还要过日子。我就要不久于人世了，可我最放心不下的就是你们娘三个，即便是死了也不会瞑目的。"他们两个的对话，被在一旁的王欣欣与弟弟王欣成听到了。他们也扑上来，一家人哭成一团。可是厄运还是降临了。王欣欣的父亲在一阵接着一阵厉害的咳嗽，吐出一大摊的鲜血后，便撒手人寰。

王欣欣再也忍不住了，她与妈妈还有八岁的弟弟在父亲的棺木前，放声痛哭，这不是真的，这不是真的……声调凄凉而哀怨。忽然间，她感觉天快要塌下来，顿时天旋地转，王欣欣一下子晕了过去……

当王欣欣苏醒过来时，给父亲送葬的队伍，已经走出了很远。整个城镇天低云垂，悲声一片，送葬的队伍慢慢地蠕动着。王欣欣的弟弟举着灵幡，妈妈一面走着一面哭泣着。王欣欣飞也似的跑了上去，跟在弟弟的身后，一边哭一边说："弟弟，咱们以后再也看不到父亲了！"姐弟俩个哭作一团……后来在欣欣叔叔的劝阻下，他们才起身继续向前走着，她们哭着，喊着，随着出殡的队伍，越走越远，悲凉凄切的哭声，震颤着山谷，在山谷里回荡着……

父亲临终前都没有闭上眼睛，扔下了王欣欣，母亲还有弟弟王欣成，是不是他在九泉之下，也放心不下他们。王欣欣与妈妈还有弟弟不知道该怎样去面对以后的生活，夜里王欣欣做了一个梦，梦见自己掉进了无底的深渊。

为了帮助妈妈减轻一点家庭经济上的负担，王欣欣与弟弟利用节假日捡废品，买些零钱用来买学习用品。到了农忙的季节，姐弟两个一放学便背着书包，到自己家的田地里帮助母亲干农活。因为家里穷，买不起车与马，到了秋季收割后的稻子，别人家都已经将稻子拉到自家的场院里，他们家的稻子还堆在田地里。姐弟俩个放学后，与妈妈一商议，便决定在夜里往回扛水稻，到了第二天的清晨，娘几个连累带饿，躺在田地里的稻捆上，累得都起不来了。村里的老支书知道了这件事，心里很不是滋味，便利用村里的广播号召大家帮助王欣欣她们一家，从地里往回运稻子，在大家的帮助下，她们家的稻子总算运完了。娘几个跪在地上，给前来帮忙的村民们不住地磕头。王欣欣眼里含着泪水说："村子里的爷爷奶奶、大爷大娘们……谢谢你们了！我与弟弟一定好好地学习，将来用我们的实际行动来回报你们。"

正是因为在生活上遭遇了许多的磨难与苦楚，姐弟两个不仅在生活上省吃俭用，在学习上也非常勤奋刻苦，从初中到高中，两个人的学习成绩一直名列前茅。王欣欣要高考的那年，一场大病耽误了高考，弟弟王欣成那年正在读高二，昂贵的学费令这个贫困的家庭雪上加霜。姐姐决定放弃再读的机会，跟妈妈一起供弟弟来年高考。可是令王欣欣没有想到的是，母亲一狠心将自己家的房子卖掉了，凑够了姐弟两个人的学费，让王欣欣再复习一年，与弟弟一起参加高考。

经过高三一年多的拼搏，王欣欣与弟弟王欣成都以优异的成绩考上了重点大学。当两份大学录取通知书被邮递员送来时，整个村子都沸腾了。王欣欣一家人更是高兴得手舞足蹈，母亲也掉下了兴奋而激动的泪水。可是高兴了没多久，母亲又眉头紧锁。看着这两份录取通知书上那万余元的费用，对于这个早已就一贫如洗的家庭来说，简直就是天文数字。况且为了王欣欣的复读，家里已经将原来的房子都卖掉了，现如今一家三口还借宿在舅舅家中。离上大学的日子一天天地临近了，可是母亲变卖家里所有的猪、鸡、粮食，又翻山越岭东家西家去借，才凑了五千多块。

在要临上大学的前一天，母亲背着王欣欣与弟弟王欣成，到王欣欣父亲的坟前大哭了一场，“孩子她爹啊！你的孩子们都没有辜负你的厚望，她们姐弟俩个都双双考上了大学，可是我尽最大的努力，才凑够了一个孩子的学费，可是两个孩子都考上了，你说我该让他们两个谁去读大学啊！……”那撕心裂肺的哭声，那无奈而又无助的表情，都纷纷化作了泪水……

姐弟俩个见母亲这么长时间没有回家，便找到了父亲的坟地。见母亲一边痛哭，一边哭诉……姐弟两个都明白了这眼前的一切，娘三个在父亲的坟前抱头痛哭……

过了很长的一段时间，弟弟抹了抹眼角上的泪水对母亲与姐姐王欣欣说：“妈妈，还是让姐姐去读大学吧！她第一年高考的时候因为一次大病没有考上，这次终于考上了，真的很不容易。”王欣欣看了看弟弟王欣成，见弟弟的脸涨得红通通的，一副义无反顾的模样。母亲用衣袖擦了擦眼泪，没有作声。王欣欣也知道，这手心手背都是肉，母亲此刻不仅心如刀绞，也一定很难取舍。

王欣欣一边哭泣，一边哽咽地说道：“还是让弟弟去吧，我是一个女孩子，将来终究要嫁出去的。”王欣欣知道自己说这话有多么的言不由衷，上大学是他们农村孩子的唯一出路，她心里曾经对上大学充满了无限的希望，做梦都想跳出“农”门。

王欣成沉默了半天说：“姐姐还是你去上大学吧，我也已经不小了，况且我是一个男子汉，我干活也比你与妈妈有力气。现在妈妈的身体也操劳得不如以前了，我现在就是这个家的顶梁柱，我可以帮妈妈在家种地，农闲时还可以外出打工，我与妈妈一定能让你在大学里安心地读书。如果换过来，我去读大学了，你与妈妈在家能够供我将大学读完吗？天也不早了，咱们娘几个回家吧！”

娘三个从父亲的坟上回到舅舅家，晚上谁也没吃晚饭，便都上床睡觉了。那个夜晚，外面很静，静得可以听见屋内每个人在床上辗转反侧的声音。娘三个虽然都躺在床上，但是都一夜未眠。

第二天，弟弟很早就起了床，他站在堂屋里说：“妈，还是让姐姐去吧，她上了大学，将来才可以嫁个好人家。”声音不大，却足以让屋里的每个人听得流泪。舅舅一家也都听说了此事，但是舅舅一家也生活贫困，自顾不暇。为了帮助他们，已经将家里仅有的一千元钱拿了出来。舅舅眼里含着泪水，抚摸着弟弟的头说：“真是舅舅的好外甥，一个非常懂事的好孩子，像一个男子汉。”

这时候，舅母在一旁喊了起来：“这是哪个孩子的录取通知书啊？怎么都撕成了碎片？”大家便一起跑了过去，原来舅妈在往出倒垃圾的时候，发现了被撕成碎片的大学录取通知书。一问缘由才知道昨天夜里，弟弟王欣欣就起床含着泪水将录取通知书撕了个粉碎。他帮全家人做了一个最后的决定，也放弃了他读大学的那个梦。

接下来的几天里，大家便忙着准备王欣欣上大学的事，母亲为她准备衣物与行李，弟弟跑到镇上给她买来了一大堆吃的，交给了她说：“姐姐，我听别人说在火车上买什么东西都比较贵，这些你带上。”送王欣欣上火车的时候，母亲和她都哭了，只有弟弟笑呵呵地说：“姐，你一定要好好读书啊!”听他的话，好像他倒比王欣欣大几岁似的。列车已经启动了，可是母亲与弟弟仍然站在站台上不住地挥手，王欣欣的泪水再一次的夺眶而出……

在王欣欣读大三的那一年，家乡的一场旱灾让粮食只收了三成，别说是供一个大学生，就连王欣欣与母亲在家的生活费都不够。为了能够多挣些钱供姐姐王欣欣读书与补贴家用，王欣成便决定南下去打工。

母亲含着泪水将弟弟也送上了火车，不住地叮嘱着王欣欣在外打工一定要注意安全，自己照顾好自己。三年内送走了自己的两个孩子，可是这次却是截然不同，儿子第一次到人生地不熟的地方去打工，看着泪流满面的母亲，王欣成安慰妈妈说：“妈妈，您就放心吧，我已经长大成人了，我自己能照顾好自己，倒是您的身体令我放心不下，有我在外面打工，您老在家就不要那么辛苦了。注意自己的身体，我与姐姐还没有报答您这么多年来的养育之恩呢?”母亲说道：“傻孩子，没能供你上大学，妈妈的心中有愧啊！我没有尽到一个当母亲的义务，如今，只要能看见你平平安安的打工回来就是我最大的心愿了。”

王欣成跟着村上的几个村民去了深圳，刚到深圳时，由于人生地不熟的，工作很难找，于是王欣成就与同去的几个村民去码头做苦力，帮人扛麻袋和箱包。后来在一家鞋厂找了份工作，因为是计件工资，按劳取酬，弟弟每天都要工作十几个小时甚至更长，这是后来和他一同去打工的老乡回来告诉王欣欣的。弟弟给王欣欣写信从来都是报喜不报忧。

每个月，王欣成都会准时寄钱到学校，给王欣欣做生活费。为了方便取钱，王欣成还让姐姐王欣欣办了一张银行卡，王欣成直接把钱存到卡上去。每次从卡里提钱出来，王欣欣都会感觉到一种温暖，也对当初自己的自私心存愧疚和自责。

王欣成出去打工后的第一个春节，他没有回家，提前写信回来告诉王欣欣，说春节车票不太好买，打工返乡的人又多，懒得挤，而且春节的时候工作比较忙，收入也会相对高一点儿。王欣欣知道，他哪里是懒得挤车，他是想多省点儿钱，多挣些钱，好供自己读书啊！

后来王欣欣听说弟弟辞去了鞋厂的工作，到建筑工地去了，因为在建筑工地每天的工资比在鞋厂的高一些，但是建筑工地属于高风险的工作种类，每年都在报纸与电视上报道有伤亡事故。一次傍晚，弟弟给王欣欣打电话，问王欣欣给她打卡里的钱收到了吗？她说已经收到了，他说，那就好，一会儿他还要在工地上加夜班，王欣欣叮嘱他说："夜间在工地上干活一定要注意安全。"弟弟在那边说："你只管读好你的大学，我自己会注意安全的。"接着王欣欣又说道："等我念完大学参加工作了，你就去报考成人高考，然后我挣钱供你读书。"

王欣欣大学终于顺利毕业了，她很快就在城里找了份舒适的工作。弟弟王欣成打来长途电话祝贺她，并叮嘱她要好好工作。王欣欣让弟弟辞职回家复习功课，准备参加今年的成人高考，弟弟王欣成却说姐姐刚参加工作收入肯定不多，他想再干一年，多挣一些钱才回去。王欣欣要求弟弟立即辞职，但弟弟坚持自己的意见，最后王欣欣不得不妥协。

王欣欣做梦都没想到，她的这次妥协却要了弟弟的命。

弟弟出事时，王欣欣正在办公室整理文件，电话铃响了，一口南方的口音，隐隐约约听得出那边问她："你是王欣成的姐姐吗？"王新欣回应说："是，你有什么事吗？""你弟弟出事了，请你们马上过来一趟。"王欣欣的脑袋"嗡"的一下就大了，赶忙问出了什么事？那边说，由于王欣成在工地上不分昼夜地加班，在建筑工地高空作业时，从楼上掉下了，现在正在医院抢救。

王欣欣和母亲连夜坐火车赶赴深圳，当她们踉踉跄跄地闯进医院时，负责照顾弟弟的工友告诉她们，弟弟已经抢救无效，离开人世了。母亲当时就晕倒在地上。

在医院的停尸房王欣欣见到了弟弟的遗体，他的面部已经被摔得面目全非，身上多处骨折。他黑瘦的脸部因为痛苦而严重变了形，那种惨状让人几度晕厥。

弟弟生前的工友诉我们，在医院抢救之际，弟弟还要我们千万别通知他的家人，他说不想让她们担心。

清理弟弟的遗物时，王欣欣在抽屉里发现了两份人身意外伤亡保险，受益人是母亲。母亲拿着保险单呼天抢地："我的欣成啊，娘不要你的钱，娘要这么多钱干啥啊！娘要你回来！你回来啊……"

还有一封已经贴好邮票的信，是写给王欣欣的：姐，就快要过春节了，已经三年没有回家，真的很想念你们。现在，你终于毕业参加工作了。我现在最放心不下的就是母亲了，为了抚养我们姐弟俩，母亲这么多年真的不容易，你已经有了自己的工作，再也不用我给你寄学费了。我在工地是高风险的劳动，经常看到有不少的民工发生伤残并死亡的事故，你我不用管了，但我给自己买了一份保单，受益人是母亲，一旦我有什么什么不测，你以后一定要照顾好母亲。好了，不说了，就写到这了，一会儿我还要去加夜班，到年末我们一家人就可以团聚了……

弟弟走了很久，王欣欣和母亲都无法从悲痛中走出来。不知道天堂有没有成人高考，但是每年，她都会给弟弟烧一些高考资料去，她想让他在天堂里上大学。

作者简介：于佳琪，吉林省作家协会会员、吉林省小小说委员会委员、舒兰市作家协会副主席、《细鳞河》报总编辑、已经在《人民日报》《大公报》《散文选刊》《草原》《微型小说月报》《岁月》《中国作家》等报纸杂志上发表作品五百多万字。

天地之间 张志民

佟富二十多岁那年的冬天，准确地说是“大雪”刚过，按着他爷爷的吩咐，赶着驴爬犁从三十里外接来了算命先生，算算八路军能不能来佟家窝棚，来了之后什么时候能走。算命先生说，佟家窝棚肯定要来八路，但暂时还来不了，怎么也得十天半个月。来了要走也得三天之后，三天之后走不了就得三十天，三十天不走就得仨月，仨月走不了就得三年了，三年走不了就永远不能走了。现在你家该怎么打算就得怎么打算了。佟老太爷认为先生的话还算可信，便让佟富给了先生五块大洋。

晚饭是烙的油汪汪的粘黄面饼，稗子米水饭，还给先生煮了一个咸鹅蛋，先生吃得心满意足。先生对老太爷说，有一件事我告诉你吧，你家祖坟是一块牤牛地，后边是一棵老槐树，让抠黄皮子的把树根底下两块石头给抠出来了，就是把牤牛的两只卵子给骟了，已经破了风水，八路军来不来你们家都不能像以前那样的风调雨顺了。这时，天还没黑，老太爷马上领着儿孙，深一脚浅一脚地去往后山下的佟家坟地，他们终于来到了老槐树下，扒去厚厚的积雪，情形真的跟先生说的一样，佟老太爷手拄拐杖，气得山羊胡须在微微颤抖。众人锹镐齐下，找了两个石头重新填埋了。

第二天吃完早饭，还得用爬犁把先生送回去，老太爷又让人用小面袋子给先生装了五升小米，然后叮嘱佟富说，“现在兵荒马乱的，中央军征用牲口，八路军也征用牲口，小心点儿吧。”

驴爬犁从佟家大院出来，太阳已经升起一竿子高了，小灰驴犟性出门就要颠几步，眨眼的工夫就上了西南岭。佟富侧坐在爬犁的前边，一手握着鞭杆一手拽着驴的缰绳，绑着牛皮乌拉的双脚耷拉着不时地蹭着道边的雪。戴着瓜皮帽穿着灰色棉猴子的算命先生，蜷缩在草帘子上，腿压着面袋子，手不时地摸摸藏在腰里的五块大洋。雪太大了，山上根本看不见小树，大树被雪掩埋得只露出树丫以上部分，望去是那样的低矮。太阳映着白雪，眼睛得紧着眨巴，佟富一眨眼的瞬间，就看见了远处的对面白雪飞扬。一排的马爬犁由远及近，前边的爬犁是一匹白马拉着，爬犁上坐满了穿着土白色衣服的人，人人手里都握着长枪。

佟富心里猛地一惊，八路军来了，赶紧跳下来把灰驴推到了一边。三副爬犁的八路军一溜烟地过来了，佟富心惊肉跳地用双手拽着驴笼头，回头眼睛狠狠瞪着爬犁上的算命先生，真想一脚把他踹下去，你不是说八路军暂时来不了吗，怎么现在就来了呢？算命先生也许揣摩到了佟富的心思，嘴里便一句接一句地叨咕，“小人做宠啊，小人做宠啊。”佟富是不敢正眼对着八路军的，只是在心里默数在身边过去的爬犁个数，爬犁都过去了。佟富明白，八路军准是去佟家大院了，他在想要不要继续送先生的时候，走过去的爬犁上一个人大喊“停下”，这一声喊的太大了，把灰驴都吓了一跳。八路军最后的爬犁上跳下来一个人，“佟家的爬犁。”一爬犁的八路军都端枪围了上来，佟富一眼就看清了那个大喊大叫的人，正是从前的佟家牛倌马大，马大已经跑出去两年半了，他明显的不是八路军，只是穿着八路军给的衣服。

歪着脖子披着大衣的马大过来就给佟富一个大嘴巴。

马大第一次趴在胖丫的身上是在梦里，身下的胖丫在甜甜地跟他撒娇，在跟他微笑。直到他醒来的时候他还不知道自己是在做梦，双手向两边划拉在寻找胖丫。

王胖丫家的黄瓜地在她家门前的河那边，胖丫每天吃中午饭之前都要过河去摘黄瓜。马大心里已经琢磨好了，放牛早点儿回来，回来马上去黄瓜地就能碰上摘黄瓜的胖丫。

马大头一天晚上就告诉他妈，明天要早点儿做饭，我要早点儿放牛去，他妈也没问他要干什么，天亮就起来做饭了。稗子米黄豆白苞米掺和在一起磨成的三合面，蒸出的饽饽特别香甜可口，马大就着土豆汤比往天多吃了一个饽饽。

晨雾还没有散去，马大骑牛往山里走。边走边不错眼珠地盯着屯子最南边王胖丫家的房子，浓雾里只能隐隐约约看见胖丫家后窗黑乎乎的窗户纸。

今天上午马大比每天早回来半个时辰，老东家“铜锤子”看牛吃得挺饱便没言语。马大从佟家大院出来就往大河奔去，他是绕过胖丫家门前一百多步远过河的。

黄瓜地头的羊肠小道边是没人高的黄蒿，马大几脚就踏平了能躺下一个人那么大的地方，然后把麻袋片子铺在了上边。

胖丫家这片菜地种着黄瓜辣椒茄子豆角，地边还种了几垄扎笤帚的高粱糜子，马大就蹲在几垄高粱糜子地里，眼睛盯着河对岸的胖丫家。

胖丫出来了，一身蓝底百花衣裤，拎着猪腰形的小柳条筐，脑后是一只长长的辫子，盯着身子扭动的胖丫，马大心都要蹦出来了。胖丫要过河了，她先弯腰把裤腿绾了绾，然后就蹦跳踩着石头，像一只要飞的小燕子。

胖丫上了河岸，走上高粱地边的毛毛道，马大就猫腰从高粱地钻出来站在了胖丫的跟前，胖丫先是一愣，然后就笑了，“昨晚在我家房后是不是你，我家大黄咬了半宿。”胖丫柔声细语，没有一点儿厌烦的意思。马大体内的激情瞬间爆发了，他伸出双臂抱起了胖丫。

胖丫惊恐、慌乱。

任凭胖丫疯狂地手刨脚蹬，马大还是非常轻松地把胖丫抱到麻袋片子上，可能是太惊恐的原因，胖丫瘫倒在麻袋片子上，衣襟上翘到前胸，白嫩的肚皮裸露在马大的眼前。

胖丫的本意是想把趴在身上的马大推下去，马大却是感觉胖丫在抱着自己。

在两个人尽情地享受快感的时候，等着拍黄瓜菜下酒的胖丫爹一声声声嘶力竭地喊着“胖丫”。

直到完事马大才从胖丫的身上下来。

胖丫爬起来慌乱地提上裤子，然后像小偷似的赶紧往家跑。

胖丫爹王老犊子趴在窗户上生气地向慌慌张张进院的胖丫吼叫：“摘几根黄瓜去这么长时间?”当他看着胖丫挎着空筐的时候，眼睛瞪得更大了，“黄瓜呢?”

胖丫嘴张了半天才怯怯地说，“我、我忘摘了。”

王老犊子看着胖丫凌乱的头发不整的衣裳，下地就给胖丫一个大嘴巴，“你他妈干啥去了?”

这时站在大门外的马大非常担心胖丫受罪，粗壮的他光着脊背在哇哇大叫，屋内的王老犊子似乎明白了什么，同时也感到了恐惧，骂了几句便不作声了。

第二天王老犊子吃完早饭，就躲进道边的高粱地里，瞧着马大骑牛过去了，才忙三火四地进了佟家大院。

王老犊子哭丧着脸对老地主“铜锤子”说：“牛倌马大太不是东西，黑天白天地在我家房前房后地踅摸，我家胖丫大白天都不敢过河摘黄瓜了……”

马大兴奋得一夜都没怎么睡觉，脑子里一遍遍地在重复黄瓜地头的场景。胖丫今天中午还得去摘黄瓜，马大要在第二天再一次等待着那个时刻。

他第二天放牛走得更早，当然回来的也就更早。

马大春风得意地骑牛进了佟家大院的后院。“铜锤子”依旧像往天那样，早已打开院门站在院内，往日老东家是边数着牛的头数边看着牛的肚子，今天“铜锤子”眼睛不看着牛却紧紧盯着马大。马大却一点儿也没察觉，直到“铜锤子”手里那根棍子轮到了他的脖子上，他才妈呀一声从牛背上掉下来。

肥胖的“铜锤子”恶狠狠地说：“你再去王老犊子家我要你的命。”边说边又要抡棍子，马大赶紧喊：“别打了别打了我给你下跪。”在“铜锤子”往回收棍子等着马大下跪的时候，马大弯曲的右腿却突然地飞起来，把“铜锤子”踢了个仰面朝天。当“铜锤子”爬起来疯狂发作的时候，马大已经跑得无影无踪了。

胖丫早已被爹妈许配给了佟老地主的另一个孙子佟三喜，外号叫“佟罗锅子”的痨病鬼，马大必须得出逃。马大是秋收的时候跑的，挂锄的时候胖丫就被娶进了佟家大院，前后都不到一个月的时间。

马大把佟富连同算命先生都押回了佟家大院。

开公审大会那天，方圆几十里的穷人都来了。

工作队指导马大发动群众发言，马大发动的第一个人是贾四。

老贾家是不种地靠扛长工维持生活的人家，贾家哥四个都是很棒的劳动力，但面皮白净的贾四一年却不怎么干活，从小就游手好闲惯了，长大依旧靠其他哥哥养活。哥哥不说啥，几个嫂子都看不上他，时间长了几个哥哥也不愿搭理他。贾四也不愿看其他哥哥的脸色，自己便在离王老犊子家不远的地方盖了一个小窝棚，整点儿好吃的去王老犊子家喝酒也方便，也省着让家人知道。贾四在三季忙的时候也出去打点儿短工，但干几天挣一斗小米就歇着了。

今年的雪太大，几场雪就把贾四的窝棚给压塌了，没地方住的贾四只好厚着脸皮跟老爹老妈睡在一铺炕上。贾四的三个哥哥都已成家，大哥俩住在西屋的南北炕，三哥和爹妈住在东屋的南北炕，贾四冷不丁回来住，几个哥哥没啥说的，几个嫂子都感觉挺别扭。贾四自己也觉得不咋自在。

贾家明年就要租地种了。贾四爹已经跟佟老太爷说好，明年租种佟家两垧地。看在这些年贾家父子给佟家扛长工的份上，佟老太爷挺关照，头一年种地秋后就收两成的租子吧。贾家父子挺高兴，在佟家打场之前就买回了两头牛。冬闲时节，爷几个把两头牛侍弄得膘肥体壮，每天都乐哈哈地套上牛爬犁上山去砍柴火，四铺炕天天晚上都烧得很热。几个哥哥干活贾四想伸把手又不愿动弹，哥哥们也都不愿支使他，他也就得过且过，有时吃完早饭就去王老犊子家，晚上回来躺在热炕上，贾四感觉是比住窝棚享福。只是每天得厚着脸皮看几个嫂子的脸色。贾四就暗自琢磨，开春之后，把自己的窝棚重新支把支把，还是自己住自在。

吃完早饭，爷几个又都赶着牛爬犁上山了。贾四妈说，你不上山在家把牛圈里的粪抢出去吧。贾四端着一锹牛粪送到门前的粪堆上，看了一眼白茫茫的天空野地。贾家住在离屯子很远的南山脚下，厚重的白雪让村庄里的房屋显得那样小，只有佟家大院占的地方是那么大，房屋是那么长那么高那么多，东西南北好几趟房子，自己家几辈子能住上佟家那样宽敞大屋呢？就在贾四胡思乱想的时候，佟家大院那边隐隐约约过来一个人，好像往贾家这边来了。

贾家离屯子得有一里多远，屯里人砍柴都去北山，没有什么事谁都不往这边来。贾四爹经常得去佟家便清出了一条只能走单人的小路。

马大是连蹦带跳奔来的。离得很远贾四看走路的姿势和身材就知道是马大，便迎了上去。

两个人是真正的光腚娃娃。分开两年多了，马大明显的是“出息”了，只是脖子歪了。贾四就像身子矮了半截似的笑脸相迎，“兄弟这几年发达了。”。马大却是快言快语，“赶紧让你们家人都去佟家大院，今晚就开斗争会，‘铜锤子’家的所有财产都分给穷人，每个穷人都有一份，土地车马，几十间的房子现在都通通分掉。”

贾四跑回家只跟他妈说了一句：“八路军来了要分佟家的财产，快去上山找我爹他们吧，我先去了。”贾四快步撵上了马大：“啥都分，佟家一帮小媳妇能不能给我分一个？”马大回头斜了贾四一眼：“共产不共妻，这是共产党的政策，违反政策枪毙。”马大的表情就像他有权力枪毙谁似的。

佟家两扇漆黑的大门敞开着，贾四有点儿不敢迈步，马大说：“老小几十口都关在到后院去了，一会儿先杀猪，晚饭猪肉炖粉条子。”

佟家的院里院外很快就聚集了很多人，贾四爹是在工作队要开饭的时候到的，贾四已经被定为土改工作队的主要成员，他爹也就是干部家属了，马大便招呼他进大堂屋吃饭。贾四爹他要看看是怎么回事，他惦记着他租的两垧地，贾四告诉他：“佟锤子都给绑起来了，几千垧地老地主说得不算了，咱们家能分好几垧，你还给谁交租子？”

贾四爹看见了长条桌上散落着几十张地契，马大用一块黑褐色的油布包上：“马上就要开公审大会了，这些地契当着穷人的面全部烧掉。”

这些地契是八路军用枪逼出来的，再逼问金银珠宝，老地主说没有，他宁可枪毙。

贾四爹虽然闻到了扑鼻诱人的猪肉炖粉条子香味，还是兴奋得颠颠往家小跑。

公判大会设在屯子前边的“南甸子”。几个爬犁并在一起铺上木板就当审判台了，平日不可一世的“铜锤子”佟老太爷五花大绑地被两个八路军押着，头低着，身子在瑟瑟发抖。佟家窝棚土改工作队长马大和民兵大队长贾四领着刚刚成立的民兵组织维持秩序。

第一个上台控诉的是十里远王家炉屯的老汉王兴武。二十多年前，他儿子去放牛，佟家几十个长工在铲地，小孩子骑牛没注意，牛蹄子踩碎了地头的水罐子，碰巧让“铜锤子”赶上了，一棍子就打在小孩子的太阳穴上，小孩子当时就被打死了。第二个上台控诉的是岭后屯的范老大，秋后减产交不上租子老地主要把地收回，范老大没办法只好把媳妇送到佟家住了一冬天。控诉人的声泪俱下使民众群情激昂，当时就把老地主打个半死，工作队根本拦不住。马大便抬手向空中打了一枪，在安静下来的瞬间，马大抓起老地主“咣咣”地就给枪毙了。看见倒在地上的老地主，马大歪着的脖子梗了好几下，总算报了当年老地主那一棍之仇，只是他永远地成了歪脖子。可能就是因为他的脖子歪才没能成为人民军队中的一员。

佟家几十口人住到了后院西厢房的下屋，前院做了管理小区的办公地方。全双河管理大区分东西南北四个管理小区，人们对管理小区都称村政府，这个地方叫佟家窝棚管理小区，就叫佟家村政府。马大是佟家窝棚管理小区区长兼土改工作队队长，人们便习惯称他村长，书记是上面派来的。佟家村政府管理双河区北部大小二十二个自然屯，方圆二十多里。人民政权刚刚建立，世世代代的穷人到了今天才拥有了自己的土地。村政府的朱武书记天天领着人到个个自然屯去宣传，只有保住人民政权才能保住到手的土地，只有把国民党军都打没了才能保住人民政权，只有参加人民军队才能把国民党军消灭掉。

贾四哥四个，没等做动员工作贾四爹就到村政府表示要送一个儿子去当兵。贾四爹走道从来都是忙三火四颠颠嗒嗒的，没人知道他的大名都叫他的外号贾小颠。今天贾四出去执行任务去了，贾小颠便一路小跑进了村政府。村政府大门开着。以前佟家的大门平时都是紧闭着，那真的是侯门深似海呀。今天院还是那个院，门还是这个门，贾小颠感觉比进大车店都仗义。

朱武书记上区里开会去了，马大值班。屋内，后窗上着很厚的霜，虽然往后边望什么都看不见，但马大的脸还是习惯向后边望着。马大听见了“咔咔”的牛皮乌拉踩雪的声音，他以为是通讯员谢小耗子回来了。贾小颠进屋喊“马村长”，马大像怕别人发现他心里有鬼似的“噌”地在靠窗的椅子上站了起来，“贾大爷来了，快坐。”

贾小颠说话跟走道一样痛快，他四个儿子怎么都得有一个去当兵的，哥四个就贾四没成家，他想让贾四当兵去，他知道贾四不愿去便想通过马大达到自己的愿望。马大梗了梗歪脖子，贾四是他最可靠的哥们最得力的助手，贾四的枪法挺准而且还敢下手，这个时候哪能离开贾四。马大提起火盆上的铁茶壶给贾小颠倒了一碗热水，“爷们，咱们这革命政权刚刚建立，得由我和贾四哥俩来保护，现在各地的反动地主都跑到市里参加了还乡团，佟富我们是天天看着，他才没跑出去，咱们家里不能没有老四这样的硬手啊。再说我俩都是领导干部，我看还是让大哥仨去一个吧。”

贾小颠厚眼皮往上挑了一下，他也看明白了，这事指望你马大纯粹是扯淡。

贾小颠从村政府出来，边走边往下撸狗皮帽子的两只帽耳。刚从屋里出来，白雪映着刺眼的光芒。贾小颠眼睛眯缝了一下，望着山川田野由近及远，老佟家一千多垧的山林土地一眨巴眼睛就都是大伙儿的了，明年开春雪化开就分地了，今后穷人永远都不会挨饿了。让贾四去当兵，除了为保住土地的大方向之外还有一个原因。贾四跟佟罗锅子媳妇，贾小颠早就发现了。这事虽然都说笑话戴花的不笑话戴帽的，可贾四一个二十刚出头的小伙子跟老娘们搞破鞋，这事也太砢碜了。别看佟罗锅子一身病，他要是知道了是不会认的，现在是世道变了，不然“铜锤子”不得要贾四的命？贾小颠非常希望贾四走得越远越好。贾小颠袖着两手往家颠达，路过王老犊子家的房后，眼睛向那两间小草房狠狠地瞪了两眼，心里在骂王老犊子是真他妈可恶，他宠着姑娘养汉，贾四整点儿好吃的都拿这来了，今后有点儿啥不都得添乎王老犊子吗？佟罗锅子十年八年的死不了，啥时候是头啊？再说这事也太见不得人了。

马大回来不仅仅是报仇的。胖丫嫁人是他意料之中的事，回来之后胖丫对他的态度是马大没有想到的。马大领着八路军回来那天，他拎着枪挨着屋把佟家的男女老少往长工住的屋里撵，当他闯进胖丫和佟罗锅子的屋子，看见坐在炕上哄着孩子的胖丫马大心都要蹦出来了。胖丫看了他一眼就像不认识似的把头扭过去了，直到被轰进长工住的大筒子屋，胖丫都没再看他一眼。那天晚上，马大连蹦带跳地臭骂佟家人与胖丫对他的态度是有直接关系的。

佟家有钱有势的时候，所有嫁给佟家的女人都好好过日子。现在佟家一无所有了，胖丫还能守那个痨病鬼吗，佟罗锅子弯腰撅腚，说一句话喘半天，瘦得来一阵风能把他刮天上去，怎么能跟他有权有势身强体壮的马大比呢。虽然胖丫躲避着他，但马大是不会轻易地放弃的，他要创造跟胖丫见面的机会。在酝酿成立妇救会时，能出头露面的妇女实在不好找，马大向朱武书记建议，王胖丫能说会道，她是被迫嫁给佟罗锅子的，她是被压迫的典型。朱武书记说，如果她能争取婚姻自由成为妇女解放的代表，可以让她做妇救会的主任。

马大刚离开的时候，胖丫也想过他一阵，毕竟有了肌肤之亲。进了佟家大院之后，便很快地把马大淡忘了。穷家女瞬间过上了富家日子，便是天上地下的感觉。佟家吃穿用什应有尽有。佟家四代同堂，亲兄堂弟老少十几股，除了老老太太，所有女人都要编饭班子，每三人一班，三天一轮。平时就是自己安排时间做本房的衣服和鞋。佟家的女人除了薅地是不干其他地里活的，胖丫在佟家感觉到了什么是享福。美中不足的是，佟三喜那方面太不尽人意了。佟三喜身体瘦弱那东西也特别短小，如果胖丫没经历马大的粗壮威猛或许心里也不会有什么波澜。更让她难以忍受的是佟三喜要命的喘息。动作时喘得上气不接下气，完事之后气就喘不上来了，眼睛瞪得鼓鼓的，嘴大张着，就像马上要咽气似的，吓得胖丫几乎要喊人了。每个月胖丫都担惊受怕地忍受着一两次，那一次没完事他就喘不上气了，胖丫惊恐地把佟三喜推了下去，从此佟三喜再也没有上过胖丫的身体。在胖丫的心里佟三喜这个人还是不错的，他从来不像佟家其他男人对女人吆五喝六。

胖丫跟贾四扯上与胖丫爹王老犊子是有直接关系的。王老犊子不是一般的好喝，他每月都要去中心大镇桦皮厂赶一次大集，买回一坛子“刘家烧锅”，回来正好喝一个月。去桦皮厂赶集走大道三十多里，翻山越岭走小路将近二十里。自从王老犊子跟贾四第一次结伴而行之后，再去桦皮厂赶集几乎都是两个人同行了。王老犊子会唱几句二人转，王二姐思夫、情人迷、十八摸，所有粉的黄的都能哼哼几句。

在山路上边走边唱，有时还现身说法，把生性的贾四撩拨得上下发胀。这时他很是下流就向贾四灌输，没有媳妇怎么解燃眉之急，“大姑娘要猛，小媳妇要哄，实在不行老邦婆子也能整。”贾四知道王老犊子是拿他开心，他也就跟王老犊子没有什么正经的话，“大姑娘小媳妇我上哪儿碰去，老犊子你净跟我扯犊子。”王老犊子大嘴一咧：“你天天没啥事，南北二屯十里八村地转悠呗，瞎猫早晚都能碰见死耗子。”

那天赶集，王老犊子背了一领炕席，贾四肩膀上挎了一对他套的一对野鸡。虽然一对野鸡没有炕席值钱，但中午在煎饼铺还是贾四花的钱。回来贾四又给他背着酒坛子，要到家了才换到王老犊子的背上。虽然是寒冬腊月，两个人都走了一身的汗。王老犊子说，“这一道你累够呛，你一个人回去还得做饭，晚饭上我家吃去吧。”从那天以后，贾四便经常地在王老犊子家喝酒吃饭。开始胖丫妈还有点儿烦，但贾四特别会来事，而且是很少不拿东西去的，渐渐的胖丫妈也就接纳了，况且王老犊子在家一手遮天，胖丫妈就是不满意也不敢说啥。

贾四有一手套山鸡野兔的绝活，野鸡野鸭野兔只要贾四给溜上根本就跑不了。贾四不乐意干活，没事的时候净在山上转悠。贾四今年在山上紧着转悠是因为胖丫愿吃跳猫子肉，这地方人管野兔都叫跳猫子。贾四第一次拎着活蹦乱跳的野兔去王老犊子家是胖丫结婚第二年挂锄的时候，刚放牛回来的王老犊子看见贾四拎着野兔来了，脸笑得七裂八瓣："这玩意最好吃。"王老犊子马上找了一根细麻绳一边把野兔吊在了木杖子上，一边向屋里的胖丫妈喊："把那把镰刀头子给我找着。"王老犊子在接过胖丫妈递给他的镰刀头子时说："让二丫把胖丫招呼来，让她也尝尝。"

胖丫是在兔子肉下锅爆炒的时候进院的，贾四跟王老犊子两个人在窗户下边蹲着抽烟。贾四看见白白净净水灵灵的胖丫，马上把头低下了。胖丫太美了，美得让贾四都不敢看她。

吃饭的时候，贾四和王老犊子坐在屋里土炕的木方桌上，胖丫娘几个是在外屋的锅台上吃的。屋里的贾四酒还一口没喝心里就早已心猿意马了。他不但想着浑身鼓鼓溜溜的胖丫，想着胖丫进院看他时的眼睛，同时想着王老犊子哼哼过的调子和跟他说过的那些粗野的话。

从那以后，真是应了"眼不见嘴不馋"那句话，贾四特别地想胖丫了，女人就是胖丫，胖丫就是女人。白天，贾四站在山上往佟家大院瞭望，晚上睡不着觉就在道上溜达。他明白，只要弄着山鸡野兔去王老犊子家吃，就能见着胖丫。

正是在王老犊子家的几次接触，胖丫跟贾四才淡化了男女授受不亲的感觉。

胖丫跟贾四搞到一切既是偶然也是天意。

处暑之后，下几场雾山上就起蘑菇了。结婚之后从来没上过山的胖丫今天非常想去采蘑菇。

挎着猪腰筐的胖丫悠闲地出了大院，艳阳高照，温暖好个秋。出了屯子就是她娘家的黄豆地。豆叶已经泛黄，每颗豆秧上都是一嘟噜一串串的黑绿饱满的豆荚，今年又是一个好收成。胖丫喜滋滋地迈着脚步沿着黄豆地边往北山走，过了黄豆地是一块长长的一直到山边的高粱地。很窄的只能走一辆老牛车的土路上，长着一墩一墩的齐腰深的马连草和猪鬃草，望去就像一条长长的绿色大炕，人们去北山都走地边的羊肠小道。

胖丫边走边往山上望，已经看见山边的小树和黄草了，胖丫便加快了脚步。一连串“嘎嘎噶——”的野鸡叫声让胖丫心惊肉跳地停住了脚步。

贾四手里拎着镰刀揣着一裤兜子的马尾巴和铁丝做的套从东山转到北山，该下套子的地方都下了，要下山的时候，听见了不远处树叶子“哗啦哗啦”的声音，贾四仔细地一踅摸，一只红红绿绿花花溜溜的大公野鸡，就在离他十几步远的树根底下刨着食物。就在贾四发现野鸡的同时，野鸡也发现了贾四，野鸡便惊恐地要往起飞，贾四手疾眼快地把手里的镰刀飞了出去，在野鸡飞起几米高的时候正好砸在野鸡的膀子上，野鸡当时落地了。

野鸡只是伤了翅膀，内脏和双腿完好无损，慌不择路的野鸡一溜烟地往山下逃去，顾头不顾腚的野鸡一头扎进了山下高粱地边的草墩子里。野鸡受到攻击要藏密的时候只要把脑袋往哪一扎就完事了，根本不顾及裸露在外的这个身体，乡间俚语“顾头不顾腚”指的就是野鸡。

胖丫是眼盯着野鸡一头扎进她前边二十几步远的草墩子里的，她当时的精力太集中只看见了野鸡，根本没看见野鸡后边的贾四。

贾四眼睛虽然盯着贴着地皮飞跑的野鸡，同时也看见了不远处的胖丫。

胖丫和贾四是同时奔跑到那个草墩子跟前的，直到贾四和胖丫撞了个满怀。这里贾四肯定有故意的成分，和胖丫身体碰在一起贾四还显得很吃惊。

按常规，两个人都会很不好意思地面红耳赤后退一步或者几步，胖丫肯定是。然而，贾四怎么会放弃这天赐良机。但贾四还是先把野鸡擒住麻利地把两只野鸡膀子拧翻过来，把两只腿用麻绳绑上放进胖丫的猪腰筐里，“给你吧”。在胖丫得意地摸索漂亮的野鸡翎子的时候，贾四一下子就把胖丫搂在了怀里。

从来没吃过肉的贾四今天终于尝到了肉的鲜香美味。

多长时间没品尝美味的胖丫今天终于又满口香地吃到了美味。

干柴烈火开始冲天地熊熊燃烧了。

在高粱地里，两个人毫无顾忌地从太阳偏东做到了太阳偏西。

贾小颠认为王老犊子宠着胖丫跟贾四养汉，纯粹是在冤枉王老犊子。当他发现了胖丫和贾四的事之后非常生气的同时又非常害怕，要拎着绳子去上吊。

王老犊子是在请贾四吃水豆腐那天发现胖丫跟着贾四的。

立冬之后就上大冻了，种地的庄户人家便开始打场了。佟家的粮食多，十几盘石头磙子要轧一个多月。年年打场之前佟家都要做几桌豆腐，打场的时候得两天保证能吃一顿豆腐。长工们就像盼过年一样盼着每年打场，佃户王老犊子虽然没多少粮食，但就两头牛磙子年年也都得轧十天半月。小户人家跟大户人家一样，要打场之前也得做豆腐，特别是今年贾四早就答应帮王老犊子打场，从开始一直到收拾利索，怎么也不能天天吃土豆白菜。

佟家要拉水磨了，王老犊子赶紧在头天晚上把黄豆也泡上了，跟佟家是亲家，这个光还是能借上的。

佟家后院的东厢房是碾坊和粮仓，粮仓八间有余碾坊两间不到，粮仓的门靠前，碾坊的门靠后，离后门洞也就十几步远。贾四挑着两只木桶忽颤忽颤地从门洞进来，脚步奔向碾坊，眼睛却向四周一个劲儿地踅摸。

佟家是前后三进的院，房高院阔，小媳妇是不进碾坊的。

从进来到磨完豆腐，贾四连胖丫的影都没看见。挑着豆浆往回走，贾四心想，佟家咋不失火呢，要是把房子都烧了，胖丫就回到王老犊子那住了。

王老犊子家的两间草屋都没有佟家的碾坊宽敞，本来就狭窄的外屋放了四桶豆浆就更显得地方不够用了。王老犊子以一家之主的口吻对胖丫妈说："赶紧挤豆浆吧。"胖丫妈从大瓦盆里捞出用豆腐包缝成的口袋拧了拧，贾四马上接过来说："我挤吧。"

胖丫妈把掏灰耙和烧火棍用抹布擦了擦搪在大铁锅上，蒸饽饽的大秫秸帘子放在上边。贾三把像面口袋似的豆腐包抖平放在帘子上，双手撑着口袋嘴。胖丫妈把豆浆桶从东墙根挪到紧靠锅台的地方，用葫芦瓢往口袋里一瓢一瓢地蒯，豆汁从口袋的缝渗漏出来，透过帘子哗哗地淌进锅里。

胖丫妈的身材、动作跟胖丫一模一样，贾四眼睛时不时地在胖丫妈的身上飘来飘去。在门外劈木头的王老犊子无意地往屋内瞥了一眼，正好看见贾四的眼睛在胖丫妈身上踅摸，王老犊子便使劲儿地咳嗽了一声。这时胖丫进院了，王老犊子便吩咐胖丫，进屋替你妈灌豆浆吧，这两天你妈手脖子有点儿不好使。

看见胖丫站在门口贾四的心都要蹦出来了，两双眼睛一对，贾四挤豆浆的手有点儿发抖。

胖丫妈出去了，就贾四和胖丫两个人在锅台上下忙活了，两个人说着只有他俩才能听见的悄悄话。

剩最后一桶豆浆了，王老犊子开始点灶坑了。烧木头绊子得先用蒿子做引柴，刚点着火，一缕黑烟就冒出来熏得贾四直淌眼泪。胖丫埋怨她爹一句："挤完了再点火能耽误多大一会儿。"说得贾四心里热乎乎的。

豆腐锅熬开时天就要黑了，水豆腐吃到嘴已经上灯了。胖丫妈把炕桌上豆油灯的捻子往出拨了拨，油灯便亮了许多。贾四和王老犊子坐在炕里，胖丫和她妈坐在炕边，二丫老小坐在两旁，贾四感觉自己和他们就像一家人似的。

里外屋都弥漫着热腾腾豆腐的香气，熬豆浆把炕烧得烫脚，贾四和王老犊子上炕里都脱了棉袄。两个人光着脊背，老犊子看了看胖丫娘俩又斜了一下贾四说：“你里边也啥都没穿啊？”贾四咧了咧嘴啥也没说出来。

胖丫已经在家吃了一顿水豆腐了，她一点儿都不饿，勉强就着水豆腐吃了一小碗稗米饭。她撂下饭碗说：“我得赶紧回去哄孩子睡觉了。”

胖丫刚走，贾四就说得回去烧炕，忙三火四地穿上棉袄下地了。

贾四走得很忙，王老犊子自己喝觉得挺没趣一口就干了。

贾四和胖丫在房西院外的谷草垛拽下几捆谷草。两个人正在谷草上忘情地折腾，王老犊子走到跟前两个人都没发现。

王老犊子是循着胖丫的呻吟和哗哗啦啦的谷草的混合动静过来的。

黑暗中，王老犊子气得浑身发抖坐在了地上：“你们这是在找死。”

王老犊子害怕死了，他明白佟老太爷要是知道了，不但得要胖丫的命，王家的日子也别想过了。

王老犊子从此再也不让贾四来他家了，胖丫也很少回家了。

一切都因为马大回来而改变了。

胖丫从来没跟贾四说过她以前与马大的事。

马大根本不知道贾四跟胖丫的事。

马大和贾四都想让胖丫成为自己的女人，两个人又都不能亲自去找胖丫。

佟家的日子从天上一下子就到了地下，胖丫内心的感觉不仅仅是日子远远的不如娘家了，而且隐隐约约感觉今后自己的男人都说不上是谁了。她明白，贾四和马大都想让她做自己的女人，佟三喜更不会让她离开。

胖丫要领着三岁的金锁回娘家了。

胖丫抱着金锁是从后门走出佟家的。这是一个十分难得的温和的冬日，白色的阳光照着白色的雪，很刺眼。雪太大，道路上的雪根本就清不了，经过人踩马踏，道上不但人能走，牛马拉的爬犁也能畅通无阻了。胖丫抱着金锁，在坚硬的雪地上慢悠悠地移动着步子，道两边的雪像两道白墙，胖丫的身子肩以下的部位全被雪墙挡着，也阻挡着胖丫雪墙外边的视线。胖丫根本看不见不远处的雪窝子里有个男人在焦虑地等着她，更没想到另一个男人一直跟在她的后边。

两个男人理所当然地都发现了对方，但首先发现对方的是贾四，应该说贾四是在暗处。贾四看见马大走路姿态就明白马大想干什么了。贾四虽然看不见马大的表情，但贾四知道马大的两只眼睛是紧盯着胖丫的。如果不是看见马大，胖丫露面贾四就会迎上去。看见马大贾四踌躇了片刻还是站起来迎了上去。因为他看见马大在加快脚步，而且在喊叫，让胖丫停下。贾四看马大的神态，是猎人在追赶猎物，只是马大不知道他追撵的是另一个猎人的猎物，而且那个猎人比他来得更早。

两个男人都有些惶恐，胖丫倒是坦然。坦然得没有跟两个男人说一句话，坦然得没停留脚步。两个男人都想把胖丫留住，两个男人都有话要跟胖丫说，因为两个男人的同时出现，也就同时失去了跟胖丫说话的机会。眼睁睁地看着胖丫走了，剩下两个面面相觑的男人。

都想拥有自己心爱的女人，也就都说出了理由。确切地说，两个男人的理由都挺充分。两个男人最后都明白，要想让胖丫成为自己的女人，除了佟罗锅子，还得让对方放手。

两个人既是一起长大的发小又是土改斗争中的战友，否则两个人一定大打出手。

还是马大冷静地说：“咱俩回村政府唠吧。”

从前气派的老地主客厅变成了今天宽敞的村政府办公室。

热气腾腾的猪肉炖酸菜粉条子、黏豆包、一壶烧酒。

歪着脖子的马大看着东墙上毛泽东、朱德画像，“毛主席朱总司令让我们翻身当家做主人，以前，这屋我都没进过……”贾四当然明白马大的意思，翻身做主，来之不易，咱们是阶级弟兄，不能因个人问题因小失大。马大的姿态很高，贾四心里的确承认马大看事比他远，同时对他有恩。马大回来第一个找的就是他贾四，经马大举荐贾四才当上了武装民兵大队长，现在贾四才知道什么是翻身日子。不管马大怎么拐弯抹角，其意思就是让贾四放手。

马大说得很诚恳，当年老地主一棍子，这脖子一辈子都这样了，今后也就只能在老乡老土生活了。言外之意，贾四是不能窝在山沟一辈子的。马大说出了他的打算，马上就要开区政府成立大会，让王老犊子以佟家窝棚贫农协会主席身份参加，让王胖丫以妇救会主任参加。马大的意思是让贾四喝完酒就去王老犊子家，把他的意思告诉王老犊子和胖丫。贾四最后是心花怒放了，因为马大的意思是让贾四娶胖丫的妹妹王二丫，二丫已经是十六七岁的大姑娘了。

贾四完全相信马大说的话，胖丫的儿子金锁肯定是马大的儿子。胖丫早就是马大的女人了，自己放手是天经地义了，况且马大已经举荐他当区武工队副队长了。

贾四春风得意地迈出了村政府大门，加上烧酒的作用更有点儿飘飘欲仙了。计划是马大设计的，贾四得实施计划，要实现计划，得马上去王老犊子家。

太阳已经偏西，正是冬天最暖和的时刻。人都说三年河东三年河西，我贾四几天工夫就河东河西了。不用说跟以前比，就是跟今天上午遇见胖丫的时候都不一样了。刚才在村政府上下身衣服都换了，马大把昨天从区政府拿回来的两套八成新的军服给了他一套，腰间的武装带上还别了一把手枪。有点儿缺憾的是没有帽子，那顶狗皮帽子跟这身棉军装不太般配，干脆把帽子撇了。光着脑袋的贾四自己都感觉更精神了，内心的喜悦兴奋加上中午温暖的阳光冲淡了脸上冷的感觉。

贾四学着解放军昂首阔步的样子朝王老犊子家走。王老犊子家的两间土屋本来就低矮，一大半墙体又隐没在大雪之中，在远处只能看见像一堆乱草的房盖。

贾四进王家不但没有丝毫的胆怯而且有些理直气壮，王老犊子家的黄狗虽然没少吃贾四给的山禽野兽骨头，但贾四每次来还都是要咬他几声，为此，王老犊子得意扬扬地说："我家大黄，就认自己家人，外人给它多少好吃的都白扯。"今天大黄看见贾四只是张了张嘴，叫都没敢叫出声就回狗窝了。贾四想，别说是人，狗都让我这身军装给镇住了。

胖丫跟弟妹在玩嘎啦哈，胖丫妈在炕梢哄着小外孙，王老犊子仰卧在炕头上哼着跳大神的调子。贾四进屋，全家人都愣愣地看着他。贾四一本正经地说："我马上就要到区里了，来看看你们，顺便也是告诉你们一个大好事，马队长保举王老叔当佟家窝棚贫农主任，胖丫是妇女主任，下个月你们爷俩儿都去区政府开会。胖丫要想做妇救会主任，得马上到区政府办理离婚。"贾四说话的时候眼睛一直看着水灵灵的二丫。

自从胖丫那天抱着孩子离开就再也没回到佟家。通过参加区政府会议，胖丫瞬间就成熟了。胖丫成为全区妇女翻身解放的典型，什么场面都不怯场敢说会说，把佟家窝棚妇女工作搞得非常出色。

胖丫跟贾四的事佟家是没有人知道的，马大当年是怎么出走的却都是心知肚明。自从跟胖丫结婚之后，只有在过年的时候，佟三喜才去一趟老丈人家，去了吃一顿饭就回佟家大院了。胖丫回了娘家，佟三喜也想跟回去，只是自己不好张口，胖丫更不会说让他跟回来。佟三喜根本没想到胖丫这次回娘家竟再也没回来，马上就要过年了，佟三喜的病情随着新年的来临愈加严重了。虽然跟村政府只是两趟房之隔，对于佟家人来说，简直就是隔着两座山。

作为堂兄的佟富，很是可怜三喜这位堂弟。

“兄弟，咱们还是得好好活下去，心里别总是憋屈了。”佟三喜对于堂兄的关怀，只是不住地点头，他心里已经有了打算。

每年进了腊月，佟家就开始准备过年了，先是杀年猪，佟家每年过年都杀十头猪，一杀就是三天。佟家从杀猪那天开始，就有浓郁的过年气氛了。今年整圈的肥猪都被土改工作队杀了，只给佟家留下了两头，还是朱武书记让留下的。佟家男人只有老太爷和佟三喜是不干活的，一大帮的孙子老太爷是最宠爱三喜的，三喜从小就跟老太爷吃小锅。每年杀年猪之后，老太爷的小锅就不断肉了，大锅饭菜只能是腊月二十三小年之后菜里才有肉。自从娶了胖丫之后，佟三喜是心情和物质都得到了享受。

一切都是因为马大的回来而改变了，佟三喜不但失去了口福，拿他当心肝宝贝的爷爷被马大枪毙了，媳妇也跑了。别看现在胖丫是住在娘家，她跟马大在一起过日子是早晚的事。佟三喜一连几天睡不着觉了，怎么琢磨都觉得自己活着没啥意思了。佟三喜内心产生了强烈报复的念头，他要把马大和胖丫除掉。他谋划了几个方案，虽然马大最该死，当面干不是马大的对手。虽然自己没有缚鸡之力，可以放火呀，半夜的时候，把老王家的房子点着了，烧死他们全家。王家的房子着火了，马大肯定去救火，佟三喜在暗处，看见马大就给他一刀。

佟三喜要在今天晚上放火烧王家的房子。佟三喜从来没在晚上离开过佟家大院，今天是腊月十五，月明星稀，白雪茫茫像白色的地毯铺在大地上，又是出奇地宁静，佟三喜恍惚地感觉阴间的世界也许就是这个样子吧，是让别人去死还是自己去找死？反正自己是不想活下去了。佟三喜走出后门不到百步，身后带着风声跑来一个人，没等佟三喜转过身，就被来人拽住了后衣襟："你要干什么去？"声音很低很重，低得只能是面对面才能听清楚，重得要把牙咬碎。在大哥佟富面前佟三喜要把内心的想法都说出来，佟富没等他开口，就像拎小鸡似的把佟三喜拎进了柴房。

佟富用劲儿过猛，佟三喜瘫坐在柴火堆上大喘着粗气。

"大哥呀，我——是——要——给——咱——们——佟——家——出——口——气呀！"

佟富原本松开的手又一次伸出把佟三喜拎了起来："你这样做，是在要全家人的命，你知道不？"

佟富，这个一直体贴温情的大堂哥，竟变得如此冷酷，冷酷得没有丝毫人性。佟三喜本来是要给佟家一个惊喜，他曾想过，他的这个举动，会让大堂哥对他大加赞赏，会佩服得五体投地。但佟富的激烈反应让佟三喜无法释怀、无法接受。

佟三喜一口气没上来，死在了柴火堆上。

作者简介： 张志民，吉林市昌邑区左家镇梨树村党支部书记，2016年12月入选"吉林省十大农民作家"。出版长篇小说《龙卷风》和《牛年马月》，第三部长篇小说《甜杏树苦杏树》获吉林市政府作品专项资金扶持，《龙卷风》获得吉林市第六届松花湖文艺作品奖。

大山里的救赎

李谦

一

陈剑虽然已经退休，可作为一名省报的前名记 + 知名作家，因为接连撰写了关于野生东北虎保护的长篇报道，他被评为“省十大森林卫士”之一，参加了在省政协大礼堂举行的颁奖会。

台上，获奖者们一个个接过奖杯，就要到陈剑了，突然，他的肩膀被人拍了一下。他回过头，一个帽檐压得很低的男子塞到他手里一个信封，转身离开。陈剑很吃惊，打开信封一看，当时就愣住了。

里面有一张信纸、几张照片和一个光盘。信纸上写着一行大大的黑字：陈大名记，看看贵公子的饭庄经营什么呢？啪啪打脸，疼不疼？

那些照片拍的是一家饭店的后厨，一个中年男子的手里托着一只肥厚的熊掌，身边围着一群厨师，身后的案板上有两只死鸟，是一级保护珍禽飞龙。而这个男子，正是陈剑的儿子陈小亚！

陈剑的后脖颈子热烘烘的，当即冒出一身细汗。

陈剑是个地道的工作狂，为了工作废寝忘食不顾家，性子却又倔强不善沟通，因此夫妻俩争吵不断，终于在结婚十年后离了，九岁的儿子跟了前妻。这些年在抚养费上陈剑尽心尽力，可因为忙碌，父子俩的联系并不密切。去年儿子开了一家饭店，投资有缺口，张口向陈剑求助。陈剑没再婚，按说该有积蓄，可他的薪水奖金除了自己到处跑开销不菲外，还资助了两个特困生，剩下的都捐给东北虎保护基金会了，只得红着脸跟儿子说出去借一借，儿子二话没说，开车就走了。等饭店开业时又赶上陈剑在大山深处搞野外调查，只用微信转账给儿子一个大红包。过后听说饭店盈利不错，他的心里才稍感安慰，万没想到这小子利欲熏心，竟敢经营一级保护动物菜品！

台上的主持人已经在宣读陈剑的名字，掌声雷鸣一般响起，在催他上台。陈剑大步踏上了领奖台，接过话筒，声音低沉地说：“今天获奖的各位仁人志士，都是奋斗在森保动保一线的楷模。作为一个老记者，我深感自己没资格领取这座沉甸甸的奖杯。谢谢大家。”说完，他深深鞠躬，台下的观众还以为这是常规的客套，可陈剑已经推开了递到手里的奖杯，大踏步下了台。

就这样，他逃离了颁奖现场，开车直奔儿子经营的饭店。是谁给他送的信，目的何在？他压根来不及思考和追查。

还没到上客的时候，饭店大厅稀稀拉拉坐着几桌客人。陈剑径自走进储物间，拉开冰柜冰箱，翻检到鹌鹑、雉鸡等野味，这都是在国家允许经营的范围之内的。他只顾着乒乒乓乓到处翻，前妻在饭店管理，赶紧过来制止。陈剑火气更大，责问她是怎么带的儿子？眼看就要吵起来，儿子陈小亚沉着脸进来了，问他想干吗。陈剑把那个信封一把塞给了儿子，厉声说：“这是这么回事？你必须给我说清楚！”儿子打开信封看了看，脸色更难看了，冷冷地说：“我这是沾了您这大名人的光了，有人紧盯着。照片是真的，我做了，客人吃了，钱收了！您打算怎么处置？”

真是怕什么来什么，陈剑气急败坏地指着儿子喊起来：“你，你糊涂啊你！你知道你这罪现在判得多重吗？上次我参与查获的一起倒卖经营保护动物的案子，那个饭店老板被判了十二年！十二年啊！你赶紧跟我去有关部门自首!”

陈小亚淡淡一笑：“反正在您的心里，老虎狗熊的比老婆孩子亲多了，您干脆来个大义灭亲不是更好吗，还能多得几个奖!”

陈剑气得手都哆嗦了，抬起手就想抽儿子一个大耳光，前妻立刻挡在儿子身前怒喝一声：“你敢?”

陈剑看着儿子那张酷似自己的脸上连倔强的神情都和自己一模一样，想起对儿子的诸多亏欠，他放下了手，喝醉酒一样趔趄着出了饭店。

回家后，陈剑把那个光盘放进电脑里，果然，是一段做熊掌过程的视频，给自己的几张照片是从中截取的，铁证如山。他在屋里来回走着，午夜时分，他给儿子发了一条微信，再次强调了儿子这种行为的严重性，要求他抽出两天时间，随自己进山走一趟，其他的事回来再说。儿子秒回：没空。陈剑继续踱步，快天亮时再给儿子语音留言：儿子，爸没能好好教育你，对不起。爸老了，就算你陪爸进山一次。行吗？早晨近六点的时候，儿子回复了两个字：好吧。

二

第二天一早，父子汇合后出发，开车一路东行，在高速公路跑了四个多小时，来到大山里的一座小镇，已经是中午了。这一路之上，两个人都是默默无语，满腹心事。

简单吃过午饭后，他们开车进了大山，四十多分钟后，车子开进了一个群山环抱的小村子，停在村子最东头一户人家院外。下车走进屋子，屋子里暖融融的，一个中年男子坐在炕头。陈剑问道：“熊老大呢?”那男子盯了他一眼，说：“我也才到家，我爸上山了。你是我爸救过一命的陈记者吧?”

陈剑点点头：“你是熊伟？二十年前我在你家住过，那时候你在外地打工，你咋认出的我？”男子说：“我家里有你年轻时和我爸的合影。”

陈剑拉着陈小亚脱鞋上炕，聊了起来，自然而然的，就聊到了当初陈剑被救的经过。

陈剑是最后一批知青，从省城被分到了吉省东部大山深处的这个小村子，每天干的活就是毁林还耕。十六七岁的年轻人火力旺，对大山里的一切都觉得新鲜，也不太拿山民们的忠告当回事。那一天地里没活，陈剑一个人跑进深山，想试试运气，挖一棵野山参，给母亲治病。不知不觉越走越远，他觉得有点儿累，刚在一丛灌木旁坐下，就觉得后背发冷，一回头，当时就蒙了，一个特大号的野猪头近在咫尺！

他脑子一晕，立刻瘫倒。山里人常说，不怕猪群，就怕孤猪！他的耳边似乎听见了不远处的一声虎啸，那野猪从他身上跃了过去，同时听到几声狗叫。陈剑心头一松，也看清了形势，村里的猎人熊老大带着几条狼狗和野猪斗在一起，那声虎啸正是他发出来的。

时隔多年，当时命悬一线的紧迫仍能在陈剑的叙述里感受得到，对面的两个人都一脸紧张。

“熊老大出身猎人世家，力大无穷。孤猪最凶残，那天如果没有他，我铁定完了。”

“爸，救命之恩大过天，为什么从没听你说起过这事儿？”

陈剑眉头一皱，没等说话呢，一旁的熊伟开口了。

“我来回答你吧。我爸是这方圆数百里名声赫赫的好猎手，这辈子打死的熊、野猪等大牲口就有百十头，獐狍麅鹿数都数不清，在生产队时是队长。他还有一手绝活，能学各种动物的叫声，几乎可以乱真。后来不让打猎了，他一身伏熊降虎的本事只能在地里锄草，掰棒子。再后来，打猎就是违法犯罪了，可我爸的身手被人看上，高价请他出山。那时候我妈得了癌，我又要娶媳妇，山里的彩礼高得吓人，我爸就冲着钱去了……他担心山神爷爷怪罪，每次赚到钱都买三牲祭礼供奉山神，所幸一直平安无事。后来，他从前从野猪嘴里救回来的一个城里人回村看他。我爸高兴坏了，顿顿大碗酒大块肉请他吃。那个人说闷得慌，想跟我爸一起出猎。我爸眼都没眨就答应了。”

陈小亚心里一凛，陈剑把头转向窗外。

熊伟叹了口气：“我爸山里人，心实，丝毫没有防人暗算的心思，哪知道他请来了一个卧底。就是这次盗猎，他们被森警抓了现行。我爸被判了八年，那个告密的白眼狼却得了大奖，从此一路走高，成了大名人。”

陈小亚低声说：“那你爸恨死那个……告密者了吧？”他也想说“白眼狼”，话到舌边却换成了“告密者”。

熊伟目光灼灼地盯着陈剑：“陈叔，你说呢？如果是你，你会恨这条白眼狼吗？”

陈剑回过头，慢慢开口：“其实我一直试图劝你爸去自首，没用，他讲义气，那伙人对他不薄。面对那个罪行累累的盗猎团伙，我思想斗争很久，还是理智占了上风，一手把恩人送进了监狱，我成了村里人人唾骂的白眼狼，恩人对我恨之入骨。还有很多罪犯家属扬言筹钱要买我一条命，很多年里我都不敢回到村里来。但是我根据此事写的一篇长篇幅报道获了国家级大奖，我也因此从小报社调进了省报……”

陈小亚盯着父亲大声说：“我才明白你为什么非得带我跑到这儿。你是想让我知道，救命之恩大过天，你都能下狠心举报，别说我这个不招待见的儿子了！回去你就要对我痛下杀手是不是？”

陈剑还没回答，突然，门外传来一阵疯狂的狗吠声，熊伟一个箭步窜出去，打开门，一条个头高大的土狗扑进来，咬着他的裤脚往外拖。这时陈剑父子才发觉，熊伟的一条腿有点儿瘸。

“不好，我爸出事了！”熊伟抬脚就跑，陈剑父子俩也起身跟了出去。

三

大狗在前面带路，熊伟虽然腿脚不便，可走得很快，那父子俩勉强跟上，翻过一座小山，熊伟大叫一声："爸!"

山路一侧蜷卧着一个人，穿着军大衣，带着狗皮帽子，躺在一棵大树下，眼睛半睁半闭。他的脸色灰白，一只裤脚有血迹。他身边的地上还有几个猎套和一个猎夹，正是熊老大。

三个人跑过去，熊老大指着一个方向气喘吁吁地说："那边，有一只老虎受伤了，你们快去，快去!"话音没落，他已经拖着一条腿往那个方向爬了，三人也连忙跟上，熊伟背起父亲往前跑。

果然，没走多远，赫然一头猛虎出现在他们面前。老虎的脖子血迹斑斑，身周的白雪都被染成猩红，在夕阳的光照下鲜艳恐怖。毕竟是兽中之王，虽因伤蜷伏在地但依然神威凛凛，不哮自威，看到众人走近，它的两眼精光四射，陈小亚第一个哆嗦了，陈剑拖着他靠近了老虎，这一细看，众人更是惊心。

老虎的左前肢被套中，脖子被猎套的铁丝划过，看不出伤口深浅，还有鲜血从断口涌出来。它全身的毛色斑斓而美丽，头顶部的"王"字斑纹散发着夺人心魄的王者之辉，虎眼在血红的夕阳下琥珀一般澄明。陈剑的泪模糊了视线，跪倒在地向老虎爬过去，被陈小亚一把拖住，低吼："你不要命了!"

陈小亚回头瞪着熊老大，只觉得眼前这张苍老的脸说不出的可憎，刚见到他时的愧疚一扫而空，忍不住责问道："报道说我国的野生东北虎一共才二三十只，都是国宝！多么美好的生灵，就为了贪点儿不义之财，你就忍心下毒手？今天你们要伤害它，得先过我这关!"他勇敢地挡在父亲身前，护住了他和老虎。

熊老大没理陈小亚，自顾对陈剑说："老陈，赶紧找个有信号的地方，先向保护站和森林公安报案，再给医院打电话!"陈剑立即吩咐儿子快点儿照着去做。陈小亚有点儿发懵，却知道听父亲的一准没错，于是全速奔跑下山。

陈小亚走后，熊伟要把父亲背回家去包扎伤口，可熊老大坚决要在山上陪伤虎待着。在三人焦急的等待中，保护区管理局和公安局的人以及医生已经赶到，给老虎射了三支麻醉剂后，用担架把老虎和熊老大一起抬下了山。

医院里，院长和外科主治医师组成的医疗小组在为老虎施行紧急手术，熊老大的外伤处理过了，和陈剑等人录完口供，一起等在手术室外。此时，陈剑父子之间的隔膜渐消，熊伟对陈剑的敌视也不知不觉消了大半。陈小亚先给熊老大道歉："大爷，我以为老虎是被您伤的，不分青红皂白就骂了您一通，对不起！"

熊老大苦笑一下，把事情的经过一五一十说了出来。

这几年，我国的生态环境越来越好，对于野生东北虎豹的科研和保护工作取得了极大的成绩，令世界环卫组织刮目相看，管理也极为规范严格，还成立了虎豹管理局。可正因为此，野生动物的利润更加惊人。所以尽管相关部门宣传到位，老百姓的环保意识提高，却仍然不能杜绝盗猎现象。这次套住东北虎的猎套，就是盗猎分子用铁丝制作的。环保部门不断组织人员上山清网清套，每一次都招引来全国各地的大批志愿者参与其中，几年里累计清除的套具已经有数千件之多，成就喜人。熊老大则是他们的总顾问，陈剑他们看到的他身边那几个套子，就是他独自上山清理的。

陈小亚竖起了大拇指："大爷，你转变这么大，是在监狱时改造好的吧？"

熊老大点点头又摇摇头："也是也不是。其实好多年我都想不通，自古以来，人和动物的搏斗最公平不过。我有本事，我吃你，我没本事，被你吃。山神爷爷都许咱的，咋就犯法了？"

熊老大抱着这种朴素的理念进了监狱，狱里经常上法制课，管教有针对性地教育他，他逐渐醒悟过来了，开始搜寻陈剑的文章和书看，越看越理解和信服。尤其是出狱后他得知当年的一个老伙伴因为盗猎一级保护动物，被判了二十年重刑后，这事儿才让他彻底解开了心结。而出狱之后他才知道，儿子上山时踩中猎夹伤了腿，又感染了不知名病菌，腿落了残疾。最让熊老大不寒而栗的，是儿子踩中的那个夹子，正是自己下的！

“我有个习惯，冬天下的套子夹子，年前必须捡干净，让动物们也过个放心年。没想到只漏掉那么一个，就害了儿子……报应，报应啊！我几天几夜睡不着觉，跪在山神爷爷脚下发誓，从今而后，我绝不再猎杀一只动物。”

如今政策好，山里人富裕，熊家的日子不错。可知道他出狱，就有过去的好哥们来游说他“出山”，他不但一口回绝，还规劝老友们靠正经营生发财，别往枪口上撞。一来二去的，有的人“折”进去，就疑心是他给公安泄露的消息，开始报复他。这下反倒坚定了他的信念，被请去当保护局的顾问不算，自己没事儿就去巡山清套，他要赎罪，一干就是十多年，和陈剑也联系上了……

陈小亚恍然大悟，熊伟接过去说：“我支持我爸干这事，可他这是绝了过去老哥们的发财路，公家人清网清套他们没辙，要报复我爸可太容易了。这几年，家里不是鸡鸭鹅被毒死，就是园里的菜被拔了……唉！”

熊老大再次苦笑：“下套子的人想的可能是套个兔子獾子解馋过瘾，可就怕误伤老虎豹子这样的珍稀动物。要说跟踪兽道，谁有我能耐大？所以我进山基本不白跑，可喜的是套子越来越不容易找到了，咱政府管得严！今天我急着过去救老虎，误踩中了夹子，那东西劲儿大，伤了腿……”

手术室的门开了，医生们走出来，脸上挂着疲惫的笑容。几个人惊喜地迎上去，院长大声说：“手术很成功，放心吧！”

四

四个人步履轻快地走出医院，正是午夜时分，室外大雪纷飞。

陈小亚激动之下，一句话脱口而出："爸，熊掌和飞龙是一伙俄罗斯客人带来的，食材也来自俄罗斯，请我们给加工代做。都是老顾客了，我总不好拒之门外吧？店里的厨师不会做熊掌，还是请了外来的烹调高手帮忙做的，哪知道被有心人盯上了。那天我见你和我妈吵，故意那么说气你的……对不起。其实我上大学期间就是环保志愿者了，现在饭店每月都固定给环保事业捐款！虽然我们联系少，可我是谁的儿子我知道，哪能为了点儿利益以身试法呢？"

"不是自己猎杀的也不行！遇到这事的正确表现是立刻报警，甭管它是来自俄罗斯还是中国！我这次带你大老远跑到山里来，就是想让你熊大伯来个现身说法，教育你小子，让你意识到错误的严重性……回家后我带你去自首，听候公安机关处置！"陈剑心里压了两天的巨石一下卸掉了，面上却还是疾言厉色。

陈小亚连连答应，一旁的熊伟说："陈叔，我原本是个大车司机，因为瘸了，不得不改行当厨子。那天聚会时有个哥们说被一家饭店请去做熊掌，我一听就想举报，见视频里那老板的照片特别像和我爸合影的陈剑叔，大吃一惊，没费力气就打听到了饭店老板和您的关系……"

"那封信是你写的？"陈剑父子俩异口同声。

"是，我气不过，一个扛着动保大旗成名成家的人，站在台上领森林卫士的奖，儿子却在私下卖熊掌赚暴利！这不是欺世盗名吗！我就想揭开您的画皮给世人看。对不起……"

啪啦啪啦啪啦……一串鞭炮声突然炸响，是动保志愿者们，他们一直守在医院门外，见老虎抢救成功，现上街买来鞭炮燃放庆祝。今天过小年，是这座城市春节期间允许燃放鞭炮的第一天。

陈小亚和熊伟不约而同地跑过去加入了那支狂欢的队伍，熊老大热泪盈眶，嘴里发出了一声低沉的虎啸。突然，遥远的大山深处也隐约传来了东北虎的咆哮，不知道是真的还是他们的幻觉，嗷呜——嗷呜——嗷呜，像是在对人类致谢，一声，又一声。

（本文涉及的为虎手术等情节，以及一些涉及司法量刑的具体数据，全部来自真实资料，非杜撰。）

作者简介：李谦，原名李燕，女，长春市人。已发表小说、故事作品两百多万字，出版作品集三部。连续三届获得中国民间文艺文学创作“山花奖”入围奖。2017 年获“年度中国好故事”奖，2019 年获中国民协人口文化奖，创作话剧、电影共三部。

瘦哥胖嫂 王松林

工长秦大飞带我走进工棚子，用手一指工棚子最里边靠近西北角的上铺说，你就睡在那边吧，这是这屋子里最后一个床位了，哈！靠墙，多好啊！相当于飞机的甲等舱，绝不会受到两边的“气儿”。哈哈哈……秦大飞的话音刚落，就引来工棚里一些农民工的笑声。我有点儿蒙，有啥笑的呢？

我来到这个床铺下边，把我的行李卷儿扔了上去，接着爬上去，整理属于我的床铺，把别人乱扔在这里的臭袜子、鞋垫、粘有水泥砂浆的鞋子，还有吃饭用的餐具啥的，归拢到一起，放在床下边空地上的长条木板上。之后，我才细细打量我的下铺，那是用木板子隔成一块小天地的“卧室”——挺宽敞的双人间，我知道它有一个响亮的名字：“工地包房”。手脚勤快、又爱干净的农民工，利用闲暇时间制作而成的一片儿小天地，那都是第一批来打工的人，才有这样的良机。

以前我来工地干活时，都很愿意自己靠一头，把脸面向墙睡觉。我很嫌恶工友睡觉时，把脸冲着我，呼出的酒气，或者由于抽烟且不刷牙而呼出的“口臭”——有些五六十岁的农民工都不咋刷牙的。

所以，我也制作过这样简单的“工地包房”。而眼前的这个“包房”出口上挂着一块儿洁净的天蓝色底儿、墨竹、大熊猫图案的布帘子。布帘子的右上边不知道哪个爱淘气的家伙，竟然用香烟头给烧了几个小圆洞。

午饭前，有一个女人，低着头匆匆走进工棚子，她穿着花格子半截袖，蓝色的裤子，裤腿脚儿上沾满了水泥灰浆，已经干的地方，略发灰白。女人怎么能随便出入男人的工棚子呢？我正疑惑着，她就朝我这边走来，取走了自己的餐具，根本没有往上铺瞅一眼。完了，完了，难道我的下铺竟然住着一个女人？或者是两口子？而她的床铺距离我的床铺不到一米高！晚上，我要是想入非非了，这觉还有法睡吗？怪不得，我刚进屋时，工长耐人寻味地调侃“甲等舱”引来工友的一阵哄笑呢。

正直盛夏的中午，工棚子上边的石棉瓦被太阳烤得有些烫手，三条大通铺上，那些上午睡觉的农民工应该是昨夜干通宵的，多数都穿着大裤头，小裤头，穿着小裤头睡觉的男子，看上去特别不雅。难怪这个女人进屋时，把头埋得很低很低，恨不得埋进胸前的两座山沟里。大长铺上，排气声、咬牙声、哼哼声、打嗝声、呼噜声、吧唧嘴声，此起彼伏。整个屋里弥漫着烟味、酒味、咸菜味、汗酸味、臭屁味……有几个睡不着觉的小青年在打游戏，时不时地低声私语，用眼睛“扫描”女人的前胸、后臀、长头发。

大约一周以后，我和下铺这对夫妻渐渐熟络起来，赶上夜里不加班，大家一起出去逛街，才能正面交流了。大家都管女人叫胖嫂，她比我年长七岁，管她丈夫叫瘦哥，瘦哥正好四十岁，比胖嫂大两岁。有的农民工故意不把舌头管理好，口齿不清时，别人就听成了“胖骚”“兽儿哥”，他们往往偷袭一脚，嘴上笑骂着，真能撩贱儿，找削啊，把你屁股踢成四瓣儿，让你拉四棱屎。一阵哄笑过后，大家把所有劳累都放在笑声里，飘散了。

胖嫂卸去工作服，换上很女人的衣服，也很有女人味儿的，三十七八岁了，长发披肩，散发着洗发香波的味儿，闻着都有点儿勾魂儿。她的眉毛好像一对黑蚕卧在一双明眸大眼之上，经过长久的日晒风吹，面皮有些黑，前胸挺，后臀翘，虽然不是婀娜多姿，妩媚多情，却也风韵犹存。活生生的美人坯子，让这个建筑工地苦活累活脏活给糟蹋了，粗活细活，她都能干。无论在工棚子里、工地上，还是在大街上散步，她都挺有回头率的。尤其是在工地上，她的身影如同一块磁铁，紧紧吸引那些准光棍儿和远离老婆的暂时光棍儿的目光。然而，她男人却长得瘦小枯干，远远看去仿佛从埃及金字塔钻出来的木乃伊。他五短身材，比胖嫂矮半头，小两圈儿。两个人手牵手散步的情形真有些滑稽。

我们当着这对两口子的面儿，笑他们是“幽默重组”。程大硕笑着对瘦哥说，你叫瘦哥，我叫硕哥，你和胖嫂前看、后看、左看、右看、上看、下看，咋看，都不咋搭配，你这个小体格子哪能驾驭了大块头的胖嫂呢？倒不如咱俩换老婆吧，今晚我进你的包房……宋小子笑了，硕哥，你从下面看，不怕闹眼睛啊？肖长春左瞅瞅右看看说，哎呀，宋小子，这缝儿溜得真严实，哈哈哈……瘦哥向程大硕一瞪眼睛，你真能扯王八犊子，你老婆也没在工地啊？程大硕眨巴眨巴眼睛，冲宋小子和肖长春一点头，然后对瘦哥说，扯啥犊子，扯犊子，我给你写个纸条，按上手印，我还给你掏钱打车，你下班就去我家，一个半小时就到了。我老婆看到画着我手印的纸条说不定会给你炒四个菜，烫一壶烧酒呢。宋小子接着溜缝儿，那是那是，程嫂好客，热情周到。

逗得大伙一阵笑啊，大家都瞅着程大硕的头顶七嘴八舌，看看硕哥头上冒出小草芽没有。肖长春说，硕哥的头顶寸草不生啊。胖嫂笑了，你们硕哥是怕绿油油的，太招摇了，都斩草除根了，哈哈哈。瘦哥说，俺要是去硕哥家里，俺的头顶会不会绿草茵茵，得由你们胖嫂说了算，俺担心俺的脸说不定会桃花盛开了。谁知道你家里是不是养着一头母老虎、看家狗啥的……哈哈哈，瘦哥有先见之明，硕哥套路再深，瘦哥也能一眼看破的。从这些玩笑话里，看得出他们来了几个月，混得不是一般的熟悉了。这对来自山东省的夫妻的口音里，有时也会“蹦出”几句东北嗑了，我渐渐地解除了心灵的设防。

建筑工地就是好，不管你来自长江两岸，还是长城内外，或者黄土高坡，或者白山松水，大家同吃一锅饭，同住一个工棚子，就当是兄弟了。我们偶尔开一点儿小玩笑，交流心底的情愫，大家图个一乐，以解除劳作的艰辛。瘦哥和胖嫂很愿意和我们吉林的七个农民工来往，他们说，吉林人重感情、讲义气，够哥们，不抠抠搜搜的，也很文明。我说，你们是来自山东省潍坊昌邑地区，我们几个祖籍都是昌邑那儿嘎达的，我们骨子里都没有失去山东人的义气和豪爽。我们先人一百多年以前就用扁担把一个“义”字从山东昌邑挑到吉林的白山松水黑土地了。不然，吉林市为啥还有个昌邑区呢。对，对，对……大家都频频地点着头，是这个意思。

中秋节那天下午，下班早，我们也没有夜班了。胖嫂买来几斤葡萄，瘦哥拎着一斤装的三小塑料袋老白干儿，虽然不是他爱喝的山东省莫言老家的东北乡的红高粱酿造的美酒，但他说吉林舒兰闻名已久的老白干儿也能解解馋。我们从工地食堂打来饭菜后，纷纷去超市买大葱，大酱，干豆腐，蜂蜜花生，四川榨菜，鹅脖子，东北咸鸭蛋和山东鲫鱼罐头等，都是下酒小菜儿。我们九个人围坐在“工地包房”对面的宋小子他们几个的床铺上，喝酒、唱歌、开玩笑。喝着喝着，肖长春就唱起二人转小帽儿，送情郎阿，一送送至到哇啊，大呀门的南啊，一顺手从兜掏出两块大银圆，留给情郎哥哥做盘缠钱呐……得儿那门儿哟咦哟噢噢，得儿那门儿哟咦哟噢噢，留给情郎哥哥做盘缠钱呐。

我们鼓掌，叫好，再来一个！肖长春喝一口酒，连连说，胖嫂，瘦哥，山东代表队，来一个。瘦哥站起来，嗯，哼。他清一清嗓子，开口就吼，大河向东流哇，天上的星星参北斗哇……我们配合着，嘿嘿，嘿嘿参北斗哇，生死之交一碗酒哇……瘦哥一听我们陪唱，他更起劲儿，一仰脖子，干了半碗酒，接着吼，说走，咱就走哇，你有我有全都有哇……我们接着唱，嘿嘿嘿嘿，全都有哇，水里火里不回头哇……嘿儿呀，咿儿呀，唉嘿唉嘿咿儿呀……嗷嗷，嗷嗷嗷！好好，好，鼓掌。这酒喝的，那叫一个爽。我站起来说，我给大家来一段“靠山调”吧，梁赛金未从说话啊，深鞠一躬啊，口尊声巡案大人，你要细听啊啊，你言说是我子玉大哥回家转呐啊，我要仔细盘问盘问家中的大事情啊。程大硕接茬，小妹妹呀啊啊，你说吧，哥听着呢。我用手一指老嘎达，老嘎达心领神会，接着唱，俺们家原住在什么府，后来搬家什么庄啊……

张吉舒猛喝一口酒，太抒情啦，哈！我给大家来几句“你别走”吧，他闭上眼睛，做出声嘶力竭状，你别走，别把我的心儿带走，既然那心儿已经着了火，就干脆再加一把柴火吧，让它一次烧个够；你别走，别把我的热吻带走，既然那焦渴已裂成口，就不如再撒一些胡椒吧，让它一次辣个够；你别走，你别走，别把我的好梦带走，既然不知何日相逢，就干脆把那月亮牢牢拴在窗口，让我在梦里尽情游，你别走， 你别走，你别走，你——别——走。

真是高手在民间，民间就在建筑工地啊。胖嫂擦了擦眼角，说，太悲情了，来点儿欢快的。俺给大家唱一首花篮么花儿香吧，大家击掌打着节拍儿，听着歌的香，吃着菜的香，喝着酒的香，把白日里的所有难处、屈辱、劳累和想家的痛都一散而空了。干杯，为了我们有缘相逢！干杯，为了我们的乡愁。

胖嫂端着半小碗白酒，对我说：“二木林子兄弟，你是老实人，在俺上边睡了好几个月，也没有淘气，没有让俺觉得你讨厌。”我马上说：“我想淘气，也不敢啊，你要是抽冷子给我一剪子……”宋小子哈哈大笑，那就变成太监啦。胖嫂说，你在我上边睡觉能睡着吗？我说，什么在你上边睡觉，我在上铺，你在下铺，中间还隔着一层木板子呢。胖嫂，是，我们之间还有八十厘米的距离，不用较真儿。来，胖嫂敬你一口酒。我说，谢谢胖嫂，我喝多了，不能再喝了。胖嫂说，多了，不会撞墙吧？程大硕说，胖嫂，你啥意思？是不是想把二木林子整醉了，想让他上错床啊？坐在一边的宋小子坏笑着，胖骚（嫂）啊，俺们都三个月没回家探亲了，你不想敬俺们一口酒，稀罕俺们一口，让俺得劲儿一会儿吗？宋小子说话爱学着胖嫂的“俺”，以套近乎。我看着瘦哥说，别介意，玩笑，玩笑话，你听这家伙舌头好像有点儿上冻了。瘦哥笑了，哈哈，应该用冷水给他缓缓啊，就像缓冻犁蛋子一样。李三楞说，宋小子，你可拉倒吧，哪能让女的主动呢，胖骚（嫂）快要到了第二青春期了，害羞着呢。小宋硬着舌头，喷着酒气说，胖嫂磨不开啊，就让俺代表难兄难弟们稀罕你一口吧，一口就行，过过嘴瘾。

胖嫂笑得老开心了，哈哈哈，多没有出息，瞅瞅你们这些可怜虫啊，来，胖嫂可不是什么风骚人物，谁让俺心很善良来着。今天当着大家的面，俺豁出去了，可怜可怜你吧。别说一口，让你十口八口千八百口地解解馋。程大硕笑了，胖嫂这么大个砣子，宋小子要从哪开始啃呐？胖嫂说，有句成语叫千里之行始于足下，俺就套改一下，千口之啃，始于足下。说着，她抬起了右脚，宋小子突然放下酒碗，刚要转身跑，胖嫂前伸一脚，正好踢中宋小子的后屁股。宋小子表情十分夸张，咧着嘴，抽着气，右手拍一下后屁股，然后双手合十于胸前，得罪，得罪，谢谢嫂子脚下留情，我的屁股要是得了脚气，一定是胖嫂你给传染的。继而他调皮地一转身问我们，大家看到我的莲花盛开没有？

有人笑呛酒了，有人笑喷饭了，有人笑弯腰了，有人笑得躺在床上直打扑棱。瘦哥边笑，边招呼宋小子，宋兄弟，回来，继续喝酒。对大家说，这个宋老弟真屁性啊，你放心吧，你后屁股不会得脚气，你嫂子没准儿会把你踢成肛裂，一会儿你得去兽医站，看看有没有轻微肛裂？你嫂子内功精湛啊。宋小子笑着说，瘦哥，经验之谈呐，你肛裂过几次啊？哪个兽医给你缝的针？以后你得在后屁股扣上一个犁碗子啦。哈哈哈，又爆出一阵大笑，说话声、咳嗽声、笑声混成一片，飞出工棚子的窗户……

胖嫂招呼大家，吃吃，喝喝，接着又来拿我开涮，二木林子，你叫啥名不好啊？非得叫“什么林”，一个字就有两根木头，难怪你木啊，不吸烟，酒量也不行。你气管儿不太好吧？要不，俺给你出个偏方吧。我说，挺好的呀，我从来不咳嗽。宋小子说，胖骚（嫂）你咋不问问二木林子，他在你上面是躺着睡，还是趴着睡？我说我天天晚上都是侧身睡觉啊。胖嫂忙转移话题说，二木林子那呼噜打得好像惊雷，又像东海的巨浪翻滚，震得床板都晃动。宋小子说，明明是你们把床板整晃动了，却赖他的呼噜震天响。李三楞说，这话，真给力，哈哈哈哈……肖长春笑问瘦哥，哎，瘦哥，胖嫂搂着你睡觉，你敢睡实沉吗？你就不害怕胖嫂一翻身，就把你压成了钙片啊？哈哈哈……哈哈哈……又一次爆笑声袭来……

这个中秋节，我们过得很愉快，似乎忘了想家……饭后，喝多酒的人都呼呼大睡了，胖嫂给大家收拾战场。月亮从窗户缝挤进工棚子来，工地包房里头传出了轻微的响动……

七层住宅楼主体已经完工了，我们剩下二十几个农民工给外墙抹灰。每一个抹灰师傅都是自己搭建一个吊板，吊板系在楼顶的钢筋上，十分牢固。师傅们又用安全带把自己系在窗户框上。有一天，我们正在搅拌机这个后台上料，我负责筛沙子。忽然听到有人喊，救命啊！救命！大家一抬头，发现在外墙吊板上的瘦哥，已经滑下了吊板悬空了，正悠荡着呢。大家的每一颗心都跟着悬了起来，风，静止了，机器轰鸣声，也停止了。

原来，他的安全带上端秃噜扣了，就在千钧一发之际，在楼里边给他供水泥沙浆的胖嫂，猛地一把手抓住了安全带的另一头，她的半个上身都探出了窗口，前胸硌在窗户台上，用另一只手死死扣住窗户框，声嘶力竭地呼喊，救命！长得高大威猛的程大硕第一个冲进楼里，往五楼奔跑。我赶紧招呼大家，立刻跑回工棚子里抱出棉被和褥子，在瘦哥正下方铺上一米多高的被褥。秦大飞正在报警，项目经理杨凯明招呼六个有力气的农民工扯着棉被，在下方接着瘦哥。瘦哥和胖嫂的胳膊都在流血，血，滴在了棉被上。

当程大硕几个人跑上五楼以后，帮着胖嫂把瘦哥拉了上去。瘦哥被救上来，好像刚从冰水里捞出来，他瞪着眼睛，浑身一直在发抖，忽然瘫倒在胖嫂跟前，夫妻搂着头，失声痛哭。胖嫂说，俺们不干了，回家，俺要回家啊！想俺们的大宝、二宝啦。瘦哥哭着说，俺的好婆姨啊，拼命拉着绳子呀……俺也想老爸老妈，想大宝二宝了。站在他们身边的几个农民工，也跟着抹眼泪，说着，瘦哥，你福大命大造化大，走吧，没啥大事，我们喝酒去，好好给你压压惊！吓蒙圈的瘦哥这才想起兄弟们都在周围，赶紧给大家磕头，致谢。胖嫂也跟着磕头，说谢谢吉林的兄弟们啊！

瘦哥的腿磕伤了，胖嫂和瘦哥的手臂也都被砖墙划出了口子，流血不止。程大硕背着瘦哥，从五楼走到一楼，一直送上包工老板的奔驰轿车。包工老板把瘦哥胖嫂送到了附近的大医院，并交了五千元钱住院押金和医药费，同时留下两千元生活费，还说如果钱不够用，给他打电话，他再送钱来。

我们继续干活儿。

在晚上下班时，大家一起凑份子买一些水果，去医院看望瘦哥。瘦哥脸色复原了，开着玩笑说，真是瘦有瘦的好处，小有小的优点啊，你们胖嫂，傻大黑粗的，长得结实。她当时要是拉不住，你们哪有救俺的机会了，俺早就去见阎王爷了。胖嫂笑得很开心，当时俺是被吓到了，俺的脚也悬空了，使不上劲儿了，不然的话，就他？俺会像拎小鸡一样把他薅上来。宋小子坏笑着，你两都命大，还得感谢这个大，让窗户框给隔住了。他用手一指自己的前胸。胖嫂笑了，可惜呀，你没有。我问，瘦哥伤到骨头没有？胖嫂说，挺福性的，没有伤到骨头，皮外伤，抻筋了，三天以后，你们瘦哥出院，俺们就回家了，老板也同意了，出来快要半年了，都不知道家里啥样了。宋老弟，俺的工地包房给你用吧，回去把老婆接来，省得你老是胡思乱想的。

当瘦哥、胖嫂走出这个建筑工地时，我们把行李和包裹交给他们，给他们拦了一辆出租车，送他们去火车站。他们含着眼泪和我们一一告别。胖嫂流着泪说，吉林的兄弟们，让嫂嫂挨个抱抱你们吧，也许咱们今生今世再也无缘见面了，我们和瘦哥胖嫂相拥而泣，就这样告别了。胖嫂和我拥抱时，在我的耳边悄声说，二木林子，你是好人，是有定力的木头人，俺会永远记着你，你曾是俺上铺的男人……

那一刻，我真想对胖嫂说，有朝一日，我会把你的“工地包房”写一篇小说。

作者简介：王松林，舒兰市亮甲山乡东孤村农民，在《青海湖》《小小说选刊》等报刊发表多篇散文、诗歌和小说作品。种过地，也曾从事过特约记者、文联编辑、文秘等工作。吉林省作家协会会员，2018年被吉林市文联和作家协会评为“吉林市十大乡村作家”。现为舒兰市作家协会副主席。

小寒

李忠元

小寒遇上了腊八，真的要冻掉下巴了。昨晚刚下了一场大雪，屋外哈气成霜，一派银装素裹，可谓冷得彻骨，白得透亮。

这么冷的天本该待在家里猫冬，可偏巧遇上镇上大集，车老汉坐不住了，这段时间他和老伴儿商量，小寒过了就是大寒，大寒过了就到大年了，一定要去集上买两张胖娃娃的年画，置办齐了年货好过年。

一大早，车老汉简单吃了一口饭，撇下饭碗，知会老伴儿一声，就推开房门，顶着凛冽的寒风，迈出门槛儿，踩着咯吱咯吱的雪声，一路蹒跚，踏上了通往镇上铺满皑皑白雪的乡路。

车老汉很喜欢年画，年画似乎是老古董，若干年前，年画还真是购置年货的一项重要内容。每逢过年，家家户户都要买上几张好看的年画。年画花花绿绿，种类繁多，图案各异，大多是胖娃娃、连年有余，也有连环画的形式。那时，人民生活不富裕，房是土坯房，墙是纸糊墙，在墙上贴上一张新鲜的年画，房子瞬间就亮堂不少，喜庆的气氛也被烘托出来了。因此，即使再没钱的人家，也要口挪肚攒，买上一两张胖娃娃年画贴在墙上，图个喜庆吉祥。

不过，这都是二三十年前的事。

现在，人民的生活水平发生了翻天覆地的变化，吃穿不愁了，房子也变成了窗明几净的大瓦房。墙壁雪白，谁还舍得贴上几张“胖娃娃”，增添那个累赘呢？

可车老汉不这样想，他有自己的主张，大过年的，墙上贴两张“胖娃娃”，不但能增添喜气，还能忆苦思甜，通过对过往的追忆，遥想一下儿女承欢膝下的美好岁月。

当初，车老汉和老伴儿刚结婚时，一心盼着添丁进口，过大年总不忘买上几张“胖娃娃”，果然就天遂人愿，接连生了五个儿女，把两口人乐得合不拢嘴。但生儿育女让两个人付出了许多心血，他们舍不得吃舍不得穿，所有的钱财都给了儿女们，儿女们活得个个精壮。如今，儿女们就像窝巢里长成的燕子，纷纷出飞了，车老汉和老伴就成了一对空巢老人。

老人怕的是寂寞，寂寞时，两个人也想方设法排遣寂寞，可寂寞如影随形，挥之不去。寂寞时，车老汉和老伴儿甚至突发奇想，想买几张娃娃年画，怀想一下当初刚结婚时思盼儿女的情怀，来排遣一下两个人的空巢寂寞。

如今二十四节气到了小寒，正撞上了腊八，大年已近在咫尺，适逢镇上大集，买年画也终于提到了正式议事的日程。

车老汉咯吱一路，终于来到了集市之上。今天的集市果真热闹，买的卖的，五行八作，悉数登场，吆喝之声此起彼落。街道两边大红灯笼高挂，卖年画的地摊摆了个满地，什么连年有余、胖娃娃的年画摆得尤其醒目。

车老汉见年画这么多，自己还要去集上转转，买一些其他年货，就一转身，奔向了其他摊位。等他再转身回来，车老汉傻眼了，地摊上是有年画，但“胖娃娃”都不见了踪影。几个和车老汉一般年纪的老人刚刚买走了“胖娃娃”，如获至宝，相继离开了摊位。

风越刮越大了，天空飘着一丝阴云，整个集市上空一片阴霾，看来又要下雪了。

车老汉急得如热锅上的蚂蚁，他放眼看了一下灰黑的天空，心里越发急切起来。车老汉心想，今天要是买不回“胖娃娃”，自己怎么向老伴儿交代，大年可咋过呢？

车老汉失魂落魄，在集上接连转了好几个来回，还是一无所获，年画都被老头、老太太抢走了。

没办法，车老汉不得不告别大集，一步三回头地悻悻向家走去。

半路上，车老汉遇到了邻居王老汉，王老汉正在路上歇脚，见了车老汉，一把抓住一脸愁云的他，笑着问：你在集上没买到年画吧？

没有啊，都被人抢光了，你说这些老头老太太，儿女们都出去打工了，个个窝在城里，过个年都不回家，抢那些胖娃娃顶啥用，真的能当儿女？

王老汉上下打量下车老汉，一撇嘴，笑着问：你还说人家呢，你这没买到“胖娃娃”不也一脸愁云的吗？

车老汉一听，没了言语，像一只霜打的茄子，顿时蔫了。

王老汉说：大哥，你不要失魂落魄的，我那天听说你家娃也不回家过年，你还要买一张“胖娃娃”，刚才就多抢了一张，现在就可以匀给你！

说着，王老汉打开自己的画卷，随手抻出一张，递给了车老汉。

车老汉听了王老汉的话喜出望外，一把夺过“胖娃娃”，紧紧地攥在手里，乐得眼泪都出来了，就像刚结婚时添丁进口一样兴奋。

风小了，云开了，太阳似乎也回归了春天，车老汉感觉浑身上下暖洋洋的。

车老汉和王老汉两个人拿好了年画，你说我笑，一边聊一边向自己的村庄蹒跚而去……

作者简介：李忠元，中国微型小说学会会员、吉林省作家协会会员、吉林省作家协会小小说委员会委员、郑州小小说文化传媒签约作家。作品散见于《文艺报》《人民日报》《光明日报》《四川文学》《广西文学》等报纸杂志。

惊心的步数 于松涛

新调来的郑局长体型偏胖，这人要是一胖，啥病就都上身了。尤其是高血压，那就是一颗“定时炸弹”！就为这，郑局长每天都要靠“暴走”来减肥。

傍晚，林荫路上“暴走”的人很多。小林和大张这对“铁哥们”总能撞见郑局长。每天，两个人只是跟局长打声招呼，便各走各的路了。今儿，郑局长一招手，把哥俩儿叫到了路边。

郑局长一本正经地说：“这个月，咱局办公室主任要调走了。你们俩平时工作都不错，最近组织要考核考核。”

听局长说完这番话，小林和大张对视了一眼。大张连忙推辞说自己不胜任此项工作，还是小林比较适合。小林心里清楚：大张说的是谎话——大张已经三十八岁了，再不提拔，就得干一辈子科员了。

小林也想谦虚一下，却被大张打断了：“郑局长，您还没有加入‘××运动’吧？这个是可以计步的。”

“是吗？”郑局长显然对计步这事很感兴趣。说着，郑局长便把手机递给大张。大张是个“手机控”。三下五除二，便把“××运动”这一功能添加进来了。

加上“××运动”，郑局长便兴冲冲地去体验了。

打那以后，一向热爱运动的大张就不来散步了。每天都有借口：要么就是家里来客人了，要么就是身体不舒服。即便是来散步，也一定不带手机。小林似乎感觉到来林荫路锻炼的同事都少了。这样，小林每天都能在“××运动”的排行榜上看到郑局长的名字。而且，局长经常能够占领封面。小林真就搞不懂：溜须拍马的人怎么就这么多？

这天，小林还没把新闻稿整理完，就被郑局长叫了去。

“昨天你看望贫困户高大爷去了？”郑局长严肃地问。

“去了，去了。”小林不敢怠慢，连忙答。

“去了？”郑局长质疑道：“你骗谁呢？这是昨天晚上十一点半我截的图。”说完，郑局长把一张图发给小林。

小林定睛一看：原来是一张步数排行榜的截图。上面赫然写着自己的步数：五千二百三十步！小林的心一惊：他精准扶贫的帮扶对象高大爷家在梨树沟乡。那里距离市区约三十公里不说，下了车，还要走大约五公里的山路。光这些山路往返大约就得走一万五千步！五千二百三十步，显然这是没去嘛！

“局长，我……”小林极力想为自己辩解，却被郑局长打断了“小林啊，做人要诚实，我对你太失望了。”说完这句话，局长便挥了挥手，示意小林出去。见局长不耐烦了，小林只好灰溜溜地走出局长室。

小林觉得特别郁闷，下了班之后，就约了大张到“强子串店”吃串。酒过三巡之后，小林就把上午的事说了，大张仿佛很意外，气愤地说：“局长可真行啊！居然根据步数来判断一个人的行踪？亏他想得出来！看来这步数还真的是很惊心啊！”

“咱光脚的，还怕他穿鞋的？”大张一副为兄弟两肋插刀的样子。“听说，郑局长从来不与夫人排行，想必也是有事瞒着她。”大张压低声音说，“等到局长露马脚的时候，咱就来个以其人之道还治其人之身！给兄弟出口恶气。”瞬间，小林觉得大张是如此的仗义。两个人把酒杯往桌上一磕，一杯啤酒瞬间见了底。

机会真的来了！八点半，小林的屁股还没坐稳，大张就神秘兮兮地来到他身边嘀咕着：“郑局长刚刚接了一个神秘电话后，就匆匆忙忙让我把他送到“世纪大饭店”。电话谁打的不知道，只知道是个女的，那声音娇滴滴的，挺甜。车上，局长还给夫人打电话说是去下乡了。你说，这里有没有事？”

小林一下子想起去梨树沟的事儿来。看我不顺眼，我也得给你点儿颜色看看。小林马上截了一张图，然后把局长的步数特意用“涂鸦”标注了一下。该发到哪里呢？小林想。

“就发咱局的工作群！”大张早都替小林想好了。

别看小林平时跟大张发牢骚，可真到了“举报”时刻，小林却犹豫了。要说这郑局长对咱也不薄，去年底的年度考核，局里还给了咱一个“优秀”呢！想到这，小林改了主意：“还是别发了吧！”

见小林反悔了，大张急了。他一把抢过小林的手机，想也不想地就把截图发到了群里。

这时，小林才彻底醒悟：谁发的，局长能看不见吗？以后这局长不得处处给自己小鞋穿啊？更可怕的是：局长夫人也在这个群里——人家两口子在一个单位！

小林越想越怕，急着想撤回消息，可大张死活不肯还他手机。两分钟之后，小林才把手机抢了回来。可是，消息已经撤不回来了。

果然，不到三分钟，局长夫人真的出门了。事情终于闹大了！但是，一切都来不及了。这个世界上卖什么的都有，就是没有卖后悔药的。

“走，去看捉奸大战！”大张被小林稀里糊涂地拽上了车。

“捉奸？我只是发了一张截图啊？夫人怎么会知道局长入住了哪间房呢？”突然，小林意识到：自己被人暗算了。

小林和大张只在“世纪大饭店”门口等了半个小时，郑局长夫妻二人便出现了。跟他们两口子一起出现的还有那位“娇滴滴”的少女。那少女亲密地挎着局长夫人的胳膊，再看少女那脸蛋：既像局长，又像局长夫人。

小林和大张一下子愣在了那里。经局长介绍，他们俩才知道：原来这是人家郑局长在国外留学的女儿回来了！昨晚凌晨到家，怕打扰父母就住了酒店。局长不告诉夫人，只想给夫人惊喜。谁知，夫人竟然自己摸上门来了。

“物归原主！”郑局长把一个物件没好气地摔在大张怀里。小林仔细一瞧：是个“摇步器”。小林认识这玩意儿，这是一种用来作弊计步的工具。把手机绑在上面，坐在家里也能日行十万步。

送这玩意儿干啥？小林一下子恍然大悟：大张这是想让局长摇出上万的步数，掩饰自己去宾馆“约会”的“罪行”。你看看，人家多会溜须局长！而自己却把截图发到了群里！小林这才明白：自己中了大张的圈套。

小林一夜无眠，想想最近发生的事，真是让小林“步步惊心”！自己晋升的机会算是没了，办公室主任这美差非大张莫属了。

第二天，小林无精打采地去上班。谁知，郑局长竟然郑重其事地公布了小林晋升为办公室主任的消息。

这下，小林更是丈二的和尚——摸不着头脑了。自己惹了局长不满意，怎么能“遭”到提拔呢？小林连忙找局长问个究竟。郑局长解释说：“小林啊，你把截图发到群里，这是对我的提醒和保护。局领导更不能带头违反工作纪律啊！大张送我个“摇步器”，这是害我，是在怂恿我犯罪！你才是真的对我好。”

小林这才知道：自己因祸得福。

郑局长接着说：“大张成天弄些歪门邪道，你去梨树沟那张步数截图也是他发给我的。”

小林连忙解释道：“我那天没去梨树沟，是因为高大爷正在市人民医院二次手术。正是农忙，村上没人照顾他，我就又护理，又交款的。”

郑局长拍拍小林的肩膀说：“这事儿，我也是后来才听说和证实的，这也是组织提拔你的最重要原因……”

小林欣慰地笑了。

从这以后，林主任每天都照例去林荫路锻炼。不一样的是：他觉得人生的每一步都是那么从容，一点儿都不惊心。

作者简介：于松涛，吉林省作家协会会员。文学作品散见于《故事会》《今古传奇故事版》《微型小说月报》《微型小说选刊》《晚报文萃》《闪小说》等多家报刊。2015 年 12 月出版个人作品集《一树金麻雀》。诗歌《莲》获吉林省文化厅、吉林省委宣传部、吉林省纪委、吉林省监察厅主办的“廉政文化五个一精品”创作工程一等奖。

获奖 曹桂田

李敏像捡到银子似的，飞快地跑上楼将女工宿舍的门哐啷一声推开，高声地喊道："天大的好消息！周香，编辑部来的信，该你请客了！"周香正以床作案，立刻驻笔抬头，看到李敏手中挥动的信，知道是喜从天降，心中不禁一热，投稿都不知道多少次了，一直都是石沉大海，渺无音讯，这次……

两年前，家住农村的周香以优异的成绩高中毕业后，便投入了紧张的高考复习中，她相信考个重点大学还是十拿九稳的，谁知凭空一声响雷，把她的美梦击了个粉碎。与她相依为命的母亲因一场重病住进了离家十余里地的乡医院，她不得不停止复习，赶到医院去护理母亲，挤时间回家还要做家务，累得筋疲力尽。看着愁眉紧锁，急剧消瘦的女儿，母亲心疼要命，愧疚地说："香啊！我的冤孽病来得真不是时候啊！看把你累成啥样了？妈知道你是一个懂事的孩子，咱庄稼人要想出息，考学是唯一的出路啊！孩子，你还是回学校复习去吧，妈妈不忍心误了你的一生啊！""您都说些什么啊！这还不是为了我您才累病了，女儿能抛下您不管么?"她转身悄悄地擦拭那夺眶而出的泪水。她清楚，无论有多么艰难，母亲总是无私地关心自己，理解自己。母亲的病情终于有些好转了，她执意要回家养病。周香将家中的一头猪卖了，才为母亲结清了住院费。在母亲的反复催促下，周香赶往考场，可还是迟到了二十分钟。她看着考卷，想着母亲，又加之晚了二十分钟，阴差阳错，她到底还是被关在了大学的门外。母亲决心让女儿复读一年再考，可是她说："妈，你的病还没有痊愈，需要继续吃药，我要南下打工，早点儿把你的病治好。"母亲知道拗不过她，不再说什么了，只长长地叹了口气。

周香随打工潮到了广东的一家饮料厂，一月能挣几百元钱。一天，她去邮局给母亲汇款，顺便在书亭买了一本《小小说选刊》来打发休息时间，不料一下子就与《小小说选刊》解下了不解之缘，一头钻进去不能自拔。吃饭看，走路看，上厕所看，就连在睡前也抓紧看。赶上公休节假日，别人都去逛超市，游公园，她却在宿舍看小说，李敏风趣地说："看看这崔莺莺是不是已经走火入魔了！你既然喜欢它，干脆就嫁给它算了，省得将来还要东挑西挑地选老公！"周香一抿嘴，把头更深地埋进书里。"周香，你也学学人家怎样写，现在不是流行打工文学么？你也写一写咱们这些打工妹，没准还能成为美女作家呢？"这真是一语惊醒梦中人，周香茅塞顿开，咋不学着写文章挣稿酬为妈妈治病呢？于是，她便暗暗地下了决心。

说一不二的周香还真动真格的了，她很快就写了一篇《打工妹的故事》，读给室友们听后，大家滚来滚去地笑作一团，有人甚至夸奖比书上写的还要够味，一致让她向报社投稿。可惜一个月过去了，没有一点儿音讯，不过她并不灰心，坚信好事多磨，水到渠成。特别是每篇作品脱稿后，都能得到打工妹们的赞许与鼓励，就像一个马拉松运动员在中途获得众人的喝彩与掌声一样，会立即把众多的期盼化作强大的冲力融入体内，激发她更大的力量，向着辉煌的目标冲刺……

这次……这次究竟是黑是白，她将信封小心翼翼地撕开，在手上抖动的信笺暴露出她内心难以自控的激动。一行赫然醒目的

“××华夏大赛组委会”的红头信笺惊喜地扑入了眼帘，接着是黑体字“宇宙杯文学精品大赛的初评通知”像正经历着一场激烈的百米大赛一样闯进了她的眼帘，她频频喘着粗气看了下去：“周香先生，您好！您的《母亲的思念》《拥抱大海》《宇宙在哭》三篇作品在初评中获得三等奖，已经取得决赛资格，特表示祝贺。按规定，每篇获奖并取得决赛资格的作品须交纳评审、获奖证等费用五十元，你共需交纳一百五十元。”紧接着用粗黑字关照了一句：“只有交足了费用的作品才能获得‘获奖证书’并进入决赛。”接下去是：“届时将从决赛作品中评出特等奖、一等奖和二等奖，有丰厚的奖金和精美的奖品相赠，并可结集出书，还可推荐加入当地作协。”最后一行是八个大字：“千载难逢，莫失良机！”

周香越往下看手便越是不再抖动，而且随着逐渐沉重的心而无力地渐渐下落，最后，木然而立。凭直觉，李敏自然知道周香的难处，轻松地在她的肩上一拍：“嗬！不就是一百五十元钱吗？人家给你出书，还有奖金奖状，又可以当作家，不是一箭多雕吗？眼看就要一步登天走红了，反倒发哪门子的愣啊！”“可是一下子就花去我近五分之一的工资，妈还等着我给寄钱买药呢！”“我借你！走，机不可失——汇款！”

半月后，大赛组委会寄来了《出版通知》说周香的三篇作品一篇获得特等奖，发奖金一百元，奖状一个；一篇一等奖，奖镀金宇宙奖杯一个，奖状一个；一篇二等奖，发奖状一个。但须按规定每篇获奖作品交决赛评审、奖状等费用八十元，出版费用每篇作品一百元，以上共应交纳五百四十元，扣除奖金一百元，尚需交纳四百四十元，款到即寄奖品奖状。看，算得丝毫不差，哪怕还拐了几个弯，这定然是雇了特级会计师才算出来的杰作？此外，每个作者可获得三本定价 16 元的书。最后，又无偿提供一个富有诱惑力的信息，凡有意担任该书副主编或编委的作者，及时地来电来函联系。

这一下，不但周香如坠冰窖，就连最热心的李敏也面带难色。

好在挤在一起的室友们平日都或多或少得到过周香的热情帮助，都不希望看到周香前功尽弃，一个个都主动慷慨解囊，加上她自己尚余的一百五十元，很快凑足了四百四十元汇款。眼看这喜鹊窝里就会飞出金凤凰，谁不觉得光荣和幸福呢！这时，人群里有人提议："干脆一不做，二不休，不妨就写信问问这副主编或编委究竟咋个担任法？说不定是比作家还大的官呢！"边说边从箱子里取出一枚邮票和一个信封递给阿香，这提议立即全票通过。

雷厉风行可是大赛组委会的一贯作风，周香很快就收到了回信："周香同志，恭喜你！经严格审核并严肃研究，同意你担任《新世纪精品短文集》一书的副主编或编委，须交编务费五百元可担任副主编，交三百元可担任编委，芳名将因之标列首页，可大大提高你作品的艺术含金量和你在文坛的知名度。"如同意，请速汇款云云。最后又是一行粗黑字，人生难得一搏！周香只觉得口里如同嚼着一团烂棉絮，着实难以下咽。李敏见状，一下子将信夺过来去看个究竟。中午，女工们下班回到宿舍，李敏手握回信对大伙儿说："喂，姐妹们！有道是帮忙帮到底吗！"她简单地复述了一下回信的内容，表示自己恪守初衷，"可现在周香身上只有一百块钱了，大家看……"

有人纳闷道："我不是不愿意帮周香，中途打退堂鼓，可这文学院在玩马鞭捅屁股……一节一节地来，这其中是不是有什么猫腻……"

"不会的，要相信这些大知识分子总还是干净的，要不，那个姓周的为啥说他出淤泥而不染呢？"李敏有把握地说。当她发觉那些姐妹们还有怀疑时，补充道："这是殿堂不是地摊，是文人不是玩短斤缺两的小贩！"

"好！我出二十！"

"我出三十！"

周香心怀负疚，满含热泪地将五百元编务费如期寄出。

翌日清晨，周香一身轻松，正准备和大家一道去上班时，楼下却有人喊：“周香的电话！”

周香是一路含着泪去办完辞工手续的，回宿舍收拾衣物时，眼睛红红的，原来她的母亲因没钱买药而病情恶化，这支纤瘦的蜡烛等不得女儿的钱到，便已经燃到了尽头。看来，周香是无论如何也等不到刊有自己获奖作品的书是个啥样了，至于作家、名人，更是远逝的云絮，此时此刻，只能独自清冷地踏上了归途，在床板上留下一张简短的字条：“姐妹们，你们的浓浓深情，只有下辈子变犬马相报了……”

作者简介：曹桂田，舒兰市天德乡太平村三社农民，有百余篇作品在国家、省市级报刊发表。

消失的伙伴 冯文发

在半拉山脚下的石棚子附近，大柳树河转了个弯，河道变得狭窄，河岸高耸，河帮几经冲刷，显得很平直，如刀削斧劈一般，河水也湍急了许多。顺流而下往南大约一里左右的地方，两岸陡峭的堤畔，立刻变得平坦了许多，形成了一个四五米宽的缓坡，缓坡上用青石条铺就了台阶，两岸大概都有二三十级，与两边的砂石路相连。此处河面宽阔，水流也比较平稳，屯子里的人把此处叫作老河口。

它是小烧锅屯去县城的捷径，因为没有桥，隆冬时节，人们可以踏冰往返，而解冰之后只能靠渡船。撑船摆渡的人叫三虎子，三十来岁，生的是浓眉大眼，虎背熊腰，几经风吹日晒，面皮及臂膀黑黝黝的，是个标准的壮汉。只知道人们喊他三虎子，至于姓甚，大号如何称谓，我都一无所知，按街坊辈分，我管他叫三哥。

在河口旁，有株两搂多粗的垂杨柳，高大的树冠枝丫浓密，就在枝丫之上，有个老鸹窝。老鸹窝下，老柳树旁便是三虎子的家，两间马架窝棚，分里外两屋，外屋是厨房，一口水缸，一个锅灶和一个简陋的碗架；里屋有一铺炕，室内没啥摆设，除了炕上的铺盖卷儿，只有一个老式板柜。

房屋四周干净利索，甭说围墙，就是木栅栏也不曾有过。孤吊吊的一座光腚房，一家连影子才两口人，一人吃饱全家不饿。两间房是风扫地，月当灯，贼来了都远远地躲着，怕沾了穷气，故此门上的铁将军也派不上用场了。

贼不来，还是有人来，三虎子喜欢孩子，尤其喜欢小龙，小龙是他干儿子，我和小龙在很小的时候，就经常光顾他的家。

听妈妈说，三虎子不是地道的小烧锅屯人，好多年之前，在他大约八九岁的时候，逃荒流落到了这里，好心的孙五爷收留了他。

孙家在新中国成立前是个大户人家，孙五爷是十里八村有名的篾匠，家里开了个篾工作坊，靠编席织篾为业，外雇吃劳金的篾匠也有二十几号人。他不但篾工活干得地道，也是撑船摆渡，撒网捕鱼的行家里手。

孙五爷膝下有个孙子叫世龙，与三虎子同岁，生日比三虎子大两个月，孙五爷便让他们结拜成兄弟，从此便带着两个孩子，划一叶小舟，风里来雨里去，渡人过河，捕鱼捞虾。三虎子苦水里泡大，摔打惯了，给五爷打下手，钻荡子，下河沟，学得了一身的好本事。

人活七十古来稀，孙五爷八十四岁仙逝归天，实属少见，令人称奇的是，老人家竟死不瞑目。三虎子知道，他是为孙子世龙大哥的亲事，老人家三年前给孙子说了门亲，女方是八家子屯刘美人家的二姑娘，名唤香久，人是百里挑一的好，杨柳细腰，高挑个儿，眉清目秀，齿白唇红，俊得如同花一朵，只是没能在他手上把婚事圆全了，老爷子心有不甘，死了也闭不上眼。想起以往老人家对自己的恩德，三虎子的心里异常得痛楚，他鼻子一酸，潸然泪下："爷爷，我们兄弟俩会把刘家姑娘接进门的，您老就放心地走吧，爷爷！"哭罢抹上了老人的眼皮。

俗话说：兄弟齐心，黄土变金。葬完了爷爷之后，忙完了生产队里的活计，小哥儿俩起早贪黑，钻荡子抓鱼，下河沟里捞虾，割苇子编炕席。都是二十多岁的小伙子，浑身有使不完的劲儿，平时又节俭些，一分钱掰成两半儿花，一年下来有了些积蓄，扒倒了老宅子，又新盖了三间泥草房。阳春三月，弱柳轻扶，杏花盛开，刘家的香久姑娘过门儿了，和世龙拜了花堂，吹吹打打，喜事办得好不风光。

打那以后，三虎子便在老河口旁的大柳树下，支起了马架窝棚，另起了炉灶。依照世龙的意思，让他住在自家的西屋，而三虎子坚决不肯，他想，如今大哥是有家室的人了，自己还是一条光棍儿汉，一个门出出进进地多有不便，也怕别人说长道短的。

立冬十月，小雪地封严，这会儿生产队的场院里，人们正热火朝天地忙着打冬场。在一个瑞雪初晴，乍暖还寒的早晨，孙家传来了婴儿哇哇的哭声，世龙的媳妇香久开怀了，生了个大胖小子，取名小龙。

三虎子闻听大哥喜得贵子，兴奋得不得了，早饭都没顾上吃，带上破冰的家什，来到河湾地带，花了一个时辰的时间，捕捉到两条三四斤重的大鲶鱼。这个季节的鲶鱼，肥墩墩、胖乎乎的，烧出来的汤既白又鲜，是女人坐月子滋补下奶的盼物。

山沟里的人信奉“不孝有三，无后为大”，孙家新添贵子，满屯子的人皆大欢喜。满月那天，三虎子拿出自己积攒的零用钱，以世龙大哥的名义，置办了几桌酒席，一是装点门面，再者也是想让左邻右舍、乡亲父老凑到一起，热闹热闹。

为了让大家吃好喝好，又不耽误农活儿，酒宴只好安排在了晚上，在那个年月里，一年之中难得吃到几次带有荤腥的菜，更甭说喝酒了。贺喜的人们见桌上有鱼有肉，都敞开了肚皮，喝酒的也把酒量放到了极限，一阵风扫残云，酒足饭饱之后，正当要撤桌之际，身着军大衣的辛瘸子栽栽歪歪地来了。他是大队的治保主任，口里道喜连声，还带来了一份贺礼——一个大圆肚儿瓶的六十度老白干儿，足有三四斤。

已有八九分醉意的世龙，忙不迭地把这位“神圣”的瘸爷让到了上座，又吩咐厨师再炒几个菜。辛瘸子的老婆整日里病病歪歪的，都说她得了黄病，头发和脸焦黄的，每顿吃不上几口饭，可肚子总是胀鼓鼓的，据说有年兴靠不了身了。

“来，主任喝酒！”世龙端起满满的一碗酒，送到辛瘸子面前，挡住了他那直勾勾的眼神，炕上香久正撩开内衣，给孩子喂奶。

“干，干了！”新瘸子这才回过神儿来，慌忙端起来酒碗。

世龙一愣，不敢怠慢，忙说：“主任海量，我、我只有舍命相陪了！”

“高兴酒嘛，喝醉了也顺畅！”辛瘸子把酒碗递过去，二人酒碗相碰。

“干！”

“干了！”

二人同时一饮而尽。

一碗酒下肚，辛瘸子饭也没吃，只是随意吃了几口菜，就撂下了筷子站起身来，拍拍世龙的肩头：“大兄弟，弟妹生了个大胖小子，是桩天大的喜事，好吃好喝地庆贺庆贺，也是应该的！”

世龙小心翼翼地附和着：“那是，那是！”

“不过，话又说回来了”，辛瘸子异常得严肃，俨然是一副大队书记的架势：“咱闹哄归闹哄，绝不能让喜事冲昏了头脑。场院上还晾晒的几样上好的良种，千万含糊不得，要时时提高警惕，当心小偷钻了空子！”

三虎子忙说：“大哥他喝多了，今晚看场院，我替换他好了。”

“你？”新瘸子瞥了一眼三虎子，不屑地哼了一句：“就你，若是失了窃，就凭你那两间光腚房，即使把家当全都变卖了，管个屁用！”辛瘸子说完，横披着大衣，喷着酒气，一瘸一拐地出了孙家大门。

就在那天深夜，看场院的小窝棚起了火，又刮着西北风，火借风势，烧得很猛。火光映红了半边天，等人们赶到时，小窝棚已经烧落了架。辛瘸子抻着脖子高喊：“大伙儿快抄家伙，救人，救人要紧!”

为时已晚，世龙在大火中未能幸免。世龙死后，屯子里一些老年人在背地里议论，说这火来的蹊跷，定是天火。又说他们家刚刚满月的小龙是条蛟龙，世龙是斗不过他的。这俗话说得好：一山难容二虎，小小的孙家又岂能存下两条“龙”呢！还说小龙天生就是“克”父的命。

三虎子偏不信邪，他认小龙做了干儿子，他要替世龙大哥把小龙拉扯成人。就这样，小龙在三虎子的肩上长到了五六岁，除了晚上回家睡觉，整天的便长在了山虎子的家，二人形影不离，犹如亲生父子一般。

我们家和小龙家是近邻，他家在我们家东院儿，两家中间只隔了一道低矮的圆木栅栏。按街坊辈分，香久管我妈叫二婶，自然也就成了我的嫂子，我和小龙又脾气相投，常常在一起疯跑玩耍，夏季里经常和三虎子一起，摇着小船在水里漂来荡去，学会了不少抓鱼捞虾的本领。

三虎子家房后有块空地，土质黝黑黝黑的，很肥沃，除了种青菜，他还种了几垄香瓜。香瓜开花的时候，一到中午，地里的蝈蝈叫蚂蚱喊非常的热闹。

小龙就央求三虎子：“干爹，你听那蝈蝈叫得多撩人儿，给我们抓几只吧!”

三虎子笑着说：“好吧，等我划船到荡子周围转转，回来的时候再给你们抓。”

听说划船去荡子，我和小龙也要去，三虎子却说：“眼看要中午了，这天儿毒巴火热的，当心中暑。我去启虾坞子，要等一段时间才能回来，你们俩不要出去疯跑，就在屋里玩，玩困了就睡一觉。”

天气的确很热，没有一丝的风，开了窗户也是燥热难耐，三虎子一走，我和小龙也没了兴趣，玩儿着玩儿着，两个眼皮就开始打架了……

不知过了多久，我们被一阵悦耳的蝈蝈鸣叫声惊醒，原来炕上放着两个用苇秆儿新编扎的蝈蝈笼子。那笼子编得非常精巧，六棱形的，尖尖的盖顶，周围出檐儿，就像两座小凉亭子。里面放着瓜花儿，两只蝈蝈隔笼相望，鸣唱得正欢。也不知三虎子啥时候回来的，这会儿，就听外屋有锅勺响动，也许他正忙着做午饭呢、

快要开饭的时候，香久嫂子来了，她端着个三盆儿，上面罩着一块屉布。

三虎子见了一愣："嫂子，您端的这是……"

"我采了一把水芹菜。"香久嫂子说："包了些菜饽饽，送来几个尝尝鲜！"

三虎子显得有些手足无措："嫂子，这大老远的还送这个，真是让你费心了！"

"这有什么，小龙不也天天在你这儿吃么。"香久嫂子掀去屉布，把菜饽饽倒进了三虎子的盆里，笑着说："尝尝吧，刚出锅还热着呢！"

三虎子忙说："嫂子，进屋坐一会儿吧！"

"不了。"香久嫂子扒门看了一眼我和小龙，催促地说："该吃饭了，你们俩还在那儿发什么傻？"

我和小龙慌忙下地穿鞋，拎着蝈蝈笼子，随着香久嫂子，走出了三虎子的家门。走了一段路，我回头看了看，见三虎子一直呆立在大门口……

香瓜成熟的季节，随着暖风，大老远就能闻到一股浓浓的瓜香。疯跑热了，钻进瓜地，啥时想吃啥时就摘。说起吃香瓜，还闹出过笑话，它使我非常尴尬，有一段儿时间在人前难以抬头。

记得那是个阴雨天，雨下得很大，天黑的时候，也未曾停下来。爸爸披着一条麻袋接我回家，三虎子见雨一直下得挺大，就说：

“这么大的雨，别把孩子浇感冒了，就叫他俩在这睡吧!”

“对了，”三虎子叮嘱爸爸说：“二叔，你顺脚去趟大嫂家，让她早点儿把大门锁了，就说小龙今晚不回去了。”

疯跑了一天的我，有些困乏了，吃了两个香瓜就睡下了。这一夜睡得很沉，等到天亮醒来时，才知道夜里不知啥时候把炕尿了，真是羞死人了，我慌忙穿好了衣服，一大早便悄悄地溜回了家。一朝被蛇咬，十年怕井绳，打那以后有很长一段时间，我都不敢在别人家过夜了。

午饭过后，我和小龙又来到了三虎子家，这会儿三虎子刚刚吃完饭，正在拣碗收拾桌子，说下午带我们俩下河抓鱼。他顺手从屋角的筐里拿出两个大香瓜，说：“先吃个瓜，大晌午的太热了，咱们先睡一觉，等天稍凉快一些再下河。”

三虎子说完，就头朝里枕着铺盖卷儿睡下了。吃完了瓜小龙也要睡，我推说回家取鱼篓，就匆匆离开了三虎子的家。其实，取鱼篓是假，主要是因为刚刚吃了香瓜，不敢马上睡下。我一直心有余悸，生怕那羞于启齿、令人难堪的丑剧再次上演。

我悄悄地回了家，就听屋里有人正和妈妈唠嗑儿，出于好奇，便蹑手蹑脚地躲在外屋偷听，原来屋里那个人是香久嫂子。就听妈说：“家里没男人终归不是长久的事儿。世龙侄子已经过世这么多年了，你一个人拉扯孩子也挺艰难的，里外外的咋忙得过来，还不如趁现在年轻，再往前迈一步。”

香久嫂子叹了口气说：“其实这事我也想过，只是担心怕找一个不相当的。我吃点儿苦，受点儿累倒是没啥，就是怕怠慢了孩子!”

“你这种担心是多余的”，妈说：“三虎子如今也未婚娶，他对小龙又好，你们两家合到一处，不是蛮相当的么!”

停了一会儿，香久嫂子说：“其实这么多年我一直没找人家，主要也是在等他，可他整天不说东也不说西的，似乎心里就没那个意思！”

“这样吧，”妈说：“等晚上，让俺家你二叔给透问一下，他和三虎子对脾气，眼下三虎子也是三十好几的人了，一直不娶，这其中也许……”

香久嫂子则说：“我看他这个人，整天憨头憨脑的，就是一根筋，他才不会想那么多呢！”

“俗话说得好，天上无云不下雨，地上无媒不成婚，也许三虎子面子矮，磨不开，不好意思说。”妈妈似乎蛮有把握地说：“这样吧等晚上你二叔回来，我让他给你们俩搪个桥儿，我想这事儿十拿九稳准成！”

天刚擦黑的时候，三虎子拴好了船，收拾了一下船上的鱼，我和小龙各自往鱼篓里装了一些鱼虾，便背着回家了。半路上迎面碰见了爸爸，爸爸说他找三虎子办点儿事，就急匆匆地奔三虎子家去了。

饭菜都端上桌了，一直不见爸爸回来。妈妈看了看窗外，叹了口气：“办点事儿，就这么费劲儿，行与不行的，不就一句话的事儿么！”

天已经黑靠了，爸爸才回来，刚一进屋，妈妈就迫不及待地问：“怎么样，有些眉目么？”

见爸爸有些垂头丧气的样子，妈妈不禁有些惊疑：“怎么，没说成？”

爸爸叹了口气说：“人家三虎子压根儿就没那个意思，咱这剃头的挑子——一头热。”

妈妈疑惑地问：“这么说，三虎子他，他有心上人了？”

“哎！”爸爸有些不耐烦的，“没有！”

“香久这么好的人，要模有模，要样儿有样儿，他不肯要？”妈妈颇感不解：“这到底是咋想的，他疯了不成！”

爸爸说：“三虎子说，他和世龙一个头磕在了地上，就如同亲兄弟一般，香久就是他的亲嫂子。真的有那么一天，香久想改嫁，若嫌孩子拖累她，可以代她把孩子抚养成人。”

“嗐，又不是亲兄弟。”妈妈说：“过去亲叔娶嫂的也是有的，这又不是啥寒碜事！”

妈见爸爸沉默不语，略带埋怨地说：“三虎子也许太实在了，可你，咋不开导开导他！”

“开导也不管用！”爸爸有些泄气地说：“无论我咋劝说，三虎子始终不肯点头。他最后说，我知道你们都是为了我好，你们对我的情，我心领了，我堂堂一个男子汉，绝不会干出对不起世龙大哥的事。况且人多嘴杂，我不能让大嫂听到一丝的风言风语，唾沫多了也能淹死人哪！”

妈妈叹了口气，有些惋惜地说：“这个三虎子，办事总是瞻前顾后，生怕落叶砸了脑袋，这是多好的一桩美事，难为香久白白等了他这么多年。像这样的好女孩儿，就是打着灯笼也难找，若真嫁了个不相当的负心汉，我这心里也感到不落忍啊！”

“那有啥法子？三虎子的脾气谁不知道，倔劲儿一上来，十头牛也拉不回。”爸爸长叹了口气，看看桌上的饭菜说：“咱也是鸡孵鸭子一白操闲心，吃饭吧！”

太阳已经升得老高，河湾一带的雾气还很浓重，三虎子把几拨上街的人渡过河去，雾气渐渐散去，他把船停靠在岸边，见我和小龙在大柳树下玩儿得正欢，便冲我们招手喊：“走啊，咱们起挂子去！”

我和小龙上了船，船慢悠悠地划到了荡子边上，便开始起鱼挂子。这次上挂子的鱼颇丰，鲤鱼和鲫鱼挂了十五六斤，还挂了两条大鲶鱼，每条都有三四斤重。返回河口的时候，天近中午，三虎子将船拴在大柳树上，把船舱里的鱼装进一条白色的大布袋里，拎着，高高兴兴地回了屋。他把两条鲶鱼放在大盆里，又添了几瓢水，说：“待会儿回家的时候，这两条鲶鱼，你俩一家拎一条，挺肥的，一定很好吃！”

我说：“让妈妈晚上就炖，你也过去，和爸爸喝酒！”

“好吧，有一阵子没喝酒了，还挺馋的。”三虎子说着，顺手拿起个盖帘，把大盆盖上，又把布袋里的鱼倒进了屋角的一口水缸里。

三虎子刷锅准备做饭，还没点火，辛瘸子突然出现在门口。

三虎子一愣，继而嬉笑道：“早上听到喜鹊叫，当下果有贵客到，不知今儿个刮的什么风，把您这大主任吹来了！”

“我是无事不登三宝殿。”辛瘸子一直站在门外，大大咧咧地说：“这不嘛，大队的一二把手儿来咱屯子视察工作，大中午的，正赶饭口上，能让人家空着肚子回去么！我这一留不要紧。你说吃什么不好，非要吃鲶鱼炖茄子。我想这鲶鱼是稀罕物，除了老三你能淘弄到，别人都是白扯。不知家里有没有现成的，你放心，我会出好价钱的！”

“咱们谁和谁，提钱不就远了。”三虎子挠了挠脑袋，叹了口气说：“可惜你来得不是时候，这阵子天气太热，鱼都躲进了深水里，甭说鲶鱼，就是小鱼小虾也难得弄到。这不，今儿个转悠了大半天儿，也是空手而归，连个鱼虾的影子也没见着！”

辛瘸子听了，颓丧地叹了口气。

三虎子忙说：“主任，进屋里坐坐吧！”

“不了，既然弄不到鱼，我还得掂掇点别的菜。”辛瘸子说完，拎着瘸腿怏怏而去。

我心里很纳闷儿，明明有鲶鱼，可三虎子为啥推说没有，不肯卖给他呢？

后来才知道，三虎子非常厌恶辛瘸子，他对世龙大哥的死，怀疑就是这条瘸狼搞的鬼，只是没有真凭实据。虽然事情过了这些年，或许别人早把此事忘得一干二净了，但这件事对三虎子触动很大，故此，他对辛瘸子一直耿耿于怀。

提起辛瘸子，他和孙家还有很深的渊源。这话还得从新中国成立前说起，他的老家原居海城，他本来利手利脚，并不瘸，老娘下世早，爷俩儿的日子过得不景气，实在混不下去了，逃荒要饭来到了小烧锅屯。孙五爷听说他们爷儿俩会编席子，那会儿作坊里正缺人手，便把他们收留在了家中。

五爷见辛瘸子编席的手法很娴熟，便叫他当了教习师傅，专门指点新招来的徒工们的活计。不但给他加了薪，就是伙食方面也有了改善，和其他几位大师傅一样，吃起了小灶。时间一长辛瘸子不免有些恃才气傲，为人又极刁钻刻薄，对待徒工小伙计们非常粗暴，不顺心时非打即骂，徒工伙计地位卑微，谁敢和他争执，只有忍气吞声的份儿。

徒工伙计们吃饭，是在厨房隔壁的一个大屋子里。屋里有四张大条桌，几个人聚在一张条桌上，盛饭添菜，都是做饭大师傅的事儿。吃小灶的师傅们则另设小间，每顿都不少于四个菜，有大厨掌勺儿，布菜倒酒都是由五奶奶的大丫鬟雪梅打理。雪梅不但年轻，而且非常漂亮，每次端菜盛饭，辛瘸子总是把一双直勾勾的眼睛，死死盯住她那性感的部位，巴不得把衣服看穿。

有天晚上，吃完了饭，师傅们都纷纷离去，辛瘸子贪杯喝多了，迷迷糊糊地趴在桌上睡着了，雪梅进来收拾桌子，叫醒了他，辛瘸子见屋里没有别人，一把搂住了雪梅，欲施非礼。雪梅惊呆了，疾声呼救，五奶奶闻听此事，勃然大怒，遂将其辞退，并命护院及伙计们给他点儿颜色看看，稍示惩戒。

平时饱受虐待的徒工小伙计们，对他积怨甚深，这是一次难得的复仇之机，于是把他吊到房梁上，一顿乱棍。为了泄愤，自然不会手下留情，一条腿因此被打残了，从此成了瘸子。

解放那阵，辛瘸子加入了贫民会，孙五爷家成分不好，自然成了斗争的对象，他想借此报当年一箭之仇。那会儿孙五爷上了年岁，家中一应事情，都由独生儿子孙继昌打理。辛瘸子领着贫民会的成员，分了孙家的房屋地产及骡马牲畜，登记了家中的浮财，辛瘸子说，家里还有些金银珠宝没交出来，于是，就把孙继昌绑到了贫民会，严刑拷打。经过几天的折腾，孙继昌是走着去的，抬着回来的，没过三天就离开了人世，媳妇无奈，只得抛下儿子世龙回了娘家……

几场大雪过后，北方就进入了寒冷的隆冬季节，生产队里正忙着打场送公粮。这是一个晨云霭霭的早上，村道旁树木枝条上布满了树挂，银装素裹，玉树琼花，天不算太冷，但空气格外清新。队长派三虎子赶车，爸爸跟车，往粮库送黄豆。小龙闻听此事，急匆匆来找我，想搭车去街里逛逛。

“不行！”妈妈坚决反对：“大人们忙着卸车，哪有工夫管你们，一眼照顾不到，跑丢了咋整！”

小龙忙说：“车走到哪儿，我们就跟到哪儿，保证不离车半步！”

三虎子也说：“孩子们也难得上趟街，出去逛逛也好，还有现成的车，来去都很方便！”

妈妈无奈地说：“你们就能由着孩子们的性子！”

香久嫂子也来了，她拿着围脖，给小龙围上，叮嘱说：“到了街里，千万别离开大人左右，大街上车多，别四处疯跑！”

三虎子笑着说：“放心吧嫂子，我们两个大活人，还看不住两个孩子！”

妈妈把一件半截儿大衣披在我的身上，三虎子把我们抱上了车，吆喝着牲口上路了。

不想，那日天公不做美，半路上就下起雪来，雪片纷纷扬扬，临近中午的时候，到了粮库，因为下雪，粮库不开囤，只好卸下行槽，拌上草料喂牲口。午饭是在粮库食堂吃的，买了几个馒头，一人喝了一碗汤。

吃过了午饭，雪还在下，没奈何只得等，希望雪能尽快地停下来。谁知事与愿违，雪越下越大，大多数送粮的大车，也许觉得死等无望，纷纷赶车离去。天擦黑的时候，粮库里的人传出话来：

“今天不开囤了，明天再来吧！”

爸爸犯了难：“二十多里的山路，得几个小时才能返回去，况且还下着雪，万一车滑进沟里，黑灯瞎火的可咋办！”

三虎子思忖了一会儿说：“要不咱今晚就不回去了。”

爸爸皱了皱眉头说：“不回去咋办，咱俩还行，可孩子咋办，这一宿可怎么熬，还不冻出病来！”

三虎子说：“咱也不能在这儿死等，找个大车店住吧！”

爸爸叹了口气说：“兜儿里就那么几毛中午的伙食费，上哪儿去整住店的钱，就是晚上吃饭的钱，也没着落啊！”

三虎子则说：“车到山前必有路，大活人怎能让尿憋死呢？走吧！”

三虎子找了把扫帚，把麻袋上面的雪扫了一下，又找了两块破茓子，铺在了上面，把我和小龙重新抱上车，赶着大车，顶着雪去了大车店。

大车店里灯火通明，院子里停靠着几辆大车，有一辆还是木头辐条的花轱辘车。三虎子把车停靠在一边，就进了大车店的屋里，工夫不大，领着一个躬腰驼背的小老头从店里出来，那老头儿手里还拿着个白布口袋。

三虎子来到爸爸近前，俯耳小声嘀咕了几句，就听爸爸说：“这，能行吗？”

三虎子不在意地说：“小事一桩，上车时又没过称，只要你我不说，谁会过问这事！”

三虎子领着老头来到大车旁，打开了一个麻袋口，把黄豆放进了老头儿的白布口袋里，然后吩咐老头儿：“把马牵到槽头上，饮好喂饱，再给弄四个菜，烫壶酒！”

那老头连声答应，把一口袋黄豆扛进屋去。三虎子把麻袋口重新扎好，便和爸爸一起卸牲口。那老头儿从店里出来，拎着一把扫帚，把麻袋上的雪划拉了一下，又找来一领炕席，把车上的麻袋盖上，山虎子把牲口交给老头儿，便和爸爸领着我和小龙进了屋。

这是大车店的食堂，屋子不大，只有四张地桌，地中央有个火炉，此时炉火正旺，屋子里很暖和。也许别的客人都吃过饭休息去了，屋里只有我们几个人。

这时就听厨房里锅勺响动，工夫不大，那躬腰老头儿手托着方盘上菜来了，他把菜和酒放在桌上，眉开眼笑地说："你们算是来着了，厨房里还剩块肉，我都给你们炒上了！"

三虎子问："有什么主食？"

老头儿忙说："只有馒头，在笼屉里放着，一定还热乎。"

"先上十个馒头，不够再说。"三虎子吩咐着。

热腾腾的馒头上来了，我和小龙都迫不及待地一人抓起一个，那时候一年难得吃顿肉，看到菜中有肉，好似蚊子见了血一般，爸爸和三虎子见我们俩狼吞虎咽的样子，都说："慢点儿吃。"他们慢慢地喝着酒，还不时地往我们碗里夹肉。

酒足饭饱之后，那老头拾掇完桌子，领我们到了厨房的隔壁，屋子不大，炕烧得挺热，老头儿说："那边大屋子铺位不够了，这屋虽说小些，可是清净，就是被褥少了点儿，只有两张床，你们就将就一宿吧！"

就这样，我和爸爸盖一床被子，三虎子和小龙盖一床，一天的颠簸，早就困乏了，熄灯后不久就进入了梦乡。

天光大亮，外面的雪已经停息，吃过了早饭，三虎子套上了车，去粮库卸完了粮，把车停靠在一个僻静之处，卸下行槽。给牲口拌上草料后，就和爸爸领着我和小龙在大街上逛了几圈儿，买了两个小风车，还给我俩一人买了一串糖葫芦。看看牲口的草料已经吃完，将行槽装上车，用绳子拢好，就赶车往回返……

牲口也奔家，车轮碾轧着已经趟出了积雪的路面，行驶得挺急。马车很快就进了屯子，车行至到家门口时停住了，我和小龙下了车，这时我发现小龙家的院子里有很多人，不知到底发生了什么事。

妈妈发现车回来了，慌慌张张地从小龙家跑了出来，说香久嫂子死了，是悬梁上吊死的。我听了，脑袋嗡的一下，心里直画浑儿：好好的，她怎么就吊死了，我弄不明白，这到底是为什么呀?

三虎子听到这突如其来的消息，一下子瘫软在地，昏死了过去。妈妈慌得急忙喊人，院子里跑出一帮人来，七手八脚的，又掐人中又喷凉水的，好半天，三虎子才苏醒过来，随即吐了两口鲜血，面色如同一张白纸，众人也只有好言相慰。爸爸见此情景，只好把鞭子交到二迷糊手里，让他把车赶到队部，把牲口卸了。

香久嫂子家院儿里停放着一口朱漆的棺材，听说是大队出的钱，辛瘸子张罗置办的。大队妇女主任和屯子里几个年岁稍大的家庭妇女，帮着穿衣服成殓的。

小龙趴在棺木上哭得死去活来，哭天喊地地要见妈妈，没人能劝得住，两眼哭得又红又肿，嗓子也哭哑了，后来还是三虎子把他抱走了。

葬完了香久嫂子，快吃晚饭的时候，妈妈好像突然想起了什么，忙问："小龙跑哪儿去了？唉，可怜的孩子！"

爸爸说："让三虎子领家去了。"

"听孩子那凄悲的哀号，我这心就跟刀子剜了似的。"妈妈一边抹着泪，一边说："要不明天把他接咱家来住几天吧！"

爸爸没言语，沉默了一会儿说："我总觉得这件事来的蹊跷，世龙媳妇怎么平白无故地就吊死了呢？没听和谁有争执吧?"

"没，她能和谁有争执，"妈妈说："昨天傍黑的时候，见你们一直没回来，我还去了她家一趟，我担心两个孩子跑丢了。她还劝我说，也许天下雪粮库没开囤，听她这么一说，我的心稍稍安稳了些，也没多想就回来了。"

"这就奇怪了。"爸爸沉思了一下问："晚上也没听到什么动静?"

"对了。"妈妈好像想起了什么："昨天半夜里狗咬的厉害，我还以为你们送粮的车回来了呢，就点上了灯，可是等了半天也没啥动静，狗还是不停地咬，我就披上衣服，走出屋来看看。当时雪下得正猛，见香久家也没点灯，我正要回屋的时候，隐约听见有踩雪的声音，隔着栅栏，顺着声音看去，就见一个黑影在香久家大门口，晃了几下就不见了。”

“你就没看清那人到底是谁”？爸爸急切地问。

“我真没看清，大半夜的，我心里直发毛。”妈妈又想了想说：“大雪的天，四下里灰蒙蒙的，那个人也是影影绰绰的，对了，我觉得那个人走路有些栽栽歪歪的，好像，好像是辛瘸子。”

“真能是他”？爸爸沉吟了半晌，异常严肃地说：“没看清，可千万不能瞎说，这是人命关天的大事！”

停了一会儿，爸爸似乎有些不放心地再次叮嘱妈妈说：“这些话，可千万不能传到外人的耳朵里，人已下了葬，一切也就算过去了，如果别人知晓了，会招来麻烦的！”

第二天一大早，妈妈把我叫醒，说：“赶紧穿上衣服，去三虎子家，把三虎子和小龙一起叫来，在咱家吃饭！”

我踏雪来到三虎子的家，院子里的雪清得很干净，当我走到门口时愣住了，门房上了一把锁，我禁不住感到奇怪，在我的记忆里，三虎子家的门是从来不上锁的，那么，他和小龙又去了哪儿呢？

一连几天，也见不到小龙和三虎子的踪影，人们都说是三虎子把小龙领走了，至于去了哪儿，无人知晓。

就在几天后的一个深夜，辛瘸子出来撒尿，一个黑影蹿了过来，当头一棒，将他打倒，随后房子和柴火垛同时起火，等人们赶来扑救时，为时已晚，屋里的东西啥也没抢出来，屋里的人却侥幸逃过了一劫。辛瘸子被送进了医院，昏昏沉沉十几天，经过一个多月的救治，总算捡回了一条命。

事后，屯子里沸沸扬扬，人们议论纷纷，都说香久的事肯定与辛瘸子有关。辛家失火，及辛瘸子差点儿丧命，都是三虎子所为，说这是三虎子回来复仇的。

议论终归是议论，谁也拿不出什么证据来，令人费解的是，三虎子和小龙从此不见了踪影，有如人间蒸发了一般。几年，几十年过去了，直至今日，一直也没有他们的消息。

作者简介：冯文发，1961 年生，辽源市作家协会会员。处女作《风雪旅途》刊载于《春风》文学月刊，短篇小说《三辣子》《期盼》荣获 1985 年、1986 年两届《春风》青年函授文学优秀学员奖。之后又陆续创作短篇小说《孽缘》《失落的七夕之夜》《狼青》等。

砸玻璃的黑手 郭存有

盛夏的一天中午，树梢不见一丝儿风，天空没有一片儿云，骄阳似火烘烤着龙岗山下广袤的大地。河堤上的柳树都无精打采，有气无力，人们在树下乘凉也不免大汗淋漓。

我和隔壁邻居时二哥一起去大河找了个深水的河湾子，洗完澡，拿起渔网，从河湾子开始往下游捞鱼。十多分钟后，突然听到“救命啊！救命啊！”的声音，那叫喊声嘶力竭，接连不断。我和时二哥立刻收网，循着叫喊声拼命奔跑，只见一个十二三岁的男孩儿站在我们刚洗过澡的河湾子岸边，蹦着高地叫喊。看到我们跑到他身边，他气喘吁吁地指着河湾子中间对我们说：“爷爷快、快救小刚！”我向河湾子中间看去，一个角瓜似的东西在水面时隐时现，一沉一浮，那就是溺水的小刚。

我不会游泳，只能在岸上干着急。时二哥奋不顾身地迅速跳进水中，一条游鱼似地向深水区游去。靠近小刚身边，时二哥动作飞快地把小刚托举起来，踩着水浮到岸边。他把小刚轻轻放下，让小刚俯卧在沙滩上，用手拍打小刚的后背，小刚吐了几口浑浊的河水，才缓过神来。幸亏水没有呛进肺里，又抢救及时，小刚十岁的幼小生命终于被时二哥从死神手中夺了回来。

“你是谁家的孩子?”时二哥问小刚，“你爸妈叫什么名字?”

“我爸叫陶志，我妈叫陆荣。”

我们休息了一会儿，时二哥催促两个小孩儿：“快回家吧，再来洗澡让你爸领着，刚才多危险。”

“谢谢爷爷！谢谢爷爷!”两个男孩儿异口同声地说，脸上洋溢着感激。

两个男孩儿边走边掐着田间小径边的野草野花，慢腾腾地向村庄走去。

刚才忙救人，没捞多少鱼，太阳还高，我们又捞了一会儿。

红日西斜，热浪渐消。傍晚，我们在时二哥院里分完鱼，每人点燃一支烟慢慢吸着，沉浸在收获的喜悦中。

突然，陶志和陆荣带着小刚兴冲冲地走进时二哥家院里，夫妻俩争先恐后地对时二哥说着感谢的话。陆荣嘴快抢先说：“时二叔，太谢谢你啦！你救了我家小刚的命。”话音未落，陶志又双手抱拳接着说：“时二叔，谢谢你，你是我们的大恩人。”

“是我遇上了，顺便，举手之劳。”时二哥谦虚地说。

“时二叔，你的大恩大德我们一辈子不能忘，想起以前……”陆荣稍微停顿了一下接着说：“我心里觉得太对不起你，你真是好人。”

“过去的事就不要再提了。”时二哥若有所思。

“时二叔，我们先回去了，过几天请你喝酒，一定要好好报答你。”陆荣说，眼眶里噙着感谢的泪花。

“不必费心，不必麻烦了。”时二哥边说边和老伴送走了陆荣一家。

陆荣是三十多岁的女人。体形两高一矮，即臀高胸高个子矮；相貌两突一洼，即目突嘴突鼻子洼；性格两慢一快，即吃慢走慢说话快。

陆荣想起以前的什么事了？她为什么觉得对不起时二哥呢?

三年前，农历八月十二的晚上。一轮欲圆未圆的月亮缓缓地爬上杨柳梢头，把它的清辉洒满村庄的大街小巷。村庄里，万籁俱寂，半明半暗；中秋夜，天高气爽，清凉如水。就在此时，时二哥家的玻璃窗前，一双黑手在蠢蠢欲动。

秋收虽然还没有开始，农民也总是闲不住。有人上山打核桃，有人上山捡蘑菇。晚饭后，忙了一天的人们，或躺或坐，看电视、聊家常，尽情享受生活的安适与甜蜜。

我妻子和女儿白天捡了两大筐蘑菇，这时，娘几个正坐在灯下挑杂质作分类。而我呢，因为白天到仅隔一条小河的河西村帮表弟盖房子，搬砖时不慎砸了脚，皮没破骨没伤，揉了一会儿，活动一会儿，不太疼了便继续坚持干活。喝完酒吃完饭，因坐的时间久了被砸的一只脚又疼了起来。好不容易一瘸一拐跌跌撞撞回到家，索性脱衣躺下休息。

突然，从东院时二哥家传来“咔嚓，哗啦”几声巨响。紧接着惊喊声、叫骂声、脚步声嘈杂一片，像一股汹涌澎湃的洪水向我家院里卷来。我忍着脚疼挣扎着起身想去看个究竟。我推房门，同时外边的人也拽房门。门开了，我一双脚还没跨过门槛，外边拽门的人也就是时二哥的二女儿小英子已冲进我家屋内，手持木棍怒不可遏。时二哥的三女儿、四女儿紧随其后也都手持棍棒来兴师问罪。我大惑不解，关切地问：“英子，你们家怎么了？那么大声响？”

“怎么了，你做的事你不知道吗？”英子横眉怒目，气势汹汹地反问我。我被她突如其来的反问搞得莫名其妙，目瞪口呆。

“你砸了我家的玻璃窗还装好人！你媳妇还说‘叫你骂’。”没等我回过神来，英子便恶狠狠地举起鸡蛋粗的木棒朝我打来。就在木棒将落未落千钧一发之时，“英子，住手!”时二哥一声大喝，英子举着木棒的手终于收回，本来就含冤莫辩的我也免遭受伤流血。

“英子，你大姐刚找来刘大夫给你妈包伤口打吊瓶呢，你们快回家看看。”时二哥又不紧不慢地接着对女儿也似乎对我说道：“这事没有那么简单，现在，不能断言就是你卓叔干的。”

这时，这条街的东头、西头、近邻、远邻，甚至前一条街的陆陆续续聚集来十几个人，屋子里容不下都站在我家院子里。你一言他一语，议论纷纷，有意无意地提供一些猜想和线索。我在时二哥面前也努力地寻找理由为自己做着不知是有效还是无效的辩解。同时，我的两只耳朵还注意地听着街坊邻居们的议论、猜测，希望从中能听到有价值的东西。

“刚才我儿子蒋友和对象（未婚）正在我家后园子葡萄架下摘葡萄吃，忽然听到咔嚓、哗啦几声响，就看见一个细高个儿、水蛇腰、上身穿着白花花衣服的人，从小卓家院里慌慌张张跑出去。再顺着街道往西跑，穿过我家西山墙边小胡同跑下去，还有一个女的往东跑。”这是我的前街邻居蒋三叔的一段话。

“我刚才端了一小盆白菜炖榛蘑给我姑家送去，回来时，在老蒋家小胡同和一个人撞了个顶头碰。他跟头把式地跑，差一点儿没把我撞倒。我定睛一看，原来是王二小。这不，装蘑菇的小盆还在我手里拿着，我还没回到家呢，听到这里吵吵八火的，我就过来看。”这是和我同住一条街，在街西头和我家相隔七家的宗小玲说的一段话。

这两段话对我来说太重要太有价值了。因为这两段话为我提供了侦破此案，洗刷我被人嫁祸蒙受不白之冤的重要线索。

过了一会儿，案发现场的火药味儿渐渐消散，观看的人们也相继离去。我家本不宽敞的屋子又恢复了平静，只有时二哥没有离开，这时我才想起让他到屋里坐。面对我们一家人，时二哥以平和的语气说：“今天晚上发生的这件事，我不相信也不敢确定就是你干的，我怕屈死旁人笑死贼。但是，在事情没有真相大白之前，还不能排除对你的怀疑。”我说：“是的，你说得对。”然后，时二哥从衣袋里掏出一块香烟盒大小的东西给我看，并继续对我说：“你看，就是这个水泥块，从你家东墙角隔着木板杖子砸到我家玻璃窗上。”在灯光下，我和时二哥辨认了好一会儿。最终确定，这是被敲碎的喂猪用的水泥饲槽残块。时二哥又说："明天早饭后，你和我一起到乡司法所，把这事弄清楚。"语气平和。我说："好，一定去。"语气同样平和，好像我们之间什么事都没发生。

时二哥，五十多岁，中等身材，体态稍胖，浓眉大眼，紫红脸膛。他生产队会计、村会计一共干了三十来年，会计业务不允许有一丝一毫差错，必须谨小慎微，一丝不苟。长期从事会计工作使他养成了严谨、沉着、稳重的性格，所以遇上今天晚上这事，他才能够不冲动、不发火，冷静对待、泰然处之。尽管如此，今晚，他也睡不好觉。

时二嫂本来就有心脏病，再经历砸玻璃巨响的一次惊吓，心跳加速，心脏似在收缩，身体不停地颤抖。左腮又被砸飞的玻璃碎片划伤，鲜血直流。村诊所刘医生给她滴完吊瓶，处置完伤口，症状明显好转，但也一时半会儿不能入睡。老两口冥思苦想、分析研究着今天晚上发生的蹊跷事儿。

我们家呢，和时二哥家同样，夜深深，人无眠。时家城门失火，殃及我家池鱼。我和妻子也在一起绞尽脑汁分析今天晚上发生的稀奇事儿。"哎，我想起一件事！"妻子眼睛突然一亮，如获至宝似地说。"快说，是什么事？"我迫不及待地催促。妻子接着说："前天上午，咱家的两只鸡钻到时二嫂家后园子，我告诉她一声，然后过去往咱家赶。时二嫂正在院里用铁锹头刮刷帚糜子穗。她跟我说：'种这点刷帚糜子惹了不少气。'我问怎么惹的气，她又说：'被人给偷了一半，我家小英子气得大声骂，×他祖宗，谁偷我家刷帚糜子扎刷帚刷棺材！'我阻拦她，别骂了，你这样大声豪气地骂，人家都能听到。小英子不但不听劝阻，反而变本加厉地说，我就是想让他听到。说着又提高嗓门连骂两声'谁偷……刷棺材！谁偷……刷棺材！'"

听完妻子这一大段话，我顿开茅塞，惊喜地叫了一声，有了！

妻子莫名其妙地问："有了什么?""有了重大发现，有了作案人的线索了!"我接着说："偷时二哥家刷帚糜子那户人家就是今天晚上这起案件的作案者。好了，午夜已过，快睡觉吧，明天还得去司法所。"

第二天上午九点钟，来到三河乡司法所。在办公室里，所长辛为民接见了我和时二哥。时二哥详细地叙述了玻璃被砸的经过，我做了一番自我辩解。辛所长耐心听完，沉思片刻，然后表情严肃、态度温和地对我们说："这起伤害案件嫌疑人太模糊，证据更不确凿。你们二人先回去，协助司法所，也是为你们自己，尽量多搜集一些有价值的证据。前天我们接手了牛家村一起家庭财产纠纷案，等我们调解完，再去处理你们这起案件。"

秋收大忙季节即将来临，必须抓紧时间，也为了我的蒙冤早日昭雪，午饭后我便按照辛所长的提示，急不可耐地搜集疑点和线索。我首先接过时二哥交给我的嫌疑人作案工具——水泥猪饲槽残块，然后神神秘秘地逐条街、逐家逐户大门外院墙边仔细侦察认真寻觅。终于在我所居住这条街东数第九家的前院、铁杖子外边一堆建筑垃圾中发现了极其相似的水泥残块。我拣了几块和我衣袋里那块细细比对，果然是如出一辙同出一源。

我由此及彼、举一反三地分析判断，时二哥家种刷帚糜子的小片地很可能就紧挨着这家的后园子。因为这条街是这个村的最北边一条街，这条街房宅北边就是大片的旱田地。于是，我喜出望外，从一条巷道走到这家后园子杖子外，果然，紧挨杖子，有一小片地农作物已收割。我俯身细看的确是刷帚糜子根茬，垅头垅尾还有遗留的不成熟的矮小刷帚糜子植株。这家后园仅五米宽，也就是后窗离刷帚糜子地的距离是五米，夏末秋初，天气尚热，经常开窗。五米的距离，小英子的恶毒咒骂房主人完全可以听到。我豁然开朗，大喜过望。水泥猪饲槽残块、刷帚糜子地这两个疑点恰好在这一家重合。又根据，时二哥玻璃窗被砸时在我家院里说"叫你骂"的女人声音，综合判断，这家女主人就是昨晚伤害案的始作俑者。至此，这起案件已经是作案线索完整连贯，作案动机显而易见，案件疑点清晰明确。我如释重负，心情舒畅。为了准确无误万无一失，我又对这家女主人做进一步观察。

案发后第五天上午，我去司法所，把搜集到的线索和证据向辛所长做了详细陈述，经过辛所长更进一步细致分析得出了结论。他让我回家等候处理。

案发后第六天上午，辛所长来到我们村。他把我、时二哥和陆荣、王二小都传唤到村办公室。辛所长说明来意，把目光转向陆、王二人，说道："前几天你们村时春家玻璃窗被砸，我们经过认真调查取证，认定你们二人就是作案嫌疑人。"陆、王二人刚要狡辩，辛所长目光犀利一脸威严地接着说："先听我说完，你们俩再辩解。案件的过程是这样的，首先，时春妻子和二女儿小英子到位于陆荣家后园杖子外的小片地割刷帚糜子，见丢了很多，小英子便以恶毒的语言诅咒道：'谁偷我们家刷帚糜子扎刷帚刷棺材'，连骂三声。陆荣，你听到后，觉得骂得太狠，血淋淋瘆人巴拉不吉利，所以怀恨在心并产生报复念头。农历八月十二晚上，与你家相处很好的王二小到你家串门，你就把这个念头以及产生这念头的原因对王二小说了，并请他为你出这口恶气，王二小欣然答应并立即实施。王二小在你家前院铁杖子外垃圾堆上，借助半明半暗的月光，随手摸了一个水泥块，就是这一块（辛所长把王二小砸玻璃窗用的水泥猪槽残块举起，让陆、王二人看），然后快步向西走到时家大门口，见玻璃窗到大门口的距离大约十米，怕砸不中，于是轻轻走进大门没锁的卓家院里，把卓家东房角作为水泥块的投掷点。陆荣为了监督实施报复行动也为了一睹为快，便跟在王二小身后一同潜入卓家院内，也站在东房角，等王二小砸完玻璃后便随口说了一句'让你骂'，然后二人一同跑出卓家院，顺着街道，陆荣你往东跑回家，王二小往西跑，然后再折向蒋家小胡同向南跑。在胡同里险些撞倒手拿小铁盆的宗小玲。王二小你穿米黄色上衣，月光下看似白色。你砸玻璃和在街道上逃跑的全过程都被在一个葡萄架下吃葡萄的一对恋人看得一清二楚。还有，被你们嫁祸的老卓，为了澄清事实洗刷冤屈，亲自到你陆荣家，假装观看品评你家新买的母猪，然后进屋和你丈夫聊天，你正在梳头。为让你猝不及防，老卓突然说，砸老时家玻璃窗的人已经查出。你惊叫一声'是吗'，刹那间你的脸色由黄变白、由白变红。你的头部猛一激灵，手一颤抖，手里拿的梳子掉到地上。还有，你陆荣多年来和时家关系很好，农闲时节隔三岔五到时家串门。每次串门都是人刚到门口，话已飞进屋：'老时二婶在家么?'案发后第三天中午，时春妻子脸朝东坐在玉米堆边扒玉米皮，玉米堆距大门仅五米左右。你顺街道向西走，十分钟后又返回来。往返一个来回都没向时家院里看一眼，连余光都没向这边扫一下。这两件事虽小，但通过对你的观察，完全可以发现你的表情动作都一反常态。我们把这些疑点串联起来互相印证，得出结论，你们两个就是作案嫌疑人。此案属报复伤害，但后果不严重，你们二人不必害怕，只要你们认罪态度好并征得被害人谅解，就可以获得从宽处理，不过，要对被害人做相应的经济赔偿。"

陆荣、王二小听完辛所长的叙述，惊愕得瞠目结舌，无言以对，额头直冒虚汗。心想，这辛所长，这老时头、这老卓真神了，没安摄像头，怎么连细枝末节都描述得那么逼真，就好像他们跟在身后录像一样。完全是案件还原、情景再现。二人的心理防线彻底崩溃，只好老老实实认罪并向时春请求原谅："时二叔，我们对不起你啦！希望你大人不记小人过，我们愿意赔偿你的损失。"一脸的懊悔和诚恳，时二哥原谅了他们。经过辛所长的调解，陆、王二人赔偿时春经济损失五百元，司法所的处罚就免了。至此，砸时春家玻璃窗的黑手终于被揪出，案情真相大白。

辛所长赞扬了时二哥和我，说我们能够冷静和理智地处理邻里纠纷，学法懂法遵法守法，用法律武器维护自已的合法权益，把矛盾化解在萌芽状态，避免矛盾激化，避免了一次流血事件。

这天傍晚，微风细雨，淅淅沥沥，溽暑渐消，顿觉清凉。陆荣家里，一场丰盛的答谢宴会正在进行。珍馐美馔、玉液琼浆，应有尽有，摆满一桌，觥筹交错，换盏推杯，万语千言热情无限。陆荣、陶志夫妻俩拉过小刚命令似地说："快给时爷爷磕头说谢谢！"十岁的小刚懂事地跪在时春面前，咚咚咚连磕三个响头，嘴里不停说："谢谢时爷爷，是你救了我的命。"时春连忙拉起小刚。

"谢谢时二叔，是您给了我家小刚第二次生命！"诸如此类的感谢话陆荣和陶志说了好几遍，似乎总也说不完。陆荣频频斟酒，亲自陪饮。酒过数巡，陆荣又说："时二叔的大恩大德我们永世不忘，同时又感到惭愧……"时春知道陆荣想说什么，立刻打断她的话抢着说："嫉妒、抱怨、仇恨等等不良情绪，像玻璃碴，总把它们堆积在自己心里能好受吗？冤冤相报何时了？我们应该学法懂法遵法守法，共同营造一个法治社会、和谐社会。尤其是邻里关系更应和睦相处。一个村住了几十年，哪有舌头不碰牙的，发生一点矛盾、摩擦，应该互相理解互相谅解互相包容。只有这样，我们的生活才会有安全感、幸福感。"

作者简介：郭存有，汉族，1947 年生。柳河县三源浦镇邹家村农民，柳河县作家协会会员。曾在《诗词月刊》《长白山》发表诗词作品多首。

玉琴 李九田

这是 20 世纪 80 年代的事情，小说的主人公是玉琴和于成。

于成家住在新阳堡，他小学时失去了母亲，高中时又失去了父亲，如今在家务农并继承了父亲给他留下的家业，过着独身的日子。

如今经人介绍，他和杏树坡一个美丽窈窕的姑娘玉琴相识了。经过半年多的相处，玉琴觉得于成为人正直诚恳，还能吃苦耐劳，可美中不足的是：个子矮、不英俊，于是玉琴有些犹豫。可她妈妈却说："玉琴呐，看人不能光看外表，得看品行，品行好，人正派就行，品行不好，人不正派，长相再好也不行。"

这样她听了妈妈的话，便和于成结婚组成一个新家。新家挺好的，四间瓷砖贴面的砖房，方方正正的砖墙套院，院里栽种着各种各样的果树，这更显示出小院的独特与美观，所以她对这个家很满足，可对于成仍是有些不太满意。

春节过去，天气一天比一天暖和起来，明媚的阳光照着肥沃而复苏的土地，照着春天的山林，也照着她家的小院。

小院里的果树开花了，白的、粉的、粉红的，各种果花开得芬芬芳芳，艳艳丽丽。

谷雨一过就要种地了，于成对玉琴说："咱家的八亩地，种上一亩西瓜，这西瓜是新品种，去年我吃过：西瓜籽少皮薄，甘甜可口，当时可下货了。今年咱们种这种西瓜，到时候准能卖一笔好钱。”

“种西瓜？”玉琴说，“种西瓜是不是有点儿晚了？”

“不晚！”于成说，“这西瓜是晚熟品种，中秋节正式开园。”

玉琴说：“那除了种西瓜外，能不能再种点儿比西瓜更值钱的东西？”

“更值钱的东西？”于成笑了，“我还没想出来，那你说种啥？”

“我……”玉琴瞅着他，“我也不知道，我只是随便说说。”

种地了，于成他们真的种了一亩西瓜。

然而就在这时，玉琴的舅舅通过朋友在县里给玉琴找到一份工作：去一家工厂当临时工，据说干长了还可以转正。

还可以转正！高中毕业的玉琴自然愿意去。而于成呢？他的心里是矛盾的，他愿意又不愿意，愿意的是：家里的八亩地他紧紧手可以莳弄过来，玉琴出去挣几个钱，家里更宽裕些。不愿地是：年轻美貌的妻子出去打工，他真是有些不放心。

可是玉琴执意要去，他也就不说什么了。最后他嘱咐她说：“在厂里要好好劳动，好好工作。厂子里啥人都有，你要谨慎小心，以防上当受骗！”

玉琴看了他一眼：“看你说的，我又不是三岁的孩子，我知道怎样做！”

“知道怎么做就好！”于成说，“知道怎么做我就放心了。”

“你放心吧！”玉琴说着话题一转，“哎，我走后，你别忘了给花盆里的花儿浇水。”她说完用手指着墙头上的那些花盆，因为她特别喜欢花儿。

“嗯！”于成答应着。

这样玉琴便去县里工厂上班了。这个工厂不小，有三百多个职工，而此时厂里宣传组的张小梅有病请长假休息，于是宣传组便少了个人，而玉琴有文化还会写文章，厂领导便让她暂时接替张小梅的工作，所以玉琴便在宣传组工作了。

可玉琴的到来，却引起一些人的注意，特别是引起杨峰的注意，杨峰在技术组工作，技术组和宣传组紧挨着。由于玉琴身材高挑，面容秀丽，又会说话，所以杨峰闲着没事的时候，便到宣传组和她搭讪。

“玉琴，多美的名字啊！”杨峰赞美地说，“真是人和名字一样美。”

“是吗？”玉琴笑了，于是她便打量起杨峰，他二十四五岁，约一米八的个子，面貌英俊，谈吐清楚，给她一种好感。

由于玉琴的家离她所工作的厂子几乎有二十多里路，不便于通勤，而目前厂里职工宿舍住宿的人也在超员，于是她便在工厂的附近租了一间房屋。房屋不错，可爱干净的她，还是想把屋子收拾一下。

“玉琴。”杨峰关心地问：“你的屋子收拾好没有？”

“还没有。”玉琴闪着明亮的眸子：“不过好收拾，用白纸裱一下就行了。”

“下班后我帮你裱。”杨峰目视着玉琴。

“好啊，这是求之不得的事儿，欢迎你来！”玉琴感激地说。

下班后杨峰真的来了，他帮她裱墙，帮她安放床铺，帮她收拾屋子，帮她干这个、干那个，凡是她干不动的活儿他都干。这样她便和他熟悉起来，时间长了她和他之间的距离也就更近了。杨峰常常到她这里，她也去杨峰那里。她觉得杨峰挺可怜的，他专科学校毕业后，来到这个厂，去年他和妻子离婚了，自己住在厂外的两间小屋里，所以杨峰的饮食起居少不了她的帮助。

“杨峰，你的衬衣脏了，脱下来我给你洗洗。”她深情地看着他。

“是吗？”杨峰笑了，于是他脱掉了衬衣。

“看，背心也不干净，都脱下来吧！”

“那好。”杨峰顺从地脱下了背心。

“还有褥单也脏了。”

看，玉琴像爱人似的照顾着杨峰，像妻子似的体贴着杨峰。说实话，四个月来，第一个月她回家两次，以后三个月她再也没有回家。她不愿意回家，她愿意和杨峰在一起，她感到杨峰比于成强：杨峰高高的个子，英俊潇洒，同时还能说会道……这些于成没有。所以她似乎觉得：她选择于成选择错了，生活为什么不让她早点儿遇上杨峰呢？杨峰才是她心目中的伴侣。怎么办？这些日子，这个问题搅得她辗转难眠，可是她终于想好了，一天下午下班后，她邀杨峰去厂外的树林里，她向他道出了心里话：“杨峰，我决定和于成离婚，咱俩……”

“我早就想和你结婚！”杨峰接下了话茬，于是他向她表白：他只爱她一个人，他一定娶她。她也对他说，她一定嫁他。她说完身子一歪倒在他的怀里……看，多美呀！他们在这里立下了海誓山盟。

再说玉琴的丈夫于成，由于妻子长时间不回家，他惦念她，更有些想她，于是他来了。玉琴觉得他来得正好，她要告诉他，她和他离婚，但又有些张不开嘴，可最后她还是说了。

于成听后十分惊讶，接着便是悲痛，然而经过一阵思考：他觉得强扭的瓜不甜，捆绑不是夫妻，既然她要离开自己，那就让她离吧！勉强留住她的人，也留不住她的心。于是他果断地对她说：“我同意，不过你再好好想想，想好了，啥时候去法院，告诉我，我和你一起去。如果离婚后想回来，我于成随时欢迎……”

她真是万万没想到，于成这么顺利就答应了，难道她真的和于成的缘分尽了？所以生活才让她遇到了杨峰，并让她和杨峰走到一起。她这么想着，想着……可是就在她确定去法院和于成离婚的前一天晚上，她去了杨峰的住处，杨峰还没睡，他的屋里还亮着灯，窗户上还挡着窗帘。他在干什么呢？是在看书还是在学习？于是她蹑手蹑脚地走到窗前，顺着窗帘的缝隙向里望去，这使她不由得打了个寒战：杨峰一丝不挂地躺在床上，他身边还躺着一个一丝不挂的女人，这个女人不是别人，正是他们技术组的张艳。

“听说玉琴要和她丈夫离婚，与你结婚，这是真的吗？”张艳问。
“她想的倒挺美，她一个已婚的农村妇女，我能要她吗？”

“我觉得你也不会要她！”

“我和她在一起，不过是想和她玩玩！”接着一些粗俗难听的话，从杨峰的嘴里说出来……

这些话像一个响雷，把玉琴从糊涂中震明白了，又像一瓢凉水浇在她的头上，使她清醒过来。她踉踉跄跄地离开杨峰的窗前，昏昏沉沉地回到自己的小屋，一头栽在炕上失声痛哭。痛哭中她才知道，她被杨峰耍弄了，她被杨峰骗了，回想起四个多月来，她和杨峰的一些事情，就像一团轻烟霎时间散了，又像一个美丽的肥皂泡，被生活的风吹破了。此刻她想起妈妈的话：“玉琴呐，看人不能光看外表，得看品行，品行好，人正派就行，品行不好，人不正派，长相再好也不行。”她仔细地品味着这句话的含义，回忆着一年来和于成婚后的生活，这时她才真正的发现于成的可贵之处。

第二天，她早早地起来了，走出了屋子，望着家的方向，想起了丈夫于成。她对不起他，真是对不起他。今天是中秋节呀，她想家了，她想回去。

上班了，她第一个走进宣传组，把自己最近写的两篇稿子，拿出来翻看了一下：一篇是歌颂杨峰的高贵品质，说他热心帮助女职工的事儿，她把这篇不符合实际的稿子撕毁、丢弃。另一篇是写老工人张平，一心一意向新工人传授技术的事。她把这篇稿子重新抄写一下交给厂长，并向他请假，今天下午她想提前下班回新阳堡和家人团聚，厂长答应了。

看，这么长时间，她第一次感到想家，第一次想和丈夫团聚。

下午七点多，她到家了。月亮从东方升起来，淡淡的月光照着他们家方方正正的小院。瞧，她所喜欢的花儿，丈夫把它们莳弄得好好的，一盆盆地摆在小院的墙头上。

怎么，墙根下还躺着个人，是于成，他怎么睡在这儿，他太累了，四个多月来，他一个人顶起这个家不易呀！不知是良心上的自责，还是感情上的歉疚，她把自已的衣服脱下来披在他的身上。

“是你，玉琴!”于成醒了，他站起来，惊愕地看着她，“你回来了!”

“回来了，回来和你过团圆节呀!”

“过团圆节!”于成突然醒悟，玉琴没有离开他，他瞧着她，“今天我们团圆了!”

“是啊！今天我们团圆了，永远团圆了!”玉琴说完真诚地看着他，是懊悔，还是内疚，她一下子扑到丈夫的怀里，眼泪止不住地流出来，流出来……

作者简介：李九田，1936年生，德惠市太兴村兴旺庄人。吉林省作家协会会员、长春市作家协会会员，原德惠市作家协会副主席。出版长篇小说《白云在飞》《弯弯人生路》；散文集《岁月之歌》《青年寄语》；诗歌集《生活撷韵》《九田文学作品集》(上、中、下三部)。

萨日朗花开了

李艳明

久盼的春雨下了一整夜，天一亮，雨却出乎意料地停了，寂寞清冷了一个冬天的莫日格旗村，被春雨洗过之后，立马就新鲜了，并有了一丝的活泛。

莫日格旗村，一户农舍的西屋炕上，摆放着一张炕桌，桌子上放着几盘方便熟食，屋内空气中散发着马奶酒的醇香。户主人，三等伤残复员军人巴图和村支书，昔日的战友额日勒图坐在炕桌前喝酒。

炕沿边立着一根磨得油光锃亮的红木拐杖。

望着窗外盎然的春意，有着一张古铜色面孔的额日勒图兴奋地说："这可真是一场及时雨啊！"

"小麦这回算借上力了。"巴图接过额日勒图的话说。

额日勒图转移话题问："布赫很长时间没回来了吧？"

端起酒杯的巴图又放下了酒杯，他叹了一口气，一脸无奈地说："家家都有一本难念的经啊，这小子的心算野透了，家里一天都不想待了！"

"上不去套的马终究是一匹野马，我看赶紧给布赫娶个媳妇，把他的心收回来算了。"额日勒图建议道。

巴图摇头，又面露难色地说：“娶媳妇总不能像买牛马那样，相中了就牵回来吧?”

额日勒图大笑，笑毕。他拍着胸说：“你要是信得过我，就把布赫的婚事交给我好了。”

巴图大喜：“那感情好了。”

“眼下，还真有一个人选。”额日勒图详细地介绍，“这个姑娘也是蒙古族人，名叫娜仁花，是你嫂子查干花镇娘家的邻居，娜仁花从小没爹没娘，是奶奶把她养大的。上个月，娜仁花相依为命的奶奶又去世了，剩下她一个人，孤苦伶仃也怪可怜的，你嫂子正想在咱们村给娜仁花找一个知根知底的好人家。”

听了额日勒图的话后，巴图心里多少有点儿底了，可他又禁不住地问：“姑娘多大年纪了?”

“二十三岁，比布赫大三岁。”

常言道：女大三，抱金砖。巴图更加高兴，可没过一会儿，巴图满脸的喜悦又转为了忧愁。

巴图面部表情的变化，额日勒图看在眼里，他不解地问：“怎么了，你不同意了咋地?”

“姑娘倒是不错，就是真的和布赫订了婚，也得放几年才能结婚，布赫的年龄小啊。”巴图揉了揉眼睛，说出了自己的心里话。

“这么多年来，你又当爹又当妈也不容易，这么办吧?先让布赫和娜仁花把喜事办了，等布赫的结婚年龄到了，再补办登记手续，不过，他们可不能要孩子。”额日勒图想出了一个折中的办法。

“我看，布赫的婚事就咱俩做主了，也由不得他了。你是支书，也要掌握好原则，千万别因为布赫的婚事连累你犯错误。”巴图满意地点了点头，脸上有了些许的笑容，同时他又提醒额日勒图说。

额日勒图一拍胸，感慨地说：“就凭老弟当年在战场为我挡了一颗子弹，就是撤了我的职务，我也认了!”

布赫被父亲和支书额日勒图连骗带哄地找回了家，尽管布赫不同意和娜仁花的婚事，可他经不住父亲和额日勒图夫妇的一番劝说，最后，布赫说："你们就看着办吧，反正我们这个夫妻注定是有其名无其实！"

草原夜晚的天空很干净，一轮圆月挂在天空，已是二更天的时候，睡不着觉的其木格问："他爹，白天布赫说的那些话，我听着咋觉得不对劲儿呢？你说，咱们大包大揽地包办布赫和娜仁花的婚姻，将来能不能落下啥埋怨啊？"

额日勒图翻过身来，说："娜仁花长得天仙一般，有多少小伙想娶她还娶不到呢！你看着吧，等娜仁花过门后，布赫这小子准被拿得服服帖帖。"

良辰吉日，娜仁花按蒙古族的婚俗被迎娶回了家。婚礼上的布赫表现得也很顺从，巴图高兴，额日勒图夫妇更高兴。

其木格背地里不止一次地说："他爹，你真有远见！"

巴图满脸笑容地走进摆设喜宴的房间，挥手向宾客问好。

忽听得有人高喊："巴图大哥，咋不叫布赫和新娘子过来，给我们满杯酒啊？是不是舍不得支使你儿媳呀？"

巴图一抱拳说："天上的百灵鸟出入成双成对，蒙古人喝酒只喝双杯，不喝单杯，我马上就让儿子和儿媳过来给大家满酒！"

"好，我们等着。"宴席上一片兴奋的欢呼声。

巴图冲门口的一个年轻人说："宝音，去把你哥嫂子叫来。"

时间不长，宝音回来了，他附在巴图耳旁悄悄说："布赫大哥不在上屋啊。"

巴图不悦地一挥手道："赶紧去找！"

宝音为难地说："我哪儿都找了，连后院的马棚都找了，连布赫大哥的影子都没看见。"

一个小孩儿跑过来，说："巴图大伯，我看见布赫大哥从后院骑马去了北甸子。"

巴图大怒："犊子玩意儿，蒙古人的脸都让他丢尽了！今天是什么日子不知道，还有闲心遛马？你们几个快去北甸子找他!”

宝音和几个年轻人跑到院子，相继发动了摩托车。

听说新郎官不见了，酒席上一片哗然。

额日勒图见酒席上的气氛不对，就过来圆场：“各位老少爷们，实在是对不起了，大家先慢慢喝酒，等布赫回来，看我咋收拾他。”

布赫骑着枣红马一路向远方奔去，草原上的萨日朗花在风中摇曳……

院外相继传来一阵摩托车的轰鸣声，宝音等人回来了。

等急了的额日勒图几步就跨出门去，问道：“咋样？看见布赫了吗?”

“没有。”宝音等人摇头。

新房内的娜仁花一脸的茫然，她被这突如其来的变故搞得不知所措，新郎出人意料的绝情和逃避，极大地伤害了娜仁花的自尊心，她顿时愤怒了。但当她看见巴图和额日勒图因气愤而扭曲的脸，她又把愤懑和悲伤压在了心底。

其木格拉着娜仁花的手，安慰道：“布赫野惯了，他出去遛马去了，待一会儿就回来了。”

宾客们听说新郎官不见了，欢喜的气氛一下子锐减下来。几个老者生气地离席走了，其他宾客见几名老者走了，也纷纷放下碗筷。看着一塌糊涂的喜宴，巴图气得要疯。

额日勒图一个劲儿地跺脚大骂：“二十岁白活了，是我儿子非打折他腿不可!”

其木格瞪了额日勒图一遍又一遍，最后忍不住地说：“你是压事，还是挑事呢？少说两句话，谁把你当哑巴了?”

掌灯时，枣红马背着鞍子，一身汗水地跑进了院子，它浑身肌肉不住地抽搐着，不停地打着响鼻。

看见枣红马自己回来了，额日勒图惊叫道：“马怎么自己回来了？布赫不会出啥事吧？”

额日勒图的话一下子让巴图的心提到了嗓子眼，生气归生气，巴图还是惦记儿子的安危。

宝音插话说：“布赫大哥是那达慕会上的马术冠军，又是摔跤能手，他能出啥事？”

众人正七嘴八舌议论布赫时，娜仁花从屋里走出来，对众人说：“别找布赫了，这人远走了！”

所有人的目光都投向了娜仁花，娜仁花进一步地说：“布赫前几天和我去松原买东西，他对我说你命苦，我不想做伤害你的事，可我实在是做不到啊。”

巴图红着眼圈说：“花儿呀，啥也别说了，是我们家对不住你啊，要不，明天你就回家吧？家里啥东西你相中了，就随便拿吧？”

娜仁花流着泪，哽咽道：“我和布赫堂也拜了，我回去，这算怎么回事啊？再说了，家里的房子也卖了，你让我去哪儿住啊？”

娜仁花说完，忍不住地哭出了声。

巴图哭着说：“花儿呀，你不走也行，今后，爹就把你当亲闺女养着，等遇到好人家，爹就把你风风光光地嫁出去！”

“爹！”娜仁花扑向巴图，跪在地上，父女二人放声大哭。

额日勒图一边流泪一边用拳头敲打着前胸。新房内两根大红喜烛仍然燃烧着，而且闪着昏黄色的光，流淌着的红泪，不知喜泪还是悲泪？

南去的列车上，布赫坐在车厢的角落里。广播里播放着德德玛的歌曲《美丽的草原我的家》，歌声悠扬悦耳，音调错落，极具有草原民族特色。

布赫心想：写歌词的人也太夸张了，草原真的有那么好吗？过度的放牧，人为的破坏已使草原变得百孔千疮了，刮起风来就会黄沙漫天。当然，额日勒图大叔也说过，国家和政府马上就要治理草原环境了。想起额日勒图大叔，布赫就来气，额日勒图大叔和爹是生死战友不假，可他管得也太宽了，为什么非要把自己和娜仁花绑在一起呢？其实，娜仁花无论是从长相，个头和口才，为人处事上看都挺好的。娜仁花看问题看得远，做事细致周到，实在是太成熟了，这个娜仁花有点儿像大姐姐。这种类型的女人布赫不喜欢，布赫喜欢的是天真、活泼，甚至浪漫一点儿类型的女孩儿，像妹妹一样，而不是像姐姐。

车窗外的天际出现了一丝曙光，无边的思绪就这样在布赫的头脑中搅动了一宿……

娜仁花度过了一个跑了新郎官，奇特而荒谬的新婚之夜，她要把心中向往的美好愿望统统埋葬掉，把苦水独自咽到肚子里，留给自己的注定是一个淌血的记忆！这一定是天底下少有的痛楚和悲酸，好在巴图把娜仁花当作亲闺女对待，这或多或少让娜仁花的心里得到了一种慰藉。

日子还要过下去，这天娜仁花早早就起来了，这已是她的一种习惯，打扫完院子，娜仁花回屋做饭，不知怎的，西屋的巴图一点儿动静也没有。吃饭时，左等右等，还是不见巴图起来，娜仁花就走到房门口，轻轻地叫道："爹，起来吃饭了。"

不见巴图答应，一种不祥的预感顿时笼罩在娜仁花的心头，她推门进屋，看见巴图仰面躺在炕上，眼睛虽睁开，但一动不动。

"爹，你怎么啦?"娜仁花弯下腰去，又悄悄地问了一句。

巴图张着嘴说不出话来，双眼却紧盯着娜仁花。

"爹，你是不是病了?"

巴图不停地流泪，双眼直勾勾地看着娜仁花。

"爹，你等着，我去叫人。"娜仁花转身跑出屋去。

巴图说不出话来，可他心里明白，当他看见额日勒图和宝音时，巴图又流泪了，似有哭不尽的幽怨与悲伤。

“花儿呀，你爹嘴都歪了。”额日勒图看了半天巴图，他一拍腿叫道，“这准是中风了！布赫这小兔崽子，算坑透人啦!”

宝音凑过去看了半天，转身问：“大叔，布赫大哥不在家，这可咋办呀?”

“还咋办？赶紧送医院，宝音你回家去开小四轮车，我张罗钱去。”额日勒图说。

娜仁花一把拉住额日勒图，说：“大叔，钱先不用借了，我这有一万块钱的存折，先用我的吧?”

额日勒图思索片刻，点头说：“也好，咱们到了松原的医院，正好银行也上班了，到了松原再支钱吧。”巴图被村民七手八脚地抬上车，接着额日勒图和娜仁花也上了车。

“花儿呀，安心护理你爹，家里我替你照顾，不用担心。”其木格向娜仁花挥了挥手。

宝音加大油门，小四轮车一路向村外开去。看着四轮车远去的影子，村里人都骂布赫是个不孝之子，并称赞娜仁花是个好姑娘。

医院脑外科的大夫们，对巴图做了一番诊断，最后的结论和额日勒图猜的一样，巴图得的是脑血栓。巴图当天的治疗费就花了三千元。下午，额日勒图去医务室询问了巴图的病情，返回病房，对娜仁花说：“花儿呀，你先在这护理你爹，我回去再张罗点儿钱，看你爹的病情，估计一时半会儿也好不了，要花很多钱呢。”

巴图一个吊瓶接着一个地打，他面色苍白，憔悴消瘦了不少，布赫的离家出走对巴图的打击太大了。当年当兵在前线，巴图日晒雨淋几十天，蹲在狭小的猫耳洞里，没睡过一个囫囵觉，死亡时刻伴随着巴图，巴图都艰难地挺过来了。儿子布赫的离家出走，让巴图满心的希望变成了失望，满心的欢喜变成了忧愁，巴图忽地觉得人生没了方向。

娜仁花端来一盆温水，用湿毛巾给巴图擦拭着身子，巴图一棵冰冷的心，又有了温暖，泪水顺着眼角流了出来。

“爹，你看你，伺候你不是我应该做的吗？”娜仁花擦去巴图眼角的泪水，劝说道。

同病房伺候病人的家属们，都向娜仁花伸出了大拇指，说娜仁花是天底下少有的好女儿，巴图摊上这么一个好女儿，真是前世修来的福分。

布赫一路奔波来到广州，在一家食品厂打起了工……

早晨，护士拿着本子，站在病房门口，叫道：“巴图家属该交费了。”

正在给父亲喂粥的娜仁花回过头，问：“交多少？”

护士：“先交八百吧，这只是今天的费用，明天还要交。”

娜仁花恳求说：“我爹当年是战斗英雄，二等功臣，这钱能不能缓交一下？”

护士看了一眼娜仁花，说：“不行，这是医院的制度。”

“那好吧，我再想想办法。”

“快点儿，要不就停药了。”

宝音拎着一袋水果走进了医院，他一进门就看见娜仁花正和一个陌生人说着什么，陌生人领着娜仁花上了楼。宝音不动声色地跟了上去，他想看个究竟。

娜仁花和陌生人进了医务室，十几分钟过后，也不见娜仁花出来，宝音就推门进去，娜仁花正站在一边数钱。她看见宝音进屋，就慌乱地把钱揣进了口袋，拉住宝音就向外走。

陌生人说：“姑娘，等我们再用血还找你。”

宝音出了医务室，站在走廊内问：“嫂子，你卖血啦？”

娜仁花笑道：“没有的事。”

宝音放下水果袋子，一把拉开娜仁花的袖管，娜仁花胳膊肘处，出现了一个殷红的针眼。宝音长叹一声，眼睛湿润了。

娜仁花嘱咐宝音，说：“这事别让我爹知道。”

娜仁花和宝音进了病房，奇迹出现在二人的眼前，巴图坐在床边正在和邻床的病友说话。

病友家属说：“真是奇迹，大叔居然能坐起来说话了！”

娜仁花高兴地拉住巴图的手说：“爹，别累着啊。”

巴图推开娜仁花的手，态度坚决地说：“走，咱们回家！”

“病好没好利索呢，回啥家？”

“咱们不是没钱了吗？”

“谁说的，我刚交完钱，不信问宝音。”

宝音哽咽道：“大叔，我嫂子……”

巴图打断宝音的话，说：“别叫嫂子，叫姐，布赫不配有这样的妻子！”

宝音流泪说：“我姐她卖血了！”

“啥？”巴图瞪大了眼睛。

“爹，多大点儿事啊，大夫说了，抽血不影响健康，反而对身体有好处呢。”娜仁花一边哄着父亲，一边瞪着宝音。

额日勒图从外面进来，看见宝音和巴图哭了，就问：“这是咋地啦？还哭了呢？”

巴图大声说：“花儿她卖血了！”

额日勒图从包里拿出两摞钱，递向娜仁花。

“这是两万元，花儿你先收着，不够我再想办法，咱可不能再卖血了！”

食品厂女工多，男工少，脏活累活，布赫抢着干，因此他很有人缘，不久，布赫就当上了食品车间的一班班长。工资由最初的每月八百元增加到了一千二百元。

夜深人静，布赫躲在蚊帐内，常常流泪，他觉得对不起父亲，更对不起苦命的娜仁花。

时间一天天地过去了，巴图和娜仁花父女关系相处得十分融洽，正当巴图对儿子布赫那场婚变不再有任何抱怨时，布赫汇来了五千元钱，汇款单的收款人是额日勒图。额日勒图猜想，布赫一定是担心把汇款单交给父亲，父亲会毫不犹豫地撕个粉碎。额日勒图把钱支出交给娜仁花，对娜仁花说是布赫寄来的，但又特别嘱咐娜仁花，不要对巴图说钱是布赫寄来的。娜仁花手里握着沉甸甸的五千元钱，丝毫也高兴不起来，她感觉手里拿的不是钱，是秋后老了毛的刺猬。

麦收一过，地里就没有太多的活了，娜仁花整日里心事重重，早已看在眼里的巴图问："花儿呀，你是不是有啥心事？说出来，爹帮你出出主意，事老憋在心里不好。"

娜仁花吞吞吐吐地说："爹，我想承包咱村的奶制品厂。"

"那个厂子谁干谁赔，包大明子去年赔好几万呢。你干，恐怕……"巴图有些担忧地说。

娜仁花解释："他们赔钱的原因是只顾生产，不找销售渠道，我在内蒙古的奶制品厂干了五年，懂得生产工艺，我觉得赔不上。"

巴图想了想，最后表态说："好，爹支持你干，承包费爹给你张罗。"

娜仁花搂住巴图的脖子，亲昵地说："爹，你真好！"

傍晚，巴图找到宝音，神神秘秘地说："明天你和我去一趟长春，做早晨四点的火车。你把摩托车骑到村东的小树林等我，记住，这事不能让你花儿姐知道。"

宝音似懂非懂地点点头。

娜仁花赶着奶牛回到家中，不见父亲的身影，她就去问邻居。

"大叔，看见我爹了吗？"

"我放夜马回来，看见宝音骑着摩托车驮着你爹，往松原方向去了。"

"这老爷子，自己啥毛病不知道吗？摩托那玩意儿是他坐的吗？

等宝音回来，我得好好说说他。”

巴图不回来，娜仁花的心就一直悬着，她猜测父亲一定是张罗钱去了。娜仁花有些后悔了，后悔当初不该跟爹说承包奶制品厂的事。眼看天就要黑了，还是不见宝音和父亲回来，娜仁花来到佛堂前，想烧几炷香求佛爷保佑父亲和宝音平安回来。可她拿起香时，发现佛堂内祖传的鎏金宗喀巴佛像不见了。难道是被人偷了？娜仁花心里正做着各种猜想时，院外传来摩托车的马达声，明亮的车灯一直射进屋内，紧接着摩托车就进了院。

娜仁花推开门，说：“爹，你干啥去了？我都惦记你一整天了！”

巴图不说话，却一脸兴奋地进了屋。进屋后，巴图从包内拿出一捆捆崭新的人民币，说：“花儿，这是十五万，承包奶制品厂够了吧？”

看见崭新的人民币，又想到失踪的佛像，娜仁花惊叫道：“爹，你把祖传的鎏金宗喀巴佛像卖了？”

巴图一挥手，满不在乎地笑道：“别大惊小怪的，就是没有你承包奶制品厂的事，我也不想经管这尊佛像了。都什么年代了？人都能上天去住了，还信这些？”

娜仁花瞪大眼睛说：“那可是文物啊。”

巴图摇头：“啥叫文物，放在有用的人手里是文物，放在咱们手里不当吃不当喝，还不如换点儿钱花。再说了，又没卖给别人，咱卖给国家了。”

宝音一拍肚子说：“姐，我和大叔可一整天没吃饭了！”

娜仁花的奶制品厂如期开业了，奶干、奶油、奶皮、奶豆腐等蒙古草原特色小食品供不应求。周边的奶农都愿意把牛奶卖给娜仁花，娜仁花收购牛奶从不压价，深得牧民们喜爱。

宝音和娜仁花走了个照面，宝音红着脸正想过去，娜仁花叫住了宝音。

“我办公桌抽屉里的信是你写的吧？小屁孩儿，你懂什么是爱情吗？我比你大四岁，是你姐啊？”

宝音见旁边没人，就壮着胆子说：“大几岁怕啥？女大三抱金砖，女大四没准还能抱一块玉呢。”

娜仁花一下被宝音的话给逗笑了，见娜仁花有了笑模样，宝音更加大胆地说：“不管你愿不愿意，反正我喜欢你，不管到什么时候，我都等你！”

年关到了，村里响起阵阵鞭炮声。

巴图和额日勒图坐在家中等待着去县里开会的娜仁花，二人期盼着娜仁花能带回来好消息。娜仁花一进屋，巴图就递上一杯红糖水，说：“花儿呀，喝吧，不凉不热。”

额日勒图急着问：“这次开会，收获可大？”

娜仁花放下杯子，说：“大，有一个好消息，明年咱村要通公路了。还有，国家给乡镇企业一些优惠政策，我想抓住这个机会，把企业规模壮大。”

巴图乐呵呵地问：“花儿说说你的打算，让爹和你大叔也听听。”

娜仁花成竹在胸地说：“厂子今年不是挣了八十多万吗，我打算再贷一些款，在靠近公路的地方重新建厂，另外再上一条奶粉生产线，我的厂子就可以解决周边地区奶农卖奶难问题。”

额日勒图一拍桌子，说：“好，你的乳制品厂和宝音的面粉厂一起建！”

听额日勒图提起了宝音，巴图就试探地问：“花儿，你和宝音的婚事，差不多就定下来吧？宝音是个好孩子。”

娜仁花红着脸说：“不急，等我和宝音的厂子建完投产后，再说吧。”

额日勒图说：“宝音的确是个好孩子，将来你和宝音的婚事还得我给你们做主。”

娜仁花开着玩笑说：“前年你们给我做主，逼得布赫离家出走，可把我坑苦了，以后还给我做主啊？”

巴图笑道：“这回爹也给你掌握着点儿，宝音不干出一番事业来，就不让他娶我姑娘！”

又是一年的年关，布赫一个人喝了点儿酒，在街上没有目标地走着，渐渐地酒精就麻木了布赫的神经。他头有些沉，浑身发软，见公园内人很少，宝音就走进去，蜷缩在用黄色塑料藤条编织的吊椅上，闭上眼睛昏昏欲睡。他真的有点儿想家了。

突然，一棵大树旁传来一声女孩子的尖叫声，几个流氓正在调戏一个年轻女孩儿。那姑娘苗条的身材，椭圆形的脸蛋，闪烁着一双惊恐的大眼睛。

“住手！”布赫大喝一声，酒当时就醒了一半。

“我看你大概是活腻歪了！”一个流氓挥拳向布赫打来。布赫抓住流氓的手腕，使用了蒙古摔跤术中的大别子，流氓扑通一声倒在地上。另一个流氓见同伴吃了亏，叫喊着向布赫冲过来，布赫一个扛口袋，又把这个流氓摔倒在地上。几个流氓掏出刀子扑向布赫，人多势众的流氓很快占了上风，布赫的肚子挨了一刀。

被吓蒙的姑娘大喊：“快抓流氓啊，坏人行凶了！”

三名巡警闻讯跑过来，抓住了几个流氓。

布赫手捂着伤口，面色苍白地坐在地上。

通往莫日格旗的公路已修好，公路西侧娜仁花的乳制品厂和宝音的面粉厂紧张有序地建设着。

蓝天上几朵白云，慢悠悠地飘着……

布赫躺在病床上正看着一本《蒙古秘史》，房门打开，食品厂老板夏镇赢和妻子，带着被布赫解救的姑娘进了病房。

“老板，你咋还来了呢！”布赫挣扎着要坐起。

夏镇赢走过来，一把按住了布赫。

“别动，安心静养。”夏镇赢指着身边的姑娘说，“这是我女儿。”

那姑娘上前一躬身，说：“小哥你好，我叫夏雪，多谢你救了我！”

这年的国庆节，莫日格旗草原上响起了轰鸣的机器声，娜仁花的乳制品厂和宝音的面粉厂开业了。

娜仁花和宝音携手漫步在草原上。

“宝音，你能来我家和我一起为我爹养老送终吗？”

“行啊，巴图大叔是战斗英雄，二等功臣，我从小就敬仰他。”

娜仁花偎依在宝音身旁，天上的百灵鸟为二人唱着祝福的歌。

夏雪开着一辆奔驰车停在食品厂大门口，今天她穿得格外漂亮，服装的合理搭配使她更具有青春气息。

布赫一出大门，就被夏雪拉进了车内。又是那个公园，二人坐在那个椅子上。

布赫郑重其事地说：“小雪，有一事我必须要告诉你，我是逃婚出来的，而且还和女方拜了堂。”

夏雪头一仰，闪动着幽幽的大眼睛，说：“那有啥的？没有感情基础的婚姻就应该解除，这对男女双方来说，都是一种解脱，希望你不要有思想包袱。”

夏雪反倒开导起布赫来。

“那姑娘叫什么名字？”夏雪又问。

布赫长叹一声，回答：“她叫娜仁花，也许远嫁他乡了，是我害了娜仁花啊！”

自从布赫和夏雪确定恋爱关系后，夏镇赢对工厂的事基本不管，都交给了布赫和女儿去管理。在夏家的豪华别墅里，布赫成了常客。

一家人共进晚餐时，布赫说：“奶粉又涨价了，面粉的运输费也涨了，这个月的利润下降了不少。”

夏雪一旁说：“老爸，你把食品厂建在广州，绝对是一个错误，这说明你没有商业头脑。”

“你这孩子，怎么和你爸说话呢?”母亲责怪道。

夏镇赢没有生气，反而心平气和地问：“怎么说呢?”

夏雪认真地说：“前几年为啥好多电厂选址都选在了矿区，那是因为这种坑口电站，大大地降低了运输成本。”

夏镇赢夸奖道：“我姑娘的商校没白念!”

兴奋中的夏雪忽然转向布赫，问道：“你的家乡不是盛产小麦吗?”

布赫回答：“我家乡产的小麦，基本都卖给粮库了，再说了，那里交通也不便利。”

夏雪说：“你离家快四年了，这四年家乡有多大变化，你知道吗？听说你的家乡查干湖成立了旅游区，我看咱俩有必要去一趟你的家乡了，而且我还要见一见娜仁花!”

布赫面露难色地说：“不行，不行，我回去，我爹和额日勒图大叔肯定不能饶了我。”

夏镇赢最后表态说：“出来这么长时间了，是应该回去看看了，给你们一个任务，顺便考察考察，看看能不能在你的家乡建厂。”

夏雪建议：“咱们开车回去，正好你我都会开车，慢慢走就当旅游了。”

又是一年萨日朗花开的季节。

宝音和娜仁花结婚了，二人婚礼很节俭，没有置办酒席，娜仁花要把省下来的钱捐给学校。

村里人和巴图开玩笑说巴图抠门，巴图笑着指着公路旁的工厂说，我家两个厂子呢，还在乎这点儿钱？我主要是听女儿的，女儿说，新事新办，移风易俗。

开着奔驰一路游玩的夏雪和布赫，终于进入了松原地界，布赫惊叫："我的天呐，家乡变化太大了，这还是我的家乡吗？"

奔驰车在平坦的油漆路上行驶，公路两侧是美丽的郭尔罗斯草原，萨日朗花开得正艳，迎风摇曳着。

夏雪指着公路旁的"仁花乳业"工厂，说："不说你家乡没有奶粉厂吗？这不但有一家奶粉厂，还有一家面粉厂呢，咱们过去看看吧！"

车开到"仁花乳业"厂门口，被保安拦住了。

布赫从车内探出头来，说："行个方便，我就是这里土生土长的人。"

保安一摆手，态度坚决地说："不行，外来车辆一律不得进入厂区！"

说话间，一辆奥迪车开进了厂子，不一会儿那辆奥迪车又倒车回来，车门打开了，宝音下车惊奇地叫道："布赫大哥！"

布赫和宝音下车，二人紧紧地抱在一起，正在这时，一辆宝马车停下，车上下来的人，竟然是娜仁花！

布赫低下头去，恨不得找个地缝钻进去。娜仁花昂首挺胸，气质非凡地走过来，她大大方方地拉住布赫的手，说："老弟，欢迎你回来！"

布赫脸一阵白一阵红，浑身汗如雨下。

娜仁花转向夏雪，问："这一定是弟妹啦？"

夏雪躬身回答："娜仁花姐姐好！"

娜仁花一愣，刚和夏雪见面，她怎么知道自己叫娜仁花？看来布赫没少提过自己。娜仁花笑着问布赫："没少在弟妹面前提我吧？"

布赫更加尴尬，话不知如何回答才好。

娜仁花指着厂子，说："这个厂子是我开的，想进去看看吗？"

布赫依旧低着头，走也不是，进也不是。

宝音过来圆场：“自己家的厂子，啥时看不行？走，先回家看爹去。”

三辆车离开工厂大门，向村内开去。村里昔日的泥草房不见了，一座座二层小楼矗立在面前。

走进自家院子，布赫内心不免有些紧张起来。

厨房内，巴图和额日勒图正在喝酒，马奶酒的醇香弥漫了整个屋子。

娜仁花站在门口，关切地问：“爹，你咋还喝上酒了呢？”

巴图兴奋地说：“花儿，你当上了松原地区的三八红旗手，爹和你大叔高兴啊！”

布赫挤进屋，跪在地上失声痛哭：“爹，大叔，不孝子布赫回来了！”

巴图抓起拐杖就向布赫头顶打去，被娜仁花一把拦住了。

“爹，弟弟回来是好事，你千万别激动，走，咱们进屋消消气。”

宝音和娜仁花搀扶着巴图进了屋，布赫依旧一动不动地跪在地上。额日勒图一口就喝光了杯子内的酒，他站起身，飞起一脚就把布赫踹倒在地。

“小兔崽子，你爹不打你，今天我打你！”

宝音和娜仁花跑出来，拽住了额日勒图。

额日勒图指着布赫，说：“小兔崽子，你知道吗？你走的第二天，你爹就被你气的得了脑血栓，花儿为了救你爹，花光了自己的积蓄不算，还卖了血，小子，你欠你爹的太多了！欠花儿的太多了！欠这片草原的太多了！”

布赫跪在地上已泣不成声，夏雪站立布赫身后，面色苍白、不知所措。

娜仁花说：“宝音你去村里的超市买点儿菜，让弟弟和弟妹先出去看看咱家乡有多大变化，一个小时后回来吃饭。”

布赫和夏雪被娜仁花推出了门，二人走出村子，一路来到草原，布赫指着面粉厂问放羊的小孩儿：“那个厂子是谁开的？”

小孩儿回答：“是宝音大哥开的！”

布赫渐渐地把目光投向远方，身后的夏雪突然问：“你当年为什么选择逃婚？其实，花儿姐姐她挺好的！”

布赫没有出声，两行热泪流了下来，他独自向草原深处走去，脚下是青青的草地，头顶是蓝蓝的天，不远处火红的萨日朗花正在微风中，像火焰一样跳动……

作者简介：李艳明，前郭县八郎镇粮店村四社农民，著有长篇小说《风雨塔虎城》《岁月无痕》。当过银行保安、金融刊物主编，现为中国金融作家协会会员、吉林省作家协会会员、松原市作家协会理事、前郭县作家协会第一副主席。

征婚奇缘 李迎春

一

青岭村出了一条特大新闻，村民尚谦老汉的大儿子吉祥要上电视相亲了！

“这回吉祥指定能领回一个漂亮媳妇！”村民们在村文化广场争相议论。

“胡扯！”全子他爹立刻表示质疑，“电视上的相亲那都是事先安排好的，你听谁家真娶回媳妇了？”

“哎，别管真假，看看结果去吧！”林老大说。

“几点播出啊？”桂花婶问。

林老大看了下腕上的手表，说：“哎呀，马上到了，快走吧！”

村民们一哄而散，全聚在了全子爹家。

省电视台的“真情热恋”是一档相亲节目，来参加的男女嘉宾都是农村青年，节目女主持人燕子幽默风趣，说一口地道的乡村土话，很能拉进与嘉宾的心灵距离，很多村民都喜欢看这档节目，吉祥妈就是节目的忠实粉丝。

节目在热烈掌声中开始，宽大的舞台上七彩灯光闪亮，站在台上的男女嘉宾各六人，嘉宾们的亲友团坐在台下，热情地欢呼。

吉祥被导演编成三号男嘉宾，前两位男嘉宾都很善于表现自己，他们侃侃而谈，但都没“牵手”成功。轮到吉祥发言，他一米七五的身高，修剪得体的短平头，微黑的长条脸上，一双细长的眼睛，穿一件白底带紫色条纹的 T 恤，蓝色牛仔裤，看起来成熟稳重。女嘉宾们窃窃私语。

“请三号男嘉宾介绍一下自己。”女主持人燕子热情地说。

只见吉祥右手搓左手两下，又挠挠后脑勺，很费劲儿地说：“我叫…尚吉祥，今年三十二岁，住在…黄龙县青岭村，那个，那个……”他不知道说什么好了，现场一片笑声。

“哎妈呀，说的啥呀，吭哧瘪肚的，能领回媳妇吗？”全子爹插嘴说。

“这还行呢，能整出一句半句的，要让我上电视，都得紧张抽喽！”桂花婶说完，哈哈大笑。

“三号男嘉宾，别紧张，说一下你的爱好和家庭收入。”主持人赶忙穿针引线。

吉祥又搓两下手，挠挠后脑勺，然后才简短地答道：“爱好修理农机具，我家耕种五垧地，年收入六万元。”现场又是一片大笑声。女嘉宾们这下来了兴致，连珠炮似的抛出各种问题，似乎是在显示自己难为吉祥似的，吉祥的脸涨红了。坐在台下的吉祥妈急坏了，她求教般地回头看二儿子吉庆，可是，吉庆嘴里悠闲地嚼着口香糖，他伸手拍一下母亲肩膀，让她放心。果然，慢慢地，吉祥似乎过了紧张期，说话越来越顺畅，他大声说：“不管留在村里种地，还是进城打工，我认为，一个男人首先要有责任心，要懂得孝顺长辈，关爱家人。”他想了想，接着说：“我不在意女嘉宾的相貌、身高，只要她有孝心，愿意和我一起好好过日子，我就一定好好待她，爱她一生一世……”

“吉祥这两句整的好！”林老大说。

村民们听吉祥说了这几句话后，都对他由衷地佩服起来，大家更加聚精会神地看了起来。

吉祥的表现让现场气氛活跃起来，女主持人很满意，她对吉祥的征婚要求大为赞赏，鼓励女嘉宾为吉祥亮灯。有两位女嘉宾亮灯选择吉祥，其中一位女嘉宾名叫小萱，她今年二十七岁，中等身材，微胖，圆圆的脸，白白的肌肤，不大的眼睛顾盼生辉，她问吉祥说："如果我们牵手，将来你会限制我花钱吗？"

"不会的，男人赚钱就是给自己心爱的人花。"

"那你对待我父母能像自己爸妈一样吗？"

"肯定的，我在一个大家庭长大，我妈对我奶奶特别好，从小父母就教育我要尊敬长辈。"

小萱点点头，她对吉祥的回答很满意，吉祥和小萱顺利"牵手"成功。

二

老尚家大儿子从"电视上"领回了媳妇，村民们都想看个新奇，他们纷纷找个借口去老尚家，院里院外人来人往。

林老大一拍手，说："没想到，电视这么大威力，吉祥这小子一杠子压不出一个屁，一上电视就找到了媳妇。"

"那有啥呀，还不是咱们跟前儿的姑娘都进城了，要不我也能给撮合成。"巧嘴姜媒婆撇了撇嘴，不服气地说。

"吉祥那孩子人品好，憨厚能干，他可没少照顾我，谁家姑娘嫁给他都错不了。"五保户齐爷爷瓮声瓮气地说。

村主任赵喜表态说，吉祥和小萱姑娘一旦领证，他马上帮小萱在青岭村落户口。

尚家选个好日子，摆了几桌酒席，给吉祥和小萱订婚，双方家长和近亲属参加，尚家二儿子吉庆带着女友，和当老师的女儿如意都从城里回来了。临时，请村主任赵喜担当两个孩子的介绍人，当着双方亲属的面，尚家拿出礼金五万，金耳环一对，经赵喜递给小萱的娘家人。还允诺，两个孩子结婚时，其他礼金、家具和金饰品一件不少。小萱的父母面露喜色，心满意足，尚家老两口更是乐得合不拢嘴。

送走小萱和她的亲属，客人们也陆续散了。尚老汉宣布，秋后给吉祥完婚，吉祥妈笑着附和道："吉祥结婚可去了我一块心病。"

"跟小萱商量一下，让他们早点儿结婚呗？我媳妇怀孕了。"

"怀孕了？"老两口一起看趴在沙发上玩手机的吉庆。吉庆女友捣他一拳，正在归置桌椅的吉祥也停下手，直起腰，转身对父母说："吉庆先结婚吧。"顿了顿，"爸，您算一下，咱家钱够吉庆买楼房首付吗？"

尚老汉还能说什么，心里对明事理的吉祥生出一丝丝怜爱。

三

吉祥是尚家长子，家里还有二儿子吉庆，小女儿如意。吉祥勤劳能干，善良憨厚，他虽然学习成绩不好，只读到初中毕业，干活却很巧，家里买回新农机具，他鼓捣几下就会用了，村里谁家什么电器坏了，都找他帮忙修理。用尚老汉的话说："吉祥这小子，心不灵，手很巧，各喜一精。"吉祥和父亲除了耕种自己家承包的土地，还另外承租了几垧地，为了增加收入，父子俩除了种玉米，还栽了一垧地西瓜，种西瓜是细致活，掐尖、打杈，松土施肥，每天都有干不完的活。虽然辛苦点儿，但这样，才有钱供在省城读师范大学的如意和读技校的吉庆读书，因为供弟弟妹妹，吉祥才耽误了找对象。

四

尚家拿出多年的积蓄，又从开种子店的吉祥二舅家借了三万元，凑够二儿子吉庆在城里购房款的首付，又打点置办他们结婚的一切事宜，把婚事办了。

为了尽快还上二舅的钱，吉祥在镇上粮库找了一份工作，他每天早四点钟就起床，自己热点儿饭，吃完后，骑电动车到四公里外的镇上上班，从五点工作到中午十二点下班，回到家，休息一会儿，下午和父亲去地里干活。

吉祥订婚后，他和小萱并没有天天腻在一起，他们见面不多，靠打电话、聊微信联系，赶上节日，吉祥还会带着礼物去小萱家看望她父母。吉祥憧憬着迎娶小萱那一天。

突然有一天，吉祥怎么也联系不上小萱了，打电话，无法接通，发微信，被拉黑。吉祥担心女朋友出了什么事，他心急如焚，贪黑打车去了四十公里外的小萱家，小萱不在家，她妈说女儿被她前男友带走了。

后来听人说，小萱原本有一个相处五年的男友，他们感情很好，可是小萱父母嫌男孩儿家穷，不同意他们结婚，男孩儿一气之下，抛下小萱去广州打工了。小萱赌气报名上了“真情热恋”，想回敬男友一下，这才认识了尚吉祥。这回，小萱和男友重新复合，她不辞而别，追随男友去了广州。

尚家大儿子对象黄了的消息不胫而走，又一次成了青岭村的谈资。全子他爹吧嗒一口叶子烟，在烟雾中吐出一句：“我就说，电视那玩意不靠谱，怎么样?”

尚家人财两空，还惹得乡亲们议论纷纷。尚老汉很恼火，他打电话大骂二儿子吉庆：“你把吉祥坑苦了，不是因为供你和如意读书，你哥一次次推迟相亲，也不至于到现在还没媳妇，指望你毕业帮家里点儿，你他妈可倒好，今天和人打架，家里赔钱；明天网贷还不上被追债，家里拿钱，竟事儿，自私的东西！你只顾自己，今天换女朋友，明天抢着先结婚，这又蹿得吉祥上电视相亲，我这张老脸算是他妈丢尽了……”骂完了不解恨，捎带着骂老伴儿，说老伴儿怎么生了吉庆这完犊子货。好像吉庆是老伴儿一个人的孩子，吉祥妈本来心情就郁闷，被他一骂，立刻抹起了眼泪。

最上火的还是吉祥，多次相亲没成，想着上电视也许能成就一段姻缘，没想到是这样，太丢人了！找个媳妇怎么这么难呢？他很后悔听信吉庆的话，上电视相亲。吉祥更想不明白，既然小萱心里有了爱人，怎么还可以上电视征婚？那天吃晚饭，从不喝酒的吉祥拿起父亲的酒杯，连喝几杯，然后，趔趄着回到自己住的西屋，蒙上被子，流下了伤心的眼泪，闷着头大睡了两天。

尚家派人去了小萱家，依照乡规民约，彩礼应该如数退回。可是，小萱的父母对退彩礼的要求断然拒绝。听说小萱原来有个哥哥，不久前去世了，原本不富裕的家，这回经济更紧张了，这笔钱她家盖猪舍花掉了。

尚家在青岭村是大户，尚谦老汉哥四个，还有一群叔伯兄弟，家族人感觉被外人欺负了，各个愤愤不平。吉祥四叔气愤地说："不能这么便宜了她家，退婚可以，必须把彩礼要回来。"

"对，不能这样拉倒，不行把他家砸了！"吉祥堂弟挥了挥拳头。

"说啥呢？这是法治社会，婚姻自由，什么事商量着来。"村主任赵喜呵斥道。

"爸，赵叔说得对，别动粗。"吉祥说。

五

初秋的清晨，公路上结了一层薄薄的轻霜，水泥路面好像蒙上了一层薄纱，路两侧的玉米地一眼望不到边。玉米叶子发黄，只有顶部几片叶子泛着绿意，顽强地向上伸展着，玉米穗向下轻垂丰满的腰身，等待着主人收获回家。

路上没有行人，车辆也比白天少了许多。吉祥驾驶一辆四轮农用车行驶在路上，车上还坐着他爸和四叔，他们要去小萱家。族人们不能忍受被外人欺负，坚持要回彩礼钱，吉祥也只好一同前往。

在"突突突"行驶的四轮车上，尚老汉还不停地和弟弟商量，到小萱家如何应对。这时，在前方不远处的路边，站着一个年轻女人，她不停地用力向他们招手。吉祥靠路边停下车，年轻女人急忙走上前，请求捎她一段路，说她乘坐的大客车坏了。吉祥见她着急的样子，说：“你上来吧。”

女人脚踩车轮上了两次都没登上车，吉祥从驾驶座站起来，探身过去，双手用力，把女人拉上车。女人上车后，说了句“谢谢”，就一声不响地坐在那儿想心事。车上多了一个外人，尚老汉和弟弟也停止了商量，耳边只有“突突突”的马达声。

过了一会儿，尚老汉打破了沉默：“姑娘，一大早，你去哪儿啊?”

“大叔，我去龙泉镇，到前面我打车。”

“那你不用打车了，我们也去龙泉，顺路。”尚老汉发现女人眼圈红红的，“走亲戚呀?”

“去我婆婆家。”女人说着，眼泪就流了下来。

“哎呀，姑娘，我多嘴了。”尚老汉有点儿慌，不明白她怎么哭了。姑娘掏出纸巾，抹了一把眼泪，幽怨地说：“大叔，我去接儿子，不知道能不能见到呢，孩子才四岁，他爷爷奶奶就想把孩子从我身边抢走。”

“凭什么呀?”尚老汉追问。

“一年前，我老公在车祸中去世了，留下我们孤儿寡母过日子，前几天我婆婆打电话，说想孩子了，让我送回去。送回去，他们就不让孩子回来了，说怕我改嫁把孩子带走，让孩子跟他们一起生活。我去接两趟，都没见到孩子，昨晚我梦见孩子了，他大声哭喊，妈妈，接我回家……”

“孩子咋能离开妈呢!”一直沉默的吉祥突然说。女人的心里一热，扭头看驾驶座上的吉祥，她的目光在他的后背停留了片刻。农用车的速度加快了。

大约过了半小时，农用车到了龙泉镇，尚老汉问搭车的女人去哪个村子，女人说苇子沟村，尚老汉一拍大腿：“姑娘，巧了，我们也去苇子沟。”

农用车离开龙泉镇，向坡下行驶一段路，就到了苇子沟村。村子不大，村前有一片池塘，远远望去，池塘边的芦苇茎叶金黄，棉絮般的芦苇花在风中轻舞、飞扬。

农用车在村口停下，几个人跳下车，搭车女人辞谢吉祥，去小卖店给公公婆婆买东西。尚家爷仨儿向小萱家走去。

六

小萱父母和一个小男孩儿正在吃早饭，几位不速之客的到访显然出乎意料，他们的筷子停在了半空。片刻，小萱妈就明白了他们的来意，边招呼尚家爷仨儿，边在心里盘算对策。这时，搭车女人拎着两袋水果走了进来，尚老汉奇怪地问：“你怎么也来了？”

“这就是我婆婆家。”

“真够巧的，原来你是小萱嫂子啊。”

小萱嫂子看到多日不见的儿子，抢步上前，一把拉过炕上的小男孩儿，把他紧紧地抱进怀里，眼泪噼里啪啦地落在孩子的头上。小萱妈见状，一下子扑过来，拼命去抢孙子，孩子妈妈左躲右闪，就是不放手，孩子吓得哇哇大哭，这时，吉祥上前一大步，隔在两个撕扯的女人中间，说道：“别吓着孩子！”然后，把孩子拉过来。

小萱妈一看根本抢不过吉祥，回身抄起饭盆里的铁勺子就向吉祥头顶砍去，吉祥躲闪不及，勺子正好砍在他的额头上，血顺着眉毛流了下来。四叔见侄子受伤，急了：“想打架吗？”说着，一脚把面前的塑料凳子踹翻，凳子出溜到了墙角，一副拼命的样子。小萱妈一屁股坐在炕沿，边哭边数落起来：“我的命好苦啊，儿子啊，扔下你妈我可怎么活啊……”小萱嫂子掏出纸巾，轻轻地抹掉吉祥头上的血，又摘下脖子上的小丝巾，系在他的额头。

尚老汉没想到事情闹会到这一步，彩礼钱还没谈呢，吉祥先被打伤了，他很生气，可是，为了要回彩礼钱，他想缓和一下气氛，假装呵斥弟弟一句，又劝说小萱妈想开些，场面这才缓和下来。

大家开始商谈彩礼钱的问题，小萱父母开始推脱说，彩礼钱他们不管，由小萱还。四叔说，当时钱是交给小萱妈手上，再说联系不上小萱，就得你们爹妈还。小萱妈又哭起来，尚老汉一见，退了一步，说彩礼钱只退四万就行，金首饰等礼物都不用还了，小萱父母也就答应年底卖了猪，退回尚家四万元。

尚家人准备离开，小萱嫂子也抱起儿子向外走，没想到，小萱妈趁儿媳不注意，一把抢过孙子，把他放在身后，说什么也不让她带走孩子。孩子妈声泪俱下，哀求道："妈，我知道您舍不得孙子，我会经常回来的，孩子得上幼儿园，不能耽误……"小萱妈一把鼻涕一把泪就是不松手，场面又僵持住了，这时，吉祥突然回过身，说："您把孩子给他妈，彩礼钱我们不要了。"

"啥？不要了？"小萱妈一愣神，这样的结果她没料到。

"吉祥，你疯了吗？"四叔急了。

"就这样吧。"吉祥抱起孩子，大步离开了小萱家。

七

回来的路上，小萱嫂子告诉吉祥，她叫张小雅，在邻县的榆树镇经营一家美发店，让吉祥有时间去她那玩儿，又掏出二百元钱递给他，说："你去前面的镇医院包扎一下，别让伤口感染了。"

"不用了，没事。"吉祥没接小雅的钱，小雅又把电话和微信等联系方式留给了吉祥。

尚老汉回到家，数落了吉祥一顿，越想越憋气，病了一场。吉祥妈也抹了两天泪。四叔黑着脸，说再也不管吉祥的事了。吉祥却安慰父母说，小萱家那么穷，就当帮助她家吧，钱是人挣的，自己多干点儿活就有了。然后，忙着上班，忙着秋收去了。

村民们见尚家"赔了夫人又折兵"，七嘴八舌地议论开了，这真是，自己的刀削不了自己的把，老尚谦要强一辈子，轮到自己儿子却没招了，看来，吉祥这辈子是娶不上媳妇了。

病愈后的尚老汉又开始张罗大儿子相亲，可是，吉祥却说什么也不去见面了，急得吉祥妈整天唉声叹气。

八

经过一年的辛勤劳作，丰收的庄稼收获归仓，吉祥家院里竖起两座小山般的玉米楼子。金黄饱满的玉米棒子从缝隙里探出头，装满土豆的麻丝袋子，在院墙下排成一长溜。几串红红的辣椒挂在窗前，一群大鹅昂着头，扭着肥硕的屁股，悠闲地在院子溜达。收获后的农家院落，富裕丰满，充盈着希望。

忙完了秋收，男人们聚在一起打牌，女人们串门聊天，青岭村一派祥和。

吉祥妈发现，这段时间吉祥的电话越来越频繁，每次接电话，他都跑回自己住的西屋，一聊大半天，问他是谁的电话，他笑而不答。原本沉默寡言的吉祥话变得多了起来，也爱笑了，有时候，边干活边哼起了歌。“这孩子，不知愁，媳妇还没有呢。”吉祥妈嘟囔一句。

有一天中午，全家人刚坐在桌前吃饭，吉祥的电话又响了，吉祥妈看着儿子，发现接听电话的吉祥笑成了一朵花。挂断电话，吉祥饭也不吃了，站起身就往外走，吉祥妈撵着问：“干啥去，饭都不吃了?”

“去村委会取个快递。”已经跑到门口的吉祥回答。

第二天，一双运动鞋就穿在了吉祥的脚上。那一天刚好是吉祥的三十二岁生日，很明显，这双鞋是别人送给他的生日礼物。

有一天傍晚，吉祥妈去西屋取东西，推门进去，见吉祥正举着手机有说有笑地视频聊天，见妈妈进来，他迅速把电话放在炕上，表情有点儿不自然地朝母亲嘿嘿笑，不说话。

晚上，躺在被窝，吉祥妈把吉祥的反常现象悄声和老伴儿说了，尚老汉披衣坐起，开始担心起来，怀疑儿子是不是恋爱受挫，受了刺激，他觉得，有必要和吉祥好好谈谈。

第二天一大早，没等尚老汉开口，穿戴整齐的吉祥来到厨房，拉过母亲，悄声说："妈，您告诉爸一声，我去外地两天，您和爸别担心，后天我就回来了。"没等吉祥妈反应过来，他已一溜烟地跑出了朱红大门。

从那以后，吉祥时不时地就去外地几天，父母捉摸不透他在搞什么鬼。

九

新的一年到来了，吉庆一家三口和如意都从城里回来了。尚老汉抱着吉庆的小女儿坐在炕上，小姑娘被爷爷逗得咯咯地笑个不停，吉祥妈屋里屋外地忙活着，一股股香味从厨房飘进鼻孔……

饭桌上，吉祥突然向家人宣布，自己要结婚了。他的话像耳边响了一个二踢脚，让全家人既惊愕，又惊喜，一起追问女孩儿是谁？吉祥掏出手机，找到一张女人照片，全家人凑过去看，照片上的女人很漂亮，椭圆的脸上弯弯的眉毛，一双明媚的笑眼，很温柔的样子，她正是途中搭车相识的张小雅。

张小雅和吉祥已经恋爱大半年了。小雅今年三十岁，她高中毕业后，学了一手不错的美发技艺，自己经营一家美发店，日子很幸福，因为丈夫意外去世，打破了她平静的生活。吉祥订婚的时候，她丈夫刚过世半年，因此缺席了订婚宴。

张小雅自从认识吉祥后就对他印象不错，在他们相处这半年时间里，小雅发现，吉祥是一位宽容厚道的男人，她有什么心事，都愿意找他倾诉，有什么问题，第一个想求助的也是他，慢慢地，她爱上了他。吉祥对小雅也相见恨晚，他发现小雅很善解人意，她能理解他的苦衷，明白他的心，能帮她做一点儿事，他心里无比快乐，他们的爱情就在互相关心中瓜熟蒂落了。

十

尚谦老汉一听吉祥要娶小萱嫂子，他勃然大怒，大骂吉祥：“小萱把你坑得还不够苦啊？你咋还能娶她家人？再说，还带个拖油瓶，我坚决不同意！”

父亲的强烈反对让吉祥很苦恼，但是，他丝毫没有退缩，他和母亲说，他爱小雅，如果不能娶小雅，他这辈子就不结婚了。吉祥妈心疼儿子，只好劝说老伴儿尊重孩子的选择，尚老汉最后也就接受了这门婚事。

不久后，吉祥收到了一笔四万元汇款，汇款单附言上写着：祝你们新婚幸福！请原谅！汇款人一栏写着：袁小萱。

腊月二十二这天，尚家的大门贴着喜联：自由恋爱双方如意，民主持家万事顺心。尚吉祥和张小雅幸福地步入了婚姻的殿堂。

作者简介：李迎春，女，农安县靠山镇农民，作品多次入选《吉林农民作家作品选》。作品散见于《做人与处世》《春风文艺》《松花湖》《天津日报》《东亚经贸新闻》《长春日报》等报刊。

王妈 李占宇

多年前的一个腊月里，王万贵把自家的一万多斤稻谷碾成了米，米装在四轮车上，准备贪黑拉到外地去卖。车停在大门外，人回屋吃饭，等吃完饭出来，四轮车却不见了。

快要过年了，咋摊上这样不顺心的事儿？王万贵一股急火病了。但事隔三天，他家的四轮车被人送回来了。车停在大门口，发动机里的水还给放了。这事能是谁干的呢？

六十九岁的王妈和七十岁的老伴儿张伯给羊草站看屋儿，每月能挣二百元工钱。这事儿已经有些年了。

羊草站离江滨镇十五里地，离最近小江村渡口村还有三华里。茂密的杨树林子和滔滔的松花江水是羊草站的邻居，平时这儿很冷清。大雪封山的冬月，其寂静与荒凉让人有些恐怖。站房年久失修，破窗户破门的，唯一能住人的屋子也像“五缝楼”。

在春节到来的时候，准时有人代表羊草站给两位老人送来一袋米、一袋面，还有一桶豆油。但这点儿米面哪够他们一年的吃用呢？所以，王妈就常到镇里捡垃圾，每天走路远不止十五六里。更多时候，老太太一手提个塑料编织袋，一只手拿个小钩子，在垃圾箱里翻来翻去，饮料瓶、香烟盒……什么都捡。夏日，骄阳如火，烤的人脸和手臂火辣辣的痛，但王妈却满街走着，捡着……

时间长了，小镇内外的人仿佛不再留意这位捡垃圾的老太太了，但是，镇北的废品收购站的女主人说：“啊，她呀，有时捡的垃圾可真是垃圾，放在废品堆里，几乎没有用处。我几乎每次都照顾她，多给她几个零钱。”

平时，几乎没人见到老太太午饭吃什么，不过，在天将晚的时候，人们有时会看到老太太从江滨镇的镇东头走出来，她在朝着羊草站的方向走去。老人满头乱蓬蓬的白发，面颊布满皱纹，极为憔悴的，穿戴实在无法说了，瘦弱的身子，套着一个深紫色的碎花布大褂子，又脏又肥大。不合身的大褂子是别人送她的还是捡来的，没有人知道。老太太脚上趿拉着一双拖鞋，走路的腿脚还算灵活有力。给人印象最深的是她带着两个耳坠儿，颜色像生锈的铝皮，估计是纯银的。

二十多年前，王妈唯一的败家子儿子耍钱，输得分文不剩，就两手空空地回来朝爹妈要。老人不给，就对老人动拳脚。甚至把自己的爹打成“乌眼青”。儿子用了十多年的时间，就把爹妈的积蓄“抠”得分文不剩，没钱可抠，他就逼着爹妈卖房子。老两口子怎么能同意卖房子呢？不同意卖房子，更换来不孝子对自己变本加厉的打和骂。

事情已然到了这种地步，可这当爸妈的也真够可以的了，他们是真心疼、真害怕儿子被拘留，被管教啊，所以，既不求助村民调解委员会对儿子进行帮教，也不肯把儿子的胡作非为诉诸派出所。一步步妥协的父母，最终商量商量把“家”扔给了儿子，而后两个人去了外地，给一家蛋鸡场打工，老头儿掏鸡粪，老太太捡装鸡蛋。

这活儿他们一干就是十来年，结果，老头由于长期吸入鸡皮屑、羽绒等粉尘，以及污浊的空气悬浮粒子，干咳不止，周身无力。老两口子本想撇家舍业，远离逆子，打工谋生，却攒下一身病，挣的钱，都用于治病了。医生说这种病就是“尘肺”的一种，没有回天之力，只能用药物维持。

不能打工了，他们也曾想过回老屯子文家沟，以终了余年，可是，房子早已被儿子抵赌博欠的债了。无奈之下，他们才给羊草站看屋儿，算是有个落脚之处。期间，有人给老人们出招，让他们经官，走司法程序，“要”回自己的房子。“算了，死哪儿算哪儿了吧，眼不见，心不烦。”至此，这当爸的做妈的，想的仍是儿子，他们怕“要”房子，把儿子要到监狱……

张老汉是张家第三代单传，上无三兄，下无四弟。他想找个直近的人儿诉诉苦，可是，自己除了儿子，一个亲人没有。偶尔，遇见屯里人，老邻旧居的，想说说话，他倒不怕不孝子给自己丢脸，但乡里故人却躲得他们远远的，都生怕摊上啰唆，被败家子暗算喽。

娘亲舅大，有外甥不听亲娘舅的吗？有！王妈让自己的弟弟王万贵劝说劝说自己的儿子，可是张小子对舅舅的话根本就听不进去。他的舅舅劝过他几次，但每次都是“一去戴毡帽，回来戴卷沿儿”。王万贵被外甥给卷了几次面子后，索性不认这个外甥了。

“当舅舅的不理外甥，可不是啥好事儿。”事过多年，王万贵老泪纵横，痛哭流涕：张小子在扫黑除恶专项斗争中被抓后，两位警官来核实材料，他终于知道了，当年自己的八千多斤大米原来是被外甥给偷走并卖掉的。

警官核实材料后，王万贵打车到羊草站，看望自己的姐姐和姐夫。“我们摊上这完犊子的玩意，也就认了，难的是遇到这样的外甥，你这个当舅舅的牙被打掉了还得往肚子里咽，哑巴吃黄连有苦说不出啊……”姐夫老张说完这话，一头栽倒……住了院，老张头出院便卧床不起，神志不清，不会说话了。

“二姑夫，咱们回文家沟，住你们房子的男人被抓了，女人和孩子也搬走了。”妻侄们去羊草站接两位老人时，王妈的眼泪不住地流，她在这里住了八九年，已经对这里有感情了。“这儿，就是第二个家呀！”老张头仿佛明白是咋回事儿，他瘦骨嶙峋的身子，好像使劲儿一抬就容易散架似的，他深如枯井的眼眶里好不容易湿润了一下，嘴里发出几次“呜呜，呜呜”的声音，之后，便像一具木乃伊定格了麻木的表情……

说是搬家，其实，也没有什么可搬的。王妈和张老爹睡的火炕连着锅台。锅台的一侧，是用杨木棒支撑、又铺着杨木棒的“橱柜”。两个旧铁质瓷盆，一个塑料水舀子已经变了形，几个碗几双筷子，都是用过多年的东西。这就是老人的全部家当。

王妈和老伴儿回到了文家沟，但他们有的仅仅是自己的旧瓦房，他们的劳保只够吃零药的。“户在人不在，没有挂上低保牌，现在人回来了，立户建档挂牌马上办。”村委会主任开始着手张老汉低保户申办的程序。

因为手中几乎没有积蓄，于是，空闲时间，王妈仍然去小镇捡废品，熟悉她的人怜悯她就随手把自己能换零钱的纸壳或空饮料瓶给她。“谢谢，谢谢！”她的头仿佛抬不高，一边说着，一边把东西装进袋子里，而后，不紧不慢地往前走去……

作者简介：李占宇，1966 年 3 月出生，吉林省作家协会会员，农安县青山口乡魏家村农民，文艺俱乐部秘书。作品散见于《吉林日报》《东亚经贸新闻》《参花》《农民文学》《农村经营管理》《吉林电力报》《吉林石油报》《辽河》《长春日报》等多家报刊，累计发表一百余万字。

博导家教 刘得友

小翠是本市一所高中重点班的高才生，被学校和家长寄予厚望，再有两个多月就面临高考。可是上次月考和这次一模都没有进入前十名，班主任给家长打电话，了解情况。

妈妈也发现了小翠最近情绪不好，总会在某一个时刻发呆。放学了，妈妈决定与女儿谈谈：

“好孩子，今天我们不谈成绩，现在学习到了关键时刻，到底发生了什么，希望你相信妈妈能帮到你。”

“说了也没用，您知道吗？上次月考前三名都是请了重点高中的把关教师做家教，他们还都偷偷跟我说辅导到晚上十点呢！”

“啊，好孩子，谢谢你跟妈妈讲了真实的原因，妈妈一定会帮你想办法。”

孩子望着妈妈，妈妈看着孩子：

“啥办法啊，妈妈？”

是啊，家里的情况孩子也清楚：由于前几年爷爷，爸爸做生意赔钱了，现在还有不少外债。六十八岁的爷爷还得出去给人家作更夫，每个月工资一千多块钱，爸爸到外地打工。奶奶和妈妈都没工作，除了还房贷，交保险，孩子上学，每月开销也剩余不了多少钱。

拿什么请家教？可怜天下父母心，为了孩子可以豁出去一切。妈妈想到了农村的四爷。

四爷比爷爷小十二岁都属龙。爷爷是村里当年的第一个大学生，是村里孩子们的偶像。听说四爷比爷爷还聪明，但是由于家里孩子多，又穷，四爷也是当时县城重点高中的学生。就差几个月就要高考了，辍学回家。现在他在本市打工，妈妈有病乱投医，实在想不出办法了，就给四爷打电话。说明情况，请他帮忙，最好是能借点儿钱。

四爷由于自己没有读够书，非常喜欢学习好的孩子。听妈妈讲小翠这么优秀，好像在小翠的身上看到了当年自己的影子，何况又是自己的孙女呢。所以四爷爽快地答应了，并且还说不但请家教的费用包在自己身上，还能帮忙请一个大学的博士生导师做家教。一家人听了可乐坏了，特别是小翠，连蹦带跳，手舞足蹈：这回我可不怕他们了，我比他们更有面子了！

四爷跟妈妈讲：原来，他打工工地的老板的哥哥是某重点大学的博士生导师，现在正在本市休假，为了帮自己带的研究生做一个有关农民工现状的社会调查，经常来工地与四爷聊天。听说四爷的经历就更引起了教授的兴趣，教授的年纪和四爷差不多都是五十多岁。由于时间长了，关系不错，四爷就打起了教授的主意。

晚上，妈妈接到了四爷的电话：谈妥了，教授答应了，不过有几个条件：

1. 必须严格保密，因为国家严禁在职教师补课。

2. 家长尽量不要干扰教师上课，因为时间有限。

3. 每周只上两节课，周三和周日晚上七点三十分到九点，因为教授虽然休假，但社会活动太多。

4.. 费用随行就市，考完试见分付款，提前批次重点大学分每节课五百元，其他 211 或 985 类大学分每节四百元，一般本科分分文不取。

妈妈听了高兴坏了，满口答应：四叔啊，都听您的，您是救星啊。

四爷是个有骨气的人，听奶奶说：自己跟爷爷结婚，由于家里穷，没拿一分钱彩礼，为此奶奶耿耿于怀，多年都没有与爷爷一起回老家，四爷很少来我家，更不要说求我们了。亏得妈妈能想起来求人家，不过谢天谢地四爷答应帮忙，真是雪中送炭啊。

周三，教授如约而至。计划每科辅导二十分钟，包括：数学物理外语和作文。每科一套题，三天内必须做完，下次辅导答疑。教授戴个变色近视镜，看不清眼睛，戴个遮阳帽，让人感觉很神秘，奶奶、妈妈也不用打招呼，只是事先准备点儿水果。小翠心里也有点儿紧张，从来没有请过家教，一请就是个大牌。

让小翠感动的是教授带的题都是手抄的成套卷子，工工整整。暗中佩服不愧为教授、博士生导师，真有功底。并且总是用启发式教学，每当小翠有疑问，教授总是说：你再想想。因为小翠特别聪明，教授点石成金，效果非常好。

因为爷爷打更，爸爸在外地，有言在先，奶奶和妈妈也不用与教授打招呼，所以免去了很多客套，小翠感到很轻松。教授认真负责，二十分钟只能讲上次留的卷子，一点儿都不浪费时间。每次教授不管讲哪科从来不直接告诉结果，都是启发小翠自己做，很有成效。二模小翠就考进前三名，三模以后小翠就稳坐第一的宝座了。这个小翠还很有心计，从来不跟教授讲在学校的名次，害怕影响教授对自己的认真负责。

最后一次辅导，教授由于着忙走，把一张原版数学综合卷落在小翠家了。纸都发黄了，小翠拿起来一看，正是自己上次做的一套题。发黄的卷子上是用蓝墨水写的，褪色已经模糊不清了，不过可看出卷面书写得非常工整。小翠也没在意，因为这试卷做得太多了，便随手放在作业堆里。马上就要高考了，小翠近来情绪非常好。

高考那天，爷爷、爸爸都回来了，奶奶、妈妈也都来陪考。一家人欢天喜地，多少年的付出，总算有头了，差不多把四爷给忘了。

能够查分了，爷爷也特意赶回来。分数查出来一家人都惊呆了：小翠的分上北京大学都绰绰有余。创造了学校的历史，打破了家族的记录。高兴过后妈妈忽然想起了家教的约定，忙给四爷打电话。

四爷在工地干活，还不知道啥事。一听是关于孩子分数的事有点儿着急："孩子，小翠妈妈，千万别上火，孩子分少现在找我也没用啊，那个教授毕竟不是专业的高三教师。来年复读，走个好学校吧。"

"不是，四叔，小翠的分够上北京大学了！重点大学辅导费要给教授多少钱？"

四爷那边回话了，声音有点儿颤抖：

"辅导费一分钱也不用给，那个教授就是我。"

啊！四爷啊，怎么可能？

小翠忽然想起来教授落下的卷子，翻出来给爷爷看。爷爷看见卷子上××县实验中学的字样，掉下了眼泪，冲着光看见姓名处正是四爷的名字，爷爷哽咽地说：

"考上北京大学的应该是四爷。"

作者简介： 刘得友，1965年1月出生。长春市作家协会会员，农安县作家协会理事，吉林省诗词学会会员。从事小说、诗歌、散文创作。

食物 阿坤

宋涛知道自己对食物有着特殊的喜好和敏感，还有一种近乎疼惜的感觉。那些年，宋涛的爸爸在城里开餐馆。他还很小，但已经能经常帮爸爸的忙。如果看着那一桌桌很多剩下的食物被混合在一起倒掉，他的心就会有很奇怪的心疼与绝望涌上来。他觉得那些食物很可怜，也觉得爸爸很可怜，他灰白的头发、他满脸堆笑地穿梭着招呼客人的佝偻背影，一直在那个嘈杂的餐馆里被隐没到没有声响。宋涛觉得他和他餐馆里剩下的食物一样，是被遗弃的。或许连同他一起，被扫进泔水桶，鱼翅混着猪血和骨头，最后通通被倒掉。

邻居家的猫，是活活饿死的，它被关在阳台上，总是很凄惨地叫。其实邻居和他家都不是喂养不起，只是都不在意，就想，改天再喂吧。有一点是宋涛再也不敢去喂，是因为那猫真的饿慌了，有一次他拿了食物爬上木梯，猫就拼命地伸爪子来抓，几乎抓到他的脸。他吓得手一松碗掉下去，猫急红了眼，上蹿下跳，似乎非常恼怒没有吃到食物，他慌忙跳下木梯跑掉了。

后来猫就死了。

所以他对食物和弱者有着同样偏执的态度，他会拼命地吃掉很多很多东西，看到剩下的食物，就会心疼得很。

宋涛想，总有一天自己是会老的，很老很老的那种老。牙齿一颗一颗掉下来，老到忘记刚从微波炉里拿出的米饭放在了哪里，忘记走出去后回来的路，忘记吴玫的嘴唇亲吻他的时候是像花瓣一样颤抖着。但是他却觉得一定会记得学校食堂里红烧牛肉面的味道。

他最近经常梦见学校的食堂。那是很多年以前，宋涛去吴玫的宿舍找她。宿舍没人，手机关机，宋涛就坐在楼道里等了很久。奇怪的是，那天整个楼道空无一人，等啊等啊，觉得肚子饿了，于是想出去找点儿吃的。左转右转，他就来到了学校的食堂，那时已经过了饭点很久了，食堂也空无一人。多年后宋涛回想起或是梦到那天的场景仍然觉得很奇怪，为什么那天整所大学都没什么人呢。他要了一碗牛肉面，把面端到一张靠窗的桌子上，桌上还有未擦净的油腻的汤迹。他埋头吃面，喝汤，汤是近似赭红色的，浓而厚，漂着很咸的酱牛肉和绿色的葱。北方的汤面总是不爱放青菜，他额头上渗出密密麻麻的小颗的汗珠，用力一抹额头，辣辣地抹下一手汗来。

那年，吴玫刚开始和他好，应该是大一。没有课程时，宋涛喜欢拖着吴玫一起吃饭。他们在一起吃过无数顿饭。一起吃过小餐馆的烤鸭，很便宜，味道也好，两个人按习惯点了三个菜，上来却发现菜量大到他们根本吃不完。后来吃新疆菜、川菜、东北菜，几乎把俩人学校周边的小餐馆吃了个遍。直到毕业后很多年宋涛都能够清楚地回忆起那些烤串、锅包肉、疙瘩汤、鱼香肉丝、地三鲜、宫保鸡丁、大盘鸡、泡菜肉丝……仿佛它们就是宋涛与吴玫约会的全部内容。

最常去的应该是那家“成都小吃”，吴玫爱吃酸辣粉，宋涛总是点回锅肉盖饭。直到现在，宋涛一闭眼，就仿佛看到自己憔悴灰白的脸，与些许的青春痘和胡茬，白羽绒服像大部分男孩子一样被穿成灰羽绒服。吴玫会伸手来摸一摸他很瘦的脸，他也不做回应，吴玫只好低头专心对付她的酸辣粉。吃完后，宋涛走在前面掀开小店肮脏的塑料挡风门帘，两个人一前一后走出去，吴玫要小跑几步才能追上他。她把手插到他的羽绒服口袋里，握着他的手，与他并肩走回学校。

分手饭吃的则是云南菜。本来是说好了宋涛领第一个月工资的时候去吃的，后来，毕业后第一个月俩人就分手了。于是吴玫说那我们去吃云南菜作分手饭吧，宋涛同意了。吴玫点了土豆球，那是那家饭店的特色，宋涛吃了一口却皱了眉说难吃。两个人面对面默不作声地吃完了分手饭。其间吴玫抬头看到宋涛瘦得凹陷的脸，差点儿又忍不住要伸手去摸，但是想了想努力忍住了。吃完后宋涛默默地结了账，两个人一前一后走出了云南菜馆。刘涛送吴玫回宿舍楼。

毕业后第一个春节，宋涛没有回家，独自在南方过的年。除夕他去网吧打魔兽，他已经快打到六十级了。打到晚上十点的时候，宋涛忽然觉得肚子饿了。他招呼服务员过来，想问外卖的电话。

就是这个时候，又一个饥饿的时候，他认识了张欣。

张欣是网吧里的服务员，长得很好看，瘦，笑起来眼睛弯弯的，手指修长。张欣对宋涛说，别再打游戏了，出去一起吃点儿东西吧。

宋涛点点头。

外面鞭炮声不断，两个人沿着街一直走一直走，路边有摊煎饼的，绿豆面儿，宋涛买了两个煎饼，递给张欣一个，然后自己狼吞虎咽大口大口地吞着煎饼。煎饼是极烫的，又辣，他不得不吃进去又张着嘴拼命呵气，香菜和辣椒的气味随着大寒天呼吸的白气从他嘴里呼出来。张欣在一旁看着他吃，一时间有些呆愣愣的。

明明是两年前的春节，宋涛由吴玫带回家。那时他很腼腆，一说话就容易脸红，局促不安。吴玫的母亲是个有洁癖的美丽女人，对这个由女儿带回家的有些紧张的男孩儿彬彬有礼，带他们外出吃饭，回家后又拿出水果招待。可是全家人都得站着吃不许坐下，因为外出的衣物不能坐在家中清洁的椅子上。宋涛很尴尬。

吴玫带宋涛去逛家乡的街道，沿途看到卖煎饼的小摊，宋涛又感到饿了……

宋涛，你在干什么？张欣的声音有些许震惊。

宋涛抬头，才发现是张欣的脸，他恍惚想了一会儿，才意识到自己正和张欣在街上，他刚给她买过一个煎饼。

后来他们没有再见面。这以后张欣有了男朋友，长得很高身材很好的男孩子，笑起来也和张欣一样好看。再后来，宋涛回到了老家，顺利地进了一家新上市的传媒公司，在单位认识了现在的妻子，从相识相处到结婚，似乎一切都波澜不惊，买房、生子，妻子辞职带孩子……宋涛觉得自己的生活和别人没什么两样。

阳光透过树叶斑斑驳驳地照在摇椅上，宋涛实在是不想听到楼下餐馆里的吵闹。今天是周末，来吃饭的人真是多得不得了。前几年靠着宋涛的工资，一家三口人没觉得日子紧巴，后来岳父岳母年纪大了，而且还只有这一个女儿，便将他们接过来一起住。宋涛也没说什么，接下来忽然就觉得不但住得紧巴，还有餐桌上的食物也变得紧巴起来。老婆似乎也觉得日子变化大得多了去，于是就根据自己母亲多年经营餐馆的经验，想把街上那家面馆兑下来。对于做生意，宋涛是不懂的，也没什么兴趣。岳父岳母却是给了大力支持，并且全身心投入。

面馆开业那天，宋涛正在当年上大学的城市出差。工作上的事情办好后，他去学校在和吴玫常去的几个地方转了转。校园里变化很大，当年那些弱不禁风的小树都高大挺拔了，垂柳枝条垂到地面上来，软软的。与吴玫相处时，总是两个人一起在校园里转啊转，或者是坐在人工湖边上的长椅子上看书，很多时候是什么也不说，长久的沉默。

或许是刚过饭时，食堂里还有三三两两的人在吃饭。宋涛买了碗红烧牛肉面，他把面端到一张靠窗的桌子上，桌上一尘不染。他埋头吃面，喝汤，汤是近似赭红色的，浓而厚，漂着大块的酱牛肉和绿色的葱丝。他额头上渗出密密麻麻的汗珠，用力一抹额头，辣辣地抹下一手汗来……

作者简介：阿坤，原名刘坤，现居前郭县，发表过散文、小说。

考验 刘万芹

靠山屯，依山傍水，风景秀丽。村民们过着日出而耕，日落而息的幸福生活。

李伟家就住在靠山屯，李伟自幼丧父，与母亲相依为命。长年的田间劳作，让李伟的母亲感受到了作为一个农民的不易，农村的孩子，要想出人头地，考学是唯一的途径与出路。

于是，她把希望全部都寄托在儿子李伟身上，再苦再累也要供儿子读书。李伟这孩子从小就懂事，生活俭朴，在学校的学习成绩更是名列前茅。李伟母亲心中最重要的就是儿子的前程与婚事，还真别说，李伟这孩子也真争气，大学刚一毕业就被一家企业高薪聘走。儿子的工作有了着落，而且还和公司里的同事唐梅处了对象，这真是喜上加喜。

可这几天，儿子打来了电话，听儿子说，上班刚几个月，便被公司炒了鱿鱼。老太太开始有点儿坐卧不安，干得好好的，怎么被炒鱿鱼了呢？这工作丢了，跟儿子处对象的姑娘与儿子还不得分道扬镳、化成泡影？老太太心里这个急啊！这个臭小子，我平时都白教育他了，嘱咐他在工作上要勤勤恳恳，做人要正派，咱农村出去的娃，可不能给祖宗的脸上抹黑啊。

可老太太干着急也没用，还是等儿子回来再问个究竟。

前几天，李伟刚来到自己的办公室，同在一个科室的王会计便神神秘秘地将他拉到一边，悄悄地说："小李，昨天晚上，咱们公司的唐董事长找我，让我们合作做假账。"李伟一听，脑袋摇得跟拨浪鼓似的："那可不行！我们的工作一要对得起国家，二要对得起公司。"最重要的一条是母亲常常教育自己，为人要端正，凡事都要对得起自己的良心。

俩人正在说话间，唐董事长来了，唐董事长问李伟："那件事王会计已经跟你说了吧？"李伟回应道："已经说了，不过，我不能答应，人做事要对得起天地良心，这贪赃枉法，昧着良心的事，我不能做！况且，这个道理，我想，作为公司董事长的你，你……你……"李伟被气得有些激动，"反正，我不说你自己也明白"。

唐董事长立刻板起了面孔，紧皱双眉，好你个毛头小子，在公司里哪一个对我不是毕恭毕敬的？你不仅不执行我的命令，还敢公然地顶撞我，真是和尚打伞——无法无天了，非得给你点儿颜色看看。

于是，唐董事长疾言厉声地说："你这才参加工作没多久，却开始教训起我来了，别忘了，你是在为我服务，一切都要听我的。如若不然，我立即便可炒你鱿鱼。"

李伟倔强地说："炒鱿鱼就炒鱿鱼，我宁可不要工作，也不能损害国家利益。这样昧着良心的工作，我还不稀罕呢！照你这样做下去，说不准哪一天，你自己被炒鱿鱼不算，还得被双规。"

唐董事长生气地说："好！好！好！算你小子有骨气，明天你就不用来上班了。"

李伟扭头就走，心中暗想："此处不留爷，自有留爷处。"此时，办公室里只剩下会计老刘与唐董事长，俩人见李伟走了，便相视一笑。

第二天，李伟便将事情的经过，都与同在一个公司工作的恋人唐梅说了。

李伟对唐梅说：“我的工作被辞了，看来我们的爱情也要经受一场考验了。”

“唐梅，如果你愿意跟着我，就回老家跟我去看我的母亲，她老人家为了我能够出人头地，费尽了心血。”说着，说着，李伟的眼角闪出晶莹的泪花。

唐梅见李伟的伤心样，禁不住心疼起来，忙从兜里掏出手帕，为他擦去了泪水。唐梅说：“你做得对！这辈子我跟定你了，可是，我还有一事与你商量商量，在咱俩回你家之前，能否先去我家吃饭，也见见你未来的岳父岳母。”

李伟心想：跟唐梅相处半年多了，还真没见过她的爸妈长啥模样。既然唐梅都已经答应了与自己的婚事，俗话说：“这丑媳妇总得见公婆”这正好是个机会，虽然现在不行包办婚姻，可也得征求征求老人的意见啊！想到这，李伟高兴地说：“那好吧！这头一次登准岳父家的门，我得带点儿什么礼物呢？”唐梅妩媚一笑：“随便你，不在东西多少，就看一片心意。”

第二天上午，李伟高兴地拎着几大盒的礼物，来到了唐梅家，刚走进唐梅家门口，便看见公司的唐董事长站在唐梅家门口，不由暗暗吃惊！

唐董事长满面笑容地说：“今天唐梅请你吃饭是一个方面，更重要的是我们都已经同意了你们的婚事。另外，还有一件好事要告诉你，你不但没有被辞退，经公司董事会研究决定，正式任命你为公司的财务科科长。”

原来唐梅是唐董事长的独生女，平时唐董事长对唐梅管教得非常严格，所以，唐梅进厂三年，一直没有人知道她是董事长的女儿。

唐董事长知道女儿跟李伟恋爱后，就开始留心观察他，经过一段时间了解，唐董事长认定李伟在业务上是个人才，就是不知道李伟的思想品质如何。唐董事长经过深思熟虑后，决定让刘会计考验一下李伟，万万没料到，李伟真的被气走了。

唐董事长说："小李，你已经通过我的考验了，明天你就回公司上班，我已经了解到你的家庭情况，你的母亲能够将你从一个山里娃培育成一名大学生，真是不容易啊！这个周日，我开车拉着你们回去看看你母亲，也会会亲家！"

周日这天，一辆崭新的小轿车驶进了靠山屯，停在了李伟家门口，老太太见儿子回来了，还领回准儿媳和岳父岳母，一下子便愣住了，这究竟是怎么一回事啊！老太太百思不得其解……

唐董事长将李伟的母亲拉到了一边，将事情的来龙去脉从头到尾说了一遍，又紧紧地拉住了李伟母亲的手说："老嫂子，你不容易啊！论公，你为祖国，为我们公司培养了一个优秀人才；论私，你生了个好孩子，我们唐家也有个好女婿。"李伟的母亲听后，乐得合不拢嘴，心中的两件事总算圆满了，一块悬着的石头也落了地。这正是：

树上喜鹊叫喳喳，
双喜临门到农家。
双重考验齐过关，
美满姻缘传佳话。

作者简介：刘万芹，舒兰市天德乡岔河村一社农民。

陈发柱和他的女人们

刘晓东

一

噼里啪啦的鞭炮声，震响了靠山村西山屯的山山水水花花草草，屯里的老少爷们儿大婶大娘都聚集在陈发锁家宽敞的大院里，欢声笑语把天空渲染得格外晴朗。外面新铺的沙土路上，一辆披红戴绿的大马车被车老板子娴熟地赶到了张贴双喜字的大门口。

“大吵吵！赶紧掏红包！发柱好把新娘子抱进新房里坐福！大伙儿都出来迎接新亲，把新亲都请进屋里坐，点烟倒茶的人各就各位！”支合人不只是嗓门子大，安排也是井井有条。

“哎！来了来了！早就准备好了！”大吵吵一溜儿小跑，挤过人群，来到马车前。

今天是发柱的大喜之日，她这个当嫂子的忙前忙后却笑得合不拢嘴，开心得似乎连累都忘记了。农村结婚，虽然不讲究城里那些繁杂的仪式和排场，可张张罗罗也够劳心费神了。当新娘淑梅被壮实的发柱抱进西屋的新房后，大院子里二十几桌酒席就吆五喝六地开喝了。

“二赖子，你小子给我文明点儿！敢对我妹子动歪心思，小心我阉了你！”新郎、新娘挨桌敬酒时，二赖子趁机摸了一下淑梅的手，刚好被经过的大吵吵看到，这个二赖子没有媳妇，见了女人总是色眯眯的，屯里的大姑娘小媳妇见了都会绕着走。二赖子被骂也不恼，依旧吃肉喝酒，却惹得周围喝酒的屯邻一阵嘲笑，屯里唯一的“老板”、开卖店的董四眼儿乜斜着暗骂道：“癞蛤蟆也想吃天鹅肉，呸！”却不敢让人听见。

第三天，新婚小两口回门回来，大吵吵举行了一次家庭会议。发锁老实木讷话语短，大吵吵的嘴说起话来三天三夜不带重复的，两口子刚好互补，发柱精神帅气，红红的脸膛上还保留着新婚的兴奋，新娘淑梅楚楚动人，娴静地端坐着。

“今儿你们结婚三天了，别怪嫂子唠叨，有些话一定要说出来，他们哥俩儿爹妈走得早，不容易啊！看看现在，谁能想到前些年吃的那些苦，遭的那些罪！爹妈临走只留下两间茅屋，还有一串儿吓人的饥荒，这些年凭着哥俩儿辛苦地干，不仅还清了债，还盖起来这么像样儿的大瓦房，这可是全屯子最漂亮的房子呢！发柱的瓦工手艺，没白学……”

“别说那些陈芝麻烂谷子了，合计合计以后咱这日子咋过？得了！”发锁掐灭烟，打断了大吵吵的忆苦思甜。

“我是有点儿啰唆，可屋里没有外人，淑梅不会怪我的，你能耐你来说啊！”大吵吵白了一眼发锁，“淑梅，嫂子听你的，你说咱以后是一起过日子还是分开过，你咋说咱就咋办！”

“哥，嫂子，咱家的事，之前发柱都和我说过，他很感激哥嫂这些年对他的照顾，他不想分家另过，我也喜欢一家人在一起，热热闹闹的，嫂子，以后要是我哪里做得不好，你可要多担待些啊！我还希望这个家由你来当，所有的事，你和哥做主就行，我保证一点儿意见都没有。”要说十里八村出了名的最漂亮、最明事理的传言还真不是虚的，淑梅不只人漂亮，话说得也受听。

“是啊！哥，嫂子，咱们本来就是一家人，干吗说两家话呢！这些年你们为了这个家付出多少我清楚，淑梅也不是小气的人，咱们以后还是拧成一股绳把日子过好吧！”发柱说道。

“那好，分家的话我先不提了，以后啊，家里的地由我和淑梅负责来种，你们哥俩儿安心出去打工，发柱是瓦工，挣钱多，也累，挣钱交家一半儿就行，另一半儿你们自己零花，你们哪天要是觉得在一起过不好，就直说，嫂子不会把着你们不放的。”

“说啥呢，嫂子，我们愿意一起过日子可不是靠嘴上说的，发柱挣钱还是都交给你，等我要花钱问你要就是了，咱可是一家人啊！”

“有你这么懂事的妹子，嫂子开心！我这个人嗓门儿大爱唠叨，你可别嫌烦啊！时间不早了，你们回屋早点儿睡吧！”大吵吵摆摆手道。

二

时光荏苒。一转眼，发柱的闺女红红都上小学了，结婚十年，日子过得是芝麻开花节节高，快人快语的大吵吵和懂事的淑梅把家打理得温馨又和睦，两个孩子都视同己出，妯娌俩的关系比亲姐妹还亲，从没红过脸，没分过心。这天一大早，哥儿俩吃过早饭又各自骑着摩托车出发了，发柱在镇上承包的建筑活最后收尾，再忙几天就可以交工了。

“吱……咣！”急刹车的尖叫后就是很响的撞击声，发柱急忙停下来回头看，哎呀！哥哥发锁躺在马路边上一动不动，摩托车压在身上，这是咋了?!

一场意外发生了。

好人还是有好报。医生在征求家人意见时候说：“骨折的腿倒不是问题，最多花些时间就能养好，可是头部遭受撞击，就算活着百分之八九十也得成植物人，而且要花很多钱。”家里三个大人不用合计，异口同声请求医生尽全力抢救，不用考虑钱的问题，三个人三天三夜基本上都没眨眼，瞪大了眼睛看着昏迷中的发锁，祈祷奇迹会降临。终于，老天还在眷顾善良老实的发锁，他醒过来了！

在大吵吵和淑梅轮流的精心护理下，发锁恢复得很快，一个月就出院回家了。究竟花了多少钱，发柱没告诉任何人，都是他清算了工程款，又从干活的工人手里借了一部分，人好了就比啥都强，钱没了可以再赚嘛!

这天夜里，发柱翻来覆去睡不着，淑梅知道他肯定有心事，轻声问发柱："发柱，是不是哥在医院里花的钱欠下了债呀？你睡不着，就因为这个吧，能和我说说吗?"

"你别问那么多了，我有事和你商量。一个包工头在新疆包了一个挺大的工程，工期短，活急，所以工资很高，只是要签两年合同，没有假期不能中途不干，你看哥这场车祸把家里钱都用光了，哥还有后续的治疗，两个孩子都要上学，以后用钱的地方多着呢，我想去干两年，你说行吗?"

淑梅了解自己的丈夫，他能跟自己说，其实他就已经决定要去了，不可能改变，沉默了一会儿，说："其实我真不想让你去那么远，要两年才能回家，我和孩子想你怎么办，咱别去行吗？你嫌在家赚钱少，我也可以出去打工啊！咱俩挣钱，让嫂子在家照顾哥，地我们抽时间种，反正现在种地不像以前那么费工时，也不能少挣多少钱。"

发柱沉默了，半晌，把淑梅紧紧搂在怀里，怕一松手人就会消失了似的。淑梅也不再说话，安静地享受这宽阔温暖的胸膛，感受彼此的呼吸和心跳，她知道，结婚十年来，这次恐怕真要分开一段时间了。

三

发柱来到新疆已经两个多月了，这两个多月可真是度日如年。以前打工都是在家附近，突然间来到这么远，一下子还真不适应，白天倒还好说，干起活来顾不上想其他了，可是晚上下班后，一个人孤零零地躺在床上，那种寂寞真的很虐心！偶尔打个电话和淑梅、闺女说说话，也如隔靴搔痒，解决不了思念的最根本问题。

淑梅在家也一样饱受相思的煎熬。发锁还需要大吵吵照顾，地里的活都落在她一个人肩上，她从不抱怨，心里再苦，别人也无法在她脸上看出来一分，很多时候心里流着泪，也还微笑着开导唉声叹气的嫂子开心点儿，照顾好哥，不用想太多，人活着就比啥都强。她只想用自己的坚强和笑容，把这个家带出阴霾，让生活重新绽放光彩。

最让淑梅头疼的秋收还是来了，靠山村本来就是山地多，西山屯更是很多地块上不去车，成熟好的苞米都是靠人力用肩膀扛回来，没有男人的日子，真是难！发锁和大吵吵也是干着急，可又帮不上什么，屯里的青壮年大多数在外面打工，种地的基本上都是女人和老弱病残，想雇人都找不到，这可咋办啊！

"没事的，哥、嫂子，咱家也就后山那一块地不好收，剩下的都能用车拉，我给我娘家弟弟说过了，他白天忙，过两天贪黑也给咱家拉回来，你们就放心好了，后山那点儿，我自己用肩扛，五天扛不完就十天，总不会捂到雪里，嫂子就安心在家照顾好哥，地里的活就不用你们管了！"

"唉！我们这是拖累你呢！看你这么累，我和你哥心里实在过意不去，要不，你在家照顾你哥，我去干地里的活。"大吵吵无奈地说。

"嫂子，你以后再也不要说这种见外的话了！哥离不开你，你来照顾他也方便，就这么说定了，你负责家里，我负责地里，哥负责把身体养好，等发柱回来哥身体也好了，我们一家人又可以健健康康、快快乐乐地过日子了！"

说起来容易，做起来的难度超出淑梅的想象，一大早刚背了两趟苞米，额头就见汗了，腿也发颤，喝了口水，然后告诉自己：不能坐下，不怕慢，就怕站，坐下该不愿意起来了，一定坚持下去！咬咬牙，拿起袋子向山坡上走去。

日头落山时，淑梅瘫坐在玉米堆前，看着自己汗水换来的成果，计算着最多十天就能扛完，希望十天之内天气都好，自己还可以扛得住。眼擦黑儿了，淑梅刚要站起来，准备再扛几趟就回家。突然，一个模糊的身影越来越近，直到走到她身边，放下一袋玉米，淑梅才看清，原来是卖店老板董四眼儿。这个四眼儿还不到三十岁，高中毕业在屯里开起了小卖店，不知道为啥一直没结婚，淑梅偶尔去他那里买东西，总是对淑梅羞赧地一笑，然后会说“姐来了，需要点儿啥，我拿给你”之类的话，给淑梅的感觉，他就是一个戴着眼镜有很重书卷气的腼腆男孩儿。

“四眼儿，你咋来帮我扛苞米了，是我嫂子请的你吗？”

“不是，巴掌大的屯里谁家啥情况我都知道，看你家发锁哥出了事干不了活不说，还要搭上大吵吵嫂子伺候他，发柱哥又不在家，你一个女人做这个，太难为你了！我闲着也是闲着，就过来帮帮你，也让自己运动运动，减减肥，不然总待着，血都要凝住了！”四眼儿笑着答道。

“哦，原来是这样啊，多谢四眼儿兄弟了，只是让你受累了。”

“姐，干吗这么客气，你先歇着，趁现在天还没黑，我抓紧扛几趟。”

“四眼儿，拉我一把，我起来和你一起扛，咋能让你一个人干，我坐着看呢。”

淑梅没看见，四眼儿脸又红了一下，像晚霞。

有个男人帮自己，效率就是不一样，两个人边干活边聊天，好像也没那么累了。

“哎，四眼儿，按理说你应该叫我嫂子，可你为啥总叫我姐呢？”

“四眼儿，你都这么大了，咋不结婚呀？”

“四眼儿，说说你想娶啥样的媳妇，回头忙完活，姐帮你介绍一个。”

董四眼儿走在前面，淑梅看不到他的表情，也不知道他在想什么。

这个时间的天说黑就黑，两个人扛了几趟，看不见路了，只好下山回家。

“四眼儿，去姐家吧，嫂子肯定做好了饭菜，咱一起吃完饭你再回家休息。”

“不了，姐，我不饿，等忙完活，我再去姐家，吃姐亲自做给我的饭。”四眼儿把淑梅送到家门口，对淑梅说：“我先回家了，明天晚上再来帮你。”

第二天太阳还没落山，四眼儿带了一方便袋饮料、面包、火腿肠之类的食物又出现在淑梅的面前。“姐，我来了，你先歇着，喝点儿水，吃点儿东西，我自己先扛。”

“四眼儿，你能帮姐，姐就已经感激不尽了，还带这么多吃的，等回头姐给你钱。”

“姐，我是来推销自己货的吗？”瞪了淑梅一眼，四眼儿拿着袋子向山上跑去。

淑梅望着四眼儿高高的背影，若有所思。

“和姐说说你在学校里的事好吗？姐就羡慕学校，最向往的是坐在课堂里听老师讲课。”

两个人一边扛苞米，一边聊天。

“姐，学校里当然好，我也想回到那时候，自己一定好好学习，考个好大学。”一提起学校，四眼儿的眼睛就有东西在发光。

从聊天中淑梅听说，四眼儿上学时本来成绩很好，最有可能成为屯里的第一个大学生，可是后来谈起了恋爱，把心思都花在了那个女孩儿身上，渐渐就荒废了学业。四眼儿说那个女孩儿特漂亮，和淑梅一样美，他不后悔爱她，一辈子真心爱过一次，值了！高考时那个女孩儿因为歌唱得好，顺利地考取了一所艺校，四眼儿却名落孙山，恋爱理所当然地画了句号。

四眼儿以那个初恋女孩儿为标准找媳妇，到目前为止还没出现过符合他标准的，不够标准他宁可单身也绝不将就，有一句话叫什么“宁可玉碎，不为瓦全”。四眼儿说，她喜欢淑梅这样的女人，四眼儿说，淑梅和他初恋的女人很相似，四眼儿说，之所以管淑梅叫姐而不叫嫂子，就是觉得嫂子是哥的媳妇，之间隔着哥感觉不好，姐多亲切呀！四眼儿说，如果有下辈子，如果自己再长几岁，如果早点儿遇到淑梅，他一定娶她！四眼儿说，自己每次见到淑梅就有一种很特别的感觉，很想亲近又不得不逃掉，就担心一时冲动让情感爆发出来！四眼儿说……

怎么有股暧昧的味道？大半年没碰过男人的淑梅静止的心忽然被投进了一枚石子，涟漪把她的脸都晕染红了，幸好四眼儿背对着她，不然多难堪啊！暗暗地骂了自己一句不要脸，不再说话，把心思用在扛苞米上面。

之后的场面略显尴尬，两个人都不再说话，四眼儿加快了速度，是躲避还是要快一些帮淑梅把苞米扛完？谁也不知道答案，只不过再怎么努力，今天是干不完了，好在所剩不多，明天用不到太晚就一定能收完。

又把淑梅送到门口，四眼儿恋恋不舍地收回目光，告诉淑梅早点儿休息就要转身回家，“等等，四眼儿，明天你不用来帮我了，剩下的我自己就能扛完，让你挨累的话我也不说了，姐告诉你，快点儿找个好姑娘结婚吧！我，以前是你嫂子，现在也是，以后还会是。”淑梅说完，转身头也不回地走进了院子，留下四眼儿一个人在原地发愣。

逃也似的跑进屋，淑梅再也控制不住的眼角的泪水，就让它肆意地流下来吧！此刻，好想发柱踏实的胸膛能靠一下，拿出手机拨了发柱的电话，又在没接通时挂掉了，这个时间，发柱还没下班，听他说，时差的关系，他们下班要差不多十点钟呢！还是别打扰他工作了。

勉强吃了几口大吵吵准备好的饭菜，洗了洗一个人就躺下了，这段时间忙，都顾不得管闺女了，红红被她大娘照顾，淑梅很放心。今晚，淑梅怎么也睡不着，身体里总有一串小火苗在烧，怎么扑也扑不灭，四眼儿的细腻，带有书卷气的温情让她极度缺少滋润的身心无法抗拒，潮红的脸上，一会儿是懊恼，一会儿是愧疚，一会儿是娇羞。暗暗地骂自己，也骂那个狠心的发柱。似乎是在梦中吧，四眼儿又来到淑梅身边，隔着镜片的深情，一下子就把淑梅点燃了，感觉四眼儿张开双臂，搂过淑梅，两张嘴迫不及待地印到了一起……

第二天，淑梅一如既往地下地干活了，她想着在天黑之前把剩下的苞米都扛到山下，可是今天的腿脚有些不听使唤呢！速度出奇的慢，傍晚的时候，天空中突然下起了小雨，被雨淋湿的苞米和湿滑的地里，让淑梅举步维艰，摔了几个跟头后，都要放弃了。

"姐，这种天气就别扛了，反正又不多，等天气好了再扛吧！"熟悉的声音在淑梅耳边响起，随即身上多了一件雨衣，淑梅不用看也知道是谁，赌气地骂了句："死四眼儿，昨天晚上告诉你今天不用来了，你还来干啥啊！快走开，我不想见到你！"

四眼儿没有丝毫犹豫，张开双臂一下子就把淑梅搂进怀里，一双热唇胡乱地搜寻着目标，这一定还是梦！怎么和昨晚的梦这么雷同？这不是真的吧，淑梅已经无法分辨、抗拒，也越来越没有力气，最后……久旱的田地得到雨水的滋润，一切该发生的就这样自然而然地发生了，淑梅逃也似的跑回家，哪里还顾得上苞米扛没扛完！躺到炕上，用被子把自己包紧，眼泪就成了开闸的洪水。

冷静下来，淑梅再次拿出手机拨通发柱的电话号，电话那头声音略带焦急："家里发生啥事了吗？"

"发柱，回来行吗？咱不挣钱了，为了钱让咱们失去花钱也买不到的东西，划不来的！咱不挣钱了，我就想让你回家……"电话里，淑梅嘤嘤地哀求道。

"我知道你想我，我也很想你很想家很想闺女啊！可是不行，工期正是关键时刻，我答应你，等到收尾用不了这么多人的时候，我第一个回家，你就把家照顾好，等我回去吧！”

这个榆木脑袋的发柱，抱一条道跑到黑！

接下来的日子里，淑梅有意躲避着四眼儿，她着实不想变成让人憎恨的坏女人。只是夜深人静的时候，那股情欲之火，很难压制得住。此刻的她，像极了犯了毒瘾的吸毒者，一次，两次，在四眼儿哀求的攻击下溃败，屯里的空房中，山间的树林里，甚至谁家的柴草垛旁，都留下过他们缠绵的身影……直到有一次狭路遇到二赖子，看到二赖子那张猥琐的脸，淑梅刚想绕过去，就听二赖子幽幽地说：“淑梅呀，答应哥一次，哥保证不把你和四眼儿的风流事说出去，否则，我这张嘴可未必有把门儿的！”

事实上，二赖子很早就垂涎淑梅的美貌了，早些时候发柱在家，他还不敢，也没有机会接近淑梅，现在发柱不在家，他时时琢磨着怎么能接近她，在一次尾随淑梅上山后竟然被他发现了淑梅和四眼儿的事。

四

发柱终于回来了，家的感觉真好！如果生活过得去，谁愿意离开家人背井离乡独自漂泊呢！在家歇息几天后，发柱信步走出院子，该到屯里转转，看看交好的屯邻们。

“二赖子，你这一年的账已经好几百了，邻里邻居的住着，我都没好意思问过你，你看看是不是结一次？”正在看店的董四眼儿对走进来的二赖子说道。

“不就是几包烟几瓶酒嘛，放到你这个大老板身上，九牛一毛的事，再给我拿一条烟，我保证以后不叨扰你了。”二赖子一副赖皮相。

“今天真的不能赊给你了，我这小店能挣几个钱啊，我现在进货都没钱了，你还是把账结了吧，哪怕结完了以后再赊给你也行。”

“四眼儿，你可想好了，我这嘴呀，不拿烟酒堵上就很容易漏风，到时候把有些事情漏出去，你可别后悔！自己看着办吧，发柱已经回来了。”

“他回不回来跟我有啥关系呀？今天我是管你要账，你别转移话题，赶紧给我整钱！”四眼儿有些不耐烦了，当初真不该赊给他，这人的人品，三岁小孩子都知道。

“呦呵！董四眼儿，你他妈还烦了！我告诉你，抽你点儿烟喝你点儿酒都是照顾你，你和发柱媳妇的风流事别人不知道，可你们瞒不过我！你信不信我给你捅出去？看你们以后咋见人！”

“你跟我硬气啥呀，以为我会怕你说？你也不自己看看，屯子里的人谁会相信你！我和淑梅的事从你嘴里说出去，别人只会认为你想占淑梅的便宜占不到乱嚼舌头而已！”淑梅和四眼儿说过二赖子可能知道他们的事，四眼儿告诉淑梅别理他，反正他说了也不会有人信。

正在这时，发柱怒气冲冲闯进屋，一把薅住二赖子的领子，吼道：“二赖子！你刚才说的话是真的?!”

“没，没有，我刚才是……是胡说的，我的话，你也当……当真吗？”二赖子看到火气上涌的发柱出现在眼前，吓得腿都颤了，说话也结巴起来。

“四眼儿，你等着，我会把事情弄清楚，如果是真的，我饶不了你！”趁着发柱回头和四眼儿说话的当，二赖子猛地挣开他的手，一溜烟儿就没了踪影。

“发柱哥，二赖子的话你咋能信呢！”嘴上这么说，可四眼儿的心还真不是一般的虚。

夜里，孩子已经熟睡了，发柱铁青着脸坐在炕头抽烟，淑梅在炕梢无声地落泪，两个人都保持沉默，没有人说话，也没人知道他们都在想什么，一夜就在这种氛围下过去了。第二天，孩子上学之后，发柱异常坚定地和淑梅说：“离婚！”

“咋的，离婚？你疯了啊！告诉你，我不同意，想离婚？门儿都没有！”大吵吵听说离婚两个字，不干了，“淑梅为这个家付出多少，你说离婚就离婚？你要是真敢不要她，我打死你！”

“你别跟着掺和，这是我和她之间的事，和你们无关！”转头又对淑梅说：“你收拾一下，我们这就走。”

“是我做错了，你不要我，我没话可说，但是孩子要归我，你得答应，不然就是打死我都不走。”

“中，走吧！”

大吵吵和发锁怎么拦也没拦住，终于，发柱和淑梅离了婚。淑梅仅带着孩子和一包衣服，回了娘家，发柱在大吵吵的痛骂下，头也不回地离开了这个伤心的家，原本热热闹闹快快乐乐的院子，一下子空旷起来。

五

鹿城县的老城区似乎已被人们淡忘了，曾经的繁华不再，低矮的民房，破败的小楼和不远处鳞次栉比的新区形成了鲜明的对比。这里是底层劳动者的聚集地。杨金花自打嫁过来就一直住在这里，三年前丈夫意外离世，让她成了寡妇，带着一个十二岁的姑娘住在前院的主房内，后院一排偏厦子被间隔成几个独立的房间，租住着几户打工的人家。发锁来到县城，就住到杨金花后院的房子里，每天拎着刨锛、大铲在不远处的劳务市场等活。一个人的生活，说简单也简单，说不容易也挺难，别的都还好说，只是每次看见金花的闺女水儿就会想到自己的闺女，每次见到也会笑着和水儿说几句话，小孩子也喜欢他这个一说话就笑的叔叔，每次逗完水儿，回到自己的屋子里，发柱都要发一阵呆，默默地想心事。

一年多的时间过去了，发柱终于按捺不住，选择个星期天，换了件干净衣服，买了一大包水果，吃的，就往淑梅的娘家赶去，真该去看看闺女了。

几十里的山路不好走，当吭吭哧哧的汽车把发柱扔在淑梅娘家的村子时，已经中午了。还是那个曾经来过无数次的院子，犹犹豫豫推开似曾相识的门，“发柱，你怎么来了？”一抬头，淑梅娘放下手中的活计，惊讶地问。

“唔，我来想看看红红，她去哪儿了？”发柱看了看只有一个人的屋子。

“你还不知道，淑梅在半个月前和镇上的福子结婚了。唉！其实我还是喜欢你这个姑爷，千不该万不该，你真不该把她们娘俩扔下跑新疆去干活。”老人爱唠叨，她可不管发柱是啥样的心情。

发柱的心猛的抽搐一下，知道这件事早晚会发生，只是没想到这么突然。一年多了，时间也不算短，毕竟一个嫁过人的女人，带着个孩子常住娘家也不是那么回事，娘家又有兄弟有兄弟媳妇的，别人不说，依她那性格自己都会觉得不应该。发柱琢磨着，淑梅才结婚半个月，自己这个前夫就登门不好吧？

和淑梅娘说了几句话，发柱就告辞了，还是回家吧，别去给人家添乱，只要她们娘俩过得好就行了。

回到家天已经要黑了，刚一进院子就遇见金花急匆匆地往出走，随口问了句：“这么晚了还出去呀？”金花急得差点儿哭出声：“水儿不见了！今天星期天不上学，早上我上班的时候告诉她在家看书写作业，不要出去，下班回家一看孩子不在家，这能不着急吗？求求老天爷了，可千万不要让我闺女出啥事啊！”

“你先别慌，也许水儿去同学家了，你知道她同学的家吗？”听到水儿还没回来，发柱也急，可还是先稳住金花。陪着她找了几个水儿的同学家，最后在一个叫小丽的孩子家打听到，小丽下午告诉奶奶去找同学玩，到现在也没回来，老人以为孩子在同学家睡了，在之前就有过这种情况，她的爸爸妈妈去了南方打工，把她留给爷爷奶奶带，两个老人身体都不好，也没太多精力管她，奶奶还告诉金花，小丽之前去过附近的游戏厅玩，不知道今天去没去。

当金花和发柱在游戏厅带出两个孩子，又把小丽送回家后，已经快半夜了，要不是发柱拦着，金花气得都要打水儿，一路连骂再警告，吓得水儿直往发柱身后躲，“孩子还小，不要打她骂她，告诉她以后不许去游戏厅就行了，水儿会听话的，都早点儿睡吧，每天还要上班上学的。”发柱叮嘱完金花，转身就要回自己的屋子。

“叔叔不要走，我怕你走了妈妈打我！”水儿真的害怕了，拽着发柱的衣角哀求道。

“不会的，只要水儿以后乖乖地听话，妈妈怎么舍得打你呢！好了，我坐着陪你，你快点儿睡吧！”

最终，发柱没办法还是在孩子睡着了才起身，刚推开门要走，就听身后的金花说：“发柱，你想不想做水儿的爸爸？”

发柱一下子愣住了。

“我想过了，你一个人也不容易，虽然我大你几岁，人也不漂亮，又带着个孩子，可我还算一个好女人，能给你一个家，本来在孩子爸走的时候我担心孩子受委屈，决定自己带孩子过，不再嫁人，现在看孩子很喜欢你，你也能给孩子一个真正意义的家，你考虑一下，快些给我答复，好吗？”

发柱迟疑了一下，没说什么，也没回头，走了。

又一个周日，外面下着很大的雨。发柱清楚，这样的天气不会有活干，转身拿起雨伞，想出去买包烟，回来睡大觉。

“叔叔，叔叔！你过来！”发柱刚走到金花家门口，就被水儿叫住了，“这么大雨，我一个人在家害怕，叔叔陪水儿行吗？”

反正没事做，发柱也愿意和水儿在一起，就像和红红在一起一样。

“叔叔，你做我爸爸好不好？我也想和同学们一样，有妈妈也有爸爸。”水儿问发柱。

六

发柱自己都不知道是咋搬到金花的屋子里的。两个不完整的家合并在一起，女人有了依靠，男人有了责任，孩子有了笑声。金花的性格和淑梅不一样，偶尔会有一些小任性不讲道理，发柱也不和她争，每天就知道干活赚钱，回家把钱都交给金花，家里大小事都不过问，倒也图个省心。

日子像水一样悄无声息地划过，转眼水儿已经结婚了，红红也结束了高考，发柱去看她，他很少去看自己的闺女，不是不想去，实则是一方面淑梅另嫁，他想避嫌，担心他现在的丈夫不高兴，另一方面金花不愿意让他去，每次去之后都要生气，高考这么大的事发柱也顾不了那么多了。红红的高考成绩很好，成了家里第一个大学生，发柱很开心！想想自己这些年，啥都没有为孩子付出过，深深地自责，暗地里想，孩子上大学，当爹的必须好好表现一下，至少拿出三万两万的，也算弥补了自己的失责，再说淑梅和现在的丈夫又有了一个八九岁的儿子，总不能让人家把家里一切都给自己的闺女吧！

发柱没想到把自己的打算说给金花了后，金花的态度实在让他失望！很暴力地摔给发柱两千块钱："家里只有这么多钱了，都给你闺女吧，从今以后咱们就扎脖，别吃饭了！"

发柱这个气呀！水儿出嫁时，嫁妆可不止十万，轮到自己闺女时，金花只给两千还甩脸子，这差距咋就这么大呢！自己这么多年辛辛苦苦，把家过得并不比别人差，她却属只往一面翻土，干脆，别过了，好聚好散吧！

金花说啥就是不肯拿钱给他，发柱只能和淑梅如实说："红红的学费就不用你们管了，我来想办法，金花不拿钱，我出去借，然后也不过了，凭自己的手艺，还几万块钱的饥荒还不难。"

"你可别，红红的学费我都已经准备好了，不用你操心，千万不要离婚，没有女人就没有家，安心过好你自己的日子就行了。"淑梅依旧通情达理。

外面的雨又下了起来，发柱突然怀念起在西山屯时的日子，有哥嫂，有淑梅有红红……

七

日子还是不紧不慢地进行着，发柱也还像以往一样，拼命干活，努力赚钱。不记得从啥时候开始，他喜欢上了喝酒，晚上下班回家一定要喝几杯才能睡着，喝了酒倒头就睡，只是越来越沉默。金花经常也唠叨几句，可发柱依然故我，拿她的话当了耳旁风。只有在他想到红红的时候，脸上才会有一丝不易察觉的笑意。

这天，正在干活的发柱肚子突然疼了起来，疼得特别厉害，不一会儿脑袋上就都是汗珠了，他慢慢蹭到水杯前，喝点儿水会好些吧！看样子，活是干不成了。休息了大半天，稍轻一些发柱琢磨，硬挺着可不是办法，还是去医院让医生早点儿把病治好吧，然后好早点儿干活挣钱。

捂着肚子来到医院，一个中年医生冷冰冰地问了问情况，按了按他的肚子，在本子上写了一些发柱一个都不认识的字，然后告诉他验血验尿做彩超，等所有检查结果都出来，冷冰冰的医生左看右看，问："陈发柱，有没有家人陪着一起来检查?"

"没有，我是自己来的，医生，我是啥病直接告诉我就行，我扛得住!"

"那好吧，从尿样里倒没化验出什么，但是彩超显示你的膀胱里有阴影，建议你去市医院做进一步检查。"听医生这么说，发柱的身子还是一哆嗦。

趔趔趄趄回到家，饭也不想吃，和衣趴在床上想心事。你别说，趴着趴着肚子倒不咋疼了。晚上，发柱把医院的检查报告给金花看，又把医生的话说给她，告诉金花，想去市医院确诊。"你这活蹦乱跳的人能有啥病，别听医生吓唬你！市医院那地方就是吞钱的机器，没病到那儿都得扒层皮，咱家可没钱，你也不用去，在家养两天就好了。"

“咋，我看病你都不给我拿钱？我挣的钱到你手就是入了老虎口，你只进不出啊！我也只是想确一下诊，总得让我知道自己得了啥病吧？如果真得了不好的病，也不治了。”发柱很反感，一提钱金花就这样。

两个人掰扯来掰扯去，差点儿吵起来，最后发柱不再说话，沉默下来想：不去就不去，生死有命，老天让我活，就不会死，你说没钱我也不跟你犟，趁现在还能动得去看一次红红，别等到真的病了想走都费劲儿了。

打定了主意，第二天金花上班后，发柱也出发了，直奔淑梅家，红红现在临近毕业，已经离校在家了。

看到突然来到的发柱，淑梅很惊讶，她懂得，之前不是发柱不想来看红红，是他想得太多，机会太少。今天能来，肯定有事，快点儿放下手里的活计，问发柱因为啥来。

“其实，也没啥事，就是想红红了，过来看看她……”在淑梅面前，发柱真不习惯隐瞒啥事呢！

“我让红红替我去学校了，她弟弟的班级下午开家长会。你还是直说吧，你有事，瞒不过我，别让我费心思猜了！”

发柱无奈，只好把医生怀疑自己身体不好的事说给了淑梅。还说金花不给拿钱，自己也不想看了。“快别说了，你听我的，从明天开始，放下所有的事，去市医院，不能再拖延了！没病当然好，有病也要趁早治。”淑梅一边焦急地说，一边打开柜子，从里面翻出一沓钱，递给发柱：“家里暂时就这两万块钱了，你先拿去用，不够的话我们一起想办法。”

“我不要，你也别管我的事，你把红红安排好我就感激不尽了。”发柱心里是五味杂陈。

“和我还说这种话，你又不是小孩子！虽然福子不在家，可红红在家能照看她弟弟，明天一早我陪你去市里，你别有顾虑，福子不是那种小心眼儿不讲道理的人，他不会有意见的。”

“咋能用你陪呢，我现在跟好人一样。”发柱不是一般的犟，可一物降一物，遇到淑梅，他犟得没了底气，最终犟不过淑梅，只好乖乖地拿着钱，前提是去市里不许淑梅陪。

发柱在市医院的检查结果出来了，原来是一场虚惊，啥病都没有。从医院大门出来发柱就坐上赶往淑梅家的车，没有病，这个消息一定要告诉她，钱肯定也要还给她，还有，以后赚的每一分钱，都要留给淑梅和红红，至于金花，他已经做好打算……

作者简介：刘晓东，1970 年生，长春市双阳区山河街道隆兴村西山屯农民。

供佛的女人 牛喜娟

三伏天，像小孩儿的脸说变就变，这不，英子刚下楼还没走出多远，一阵暴雨便从天而降。想到自家窗户都还没关，英子就慌忙转身，顶着冒烟儿的大雨往回跑，可还是来不及了，雨水从敞开的窗口鱼贯而入，又顺着地板缝渗入楼下的棚顶。

英子顾不上喘口气，拿起拖布擦干地上的水痕，又三步两步冲下楼，去安抚邻家。

邻家老太太正拿着抹布在擦抹渗下来的雨水，腰几乎叩在了地上，一双手瘦得干柴一样，还在哆哆嗦嗦地干活。英子见此，心里真不是滋味，因自家的缘故，才使这老人家受累，她连忙上前搀扶老人起身，让她坐椅子上，自己开始清理起来。

都说大多城里人不如乡下人随和，乡下人可以敞着门，趴着墙头都能聊上个把钟头。而英子和邻居家楼上楼下，却从不来往，就因多次发水淹了楼下，才不得已打个照面的。

邻居家女主人是老太太的儿媳妇，人看着倒也和善，渗水事件她并没有过多指责与埋怨，英子心存感激，庆幸能遇到这般通情达理不计较的好邻居。

英子收拾了半天了也没看见家里女主人出现，她就边干活边随口问老太太家里大姐怎么没在，老人没作声。英子用余光扫了一眼老人，却见她神色紧张正向门外张望，英子察觉老人有点儿古怪，也就不再多问。

被水淹的房间很快清理干净，她再次向老人道歉，正要返回，老人起身想送她，却差点儿没摔倒，英子上前一把将她扶住。忽然看到她手臂一大块瘀青，黑紫黑紫的，就问怎么弄的。

老人叹了口气，摇摇头，浑浊的眼睛噙着泪，又不时地看看门外，确定没啥动静，才拉着英子的手说：孩子，我告诉你咋弄的，可千万别和别人说啊，更不能让我儿媳知道！英子连连点头，老人就颤着腔调，说出了令英子震惊又愤怒的事。

老人一儿一女，女儿远嫁外地，老伴儿早几年去世了，留下一套楼房。虽然她年岁大，但身子骨倒还硬朗，就一直独自生活着，日子过得也平安。

一开始，儿媳妇很体贴，三天两头就过来买菜、做好吃的。时间一久，她就张罗把楼房卖掉，让老人搬去和他们一起生活。老人寻思也可以，又不忍心儿子儿媳为她操累太多，就同意卖了房子，之后把钱都交给儿媳妇收着了。

头一年，儿媳妇对她还好，再后来，一天不如一天，干脆让她从宽敞的房间挪到堆杂物的小屋子住，饭菜冷热不均，软的硬的也不管了。老人家牙齿本来没几颗，又因饮食不当，经常胃疼，幸好腿脚还算利索。就偶尔揣着为数不多的零花钱出去，到附近小吃店买碗面汤啥的，就这还提心吊胆着。

前两天，胃一直难受，她就想出去吃点儿顺口的调养一下，可儿媳妇就是不许出去，说天天外出吃饭，别人会骂她不给婆婆做饭吃的，就拦截在门旁，推推搡搡间被门夹到了手臂，老人家说到这，一行老泪顺脸淌下。

听了这一切，英子大脑一片空白，着实被吓到了，面前白发苍苍的老人慈祥可亲，思维很清晰，看不出有半点儿糊涂的话语。

老人还叮嘱她千万别声张，说能和英子说说心里话就痛快多了，不能让儿子媳妇知道，夫妻会吵架的。

英子眼泪差点儿没掉下来，不再言语。当她踏出客厅拐角处，眼前一亮，呀，观世音菩萨！英子揉揉眼睛，原来客厅旁边有一佛龛，上面明晃晃地供奉着一尊菩萨像，香炉鲜花和水果样样齐全，菩萨的四周洁净无尘。老人说这是儿媳妇的佛堂，她每天都要给菩萨上香叩拜供养着，不许别人靠近。

英子凝视着眼前的佛像，又瞅瞅耄耋老人，顿觉口舌阵阵发干，她努力吞咽了一口唾液，品不出个中滋味，胃开始剧烈地翻腾着。

英子看着面前的老人，一句话也说不出来，她想自己该回家了，就朝门外挪动脚步，双腿却灌了铅一样沉。

忽然，外面传来一阵刺耳的停车声，这会儿，英子也已推开房门走出来。迎面，两个人正从一辆车里下来，是老人的儿子和孙子。接着老人的儿媳妇也下了车，只是她的胳膊缠着一层纱布，白纱布上还透着一些血色，像被雕刻上的一朵醒目的花，再看她右脸上也贴着胶布，像一片膏药，她被搀扶着走过来。见儿媳妇的模样，可给老人家吓坏了，颤抖着声音问这是咋了，咋了，一连问好几遍。孙子告诉说是妈妈走路不小心，一下子绊了一跤，刚好一旁是楼房墙角，脸和胳膊就给擦伤了，已经在医院包扎好了。

这时，英子和他们擦身而过，她并没有与她再打招呼，内心也不想。但还是忍不住停下脚步回头看，透过还在敞开着的房门，影影绰绰能看见受伤的女人半个身子，正虔诚地跪拜在那尊菩萨像面前。无人知道她是在忏悔还是在祈福……

作者简介：牛喜娟，女，70后，笔名心静、书海飘逸。中国诗歌学会会员、唐河文学艺术创作协会会员、戴荣里原生态文学院学员、吉林省文学院青年作家班学员。有小说、散文、杂文、古体诗词以及现代诗发表在《延河》《诗东北》《大观》《北斗诗刊》等多家刊物上。

媳妇当家 齐本成

靠山镇位于农安县东北部，为伊通河、饮马河和松花江所环抱，方圆百里，人口众多。镇政府坐落在靠山脚下，交通便利，四通八达。沿着中央大街出镇，径直向北走六华里，分布在柏油路两侧的那个自然屯，就是拥有百余户人家的王家庄了。

住在前街最东头那家的户主，名叫王广生。他出生于二十世纪六十年代末期，年逾半百，身体瘦弱，脸上布满皱纹，唯有两只小眼睛透露出小商人的机智、狡诈和精明。老伴儿刘玉芹小丈夫一岁，虽说长得人高马大，虎背熊腰，却是“磨道上的驴——听吆喝”，逆来顺受，从不抱怨。这样一来，王广生凡事说一不二，吐口唾沫都是钉，威风得很。

俗话说，老儿子娶媳妇——大事完毕。刘玉芹所生一女一子：女儿早已出嫁，生儿育女了。儿子名叫王树才，今年二十八岁了。八年前，他正在县实验中学读高二，因家庭经济拮据，只得辍学回家了。不久，王树才只身到省城建筑工地去打工，收入不菲。

前年夏天，王树才在省林业设计院修围墙时，有幸结识了女工友赵小兰。她是个正宗的四川辣妹子，二十五岁了。赵小兰脾气刚烈，火爆，外向，豪爽。她心灵手巧，不仅女红精美，而且烹饪技艺高超，无人能及。俩人一见钟情，经常相约黄昏后，畅谈理想、社会和人生，如胶似漆，如醉如痴，尽情享受着爱情的幸福和欢乐。不久前，王树才和赵小兰在花前月下，海誓山盟，定下了终身。如今，俩人将要牵手走过红地毯，长相厮守，白头偕老。

得到这一振奋人心的消息，王广生老两口怎么能不兴高采烈、欣喜如狂呢？择定良辰吉日后，俩人便开始动手粉刷墙壁、装饰洞房，忙得不亦乐乎。与此同时，儿子新婚宴席的筹备工作，也在紧锣密鼓地进行着。

时至 2015 年秋末冬初。一天上午，王树才带着赵小兰乘坐由凯旋路客运站开往农安县城的大客车，兴致勃勃地赶往家中。王树才大高个儿，浓眉大眼，鼻直口方，风度翩翩，鹤立鸡群般亮丽，引人注目。赵小兰剪成齐耳短发，牛仔裤和红衣裳是她的最爱，于朴实中展现出纯美。此刻，俩人坐在座位上说说笑笑，好不快活。不知不觉间，一个小时过去了。

就在大客车驶入农安县城郊的一刹那，矗立在城中的辽塔陡然进入了人们的视线。赵小兰首先打开了话匣子，口若悬河、滔滔不绝地说开了："农安辽塔，至今已有一千多年的历史了。它为辽圣宗耶律隆绪时期太平三年(公元 983 年至 1030 年) 所建，通高 44 米。古塔为八角十三层实心密檐式，由座、身、刹三部分组成。塔座呈八角形，每边长 7 米，高 1 米，塔身……"

王树才听了，十分钦佩赵小兰的博闻强记，过目成诵。原来，就在赵小兰倒背如流般地叙说之初，他猛然想起了什么，悄然掏出智能手机，百度搜索相关内容观看，居然与赵小兰所说的一模一样。王树才暗自称奇，遂对赵小兰刮目相看。

未等王树才开口，赵小兰又在手机里翻找到了什么，然后高声朗诵自己潜心创作的诗歌《辽塔》：

黄龙府城中 / 辽塔高耸入云端，雄伟而壮观 // 辽塔映

佛光 / 俯视人间风云变 / 悠悠上千年 // 辽圣宗修塔 / 顺应老百姓意愿 / 香火不间断 // 女真推翻辽 / 黄龙府农业发展 / 游牧退二线 // 蒙古人灭金 / 黄龙府景象凄惨 / 荒草掩寺院 // 明朝取代元 / 黄龙府称龙安站 / 往来马飞旋 // 清入主中原 / 黄龙府龙脉保全 / 封禁无人烟 // 避天灾人祸 / 闯关东浪潮席卷 / 黄龙府人喧 // 设立农安县 / 小镇繁华到极点 / 塞北小江南 // 伟人孙中山 / 砍龙旗创新纪元 / 黄龙府欣然 // 九一八事变 / 日寇侵占东三省 / 黄龙府沦陷 // 抗联苦鏖战 / 保家卫国建伟业 / 黄龙府旗艳 // 人民反独裁 / 驱赶老蒋到“台湾” / 黄龙府盛赞 // 开国大庆典 / 民族团结合家欢 / 黄龙府灿烂 // 巍巍古佛塔 / 旧貌变成新容颜 / 炼狱得涅槃 // 黄龙府城中 / 辽塔高耸入云端 / 矗立到永远。

王树才听罢，抑制不住内心的激动，竖指赞叹道：“你乃才女也。”

“你过奖了！”赵小兰谦虚地笑罢，便妙趣横生地讲述了新中国成立后，农安县委县政府两次修复辽塔的曲折历程。其中就建筑材料而言，什么“黄鱼圈的砖，靠山的瓦，滨河的兽”等，十分详细，无一遗漏。王树才边听边搜索到了“黄龙府”，扫视了一遍后，毅然开问赵小兰道：“你知道黄龙府的传说吗？”

“当然晓得。”赵小兰谈兴正浓，娓娓道来。

公元九六二年，辽太祖耶律阿保机统帅三军官兵，一举攻占了夫余城（今农安县城）。接着，大军长驱直入，直奔渤海国都忽汗城（今黑龙江省宁安市渤海镇）。兵临城下，渤海王自觉难以抵挡，只得献城归顺，俯首称臣。班师还朝途中，辽太祖不慎患病，只得驻扎在夫余城治疗。过了一段时间，他的病情非但没有好转，反倒加重了。

一天晚上，有一颗巨星在辽太祖的行宫前坠落。第二天拂晓，一条千余米长的黄龙在夫余府上空舞动，金光灿烂，耀人眼目，十分壮观。后来，这条黄龙径直钻进了太祖住的行宫，屋内立马紫气升腾，吉祥缭绕，金碧辉煌。直至黄昏，这才烟消云散了。几天后，太祖不幸驾崩。自此，夫余府改名为“黄龙府”。

王树才听罢，毅然竖起大拇指，称赞不已。

这之后，赵小兰的话题转到了“黄龙府”：首先，她分析了南宋著名爱国将领岳飞的词句“直捣黄龙府，与诸君痛饮耳”所具有的深刻内涵，对作者充满了崇高的敬意。然后，赵小兰声情并茂地朗诵了诗人李大钊的《口占一绝》：

壮别天涯未许愁 / 尽将离恨付东流 / 何当痛饮黄龙府 / 高筑神州风雨楼！

最后，她高度评价了当代著名剧作家王福义先生潜心创作的《魂系黄龙府》《大漠钟声》和《铁血女真》等五部辽金历史剧所取得的艺术成就，及其对县委县政府倡导的“打造黄龙文化品牌”所起的巨大推动作用。

换车了，农安至靠山镇的大客车，徐徐驶出北环路，便向东北方疾驰而去……走到两家子水库堤坝东头时，赵小兰忽然想起了什么，寻问王树才道：“你知道左家山遗址吗？”

王树才佯装不知，茫然地摇摇头，耐心请教道：“愿闻其详。”

赵小兰听了，用手指使劲儿戳了一下王树才的鼻子，讥嘲地道：“你呀，真是不学无术！”

说完，她指给王树才道：“下车往西南走二里半地，那片小树林前面就是了。”

接下来，赵小兰在手机里搜索出一些陶器、石器和骨器等图片，绘声绘色地讲了起来：

左家山遗址位于吉林省农安县城郊乡两家子村高家屯西南 500

米处，伊通河北岸二级台地上，南距伊通河 50 米，高于河面 20 米。遗址现存有大约 1000 平方米，左家山遗址的形成和发展与“红山文化”密切相关，它的发掘，意义重大。这之前，中华民族具有五千年灿烂的文明史。红山文化产生距今 5500 年，无疑将中华文明向前推进了至少 500 年。左家山遗址出土的玉石龙（长 4.1 厘米，宽 3.9 厘米，厚 1.4 厘米），经碳十四测定，距今约 6100—7000 年之间，早于 c 形青玉龙（内蒙古赤峰市）、玉猪龙（辽宁建平）和环曲镯身龙（浙江余杭瑶山），被誉为“中华第一龙”。它亦属于新石器时代，并且刷新了历史纪录。兼有出土的刮削器为佐证，旧石器时代古人类就已在松花江流域点燃起文明的火种了。

王树才听了，觉得十分惊奇，正要说话，赵小兰却先开口了，她生动地描述了在原始社会里，左家山古人类如何采集野果和渔猎的生活情形，充分展现了古代劳动人民的坚强意志，以及战胜大自然的智慧和能力。

王树才一直是凝神静听，唯恐漏掉只言片语，全部牢记在心中。与此同时，乘客们也听得如醉如痴，无不陶醉在情节动人的美妙故事里，难以自拔。对此，王树才深感骄傲和自豪。少顷，他疑惑不解地问赵小兰道：“这些知识，你都是从哪里学到的？”

赵小兰听了，“呵呵”一笑道：“临行之前，我用手机百度搜索有关农安的地理、掌故、风俗和传说等知识，反复观看，熟烂于心。”说完，她眉飞色舞地道：“就说农安旅游景点吧，除农安古塔外，还有‘辽金时代农业观光旅游度假村、陈家店农业观光采摘园、太平池水库和农安剑鹏马城’等十多个，各具特色，风光旖旎，令人陶醉，流连忘返。”说到这儿，赵小兰吐露的是经验之谈：“每到一处，我事先都会这么做，习惯成自然。这样的话，我就能够做到凡事有问必答，永远不会陷入尴尬的境地。”这时，她无比自豪地道：“其实，我是在效仿自己心中崇拜的大英雄，他是我学习的楷模，永远激励我前进。”说着，赵小兰极为神秘地讲起了奇闻轶事。

抗日战争期间，有一位八路军高级指挥员，每逢作战前，他都要反复看地图，一草一木都不放过，全都牢记在心中。随即，他不畏艰险，亲临现场勘查，再做战斗部署……因而指挥作战机动灵活，攻无不取，战无不胜，被人们誉为“常胜将军”，名扬华夏。末了，赵小兰语重心长地道：“我们无论做什么事情，都应该从大处着眼，小处入手，细致入微，滴水不漏，这是走向成功的关键，否则……”

王树才听到这儿，不禁脱口而出：“你有大将风范!”

赵小兰笑着摇摇头，正要说话，却被过道左侧那位胸前戴校徽的女大学生阻止了。她面含笑意，落落大方地问赵小兰道：“请问老师，您是哪个大学毕业的？在哪儿上班呀？”

“对不起。”赵小兰一本正经地回答：“我初中毕业，现在在长春打工。”

“了不起呀!”后座那位身穿军装的老首长面容慈祥，热情洋溢地道：“勤奋好学，年富力强，前途无量。”说完，他使劲儿为赵小兰鼓掌。其他乘客仿佛受到良好气氛的感染，纷纷拍起巴掌来。于是，车厢里掌声雷动，经久不息。

客车抵达终点，赵小兰刚要下车时，一位退休女教师挤到她跟前，善意地提醒道：“姑娘，手机上面的字太小，看时间长了，视力会受到影响。”说到这儿，老人家耐心提议道：“如果你经济条件允许的话，就买一台电脑，安宽带，情况就大不一样了。”

赵小兰恭敬地回答：“谢谢您，我一定照办!”

果然，新婚蜜月一结束，赵小兰就购置了电脑，安上宽带了。这消息仿佛长了翅膀，不胫而走，很快就在全屯传开了。

刹那间，乡亲们不约而同地赶来观看，真是门庭若市，热闹非凡。

看到赵小兰的手指在键盘上舞动，轻轻一点鼠标，文字和画面等交替出现，无不感到新奇。

心直口快的张大婶看了半晌，纳闷地问道：“侄媳妇，这电脑都能干些什么呀?”

赵小兰听了，引用蔬菜网上超市里的广告词，道：“你想要的，这里都有!”

“……”张大婶似懂非懂，瞪大眼睛看着赵小兰半晌，试探着问道：“我早就想买一双皮鞋，一直没时间去赶集，现在你能帮我买吗?”

赵小兰照例说了一句广告词：“网上购物便宜，这是您的最佳选择。”说完，她便开始查找鞋店，搜出所售皮鞋的图案，任凭张大婶挑选。

张大婶左看右看，最终选中了一款样式新颖的黑色高跟皮鞋，道：“咋交钱呢?”

赵小兰听了，微微一笑道：“我微信红包里有钱，先给你垫上，转账就可以了。”

张大婶明白地点点头，又问道：“啥时候能到货呀?”

“快递邮寄，三天就到了。”赵小兰肯定地道。

“……”张大婶的脸上顿时露出了满意的笑容，道：“电脑真是好玩意，坐在家里就能办事，真神了!”

这时，一旁的村民组长于大宝跃跃欲试地问道：“小兰呀，过几天我要到天津表弟家去喝喜酒，你能给我买一张火车票吗?”他年近六旬，大脑袋，小个子，微胖，目光慈祥，和蔼可亲，办事干净利落，从不拖泥带水。年轻时，于大宝走南闯北，见多识广。

“行!”赵小兰爽快地答应着，抬眼问道：“您买哪类车票呀?高铁、动车、特快，还是普快呢?”

“买高铁票吧。”于大宝沉吟半晌，道：“虽然票价贵，但六小时就到，忒快了。”

赵小兰“嗯”地答应了一声，手指在键盘上下翻飞，顷刻间就买到了一张“德惠西——天津西”的高铁票。

于大宝高兴地大声道：“谢谢你啦!”

“不用谢！”赵小兰笑道：“应该的。”

待到孙大娘在网上办理完中日联谊医院教授门诊的挂号手续后，屋内气氛立刻变得活跃起来：有人查找玉米出售价格；有人询问哪里收购粉条；有人寻求雇佣保姆的人家等，弄得赵小兰手忙脚乱，汗如雨下……

这之后，隔三岔五就有人带着疑问登门来寻求答案，赵小兰总是不厌其烦，耐心浏览网页，让请教者满意而归。这种和谐、欢快的气氛，直到第二年备耕时节才有所降温。

年初，赵小兰决定：今年不再出去打工了，而是安心在家种植责任田。究其原因，决非“公婆年纪大了，逐渐失去劳动能力，因而责任田面临撂荒”这么简单，此刻，赵小兰心知肚明：如果再让公婆把地种下去，将是一塌糊涂，一败涂地……为什么会这样？就是因为他们历来没有主见，凡事“傻子过年——看隔壁”，悉心效仿，不越雷池一步。结果呢，种啥啥贱，一赔再赔，真是“横垄地拉碌子——一步一个坎儿”……就说近三年吧，种苞米，栽辣椒，扣地膜西瓜，哪一样不是赔得连种子钱都没收回来？可他们依旧津津乐道，沾沾自喜，真是……“不能再这样下去了！”赵小兰斩钉截铁地道：“我要力挽狂澜，使王家走出低谷，奔向富裕！”

俗话说，万事开头难。

开春后的一天，提及今年种植规划时，王广生照例叨念着自己的“致富经”：“去年有人种大头菜挣钱了。今年咱们也种一晌地大头菜，挣两、三万块钱没问题。”

“不行！”赵小兰听了，竭力反驳道：“年初到现在，我多次上网查询，看到今年苞米、土豆和大白菜，市场需求量大，价格高，而且……”说到这儿，她一锤子定音：“咱们干脆种半晌苞米；另一晌半地先栽土豆，然后在原垄上栽白菜，保准能卖上好价钱。”

王广生听了，脸上呈现出愠怒的神色。他刚要开口说话，却被刘玉芹的眼神阻止了。

“唉！”王广生无可奈何地“哀叹”了一声，使劲儿摇了摇头。顷刻，他忽然想起了什么，转回头把目光投向王树才时，骤然发现儿子早已“脚底儿抹油——溜了”。随即，王广生神情沮丧地走出屋去，边走边小声道：“我他妈的不管了，任你赵小兰去瞎折腾吧！”

刘玉芹见此情形，急得直跺脚，不知如何是好。

俗话说，好苗一半谷，好妻一半福。就在备耕生产初期，赵小兰陆续买回了“翔玉998”玉米优良品种，延边农学院的“脱毒马铃薯”种，“环球一号”白菜籽。不久，她又购买了塑料布、育苗盘和育苗杯，准备将来扣小棚培育白菜苗，坐水栽白菜。

王广生见此情形，气不打一处来，但他还是咬牙忍着，不说一句话。

一而再，再而三，王广生内心郁积的气恼和怨愤，终于爆发出来了。

这天早饭后，王广生沉思默想良久，毅然将腰间的那串钥匙解下来，“啪”地掷到赵小兰面前，气愤不已地道：“我年老不中用，吓唬鸟都不飞了。现在我让贤，你来当这个家吧！”

“我当家？”赵小兰听了，顿时“丈二和尚——摸不着头脑”，随即，她无奈地摊开两手，苦笑道：“‘没有弯弯肚子——不吃镰刀头儿’‘没有金刚钻，不揽瓷器活儿’，人贵有自知之明，我半斤八两自己晓得，怎么能……”半晌，赵小兰猛然悟道了什么，脸色霎时变得冷若冰霜，针锋相对地质问起公公来了：“俗话说，听话听声，锣鼓听音。爸，我是‘小和尚念经——有口无心’。平时我哪儿做得不对，您老当面指出来，我‘有则改之，无则加勉’，不就得了？您何必这样兜圈、绕弯子，旁敲侧击、指桑骂槐？”

“自古道，老娘们儿当家，房倒屋塌。”王广生抬眼看着赵小兰，蔑视道：“头发长，见识短，‘毛驴拉磨，走不出那个圈儿’；‘井里蛤蟆就能看见巴掌大的一块天’……”随即，他踉跄着奔向屋门槛，双手叉腰挺立在那里，把目光移向困兽犹斗般的王树才，道：

“老娘们儿三天不打，上房揭瓦。”说到这儿，王广生恶狠狠地怂恿儿子道：“俗话说，大公鸡，尾巴长，娶了媳妇忘了娘。你纯粹是个白眼狼，不孝之子。早知如此，当初我……”

婚后，王树才可谓“耗子钻风匣——两头受气”，深深地陷入痛苦之中……平心而论，赵小兰并非“兔子蹬鹰——返（翻）天了”，王广生纯属“喝酱油耍酒疯——咸（闲）的”……众所周知，长江后浪推前浪，王广生迟早要被“拍到沙滩上”，这是不可抗拒的自然规律。尽管如此，王广生决不甘心退出历史舞台，凡事鸡蛋里挑骨头，吹毛求疵，以求自己高高在上，权威不受侵犯。对此，王树才实在没办法化干戈为玉帛，让一家人其乐融融……所以，他平时“眼观六路，耳听八方”，一旦嗅到火药味，便如兔子般逃离是非之地，“眼不见，心不烦”嘛！如今，父亲的满腔怨气，无疑是火上浇油，推波助澜……王树才内心的天平，逐渐倒向父母这一边。于是，他抓起床边的鸡毛掸子，咬牙切齿地奔过来，就要狠揍赵小兰一顿。

面对这一切，赵小兰毫不示弱，马上做出反击的架势。此刻，夫妻俩可谓“剑拔弩张，一触即发。”

恰在这时，于大宝不失时机地推门进屋了。看到这情形，他赶紧挥手制止。得知事情的来龙去脉后，于大宝就王家两代人的代沟问题，因势利导，对症下药，问题迎刃而解了。

“……”王广生内心郁结的冰霜开始融化，脸上露出了久违的笑容。

赵小兰内心的怒气也烟消云散了，随即，她诚恳地对王广生说：“爸，这个家还是您当最合适，您怎么能无故撂挑子呢？不知内情的人，还以为我……其实，我根本没有当家的想法。现在我所做的一切，就是为了早日摆脱贫困，发家致富。”说到这儿，她停了一下，道：“要实现这一美好愿望，光凭力气蛮干是不行的，还要依靠智慧和能力，因地制宜，科学种田。无论啥时候，都要根据市场需求来调整种植结构，粮食和果蔬主次分明，重点突出，力求创新和突破，否则……”

“侄媳妇，你这话算是说到位了。”于大宝听到这儿，乐不可支地道：“过去咱们总是凭着老经验来预测种植什么作物能挣钱，根本不去研究瞬息万变的市场行情，结果总是背道而驰，一年到头汗水白流不说，还……”说到这儿，他沉思片刻，积极鼓励赵小兰道：“你不甘于现状，有想法，有胆识，有能力，心怀大局，希望寄托在你们年轻人的身上。从今往后，你就铆足劲儿撸起袖子甩开膀子，大干一场吧！”

赵小兰听了，腼腆地笑道：“我年轻，没经验，还得多多向你们请教。”说到这儿，她停了一下，道：“俗话说，孤木不成林。我浑身是铁能碾几个钉？没有你们的支持和帮助，我是孤掌难鸣，啥也干不成。‘一花独放不是春，百花齐放春满园’。我相信，只要咱们携起手来，群策群力，就没有过不去的火焰山。”

“你说得太对啦！”于大宝听了，笑道：“俗话说，众人拾柴火焰高。人心齐，泰山移嘛！”

“哈哈哈哈！”其他人也都开心地笑了起来。

俗话说，没有不透风的墙。事后，竟然有人拨弄是非，说什么“赵小兰想夺权当家”，或者“王树才一结婚就成了‘妻管严’”云云。对此，赵小兰只当耳旁风，不理不睬。她暗自告诫自己道：“做自己的事情，让别人去说吧！”

果然，栽土豆获得了极大的经济效益，王广生老两口乐得合不拢嘴。王树才也竖起了大拇指，夸赞赵小兰道：“好媳妇，能媳妇，百里挑一。”

常言道，庄稼佬生得怪，越贱越不买，越贵越不卖。待到大白菜收获后，王家庄的农民们毅然将远道而来的客户拒之门外，一律下窖储存起来，等待卖高价钱。

而此刻，赵小兰痴迷网络，疯狂查资料，记笔记，忙得汗流浃背，气喘吁吁……这期间，她还经常与网友视频、会话，谈笑风生，亲如一家人。赵小兰这一系列举动，着实令刘玉芹忧心忡忡，寝食不安。果然，她担心的事情终于发生了。

一天上午七点多钟，赵小兰突然接了一个电话，没来得及与家人打招呼，便上了一辆三轮车，一溜儿烟般跑走了。

刘玉芹见了，不禁心急如焚，立刻跑出去寻找，却不见赵小兰的踪影。于是，她急得哭了起来，边哭边道："我早就说过，电脑不是什么好东西，纯粹是个勾魂的'害人精'，害人不浅呀！……"说到这儿，她停了一下，道："听说前屯有十多个年轻媳妇抛下男人和孩子，跑出去跟网友过上了。现在，赵小兰准保像她们一样，'肉包子打狗——有去无回'，这可咋整呢？"说完，她竟然放声痛哭起来。

听到母亲的哭诉，王树才心烦意乱，着实感到事情不妙了。于是，他迅速调动所有人力，布下天罗地网，发疯般四处寻找起来……结果是一场虚惊。

夕阳西下时，赵小兰平安返回家中。她刚一坐下，没顾得上喝一口水，便道出了事情的原委："今天我出去考察了一番，发现周边乡镇的大白菜喜获丰收，到处堆放着山一样的白菜垛，一望无尽……"说到这儿，她内心坚定不移地道："我看咱们家的白菜得赶紧狂甩，不然就卖不出去了。"

"不行！"王树才听了，立刻将头摇成拨浪鼓，道："现在白菜价格，已由最初的两毛钱涨到五毛钱，搁到年底至少得卖一块钱一斤。"说到这儿，他搬动手指算起来，边算边道："扣除各项费用，每斤能获利润七毛钱，咱们家那十五万斤白菜，整整挣十万零五千元呀！这不是……"这时，王树才毋庸置疑地道："现在，白菜说啥也不能卖！"

"卖！"赵小兰"王八吃秤砣——铁心了"，打定主意道。

"不卖！"

"卖!"

……

如此这般，吵闹不休，夫妻俩简直是"铜锅遇见了铁刷子"，针尖对麦芒。持续了半小时，难分胜负。

这时，赵小兰手指王树才的鼻子，生气地骂道："你这'包公的儿子——犟种'，一犟起来，十头老牛都拉不动。"说到这儿，她两手叉腰，下定决心地道："你是'嘴咬屎蛋子，给麻花都不换'，吃草拉粪的东西……这回我非得给你点儿颜色瞧瞧，让你知道老娘的厉害!"说罢，气愤已极的赵小兰抡起巴掌打了王树才几个嘴巴，边打边道："我叫你犟，我叫你犟! ……"

王树才顿时如霜打的茄子——蔫了。少顷，他手揉红肿的脸颊，龇牙咧嘴般地道："我不管了，你爱咋办就咋办吧!"

"敬酒不吃吃罚酒，怂样。"赵小兰说完，爱怜地看了王树才一眼，一阵风似的跑了出去。

待到赵小兰联系到了买主，一番讨价还价，最终以每斤五毛钱的祖宗价格将白菜全部卖出，净挣七万多元。

此刻，其他人仍不为其所动，依旧在等待白菜价格涨、涨，涨……后来，买主逐渐稀少，以至于踪迹皆无了。

到年底，卖掉白菜的人家寥寥无几，并且价格极低，赔得悲惨。绝大多数人只能是眼瞅着窖里的白菜烂、烂、烂……心急火燎，却又无计可施。

这时，人们突然开始羡慕起赵小兰来了。于是，他们不约而同地登门来询问她怎么会有如此高的预见性，及时卖掉了所有白菜，没有遭受任何损失呢?

赵小兰听罢，不以为然地笑道："当时我在网上看到，今年南方没有遭受自然灾害，白菜喜获丰收。这样，咱们东北的白菜只有内销了。所以，我觉得只有尽快把白菜甩卖出去，才能挣到钱。不然的话，就得烂在窖里了。"

“好脑筋，你分析得太对了！”人们听了，不禁啧啧称赞：“佩服！佩服！”

事后，有人跟王树才开起了玩笑，道：“你小子太有福气了！我要是娶到像赵小兰这样嘎嘎叫的媳妇，一辈子心甘情愿当‘妻管严’，任凭她调遣。”

王树才听了，只是“嘿嘿”笑着，脸上呈现出自豪的神情。

这时，堂弟小亮子忽然想起了什么，开口对王树才道：“大哥，我们种白菜赔得穿不上裤子，你却挣了钱。这不公平，你得掏钱请客呀！”他细高个儿，尖嘴猴腮，小鼻子小眼睛，薄嘴唇，说话妙语连珠，诙谐幽默，令人捧腹大笑。

“行！”王树才点头答应道。

进入腊月不久的一天，王树才家杀年猪，邀请亲朋好友来吃杀猪菜。开宴席时，东、西屋挤满了人，就连厨房也放了三张桌子。酒过三巡，菜过五味，小亮子眯着眼睛喝了一口老白干，赞叹道：“这酒闻着贼辣，喝到嘴里贼香，流到心里贼暖和呀！”

恰在这时，赵小兰端着一盘花生米放到桌上，随口道：“倍儿棒！”

小亮子听了，两眼直视赵小兰问道：“嫂子，啥意思？”

赵小兰平静地回答：“天津方言，就是‘非常棒’。”

赵小兰出生于四川大凉山，彝族人。十年前，她初中毕业，中考时以优异成绩考入县实验高中。但是家庭经济条件差，根本交不起学杂费什么的，怎么能……为此，赵小兰打消了读高中的念头，毅然在家侍弄责任田，打算通过自己的双手，改变贫困落后面貌，过上好日子。

时间一晃两年过去了。

赵小兰一家人的温饱问题得到解决，但还是没有余钱。为此，她毅然跟随表姐来到天津打工，补贴家用。起初，赵小兰在一家超市当收银员，收入微薄。为了多挣钱，她毅然辞职，先后干起了洗车工，服务生和业务员等职务，奋力拼搏了四年，奉献出青春和力量。因此，她对京津高速公路，北运河两岸人民的生活非常熟悉，了如指掌。后来，赵小兰辗转来到长春打工。俗话说，千里有缘来相会，无缘对面不相逢。不久，她就与朴实、憨厚和帅气的青年王树才谈起了恋爱，终成眷属。

“了不起，了不起呀！”小亮子竖起大拇指夸奖道。说完，他忽然想起了什么，赶忙奔过去，硬拉着赵小兰入座，态度极为诚恳。赵小兰推辞不过，只得顺从了。

赵小兰坐定后，开口询问小亮子道：“你还想了解什么？有问必答。实话告诉你，我晓得许多东北方言呢，比如，‘埋汰’是‘脏’，‘磕碜’是‘丑陋’，‘嘚瑟’是‘显摆’，还有……”说到这儿，她忽然想起了什么，毅然询问小亮子道：“你晓得农安的经典方言吗？”

“不知道。”小亮子摇了摇头，讷讷地道。

“那我说给你听听，咋样？”赵小兰不错眼珠地看着小亮子，微笑道。

“好！”小亮子听了，赶忙放下筷子，颇感兴趣地催促赵小兰道：“嫂子，你快说！”

赵小兰脱口而出：“农安县三大乏：嗯哪（是）、夜隔（昨天）、不远遐（近）。”

小亮子听罢，竖指夸赞道：“嫂子知识渊博，上知天文，下知地理，就连苍蝇从眼前飞过，都能辨别出公、母来，实在让人……”说到这儿，他向赵小兰做了个鬼脸，笑道：“你有‘千里眼，顺风耳’，赛过火眼金睛的孙悟空！”

“狗嘴里吐不出象牙，你真是……”赵小兰哭笑不得，内心暗自骂着，刚要开口回敬小亮子，焉知对方竟然“嘿嘿”笑着转移话题了：“嫂子，现在你能不能说个顺口溜给大伙助酒兴？”

赵小兰听罢，内心的不快烟消云散，道：“可以。”说完，她用手捋了一下头发，清了清嗓子，道：“20世纪80年代，农安县广为流传这几句话，叫作‘青山的砖，靠山的盆儿；高家店的鞭炮，哈拉海的人儿’。”

“对极了。”小亮子听了，使劲儿点点头，道：“这是体现农安地域特色的四大拳头产品，物美价廉，供不应求。”

“你说错了，”于大宝不由一怔，赶紧用手捅了一下小亮子的胳膊，悄声纠正道：“哈拉海的人，不是产品，能卖吗？”

小亮子端起酒杯，一饮而尽，红着脸正要开口，却被赵小兰的话语阻止了：“哈拉海的人，英俊，漂亮，时尚。”说到这儿，她停了一下，道：“农安历来美女如云，数不胜数。很早以前，黄鱼圈乡就流传一个顺口溜，叫作‘八里营子靠东山，美女佳人有一千。前营子不够，后营子凑’。”

“哈哈哈哈！”小亮子听罢，笑着鼓起掌来。其他人也随声附和，屋内顿时掌声雷动，酒席宴掀起了高潮。末了，赵小兰深思道：“可现在呢，农安的拳头产品却变成了‘青山的黄烟；哈拉海的三辣（辣椒、毛葱和大蒜）；万金塔的葡萄……’咱们靠山榜上无名，销声匿迹了。这其中的原因，耐人寻味呀！”

人们听了，不禁陷入了沉思。

这时，赵小兰话题一转，肯定地道：“其实，靠山镇完全可以再创出一个拳头产品来，源头无疑在咱们王家庄，条件优越，得天独厚。”

人们听了，不约而同地把疑惑的目光投向赵小兰，寻求谜底。

赵小兰呢，却故意卖起关子来了。这时，她抬眼扫视着大家，下意识地用手指了指杀猪菜，循循善诱地道：“你们说哪儿道菜最能体现咱们屯的特色？”

人们听了，七嘴八舌、争先恐后地说开了：

“肉炖土豆干。”

“小鸡炖蘑菇。”

"猪肉炖粉条。"

赵小兰听罢，均摇头否定。

随即，有人转换思路，另辟蹊径，回答热烈：

"炝拌干豆腐。"

"炒青辣椒儿。"

……

赵小兰照例摇头。

恰在此时，小亮子恍然大悟，立刻手舞足蹈起来，边舞边大叫道："我知道了。"

"那你说是什么？"赵小兰惊喜地问。

小亮子笑嘻嘻地盯着赵小兰半晌，道："嫂子，我有个要求，不知道你能不能答应？"

"你尽管说。"赵小兰洗耳恭听："有求必应。"

"那好。"小亮子一本正经地道："我答对了，罚你三杯；我答错了，你罚我三杯，你看怎么样？"

"一言为定。"赵小兰立刻答应下来："君子一言，驷马难追！"

"行。"小亮子仿佛发现新大陆般狂喜，毅然端起近前那盘炖酸菜，声音洪亮地道："就是它。"

"恭喜你答对了。"赵小兰听了，喜不自胜地道："炖酸菜确实是杀猪菜中的亮点，独一无二的佳肴，香味浓，口感好，谁都喜爱吃。"随即，她不由分说连饮三杯酒，红着脸问小亮子道："这下可以了吧！"

"嫂子的酒量赛过刘伶，小弟崇拜至极！"小亮子说罢，不由地竖起大拇指，称赞道。

"你过奖了。"赵小兰说完，顺着刚才的话题讲了下去。

腌酸菜的原料是大白菜。白菜原产于我国，一直是人们喜欢的蔬菜，吃法颇多：炖、炒、煮、凉拌和做馅等，无所不包。早先，北方没有反季蔬菜。因此，一进入冬季，白菜就成为餐桌上的主角，犹如“穆桂英挂帅，阵阵落不下”。由于天气寒冷，白菜存放久了，就会腐烂，只能扔掉，实在可惜。为此，有人尝试着将白菜腌制成了酸菜。酸菜脆生、新鲜、清香，口感好，着实令人喜爱。又因其制作工艺简单，广为流传，直至今日。说到这里，赵小兰沉吟半晌，追忆道：“至于说谁是‘第一个吃螃蟹的人’，腌酸菜始于哪朝哪代，已无从考证。但归根结底，这是劳动人民的发明创造，历史悠久，而且……”随即，她道出了朝鲜族美食泡菜的来历。

据说，当年薛礼接到皇上的圣旨，率领三军东征高句丽王国时，就把酸菜带到了朝鲜半岛，一日三餐，增添斗志。得胜还朝时，便把酸菜坛子全部送给了当地老百姓。后来，朝鲜族人根据汉人所传技艺，如法炮制、改良，最终演变成泡菜，成为家喻户晓的美食之一。毫无疑问，酸菜是泡菜的鼻祖，因此……这时，赵小兰目不转睛地看着大家半晌，话匣子重又打开了。

改革开放之后，东北人入关定居，打工、陪读、当保姆等，不可胜数。完全可以这样说，祖国的大江南北、长城内外，无不留下东北人闪光的足迹。这些离开故土的人们，无时无刻不在思念着乡里乡亲，“月是故乡明”“身在异乡为异客，每逢佳节倍思亲”，乡愁始终在他们的心头萦绕，挥之不去。东北的酸菜，无疑寄托了他们缠绵不尽的思乡之情。因此，他们十分喜欢吃酸菜……无奈何，只得自己动手腌酸菜，尽管不那么酸，也吃得津津有味，心满意足。俗话说，守啥人，学啥人。在东北人的熏陶和影响下，很多当地中、老年人，也都开始吃起酸菜来了。这不是一个很好的商机吗？时至今日，辽宁和黑龙江已经有人捷足先登，袋装酸菜堂而皇之地进入了京、上、广等大城市的超市里，效益不错。说到这儿，赵小兰停了一下，忽然想起了什么，脸上现出懊悔的神情，正要开口，却被小亮子随心所欲的话语阻止了：“来年，我那两垧地全都种白菜，腌酸菜卖，一下子挣它十万块钱。我把今年的损失找回来不说，还能吃香的喝辣的，坐飞机漫游全中国。”

“英雄所见略同。”赵小兰听了，暗自庆幸找到突破口，高兴地点头道：“那好，咱们就都腌酸菜卖，共同致富。”说完，她停了一下，深思说：“不过，咱们得‘摸着石头过河，’试探着干，决不能‘一锹挖个井’；‘一口吃个胖子’，到头来‘煎饼铺关门——摊大了’，吃不了兜着走。”这时，赵小兰异常兴奋地说开了：“话又说回来，要想腌出好酸菜，必须具备两个条件。”随即，赵小兰俨然以专家口吻，侃侃而谈：“一是白菜质量好。农安县位于松辽平原腹地，东经 124° 31′ ~125° 45′，北纬 43° 55′ ~44° 55′，属于中纬度，生产出的白菜棵大，粗壮饱满，为腌酸菜的最佳原料；二是温度适宜。农安县年均气温 4.7 度，无霜期 145 天，降水量 507.7 毫米，有效积温 2800 度，属中温带大陆性气候，所腌酸菜好吃，不烂……”

这时，赵小兰的脸上现出了无比自豪的神情，道：“说到白菜，咱们王家庄大面积种白菜始于王树才的先祖，至今已有一百多年的历史了。现在咱们家家种白菜，也是深受老王家光荣传统的熏染所致。”

“这是咋回事?”人们听了，不由地瞪大了眼睛，异口同声地问。

“还是王家后生最有发言权。”赵小兰微微一笑，手指王树才大声道：“那就请你来给大家揭开这个谜底吧!”

“行。”王树才清了清嗓子，慢条斯理地讲了起来。

清朝嘉靖年间，山东登州府西郊王家庄住着一位王姓人家。男人三十多岁，身强力壮，力大如牛，完全可以和“倒拔垂杨柳”的鲁提辖一比高下，非常了不起。年复一年，他依靠租种地主王大巴掌的半晌薄田来养活妻子儿女，日子过得挺紧巴。

一年夏天，山东闹蝗灾，庄稼颗粒无收。临近年关，王姓汉子因还不上上缴的租金，只得携妻带子逃离家乡，开始了闯关东的漫漫征程。

一家四口人一路跋山涉水，历尽艰难险阻，好不容易出关了。然后，他们从辽河流域一直走到伊通河下游，寻找理想的栖身之所。

一天早上，他们由祥州城往东缓行六十里。临近傍晚，在穿越那片没人高的荒草地时，王姓汉子一个趔趄差点儿摔倒，陡然发现草丛里有亮光，急忙走过去查看，竟然是两块银圆。他喜不自胜，立刻弯腰拾宝在手，兴奋地道："这是吉兆，风水宝地，我看咱们在此安营扎寨，怎么样?""嗯。"妻子欣然同意道。于是，一家人毅然定居下来了。此后，夫妻俩开荒种地，捕鱼打猎，丰衣足食，生活幸福美满。

这位王姓汉子就是王树才在关东的祖先。此后，经过三代人的不懈努力，王家已是家私万贯，富甲一方。四合院院墙高大，四角有炮台，堡垒森严。置办的两挂胶皮车长年在外拉脚，十多个伙计种植四十多垧肥沃的黑土地，庄稼连年喜获丰收。所养马牛羊成群，肥猪满圈，鸡、鸭、鹅不计其数。

俗话说，天有不测风云，人有旦夕祸福。时至清宣统三年初夏，绿油油的庄稼正在茁壮成长之际，突遭前所未有的大旱灾。月复一月，似火的骄阳烘烤着大地，热浪滚滚，晒得玉米叶子都焦枯了，谷子见火就着……眼看就要入伏了，饥渴难耐的庄稼，在死亡线上挣扎，已是损兵折将，难以摆脱全军覆灭的厄运。怎么办？如不及时采取补救措施，今年肯定颗粒无收了。当时，王家人老哥儿几个有主张继续求雨的；有建议毁地种荞麦的，还有……真是七嘴八舌，莫衷一是。最终，当家的力排众议，一锤子定音："种白菜。"

俗话说，头伏萝卜二伏菜。正应时令，毁地种白菜，瞬间完成了。

说来奇怪，就在刨坑浇水种白菜一结束，老天爷居然下起了瓢泼大雨，沟满壕平，严酷的旱情一下子被解除了。此后，由于雨水充足，棵棵白菜长得高大、粗壮、沉重：最小的十来斤，最大的可达三十多斤。秋天，王家种植的白菜喜获大丰收。

卖白菜那阵儿，王家两辆胶皮车分别跑大房身（德惠）和哈尔滨，昼夜不停。俗话说，物以稀为贵。尽管白菜价格贵得惊人，但顾客们还是争先恐后地购买，顷刻间被抢购一空。因此，每次出车都是腰包鼓胀，一路欢歌而归。

不久，哈尔滨那位权势很大的红顶商人，得知王家储存了大量白菜，立刻骑马星夜赶来看个究竟。看罢菜窖内堆积如山的大白菜，老人家欣喜如狂地道：“当家的，这些白菜我全包了，现在就交定钱。”说完，他“哗啦”甩出五百块大洋，连夜雇车往回拉货了。

待到白菜全部卖完，扣除各种费用，所得利润要比去年纯收入多两倍半。王家欣喜若狂。

自此，王家每年都大量种白菜。邻里乡亲见此情形，纷纷效仿，直至今日。

待到王树才讲完，赵小兰沉思默想片刻，疑惑不解地道：“王家庄种白菜时间长，经验丰富，产量高，但一直没有富起来。问题出在哪里呢?”

人们听了，脸上呈现出沉痛反思的表情。

这时，赵小兰瞪大眼睛看着大家，一针见血地说开了：“思想保守、观念落后。因此，不能与时俱进，开拓进取。”说到这儿，她无可奈何地摊开两手，道：“现在，咱们还是种白菜，卖白菜；卖不了，就扔掉。如此恶性循环，越来越穷。穷则思变。希望在哪里?”这时，赵小兰停了一下，耐心启发大家道：“如果咱们换一个角度去思考，情况就大不一样了。俗话说，窍门满地跑，看你找不找……卖掉的白菜必定有限，其余的就腌酸菜卖呗！这个生财之道，简单、快捷、保险……只要咱们脚踏实地，生产出优质产品，赢得了顾客，不就能把这盘棋搞活了吗?”

“对呀!”于大宝听了，左手一拍大腿，醒悟道：“咱们腌的酸菜要是像万金塔的葡萄那样，‘站在窗前吹喇叭——鸣（名）声在外’，顾客就会登门来抢购，不愁挣不到钱了。”

“我说的就是这个意思，”赵小兰高瞻远瞩地谋划开了：“今后，咱们种白菜不仅数量有所增加，还得施用农家肥，不洒农药，生产无公害和无污染的‘天然纯绿色蔬菜’……”

张大婶听到这儿，内心疑惑不解，纳闷地问赵小兰道：“小兰呀，你说灭虫不洒农药，那一茬一茬的菜青虫也抓不净呀，到头来还不是……”

“大婶，这就不用您担心了，”赵小兰听到这儿了，笑道：“咱们采用生物技术，以虫治虫，发展生态农业，前景美好。”说完，她向大家普及了有关知识，并用实例说明功效，立竿见影。

赵小兰坚信，王家庄的白菜肯定优于其他村屯，倍受顾客青睐。所腌酸菜呢，自然成为顾客的抢手货。双管齐下，乡亲们很快就能脱贫变富。

说到腌酸菜的前期准备工作时，小亮子提出了难题：“腌酸菜，说得容易，做起来难。那得准备多少口大缸？再说谁家能有那么大地方摆放呢？”

“根本不用缸。”赵小兰听了，“扑哧”一笑，大声道：“因陋就简，就地取材，事半功倍。”

“那咋整呢？”小亮子疑惑不解地问。

赵小兰郑重其事地传经送宝：“在路边、地头挖窖，把事先熨烫好的塑料袋放入窖内，再从袋底儿往上装白菜，适当撒食盐，直到装满为止。最后加足水，密封。发酵一个月，就成为酸菜了，食用或者出售，谁你便。”

提及卖酸菜的收入，赵小兰略加思索，道：“我计算了一下，五斤白菜除去根、硬帮和烂叶，能腌四斤酸菜。天津一家超市出售二斤装的酸菜帮，售价：六元。一斤半装的切酸菜，售价：四元，还有……这其中经销商和超市都得加价，而腌酸菜的老板所获利润极少，甚至微乎其微。即便如此，效益也是很可观的。俗话说，积少成多、聚沙成塔嘛！”

小亮子听了，信誓旦旦地表示：“没问题，我们都听你的，只要能挣大钱就行。”说完，他猛然想起了什么，高声问赵小兰道：

“嫂子，你这四川人怎么会腌酸菜呢?”

“母亲生我属于超生，我是在外婆家长大的。”赵小兰听了，莞尔一笑道：“外婆是锦州人。自打我懂事起，每逢外婆腌酸菜时，我就帮着干这干那，耳濡目染，学到很多知识。”说到这儿，她无比自豪地道：“现在，我腌酸菜得心应手，技艺炉火纯青，可谓‘青出于蓝而胜于蓝’。”

“俗话说，真人不露相，露相不真人。”小亮子说着，向赵小兰做了一个鬼脸，狡黠地道：“原来，嫂子是‘寡妇生孩子——有老底’呀!”

“哈哈哈哈!”人们不约而同地大笑起来。

事隔不久，赵小兰带着自己腌的酸菜进入省城，一连跑了几家酸菜加工厂，软磨硬泡，终于拿到了明年的收购合同。

冬去春来，万象更新。王家庄的人们适时种植大白菜，精心侍弄，科学管理，兼老天作美，风调雨顺，喜获大丰收。

这之前，在赵小兰地带动下，王家庄或个人或合伙陆续在当地有关部门办理了营业执照、卫生许可证，以及个人上岗证和健康证，员工岗位培训顺利结束。至此，王家庄四个酸菜厂设备齐全，只要原料到位，就能够生产酸菜了。

到年底，各个酸菜厂被“照单收购”以外的产品，均通过广告宣传、网络销售，或者送货上门等形式，销售一空。农民收益大幅度增加：收入近万元的农户占百分之六十以上，最多的超过两万一千元。为此，人们的脸上露出了满意的笑容。

党的十九大精神，仿佛和煦的春风温暖着人们的心田……惠民政策，激励人们阔步前进，创造辉煌。

时至冬月，一天上午，于大宝和小亮子等人前呼后拥般挤进了王树才的家门。赵小兰见了，以为大家又是前来查资料什么的，刚要奔向西屋去开电脑，却被于大宝阻止了，道：“小兰呀，我们登门拜访是有要事相商，事情是这样的……”这几天，乡亲们仨儿一串、俩儿一伙地讨论土地流转（通过入股的形式，将承包地向合作社流转，发展规模经营）问题，情绪高涨。土地流转，这是发家致富的捷径，也是产业调整的最佳手段。俗话说，劲儿可鼓不可泄，势可造不可衰。土地流转，就有了资源；成立合作社，资金就不成问题了。至于说立项，那就是腌酸菜呗！说到这儿，于大宝满怀希望地对赵小兰道："俗话说，万事开头难。我看现在就由你来牵头成立合作社理事会，并担任理事长，怎么样？"

听了这番话，赵小兰周身热血沸腾……她早有此意，一直想朝这个方向努力，但总觉得时机不成熟，现在，赵小兰决定趁热打铁，适时举起"合作社"这杆大旗，带领乡亲们刻苦攻关，扩大腌酸菜规模，创出优质品牌来。到那时，顾客们就会源源不断地登门来签订单，开车来提货，咱们坐在家里就能挣钱，真是……继而，她陷入了美妙的神思遐想之中。

这时，小亮子以为被公公误解过的赵小兰，心有余悸、顾虑重重，不肯出山……于是，他"扑通"一声跪倒在地，迸出哭声恳求着："嫂子，我就是希望你带领大伙发家致富奔小康，早日过上幸福的生活。你要是不答应的话，我永远不起来！"

"好！"赵小兰听了，心情激动，热泪盈眶……继而，她赶紧奔过去，扶起小亮子道："'舍得一身剐，敢把皇帝拉下马'，……你放心吧，合作社这个'家'，我当定了。"

接下来，赵小兰寻求股东加盟，丈量土地，筹集资金等，忙得热火朝天。

俗话说，大树底下好乘凉。这期间，多亏于大宝甘当"铺路石"和"登天梯"，才使赵小兰曲径通幽，一路顺风，马到成功。

又是一年春风吹，草绿花红柳絮飞。这之前，赵小兰一直为筹备合作社成立的事宜操心费力，绞尽脑汁。累病了，她吞下几片药，照例东奔西跑，昼夜不停息。此时，已是怀孕五个多月的赵小兰，怎么能经得起这般折腾呢？

半月后，“庆祝农安县靠山镇王家庄酸菜生产专业合作社成立大会”隆重举行。镇、村领导到会祝贺，气氛热烈。

就在揭牌仪式结束后不久，赵小兰独自走下二楼会场时，顿觉头脑昏沉，身体轻飘飘的，没有一点儿力气。无奈何，她只得手扶楼梯缓慢而行。谁知，赵小兰没走几步，两脚居然踏空，重重地摔倒在台阶上，“骨碌碌”滚落到地面，立刻昏迷过去了。

待到赵小兰苏醒后，陡然发现两腿间流出的血液，已经染红了棉裤和鞋袜……她小产了。

赵小兰住院后，前来探望的乡亲们络绎不绝，春天般的问候温暖着她的心房，着实令人感动不已。这期间，王树才昼夜守候在床边，煎汤熬药，热心服侍。赵小兰很内疚，觉得愧对丈夫，也让公婆失望，但是……俗话说，鱼和熊掌不能兼得。眼下，她肩负着乡亲们的嘱托，无论如何也要坚持下去，最终让所腌酸菜成为摇钱树，王家庄自然就是聚宝盆了。

夜深人静时，赵小兰情不自禁地唱起了电视连续剧《马大帅》里的片尾曲《活出个样来给自己看》：“每一天哟，每一年 / 急匆匆地往前赶 / 哭了，倦了，累了 / 你可千万别为难 / 是路它就免不了 / 有沟沟坎坎 / 就看你怎么去闯 / 怎么去闯每一关 / 活出个样来给自己看 / 千难万险脚下踩 / 啥也难不倒咱 / 只要你的心中有情有爱 / 风里走，雨里钻 / 高山峻岭也敢攀，也敢攀……”用以激励自己，奋发向上，梦想成真。

与此同时，赵小兰挥动心灵的画笔，尽情描绘着美好的未来：待到乡亲们脱贫致富后，普遍换上智能手机；驾驶高级轿车奔跑于城乡之间；坐飞机到港、澳、台去旅游者屡见不鲜。至于说人们戴项链和金戒指，穿貂皮大衣什么的，更是司空见惯、习以为常。对此，她充满信心。

转眼半月过去，赵小兰病愈了。出院前一天晚上，赵小兰躺在床上辗转反侧，久不能寐。直至午夜，她才沉沉地睡去……不久，赵小兰做了一个梦。在梦境里，她漫步于北运河西岸，映入眼帘的是鲜花怒放的果树林，返青的冬小麦，以及破土而出的玉米苗，等等。

走进天津市武清区南蔡村，只见街道宽阔而整洁，一排排崭新的砖瓦房，房顶上安放太阳能热水器。砖院墙，铁大门，门垛贴彩砖，并镶嵌着精美的对联，横批是“家和万事兴”“吉祥如意”，或者“幸福之家”什么的。门旁固定着“门前三包责任牌”，十分醒目。社会主义新农村的美好风貌，在这里得到了诠释。

不久，赵小兰步入王家庄那一望无尽的碧绿的白菜地里，只见棵棵大白菜向她点头微笑，呈现出一派丰收在望的喜人景象！

后来，赵小兰踏着皎洁的月光，面带微笑走进合作社院内，耳听酸菜加工车间那彻夜不息的机器轰鸣声；眼看一箱箱“酸菜王”被陆续装上大卡车，源源不断地销往全国各地，心中惬意极了。

再后来……

夜深了，沉浸在梦乡里的赵小兰，漂亮的瓜子脸上荡漾着幸福的笑容……

作者简介：齐本成，1960年11月出生，长春市农安县靠山镇农民，吉林省作家协会会员。1987年开始文学创作，有作品在《吉林农民报》《农民文学》和《绿池》等报刊发表，并连续三年有作品入选《吉林农民作家作品选》。

兔爷岭传奇 邵恩锁

兔爷岭草美兔儿肥，据说兔子有牛犊子大小，很有灵性，从来不吃附近农户的庄稼，还能带来五谷丰登、风调雨顺。兔爷岭的人对兔子都格外地呵护，从来不伤害兔子，也不允许别人伤害兔子。

洪辰早些年是个猎人，曾去内蒙古帮牧民打狼，一个冬天就端掉两个狼群。后来国家禁止打猎，他上缴了猎枪，做起了皮货买卖。洪辰想：如果能抓那牛犊子一样大的神兔，扒了皮一定能卖个好价钱。

这一年刚要入秋，皮货生意正好是淡季，洪辰整理出一些捕猎的家伙，偷偷去了兔爷岭。

洪辰向当地的人打听神兔，可是，没有人真正见过神兔，他们也是从老年人一辈一辈传说中听来的。不过，当地人告诫洪辰，千万不要招惹这里的兔子，不然会带来杀身之祸。洪辰不以为然，心说："狼凶狠不？当年我一个人就杀掉几十匹狼，怎么样？兔子再大也是吃草的，还能吃人啊？"

兔爷岭附近有一眼红眼泉的温泉，据说神兔经常到红眼泉去洗眼睛，它的红眼病就是在那里洗好的。当地人小病小痛，只要是喝点儿泉水或者舀点儿泉水往伤口上抹一下，很快就能痊愈。洪辰决定去红眼泉"守泉待兔"。

红眼泉在距离居民区很远的一处山坡上，泉眼东、北、西三面靠山，泉水从南侧空缺处缓缓流出，南面是宽阔的大草甸子。洪辰铺设好猎具后，就在红眼泉背面的一块大石头后面埋伏了下来。

第一天，有三只野鸡、两头野猪来这里喝水，连一只小兔子的影子都没见到。第二天，有一群大雁落下来喝水，三五只小兔子从泉水边跑过，它们和普通的兔子没什么两样。第三天，洪辰设下的猎捕工具抓到了一头獾子和几只野鸡，仍然没见到神兔的影子。

洪辰觉得不甘心，决定再蹲守一晚上，如果再见不到神兔就返回了。

一晚无事，就在天似亮不亮的时候，远处一蹦一跳过来一个动物，有新生的牛犊子大小。洪辰立刻来了精神，这分明就是个大个的兔子嘛，一定就是传说中的神兔，难怪十二生肖说是卯兔，它是卯时出来活动啊！

洪辰紧盯着大兔子，路上有煨了麻药的胡萝卜，哪怕是野猪，牙齿碰上胡萝卜，必然被麻翻，别说是兔子。可是，大兔子蹦到胡萝卜跟前，闻都没闻，两只前爪一扒，连草带土把胡萝卜埋得严严实实，埋完之后还用后腿在上面踏实了。洪辰惊叹，不愧为神兔啊！别急，胡萝卜麻不翻你，还有踩夹呢！就是狼被踩夹夹到也插翅难逃。

踩夹也奈何不了大兔子，每蹦到一个踩夹前，大兔子就用前爪刨土，将土抛到踩夹上。那些踩夹中了土块，“啪嗒”一声，夹了个空。

洪辰急得手心里都是汗，要是猎枪不上缴，他一枪就能把兔子撂倒。现在，洪辰只剩下最后一招了，他在红眼泉里布下一张渔网，就看能不能网住大兔子了。

大兔子是来洗澡的，它来到红眼泉边，扑通一下跳了进去。

洪辰将手里攥着的绳子一拉，渔网就牢牢地裹住了大兔子的四肢。大兔子急了，张嘴咬网线，一根、两根……眼看着大兔子的两只前爪就要挣开了。洪辰一跃而起，随手抄起柴刀扑了上去，“咔嚓”一刀，竟然将大兔子的脑袋给砍了下来。

呵呵，神兔也没什么了不起的嘛。洪辰把兔子扛在肩上往山下走，想找个僻静处将兔皮给剥了。没走多远，洪辰听见身后有“吧嗒吧嗒”的声音，回头一看，吓出一身冷汗，被砍掉的兔子脑袋跟在后面呢，像青蛙一般，一蹦一蹦！洪辰拔出柴刀，向兔头砍去，哪知道兔头竟然十分灵活，一跳闪开了。洪辰左一刀右一刀，一连砍了几十刀，累得浑身是汗，连个兔子毛也没砍到。洪辰慌了，背着死兔子加快了脚步。

洪辰跑着跑着，前面出现一户农家，是个地窨子。洪辰赶忙前去敲门，门开了，里面走出来一个穿着灰衣服的老太太，嘴里叽里咕噜地说：“让你在家待四天不出门，就差一天了你就憋不住了，哎！命啊！”洪辰以为老太太是在和自己的老头子说话，也没放在心上，忙对老太太说：“老人家，让我进去躲躲吧，一个兔头在追我。”

老太太将洪辰让进屋，说：“躲是躲不过的，这是兔爷的头，他不杀了你是绝不肯罢休的。”

洪辰向老太太求救：“您是当地人，对兔爷的事一定了解，您一定有办法帮我摆脱兔爷的追击。”老太太想了想，说：“这么着吧，你把你外面的衣服脱下来穿在兔爷尸体上，我想兔头认准了你的衣服未必认得出你这个人，我再帮你说说情，也许兔爷会放过你的。”

此时，洪辰已领教了神兔的厉害，赶紧将沾满血污的外衣脱下来，给兔爷穿上。老太太叮嘱洪辰：千万不要离开屋子，不然谁也救不了你。洪辰趴在门缝向外看，只见老太太抱着兔爷的尸体走向前面的一个土坡，她把兔爷放下，用手在地上扒，三下两下，地上出现了一个大坑。老太太将兔爷的尸体小心地放进坑里，然后对兔头招了招手，兔头竟然乖乖地跳进坑中和兔身合在了一起。老太太伸手将兔爷的两颗眼睛挖了出来，然后又将刚才挖出来的土盖在兔爷身上。埋完后，她又在坟前磕了几个头。

洪辰从门缝里看着这一切，忽然觉得不对劲儿，脖子后直冒凉风。这荒山野岭哪来的这么个老太太？就算真有老太太喜欢住在荒野里，怎么会住地窖子？这年头哪还有住地窖子的啊！兔爷怎么这么听她的？洪辰觉得这个老太太绝不是一般人，还是趁早离开这里的好。这时候，老太太埋完兔爷回来了，一把将洪辰推进屋里，说："你不想活了？"说完，将两颗红宝石一样的兔爷的眼睛交给洪辰，说："把兔爷的眼睛揣到你的怀里，千万别让它见光，过了七天你就没事了。"洪辰哆哆嗦嗦接过兔爷的两颗眼珠子，揣进怀里。老太太又说："我去给你弄些水，你洗洗身上的血腥味，洗好了你就可以离开这里了。"说完，将门一关，走了。

洪辰独自一人被关在漆黑的地窖子里，越来越害怕，心想：老太太如果真的和兔爷是一家的，找来帮手，我不是死定了？反正兔爷已经被老太太给埋上了，不如趁她没回来赶紧跑吧。没想到，那看似破烂不堪的门，竟然打不开了！洪辰用脚踹，用柴刀劈都不管用，累得筋疲力尽也没能破门而出。

万般无奈，洪辰只好打 110 报警，说自己被坏人追杀，困在红眼泉附近的一个地窖子里。

三四个小时后，警察找到洪辰被关的地窖子，将他解救出来。警察问："是谁要追杀你？"

洪辰说是一个老太太。

"老太太？你是说一个老太太要追杀你？"警察诧异地问洪辰。警察这时已经发现洪辰有些不对劲儿了：没穿外衣，身上还血迹斑斑。

警察在四处搜索了一下，发现不远处的一棵树上，吊着一个老太太，已经死了。老太太脚底下没有石头什么的垫脚，也就是说老太太不可能自己上吊，是被人吊上去的。树下有一堆新土，扒开一看，竟然是一个身首分开的老头。

警察问洪辰："这是怎么回事？"

洪辰目瞪口呆，什么也说不出来。警察对洪辰进行搜身，在他身上搜出两颗红宝石，问他红宝石是哪来的？洪辰支支吾吾说不出来。

两条人命，洪辰是重要嫌疑人，警察当即把他铐了起来。

后来，经过法医鉴定，老头应该是被柴刀一刀砍断脖子致死的，老太太是被人吊到树上勒死的。砍死老头的柴刀，正是洪辰随身携带的那一把，上面只有洪辰一个人的指纹；吊死老太太的绳子上，也只有洪辰一个人的指纹。所有的证据表明，洪辰是见财起意，杀死了那两个老人。可是，有一点警察百思不得其解：那地窨子四处透风，破破烂烂，门一推就开，洪辰怎么会被困在里面出不来呢？他怎么还自己报了警，这不是自投罗网吗？难道是精神有问题？于是，警方给洪辰做了精神鉴定，结果洪辰并没有精神方面的异常。

洪辰也不想摊上杀人的罪名啊，就在法庭上交代了他猎捕神兔的事，说那个老头和老太太就是兔爷和兔奶奶变的，他没杀人。法官当然不相信他的一派胡言，所有的证据表明，洪辰就是见财起意，贪图老人家的红宝石才杀人灭口的。

洪辰最终因杀人罪被判处死刑。

当地人都说洪辰是被兔奶奶给设计杀死的。当地人回想，老夫妻说他们姓"图"，看来就是"兔"的谐音。姓图的两个老人到底是不是传说的兔爷和兔奶奶，就没有谁说得清了。只是，自从发生那次杀人案之后，红眼泉的水就不再是红色的了，开始变得污浊。它原有的一些治疗功效也随之消失了。

作者简介： 邵恩锁，长春市作家协会会员，二级伤残。作品散见于《小说月刊》《新故事》《民间文学》《故事会》《辽河》《民间故事》《手机报》等近百家报刊，发表近百万字。

河水清凌凌　宋玉文

灵灵今年八岁，在上小学。小青的妈妈在院子里择着芹菜瞅着刚从大门外走过的灵灵说：灵灵这孩子，在这山里是个少有的美人坯子，将来长大给我们家做儿媳吧。

哼，你这娘们儿啥都敢想。小青的爸爸德福端着箩筐一边往牛槽里添草，一边说：人家灵灵多懂事儿，你儿子是个什么东西，整天就知道钓鱼摸虾的。

钓鱼咋的，钓的鱼都喂狗了？你没吃吗？咱小青才八岁，正是贪玩儿的时候，不整天出去给你惹祸，你就知足吧。两个人正唠着闲嗑，小青回来了，他一手拎着用竹梢子做的小鱼杆，一手拎着一个小塑料桶，一群半死不活的小鱼在桶里翻滚着。

儿子回来了，快让娘看看，钓了多少？小青妈妈从小板凳上站起来，迫不及待地接过了儿子手里的鱼桶。小青的脸上透露着自豪的表情，他在等着娘的夸奖。

明天不要去了，老老实实在家写作业，河水那么深。小青的爸爸满脸严肃。

小青妈说：来，儿子，咱们挤鱼，真不少呢，一会儿，娘把鱼煎熟后，你给灵灵送点儿去。

水牛湖屯是个普通的小山村，它三面环山，一面临水。其实这一面所谓的临水，就是在 20 世纪 70 年代国家大搞农田水利基本建设时用民工修的省级大中型水库，因为上游的山大，林地面积广，水源好，水质也好。大坝的下游一马平川，适合稻田的种植，而且下游人们的生活用水也来源于这个水库。

三十多年以前，水牛湖屯是个山清水秀的村庄，那时的河水别提有多清了，有个叫王豁牙子的老跑腿子总是用这河水炖菜、煮玉米面粥。一米多深的林中池塘一眼就能见到底，各类小鱼儿成群结队地游来游去。小青的爷爷和灵灵的爷爷年轻时候就经常在这里钓鱼。

水牛湖屯的社员认真经营着耕地。那一年，饿红了眼睛的小青的爷爷李大能耐带领小青的二爷爷李二能耐，三爷爷李三能耐和小青的奶奶以及小青的大伯父单干，当年秋天就被奖励了一面锦旗，还被赠予一张飞鸽自行车的购买卷。

第二年春天，村里决定将后山的五公顷果园承包给个人经营，李大能耐和灵灵的爷爷老犟眼子是坚持到最后竞标的社员，但最终还是李大能耐以五千元的价格承包了过来，期限是十年，十年以后由生产队重新招标发包。五千元钱在当时可不是小数目，“大帮哄”时差不多够全屯子一百个劳动力一年的工资了。李大能耐卖了自家的老母猪和飞鸽牌自行车后，又东挪西凑地交够了承包费并签了合同。

当晚，李大能耐全家开了个家庭会，主要是商量这果园如何经营才能够更快地收回成本。李大能耐真名叫李月水，大帮哄时他就会“专营”，在生产队里经常找借口开小差儿，总是踅摸着搞点儿小外捞儿贴补家用。李二能耐、李三能耐两个弟弟都挺大年龄了还没讨上个媳妇。

水牛湖屯人先为了吃饱、后为了创收，耕地面积在原有的基础上逐年扩大，当时的森林和耕地就像两股对弈的大军的战场，耕地向前冲，森林向后退，渐渐地森林退到了山顶。

李大能耐自从承包了那五公顷果园后，压根儿就没想实心实意地专门经营果树，他先是在果树下面把苜蓿、药材、草莓等统统刨除，种上了玉米、大豆等粮食作物。然后就打起了果树的主意，因为果树跟庄稼争养分、遮地，但他不敢一下就把果树砍光，他怕那样领导不让。

起初，他的果园就像长了癞秃的人的脑袋，这一块那一块的掉着头发，他就在那些空着的地方补种着庄稼。五年下来，山上便没有了世外桃源般的风景，也没有了梨花带雨的浪漫色调。索性连“一棵果树枝儿”都不存在了。因为他是“李大能耐”，这么些年在屯子里就没有他摆不明白的事儿，当初竞标果园那阵儿，他瞒着社员，到底还是在承包费上少花了一千元钱。至于用的什么手段，只有他和村主任知道。

如今，果园变成了耕地，村干部是睁一眼闭一眼、老百姓也是多一事不如少一事，事不关己，高高挂起。人们忙得连“自家祖坟都哭不过来，哪有闲心哭乱死岗！”你不在我的碗里抢食儿，我就不会揭你的锅盖，那酸溜溜的海棠果子，谁稀罕吃。哼，谁有钱不好！

就这样，李二能耐、李三能耐相继盖了房、成了家。紧接着，粮价一年一年地增长，耕作的技术一年一年地提高、种子、化肥、除草剂的作用，使水牛湖屯的社员更加尝到了种地的甜头。牛羊满圈、谷垛成山的日子来临了。

老犟眼子高长河的身体里，生就一副干活儿的骨头。他虽然没有承包到那五公顷果园，但也从来没清闲过。他的犟劲儿一上来十头老牛都拉不动。大帮哄那阵儿，谁说他扛不动的袋子，他偏偏要扛，谁说他拉不动的车，他偏偏要拉。心情不好的时候，村主任让他上东，他偏要上西；让他往南，他偏要向北，活生生一头犟驴。他是生产队的车老板儿，跟那些拉车的牛、马有一定的感情，一次，一匹驾辕的公马不幸得了“结症”死了，社员们和村主任非要把那马扒扯扒扯吃了，他眼睛都红了，鼻涕一把泪一把地说谁要吃了这匹马就跟谁玩命。最终还是依了他，把那匹马埋掉了。可是，还是有人趁着半夜偷偷地把马腿从马坟里砍掉扛回去吃了。气得他三天没出工。

果园没有承包成，第二天，太阳还没出来，他让老伴儿背着个破背筐，里面装上大煎饼、咸菜疙瘩和水。他一手扛着斧子、镐头、铁锹，一手牵着灵灵的爸爸，身后还跟着自家养了五六年的大黄狗虎子。来到了位于水牛湖屯东边的一个叫火烧岗的山脚下，这里地势平坦，灌木茂密，土质细腻松软。方圆几十公顷没有石头，是一块非常适合农作物生长的土地。

他把工具仰靠在一棵树干上，一边撒尿一边瞅着面前这片灌木林说，不开垦出来，太可惜了！他说的这话，就好像这林子是他自己家的，他想咋使用就咋使用似的。

哼！李大能耐，你他妈瞎能耐，你以为你捡了便宜啦，谁不知道那果园儿是你当王八换来的。这片柳毛塘子就是你老婆和村主任搞破鞋的窝子。今天老子要把它开成耕地，种上苞米、豆子。想扯犊子上别的地方去吧，这是老子的庄稼地。他自言自语地说着。往手心儿里吐了两口唾沫，抡起大斧子砍起了树棵子，并用镐头刨着小树根。那泥土的芬芳夹杂着野花儿、野草清新的味道向外散发着，沁人肺腑。

别胡诌，你瞧见了？小心让村主任听见扇你嘴巴子！老伴儿一边清理老犟眼子砍倒的小树棵子，一边抢白着他，话音刚落，看见大黄狗虎子嘴里叼着一只野兔子屁颠儿屁颠儿地从林子里跑了出来。

一晃就到了播种的季节，老犟眼子的小片荒也初具规模了，但离他计划的面积还相差甚远，他要把剩下的那一大部分灌木林都开垦出来，如果有时间，宁可少睡一会儿觉。他起早贪黑，两头不见日头的干，但是，毕竟这林子是公家的，你老犟眼子看到了便宜，别人的眼睛也不是吃素的。于是，张三牤子、李二虎，王豁牙子……也纷纷扛着镐头、锯，先后奔来“跑马圈地”。

林政人员和村干部开始介入。但村干部介入的是为社员求情，到政府所在地摆酒宴、请客。至于费用，当然是谁开荒谁出。到了后期，“垦民”们兜里有了钱，就直接将林政人员买通了，钱的作用，使某些林政人员变成了瞎子，老犟眼子不掏钱，就是不掏。最后被“蹲”了拘留，罚了款。

耕地继续向远方延伸着，延伸到了山的那边。春天早晨的鸟鸣声也只是稀稀落落地嘶哑在河床边的几棵柳毛子树上，往日山村早晨的清新空气嗅不到了，人们在土地向上蒸发的雾气里闻到的是“2.4滴丁”和“草甘膦”这些除草剂浓重的农药气息。

冬天的雪地里再也看不到松鼠等小动物们的足迹了，河水变得跟米汤一样。水库在下游喘息着，死猫烂狗、农药瓶子、玉米秸秆在水面漂浮，偶尔还能看到有身上长着白毛的死鱼漂浮在水面。稻田改为旱田，种上了玉米大豆。耕地面积有增无减、化肥农药的用量有增无减、老犟眼子们的收入在有增无减。所剩的林子里，散放的牛羊在那里啃着树皮、啃着地皮。

王豁牙子快六十岁了，因为日子有了好转，也娶了个老太太，这老太太岁数大，身体不太好，让他整天像娘一样侍候着。老太太有个打光棍儿的儿子就是周大力，由于没钱给林政员“上货”，小片荒也没开成，在外面没混明白，所以时不时地来到他家蹭饭吃。

今年秋天，天气多变，雨水勤，霜来得早。水牛湖屯庄稼的成色不好，早霜打死了青稞，玉米籽粒湿瘪，放到院里发了霉，大豆也捂了垛。

昨晚儿下了一场小雨，早晨的空气显得湿漉漉、冷飕飕的，道路泥泞湿滑，李大能耐老早就起来了，给马圈里的一匹刚学会干活儿的小马添了一筐草。又把院子里堆着的盖玉米棒子的塑料布撤下透透空气，山上还有两车苞米棒子没有拉回来，如果拉回这两车玉米，今年的秋收就完成了。然后再把玉米倒进仓子里，专等着上冻后卖掉。

西边的天空上，又积上了一层阴云，像要下雪的前兆。前几天受冷空气的影响，已经飘过一场雪了。

李大能耐这几天腰痛病又犯了，而且有加重的趋势。他的腰痛病是在承包果园以后拼死拼活干活儿落下的。他回到屋里，划拉了几口饭，然后把两片儿镇痛片放进嘴里嘎嘣嘎嘣地嚼着，就着一口温开水“咕咚”咽到了肚里，仿佛吃得很香甜。一边系着鞋带一边对老伴儿说：“你在家把院子里的苞米挑好的甩到仓子里，我到山尖儿把那两车拉回来，要下雪了。”

李大能耐赶着马车奔后山走去，铅色的阴云已经布满了天空，他向西边的远山望去，光秃秃的、斑斑驳驳的远山，似乎有雪花飘落。今年气候多变，眼瞅着玉米成熟了，却遭到一场大风，把玉米秸秆都刮倒了，就像被碌子碾过一般，一顺水地趴在了土地上。

他赶着马车，走几步歇一气儿，走几步歇一气儿。吃力地向山上爬着。突然脚下一滑，摔了个前趴，腰又开始痛了，小马借他摔倒的机会也停下来喘息着。

老啦，他在心里诅咒着：不中用了，这该死的天气、这该死的腰。他觉得今年的体质不如往年，感觉特别的累，干活儿时力不从心了。看到远处的山上还有许多没有收割的玉米，在阴霾下瑟瑟地战栗着，还有许多的人在灰蒙蒙的天空下忙碌着。老二、老三不知收完没有，他想：要变天了，如果他们没收完，等我收完这两车，得赶紧帮他们收割，无论如何尽量不能把粮食埋到雪里。他又想起了大儿子德发，德发在城里的建筑工地做木工，没少给家里挣钱，还捎回信儿说让爹雇人收地，费用他出，谁出不是钱呢？你的钱就不是出力挣的吗？你怕累坏了你老爹，你老爹同样也为你们着想，这人活着不就是为了下一代吗？谁让我天生贱骨头，干活的命，让我待着，我浑身难受。

他又想起了果园儿，五公顷——上千棵果树被他无情地砍伐殆尽。从此，水牛湖屯的春天就失去了以往的妖娆，每逢雨季，后山的十几道沟里，牤牛水裹挟着泥沙咆哮着冲向山下，冲向水牛湖屯边。他的内心里曾萌发过一种念头，如果把钱攒够后，他要退耕还林，最起码先还一部分，从山尖往山下还。不栽果树，也要栽上其他的树。但是，钱，什么时候才能攒够?

小马又停下来，呼哧呼哧喘着粗气。“驾!”他用树条抽打着马背，小马很卖力地拉着空车向山上攀登。终于到了山顶自家的玉米地，苞米是昨天扒好了的，一堆一堆在地里放着。他卷了一颗纸烟，吸着，让小马也歇歇脚。

天飘起零星的雪花，雪花落到地面，紧接着就化掉了，地面更加泥泞、湿滑。他装满了车，逐一检查了一下马套，还好，都很结实。他拍了拍小马的脸蛋儿：小伙计，回家喽。于是，他准备下山。

他把车闸绳勒住，并牢牢地把马缰绳缠在右手腕上，小心翼翼地往山下走，小马拼命地向后“坐着坡儿”，由于车闸勒得紧，车轮不转动，在泥泞的山道上像爬犁一样向下滑行，他小心翼翼地向下走着。但就在这时，他听见“咔吧”一声，车底下似乎有什么东西折断了，车轮开始转动，小马被惯力推倒在地。“吁——!”他嘴里喊着，把希望寄托在小马的身上。

小马拼命地站立起来，但什么都来不及了，小马的四个蹄子已经不听使唤了，“哗啦”一声连车带马还有人奔山下冲去。他已经被拽倒在地，整个身体趴在地上，被活生生地向下拖着。他试图挣脱那绳索，无奈马的缰绳在他的手腕上缠得太紧，缰绳的主端系着马的笼头，马的身子往下冲，头却歪向了李大能耐这边，使小马走了偏路，偏路的正面恰好对着一条两米多深的大沟，一瞬之间，车、马、人就滚到了沟里……

李大能耐看到了满山的果树、梨树、山楂树，都开满了粉色的、雪白的鲜花；他看到了蝴蝶、蜜蜂在花丛中翻飞，他看到了小青的爸爸——二儿子德福满脸是泪地站在他的面前；他还看到了老伴儿坐在他身旁冲着他愁眉苦脸；他看到了咆哮的洪水淹没了他的脑袋，使他感到无比的窒息。

他躺在医院里，一动都不能动，头上缠满了纱布，其实他什么都看不到了。他的嘴唇翕动着，他想对老伴儿说，都是我不好。

医生说，李大能耐活下来的概率不大，让家属做好思想准备。这天，李大能耐醒了，他拉着德发的手，就说出两个字：栽树，然后就命归黄泉了。

天还没亮，老犟眼子高长河往背筐里放好了饭菜，他要继续“开发”那片灌木丛，虽然这几年林业政策一年比一年紧，但他还是铤而走险，一点儿一点儿地蚕食着林地。这一点，他要比别人执着，不是因为别的，只是因为他受过处罚，他要把这损失找回来，在他的眼里，开荒种地是他唯一的出路。

他边走边哼着“天仙配”的小曲儿，草上的露水在脚下被他踩得稀碎。这里春天的气候昼夜温差较大，老犟眼子把烂树根和枯枝败叶拢起了一堆点燃。一是为了取暖，另外也是清理土地。在他的面前有一棵灌树，主干有暖壶那么粗，他吃力地用斧子砍着那棵树，那棵树的枝杈抖动着，树叶被震得唰唰响。他全神贯注地弯着腰砍着，突然觉得有一个软嗒嗒的像绳子一样的树枝掉在了他的脖子上，他感到脖子一阵发凉，那个东西紧接着就从他的脖子滑到了地面，老犟眼子下意识地用眼睛扫了一眼，突然发现那竟然是一条蛇，而且是一条有毒的蛇。这条蛇是被老犟眼子在砍树时从树上震落下来的，有六七十厘米长。

他天生就怕蛇，由于刚才他的注意力过于集中，竟然被眼前的蛇吓得跳了一个高儿，惊呼了一声，冷汗唰地出了一身。老犟眼子由惊转怒，骂一声：“×他娘的。”犟劲儿猛然升起，抡起手中的大斧子向前跨了一大步，将蛇剁为两截，两截蛇身在地上抽搐着、扭曲着。

他用树棍儿挑起蛇身顺手甩进篝火里，篝火噼噼啪啪烧得正旺。蛇身在篝火里挣扎了几下便冒起了白烟，有一股烤鱼的香气散发了出来，向空中飘去。他继续砍树，由于刚才受了点儿惊吓，他的双臂有些发软，好不容易砍倒了那棵小树，他便坐在那棵树干上休息。

这时他听到了狗的狂吠声，并从远处向他这个方向惊慌地跑来。他感到很奇怪，这么些年从没看到它如此的狼狈过。

别慌，怎么回事？他向狗奔来的方向望去，没有发现什么异样，也没听到任何动静。但狗在他的跟前，还惊慌地回头瞅着。他从虎子的举动中预感到了事情的严重性，便拎起斧子警惕地上前查看。

他小心谨慎地向前走去，待快到地头的时候他突然发现从灌木林的边缘处爬出一条两米左右的大蛇，然后他又发现在大蛇的旁边还有一条，不，两条、三条！二十条、三十条……几乎遍地都是，有白色的，有花色的，有剧毒的，有无毒的……嘴里都吐着信子，向篝火的边缘聚集。狗在他的身旁狂吠着，但声音已经不那么雄壮了，而且向后退缩着，大有要落荒而逃的架势。

他的腿也开始颤抖，由于他烧了刚才的那条蛇，在火焰的作用下，那蛇的体内散发出一种化学气息，才导致眼前的现象，每一条蛇的面孔似乎都显得非常狰狞。老犟眼子平生哪见过这种阵势，他早被吓得毛发倒竖，眼睛发花，双腿一软，一股暖流自他的裆下蔓延。他连滚带爬，觉得有一股旋风从他的身体上刮了过去。

他是怎么回的家他不知道，只是到家之后一病不起，恍恍惚惚地在炕上躺了半个多月便撒手人寰了。死后，灵灵的奶奶把他生前用的斧子，锄头，铁锹等工具埋进了他的坟墓。

又是一个明媚的早晨，小青和灵灵踏着清晨的阳光，扛着小小的钓竿，拎着小巧的鱼桶，到灌木丛那边的小溪钓鱼。小溪的源头隐藏在林子深处，在一棵老杨树的下面有一个水幔子，水幔子长约五十米，深一米左右，水质清澈透明。据他俩说在那里他们发现一个“鱼窝”，“鱼窝”里有很多很多的“柳根、泥鳅、麦穗儿……”

还有很多很多童年的故事等着他们钓上来。

作者简介： 宋玉文，喜欢小说，有作品入选《吉林农民作家作品选》，另有作品发表于《参花》《松花湖》《江城日报》等报刊。

黑土地的诉说 孙淑英

1

炎热的夏季，火辣辣的太阳在头上打铁，天空有几片慵懒的白云，很快就被太阳烤得无影无终；门后的土狗，吐着粉嫩的舌头，无精打采地喘着粗气；知了在蔫头耷脑的树叶上，凶狂地鼓噪着，这一切令人心生燥热。

周一民累了一上午，此时正在屋里睡午觉，玉香跑进屋来，喘着粗气大声喊着："一民快起来，老黄不行了……"

一民吓得骨碌一下爬起来，趿拉着鞋冲出屋去。

中午十二点多了，天上没有一片云彩，地下没有一丝的风。火辣辣的太阳射到周一民黝黑的脸上肩上，汗水像下着小雨般地从脸上背上往下淌。前边拉犁的老黄迈着艰难的步伐奋力地行走着，大口大口地喘着出气，嘴里不断地吐着白沫。站在前边不远的地方，小黄花牛犊子焦躁地发出急切"姆——妈，姆——妈"的叫声，那叫声充满着焦躁与不满。一民心里清楚得很，不论人和动物都已筋疲力尽，需要休息了。

到了地头老黄就不由自主地趴下了，小黄花也亲昵地跑过来拱着妈妈的奶头。一民看着小黄花猴急的样子，又看看满眼绿油油的小苗，心里很满足。他亲昵地拍拍老黄说，老伙计咱们回家歇晌吧，你那嘴急的小犊子都等不了啦，剩下的活下午干吧。再辛苦两三天咱家的地就犁完了，你就该歇着喽。

老黄能听懂一民的话，像打了胜仗的将军一般，拉着犁杖兴奋地往家走，小黄花颠颠颠儿跟着跑，把一民远远地甩到后边。

老黄进了院子直奔一口大缸狂饮起来，那是主人为它早早备下的清水。玉香赶忙往牛槽子里添草拌料，老黄喝足了水，就奔到槽子里香甜地吃起草来，玉香爱抚地拍打着老黄身上的蚊蝇。一民进院了，玉香对老牛说说，你先吃着，我得给你的主人端饭去了，一会儿再回来看你。

玉香转身进屋，端出早已做好的饭菜，两个人有说有笑地吃着。一民说："再有两三天地就犁完了，得赶趟集买点儿油盐酱醋，再给老黄买几块豆饼，这几天它可累坏了，得让它养点儿膘。小黄花还吃奶呢，可别委屈着它们娘俩。"两口子边吃饭边盘算着。

一民撂下饭碗就斜歪到炕上睡着了，玉香拾掇碗筷，待一切收拾妥当，又去给老黄添第二遍草料。当她来到老黄跟前时，发现它四肢打战，口吐白沫，身子冰凉，渐渐支撑不住身体，慢慢倒下了。玉香吓得浑身发冷，慌忙跑到屋里叫起一民让他赶快骑摩托找兽医去。一民跑出去骑上摩托就飞了出去。

一民载着兽医回来，老黄已经咽气了，肚子胀得像要吹爆了的气球。小黄花围着老黄身前身后哞哞地叫着，玉香眼泪扑簌簌流个不停。

一民眼睛冒着火星盯着兽医问："这是咋回事，它得的啥病，这么快就……"

兽医吭哧半天"可能是草酸中毒吧，也可能是……你就别问原因了，咋地都是死了，还是处理后事吧。"一民呆呆地坐到地下，脸色煞白，一声不吭。村民们闻讯陆续到来，七嘴八舌劝解着，"别上火了，上火也没用。""家藏万贯带毛的不算。"

这时，一贯好吃好喝的老磕巴拎着明晃晃的杀猪刀走过来，跟玉香说：“你叔我愿意受点儿累，把它收拾喽，再帮你们把肉卖了，能多赚些钱，我就要点儿下水就行。”玉香犹豫着看着一民，等他拿主意。一民脑袋耷拉着，一言不发，老磕巴又跟玉香说，“要是卖给二道贩子可亏大发了，顶多能给个千八百的，我要帮你卖肉的话，咋的也能卖个两三千呐，你想想哪个合适吧？”过了一会儿，老磕巴见两口子都没言语，像是得到了玉香的默许，举起明晃晃的刀向老黄走去，还没等他下手，就听见一个炸雷般的声音响起：“待着，不许杀害我的老黄。”一民两眼发直，脑袋上的青筋暴起，冲老磕巴抡起了拳头，老磕巴吓得一溜烟跑远了。一民抚摸着老黄的脑袋放声大哭，那哭声震天动地，吓得小孩子直往大人的身后躲。

老黄是周一民家的顶梁柱，为他家立下了汗马功劳。是他家的半壁江山，是一民跑了三四趟软磨硬泡花了大价钱，从很远的刘家窝房买回来的。它是那么的温顺懂事，任劳任怨，再苦再累从不尥蹶子踢人。去年春天，邻居刘姥姥扫路边好大一堆烂草叶子，老人划根火柴点着了，烧完后以为火灭尽了，就回屋里去。哪承想来一阵风把火星子刮到一民家的柴火垛边上，小火苗呼呼地往上蹿，被老黄发现了，它哞——哞——哞没好声地叫着，用前蹄子把牛槽子刨得山响，惊动了屋里的玉香，出来一看柴火垛着火了，拎了一桶水把火浇灭，才免去了一场火灾。

老黄在周一民的心里早已不是牲畜，它是自己的兄弟手足，至亲至爱。他怎忍心看见自己的兄弟被大卸八块，掏心掏肺，污血满地？“不，绝不。”张一民歇斯底里地呼喊着。

夜晚的气温渐渐地凉了下来，天边一闪一闪地亮着，是打着露水闪，证明外边下着很浓的露水。周一民一个下午一动不动地陪在老黄的身边，身上的衣裳早已被露水打湿，湿嗒嗒地贴在身上。玉香拽一民起来进屋歇息，一民就是不起来。这时，队长李道明来了，他费了很大的劲儿，把一民架到屋里，陪他说话唠嗑：“人啊，一辈子谁都说不上遇着啥事，你看街里二队的李才，爷俩开着新买回来的车，去亲戚家串门，结果半道上就出了车祸，爷俩一个都没回来。你说他老伴儿不也得活着吗？哥呀，遇事往开了想，你要倒下了，我嫂子一个女人家可咋办呀。地里的事别发愁，明天我家的牲口借你干两天，不就完事了吗！”一民在道明的劝说下，情绪缓和下来，渐渐地睡着了。临走时李道明跟玉香说：“嫂子，我跟老梁通电话了，让他跟街里的买卖人联系，能卖多少就算多少吧。大热的天，搁到明天就臭了。我哥跟这牛感情太深，你就主事吧。”

牛贩子开着三轮车来了，经过一番讨价还价，只卖了一千五百元钱。玉香含着眼泪接过钱，无可奈何地叨咕着，买时可花了五千八块钱哪！

2

傍晚的周村，宁静如水，下了一天的小雨，终于停歇下来。红红的夕阳向被雨水洗刷过一般，亮晶晶地挂在远处的树梢上，把一尘不染的树叶也照得晶莹剔透低空中翩翩起舞的燕子，衔着最后一缕晚霞优美地抒情。此时，家家户户的房顶飘起了袅袅炊烟，远处有母亲呼唤孩子回家吃饭的声音，田野里的清香气息溢满了周村的角角落落。

周老蔫牵着两条大牛，后边还跟着两条小牛犊子，走在回家的路上。路过一个河泡子，看见了一些两三寸长的小蓟鱼在游动，他慢下了脚步，河边上绿油油的青草漫满了山坡，有红的、黄的、白的、紫的各色的小花杂在其中，随风闲闲地舞动。老牛见了嫩嫩的绿草吃得欢喜，又有几条小鱼游到岸边上来，老蔫心生欢喜，忍不住伸手就去抓。哈哈，今儿运气真不错，碰着这么多鱼儿，回家给老伴儿打鱼酱吃，解解馋。他抓了十多条，用柳树枝把鱼穿上，一手拎着，另一只手牵牛，哼着小曲往家走：“左手一只鸡，右手一只鸭，身上还背着个胖娃娃，一呀一得喂……”

“刘老蔫，你给我站住。”后边传来一声大喊，老憨回头一看，是前街的吴二驴子。

二驴子呼哧带喘地跑过来，拦住老蔫的去路，用手指着周老蔫骂着：“好你个老蔫子，大白天地竟敢在我的鱼塘偷鱼，胆儿可真肥呀，你知道我花多少钱买的鱼苗吗？”

“啥时成你的鱼塘了，这不就是公家的大河泡子吗，我顺便抓了几条小破鱼，咋还说成偷了呢？二驴子你可真能整事，别挡道，我要回家吃饭了。”

“你想走，门都没有，今天你必须赔我鱼苗钱！我可是从辽阳买的特殊鱼苗子，好几百块钱一斤呐。我也不讹你，这么着吧，你抓了十六条，一共给我八百块钱就行，要不咱俩就没完。”

老蔫肺都要气炸了：“你可真能编瞎话，想钱都想疯了。要钱没有，要命一条，你看着办吧。”

“好你个周老蔫，还跟我玩上横的了。你不说理，我找你儿子去，看谁能玩得过谁？”二驴子气哼哼地走了。

吴二驴子骂骂咧咧地来到周一民家，进了门躺到炕上，哼哼呀呀地说：“一民，你爹太不讲理了，偷了我的鱼，还骂我。把我气得心脏病都犯了，要不是看在你面子上，我非得削他不可，你看咋办吧？”

一民问明原因，毕竟是父亲抓了人家的鱼，觉得多少有些理亏。于是，满脸赔笑：“二哥，你就别跟老人一般见识了，他老糊涂了。你就给我个面子，多少钱我替他赔。”

“这还差不多，你爹要有你这个态度，也不至于把我气成这样啊。一民兄弟，看着咱俩光腚娃娃的份上，我也不要八百了，你就给我五百，咋样？我可是在辽阳花好几百元一斤买回的优良品种啊，你说我能不心痛吗？”一民爽快答应了，去柜子里翻出五百元钱，递到二驴手里。玉香气得浑身发抖，横拦竖挡也没挡住。“好你个二驴子，碰瓷碰到我家里来了，欺人太甚，你讹的钱好花吗？”玉香操

起扫帚就要打二驴子

“你这是说的什么鬼话呀，老娘们家家的，少管闲事。二哥别跟老娘们一般见识。”一民一边拦着玉香，一边跟二驴使眼色，意思让他快走。二驴心领神会。“要不是看在我一民兄弟的份上，我还不走了呢，你跟老蔫子一个德行！”二驴悻悻离去。

“你一个大老爷们，真是熊到家了，他要多少，你就给多少？你可太好欺负了。公家的一个臭水泡子，咋就成他家的了？明个我找村主任说道说道去。”玉香嘟嘟囔囔地数落一民。

“你就别扯那用不着的了，这种人离他远点儿吧，惹不起咱躲得起。你也不是不知道他的为人，去年在街里碰着个拉稻草的车，故意让稻草车刮着，躺地不起来，非说脚脖子折了。那个司机下车跟他讲理，见他歪戴帽子斜瞪眼，不是善茬儿。自己一个外地人，肯定占不着便宜，遇着诚心碰瓷的，算是点儿低。强龙不还压不过地头蛇吗？那人好说歹说磕头作揖，赔了三千元钱，才算了事。碰着这样不讲理的人，早早打发他走算了，心里清净！”

3

学校放学的铃声刚过，高二一班的周春梅背好书包，满脸怒气，没和任何同学打招呼，骑上自车，头也没回一下，就飞快地离开了校园。这可不是她的风格，平日里她话多得很，像叽叽喳喳的鸟儿，停不下来。总是不见其人，先闻其声，嘴甜得像抹了蜜糖，一双丹凤眼，一笑俩酒窝，细高挑的个头，人见人爱。特别是她的同学吴志军，对她既佩服又爱慕，她不光学习好，心眼也好，爱帮助人。在班里是班长，吴志军是劳动委员，他们经常在一起开班会，讨论班级的一些事情。每当周春梅提出一个意见，吴志军总是第一个站出来支持。他们还是小学同学，还住在一个村子里，从小就在一起玩耍。可以说是青梅竹马，两小无猜。

吴志军使劲儿地蹬着自行车，边撵边喊：“周春梅，你等等，我有话说。”周春梅跟没听见似的，继续往前行驶。骑到一个上坡，春梅了没力气，下来推着自行车前行。而吴志军却力气十足，紧蹬几下，就撵上了周春梅。

“有话好说嘛，干吗一天不理我呀？我知道是我爸不对，他不该去你家要钱。可他就那样，我和我妈都没有办法，他在我家占有绝对的统治地位，说一不二。我妈就是他的仆人，家里外边的活都得我妈操持，有时还嫌我做得不好。我妈稍有反抗，就招来拳打脚踢。我问妈妈，他那样待你，为啥不和他离婚？我妈沉默不语，好一会儿才有气无力地说，等你长大就明白了。

就说这次的事吧，我和妈妈都劝他，不该做出这样的事来，都是乡里乡亲的，低头不见抬头见何苦呢？

我爸厉声说道：‘别他妈跟我咧咧用不着的，你们懂个屁，我要不使这一招，往后谁能怕我呀，这叫杀一儆百，知道吗。’‘那你也不该……’‘去去去，都给我滚犊子，该干吗干吗去。别给我惹急眼了，急眼我削你们。’

有的时候，我就想我咋摊着这样的爸爸，人的出身真是不可选择啊。为了他的事，我妈没少跟他操心，背后让人戳脊梁骨的滋味不好受啊。就那次在街上碰着拉草车的事，我妈费了好多周折，才打听到那人的住址，把自己几年攒下的体己钱，凑够了一千五百元，瞒着我爸走了一上午的山路给人送钱。人家不理解，说：‘你家可真会整事，一个唱黑脸一个唱红脸的，玩的哪一出呢？要是你有那好心眼儿，别让你当家的做那阴损的事啊！’我妈百口莫辩，一天水米未尽返回家中，回家就病倒了好几天。

你别生我气了，春梅。等以后我想办法攒点儿钱，把你家的钱还上就是了。”

“这不是钱的事，我爷那么大岁数了，在河沟里抓了几条小破鱼，还说我爷是偷鱼，这不是辱没人格吗？”

“不管咋说都是我爸不对，我是真没办法啊，我给你赔礼道歉行不？要不你就打我几下吧。”

“好，是你让我打的，我可使劲儿打了。”春梅把自行车立好，伸手就薅吴志军的耳朵。“姑奶奶，饶命啊！”

他们和好如初，春梅语气平和地说：“你妈也挺不容易的啊！可是你还得劝劝你爸，人生在世总那样做事能好吗？”

“现在我说什么都没用，等我长大了，生活不依赖他，就有话语权了。”

他们畅谈理想和奋斗目标，有说有笑。你追我赶，像一对欢快的鸟儿，向他们的目的地飞奔而去。

4

周一民糊里糊涂地睡到后半夜，就被脑袋疼醒了。感觉脑袋里有数不清的虫子在啃咬，像个要被吹爆的气球一般往外涨。然后，又不可控制地往里缩，紧得像套上无数个箍咒。他痛不欲生，把脑袋往墙上撞，才稍微能减轻一点儿疼痛。然后又是呕吐不止，折腾一会儿人就像被割倒了的庄稼，悄无声息地躺在大地的怀抱里。玉香从来没见过这阵势，吓坏了，赶忙给队长李道明打电话。

李道明急三火四开出自己家的三轮车，冲破墨汁般的夜色，把一民送到医院急救。经确诊是脑出血，医生说再晚来一会儿人就没救了。

一民躺在医院里七八天，睁开眼睛不知自己是何许人也，媳妇玉香问他，“我是谁?”他用散淡的目光看了看，摇摇头。女儿春梅叫着：“爸爸，我是谁?”他还是摇摇头。

后来，他突然自言自语起来：“老黄，我可找到你了，这些天你上哪儿去了，我好个找啊，把我累坏了，你要答应我，再也别跑远了，我老想你了……”

那么多的小人儿，胳膊、大腿、身子上都长满了绿油油亮晶晶的叶子，各个没有脑袋，脖子上绿色的血液在汩汩流淌。它们伸开枝叶，像章鱼的爪子一样紧紧缠住一民，让他偿命。

周一民大声地喊着："都别哭了，你们这群没人教养的野孩子，还不松开手，要把我勒死了。"他的喊声把同病房的人都吓醒了，令人毛骨悚然，各个惊慌失措。有些人心里想着，医院是个不干净的地方，有多少人从这里走向了另一个世界，这是个十字路口，阴阳交替的地界，运气好的转一圈回家了，家里人兴高采烈，眉开眼笑陪着走回光明世界；运气差的，耗尽家里人的气力钱财，回天无力。最后还是悄无声息地离去，带走亲朋好友无限的眷恋，给亲人留下永远无法愈合的伤痛。唉，人啊！

经过一民的折腾，病房里的人都没了睡意，把所有的灯打开，屋里亮如白昼。

一场绵绵春雨降临在周村的土地上。周一民心情格外的好。还没等雨完全停歇，就推开家门走近野外。他深深地吸一口野外的空气，竟有些甜丝丝的味道，沁人心脾的香气让人感觉神清气爽。淡绿色的树叶晶莹剔透，在微风中摇曳出妩媚动人的身姿。他无心欣赏风景，在庄稼人的心里，墒情是最重要的。他把自家的地全部踏查一遍，小雨一停，就得灭茬起垄了。春种是最要紧的事情，只有春天保全苗，秋天才有好收成啊。

他兴致勃勃来到自己家最后一块地，也是离家最远的叫东北沟的地块，发现地边长出一片茂密的杨树林。他心里很不爽，谁他妈的这么不讲究，跑到我地边栽树，几年后树长高了，会遮得这块地不打粮食的。要是能栽树，我早就栽了，还轮着别人上这捡便宜？周一民回家的脚步走得很快，也很重，咚咚地一脚一脚把心里的愤恨和委屈全部踩到脚底下去。

他回到村里一打听，知道是吴二驴栽的树，周一民埋藏心底的怨气一下子涌上来，好你个二驴子，捡便宜捡到我家门口上来了，山不转水转，你也有落到我手心里的时候，我必除之。第二天晚上，周一民拿了一把锋利的镰刀，不一会儿就把那片杨树林全部灭掉，他感到前所未有的畅快。心里深深呼了一口气，把积怨已久的怨气全部吐出来。

一民病情好转以后，头脑里就一直回放着梦境里的情景，那么多没脑袋的小孩儿，是不是那些个杨树苗子啊，听老人讲树木庄稼也都是生命的，有生命就会有灵性，人对一切生命都要有敬畏心的。难道是那些个小杨树苗子向我讨命吗？为了自己的一己私利，悔不该头脑一热犯下了不赦之罪。他又回想老黄牛流着泪水，跟他述说是喝了有毒的水才丧命的。

他病好后，回到家里把饮牛大缸里的水，蒯出一盆喂鸭子。半小时后，两只鸭子果然毙命。他畏惧得脊梁沟发麻，投毒人是谁，他第一个想到的人就是吴二驴子。有一次在路上遇到他了，他阴阳怪气地说了一堆云山雾罩的话，只是当时太匆忙没放在心上，现在想想，悔之晚矣。

玉香问鸭子咋死了？他谎称是鸭子偷吃了药老鼠的苹果片，玉香埋怨他说："真是没长心，以后，药老鼠注点儿意，鸭子正下蛋呐，多可惜呀。"

一民大病一场，在鬼门关转了一圈回来，看透了一些事情，他在心底里原谅了那个投毒人，得饶人处且饶人吧，冤冤相报何时了啊？一切由天定吧。

5

"唧里个唧，唧里个唧，走大街穿小巷，为了吃为了穿昼夜不停忙，没有钱也要吃碗饭也要住间房……"吴二驴子在街里玩牌，一夜没回家，用赢来的钱，买了上好的烧酒，猪头肉，炝拌菜，油炸花生米；还买了双响子，麻雷子，十响一串的鞭炮 。他美滋滋地哼着小曲，迈着方步，慢慢悠悠走在回家的路上。

二驴子从小没受着委屈，姐姐四五个，可下把他这个带把的盼来，简直像得了个大宝贝。父母把他举上天，要星星不敢摘月亮，顶到头上怕吓着，含到嘴里怕化了。从小到大他想要的东西，没有得不到的，明明是不想给的东西，只要他一哭闹耍驴，家人就乖乖地缴械投降。大伙送他个外号——二驴子。驴字，在农村来说，就是蛮横、撒泼、邪性、不讲理集于一身的统称。二驴子靠着父母殷实的家底过到现在，没吃一点儿苦，在家说一不二，媳妇善良老实能干，扔下耙子捡起扫帚，里里外外一肩挑。

这两天二驴子交了狗屎运了，玩牌不光赢了钱，还遇上个大美女，那个女人是牌友何大奎的小姨子，从城里来串门的。何大奎这两天外出办事，三缺一咋办，小姨子只好充数。小姨子三十七八岁的样子，皮肤护理得跟年龄一点儿都不相称，像二十七八岁的大姑娘，粉面桃花。有一双脉脉含情会说话的大眼睛，一笑俩儿酒窝。二驴子正好坐在小姨子对面，她的呼吸源源不断地朝他喷来，那股甜丝丝的桂花香，让他心神荡漾，他恨自己不能把这香味收集起来，装到一个宝葫芦里，拿回家慢慢享用。

有一次洗牌时，他装作不经意地抓着她的手，水嫩细滑，柔弱无骨。顿时，他的身上像被低频电击着一般战栗，有些头晕目眩，好像掉进一个深不可测的漩涡，身上所有能量都在那集结起来，向下奔涌。终于控制不住，像决堤的河坝，一泻千里。他感到浑身酥软，抓牌的手也有些颤抖。停顿一会儿，他给自己找个理由，心脏不太好，一宿没睡觉困得不行了，散了吧。

到了街上，被冷风一吹，头脑冷静一些。去超市给自己买了很多吃食，好好犒劳犒劳自己，一天一宿赢了俩钱不容易啊。

他坐在饭桌边，滋溜一口酒，吧嗒一口菜，有滋有味地吃着。有时还燃上一支香烟，吞云吐雾，望着袅袅升起的烟圈，心花怒放。回想着上午发生的事情，心里还是隐隐地有些战栗，早晚我得把她吃到嘴，我二驴子想要的东西，还没有得不到的，他在心里鼓舞着自己。他妈的，那小手像发好的面团一样柔软白皙。哪儿像这个贱内，手粗糙得像老公鸡的爪子，黑梆硬；东头三寡妇的手也好不到哪去，像干枯的树枝，没有弹性。他在心里一个个比较着，一个个淘汰着。

明天是小年，外边稀稀拉拉有放鞭炮的声音，这也点燃了他的欲望。他酒喝多了，手脚有些不太灵便地下了地，趔趔趄趄拿出一挂鞭点燃，噼里啪啦一会儿放没了，觉得没过瘾。又拿出几个麻雷子点燃，“叮咣”震得山墙都颤抖，他乐得像个孩子，今年的麻雷子真响，店老板没糊弄我，等放没了还上他家买去。最后一个呲呲冒着火星，没响。他就前走两步看看究竟，这时“砰”一下，他不由自主地用手捂住眼睛，钻心的疼痛，他“啊”一声惨叫栽倒在地。媳妇和儿子跑出来，看见他满脸是血在地上打滚，赶紧叫来队长李道明，道明开着自己的三轮车，把吴二驴子送进了医院。

这个消息传到周一民的耳朵里，先是有些惊讶，后来就有些幸灾乐祸了：“不是不报时候未到，天老爷总算开眼了。”

吴二驴子病情稍好一些，把小店的老板告到法庭。经过反复协商，最后小老板赔偿二驴子，医药费、误工费、护理费，杂七杂八的两万多元。小店老板又把鞭炮厂告到法庭，鞭炮厂是三无企业，最后查封。村民们都说，二驴子又发了一笔小财。

6

猫头鹰这种不祥之鸟，不知哪一天，哪一个时辰，来到周一民家前面的树林子里。黑夜里闪着幽灵般的大眼睛，死死地盯着这条街的几家院子。这些浑身上下翻不出一点儿光芒的讨厌鬼，它们不知疲倦地发出“欧欧”的叫声，瘆得人身上起一层鸡皮疙瘩。那凄凉的叫声为这个不大的村庄，裹上一层神秘又不乏阴郁的色彩。是什么力量让他们拥有如此的行动？仿佛一群死亡的先知，在村子上空向人们宣告着死神的大驾光临。

一民家西院的郑二爷爷病了好几年了，有好几次眼看着不行了，家人接大夫来几天，打上吊瓶就有好转，总是站在鬼门关前徘徊。

说实在话，别看他八十多岁了，又病魔缠身，可家里人都舍不得他走。他为人善良正直，是退伍转业军人，每个月有两千多元的工资。这在农村来说，比村主任家都强。他家是上贤下孝，跟村里人相处得非常和睦，二爷的儿媳妇小翠，经常跟玉香在一起嘀咕，“猫头鹰进宅无事不来，是不是我家老爷子有事啊。”玉香宽慰道：“别瞎想了，东头小辉奶奶，岁数也不小了，整天佝偻喽气喘的。说不准的事换句话说就是有事，谁也管不了啊，听天由命吧。”

她们俩经常拿着铝盆子叮咣叮咣敲击，试图把猫头鹰撵跑，它们听见响声当时跑了，不一会儿又回来。撵了几次，都以失败告终。她俩像泄了气的皮”心里说，爱谁谁吧，管不了啊！，

稻田地里的水稻正在抽穗，黑脑袋的小绿虫子密密麻麻爬满了稻叶上，夜晚能听见“唰唰”蚕食稻叶的声音。白天眼看稻秧还好好的，第二天一早，就只剩下光秃秃的稻秆了，如果不控制就有绝收的可能。玉香把喷雾器翻出来，准备给稻田打药。这时，接到一个电话，说母亲病危。玉香放下喷雾器，告诉一民等她回来再撣药，你身子不好，千万别动。玉香换了一身新衣服，抹着眼泪回了娘家。一民想，媳妇走了，说不上啥时回来，地里的庄稼等不得呀，自己也不是一点儿不能动弹。他把杀虫剂兑好了，背起喷雾器就去给稻田撣药，费了好大的劲儿，总算把药撣完了。他对自己的行为很满意，证明自己不是废物，也可以为家里做些事情。自打出院回来，媳妇像小孩子似的照顾，锹镐不碰，一天到晚待得心发慌，腿发软，照这样下去人就废了。

第三天，玉香还没回来。一民自己来到稻田地里一看傻眼了，如五雷轰顶。稻秧摊倒在地，叶子焦黄枯萎，没有一丝的生机。“完了，完了，这肯定是谁给下药了。要不然咋会这样呢？老天爷啊你睁开眼睛看看吧，我不想跟任何人结怨，可他为什么还不放过我？一定是那该死的吴二驴子。”他脑中出现二驴子狡诈的小眼睛，只感觉脑袋轰的一声，晕倒在稻池埂子上。村民刘小跑路过，看见一民倒地救起送进医院。当玉香赶到医院时，医生告诉是第二次脑出血，

生还希望不大，预备后事吧。春梅正在县里参加高考，当她来到父亲的身边时，父亲闭着眼睛，正在与死神抗争。“爸爸，你睁开眼睛看看我是你的梅儿，我刚刚考完试，我一定能考上大学的。你一定要坚持住啊！”

“爸爸，你是最希望看到你闺女上大学的。去年冬天你陪着梅儿去上晚自习，不管下多大的雪，你都准时准点地到学校门口接我，我看着你的脸冻得通红，嗔怪你，有这么多同学呢，怕啥呀？你总是嘿嘿一笑，等有事就晚了，女孩儿家还是小心点儿好。”

“爸爸，你醒醒，我们不能没有你呀。”春梅摇晃着爸爸的胳膊，泪如雨下。一民听见了女儿的呼喊，就是睁不开眼睛，他好想最后看一眼闺女媳妇。他挣扎，用力地挣扎，使尽最后一丝气力，终于睁开眼睛了，他眼角流下了泪水。气息弱了，弱了，最后连一丝的气息都没有了，眼睛还是没能闭上，眼角的泪水无声地滑落下来。他带着不解，带着愤恨，带着无奈，带着不舍离去了，年仅四十六岁。一民白发苍苍的父母接受不了这个严酷的现实，哭得休克过去，亲戚们把老两口送进医院。白发人送黑发人，是太残酷的现实，在场的人无不落下同情的泪水。

郑二爷扶着一民的棺柩，颤颤巍巍地说：“不该走的走了，该走的留下了。老天爷啊，你不公，可惜了这么小的岁数，撇下孤儿寡母咋办呐？一民啊，你心眼儿太窄了，牛死了，咱再买；庄稼扔了，明年再种；人死了，就活不回来喽。两把火就把一个硬汉给烧没了，也不知谁那么阴损，净干见不得人的勾当，将来会遭报应的。”

小辉奶奶抹着眼泪说：“这孩子可好了，有啥事招呼一声立马到场，没有靠边站的时候，又粗又膀的大个子说没就没啦。还不如我替他去了，家里也少个累赘……”

众人纷纷慨叹世事无常，活着就得好好地活，遇事少往心里搁。

一民的灵车要起灵了，吴二驴子呼哧带喘地跑来，抱着一捆烧纸，交给玉香说：“给一民兄弟送俩儿钱花，我也得送兄弟最后一场。”玉香说：“人够多的啦，二哥你就别去了。”司机把车启动开来，“突突”地冒着黑烟。送灵的人们都纷纷爬上卡车，司机脚刚一碰到油门，车就窜了出去。吴二驴一只眼睛失明，剩下一只眼睛，判断事情和以前有所差别，腿脚也不够麻利，在卡车窜出，他一脚车里，一脚车外往上爬的一刹那，一个趔趄，二驴子被甩了下来，当时腿就不能动了。

送到医院一检查，小腿骨折。有人背后议论，是一民烦他，不想看到他，才发生意外的。

玉香静下心来，分析种种原因，水稻为啥都死了呢？难道真是有人使坏，也没得罪谁呀？谁跟自己家有这么大的仇恨呢？她百思不得其解。一个偶然，她到下屋里翻东西，看见两瓶杀虫剂都在那好好地放着，两瓶百草枯没了。她在垃圾堆翻出来两瓶百草枯的空瓶子，她一下子明白了事情的经过，一民是自己把自己害了，怨不得别人。一切都是天意，他怎么就能把百草枯当成杀虫剂呢？难道他脑子失灵了吗？

那些令人讨厌的猫头鹰不知何时飞走了，也带走了一民的喜怒哀乐，淳朴善良，以及他的懦弱狭隘。村子恢复了往日的宁静与温馨。

7

春梅以六百六十八分的成绩考上了北大中文系，在母学校排名第二。娘俩喜极而泣，抱头痛哭、她们拿着烧纸，来到一民的坟前，向他报告这来之不易的喜讯。

“爸爸，我能取得这样的成绩，也是与你的教导与付出分不开的。爸爸，你放心吧，我已长大成人了，会照顾好母亲的。”

要开学了，玉香心情非常复杂，她为女儿感到骄傲，能去京城里念书，是多少人梦寐以求的事情啊，在这个小山村里，简直就跟考上状元差不多，这是祖辈积德啊！村里有个刘半仙，跟一群人发表演说，大伙抻着耳朵鸦雀无声地聆听着，“这是一民用他的命换回来的成绩，不容易啊，古人不是说吗，祸兮福所倚，福兮祸所伏。说的就是这个道理……”

“别听他在那胡咧咧，人家孩子脑瓜灵，肯努力。跟他爹的寿命有啥关系呀？”

“别跟我们整那些之乎者也的，我们学问低也听不明白 。”大伙你一言，他一语，把刘半仙呛得半天说不上话来。最后冒出一句“真是秀才遇到兵有理说不清！”然后，拂袖而去。

玉香为孩子的学费犯愁，京城里的物价可比不得咱这小山村，啥都稀烂贱。光学费就一万多，食宿费杂七杂八的少说也得两万元，一民住院时还欠了六七千元外债。现在一下子筹集两万元，难哪！玉香好几宿没睡着觉，躺在炕上翻来覆去地烙饼。三叔二大爷掐头捋，看看哪家能借来钱。正在她一筹莫展的时候，喜讯传来了。学校奖励五千，乡政府奖励五千，西院的郑二爷拿出两千私房钱。郑二爷拄着拐杖，一步一喘地来到玉香家，哆哆嗦嗦从兜里掏出用手绢包着的一沓钱，塞到玉香的手里。

“二爷，您都那么大岁数了，怎好接您的钱啊！”

“这是二爷的一点儿心意，别嫌少。孩子能上北京念书，我也跟着沾光啊，这是咱村子的荣耀，祖辈积德了。往后有个难啊灾的，知应一声，一民没少帮大伙啊！”队长李道明也拿出两千元钱声援，东邻西舍亲朋好友又凑了七八千元，总算解了玉香的燃眉之急。

宁静的夜晚，月光如水。玉香望着春梅的脸感慨万千，明天孩子就要去北京上学：“你一个人在外边多加小心，要照顾好自己，别太节俭喽，念书累脑子，得吃点儿好的。”

“妈妈，你也应该保重身体，遇事不要自己死扛，多想想办法，要是……”春梅把话咽回去了。娘俩都回避一个敏感的话题，春梅眼里的泪水，无声滑落。许久，春梅装作睡熟，发出细细的鼾声。玉香坐起来，借着月光，悄悄下地，忙活起永远也做不完的活计来，她总是用劳作打发无眠、空虚，寂寥的时间。谁能理解一个刚刚失去丈夫，唯一女儿又要离她远去的那种无以言表的痛苦呢?

世界上存在着不流泪的悲哀，这种悲哀无法向人解释，即使解释人家也不会理解。它一成不变，如无风夜晚的雪花，静静沉积在心底。

玉香把女儿送到公共汽车站，汽车徐徐开启，女儿伸出胳膊向妈妈挥手告别。玉香抑制不住的泪水，像断了线的珠子流淌下来，心里五味杂陈。

春梅下了汽车，拎着大包小包赶往火车站。东西很沉，累得她气喘吁吁，不得不停下来喘口气。正在这时吴志军出现在她面前。春梅惊讶地问："你怎么来啦?"

"我是专门在这等你的，你的车票都已经买好了。走吧，咱们去候车室边等车边聊天。"

"这一个假期你去哪儿了，我找你好几趟都没找着?"春梅神情有些愠怒。

"在医院护理我爸时，我认识了一个私企老板，我们关系处得挺好，他让我到他的公司去学习开吊车。我一想，考大学才三百多分，也去不上啥好学校。还不如早点儿就业，减轻家里负担。我妈太累了，我爸腿好了也不能干啥活了。还有一个更重要的原因，我早些挣钱，还能补贴你一些呀。我知道你家的经济状况。等我爸病情稳定了。我就去上班了，供吃住，一个月能挣三千多呢!"吴志军的脸上洋溢着自豪喜悦的笑容，他们两个人说说笑笑，消失在熙熙攘攘的人群里。

晴朗的天空中，有几朵白云点缀在上面，太阳正在一寸一寸地努力向上攀爬着。

作者简介：孙淑英，长春市人，吉林省作家协会会员。先后在《春风文艺》《小说月刊》《天池小小说》《读与写》《五月》《辽南文艺》等杂志上发表作品二百余篇。

谎言 单宝海

夜已经很深了，佳佳翻来覆去怎么也睡不着，望着那眨着眼睛的繁星伴着一弯冷月，想着和凤明哥从恋爱到现在一直都是那么的美好，两个人从没红过脸，总是恩恩爱爱，情投意合，虽然生活苦了点儿，但两个人的心里都是甜甜的。为什么凤明哥突然就出轨了呢？不可能，凤明哥不是那种人，可是他拿出来的照片明明就摆在我的面前，这到底是怎么回事？凤明哥你又在哪里啊？是和那个野女人鬼混吗？想着想着不知不觉眼角流下了泪滴。咚咚咚有人敲门，大半夜的能有谁来，是不是凤明哥回来了？佳佳急忙打开门，只见一个衣衫褴褛，蓬头垢面的男人："佳佳，对不起你啊！我不该欺骗你啊！"泣不成声，"真的是你吗？真的是你吗？凤明哥。"两人四目相对，紧紧地拥抱着，好久没有说出话来。"凤明哥你饿了吧？你快把衣服换了，我给你做饭。"佳佳麻利地做好了饭菜，凤明吃的那个香啊！吃完饭，二人进了被窝，佳佳忙问："凤明哥，你拿那个照片是怎么回事？这些天你去了哪里？都干了些什么？你必须给我讲清楚。"凤明搂着佳佳就把事情的经过讲给佳佳。

半年前，凤明在工地打工总觉得胃里有些不对劲儿，老是像有什么东西堵着似的，正好有一天下雨，工地放假，他便一个人去医院检查，经过检查才发现自己原来得了癌症，医生说你已经是晚期了，最多能活两个多月的时间。朱凤明顿时如雷轰顶瘫倒在地痛哭起来，精神瞬间崩溃了，这可咋办？孩子还小，还没有多少存款，我的日子不多了，他拿着手中的检验单子，像丢了魂似的走出了医院。一边走一边想我该怎么办？妻子，孩子，生活，不知不觉回到了工地的宿舍，沉思着，我该不该告诉佳佳？告诉她让她和我一起绝望？还是和我共同痛苦？我也活不了多长时间了，不如让她早点儿找个好人嫁了吧。想来想去就这么办了，让佳佳死心塌地地和我分开吧。

工地上有个女力工，也就三十多岁，长得漂亮，性格开朗，喜好交友，常和工地上的工人打成一片，大家都管她叫“开心果”，凤明便喊“开心果”，“开心果”高兴地跑了过来：“有啥指示？哈哈哈！”“我今天求你一件事情行吗？”“哥，你有话就说，谁用不着谁呀，不用客气。”“那咱俩合个影咋样？”“开心果”高兴地说：“可以啊，不就是合个影吗？没有问题。”便拿出手机随便拍了几张合影，凤明说：“改日我请你吃饭。”没过几天凤明收拾行李，工资结清就回到了家里，佳佳愣住了：“你回来咋不告诉我一声，我好去村头接你啊！”佳佳围前围后地说个不停，可朱凤明没有言语，随便应付了几句便坐在了炕边儿，闷闷不乐。佳佳觉得不对劲儿，凤明哥今天是怎么了？怪怪的。也没有多问便做饭去了，吃完晚饭，佳佳问凤明是不是有什么心事，说出来听听，憋着不好，会生病的，凤明忍不住了连声说：“对不起，对不起，我不该抛弃你们娘俩。”佳佳顿时懵了，一头雾水：“咋了，有什么事吗？难道你外面有人了？”凤明借着佳佳的话便把和“开心果”一起合影的相片拿了出来：“对不起！佳佳，我已经和她好了，以后就要和她一起生活了，今天回来就是告诉你一声。”佳佳上去就是一个大耳光：“你真的是不要脸，亏你还有脸说出来，出去打几天工你就变了，和别的女人好上了，你还有良心吗？孩子都这么大了，你也不为孩子和我考虑考虑，你简直禽兽不如，你给我滚!”凤明眼含着泪，摔门而去，去了陌生的城市，准备度过余下的几个月时光。可天有不测风云，刚一下车，手机和钱都被偷走了，哎，这该咋办呢？回也回不去，住也没有地方住，此时肚子还在咕咕地叫着，看到站前摊位上热乎乎的馒头，不由自主地走了过去，没有钱，又不好意思向人家要馒头吃，强忍着饥饿蹲在路旁低着头。街道上的人来来往往，有的人在指指点点不知说了什么，有好心人看出他的难处，便施舍些钱，虽然少，但可以买两个馒头充饥。到了晚上没有住处，就一个人睡在了大桥的下面，开始了流浪乞讨的生活，白天乞讨，晚上有时睡在火车站，有时睡在马路边，任凭内心被伤痛折磨，就这样不知过了多久。有一天他正在桥下缩成一团，朦朦胧胧地听到有人在叫他：“叔叔，你快醒醒，我有苞米给你吃。”饥肠辘辘的他慢慢地睁开了眼，看到了一个小男孩儿和他的母亲正在看着他，男孩儿手里举着热乎乎的苞米，凤明忍不住从男孩儿手中接过苞米大口大口地吃了起来，小朋友说：“叔叔，不要着急，我家还有很多苞米呢，都是可以吃的。”孩子的母亲也点了点头，凤明问道：“是你们自己家的苞米熟了吗?”孩子应声答道：“是啊！我家的苞米都熟了，很多很多。”凤明便放下了苞米，从怀里拿出了他的化验单，一看年月日与今天对比，已经过去四个多月了，我怎么没有死呢？便把去医院的经过从头到尾想了一遍，仔细地看了名字后面写着朱风明，这不是我呀，我叫朱凤明，那天看病的人非常多，医生说你自己把化验单拿来，我也没有仔细看，太大意了，都怪自己。凤明谢过了孩子和孩子的母亲踉踉跄跄地走开了。现在的凤明是蓬头垢面，面容憔悴，衣服破烂不堪，鞋都露脚趾头，凤明心想我要回家，便踏上了回家的路途。一路之上，拦车车不拉，路人见到他都远远地躲着，饥一顿饱一顿，不知走了多久。凤明终于来到了当初检查的那所医院，也找到了那位医生，说明了一切，医生便免费重新给凤明做了检查，一切正常。凤明谢过医生，拿着化验单泪流满面，话都说不出来了，便急急忙忙地往家里飞奔……

凤明讲完："佳佳，我的好老婆，我真不该欺骗你，还请你原谅我。"佳佳擦着泪水："凤明哥，这几个月你吃了多少苦，遭了多少罪，回来就好，你觉得你很聪明，其实你最傻，有事咱们共同面对，以后不许你再干这样的傻事，你知道你走了，我是恨你又想你！答应我以后再也不许你离开我。""我答应你，以后咱们一家人再也不分开。"夫妻二人搂在了一起……

作者简介：单宝海，东丰县东丰镇东阳村四组农民，东丰县作家协会会员。

愧 王金霞

梁将最近总锁着眉头，心上像压着一块大石头，过不去这个坎儿……

二十多天前，他跟着工程队做完了一个外墙保温工程，酷热难耐，那次中暑难受的滋味现在想起来还心有余悸，他决定回家待到立秋后再出来干活。包工头把六千四百元工资点给他的时候，还笑眯眯地夸他活干得细致，质量和速度都是一流的，要他歇一歇马上回来。

大客车终于停到了家门前，梁将弯腰抱起飞奔出来的女儿甜甜，满是胡茬的嘴在小脸蛋上亲个不停。

“就知道亲你姑娘，把我都忘了。”孩他娘李雪在旁边吃醋地噘着嘴，梁将放下女儿揽起媳妇的肩膀走进屋。

“给，这是二十天的工钱，去买点儿好吃的，晚上咱俩喝点儿，我想和你那啥了……”梁将挤眉弄眼地说着。李雪也打情骂俏地回了句“不要脸，在孩子面前嘴也不留把门的。”娇嗔地白了他一眼走了出去。

半个小时后李雪拎着一方便袋熟食青菜水果回来了，一脸不高兴地把一张百元钞票扔在老公面前，“刚才我去存钱，人家说这张是假的。”“怎么可能，这老板挺不错的人，怎么能办这事呢?”

电话这头任凭梁将磨破了嘴皮子老板也不承认是他给的工钱，梁将气急了指桑骂槐的一顿发泄后放下电话，变得垂头丧气……

梁将小心翼翼地把那张百元大钞放在钱夹里，满大街地寻找猎物。看了一眼商店里面的女售货员，把脚步缩了回来；看了卖肉的二棍手里明晃晃的刀，心里凉了半截。忽然眼睛一亮，一个头发花白的老太太出现在眼前，身材矮小，一跛一跛的，脸上好像晒破皮了。“又香又甜的烤地瓜，小伙子，买两个吧，”梁将心想机会来了。

“天这样热，成全你，来三个。”老太太笑眯眯地把拐杖放在凳子旁，把地瓜递过来时还连声说着谢谢。梁将手里握着找回来的八十八块钱迅速地走进小巷，忽然乡下妈妈的脸在眼前一闪，他的心好像被什么戳了一下。

晚饭甜甜直夸爸爸买的烤地瓜好吃，一人一个吃掉了。

“糊了，清一色十三幺。”这个下午梁将手气特好，正高高兴兴地往兜里揣钱，手机响了。“别玩了，快到县医院，孩子出车祸了。”李雪惊恐地喊着。

两口子慌不择路地推开外科的门时，医生正给手臂上缠着绷带的甜甜擦眼泪，孩子受了一脸的惊吓。李雪心疼得上下检查着孩子身上还有没有受伤的地方，梁将仔细地看着孩子的 X 光片。

“你家的孩子只是破了点儿皮的轻伤，休养几天就好了，跟我来吧。”医生说。

手术室的玻璃窗里，医生们正忙碌地抢救着一个人。

“爸爸，我过马路的时候光玩手机了，一个喝醉酒的人开车冲过来，就是这个奶奶冲上前把我推出去，她自己却被车轧了。”甜甜哭着说。

梁将从医生忙碌的身影缝隙里看见了一张满是鲜血的脸，一头花白的头发，手术刀在一条血肉模糊的半截腿上运动着。地上躺着一个拐杖和一个碾碎的膝盖下假肢……

梁将眼前一黑，“天啊，世界怎么这样小啊！”他扑通一声跪在地上。

一个月后，李雪推着一个轮椅在公园的长椅旁坐下来，轮椅上的老人依旧笑眯眯的。“妈，你等着，我去给你买雪糕。”甜甜也用毛巾给奶奶擦着汗，梁将手握远行的车票看着这一切，眼睛湿润了……

作者简介：王金霞，女，笔名独舞，70后。吉林省作家协会会员，吉林省文学院第三期中青年作家班学员，作品在《人民日报·作家周刊》《参花》《长白山文学》《山东日报》《美塑》《荷风》《文化吉林》《春风文艺》等省内外报刊上发表。

马老汉和他的大白牛 王兆刚

马老汉住在我家的西边，六十多岁，为人很圆滑，求人的时候总是先嘘寒问暖，然后才说正事。马老汉名叫马汉生，膝下有两男两女，生产队那会儿就一个劳力，一家六口生活过得很拮据，老伴还经常回关里的娘家借粮食。一家人挤在两间草房里，南北两铺炕，一年四季吃着救济粮，有的时候还是吃上顿没下顿。就这样一天一天地熬着，大儿子到了当兵的年龄应征入伍，那会儿不但少了一个人吃饭还多了一些照顾。这样加上儿子省下的津贴日子一天天宽裕起来。

直到国家实行联产承包责任制时他们家有了一点儿积蓄。后来生产队开始分家，他和另外一个社员共同分到一头三岁的白色犍牛，各分了几亩旱田。两家一头牛没法养，那家又没钱，后来马老汉把家里的积蓄拿出来找给了那家一百七十五元，这头牛核价三百五十元到了马老汉的家。

有了地又有了牛，马老汉高兴得不得了，耕地、拉烧柴。常言说“三岁的犍牛十八岁汉”这头牛正当年马老汉的身体也很硬朗，干起活来得心应手，日子也一天天富裕起来。

有了钱马老汉琢磨着要把房屋收拾一下，于是买了木料和其他材料，请人把原来的两间草房接了一间，还盖了一个像样的牛棚。

白色的动物都要比其他颜色的动物灵性高一些，养牲口的人都有体会，马老汉这头牛就验证了这一点。在一个近腊月的一天，马老汉吃完早饭，高高兴兴地赶着牛爬犁直奔南山，这天一切都很顺利，马老汉进山就看见了很多干柴，没多大工夫就捡了满满一爬犁。当装完爬犁后，马老汉发现防滑圈没带，不带滑圈这么陡的山坡没法下，可是离家又远，回去取是来不及了。马老汉以前没上过木帮没有多少经验，只是听说没有滑圈可以用滑杠，于是他砍了两个手脖粗的木杠，插在爬犁两侧的爬犁棚里，用闲着的绳子绑在滚杠上。马老汉用手抻了抻刚绑完的绳子很满意，便穿上外面的大衣拿起鞭子，“架”的一声，牵着牛开始下坡。

一开始还挺稳当，谁知走着走着被树枝一刮绳子开始松动，又加上马老汉绑的绳扣得不紧，坡还没下完滑杠就掉了。这时牛使劲儿地往后坐坡，可是惯性太大根本坐不住，这头牛开始小跑起来，马老汉使劲儿往后拽牛缰绳但无济于事。他也不由自主地跟着跑起来。突然马老汉脚下一滑跌倒了，就在这千钧一发之际，马老汉一把抓住爬犁杆身子却在地上被拖着。要不说这头牛跟他天天在一起有了感情，一见自己的主人倒下，便开始掰道，往老汉相反的方向掰过去。

爬犁冲出去几十米远突然停住了，这时候马老汉趴在地上心想：“我完了。”过了好大一会儿才缓过神来，挣扎着想要站起来，最开始没起来，原来大衣襟轧在了爬犁下面，这时候马老汉像退壳一样把大衣脱掉站了起来，腿还不住地打着战，掏出了旱烟口袋卷了一棵，倚在爬犁上吧嗒吧嗒地抽起来，真的吓坏了！

一袋烟的工夫，马老汉才想起来看看牛，只见那头牛的两条前腿骑在了一棵像大人胳膊粗的树上，多亏是一棵爆马子树被牛给压倒了，要不然牛就得受伤。马老汉蹲下看了看，还好只刮掉了一些牛毛，他拿来锯把这棵小树贴根拉断，那牛也是聪明竟抬起一条腿配合。马老汉再看看爬犁，被一个已经腐烂的树杌子挂住了。马老汉拿起大斧子没用几下就砍断了，用木杠翘起爬犁把大衣拽出来披在身上。

刚才跑坡时牛也是尽了全力，此时牛身上的汗还没消，马老汉心疼地用“棉手闷子”给牛擦了擦，对着老牛说：“老伙计，要不是你我的命就没了!”这牛好像听懂了似的还眨了眨眼睛。马老汉蹚了蹚雪，踩出了一趟道，看没有碍事的东西后回到了牛跟前，牛好像知道主人的意思，四腿一晃拉起爬犁就走起来。马老汉这时不去牵牛了，一直跟在后面，牛就顺着老汉趟出来的道走，由于是生号(山里雪地没走过的地方)，稳稳当当地来到了山底。老汉终于把心放到了肚子里，跳上爬犁掏出旱烟口袋卷了一袋抽起来，牛也不用管顺路一气就到了家。

打那以后老汉对牛精心照料，伺候得干干净净，这头牛越来越胖，身上溜光铮亮就像画上画的一样，老乡们谁见了谁都说好，还引来了不少牛贩子，可他无论给多少钱都不卖。

提起这头牛的活计那也是一流的，十里八村儿谁家的牛也比不了，只要你拿着根不管是草棍还是树棍，进牛棚把缰绳往犄角上一盘，它便跟着你出来，你把绳套准备好，它自己就倒着钻进车辕，把牛套绑好后坐上车，你怎么吆喝它就怎么走。

这头牛也特别“仁义”，无论大人小孩儿都能接近，伸手一摸它的腿它就抬起来。记得我小时候就爱搬着它的犄角打提溜，两只手搬住它的犄角，它就往起仰头然后再放下，别提多开心了。有时候它还伸着大舌头舔我的手，麻麻的好像有软刺，大人说是我手拿了咸的东西有咸味儿。

马老汉从那以后，用牛干活从来都是七八分载，耕地的时候都觉得差不多了就歇着，生怕累坏了他的宝牛。日子过顺了就觉得过得很快，一晃几年的光景过去了，那头牛的犄角从一拳头大长到了二尺多长，个子也长了很高。

又过了几年这头牛走路越来越慢，马老汉的背也弯了，走路也跟牛差不多了。老乡们劝老汉把牛卖掉，老汉摇摇头笑着说："这么好的牛不能卖！"其实老汉早把这牛当成了他的伙伴，当成了他生命的一部分。

有一天老汉拉着个爬犁去拉烧柴，人们好奇地问："咋不用牛呢？"老汉说："我这是锻炼身体，"人们都知道老汉爱牛如命，就猜测是不是出了什么情况。果然是那牛不爱吃草，只能喂一些软的稀的东西，兽医看过后说："牛的牙掉没了！"从此，老汉再也舍不得用他的牛了。

有一天老汉拉着爬犁回来，拉得多了点儿，刚上村边的河坎，脚下一滑跌倒了，半天也没起来。到河边饮牛的二孩子看见了，到跟前一看"糟了"，只见老汉昏迷不醒，嘴里还吐着沫，急忙喊人。这时来了好几个人，有的去找他家里人，有的去喊村医，经过大伙的一顿忙活总算抢救过来了，最后却得了半身不遂。治疗了好几周马老汉终于能下地了，做的第一件事是先去了牛棚，拄着棍子还没忘给牛添草。

这场病真的不轻，老汉虽然拄棍子能走可语言中枢出了问题，想说什么都说不明白，唯独能让人听明白的就是一个"牛"字。

老汉的身体越来越差，这头牛也越来越瘦，家里人看牛干不了活了，商量商量就背着老汉把牛卖了。

有一天老汉好像想起了什么，看着老伴然后用手指着棍子，老伴儿给老汉穿上了鞋把棍子递给他，扶着老汉往屋外走，老汉出门直接奔向牛棚。到了牛槽跟前老汉愣愣地站在那里，看表情似乎明白了什么，又好像有如释重负的感觉。老伴儿在一旁一直看着老汉，稍许老汉指着老牛用过的拉车的套，嘴里还说着一个只有老伴才明白的字"牛"老伴儿帮着把牛套拿下来，老汉转过身一踢一划地和老伴儿回到了屋里。进屋以后，老汉迫不及待地把牛套板板整整地摆在了屋地上，坐在炕沿上看着，足足看了一个多小时。"该吃药了！”老伴儿喊道，可老汉还不肯离开，后来在老伴儿连哄带劝下老汉才吃了药。以后的日子老汉总是愣愣地瞅他的牛套，老伴儿把牛套收起来老汉就耍脾气。

老伴儿也不是一般人，从山东德州跟着老马到东北来，也是看中了老马能说会道处事圆滑。一开始年轻，娘家还有个老妈，稍微有俩钱儿就回关里 。后来家庭条件好了，老妈也去世了，这才安安心心地跟着老马过日子 。老马的老伴儿念过几年书，做个小买卖算账也挺快，一般的农村妇女赶不上她。老伴儿看到马老汉这个样子，长此下去也不是个办法，于是找来记着电话号码的本，翻出儿女的电话号码，逐一拨通。两个女儿孝顺，大女儿接到电话说：“妈你放心明天我就和小妹回去，你和我爸好好的别上火！”撂下电话老伴儿把女儿要回来的消息告诉了老汉，老汉非常兴奋，一早老汉就让老伴儿给他洗脸换衣服。算起来有几个月没见着女儿了，看来人在病床上是最想念亲人的时候。

这时老汉想要说什么，可是憋得脸通红也说不出来，他四下“啥么”（方言），一下看到了墙上贴的一幅大公鸡的画就指了指，老伴儿说：“鸡呀！”老汉随口也说出了个“鸡”字，这可把老伴儿乐坏了，因为平时只能听到一个“牛”字。老伴儿问：“你是不是想要给咱姑娘杀鸡吃？”老汉点点头，老伴儿一看老汉的精神不错，然后对着老汉说：“你好好地看电视我去杀鸡。”

还不到中午，老伴儿把鸡杀好剁成块放到盆里，还把自己亲自采的榛蘑泡上，可能知道姑爷也能来，所以准备了东北上好招待姑爷的菜——小鸡炖蘑菇。

说话的工夫就听见外面摩托声，马老汉的老伴儿急忙从屋里出来，先下车的是大姑娘和大姑爷，然后从摩托车后架上解下一个纸壳箱，里面都是吃的东西。这时二姑娘和二姑爷也到了，同样也驮了个纸壳箱，是一箱保健品，说是软化血管的东西。“孩子呢？”老伴儿问女儿，“上学来不了！”女儿回答。娘几个边说边走进屋里，两个女儿跟妈妈做饭，姑爷陪岳父唠嗑，连说带比画倒也唠得开心！

墙上的钟还不到正午十二点，一桌的饭菜就端了上来。大姑爷搀着岳父入了坐，二姑爷给岳父递了双筷子，老汉的右手还好使，把筷子接过来，竟然还想喝一口，老伴儿不同意，女儿也不同意，后来大姑爷说："咱爸今天这么高兴就让他喝一口吧！"这才勉强给老汉倒了一点点白酒。

吃完了饭收拾完碗筷，由二姑爷陪着岳父，娘几个到后接的那间屋里，去商量解决老汉整天看着牛套的事。大姑爷说："再给爸买头牛吧！"女儿都不同意，认为老汉的身体根本喂不了牛。大姑爷语重心长地说："你看咱爸这个状态虽然不能说话但大小便还能自理，咱妈身体还挺好怎么也得照顾爸，那几亩地以后就不种了，问问谁能包就包给谁。买一头母牛也不用干活，到时下个崽子还有收入，如果真的养不了再卖也不晚。"大伙一听很有道理，"没准儿咱爸一高兴病还好了呢！"二姑娘接着说。就这样姑娘和姑爷都同意，然后由大姑娘给哥哥和弟弟打电话，把事情一五一十地说了一遍，老汉的两个儿子也同意愿意出钱。

说办就办，本村的二老闷就是个牲口贩子，谁家有啥牛都了如指掌，之前对马老汉的牛垂涎三尺，对马老汉给牛教活的本领也佩服得五体投地。二老闷正好在家没事喂他的那条藏獒，狗听"汪"的一声，二老闷回头一看来人了，急忙把狗笼子关上，迎了出去，"马兰、马芹回来了？"二老闷问。

"嗯，今天回来的。"大姑娘马兰答道，"二叔，你今天有空吗？"马兰问。二老闷边开大门边说："快进屋，有话进屋说！"这时那条藏獒"汪汪"地叫个不停，加上那狗外表很凶猛，姐俩有些打怵，说："不了，我们来想求你帮忙买头牛！"然后把事情从头到尾说了一遍。二老闷一听，说："这好办，后街老许家就有一头母牛和你爸以前的牛一样色（shǎi）儿，他家要全换品种牛，所以要卖，不进屋的话你们就先回家等着，我去问问！"说完二老闷出门直奔后街老许家。二老闷也是个急性子，答应的事说办就办，在屯子里很有威望，虽说是个买卖人但从不赚昧心钱。

老汉的两个女儿回到家中把屋子收拾了一番，把脏衣服都给洗了。二姑娘正在往衣服杆上晾衣服，听见大门响，回头一看是二老闷牵着一头牛进来了。“这么快”！二姑娘惊讶道，急忙把姐姐和姐夫喊出来，这时老汉在二姑爷和老伴儿的搀扶下也出来了。“这牛现在不到三岁，肚子里有崽儿，来年春天下，讲好了一万两千八，要是相中了明天你们把钱给老许家送过去，没相中就把牛牵回去，”二老闷像倒豆似的把话说完。

这时一家人围着牛转了一圈，尤其老汉高兴得手舞足蹈，要不是手脚不协调说不定得牵着牛溜两圈。“行，留下吧”！大姑爷瞅了一眼二老闷，二老闷把牛牵进牛棚拴在槽头，拍了拍手上的灰尘说：“这牛吃头好，放心养吧！来年就能翻本！”一家人非常感动，要留二老闷在家吃饭，被二老闷拒绝了，二老闷说：“我还有事，好好照顾马哥把牛喂好，我走了！”说着二老闷头也没回地走了。一家人对二老闷心存感激之余看到老汉这么高兴，一块石头也就落了地。

自从买了这头牛之后，老汉的精神头一天比一天好，说话能力提高了不少，就连“喂牛”两个字都能说出来，老伴儿除了喂喂牛就是忙活两个人的饭菜，其他的柴米油盐都由姑娘姑爷定期回来准备。老汉的生活大部分都需要照顾，但丝毫看不出老伴儿的厌倦，甚至比老汉没病时还好，在老伴儿的心里有个伴儿才是最重要的！

很快，冰雪消融万物复苏，春天又来了，大地上露出了青草芽，老汉在房前晒太阳，看到远山有了绿色，凭他多年的经验知道牛可以吃到青草了，这么爱牛的他怎么能落下这空，于是催促老伴儿去放牛。

有一天这头牛怎么赶也不走，头还一个劲儿往后瞅，“这是怎么了？”老伴儿想，忙喊来邻居王大录，大录一看这牛的奶都棒了，就说：“今天别出去了，要下牛犊了！”于是老伴儿在大录的帮助下盘上了牛缰绳，关好大门，让牛在院子里自由活动。快到中午的时候突然看见牛把尾巴翘得老高，一会儿露出了两只蹄子，渐渐的腿出来了，一会儿脑袋也出来了，此时大牛已有些气喘吁吁，稍微休息一下，只见那牛一使劲儿，一头小牛儿坠地了。一根脐带连着母牛，大录急忙上前揪断了脐带，用手指抠出小牛嘴里的黏沫，之后站起来说："恭喜！生了个牤牛！"

这时大牛掉过头去舔小牛的身体，渐渐的小牛的毛干了便开始试着要站起来，大录说："小牛在拜四方。"一会儿的工夫小牛就站起来了，还是个白牛，老汉这工夫也出来了，坐在凳子上看，老伴儿跟老汉半开玩笑地说："你的那个老牛转世了！"

哈哈！哈哈……院子里回荡着开心的笑声！

作者简介： 王兆刚，蛟河市农民。在《参花》《江城日报》《蛟河文艺》发表小说、诗歌多篇。

大湖有爱 王丽英

一

初秋，晨光熹微，查干湖烟波浩渺，芦苇摇曳，鸥鹭齐飞。淡红色的夕阳洒在湖面上，金灿灿的，像给湖水镶上一层鳞片。

查干湖内，游荡着几艘装饰一新的游船，渔民们正在收网。公路两侧的玉米田中，不规则地摇晃着硕大的“磕头机”，一只野鸭，飞过绿色的田野，在芦苇荡上空盘旋着。

吴小梅伫立在湖边，心事重重地眺望远方，两只白鹤在湖面嬉戏，犹如一对戏水鸳鸯。她鼻子一酸，苦涩的泪水簌簌而下。刚才跟李斌的通话，又在耳边回响。

“小梅，跟你商量件事，我毕业想留在上海，大城市就业机会多，也有发展……”

“查干湖虽然没有上海大，但发展迅速，是你习惯了那的灯红酒绿，忘记了咱们的梦想，忘记你的许诺吧?”

“小梅，我没忘记梦想，也没忘记许诺，我是想……”

“别说了，如果你爱上别人就直说，别找这些冠冕堂皇的理由。既然你已经决定了，不用跟我商量，我们分手好了!”

吴晓梅果断地挂掉电话时，心像被刀子扎了一样疼。往事就像决堤的洪水，一浪接一浪地在眼前翻卷……

她和李斌青梅竹马，一块长大。李斌三岁时，父母遇车祸双亡，是爷爷把他养大，爷爷是查干湖上的鱼把头，每天出湖打鱼，李斌就和吴晓梅一起写作业，小梅父母对李斌，视如己出，爷爷对他俩更是疼爱有加。爷爷经常说："你俩一定要好好念书，将来都考上大学，这才有出息!"

夏日的查干湖，宁静温婉，湖水清澈。爷爷肩扛渔网领着李斌和吴小梅到渔场打鱼。李斌和小梅坐在渔船上，唱歌，讲故事，玩过家家游戏，不知不觉，夕阳西下，爷爷收网了。他俩用小手去抓网里的鱼，"哧溜，哧溜"，抓不住，气得李斌用帽子捂，捂住后，赶紧让小梅拿罐子装，两个人费了九牛二虎之力，才抓到几条小的。

爷爷笑容满面："这俩小馋虫，走，跟爷爷上岸，给你们烤鱼吃。" 李斌和小梅兴高采烈地蹦起来。彩霞映红了查干湖，简陋的渔场，披上金色的霞光，小船载着一天的收获归航，祖孙三人的笑脸倒映在查干湖面……

李斌比小梅大两岁，上学时跟小梅一个班，调皮的男孩子欺负小梅时，李斌就像大哥哥一样挺身而出保护小梅。从小学一直到高中，他俩就像亲兄妹一样，相依相伴，如影随形。

在填写报考志愿时，两个人有了分歧。李斌说："咱俩一块报考上海复旦大学，你成绩比我好，一定能录取。"

"咱俩都走了，爷爷咋办?"小梅忧心忡忡，"这一走就是四年呀！我父母身体也不好，我不放心。我还是报省城的师范吧，离家近，能照顾三位老人。"

李斌说："我留在家照顾他们，你报上海复旦大学吧。"

"你是男子汉，将来要有大作为，还是我留下，别争了，等你学有所成，再回来实现我们的梦想。"

拿到录取通知书那天，李斌抱着小梅流泪了："小梅，谢谢你为我做出的牺牲，我绝不辜负你的期望努力学习，将来回家乡实现我们的梦想，我要让你做这个世界上最幸福的新娘。"

"你安心上学吧，我每周都能回家，会照顾好爷爷的。"

李斌奔赴上海求学，吴晓梅进了师范学院，每周都回家看望父母和爷爷。每次回来，吴小梅都给爷爷打扫卫生，拆洗被褥，改善伙食。爷爷高兴地说："小梅回来就跟过年一样。"

暑假里的一个雨夜，爷爷肚子疼得厉害，小梅和父母顶着大雨，连夜把爷爷送到市医院，泥泞的黄土路连自行车都推不动，小梅找来邻居刚子，借副担架，跟父母四个人抬着爷爷一泚一滑地往医院走，四五里路走了五六个小时。医生说，爷爷得了急性阑尾炎，多亏送来及时，不然有生命危险。

从此，爷爷便很少出湖打鱼了，小梅父母省吃俭用，从工资里省下结余接济李斌。小梅则利用周日和寒暑假，给中学生补课，贴补家用。

爷爷感激地说："小梅真是个懂事的好孩子，没有她照顾，我这把老骨头说不定早扔了。"

小梅笑着说："我答应小斌哥照顾您，就一定要把您照顾好，做人做事得讲诚信，这不是您小时候教导我们的吗？"爷爷眼窝潮湿了："小斌能遇见你，是上辈子修来的福分。将来，他要是对你不好，看爷爷咋收拾他！"

"爷爷，您就放心吧，小斌哥不会对不起我的，他发过誓，毕业就回来娶我，我相信他！"小梅依偎在爷爷肩头，幸福地闭上眼睛，甜蜜的回忆，潮水般涌出。

二

春日，浩瀚的湖水碧波万顷，清纯甘洌，水天相连，海鸥飞舞，百鸟鸣唱，晶莹的露珠滚动在美丽的荷花上。眺望远方，白帆点点，快艇风驰电掣。近处，青蛙鸣唱，成群的鱼儿摆尾嬉戏；翩翩起舞的丹顶鹤、白天鹅对着湖面梳妆；湖边的芦苇在微风中轻歌曼舞，绿树掩映着独具特色的蒙古包。

李斌带领小伙伴们到湖边玩耍，大家玩上课游戏，李斌当语文老师，小梅当音乐老师。小伙伴们席地而坐，拿树枝当铅笔，黑土地当写字本。李斌背诵唐诗，大家跟着背诵："锄禾日当午，汗滴禾下土，谁知盘中餐，粒粒皆辛苦！"小梅大方地站在前边，教大家唱歌："让我们荡起双桨，小船推开波浪……"甜美的歌声飞出芦苇荡，萦绕在查干湖上空……

盛夏，万籁寂静的白桦林中，传来蟋蟀和青蛙的鸣唱，皎洁的月光洒在湖面上，像个大大的圆盘，倒映着两个人相依相偎的身影。小梅陶醉地说："小斌哥，这里真美！我多想在这里盖个大房子，每天呼吸这里的新鲜空气，晚上借湖光赏月。"

一只蚂蚱蹦到吴小梅脚上，她吓得妈呀一声，李斌忙搂住她，没事儿，一只蚂蚱你也害怕？还想在这住呢！

吴小梅一努嘴："我才不怕呢！"

李斌调皮地问："真的？你闭上眼睛，我送你个礼物。"

吴小梅闭上眼睛，李斌抓住一只蜻蜓，放在她手上说："睁开眼睛吧！"

吴小梅睁眼一看，吓得"啊"的一声，抱住李斌不松手，

李斌顺势抱紧吴小梅，含情脉脉，望着她忽闪的大眼睛，猛地亲了她一口，吴小梅委屈地流出眼泪，用小拳头砸李斌："你坏、你好坏！"

李斌看吴小梅哭了，慌了手脚："小梅，是我不好，你别哭，你使劲儿打我，我是太喜欢你了，才禁不住亲你。如果你不愿意，我以后不亲了，行吗？"

吴小梅羞涩地抹去泪水，撒娇地说：“你坏，你欺负人，不跟你好了。”

李斌动情地拥抱着小梅，望着天上的繁星说：“将来，咱们在这里建学校，十里八村的孩子们就不用跑远路上学了。”

吴小梅激动地说：“太好了，到时候，你当校长，我当老师。”李斌欣喜地接话：“再教咱们生的一大堆孩子。”

吴小梅面红耳赤，用拳头打一下李斌，“你真坏，谁要给你生一大堆孩子，咯咯咯……”甜润的笑声在湖面上飘荡。

初秋，查干湖一片金黄，饱满的稻谷弯着腰，成熟的玉米挺着胸膛，沉甸甸的向日葵像个磨盘，成群结队的鸟类，在半空中飞翔，训练着漂洋过海的本领。

吴晓梅挽着李斌，漫步在金灿灿的晚霞中。小梅依依不舍地说：“小斌哥，明天你就要上学了，时间就像流水，这个假期转眼就过去了，我送你个礼物!”说着，从包里拿出一个精致的盒子。

李斌说：“我又不是小孩子，送什么礼物？这些年，你帮我够多了，我都无以回报。”

小梅娇羞地说：“小斌哥，你生活在大城市，咱们不能让别的同学看不起，我会尽我所能让你生活得体面，你打开看看。”

李斌打开盒子，惊讶地叫：“手机？你哪儿来那么多钱买新手机？我不要，你自己用吧，你的破手机都用好多年了，早就该换了。”小梅说：“我在家里，使啥手机都没人笑话，你必须得使好的，放心，这钱是我暑假挣的。我苦点儿累点儿都无所谓，只要你好，我就开心。”

李斌紧紧搂着小梅，两行泪水夺眶而出：“小梅，让我怎么感谢你？自从爷爷有病，你们一家口挪肚攒地帮我们，你几年都不买一件新衣服。为了照顾爷爷，接济我，你把勤工俭学挣来的钱，都给我花，作为男人，我特别惭愧，给你当牛做马，我都报答不了你们的恩情!”

小梅红着眼圈说：“爱是无私的，为你做什么，我都心甘情愿，不要回报。你不要自责，即便有一天你变心了，我也无怨无悔。”

吴晓梅漫步湖边，捡拾着过往，小时候的天真烂漫，芦苇荡中的初吻，桦树林中的海誓山盟，妙音寺里的许诺，一幕幕犹如发生在昨日。然而，一切都将成为过去，昔日的欢笑、幸福，就像一个长长的梦，一做就是二十几年。吴晓梅擦干眼泪，使劲儿甩甩头，她要把过去的所有都甩掉，开始新生活。

浩瀚如海的查干湖，翻卷着波浪，送走炎热的盛夏，迎来姹紫嫣红、硕果满枝的金秋。片片枫叶闪着红光，洁白的荷花竞相开放，成群的鱼儿在荷叶下嬉戏，野鸭飞舞，白鹤齐鸣，茂密的白桦林中，百鸟吟唱，燕雀呢喃。湖边金黄色的稻谷随风摇曳，飘出沁人心脾的芳香，把金光饱满的果实展现在阳光下，炫耀自己的成熟。

明天就是中秋节了，吴小梅给爷爷送去鸡鸭鱼肉和水果月饼。“爷爷，明天是中秋，咱们要好好庆祝一下。”

爷爷的感激溢于言表：“孩子，逢年过节，不管多忙，你都回来陪我过节，爷爷都不知说啥好。”

小梅心里酸酸的：“爷爷，照顾您是应该的，就算小斌哥不回来，我也会一直照顾您到老的。”

小梅用丝巾挡住流泪的脸，跑出爷爷的院子，来到湖边，这里是她倾诉心事的老地方。这些年，不管开心还是难过，她都来到此处，把所有喜怒哀乐倾倒于湖水之中，让宽广的大湖，承载她的心事。

三

天上的月亮又圆又大，像一面透明的镜子，倒映在湖水之中，宁静的湖水，像碧绿的翡翠，熠熠生辉。

吴小梅珠泪涟涟地望向大湖尽头，疼痛的心在颤抖，她撕心裂肺地高喊：“查干湖，你告诉我，我到底哪里做错了，为何让我如此痛苦?”

“你没错，是我错了。”远处飘来一个声音，小梅吓了一跳。

“谁?”

“是我。”李斌从天而降，吴晓梅手足无措。

“你不是说不回来吗?”小梅生气地背过身去。

李斌将泪流满面的小梅揽在怀里：“你都要跟我分手了，我能不回来吗?”

李斌的这句话，又掘开了小梅的泪泉，她双手使劲儿捶打着李斌的胸膛：“你说话不算数，走时跟我山盟海誓，天荒地老的，转眼就变了!”

李斌抚摸着小梅耸动的肩头：“我没变，我发誓，我不会忘记我的承诺。”

吴晓梅嗔怪地噘起嘴：“是你说不想回来的，如果你没变，怎会不想回来?”

李斌亲昵地说：“我这不是回来了吗？走，咱们回家过节去!”

吴晓梅在李斌怀里挣扎着，心里像打翻了五味瓶，这个熟悉的小斌哥，有点儿让她捉摸不透了。她不知道大上海的四年，让他改变多少，至少，她电话里提出的分手起了作用。他突然回来，足以证明，他还在乎自己。吴晓梅要抓住机会，让李斌了解查干湖这些年的巨变，尽可能把改革开放四十年来，家乡的经济腾飞，生活的巨变都告诉他，留住他的心。

吃过中秋节早饭，吴晓梅便带着李斌游览查干湖。他们来到查干湖南侧的广场，望着眼前如画的美景，吴小梅感慨万千：“时光荏苒，岁月如梭，仅十几年，这里的一切就发生了翻天覆地的变化!”

李斌见吴小梅伤感，忙转换话题：“是啊，这里和过去大不一样了。我记得小时候，这里全是芦苇荡，路两边什么建筑都没有，四周都是荒草甸子。”

吴小梅说：“你一走就是好几年，寒暑假难得回来一趟，也是来去匆匆，哪儿有闲暇四处逛啊！近些年，政府和旅游部门加大开发查干湖旅游业的力度，构建了很多古色古香的亭台、庙宇、蒙古包等奇特建筑，供游人观赏。每年一次的文化旅游节办得有声有色，祭祀仪式隆重又盛大，大型冬捕名扬全世界。”

李斌惊讶：“是吗？还办旅游节？大型冬捕？”

吴小梅喜不自禁：“旅游节每年都开，大型冬捕气势浩大壮观，你是没赶上，来参观的游人多达好几十万！好多外国朋友专门赶来看冬捕。连习总书记都来视察，称赞查干湖美呢！”

李斌也兴奋了：“我在电视新闻里看到了，习总书记说，‘绿水青山，冰天雪地都是金山银山’，还祝咱这‘年年有鱼，年年有余’呢！”

吴小梅激动不已：“你也记住习主席的话了，我们班学生都会背。走，我们去祭江现场。”

吴小梅拉着李斌绕广场漫步，周围各种摊床上摆放着旅游用具和饰品，北侧一排都是餐饮摊位。有的支起凉棚，有的建起房屋，小吃部、烧烤、新疆特色小吃、清真小吃，各具特色。西边有许多游客，一个旅游团队正在有条不紊地坐竹筏子，六个人一组，领队人嘱咐游客穿好救生衣，排好队慢慢上船。船头有船夫划桨，竹筏子在湖面绕行一周后回原地。不知是哪个团队唱起了红歌，歌声飘荡在水中，响彻湖面。

李斌说：“这个竹筏子跟爷爷的渔船有点儿相似。”

小梅说：“坐上去感受一下吧。”

“好的。”李斌说着就要上船，小梅拽他一下：“等会我去办手续。”

吴小梅飞跑到窗口办完手续，领回两件救生衣，跟李斌穿好后，按顺序坐上竹筏。

李斌和吴小梅并排坐在竹筏子上，竹筏子慢慢悠悠地行驶在湖面，李斌感慨："好些年没坐船了，记得小时候经常跟着爷爷上湖打鱼，连做梦都在船上。"

是啊，吴小梅也感慨："你看，咱家乡的变化多大，应该用翻天覆地来形容……"小梅像导游一样自豪地讲解着。

"小斌哥，你真不打算回来了？我们的梦想不算数了？"

"开办学校，咱俩当老师，再教咱们生的一大堆孩子？"李斌幽默地说。

小梅羞怯地捶了李斌一拳："这么大人了，还不知羞地说这话。建学校不仅仅是咱们这些孩子的梦想，也是爷爷的心愿。小时候，每当爷爷顶风冒雨，划船送咱们去五六里地以外上学时都念叨，要在这里有个学校该多好。"

李斌若有所思："还是童年好，天真无邪，每天都憧憬着美好的未来，有数不尽的梦想和美好愿望。可是，那毕竟是梦想，离现实太遥远了。"

小梅生气地说："你是铁了心不想回来了。"

"我这不是回来了吗？只是有些事……"没等李斌说完，小梅就拦住他的话："别说了，你要爱上别人就直说，别吞吞吐吐找理由。"小梅眼里蒙上泪水。

"没有，小梅，我向你发誓，我从来没爱过别的女孩儿，只是……"见李斌欲言又止，支支吾吾，白皙的脸憋成了红萝卜。小梅破涕为笑："傻样，我知道你有心事，说吧，哪个女孩子爱上你了？如果你也爱她，我成全你们，前提是，你得说实话。"

李斌低头不语，小梅鼓励："没关系，我能理解，像你这么优秀的帅哥，是大多女孩儿心中的偶像，如果没人追你，怎能说你优秀呢？"

李斌激动地拥着善解人意的小梅，如释重负地敞开心扉……

那个貌似小梅，愿意为他付出生命，且命悬一线的女孩儿，是他心中的痛，他无法向小梅启齿，又不能不说。小梅的一句话，敞开了李斌纠结多日的心，悬在他心中的石头，终于落下了。

四

那个女孩儿叫张璐璐，上海人，和吴小梅长得极像，只是生在南方，皮肤比小梅白皙。自上大学那天，她就盯上了李斌，丘比特神剑频频向李斌射来，李斌躲躲闪闪，婉言拒绝。可这个大胆的女孩儿，穷追不舍，逼得李斌说出了实情。她却执拗地说："只要你没结婚，我就有机会争取。"

不幸的是，女孩儿得了尿毒症，靠透析维持生命，如果找不到合适的肾源，女孩儿将命不久矣……

李斌停顿一下说："张璐璐有个心愿，想见见你。"

"见我，为什么？"小梅惊讶。

"她说想看看，能让我矢志不渝，痴心不改的女子是什么样的。"

吴小梅听着李斌的讲述，仿佛在听一个离奇的神话，听着听着，眼泪就"噼噼啪啪"掉了下来。李斌慌了，"小梅，你咋哭了，我都说了，我不爱她。"

"呆子，如果你不想让她带着遗憾走，就别婆婆妈妈了，赶紧去买火车票呀"……

李斌和吴小梅半夜赶到医院，张璐璐已经睡着了，母亲赵曼露和父亲张志成见到吴小梅吓了一跳。

"孩子，你……你是哪儿来的？"赵曼露惊诧得语无伦次。

"东北。"小梅回答。

李斌忙解释："是我老家的女朋友。"

"是吉林的？"赵曼露又问。

"对，吉林松原的。"吴小梅见赵曼露如此惊讶，好奇地问："阿姨去过东北？"

"没有，以前听人说东北有个扶余县。"赵曼露漫若有所思地回答。

“对，我们现在的松原市，就是以前的老扶余县城。”小梅详细地介绍着。

张志成拉了一下老伴儿，“让孩子坐下歇歇，坐一夜火车了。”

赵曼露知道自己有些失态，忙不迭地“哦”了一声，还是目不转睛地盯着吴小梅看：“姑娘，我能冒昧地问一下你的生日吗？”

小梅被问愣了，但还是很礼貌地回答：“阿姨，我生日是1988年六月初八。”

“你二十四岁，六月初八生的？”张志成也脱口而出，赵曼露表情复杂地拉了一下张志成，两个人匆匆离开病房。小梅疑惑地望着二老的背影，有些莫名其妙，李斌也被这两位老人弄得晕头转向。

小梅坐在椅子上，仔细端详着熟睡中的张璐璐，这张白皙清瘦的脸，怎么和自己这样像？如果不是亲眼看见，小梅还以为李斌夸张。不知为什么，小梅总觉得这张脸似曾相识，又很亲切，想到她即将离开人世，心里有些悲凉。

李斌扶着小梅的肩膀说：“去宾馆睡一会儿吧，坐了一天一夜的火车，你一定很累。”

“我不累。”小梅摇着李斌的手：“咱们今晚在这陪璐璐吧，她太可怜了。”话没说完，泪水已溢出眼眶。李斌点头，把皮箱放倒，“那就靠在这上休息一会儿吧。”

疲惫的小梅很快进入梦乡，她梦见自己和璐璐手拉着手，奔跑在绿色的大草原上，李斌在后边追。跑着跑着，璐璐突然掉进一个黑洞里，小梅吓坏了，一边喊李斌，一边往上拉璐璐，两个人的手眼看就要攥不住了……小梅激灵一下睁开眼睛，见璐璐正紧紧握着她的手，亲切地看着她。

“李斌，璐璐醒了！”小梅赶紧叫醒李斌。璐璐用微弱的声音说：“你就是李斌的初恋吴小梅？”

小梅点头：“李斌说咱俩长得像，我还以为他在骗我，若不是亲眼看到你，我还真不信。”小梅也激动地说：“是咱俩今生有缘，上帝造人时就把咱俩捏成一个模样。”

“怎么样？我没说谎吧？”李斌诙谐地说：“你俩简直就像一个人，如果不是生在南北方，有皮肤黑白之分，谁都无法辨认真假。不过这不奇怪，明星大腕的替身，长得都相似。”他又转身对璐璐说：“小梅昨天连夜坐车赶来，不去宾馆休息，就要在这陪你，看来，你俩的缘分还不浅呀！”

璐璐疲惫地笑了：“先谢谢小梅，还得跟你说声对不起，折腾你跑这么远。”小梅握着璐璐的手：“没啥，就当我来上海旅游了，能见到你非常高兴。”

璐璐苦笑一下，“我追你男朋友三年，想尽各种办法，都没能让他动心，我就想看看他女朋友何等高贵，竟能让这位潇洒帅气的高才生，死心塌地，坚贞不屈。”

小梅不好意思地笑了：“哪个女孩子不喜欢潇洒帅哥？我能理解。”

璐璐轻叹一声说：“我真没想到你能来，尤其知道我是你的情敌，仍然能来看我，让我感动。”

小梅真诚地说：“不用客气，我也想来看看你，听说你病了，我很难过。”

三个人一直开心地聊到天亮，这时张志成来送早点，高兴地说：“女儿今天的气色真好，一会儿医生给你做透析，正好也让李斌和小梅去咱家休息一下。”

五

来到璐璐家，吴小梅惊喜地喊：“爸妈，你们咋来了？”

李斌也惊得目瞪口呆，仿佛这二老从天而降。

老吴笑着说：“我们来看女儿呀！”小梅妈妈孙雅芝急忙抢着说：“小梅，我们是和王医生一起来的。”小梅礼貌地打招呼：“王阿姨好，我小时候总听妈妈说起您，但是，你们这是?”

小梅有些晕，转身问爸爸：“到底出啥事了？你们咋突然来了?”

“孩子，别急。”孙雅芝把小梅扶坐在沙发上，喜不自禁地说：“闺女，你见到璐璐了吧，知道你俩为啥长得一模一样？因为你俩是双胞胎姐妹!”

“啊？这怎么可能？妈，你咋从来没说过？这到底是咋回事?”小梅惊讶得瞪大眼睛。

孙雅芝擦着眼泪：“妈也是刚刚知道的，这位王医生就是当年给你俩接生的阿姨，当时，你先出生，璐璐却胎位不正难产，勉强生出来时，已经奄奄一息，我和你爸不想亲眼看着她走，就抱着你不辞而别。第二天，璐璐在保温箱里苏醒了，王医生却联系不到我们。无奈，就把她送给了上海的同学赵曼露，也就是璐璐现在的妈妈。”

李斌像在听一个天方夜谭，“难道小梅是璐璐的亲姐姐?”

赵曼露激动万分：“孩子，是真的。那天，我见到小梅就纳闷，她俩同岁，生日又是一天，这世上哪儿有这么巧的事？我就找王医生询问，多亏她保留了你们的出生记录，才得以证实。”

老吴夫妇痛哭失声，没想到女儿还活着，更没想到，女儿能得这种病，两位老人争着要给女儿捐肾，哪怕牺牲自己，也要救女儿。

小梅见父母伤心，安慰他们说：“爸妈，你们放心，现在科学这样发达，一定会有办法救璐璐的。”说完一个人跑进雨夜。李斌紧跟在后边，“小梅，你上哪儿?”“去找医生做配型。”

“你要给璐璐捐肾？这可不是小事儿，你要冷静。”小梅坚定地说：“你要我怎么冷静？难道让我年迈的父母去捐肾吗？别说我是她姐姐，换了别人，只要能救命，我也会义不容辞……”

小梅和璐璐的配型稳合，手术很成功，望着点滴瓶中鲜红的血液，姐妹俩的脸上都露出幸福的笑容。

六

美丽的查干湖，水波粼粼，湖边苍松翠柏，大片荷花竞相开放，芦苇摇曳，蒲草葱茏。灿烂的朝霞映红了湖面，一只小船迎着朝阳缓缓驶向湖心，李斌摇着爷爷的小船，心中充满了感慨。

张志成、赵曼露、老吴和孙雅芝坐在船头，外国朋友约翰和爷爷坐在中间，小梅和璐璐依偎着坐在船尾，李斌划船，大家欣赏着良辰美景，开心极了。

张志成问约翰：“约翰先生，经过这一周的考察，您对查干湖印象如何?”

约翰卷着生硬的舌头回答：“太美了，中国的文化博大精深，中国的大湖唯美壮观，我无法用华丽的辞藻形容她的美。”约翰打着手势：“Mr 张，之前同你说投资上海的项目，我要改变，投资到查干湖来，这里的发展空间要比上海广阔。”

张志成笑着说：“带您到这里来考察，就有这个意思。”

约翰说：“咱俩不谋而合，这里的美再点缀点儿绿色会更好！我想在这里办一所封闭式学校，美景配上朗朗的读书声，会更有韵味。”

张志成满意地点头：“您的想法太好了，那就让我的旅游公司跟您的学校一同起步，我们携手在这里大展宏图。”

璐璐拥着吴小梅，“太好了，姐姐，你听见了吗？约翰叔叔要在这里建学校，你们的愿望就要实现了。”

小梅也激动万分：“真是太好了，这不仅仅是我们的梦想，也是所有人的愿望。”

璐璐欣喜地说：“长这么大，我第一次看到这么美丽的湖水，等爸爸的旅游公司和约翰叔叔的学校建成后，我也来这里工作，跟你们在一起。”

小梅开心极了：“好，这里就是你的家，喜欢就在这常住。可是李斌却不想回来了，他留恋大上海的花红柳绿，早就把家乡忘了。”

璐璐笑着说：“大学四年，他念念不忘的就是毕业回家，我班同学都笑他傻帽，我绞尽脑汁都留不住他，他怎么会变?”

李斌幽默地说：“因为我是变色龙。”

吴小梅较起真来：“是你打电话说不想回来了，大城市就业机会多，有发展。”

璐璐附在小梅耳边悄声说：“他是骗你的，每次提到这个问题，他都说，他的根在查干湖，爱在查干湖，他离不开爷爷，更舍不得你。”

吴小梅的脸“刷”地红到脖子根，“李斌，你敢骗我？看我让爷爷收拾你!”

船上的人都开心地笑了，幸福溢满吴小梅的心。

璐璐愉快地说：“有大家作证，咱们就在这说定了，等学校一落成，咱们三个就来这里任教。李斌当语文教师，姐姐当音乐教师，我当英语教师，教你们生的一大堆孩子，咯咯咯……”

璐璐银铃般的笑声，洒在湖面，朝阳羞红了李斌和吴小梅的脸颊。

作者简介：王丽英，女，1961年生，松原市扶余永平乡永平村三社农民。

酒痞老海走了 王智广

杜康绿蚁半生贪，半醉半醒半疯癫；
如命成痞半残废，空有才华也枉然！

一天早上，小小的山村忽传酒痞老海已于头天晚上饮酒后驾鹤西游了，他这可不是刘伶醉只沉睡三年，他此行可真是一去不返了。

老海名叫海亮，年逾五旬，放浪形骸，夏天穿个半袖衫，扣不系，露出塌瘪的肚子，每天手里拎个酒瓶子，嗜酒如命，能喝酒的人都说他真是“海量”，渐渐的人们就叫他海量了。日饮白酒二斤，而且是白嘴喝酒，连一粒花生米都不吃。喝多了就睡，家里的日子紧紧巴巴的，他也不上心，真是“醉卧不知白日暮，一瓢长醉任家贫”。

谁家有个大事小情的他都去，可是喝得体格精瘦，没人敢让他干活儿，到饭时凑到桌上就喝，比比画画。只要他不闹事儿，喝多少东家倒也不在乎，随不随礼也没人挑他。

都说老海读书时学习好有才，出口就是古诗词，可是某种原因大学没上成，凑合婚姻又不随心，便借酒浇愁，渐渐成瘾，瘾大成痞。地也不好好种，外出打工好几年，钱没少挣，可是没攒下多少，大部分都让他在外挥霍掉了。这几年年龄大了，不出去打工了，终日手里掐个酒瓶子，满街乱走，冬天，穿个破棉袄，没两个扣，把怀一缅，用根儿长鞋带一系，棉胶鞋带也不系紧，是为了穿和脱方便；夏天，穿个半袖衫，敞着怀儿，两肋排骨清晰可见，有些弯曲的腰身，更显得肚子瘪瘪的内凹，脚下的鞋趿拉着，后脚跟把鞋帮踩得是实实在在地立不起来了。

早上醒来伸伸胳臂腿，人没起先吟诗："大梦谁先觉，平生我自知；草堂春睡足，窗外日迟迟。"

白天，有屯里乡亲看见他："哎！又喝上了""喝咋的！白日放歌须纵酒，青春做伴好还乡。"

夏天夜晚不睡，自己坐在院子石头上，喝着酒嘴里吟着古诗："花间一壶酒，独酌无相亲；举杯邀明月，对影成三人。""明月几时有，把酒问青天。不知天上宫阙，今夕是何年？……""问讯吴刚何所有，吴刚捧出桂花酒。"

大冬天也不老实地在家待着，穿个黄棉袄，缅个怀儿，用一根鞋带儿拦腰一系，脚上两只棉胶鞋一只没有鞋带儿，散着扣，一只虽有鞋带儿也不系上咧着口。到谁家把酒瓶子一举："晚来天欲雪，能饮一杯无。"（白居易《问刘十九》）。

上外村，在亲戚朋友家喝酒，真是酒逢知己千杯少，二两酒下肚，开始振振有词，什么李白的《客中行》——"兰陵美酒郁金香，玉碗盛来琥珀光。但使主人能醉客，不知何处是他乡。"岑参的《戏问花门酒家翁》——"主人酒尽君未醉，薄暮途遥归不归？""一生大笑能几回，斗酒相逢须醉倒。"

喝酒喝多了迷瞪地就睡，你把他叫起来，他也迷瞪地叨咕："醺醺酒气麝兰和，惊睡觉，笑呵呵，长笑人生能几何"；说着打起酒嗝："酒不醉人人自醉，千杯饮尽刘伶愧；对月邀饮嫦娥伴，一江愁绪酒中会；烹羊宰牛且为乐，会须一饮千百杯；醉卧桌头君莫笑，几人能解酒深味？"

有亲戚朋友说他：“老海啊！少喝点儿酒吧，把日子好好过过。”他顺嘴就诌：“不惜千金买宝刀，貂裘换酒也堪豪。”（秋瑾·《对酒》）

“老海啊少喝点儿吧，喝酒伤身呢”！他又说：“曹操说‘对酒当歌，人生几何？譬如朝露，去日苦多，’李白还说，‘人生得意须尽欢，莫使金樽空对月。’”

海量悄悄地走了，村里武家超市里也不见了他每天必到的身影，街道也不见了他摇摇摆摆的醉步，山村也少了一些狗咬声，似乎寂静了许多……

正是：酒迷真性不回头，放浪形骸不肯收；杜康虽好不节制，如今大醉卧荒丘。

作者简介：王智广，洮南市东升乡桂林村农民。

假如爱有天意 吴凤香

江面上冰雪正在一点儿一点儿地消融，远远望去这真是一个美妙的世界，江水裹挟着浮冰一路滚滚向前，此刻阿彪正慢慢地独步于江心岛的环岛路上，鸭绿江上的景色犹如他此刻的内心世界，积雪消融，春天正以一种势不可挡的姿态逼近了小城。可是，我的春天真的来临了吗?

五十三岁的阿彪这样问自己，八年前，妻子不幸脑出血猝然离开了这个世界，阿彪再也没有顾过自己，他一个人拉扯着正读高二的女儿，既当爹又当妈，含辛茹苦地把女儿培养成人，女儿考上了理想的大学。为了能让女儿安心读书，阿彪一直恪守妻子临终时自己面对哭成泪人的女儿所做的承诺，他一直没有再娶。如今女儿已然大学毕业，并且在北京找到了理想而稳定的工作，阿彪终于松了一口气，也总算对亡妻有个交代了。

阿彪在小岛的标志物，那一块耸立的巨石旁边停了下来，巨石上几个醒目的大字“江心岛”映入了眼帘，下面分别用中文和朝鲜文写着“中国·临江”，阿彪今日觉得这几个字特别的漂亮，看上去也特别有种自豪感。这是一个多么美丽的小城，少年时阿彪就已经非常熟悉这座小城，可是那时小城还仅仅是个小镇，后来小镇变成了县城，现在，小城已经是鼎鼎有名的“最美县城”“深呼吸小城”“长寿之乡”，阿彪也由少年变成青年，由青年变成了壮年，哦，不，阿彪现在觉得自己就是一个孤独的小“老汉”。

此刻这个孤独的小老汉望着远处江面上戏水的野鸭子孤独地想，都说“春江水暖鸭先知”，可是小雅，我心里的暖你知道吗？你是否愿意像那戏水的野鸭一样徜徉在我的心海？我心里的暖就像眼前这一江的春水，它来了，并且势不可挡地来了，可是，你愿意来我的城吗？哦，不，你愿意回我们的城吗？

小城是他们的城，是他们青春年少的见证。

那年秋雨纷纷，小雅从偏远的蚂蚁河小湖村考上了临江一中，阿彪从苇沙河错草村考入了临江一中，是命运让这两个乡下的少年在小城初相遇。那一年，阿彪十七岁，小雅十六岁，他们不但同班，而且同桌。两年的高中生活，他们成了最要好的朋友，学习上互相鼓励，你追我赶，就是在生活中，也是互相关心。那时的生活艰苦啊，尤其是从乡下来城里求学的孩子，每次放假回家返校的时候，母亲总会给小雅带上厚厚的一叠大煎饼，乡下没有什么好带的吃食，就是这大煎饼最实惠了。每次小雅总会央求母亲多给自己带一些，只是说带少了自己不够吃，母亲看着正在长身体的女儿总是会满足她。母亲心灵手巧，是个典型的农村妇女，虽然家境不是很宽裕，小雅身下还有两个弟弟，但母亲总能精打细算，日子过得也算有滋有味，细水长流。这纯粹的玉米面大煎饼，是小雅的妈妈亲手烙的，而玉米呢，是爸爸和妈妈在自家的耕地里种的，非常纯正的大玉米棒子哩！

小雅非常喜欢吃妈妈亲手烙的大煎饼，尤其是离开家来到临江小城读书，大煎饼不但解决了吃饭问题，更重要的是，小雅觉得那大煎饼有妈妈的味道。

每次回到学校，小雅不会马上把大煎饼送给阿彪，因为她知道，阿彪不“彪”，这样会伤他的自尊哩。总是过几天后，小雅就寻一个理由，把大煎饼送给阿彪，央求阿彪哥帮她吃掉，不然会坏掉啊，回家妈妈会训她哩！

这样的理由总是很充分，阿彪也总是会很开心地帮这个“忙”。其实，阿彪在心里想，大煎饼好吃着呢，不用热，不怕凉，什么时候饿了，随时可以拿来吃，里面再卷上自己从家里带来的大咸菜条，甭提多好吃了。偶尔小雅还会“剩下”一些吃不完的鸡蛋，拿来给阿彪卷在大煎饼里吃，那简直就是人间最好的美味！对于那时青春年少正长身体，并且从家里带来的吃食总是吃不到最后的阿彪来说，这就是人间最好的美味。

这样的美味，总是会引起同住的少年的嫉妒，以至于后来，小雅再在宿舍门口出现的时候，不等开口，就有人回头冲着阿彪喊：“彪哥——大煎饼！”

有时候，这“彪哥——大煎饼”就成了宿舍的集体美味，阿彪也不忍心看着同住的小伙伴流着口水看他吃啊。

“彪哥——大煎饼”就这样被喊到了毕业，小雅也成为这个男生宿舍最亲近的好友。

可是谁也没想到的是，阿彪就在这同宿舍的少年你一句我一句的“彪哥——大煎饼”的嬉戏声中渐渐萌生了少年的爱意。

我们的阿彪和小雅就在高考结束的那天晚上相约来到了鸭绿江边，江水悠悠，少年的情思悠悠，阿彪望着远去的江水，仿佛不经意地对身边的小雅说“你愿意像那江里的鱼儿一样和我一起游向远方吗？”小雅没有说话，只是默默地在阿彪身边坐下，眼睛望向遥远的天空：“在天愿作比翼鸟，在地愿为连理枝。”然后她调皮地看了一眼阿彪，又悠悠吐出一句：“在江愿作双游鱼……”

不知何时，阿彪已经将手自然地搭在了小雅的肩上：“小雅，你说，老天会让我们如愿吗？我们会不会一起考到美丽的北京？”

阿彪的问话是有缘由的，报高考志愿时，阿彪故意问小雅最向往去哪个城市，小雅说那当然是北京，阿彪就心有灵犀地把自己的志愿也报了北京的院校。两个少年的心总是在不言中充满着默契。

鸭绿江缓缓流去的江水哦，你可听见了这对少年的心愿？哦，不，是两个青年人的心愿，经过了两年的高中生活，我们的阿彪和小雅已经算是个青年人了，尽管还有些青涩，但他们真的已经是个青年人了。

人在青年时的心愿总是美好梦幻的，但却常常在不经意间就被生活的洪流冲散了，它不会按照你想象的样子呈现在你的眼前。

高考发榜那天，阿彪如愿以偿地考进了北京师范大学，他急切地搜寻着小雅的名字，可是，从头看到尾，小雅的名字都没有出现，这究竟是怎么回事?!

阿彪急匆匆地去寻找小雅，可是，当他找到小雅的宿舍时才得知，小雅已经离开了，据她同宿舍的人说，她接了一个从家里打来的电话就急匆匆地离开了。小雅，小雅，你究竟怎么了？为什么不辞而别？难道仅仅是因为你没有考上就不见我了吗？可是，我会在北京等你的，等你考上的那一天。

傍晚的鸭绿江是迷人的，江面上波光粼粼，夕阳跳跃着落到了山的那边，阿彪这个青年人在江边徘徊着，他陷入了深深的回忆中。是啊，两年来，有多少个美丽的清晨或者是傍晚，他和心爱的小雅在江边散步，他们交流思想，互相探讨学习的心得。哦，那是多么美妙的事情，两个初乍离家的少年给了彼此多少关怀啊。

夕阳下山之后，江面上留下了迷蒙的气息，一如此刻阿彪的心情，是那样的迷茫。他不知所措，此刻他才意识到自己是多么的粗心，他竟然不知道该怎样联系到小雅，他多想知道此刻小雅在经历些什么，可是他却无从得知。

阿彪带着无限的惆怅，打点行囊，回到了他在错草村的家，妈妈和全家人以及全村的人都为他考上了大学而欢欣鼓舞，妈妈忙前忙后地为他张罗着去北京读书用的行李衣物和日用品。不知不觉中，开学的日子到了，可是他却没有得到小雅的任何消息，小雅仿佛从他的生活中消失了。带着对大学生活的无限向往，也带着心里无限的惆怅，我们的阿彪踏上了开往北京的列车，人生借此打开了崭新的一页。

半年后，阿彪在和高中班主任的通信中意外地得知了小雅的事情，原来，小雅的父亲在小雅高考结束以后才告诉小雅，她的母亲由于长期的劳累得了肝癌，只是为了小雅的学习一直在隐瞒着，直到母亲病危才通知了小雅，阿彪终于明白了小雅的不辞而别。原本小雅得知自己落榜是想复读的，可是妈妈的病逝，使家里的状况一下子落入了窘境，为了两个弟弟，小雅放弃了复读，她远走他乡，去外面打工，帮父亲撑起了这个家。

得知这一切，阿彪不由得心碎，他跟班主任要来了小雅的地址，在一个静静的夜晚，阿彪将情思落到笔端，他给心爱的小雅写了一封长长的信。在信中，他回忆了他们美好的高中生活，他鼓励小雅不要放弃学习，因为他坚信，有一天他们还会相聚的，他一直都有这个信心。

信投出去以后，阿彪就陷入了无限的期待中，他期待他的小雅会回应他。他甚至都能想象出小雅读信时欣喜的样子，他甚至在想象小雅也像他这样，选一个静静的夜晚，在一个无人的角落里给他写回信。

可是直到阿彪大学毕业，也没有等到小雅的回信，阿彪在忙碌而热烈的大学生活中，也在无尽的等待中渐渐地淡忘了这份等待。毕业后，阿彪没有去大城市工作，而是选择回到了临江小城，他回到了母校，做了一名教师。他太爱这个小城，对这个小城有着说不出的依恋，尽管小城不大，也没有北京的繁华，可是，阿彪却从骨子里依恋它，他自己也说不清为什么，就是对小城有着割舍不掉的情缘。

阿彪就像当初自己的班主任一样，为母校培养了一批又一批的好青年，他也由最初的骨干教师走上了校领导的岗位，自己的女儿也是这个学校培养的大学生。他的人生轨迹就像大多数人一样，按照既定的轨道有条不紊地向前走着，直到八年前妻子突然离世，直到不久前他突然从高中的一个男同学口中得知了小雅的消息。

阿彪清楚地记得，那天他在街上偶遇了高中的一个男同学阿顺，擦肩而过的瞬间阿顺认出了他，阿彪这张俊朗的脸在阿顺的记忆中真的是太深刻了。高中两年他们吃住在一起，学习在一起，阿顺叫住了阿彪，四目相对，短暂的记忆对接过后，两个壮年的男人紧紧地拥抱在了一起。

阿彪和阿顺就近找了个小酒店坐下了。他们很奇怪，二十几年的光阴除了给彼此的脸上增加了些许岁月的痕迹，似乎没有在这两个男人之间留下陌生感，他还是当年的阿彪，他还是当年的阿顺。酒过三巡菜过五味之后，两个男人聊了分开以后，彼此的人生轨迹。

在蒙眬的醉意中，阿顺突然张口问阿彪："你还记得当年咱班的小雅吗？那个文弱的，总是给你带大煎饼的小女生。"

"记得，当然记得了，怎么会不记得呢？"阿彪被这突然的一问弄得有些不知所措，那是我记忆中最深的痛啊，怎么会不记得呢？阿彪在心里不由地深深地叹了一口气。

"嗨，我们一直都在私下里认为，当年你们会走到一起的，可是，可是你小子……"阿顺欲言又止的样子，终于借着酒劲儿说出了下面的话："你小子考上了大学，就，就远走高飞了，从此再无音信……嗨，当年那大煎饼，我们有多羡慕你小子，你知道吗？"

"你小子知不知道，小雅一直在等你，等了你很多年，她心里一直有你……”阿顺像是在对阿彪说，又像是在自言自语着。

阿顺陷入了回忆，深深的回忆中……

那年阿顺到四平的一个乡村学校去搞调研，此处需要交代一下的是，我们的阿顺在东北师范大学毕业以后，很幸运地分配到了四平教育局。小伙子人很聪明，又勤勉能干，很快就得到了领导的赏识，工作十年后阿顺就在教育局里主管教学。阿顺怎么也没有想到的是，他竟然在那所乡村小学遇到了自己的高中老同学小雅。

原来小雅母亲去世后，四平的舅舅为了帮助小雅一家，为她找了个在乡村小学做代课教师的工作，虽然挣钱不是很多，但毕竟解决了小雅的工作问题，而且小雅借此可以接济自己的两个弟弟读书。那次的会面，阿顺得知小雅竟然还没有成家，小雅解释说一直没有遇到如意的，而且这样她可以全心全意地支持弟弟们完成学业。两个弟弟在她的帮助下都考上了大学，毕业后都找到了如意的工作，可自己的婚事也因此耽搁到了今天。

或许是同学本就亲近，或许是阿顺太熟悉小雅，或许是他乡遇故知的亲切，在谈到阿彪时，小雅竟在不知不觉中流下了热泪，她不知自己这不经意的真情流露，已经让阿顺看见了她内心的波澜。

小雅原本就是个聪慧的女子，虽然她最初做的是代课老师，可是经过了多年的努力，已经转正成了一名正式的人民教师。小雅很热爱自己的工作，她一心扑在工作上，同事们都认为她是个一工作起来就会忘掉一切的工作狂。

原来亲爱的小雅在四平的一个角落里，原来她从没有忘掉过自己，可是当年，她为什么不给我回信呢？阿彪急切地想知道答案。他此刻顾不得自己的形象，一把拉住阿顺的手问：“现在呢，小雅怎么样?”

阿顺一把推开阿彪，带着浓浓的酒意说：“什么怎么样？还能怎么样?”

阿彪立刻就懵了，他下意识地问道：“你快说，小雅现在怎么样?”

阿顺也意识到自己这样对待老同学有些不妥，他喝了口茶水，似乎清醒了：“你真的还那么关心小雅，你真的还那么在乎她?”

“是的，当然是真的!”阿彪脱口而出的瞬间，忽然意识到，这么多年了，其实小雅一直就像一直安静的小兔子住在自己的心里。可是此刻，这只小兔子忽然一改往日的安静，它在阿彪的心里蹦蹦跳跳的，似乎要从阿彪的心口里蹦出来。

阿顺看了一眼阿彪，忽然他的目光变得深沉起来，眼里似有一团迷雾，他轻轻地叹了口气说：“阿彪，你想知道的，我告诉你，小雅一直都是单身，现在也是。”

“可是她现在已经不是从前那个健康的她了，她已经病退了两年了，她现在的身体很不好……”阿顺说到这里又重重地叹了口气。

“她得了肺病，是肿瘤，幸好发现得早，是早期的恶性肿瘤，手术后就一直在家静养，已经两年了，这个病啊，唉!”阿顺不无担忧地说。

哦，亲爱的小雅，我终于知道了你的消息，我终于知道了你在哪里，竟然是以这样的方式！此刻我们的阿彪，陷入了深深的感慨之中，他感慨人生啊，你竟是如此捉弄人。可是尽管这样，我们的阿彪还是要见见他心中的小雅。

阿彪从阿顺那里得知了小雅的联系方式，可是，他要怎样联系小雅呢？二十几年过去了，小雅，你还是当年的那个小雅吗？小雅，你还记得你当年的阿彪哥么?

辗转难眠的夜啊，一轮明月从天边升起，慢慢地升上了天空，阿彪站在窗前，他深深地吸了一口烟，缓缓地吐了出去。明月静静地看着这个忧伤的男人，可明月却从不过问人间的情事，而这尘世间的人儿呀，却偏偏喜欢将情事讲给明月听，明月笑而不语，仿佛在对阿彪说，你问问白居易吧，或许他更懂你。

“我有所念人，隔在远远乡；我有所感事，隔在深深肠；乡远去不得，无日不瞻望；肠深解不得，无夕不思量；况此残灯夜，独宿在空堂；秋天殊未晓，风雨正苍苍；不学头陀法，前心安可忘。”在这个有月亮的夜晚，我们的阿彪终于对白居易的这首诗有了更深刻的理解。

七天以后，一封信和一个包裹箱以快递的方式来到了我们的小雅面前，让小雅很诧异的是邮寄的地址竟然是自己的家乡，临江小城，当眼睛落到了寄件人姓名上时，居然没有完整的名字，就是两个字“阿彪”，但仅仅是这两个字，竟让小雅像是触电似的浑身颤抖——难道会是他?!

小雅呆呆地坐在椅子上，颤抖着双手，慢慢地将包裹打开，一个包装精美的盒子呈现在眼前，盒子上五个墨绿色的大字“彪哥大煎饼”映入了眼帘。同时一封简短的信件飘了下来，信件上只有一行字——你还记得当年的彪哥吗？你还记得那可口的大煎饼吗？你是否愿意来我的城，和我一起共享今日的“彪哥大煎饼”?!

信件的落款处是令小雅心颤的两个字：彪哥。

小雅手捧着这沉甸甸的一盒“彪哥大煎饼”，热泪无声地流下来，亲爱的人啊，我早已在超市看到这来自家乡的美食，几乎吃遍了每一个品种，因为它不但让我想起了妈妈的味道，最重要的是，那上面竟然有你的名字！虽然上网查询后我知道这上面的“彪哥”不是你，可我就是喜欢那上面有你的名字！

难道是上天垂怜我这孤独的人儿？我还有资格享用这家乡的美味吗？小雅望着眼前的这盒亲爱的人儿寄来的沉甸甸的彪哥大煎饼，

热泪再次无声地流下来……

又是一个七天后，阿彪也收到了一个包裹箱，奇怪的是包裹里是自己寄去的“彪哥大煎饼”的外包装盒，盒子里面却是厚厚的一本日记本。翻开日记本，小雅那娟秀的字迹穿越了二十几年的光阴再次呈现在阿彪的眼前。日记从高考落榜开始，记录了小雅三年洒满泪水的日子。

原来亲爱的小雅高考落榜时恰逢母亲病逝的那些日子，她一直在等待她的阿彪哥，后来得知阿彪哥考上了北京师范大学，而自己却面临如此的窘境。她深知，自己的人生轨迹从此与会心爱的阿彪哥不同，自尊的小雅，倔强的小雅，竟然失去了联系阿彪哥的勇气……

出外打工的小雅，来到了偌大的省城，在四顾茫然的城市里，小雅去了一家饭店，做起了打工妹。在那段打工的日子里，小雅思念家乡，思念亲人，她也思念同学们，思念老师，最最思念的当然是她的阿彪哥。小雅提笔给班主任老师写了封信，此刻，同学们已然各奔东西，唯独班主任是可以联系上的。小雅就将异乡的孤独，对家乡的思念，一股脑地抛给了她敬爱的班主任……

人生就是这样，在你以为自己走入了绝境的时候，却往往峰回路转，柳暗花明地走入另一个世界。就在小雅为自己的处境深深绝望的时候，却意外地接到了舅舅的来信，在四平从事教育工作的舅舅，为小雅带来了一个好消息，要她去舅舅那里做一个乡村的代课老师，小雅立刻就辞退了饭店的工作，奔赴舅舅而去了。

到了那个乡村小学，小雅感觉到自己找到了一个很适合自己的世界，她就一心扑到了工作上，尽管一切都是那么不容易……

日记啊，日记，你让我们的阿彪看到了小雅对阿彪的思念，那是怎样的一种思念啊，那么的纯真，又那么的绝望，明知不可为而却偏偏为之的凄凉。

阿彪读着日记，泪水慢慢地从眼角滑落，这咸咸的泪水啊，这苦涩的泪水啊，滴落到了日记里夹着的一封简短的书信上，那是亲爱的小雅的笔迹：阿彪哥，大煎饼我留下了，真的很好吃，它让我想起了妈妈的味道，盒子送还你，它太精美，不适合留在我这里。另：送你一本日记，或许你是最适合替我保管它的人。落款是：曾经的小雅。

小雅，小雅，我终于明白你的心迹了，小雅，小雅，你不是不给我回信，你是根本就没有收到我的信啊。小雅，小雅，这都怪我……

鸭绿江边这一个静静的春夜啊，你能作证，我们的阿彪，他坐在江边流下了怎样的热泪。

岸边的临江小城，此刻灯火辉煌，小城在夜幕下熠熠生辉，人们三三两两地散步在夜色中，小岛花红柳绿，绿草如茵，江水缓缓流淌，静谧安详。

阿彪望着美丽的小城，一个想法在他的内心深处油然而生，来得是那么的自然——小雅，小雅，只要你愿意，我要把你接回我们的城，我们的临江小城，我要让你看看小城有多美。小城早已不是昔日那个落寞的小城，而我，已不是昔日那个青涩的少年……

当阿彪一路风尘仆仆地出现在小雅面前的时候，小雅惊呆了，她不会想到，她执意的告别，却迎来了重逢，她的阿彪哥，就这样地出现在她的面前。是的，没有事前的约定，甚至是没有打过招呼。

四目相对，融化了二十几年的光阴，似乎这二十几年的光阴就从来不曾逝去过，只是岁月改变了彼此的容颜而已。

“小雅，跟我走，跟我回到小城，跟我回到我们的城！”阿彪比任何时候都坚定。

“可是，我已经不是从前的我，我的身体……”小雅低下了她依然美丽的眉。

“我不回答你这个问题，可是，有一天你会明白。你只需要回答我，愿不愿意跟我走？”阿彪依然很坚定，但他的语气是那么的温柔，温柔里又有一种不容置疑，不可抗拒的力量。

“你知道，我是愿意的，可是……我不知道我还能撑多久……”小雅的泪溢出了她依然美丽的眼。

阿彪没有再说话，而是紧紧地握住了小雅的手，紧紧地，生怕会再次失去的那种紧紧地。

美丽的鸭绿江边，美丽的临江小城，静静的夜晚，不论秋冬，还是春夏，在散步的人群中，多了一道亮丽的风景线。总有一对夫妻，他们十指相扣，一起在江边慢慢地走着，如果你经过他们的身边，不小心听到了他们的喃喃细语，请不要诧异。

“小雅，你现在感觉怎么样？”这是一个男人温柔的声音。

“彪哥，我感觉很好，真的很好，呼吸很顺畅，每次走到江边，我都忍不住要深深地吸上几口，感觉小城的空气都是温润的，吸进去，真的很舒服！”这是一个女人幸福的声音。

“我曾经走过很多的地方，去过北京，去过上海，也去过美丽的杭州西湖，可是，总还是觉得咱临江小城好，真的呢，哪儿也比不上咱小城。”依然是男人温柔的声音。

“是呀，宜商宜居，人与自然和谐相处，生态环境如此优美。”女人悠悠地说到，可是女人却没有说：“最最重要的是这个小城里有我最亲爱的阿彪哥……”

作者简介：吴凤香，女，临江市人。2013年开始发表作品，有散文、诗歌散见于《临江报》《长白山日报》《政务风景》《齐鲁文学》等报刊。

无声的爱　谢学志

大发自从妻子去世后，就带着一儿一女独自生活，虽然日子苦了点儿，但大发心里还是甜甜的，看着两个懂事的孩子渐渐地长大，他充满了希望。

大发今年四十一岁，为人忠厚老实，勤勤恳恳，任劳任怨，从不与人计较得失，用他的话说，吃亏就是福。妻子小梅生了两个孩子后得了一场重病，大发带着她跑遍各大医院，还是没治好，大发便日夜照顾着她，直到小梅病逝。村里人都说大发有情有义，是一个好男人。看着大发带着两个孩子生活很不容易，又当爹又当妈的，大家都很同情他，有几个热心人，给大发介绍对象，总是被他推脱拒绝，咱家穷，还有两个孩子，别苦了人家。其实他是怕后妈给孩子气受。

鹅毛般的大雪夹着刺骨的寒风下了一整天，地上的雪足有一尺多厚。晚饭后，两个孩子写作业，大发又往灶膛里加点儿柴火，他怕气温太低，晚上炕凉屋冷。

门忽然开了，跌跌撞撞进来一个女人，站立不稳，大发急忙把她扶住："姑娘，你怎么了？"大发仔细看那女人，凌乱的头发结了冰，脸色苍白，穿着破旧的衣服，脚上穿着黄胶单鞋。右脚大脚趾竟然露了出来。大发忙把女人扶进屋里："晶晶，快把被褥铺到炕头上，帮阿姨把外衣脱了，她冻坏了快让她进被窝暖和暖和。"晶晶答应一声，急忙铺好了被褥，大发把女人的鞋子脱了，和女儿一起把女人扶进了被窝。

大发又给女人做了一大碗面条，放了几个鸡蛋。等女人恢复点儿体力后，端给女人吃。女人大口大口地吃着，吃得那个香啊！好像几天都没吃到饭一样。吃完了，才看着大发他们爷三个，笑着点点头，呜里哇啦地说着还用手比画着，大发明白，原来她是聋哑人讨饭来的。大发便让女儿晶晶和女人在炕头睡，自己和儿子在炕梢睡。

早上，大发刚醒来发现女人早已做好了饭菜，在那梳头呢，冲着大发嘿嘿地笑，她打扮起来真是好看。大发急忙叫起两个孩子，女人上炕把被褥叠得整整齐齐，放桌子端菜端饭，麻利又干净，两个孩子边吃边说："阿姨做的饭菜真好吃，很久没吃过这么好吃的饭菜了。"吃完饭后，孩子们高高兴兴地上学去了。

大发拿出家里仅有的五百元钱，递给那女人，又把自己的棉鞋给女人穿上，让女人走。女人比画着，怎么也不肯走，急得她用手指着自己的嘴，啊、啊地叫着。大发明白她的意思，给她一口饭吃就行。这也不是个事啊！我一个光棍收留一个讨饭的哑女人过日子，好说不好听啊！好像我大发乘人之危，占人家便宜似的，不行，我不能那么做。大发找来了村干部，组长和几个有在村里威望的人，说明了情况，大伙都让大发收留这个女人，村主任说："大发心眼好，为人善良，不能给这个女人气受，这个女人也说不清她是哪儿的人，有没有家庭，这冰天雪地的，一旦女人饿死或者冻死了多可惜啊！大发家也确实需要一个女人，既然她来到你家，就说明你们俩有缘分，我们大家做证，大发你就收留她吧！"大发也觉得这个女人确实很可怜，就答应收留这个女人了。

第二天，大发带着女人到街上给女人买了好看的衣服和鞋，又给女人美了发，女人是朵花稍加打扮，就十分漂亮。女人知道她是新娘了，晚上孩子都睡着了，就悄悄地钻进了大发被窝。白天，女人把这个家打理得干干净净，井井有条，大发便到街上打工去了。

一天大发正在工地干活，突然接到医院打来电话说女儿晶晶住院了，让大发赶紧到医院来。大发急忙赶到了医院，医生说："你女儿得的是急性阑尾炎，幸亏来得及时，再晚五分钟你女儿就没救了，多亏她妈妈背着她跑了十多里路，救了这个小姑娘的命，真是个坚强的女人啊！"大发看女儿没事了忙问医生："我老婆呢？""她在急诊室打点滴呢？她跑到医院时，已经是筋疲力尽，累得虚脱了。"

大发急忙跑到急诊室看到女人已经苏醒了，他拉着她的手，眼泪哗哗地流："谢谢你！救了我女儿的命。"女人比画着，大发懂得她是牵挂着女儿。便举着点滴的瓶子搀扶着女人，来到女儿的病房，女人看到晶晶已经好多了，低下头在晶晶的额头上脸上不停地吻着，泪水滴在了晶晶稚嫩的小脸上。晶晶醒了看到女人在吻她，立刻大哭起来："爸爸，她从家里背着我一直跑到医院，是她救了我的命啊！"大发擦着眼泪："晶晶，快叫妈妈！"晶晶大喊："妈妈！"说完后就泣不成声，哭成了泪人。女人笑着一直点头，她虽然听不见，但她从口型上知道在叫她妈妈。

在她的精心照顾下，晶晶很快康复出院了。一家人充满了欢乐，她的事迹很快在全村传开了，人们都称赞她的善良，都说大发娶了个好媳妇。

"着火了，着火了！"人们在奔跑，在呼救，女人看到西院邻居家浓烟滚滚，火光冲天，她急忙跑过去但找不到儿子大壮，她知道大壮在邻居家和同学写作业，可邻居家孩子跑出来了，大壮还是没有出来，这可怎么办？

只见她拎起一桶水高高举过头顶浇了下来，大家高喊："不能进去，房子快塌下来了。"她像没听见一样扑进了火海，人们的心都提到了嗓子眼，为这个女人捏了一把汗，眼睛直直地盯着门口：“她出来了，出来了。”只见她抱着大壮，一只脚刚迈出门口，房子便塌了下来，落下来的房木砸在了她的头上，她把大壮往外一推，便被木头压在了下面。大家急忙搬开木头，把她拽了出来，她满脸是血和灰尘，吃力地睁开眼睛，看看吓得瑟瑟发抖的大壮，微笑着闭上了眼睛。

在场的人失声痛哭，大壮趴在她的身上已是泣不成声：“妈妈！你醒醒啊！你不能走啊，你走了我们怎么办啊！这个家不能没有你啊。”大发哭得晕过去好几次，就是这样一个平凡的女人，把她全部的爱都献给了这个家，用她的生命救了一双儿女，用无声的爱诠释了人性的美好与善良。

作者简介： 谢学志，辽源市作家协会会员、东丰县作家协会会员。

田埂上 于在波

端午时节。

一畦畦形状迥异的池水，倒映着透蓝的天空与迷蒙连绵的远山。

几只大鸟在水面上悠闲地飞动着。

一只小鸟仿佛悬在了天空中，扑着翅膀不停地鸣叫着。

远处的稻田早已返青，微风中，犹如平铺在水面上抖动着的绿柔柔的锦缎。

而娟子家的地块却是另一番景象，特像一块块中了病毒的显示屏，稻田里飘动着一条一桄枯死的秧苗。

娟子说，都是那家插秧机做下的孽，把人都坑苦了！

由于插得粗心，又经历了一场异常的大风天气，风道区域的稻秧大多飘浮在了水面上……

无奈，娟子只好打电话求助远在四十里地外的乌兰嘎屯打工独立大队。

太阳露出山尖尖不久，几抹彩霞还在天际懒散地逗留着。

十几个身穿迷彩服的妇女，头扎颜色各异的纱巾，口戴颜色各异的口罩，脚穿颜色各异的水靴，一字长蛇，雄赳赳气昂昂，走在弯弯曲曲的田埂上。

时而脚下飞起一只银白的水鸟，时而跳起一只墨绿的青蛙，时而窜出一只灰黑的老鹰。

身材苗条能歌善舞的春子哼唱着：

赤足走在窄窄的田埂上，听着脚步噼啪噼啪响……

开始干活了。

有的挑稻苗，有的递稻苗，有的插稻苗……

大家紧张而又有序地忙碌了起来。

春子、燕子、墩子三个人作业在一个池子里。

春子手脚麻利，插秧仿佛饿鸡啄碎米，不大工夫就把身材矮小臃肿的墩子甩落在了后边。

墩子手忙脚乱，粗气凝重，汗水在脸上恣意流淌，咋撵就是撵不上：“春子，你这可真是光腚奶孩子——沙楞手。”

春子慢慢回过头来，瞥了墩子一眼，“扑哧”一声咧开嘴笑了。接着她轻轻地用手臂擦了擦额头上浸出的豆粒大的汗珠：“这老娘们，说话就不能文明点儿。”

话音刚落，春子开始帮着墩子插起秧起来。

赶上来的墩子，正听见春子与燕子的对话。

春子说：“昨天晚上回到家，我给六岁的儿子买了一根雪糕。儿子非要我先吃一口，说，妈妈，您干活太累了，您先吃。我照着孩子递过来的雪糕，象征性地隔空‘吧嗒’一下嘴。说，儿子给妈妈吃的雪糕真甜，去一边吃吧。儿子说，不嘛，不嘛！妈妈得吃一口。妈妈不吃，宝宝也不吃。孩子坚持让我先吃，急得眼泪都要流下来了。我急忙说，好，妈妈先吃，妈妈先吃。我只好在孩子的雪糕上，轻轻地咬了一下，然后便佯装大嚼起来。接着我夸奖他，说儿子的雪糕可真甜！望着儿子那纯真而又怜爱的眼神，我流泪了。我想，无论白天插秧多苦、多累，只要每天回到家里，看到聪明懂事的儿子，我的心情就会特别的好，就会一下子消除所有的疲惫。家庭的温馨是奋斗的动力，孩子就是父母的责任，再苦再累，也要努力。”春子柔柔的眼里发散出满满的爱。

墩子喘着粗气，接过话头：“可不是，现在的孩子都是那么的聪明懂事。几天前，我五岁的女儿瞪大眼睛认真地对我说，妈妈，我不想长大！我问她，你为啥不想长大？女儿说，因为我长大了，妈妈就变老了。女儿的这番话，一下子戳到了我的心底。我情不自禁地把孩子紧紧地搂在了怀里。真的，当时我的眼泪禁不住哗哗直流。”

燕子感慨地说：“我认为，生活的精彩，不是生活在哪里，而是生活在一起。虽然咱们比很多人辛苦，但是，咱们比很多人都幸福。一家人在一起过得开开心心、快快乐乐、相互理解。相互关爱，比什么都重要。我个人认为“两情若是久长时，又岂在朝朝暮暮”，只不过是诗人对现实的一种无奈的托词。家庭的温馨是奋斗的动力，流下来的汗水也是甜的……”

“哎呀，哎呀！”墩子突然吃力地嚷道。

春子回过头来，惊讶地问：“咋地啦，墩子？”

“这啥破地啊，也太陷了。两只靴子都陷进去了”咋整也拔不出来了。”又矮又胖的墩子吃力地左摇右摆地用力拔靴子。

春子见墩子龇牙咧嘴的样子十分的滑稽，就忍不住大笑起来。

她走过来伸出灵巧的小手拉住墩子粗短的胳膊，想把墩子从淤泥中拽出来，可是墩子太重了。

春子眼睁睁地看着池水瞬间漫过墩子的膝盖，从靴口处“哗哗”地流进了墩子的水靴里。

“完啦，靴子灌包了。”墩子皱着眉头，嘀咕道。

这时，身形瘦小的燕子走了过来，燕子与春子俩分别架起墩子的两只肉嘟嘟的胳膊。

墩子摇来晃去，终于把两只肥胖的大脚从靴子里挣脱出来。

燕子与春子架着沉重的墩子，栽栽棱棱地把墩子弄到了田埂上。

然后春子返身去取陷在深深泥水里的墩子的靴子。

谁料这手刚刚触碰到水面上那半弯靴子口，春子脚穿的靴子也陷在了那里。挣扎了几下，也没有挣脱出来，再一用力，春子两膝突然发软，“扑通”一声跪了下去，整个下半身都浸在了水里。

春子两腿动弹不了，两只手却不得清闲。

只见她一边哼着小曲，一边左右舞动起手腕：“那是你秋天依恋的风，那是你漫山醉人的红，那是你含情脉脉的心，酸酸甜甜招人疼……”

“各位观众朋友，请您不要错过稻田现场演出的舞蹈《又见山里红》，表演者：著名独立打工大队一级舞蹈演员春子。”英子在一旁高声嚷着，“都陷那样了，还有心思跳舞呢，是不是又犯舞瘾了。”

身边的几个人都忍不住“嘎嘎嘎”大笑起来。

英子没笑，见大家都笑过劲儿后，英子自言自语道：“咱们这帮姊妹都能以苦为乐……插秧这活，既脏又累。早晨稻田里的水拔凉拔凉的，挣这俩钱可真是不容易啊！弄不好，到老了的时候，腰腿疼病都会找上门来。这孩子要是有良心还会照顾你，但久病无孝子，遇到没良心的，还不把这老病秧子看成是负担……

“大伙儿休息一会儿吧。”娟子在一边喊道。

大家纷纷来到田埂上。有的躺着，有的坐着，有的卧着……

娟子手里捏着一盒烟，张罗着会吸烟的抽烟。

这时，远处，一人赶着羊群，从远远的稻田边际走过。

“墩子神经兮兮地说：你说，有意思不?”

“啥事？大家忙问。”

“昨天，咱乌兰嘎屯的酒蒙子梁三和二醉鬼顺子又出新闻故事了。”

“咋回事，快说说看?!”大家焦急地想知道故事的梗概。

英子站起身模仿播音员的语气：

“各位观众大家好，下面请听乌兰嘎屯独立打工大队著名评书艺术家墩子的最新评书小段。大家呱唧、呱唧。”

墩子落落大方地站了起来，用力拍了一下手，然后边用手比画边讲了起来：

“话说昨天早晨，梁子与顺子把羊赶到了远离村屯的大河边。两个人便坐在一处开始喝酒，你一口，我一口，边喝边聊。一直喝到了下午一点半，两个人这才想到了给羊赶到河边饮水。”

于是，两个人就都站起身去找羊。

两个人迷迷瞪瞪，离了歪斜地找了一下午，也没有找到羊的影子。

咦？这羊，你说它们都蹽哪儿去了。

这下，两个人心里全毛了。

梁子口齿不清地说：完、完了，这、这，这羊，肯定是让人给偷走了。

咱们给派出所打电话吧？顺子说。

梁子说：咱俩在南边绕来绕去走了能有五十多里路了，这羊恐怕真的丢了。这太阳就要下山了，还是先回到咱俩喝酒的地方，把咱俩早上带着的兜子取回来，那兜子里面还有二百五十块钱呢。

两个人来到了饮酒的地方，这时太阳已经落山了。

梁子说：顺子，你还是给家打个电话，看看，这羊回家没有？

顺子打过之后，家里说，没有。

顺子的酒劲儿醒了几分：这点儿酒喝的，二百多只羊就这么给喝没了。你说，这点儿酒，多值钱?!

还未彻底醒酒的梁子说：沉住气，这财是你的，永远是你的。不是你的，早晚也会离你而去。走，回家。

梁子说完就要往家走。

顺子直叨咕：嗨，你说，这羊说没，就这样没了。

他来到了北面那高高的河坝，想往远处再看看。

顺子突然发现左前方那一块模模糊糊偏洼的地段，像落了一地白花花的雪片。嗯，一定是羊！他径直奔过去，几步踏进羊群。“扑通”一声，顺子一下子跌进齐腰深的一弯水坑中。冰凉的坑水，一下子赶走了顺子几分的酒劲儿。他急忙返回身，费了好大劲儿才爬上了坑岸。全身上下都被坑水浸透了。他打着哆嗦，往右前方看了看，嗯，是羊？他不敢相信自己的眼睛。他使劲儿揉了揉，定睛一看，果然是那两百多只羊。羊群卧在那里，有的打着鼾声，有的打着响鼻，有的抬头张望。

顺子心里怦怦直跳，声音明显打战：梁子，在，在，在这哪！梁子，在，在，在这哪！

梁子正拎起兜子翻弄着，听了顺子的喊声，他离了歪斜地走过来。边走边说：别扯王八犊子了，都这时候了，还扯王八犊子！

梁子栽栽棱棱地走到近前定睛一看，果真羊儿都趴在了那里。

梁子回过头去，眯缝着眼睛看了看。这群羊趴着的地方，离他俩喝酒的位置咋丈量也都不会超过二十米。

梁子说：这酒喝的，真的造蒙圈了。

……

哈哈哈，大家一阵哄笑。

主持人英子清了清嗓子："各位观众，接下来是今天的赛诗时间。还是让咱乌兰嘎打工独立大队诗歌协会主席燕子先来。"

燕子站了起来："好，我先来。"

打工来自乌兰嘎，
插秧个个顶呱呱。
不怕脏来不怕陷，
不怕太阳毒辣辣。
不怕腰酸不怕凉，
不怕两腿都发麻。
妈妈补秧为儿女，
儿女补课上北大。

大家七嘴八舌地叫好：

“好，好！”

“一个在补秧，一个在补课。妈妈辛辛苦苦补秧赚钱，为的是给市里读高中的儿子交补课费。写得好，写得好。”

“好诗！”

墩子站起来，说：“我来一首。”

打个工，真不易，
天天离不开稻田地。
稻田里干，
稻田边吃，
浑身上下造精湿。
腿发软，脚破皮，
靴子里边全是泥。
腰也酸，手也脏，
天天造得没人样。

“哈哈——”

“好诗！”

大家一个劲儿地拍巴掌。

春子说，我也凑个热闹：

茫茫稻田望无边，
村妇池中舞蹁跹。
早晨五点开始干，
稻苗一补就一天。
中午供饭有啤酒，
晚上老板给现钱。

“好诗！”

“见天的就知道跳舞、喝酒。”

“哈哈哈……”

大家又是一阵热烈的掌声。

“开始干活喽！”娟子说道。

大家纷纷走下水田开始忙活了起来。

燕子说：“哦，看，鸟蛋。”

春子哗啦哗啦淌着水走了过来。

“可不，八枚，今天晚上我儿子又要改善伙食了。”春子弯下腰，就要捡起田埂边缘的水鸟蛋。

一只水鸟在空中惶恐地鸣叫着。

燕子赶紧阻止：“咱还是忍一忍口头馋，你没听古诗中说：劝君莫打三春鸟，子在巢中待母归。”

春子一愣，缩回了刚刚伸出的手臂。

燕子看了一眼春子：“劝姐莫捡三春蛋，蛋在巢中母心安。”

春子“扑哧”一声笑了，说：“真有你的，不愧为打工诗人协会的主席，作诗讲道理，张口就来，一套一套的，够格！”

这时，胖乎乎，小眼睛的春子的丈夫，打工队中唯一的男队员憨子，在田埂边上喊春子，让她接住他递过来的稻苗。

春子只顾自己笑了，没有听清，一抬头，恰巧从憨子手中飞出的稻苗一下子糊在了春子的额头上，弄得满脸都是泥巴！

周围的婆娘们看见春子那狼狈的样子，都忍不住笑了起来。

英子笑得直扑打大腿，墩子笑得更没劲儿了，一屁股坐在了水池里；燕子笑得眼泪都流出来了……

春子哗啦哗啦淌着水，走到了又黑又瘦的憨子身边，佯装打憨子。一扬手，被憨子顺势用手抓住，春子借势用另一只手用力搂住憨子的脖子，一下子把在池边站立的憨子拉进了水田里。憨子被春子揽在了怀里，半张脸紧紧地贴在了春子的胸脯上。憨子几次挣扎着脖颈想挣脱出来，都被春子用臂弯巧力收缩，给揽了回来……

墩子见了，撇着嘴大声叫道："哎哟哟，我说憨子，要不说，这春子上哪儿打工你都跟着呢，原来你是吃奶的孩子，扔不下啊！"

"嘎嘎嘎……"

"哎呀，妈呀！这话让你说的，可笑死我了！"

"这老娘们，说话咋没把门的呢……"憨子责怪道。

有几位姐妹，迅速从衣兜里掏出手机，对准春子小两口就开拍。这难得的画面，推送给火山小视频，兴许能被选中，上个热门儿呢！

面对闪光灯聚焦的憨子磨不开了，急忙用手臂遮挡着黑黝黝的脸。

"格格格……"

"嘻嘻嘻……"

整个稻田上空被笑声填满了……

傍晚时分，打工队伍收工了。

春子清脆动听的歌声在田埂上空回荡着：

赤足走在窄窄的田埂上
听着脚步噼啪噼啪响
……

一望无际的稻田，在夕阳下演绎着美轮美奂的涟漪。

嫩绿的稻秧在轻轻地相互簇拥着，唠着神秘而又贴心的话语。

远处传来一两声水鸟的鸣叫，与春子原生态的歌声遥相呼应，将田埂周边的夜衬托得格外恬静。

作者简介：于在波，1962年生，白城市作家协会会员。已有近二十篇中短篇小说发表在白城市群众艺术馆主办的《鹤苑》，白城市文联主办的《绿野》以及吉林省作家协会与吉林省文学院主编的《吉林省农民作家作品选》上。

滋味儿 余平庸

天刚亮，我接到了瘦猴打来的电话。

“哥，晚上有时间吗?”

“哦，看情况吧，这段时间我挺忙，有事吗?”

“其实也没什么事，只是咱哥俩很长时间没联系了，就是想找你唠唠嗑。”电话里的瘦猴诚恳地说。

“是啊，我这也是整天瞎忙，如果今晚没事我就过去。”我爽快地答应了。

瘦猴本名叫侯顺，因为长得瘦小枯干，大家都叫他瘦猴。十多年前瘦猴从农村来到城里，开了一家豆腐脑小吃部，靠着诚信经营，瘦猴的生意越做越好。我下岗摆摊卖菜那些年，几乎每天早上都去他的店里吃早点，就这样，久而久之我们熟悉了，慢慢地就成了朋友。

瘦猴为人忠厚，是个热心肠，他总是在我意志消沉的时候给我鼓励，并且毫不保留地向我传授他的生意经，有点儿小聪明的我，把他这些经验都记下来，用在我的生意上。几年下来，我从一个小商贩做到了蔬菜批发商，而且成了整个批发市场的行业翘楚，大家都尊称我为“菜老板”。

瘦猴做的豆腐脑很好吃，在我最低糜的那几年里，我甚至把它当成了人间美味。随着我的生意渐渐做大以后，去他店里吃饭的次数也就越来越少了。

当天晚上，我如约走进了瘦猴的店里。

两碗豆腐脑、几样小菜、两杯散白，我们对坐喝酒闲聊。

“哥，你别整天总是山珍海味的，隔三岔五地上我这来，喝点儿豆腐脑就当改善了。”瘦猴开着玩笑说。

我喝了一口豆腐脑，感觉味道怪怪的，找不到当年的滋味，我怀疑这还是不是当年被我奉为“人间美食”的东西，我不由得皱了皱眉。

“哥，这碗豆腐脑是我亲手为你做的，还是当年的味道。”瘦猴微笑着说。

我不禁地打了个冷战，鬓角流出汗来。

“孩子，和谁说话呢？”随着说话的声音，从里间屋走出一个六十多岁的老太太，手里拿着一件深灰色的女式外套。老太太走到瘦猴身后，把外套披在了瘦猴的身上。“早点儿歇着吧，累一天了。”说完，她用呆滞的目光看了我一眼。

“知道了，妈！我陪我哥说说话。”瘦猴说。

老人转身走进了后屋。

“这是你妈妈？”我随口地问道。

“不是，我来城里那年我妈就过世了，这个妈是我捡来的。”瘦猴说。

“哦？在哪儿捡来的？”好奇心促使我继续追问着。

“就在我的店里。”瘦猴顿了顿，继续说——

半年前的冬天，一天早上我刚开门营业，就走进来一个老太太，我看她冻得直哆嗦，就给她端来一碗豆腐脑。老太太一边喝着豆腐脑，一边问我看没看到她女儿，还拿出一张照片让我看。我说没看到，老太太就失望地离开了。接连几天，我都会看到这个老太太拿着那张照片，逢人就问：“有没有看见我的女儿？她走丢了，我找不到她了！”后来，我从邻居的口中得知，这个老太太精神不太好，她的确有一个女儿，不知是什么原因自杀了。有人说是因为失恋了，男的是女孩儿的中学同学，两个人爱得死去活来。结果那男的进了工厂上班，和厂长的女儿好上了，就把女孩儿给抛弃了，女孩儿想不开就自杀了。于是老太太精神上受到了严重的打击，整天胡言乱语的，只想找回她的女儿。我看她很可怜，就收留了她。

瘦猴点了一支烟，使劲儿地吸了一大口，顺手从那件女式外套的衣兜里取出来一张照片递给了我。

“哥，你看看，这就是那个姑娘。”瘦猴愤愤地说：“那个负心的男人，真他妈不是东西。”

照片上的姑娘很清秀，我不由得仔细地端详起来，看着看着，我的心头一紧，好像被什么东西揪住了一般。一阵绞痛让我浑身哆嗦，顷刻间我大汗淋漓，湿透了全身。

狼狈不堪的我，慌忙地跑回家里。那母女俩的眼神，一直在我的脑海里翻腾着。

直到午夜，我才稍微平静了些，给瘦猴发了一条短信：“明天你抽空陪我去趟郊区吧，找个环境好点儿的地段，我要建座养老院。”

照片上的女孩儿，正是我的初恋。

作者简介：余平庸，原名李树锋，1970年出生于松原市。1986年开始学习写诗，1988年参加吉林省作家进修学院《作家之路》函授创作学习班，后因故搁置二十余年，2015年重拾爱好，作品散见于各种报刊。

迷途 张会

一

世界之大无奇不有，有些事奇得让人难以置信。人人对骗子的行径是恨入骨髓，然而，有些人却偏偏去讨好骗子。更离谱的，有些人不惜拿生命作为赌注。如果有人公然行骗，那么这个人肯定是众矢之的。若是偏偏有人甘心受骗，还尊敬骗子，心甘情愿地拿钱给骗子，无论谁听到这样的事都会毫不犹豫地说：这个人不是有病就是傻子。如果整个屯子几十上百人亦是同样呢？我只能告诉你：无论谁置身于此，或许只有一个答案，同样被骗。

夏饮沆瀣，缔结细碎的珍珠网，铺洒在植物的叶片上，托衬出晶莹剔透的底色。在阳光的照射下，折射出莹莹的彩色光芒，等同绿宝石般耀眼养目。

刚探头的红日拉出一天的忙碌。

不断攀升的骄阳，打破寂寥，拥挤的锄头溅起淡淡的尘沙，漂浮着忙碌的身形。晨露湮在裤腿上，渗入腿部肌肉里，冰冷的感觉直通发梢，寒战怂恿着牙齿，敲击“嘎噔嘎噔”无节奏的声乐来。念盼着天上的炉火烧得更旺些，烤干腿上让人难以忍受的漉寒。

太阳公公确乎难当，火蛇的袋子扎紧，人们嫌冷，放出火蛇又嫌热。无奈打开袋子，火蛇乱窜，扑向大地。黏在禾苗上的甘露被分解成微末后，慢慢被吸起，形成一层雾霭，托起阳光升腾，彩缎中掺杂着泥土和植物的芳菲。

躲在叶片背后的蝉蛾移步叶片上方，抖动着纱翅，一边吮吸甘露，一边用两只前足擦洗头部昨日的疲劳，为起飞积攒充足的能量。禾苗下纵横的根须交错地踞扎于土中，旁边圆圆的小洞内探出两个不停摆动的触须。蟋蟀抬头望望躺在彩缎上懒怠的影子，发出几声嘲讽的叫声，随后跳出洞穴晒太阳。影子被激怒，他难以容忍它对自己的不屑，抡起锄头向地面砸去，蟋蟀只轻轻一跳轻而易举躲过。又是一声讥叫，似乎有些挑逗的意味。影子气急败坏，他能在流言蜚语里跑马拉松，能在唾沫河里打漂洋，甚至躲猫避狗，唯恐招惹麻烦。可是，怎能容忍昆虫戏谑自己。他发疯地追打，不管一尺高的玉米苗被“残忍”地打倒、踩倒，脑子里只有一个念头，置它于死地而后快。迈动的脚踝突然被力道挡住，来个乌龟趴趴在沙滩上。

责怪的声音在他耳畔响起：“你发什么神精满地里跑？苞米苗让你耙倒一大片，你不心疼啊？这是老张家还是老李家的地？恨不得再踹你两脚，把你腰踹折得了，太祸害人了！”

趴在地上的人把锄头杆从嘴边移开，翻转身，唾去唇上的土，手试探晃动牙齿，发出含糊不清的声音：“前门牙让锄头杆磕活动了。”布满粗灰色毛寸发的脑袋晃动着，随意用线条勾勒出的脸上没有任何血液流动的迹象，如同白纸般。右侧嘴角向上倾斜，说起话来似乎口腔内总含有唾液：“刚才烦人的蛐蛐瞅着我叫，旁人瞧不起我，我可以忍，你经常骂我还可以忍，它……它一个昆虫还在取笑我。媳妇，你说，我不整死它，留它气我呀？”

他媳妇郎欣走近他，“呸”照着他面颊啐了一口，骂道：“谁让你干啥啥不行，和别人家同样地，人家年年好收成，可咱家年年倒找梢！也难怪地不收钱，看人家地里找个草刺儿都费劲儿，再往咱家地里瞅，草疯了似的狂长。哼，大家伙不怪叫你杨二懒，起外号都是有根据的！放下草不铲，还有工夫闲扯犊子呢！本来咱家地就缺苗，这疙瘩让你打场儿了？”蹲下身，轻扶叶片逐渐变黑的幼苗，爱怜地盯着已经折断的苗根。轻轻地松开手后，小苗软绵绵躺在地上，她立起身，咬着牙说：“你是王小二放羊不往好草上赶了？”

“媳妇，我错了，原谅我这一次，下次不敢了。”他仰视媳妇冷若冰霜的脸。

“哼，这可是你说的我再给你最后的机会。”说完头也不回向前铲去，铲出百米开外，感觉不对劲儿。回头的一刹那，肚腹中的肺叶几乎爆裂，咬牙切齿地扛锄疾奔到还在原地做梦的杨二懒身旁，愤慨地踢出数脚。

杨二懒在地上“嗷嗷”乱滚，一个劲儿地求饶。

郎欣吁吁带喘，手指杨二懒：“你是无药可救啦！”

“媳妇，种地太累了，有好多人没种一垄地，可钱大把大把的。我在集中精力想挣钱的道儿……”他话还未说完，脸上又落上黏稠的液体，顺着鼻梁向厚唇滑去。他慌忙用左手挡住，闭紧嘴，从嗓子眼儿发出模糊的声音：“郎欣，什么人也交不透你，你把我快打残也不说句关心的话，反而把我脸当成痰桶了。”

郎欣初次发这么大脾气，丈夫干多干少她不在乎，让她难以容忍的是丈夫居然躺在地里睡觉。她冷笑道：“什么人什么样对待，哼，我倒想关心你了，可是谁又关心过我呢？”杨二懒盘膝坐在垄台上，竭力讨好媳妇，说出能让媳妇信服的话：“媳妇，我真的在琢磨挣来钱道儿。我想好了，来钱既快又省劲儿的有两个：一是劫道，二是卖药。”

郎欣鄙视地撇嘴道：“你说这两样依我看来钱还是太慢、太费力，你不如直接去抢银行，银行里的钱多得是。”

杨二懒吃力地站起身，似乎追打蟋蟀消耗大半体力，斜乜着眼睛道：“我要学大夫，你看乡下的大夫多挣钱，给人看完病要多少钱你就得给多少钱，若是讨价还价，大夫下次不给你看病，真若如此，那可麻烦大了。特别现在的村医，任谁也得罪不起的，得罪一回，得了头疼感冒也要跑县城里看去，来回折腾谁也受不了。”

郎欣被气笑了：“你没发高烧啊？怎么说起胡话来？”杨二懒一脸的严肃，“我说的是真话呀！”郎欣刚想又一口唾液弹出，牙齿碰撞又咽进腹中说：“我还省省口水吧！吐在你脸上实在是糟蹋。你学大夫，那咱们屯的大夫放猪哇？你能当上大夫，我就能当上外国总统。”摇摇头，“拉倒吧，与猪头交谈太浪费表情。我想好了，学尖点儿吧！”随即左手捂住胸口，扔掉锄头，顺着地中间的毛毛道朝回家的方向走去。

杨二懒抱起两个锄头，悄悄地跟在后面，思绪潮涌。他不敢再多说话，媳妇有名的不讲理，虽说口角不断，但自己能理解她的苦衷。杨二懒无数次责怨自己见活便打怵的症结，怎奈生就的骨头造就的肉，难以改变。只靠郎欣一人干活，恐怕难以改变现状，眼看日子破败不堪，却也毫无办法。媳妇费了九牛二虎之力把自己连说带拽地弄到地里，自己哪怕装腔作势动几下锄杆也好，无奈慵惰的身体难以把控，到地里一锄没搭，反而践踏青苗，惹恼了媳妇。平心而论，媳妇算得上能干，不管干好干坏，整天泡在活计里。如果仅凭自己拿不动锄头的双手，恐怕地早已荒废了，房子早成废墟了。

郎欣蹭到一座低矮而又沟壑交错的二间房子旁站住，右手放在西山墙上，核桃酥的墙体好像遭到铁锤重击，黄土源源滑下。窄窄的墙体似乎从盖完房子之后，从未有用泥墁过的痕迹，几根木檩各支在歪斜的前后山墙边。郎欣拍拍胸口喘息，她与杨二懒因活计生气，落下了心口痛的病，犯起病来，氧气匮乏。

杨二懒看媳妇比之前严重些，急忙过来搀扶：“你没事吧？”

郎欣推开他，脸色苍白，埋头喘气。杨二懒退后两步，两手分在胸前，愣怔地注视她，半晌说：“我给你拿救心丸去。”郎欣吃力地挺直身体，手扶墙挪到房前。窗樘用塑料钉着，随风呼哒，发出刺耳的“哗啦哗啦”声。她拉开破木板门，进屋倒在用纸壳箱做席的炕上。眼望与油炸木一般黑的五根檩木，弯曲的脊梁坚持托着满是虫眼儿、虫屎的秫秸。黑黄的秫秸瓤已被虫子掏空，檩空之间严重塌陷。暗淡的屋内，透过房顶用塑料布堵着的窟窿，隐约看到外面的光。错落的蛛网编织成独特的棚，无数只细小的足在上面忙碌着，漫步在舞动的网幔上。沉积的塔灰从丝上坠落，在简陋的屋内自由游荡。油腻布满被头的行李卷上，虽然一天一抖，转眼又落上一层灰尘。似烟熏的墙体淹没了白色，毛毛虫从墙面的裂缝处钻出来，悠闲地散着步，与多足的“墙窜子”画着比头发丝还要细小的图案。

窃贼般的蟑螂纷纷从地与墙的结合处钻出，站在老鼠搬出的小土堆上观察周围动向，不时地用细足擦拭耳目保持警惕。蚂蚁肆无忌惮地在屋地撕打，还有一部分在往炕底的洞里搬运昆虫的尸体。吃的腹部涨红的蚊子，在塑料窗上左右乱窜，寻找逃跑的途径。成群的苍蝇落在炕上的饭桌上，在碗和盘子中舔食残羹剩饭。绿豆蝇在屋内展开了飞翔比赛，哼着聒噪小曲……狼藉一片的屋内从哪个角度看能出是人的住所，恰似昆虫的天堂。

炕边的杨二懒木棍般直立，此时，他复杂的心里装满了懊悔。他不懂两口子之间什么叫疼爱，他大脑中注满了安闲，此外便是伸手取钱。媳妇对他而言，不过是家养的会说话的一头“老黄牛”。难怪杨二懒懒，自上学开始，直至初中毕业，任何体力活他都没干过，二十多岁了养成锹镐不动的陋习。这时父母才预感到不妙，但为时已晚。懒怠像长了翅膀一样飞遍南北二屯。好在三十岁那年才娶到没人敢娶的郎欣，说起朗欣；许多人不了解，她怎么嫁给五毒俱全的杨二懒呢？她又不缺胳膊少腿的？其实，朗家在左右邻村是首屈一指的富裕户，朗欣身上有个哥哥，她在家中理所当然成为受宠儿，养了一身的怪癖。孤傲成性的她，从来不把任何人放在眼里，屯中人见她避而远之，恐怕惹来不必要的麻烦来。有钱便有人脉，村书记在农村算得上大官了，见到朗欣的父亲马上笑脸寒暄。因此，朗欣愈发野蛮，有人胆敢冲撞她，她会堵在人家门口骂上三天三夜，直到赔礼道歉为止。朗欣也许是命中无友，只能宅在家里。这样一来，嫂子成了她的撒气筒。哥哥看在眼里气在心里，他知道父母的脾气，劝说媳妇担待她：在家再待能待几天，顶多一年就出嫁了。媳妇听从丈夫的话，这一年怎么都好熬。可是，眼睛都熬出下眼带了还是没人提亲。好在小姑子的克星一天比一天大，蛮不讲理的朗欣和小侄儿同样争宠，无论谁家老人，肯定偏向下一代人。

朗欣恨透哥嫂还有父母，盼望着早点儿离开这个家，即使瞎子、瘸子也嫁。她看不到自身的毛病，只认为姑娘在家待得太久会讨人厌的！和杨二懒结婚后，因懒致贫，生活一天比一天窘迫。俩人几乎榨干了双方父母家的钱。

杨二懒目视着媳妇，依他的个性，虽然身体懒，嘴可是异常勤快，他一直做着思想斗争。紧要关头绝不能做出分裂感情的事来，以至于最终难以收场，分道扬镳。想罢，满脸赔笑：“媳妇，别生气，气坏身子咋整，我向你赔礼道歉。我想好了，下午和你一起去铲地。”

郎欣头枕行李卷，双目紧闭，从鼻孔里发出失望的“哼哼”声，说：“愿意去你自己去，我想好了，靠我自己干活，咋干结果都一样。时至今日我终于明白一个真理，嫁汉，嫁汉，穿衣吃饭，你挣干的我吃干的，你挣不来干的我喝米汤。”长叹一声，“实在挣不来，等着散伙吧！”

杨二懒倏然唇角抽动：“媳……媳妇你说啥呢，我堂堂七尺男子汉怎么能养不起老婆呢？”郎欣心灰意冷，嗓子眼冲出两个字，“难哪？”头侧向一边，直勾勾地盯着东墙。杨二懒双手拄炕，面对媳妇那张有些发青的脸，喏喏说：“我在去年就开始琢磨挣钱的道儿了，今天我终于有了决定，按我想的做，一定挣大钱。”郎欣生气吐痰养成习惯，墙上钉上一层层黄白黑令人作呕的痰渍：“别和我说挣大钱，你懒得让父母撵出来不说，兄弟姐妹都不认你了！挣大钱也行，你上哪儿能求借到做买卖的底子钱，别痴人说梦了！大夫和你一点儿边也沾不上。”

杨二懒陷入思索，他真的濒临绝境，郎欣态度坚决，再不解决目前状况，即使她与自己不分开，自己也无力支撑这个家，更甭提以后了。成败务须搏一把，自认为成竹在胸的计划，心田里还是充溢着对以后的担心，毕竟老大夫在这个屯里根深蒂固，自己未出茅庐怎能撼动他？这事姑且放到一边，是否有人能信任自己看病还是个未知数。倘若自己诊疗，若出现医疗事故怎么办？又把困扰自己几年来的事重新搬了出来，突然间想起来被自己忽略的问题：农村看病无非是头疼发热、感冒发烧，哪个大夫也没看过太大的病。再者说，有大病都上医院了。老农挣钱不容易，从不把身体看得太重，就拿买东西来说，越便宜越好，看病亦是相同。不管大夫看病好坏，只要药价便宜肯定会吸引到人。想罢，脸上浮现出计谋得逞的笑容。他信心十足地说道：“你给我顶多一年时间，一年之内我若开不了诊所的话，你离我而去，我无怨言。”气头上的郎欣被他的幼稚引发大笑，一点儿根基全无的他能在短短数月中学会当大夫，并且开诊所？的确是玄幻小说里的故事情节，她从他坚定的眼神中发现，也许玄幻真存在他的骨子里。她了解杨二懒，他大脑超灵活，一般人是无法比拟的。可是，学医不是搞安装学修理，弄不好可以重来。大夫的职业绝对掺杂不得丝毫的水分的，必须经过几年专业学校的学习，另外还要几年、甚至十几年的实践才可能成为乡村医生。可他既没有专业功底又不是神仙，这些话纯粹是痴人说梦。她晃动两下头：“给你一百年也都是相同结果。好了，我再给你一次不是机会的机会。”这句意味深长的话她也记不得说过多少回了，这句话也许包含着许许多多希望。

二

至此，杨二懒向着他的梦进发——捡破烂换钱，买一些与医学有关的书籍。当他看翻看时，才发觉自己太过武断，但凡大夫好学，世界上也许就没有农民这样的职业了。他开始为自己草率的决定感到后悔。箭在拉满的弓弦上，郎欣把自己当作空气，不理不睬，看起来箭不得不发了。她逼迫自己沿着这条崎岖而又危险的道路继续前行，哪怕是悬崖峭壁不允许他再回头。学医靠不了悟性，要走捷径便找名师指点，杨二懒盘算好，离家出走。

数月后，回到家中，像似走火入魔般翻看、背诵不知从哪儿淘来的医书。秋去冬来，杨二懒玩起针技。

郎欣先是把他当作空气，看着丈夫手背布满红肿针眼，说实话，她也心疼，毕竟夫妻一场，几次想制止他，事已至此，丈夫肯定不会听自己劝说的，倒不如让他撞破南墙，也许他会回过头从新过日子。郎欣开始后悔当初赌气，把地荒废了，如今“弹尽粮绝”。她只好舍着厚脸皮挨家挨户轮换着讨要。全屯子人嘴上说他俩不值得可怜，困难之际却纷纷伸出援助之手。

夜深了，天空铺上黑色的大布，上面爬满萤火虫，眨着亮晶晶的小眼睛。偶有微风吹来几声“夜猫子”的叫声，打破静寂。杨二懒透过挂满霜冰的窗户，外面如同炭锅底。风还在撕扯着塑料薄膜，使其与霜冰分离，一块块掉落在炕面的纸壳上，“啪啦、啪啦”响声不断，打破了屋内的宁静。他手上的皮仿佛被钳子夹起，与肉硬生生分离，又似蚁群在他手上啃噬。他拼命地咬牙坚持着，避免让“呻吟”声打扰沉睡中的媳妇，刚刚用身体焐热的被窝儿转眼又折腾冰凉。

摸摸被风打凉的左臂，本意把手臂缩进被子里，手与被轻微摩擦，立刻感觉钻心的疼痛。悄悄坐起来，把被往身后围围，破旧的内衣难以抵挡屋内的寒气，他打了个冷战，顺手拽亮电灯。开灯声惊醒了似睡非睡的郎欣，她目不转睛地盯紧杨二懒那张挂灰的脸，内心闪过一丝疼爱。披衣下地，拿起暖瓶往洗脸盆内倒些开水，把黑旧的毛巾浸在水中，洗了洗，拧拧后，上炕坐在杨二懒身边，毛巾放到他左手上，说：“你傻不傻，把手扎肿是小事，如果发炎可咋整？捡的破针上有菌，练不会咱不练了，大不了咱俩的约定取消，重新开始过日子。”一股暖流在杨二懒体内荡漾，更坚定了他学医的信心，或许即将与成功接轨，怎能轻言放弃，放弃他唯一的机会。几个月以来，他内心变得前所未有的空虚。他以前不把她当作真正最亲近的人来看待，她不过是自己使用和为其劳动的工具，同床异梦。他此时此刻才解开纠缠多年的情结！她是他生命中不可或缺的一部分，他要让她变成有钱的富婆，不枉她默默地为自己、为这个家的付出。想着想着，嘴角掠过一丝久违的笑意，眉心的结舒展开来。

“是不是不那么疼了？”郎欣体贴的话语剪断了他的思绪，他怔了怔说：“不……不疼了，一点儿都不觉得疼了。”他终于得到她的关心，想说出这段时间压在心里不敢说的话：“媳妇你看我的手肿成这样子了，血管根本看不到了，我又不能不练，你……你……”郎欣瞟了杨二懒一眼，“别给你两句好话就蹬鼻子上脸，别说拿我练手？否则，别怪我翻脸不认人。想得美，把我手扎感染了，说严重点儿，变成废手谁能管我？你能吗？”

“我能。”杨二懒脱口而出。“拿别人的手练，不像扎自己那样别扭，二则能放开手脚。”杨二懒没料到话未完全出口，遭到拒绝，面露尴尬。

“你骗鬼去吧！你这么多年靠谁养？哪有能力管我？”

杨二懒解释说：“你理解错了，我说的别人不是你，我根本没说拿你做试验，你让我扎我也不舍不得。我是想在我的双脚上找血管扎。你看你，整出一堆噎我的话！”

“好了，别说那没用的了，我下地给你换换，再敷。”郎欣再次下地，找来一块干净的布，放在热水中冲洗，然后换下已经变凉的毛巾，反反复复至天亮。

杨二懒看到热敷初见成效，馒头状手背已稍有干瘪，暗自庆幸没有发炎、感染。穿好衣服，坐在媳妇刚烧热的炕头，针头放在倒满热水的茶杯中浸泡。然后用布条勒紧脚脖儿，脚背上血管呈现在他眼前，他急忙拿针轻轻扎去，一股暗红的鲜血迅速地顺着针流入与针柄衔接的透明的细滴管中，快速地滴在炕上。杨二懒扯脖子大叫："我扎上了，回血了，我扎上了，扎上了……"郎欣不知发生什么事了，当她冲进屋内惊呆了，手指着炕上洇红一片的血，说："你是要……要自残哪？"杨二懒兴奋到极点，他不在乎把胸腔的血流干，他炫耀他执着换来的成果。

郎欣的眼眶盈满泪花，这是她第一次真情吐露。两年前她父亲过世，她不但眼眶干燥，连最后一眼也不肯去见，对父母的恨深入骨髓。更可气的是她也从未去安慰孤苦伶仃的母亲。她多年的心得：知疼知热的是老婆汉子，其余谁也靠不上。她违心地与丈夫几月前的约定，主要目的是在激励丈夫能承担家庭的重任，她能与他双双走到生命的尽头。姜子牙的媳妇七十岁嫁给姜子牙，是多么难得的姻缘。恐怕自己绝无黄氏那么幸运，除了杨二懒，她甚至到老死都绝对没有人会瞧上自己。她泪眼模糊："你的心咋这么窄？别扔下我不管，我还没活够呢！"杨二懒开心地笑："你看，我找到窍门儿了，你仔细看哪儿，我扎到血管了，看，针管里一直在流血。"郎欣用袖子擦亮眼睛，左手食指按住针头，猛然把针抽出，埋怨说："你有多少血够淌呀？你看炕上流了一摊血。"心疼地说："待会我沏一缸儿浓茶，补一补血。"低声叨咕，"我晚进屋一会儿，身体里的血都得流干。"

"我只一针命中。"杨二懒重新拿起针，偷觑郎欣一眼，"你瞅好了，看我咋扎的。"

郎欣扭头说："我晕针，你自己玩吧，我出去做些饭吃。"她心里何尝不高兴，丈夫掌握到高难度技巧，接下来发生什么奇迹来难以预料。

杨二懒信心倍增，接下来的日子里他闭门苦练。毕竟没有名师指点，十中七八针再无进展，他又开始苦思冥想如何拜师学医。常言道，同行是冤家，何况他又是初学。绞尽脑汁想出学技妙计，既能偷到针法，还可以了解到头痛、感冒常用的“注射液”针剂。他看着伤痕累累的手与脚，笑了，提前释放积压在胸内多年的苦涩。他想：只有不怕痛苦，勇于攀登，才可能到达峰顶。

三

极寒的夜晚，拼死一搏的杨二懒全身只留下裤头，赤裸裸地站在院中，任凛冽的寒风瞬间刮去身上的热量，情不自禁地发出痛苦的声音。郎欣在屋内叫道：“你出外咋这么半天，还不进屋，干啥呢?”杨二懒唇齿相互击打，鼻涕已凝结成两条冰柱，他极力控制着上唇，喉结处像被木棒敲击一样发出抖颤的音：“我，在使用，苦肉，肉计。”

郎欣慌忙坐起：“你说啥呢？嗦嗦得听不出你说些啥?”披上衣服跑出屋，大惊失色，扶住杨二懒，打量说：“我看你是冻得动弹不了，回不了屋了。”驾着冻僵的杨二懒吃力地挪进屋，把他平放在炕头，盖上被子，拿过毛巾，融去冰柱：“我以为你出外一趟，没想到……唉。”又是生气又心疼，“你真入这个道儿了，想死你选个别的方法啊，冻的滋味难受不?”

杨二懒周身即将凝固的血液逐渐融化，身体让热炕一烙，肉里仿佛镶满针尖，又痛又麻。手心、脚心痛得钻心，身子左右蹭，抽搐成一团，嘴打摽说：“苦、苦、肉、肉计。”

郎欣又心疼又生气，问道：“啥苦肉计，你又是和谁用计，难道是我吗？让我更加同情你?”

杨二懒喷嚏不断，豆大的汗珠从额头滚落。郎欣见状，手足无措，用尽土方法——冷水敷头、酒搓额，忙活到彤云映天也不见效果，只好搀扶高烧的杨二懒来到屯头的小诊所。

郎欣推门，环视屋内，两间大屋子里挤满打吊针的患者。火炕上坐着岁数偏大的，靠墙边一溜大椅子坐满年轻男女，都是同个姿势，手放在膝盖上。板棚上几十个小钩上挂满吊瓶，唯有输液器上凸出的部位，药水在悠闲有节奏地滴下。

她猛然有一种感觉从心底向面部蔓延，她也不知道究竟是怎么了，也许自卑吧？硬着头皮走进屋，问道：“胡大夫，我家这个人不知怎么了，冷不丁地发上高烧了。”

胡大夫看到郎欣和杨二懒，想起他们多年欠下的五六千元钱医药费，至今只字不提。他们即便有钱时，一要一哼哼，胡大夫最忌惮他们来抓药看病，虽说药底子钱不足五成，但那也是钱呐！但作为大夫，本着治病救人的原则，他还是笑脸相迎：“坐、坐，找个地方稍等片刻，我把那人的吊瓶挂上。”

胡大夫熟练地把药水推进塑料药瓶内，走向靠墙角的患者。郎欣内心的卑怯感不断攀升，虽然潦倒得破罐子破摔，她自尊心还存留，当他俩迈进屋内的同时，都有拔腿退出来的冲动。面对施舍过她的人，强烈的心理反应已达到无法忍受的情境。她扶着涨红脸的杨二懒坐在连二大炕用红砖从中间隔开的火墙里侧。按规矩，里屋不许坐人，里间屋内，地上连同炕梢摆放药箱和医疗器械，炕显得十分窄巴。白地蓝花的炕革上，两床白色被子靠窗台下整齐地叠放。一个与胡大夫相仿的老太太异常忙碌，从不同的纸箱内拿出不同的药水摆放在炕沿上。

老太太斜瞥郎欣两口子，嘴不停地嘎巴，虽然声音未出，表情却透露出极其厌烦的样子。郎欣埋下头，杨二懒的鼻孔内像被塞满了酸杏，咧呵大嘴，舌尖被急促气息推出，搭在唇外。胡大夫炉火纯青的技法令他瞠目结舌，他还没来得及看清楚，针已镶在那人手背上。胡大夫转身从他身边走过，看他一眼，无须多看，因为这种病情他司空见惯。他迅速从小药盒中取出针剂的小玻璃瓶，一个个打开抽进针管内，稀释到二百五十毫升盐水内。杨二懒怎能错过千载难逢的好机会，拼命伸长短脖子，恨不得把脖子从脖腔中抻出来，抓住对他有帮助的细节。郎欣瞪着丑态百出的杨二懒，低声说：“你饿了？哈刺子都流出来了。”手打在他舌头上，“缩回去！”杨二懒舌与头同时缩了回去，上身侧歪，目光被胡大夫的手牵动着，口中默默叨念药物的名称，默存心中，直到胡大夫拿着三瓶药水来到他旁边。郎欣疑惑地问：“胡大夫，你没有过来给他看，又没有问问，怎么药都兑好了？乱打能治病吗？”胡大夫肩头顶在郎欣肩上，郎欣向旁退去，知道自己妨碍胡大夫打针，可是这种无声的语言让她无法接受。

胡大夫眼皮下垂，他实在不愿与他俩多说一个字，“哼”了声，冷言冷语地说：“我当过大半辈子大夫了，这点儿小毛病我闭上眼睛都能从他喘息中能判断出他的病情。”又问杨二懒，“你干什么冻成这样，除非——除非掉到冰窖里去。”杨二懒“嘿嘿”一声，没有直接回答问话，反问道：“胡大夫，你给我打的都是什么药啊？”

“管退烧的，管咳嗽的，管炎症的。”胡大夫扯过他的手，棉团来回擦拭。杨二懒双眼稍一走神的刹那，手背稍感疼痛，针已被固定好。胡大夫说道，“我本来不应该给你打了，你欠我好几年的药钱你一分钱没还过我，看你病得严重，当大夫的不能见死不救，你自己看着办。”

“我还，我来年一定还，一定还。”杨二懒口是心非，暗自揣测：我还你个老六饼，你在这个屯能不能站住脚还两说呢？你等着，我要让你为今天所说的话付出惨痛的代价。

胡大夫的眼神从杨二懒的脸移到郎欣身上，声音很低：“哼，懒汉盼一百个来年，到头是一年不如一年。”满屋子的人心知肚明，胡大夫意在砢碜杨二懒两口子，并没有真正索要钱的意思。杨二懒和郎欣却在嘲笑声中变得泰然自若，自我开导：逃避不是解决问题的根本，钱才是让人刮目相看的准绳。接下来的几天，杨二懒的身体逐渐康复，他还是央求胡大夫继续给他打几个吊针来巩固，确保感冒不再复发。其实他把这些天所打的针剂药兑到什么药水中，严重了用什么药，病情好转了用什么药，兑多少支，连同吊瓶的先后顺序一一记在小本子上。他确认自己有些“功底”了，再看医书时通晓些，便开始显扬自己，并在郎欣面前大肆吹嘘，“我以为当大夫有多难，不过尔尔，感冒无非是‘地塞米松’‘利巴韦林’，消炎药，用次点儿不过敏的是‘淋霉素’，用好点儿的需试敏的‘青霉素’，最好的是‘头孢’，退烧药也就是这几种。”他有时还到附近村诊所去“取经”，功夫不负有心人，杨二懒短短几个月突飞猛进，自己认为可以开属于自己的诊所。心动不如行动，开始四处筹钱。谁肯把辛苦挣来的钱扔进火堆？求借无门之际，偏偏有头脑灵活倒药的小贩上门肯赊他药。他们各个经验丰富，农村有些大夫卖药可谓暴利，诊所有挣无赔。杨二懒没用一分钱本钱，诊所正式开业。头两个月无人问津，杨二懒两口子心灰意冷，找遍了自身原因。他也知道大家不信任他，每天心急火燎盼望有人来，每天都在失望中度过，既然开了就不能轻易黄掉，只好抱着观望态度支撑着。

屯中人背后议论，说他懒出高度了整天净想着高口味，开诊所也不是他这样的；还有人说杨二懒穷疯了，家里没粮，拿药当饭吃吧；也有些看法不同的人，赞扬他，说他脑袋够用，开起了诊所；亦有人说，都说人家没钱，可药贼拉贵，办个诊所至少得几万块钱，看人家不闪腰不差气的，一把掏出来这么多钱，太让人不可思议；极少数人猜测，他在咱们屯子多少年了，他家的收入大家伙一清二楚，一炮儿拿出几万块，是不是来路不明？有人解释说，不管是偷来的还是抢来的，都开这么长时间了，并没有人找他麻烦，厉害人到什么时候都厉害，不要眼气人家了，哪天去看看药价咋样？偏偏有些贪图便宜的人抱着试试看的态度，来他家抓口服药，所有来的人颇感震惊，与别处同样的药品，他家药价格低不少，比较胡大夫家的药，低了三分之一有余。屯中人口口相传，杨二懒的诊所从冷清到络绎不绝。和胡大夫家形成鲜明反差，来抓药的人渐渐减少，最后无人问津。

胡大夫为拉拢人，药价一降再降，直到同样药物低于杨二懒家的价格。胡大夫暗中盘算，以他许多年积攒的资力，打败杨二懒不成问题。他的药价低得几乎白送了，亦是没发生根本性的变化。屯中人都在打自己的小算盘——胡大夫这么多年挣大家的钱太多太多了，杨二懒家的药这样低，一定还有利润可图。胡大夫的吊瓶和杨二懒对比，挣的超过一半有余，人们背地咬着牙，恨透了胡大夫，合计着即使胡大夫白送药，大家也不去拿。如果再去捧胡大夫的场，把杨二懒的药铺逼黄了，大伙可能背负难以承受的后果。有钱让相对讲究的杨二懒挣，也绝对再不给那胡大夫翻身的机会。胡大夫自从当大夫以来，未曾受过这样的气，心中憋闷，他不相信已经成为事实的事实，面对老伴儿的规劝充耳不闻，忧心如焚，急火攻心，卧床不起。老两口无儿无女，全凭心地善良的父老乡亲从自家背草为他俩烧炕，拿饭菜给他俩吃。

经过屯中人的精心照料，老两口的病情有所好转。胡大夫的思维每天都在发生变化，毕竟他们老两口有血有肉，侵蚀心的铁屑被外界的情感融化，在生死攸关的时刻，他们得到了从未得到过的亲人的照顾，不仅慨叹道："人的一生当中不要把金钱看得太重要，人生最重要的是真情，即使头枕金山，身盖钞票又能如何？泯灭良心攒下的金钱不为己所用，还留下人性的谴责，金钱永远不是万能的，永远代替不了情感。"在他们即将推开地狱大门时，是情把他俩拯救回来。老两口商量，病好以后，发誓把欠下的情还给乡亲们！要遵循老祖宗留下来的医德，本着治病救人的理念来回报所有的人。最近，老两口相互探讨过，杨二懒意在逼走他，这个屯子没有了竞争对手，他便可为所欲为，药价肯定会不断上调，有可能会超过他的药价格，吃亏的还是屯中的乡亲。他唯一能做的，就是把病魔驱离体外，不能让杨二懒的阴谋得逞。

胡大夫所想的正是杨二懒所担心的，他精心策划想让胡大夫从此消失，只有他在这个世界消失，自己的计划方能大胆实施，胡大夫存在一天，他就多二十四小时的威胁。杨二懒今非昔比，穿戴讲究，摸摸泛鼓的腰包，带着锦囊妙计来到胡大夫院中。屋里静无声，杨二懒向屋内看了看，除了老两口在炕上横躺着，再无旁人。他大踏步窜进屋，双手插在裤兜中，站在炕边，上唇不停地擦蹭两颗相互隔离开的门牙，咽下口腔内增多的唾沫，使发音清晰些，目光灼灼，从炕上围被而坐的老两口面庞闪过。他戏弄的口吻说："胡大爷，胡大娘你们好，几天不见，咋，咋变成这德行了？昔日受人尊重的胡大夫也没有人向你点头哈腰了？"气得老两口脸色铁青，双目即刻合拢，胸前似被巨石压着，喘气费力。

杨二懒的计谋成效卓著，加大攻势，掂起右脚尖故意抖动着，双手交叉抱膀，奚落道："你瞅你们俩有个破手艺，真能抖哇！记得那次我来你家打吊瓶，胡大娘看我那眼神，我终生难忘，太吓人了，眼珠子差点儿没剜出来。"又看胡大夫的脸，"还有你，守着全屯老少的面，把我说得一文不值，我有你说的那样不堪吗？我是欠钱不还的人吗？有两个臭钱，不是瞧不起这个就瞧不起那个。我是你的上帝，你把上帝得罪了，所以呀，上帝一定得惩罚你，你看多灵验啊，你们落得今天的下场，后悔不？"杨二懒奸邪地笑笑，架着胳膊说，"这回呀，这回上帝不计前嫌来看望你俩来了，怎么眼皮都不撩一下，你就用这种方式来招待上帝呀？你看看，上帝来脾气了，你受责备了吧？做人要低调，懂吗？哈哈，都到这程度了，还装得什么高傲？上岁数的人了，我不和你俩计较呵呵……换种方式笑笑，闭眼睛干吗，当一辈子大夫了，连笑都忘了吗？"说罢从衣兜里掏出一沓人民币，用力摔在炕上。"啪"的一声脆响，胡大夫老两口闻声睁开惊惧的眼睛，误认为老伴儿被打。

杨二懒步步紧逼："你们日思夜想，恐怕我还不起你们的钱。我今天特意为还钱而来，你怎么反而不接了呢？"遂把钱摊开，"我现在挣钱容易了，相反，你俩挣钱费劲儿了，老了。不过没关系，以后你二老我来养活，缺钱、缺东西尽管吱声，我让你们过着生不如死……不对，不对，是舒心的生活。”

胡大夫勉强从喉咙挤出一个字：“滚!”嘴唇跟随身体的各个部位抖作一团。他想加大泄愤力度，准备抬起的手，可如同绑了千斤重铅块，中指和食指弯曲两下，便倒在身旁老伴儿的腿上。

杨二懒仔细端详老两口的状态，并未达到自己预期的结果，继续加大攻势：“哼，既然不想要钱，那好，我先收着。”拿起钱，右手晃动几下，“啪啪”钞票在左手上敲打数下，阴阳怪气地说，“老不死的，还学会吓唬人了，行了，钱我留着，留着你死后我给你买纸。”胡大夫老伴儿忍无可忍，竭尽全力，在窗台上摸起一支鞋掷出，正拍在猝不及防的杨二懒鼻梁上。杨二懒一阵剧痛，眼眶内立刻淌出酸水，“哎哟”一声，手捂着鼻子叫道，“老家伙，你俩如果能活过今晚上，明天那关我就让你俩更难过。”眼看着老两口双双倒下，杨二懒窃喜之余，心中难免恐惧。他怕胡大夫当场死了，自己浑身是口也洗脱干系，自己现在的前途可是刚刚迎来一片光明啊。

老太太的话在耳边萦绕：你年纪轻轻地要多积德行善，不要为了挣钱做出缺德的勾当，我俩便是你日后的缩影。他努力地去清空这段话，不料已经深深刻在脑海中。

四

凝重的夜色笼罩在村庄的上空，浓重的乌云遮星蔽月，零散的灯光描绘出村子的整个轮廓，犬吠从后街向前街延伸。几串脚步在土路上摩擦，声音急促，在俱寂的夜晚传得特别远，在一院落中戛然而止。紧接着响起焦急的叫声：“胡大夫、胡大夫把灯点亮！胡大夫把灯点着！我们来给你们烧炕、送饭来了。”屋内静悄悄地更增添几分恐怖，又有人连叫数声，屋里还是没有回应，更加深院中人的疑惑。几个人准备闯进屋的同时，屋内“咔”的一声，像是在按打火机声音。瞬间，屋内红光显现，并且扩散迅速，“噼啪”声不绝于耳。院中人惊呆了，想冲进屋里救人，已然不及。火焰趋赶浓烟，撕咬着窗棂冲出，刹那点亮夜空。屋内几声微弱的咳声，伴有难熬的呻吟，空气中到处弥漫着刺鼻的气味。沸腾的院子乱作一团，盆端和桶拎的水，泼到熊熊燃烧的火海里，砸起一团火星。村民眼巴巴地看着，不停地向后退去，众人百思不解，火起得出奇地快。

原来胡大夫老两口被杨二懒气得旧疾复发，昏死过去。也不知过了多长时间，醒来后，屋内已然暗淡无光，老两口商量，生命已经到了更残灯灺，早晚避免不了一死，苟延残喘几日，身心倍受折磨，倒不如早做了断——他俩爬到炕梢，搬倒纸箱，把碘酒和酒精漫洒在装有输液器的每个纸箱中，之后开始向屋内抛散。二间屋地上，炕上顿时皆是沾有酒精的输液器、注射器，还有药品。胡大夫拿起气体打火机本想就此点燃，却因体力不支作罢，另外，浓浓的酒精味、药味，使两个人再次昏厥过去。外面的叫声再次唤醒胡大夫老伴儿，她怕他因自己而犹豫不决，便从老头手中拿过打火机，屋内霎时变成火海。就这样，胡大夫和老伴儿带着他们的一辈子的心血、带着他们未完成的心愿，含恨离开他们不愿离开的世界。

谜团留在人们茶余饭后的叹惋声中……

杨二懒如释重负，沾沾自喜。他万没想到，横在眼前的大山被轻而易举移开，他无所顾忌了，为所欲为做他想做的事。最初带着观望态度的乡邻们也开始在他的诊所里打吊瓶了，杨二懒的“生意”日益好转。一年光景，他家是翻天覆地的变化。新盖了七间大瓦房，屋里的摆设焕然一新。在推倒的土院墙基础上用红砖砌有五尺高，把银白色的大门衬托得格外显眼。乡亲们用辛苦换来的血汗钱，源源不断地流入他的口袋中。郎欣长这么大没看过这么多钱，眉飞色舞。丈夫一个人忙不过来，她居然学起了打吊针。他俩总觉得“口味”不够浓重，扬言药品涨价，还为自己找些搪塞的托词：自己理应随行就市。药品短短数月几乎翻倍涨，倒超出了胡大夫那时的药品价格。屯中人吞咽自己为自己种下的苦果，可是又无能为力，什么都可以攒，唯独病攒不得。

杨二懒一年多积攒些经验，他并不满足现状，尝试着向更高发展。闲暇时看医书，治疗别的病症，因为这才是真正赚钱的道儿。药的利润带给他意想不到的丰厚，几块钱的吊瓶能卖几十块钱，甚至更高。治疗感冒的吊瓶，明明挂一个就可以，他却学别的大夫分两个吊瓶，甚至三个吊瓶。假如：一个吊瓶按他正常的三十块钱，人们会觉得太贵，如果一个分成两个或三个，即使要五十元钱，每个吊瓶将能达到十六七块钱。但在患者看来，算得上便宜的了。药物贵与贱，从没有人敢与其讨价还价。心情好时或关系好的人稍微少要一点儿，他若看不上的人多要些。扬二懒天天听到的都是些恭维的话，得罪他纯属和钱过不去，大家都懂这样的道理。杨二懒非法行医这阶段，虽然谨慎小心，没有致人死亡之类的现象，可医疗事故频发。

杨二懒深知，自己学医到目前为止，只是学到了皮毛。但是，每个村子都离不开像他一样的村医。相对之下，有少数村医上完卫校之后边摸索边行医，逐步吸收经验。而自己全凭自悟，到如今看来，并不比别的大夫差。他胃口不断增大，行医的范围向邻屯扩展。杨二懒和媳妇商量：要尽快把手续办齐全，防备出现重大医疗事故时用。他知道，依他这样算不得大夫，若从正当途径搞到行医手续根本做不到。郎欣告诉他：有钱能使鬼推磨，别的用不上，你就用钱去砸，没有几个当官的能扛住钱的诱惑。

杨二懒听其言，四处找关系，钱花到位，任何难办的事都迎刃而解。一个必须经过层层严格审批的行医手续没用多长时间，便轻而易举地搞到手。农村人为的少花钱治好病，不管真假手续。杨二懒两口子喜出望外，有了这个打人的家伙，他认为已经成为合法的乡村大夫，可以正大光明地行医。他有他的格言：自己不是大丈夫，做事不需要光明磊落，挣钱最主要。他承认他是心胸狭隘的人，他对屯中的人没半点儿好感，对大多数向他示好的人——帮他整烧柴、拉货、卸货，帮他跑零活的，只是玩玩面子，打针买药的少算他们块八角的，足以让他们感动些时日。杨二懒幻想着，挣更多更多的钱，买车、上城里买楼房，开大诊所，挣几辈子花不完的钱。他媳妇最近体会到“穷在大街无人问，富在高山有远亲”这句话的真正含义，现实证明一切。就现在而言，以前不理她们的亲戚主动找上门来，不是借钱就是赊药，他俩挥手一律拒绝轰走。钱多了，地位随之提升，人脉愈来愈广。他们进药注重价格，不管其他，越便宜的药品利润越可观。

诊所最忙碌的季节是春冬两季，尤其冬季最为明显。流行感冒传染快，传播广，人们闲暇下来，各种疾病纷纷“登门拜访”。冬季的流行感冒可以称为群体感冒，天气时暖时寒，最容易勾起各类病的并发症。杨二懒两间病房内的大椅子上已是拥挤不堪，他家的七间砖瓦房，有两间是放药品的仓库、紧挨着两间是住所，西边的三间是大筒屋，玻璃柜台把屋子分为两间病房和一间诊室。杨二懒和郎欣每天都在繁忙中度过。

这天，推门进来一个老年男子和一个中年男子，两个人面部表情极其痛苦，嘴角颤动，发出低沉的“哎哟”声。杨二懒认得岁数偏大的，是本屯子的，连忙打招呼说：“董大叔，咋了？哪儿不得劲儿?”

董大叔立于门旁说：“我胸发闷，有时嘶嘶啦啦地疼。”杨二懒听见他的喘息吃力，看他憋红的脸便武断说：“都是这茬感冒，看你的脸烧得像红纸似的。”回头告诉郎欣，“你给董大叔抓紧开退烧药和感冒药，还有消炎药。”他让董大坐下，扎上吊针，转身礼貌地问那位中年男子：“你不是我们屯的，看着面生，你是?”中年男子右手捂着腹部，带有奉承的口气：“我是跟前儿屯子的，特意慕名而来。”杨二懒听罢，心中难抑喜悦，这段时间经常有邻屯的患者打电话给他，为了挣钱，一律随叫随到。今天令他惊诧的是，居然有患者登门，这表明自己的医术在突飞猛进。上前轻扶那人，安置在一个拥挤的椅子角坐下：“什么情况？你说一下我听听。”

那人说："前两天我觉得胃肠不适，疼起来吃胃药根本不顶事，于是，我掺着消炎药吃，别说，刚开始顶用了。昨天晚上又开始疼，吃啥药也不顶用了。听人家说，你看得好，我特意骑摩托车上你这来，我到底是咋回事？"

杨二懒听罢，不敢断定是什么病症，他还没有经历这样的病，他考虑许久：姓董的按感冒治是可以的，而从中年人面部表情看不出任何感冒的症状，到底是啥病？一时间拿不定主意。如果在满屋子的患者面前说看不了，语言的传播速度超乎想象，大家头一句话就得说，自学咋的也不行。转念一想，少用点儿消炎药也治不坏人，又一想自己恐怕耽误人家的病，模棱两可之时，中年男子问："大夫，我究竟得的啥病？"杨二懒灵机一动，作为大夫需要望、闻、问、切，方可有定论，问道，"你平时抽烟吗？"那人点头，"抽。""你平时喝酒吗？"那人又点下头，"喝，不喝多都不行。"

杨二懒初步判断他病情："你这是喝酒喝的。"俨然一副医术精湛、造诣高深的老大夫模样，说得头头是道。"你是常年喝大酒喝的，酒大伤身，你应该懂，你现在身上的各个脏器都受到不同程度的损伤，胃当然是最严重的，因为胃成天用酒泡着，铁胃、钢胃也扛不住酒的烧炙啊。"他端起那人的下颌接着说："你张嘴我看看。"那人口微欠时，杨二懒惊叫一声，似乎严重的症情就呈现在他眼前，待那人口完全张开时，杨二懒瞪大眼睛，他只认得口腔内牙齿和舌头，此刻他追悔莫及，不应该把所有的目光吸引在他二人身上。额头渐湿，食指点点那人的舌尖，胡诌道："从你的舌苔上来看，我估计你的胃粘膜几乎全都被烧脱落了。"

那人信以为真，紧张地问："那可咋办呢？"杨二懒淡然一笑，"没事，这病在别的大夫那治不去根，你找我找对了，只需一天之内包管你不疼，五至七天胃粘膜基本修复，养上半年管叫你彻底康复如初。前提是你要配合我，治疗阶段不能喝酒抽烟，记住没？"那人笑了："你让我喝我也不敢喝了，再喝，就得上那边报到了。"

“有决心，病定会治愈。”杨二懒扫视屋内的病人，向他投来既疑惑又敬佩的眼神。看看郎欣那边暂时能勉强应付便问道：“你叫什么名字？”

“我叫牛二。”

杨二懒拿过纸箱让牛二坐下，把吊瓶扎上。刚起身的工夫，偶然发现牛二身后的董老汉直翻白眼，上身摇晃，向后仰去。杨二懒险些摔倒，预感不妙，拔去董老汉手背的针，吩咐郎欣按住，避免针眼流血，急忙抽了二十毫升的一针管解药，推进董老汉的静脉血管。董老汉稍有缓解，汗液如细雨般从面部洒向胸前。杨二懒清醒地意识到自己闯下弥天大祸，人命关天，丝毫不能耽搁，急忙打车，叫上董老汉的家人去市医院抢救。围拢的病人们纷纷拔去手上的针，一直目送董老汉的车走远，大家唏嘘不已，庆幸不是自己，各回各家了。

杨二懒进屋一头扎到炕里，忧郁的神情在殚精竭虑地冥想对策，祈祷董老汉平安无事，心里仿佛被塞进一团乱麻，狂跳不止。郎欣不停地责怨他：“刚当两天大夫，你就不知道自己姓啥了，不明白的病你也敢治，这下好，摊上事儿了，摊大事儿了？如果人没了，咱们能赔得起吗？过回原先的日子不说，你还得蹲大狱，可咋办好啊？”杨二懒反而冷静了，怕，是解决不了问题的，突发情况要用各种办法来应对，成就大事的人，难免碰到沟沟坎坎。要想尽办法逾越它，踏过铺满荆棘的路，桃园美景正在前方招手等待。他所踏足的路上，必须有人为他付出，如若不然，自己无论如何也达不到医学顶峰。想罢，愧痛的心刹那得到抚慰。

五

天近傍晚，一辆黑色轿车停在他家的院心，杨二懒感觉到不祥的征兆已经降临，他又陷入惶恐之中。车内下来三个面目凄凉的女人，两个中年女子搀扶一个老太太，泪流满面地走进屋，看见杨二懒呆若木鸡地站在地中间，三人发疯地扑向杨二懒。老太太泣不成声地骂道：“你个没有人性的东西，光顾着挣钱，不顾人死活，能看也行，不能看你还硬留下来看，把我家老头子治死了，我要你一命顶一命。”说罢手指抠在杨二懒的脸上，血顺着指甲流下来，郎欣拽开杨二懒，口沫纷飞：“你说话要对良心，可别上这讹人。”“谁讹人了？”老太太右侧女子哽噎说：“我爸上你这来之前好好的，他说胸闷，前胸疼，说找你看看是怎么回事，没多长时间就不行了，你究竟给他打什么药了？”

杨二懒一时塞语。董老汉的病情凭他的资历无法诊出，意想不到的是他一句搪塞的话却救了他自己：“啥病你们更清楚，我当然是对症下药了。”

老太太左边的女子未加思索地说：“我老公公有严重心脏病，听在你这打针的人说，你是当感冒治的？”杨二懒把提前做了手脚分别放在不同地方的注射液，针剂的小药瓶让郎欣取出。郎欣心领神会，小心地把治疗心脏病的药从一个箱中取出——不过，注射液的药水已被他们倒掉了递到三人面前：“你们看，这是给董大叔打的药。”老太太接在手中，杨二懒极具说服力地说：“我当大夫大病小病看过无数，至于屯中那些人是恶意攻击，唯恐事情不大。我检查出董大叔患有严重的心脏病，我给他打的药对不对症，你们可以上专业部门鉴定！鉴定结果不同的话，我愿意担一切后果。”

董老太太挥泪道：“什么病也不会这样急，如果药对症了不可能病情没好转，反而人还没等到医院，半道就去世了。你给我看这些管心脏的小药瓶不定给谁打的，凭你拿来些小瓶瓶罐罐就诓骗我们，人命关天，不能听你三言两语草率了事，我必须弄清楚。”

杨二懒听其言，观其色，见她言辞闪烁，来个软硬兼施，表情凝重，言辞犀利：“你不相信我也没办法，反正我该解释的都说了，你要是打官司告状我奉陪到底。你应该了解公断的后果，抛开托人办事的费用钱不说，你输了的话，所有的后果，包括钱什么的你自已负责。还有，法医鉴定，把人弄个破头齿烂的，结果也改变不了我没误诊的事实。他可是患有严重的心力衰竭。”

董老太的儿媳与女儿听杨二懒的话，推推董老太，耳语说，打官司告状不是闹着玩儿的，需要钱，人家钱大，没理也能买出理来。

董老太心有不甘，自己家的生活条件好的话也不会上他这来看病，思忖着自己确实找不到帮自己说话的官，最重要的是实力相差巨大，老董的心脏病确实很重，假如如二懒所说他是心衰，打官司下来又给家里增添沉重的债务，不是得不偿失吗？犹豫之余，女儿与儿媳妇劝诫自己，别到最后人财两空。不得已她只得做出让步。杨二懒趁热打铁：“咱们要亲有亲，要友有友，还一个屯子住了这么多年，抬头不见低头见的，我董叔死我心里也不得劲儿。他的心脏病的确太严重，虽然在我这耽误一小会，我承认，但即便不耽误一会儿后果还是相同。咱们相处的时间还长着哩，以后看病医药费随你们给，给多少我们接多少，不给我也绝对不会朝你们要的，至于以前赊欠我的几千块钱咱们一笔勾销。”郎欣抖做一团的身体渐次好转，换做以前发生这么大的事，她肯定昏死过去，自从开诊所，好药供着，心脏比以前好了许多。她手按胸口道：“董婶，还有两个大妹子，我们说到做到，看以后我俩的表现。董婶，算是我们有点儿责任，咱们别经官了，私了得了。董老太听女儿和儿媳妇的话不无道理——倘若败诉会闹个人钱两空，”一咬牙，算了，私了就私了。

杨二懒胜利了。

狂放的寒风吹落树上残留的几片干叶，几棵为屯子站岗的小树依旧挺拔地屹立，霜雪染白了它们的须发，躯体上成群的麻雀跳跃，赶去寒冷，召唤它醒来。房檐上堆积的雪簌簌落在窗前，警告室内的人们不可轻举妄动，不知疲劳的风挥舞着雪花，堆成一座座小丘。村庄显得格外的静。一连数日，村庄皆是如此。似乎上苍发布告示，人人必须遵循，不得擅自走出屋门，否则会遭到惩罚。

杨二懒家一改往日的喧杂，出奇的静，静得可怕，忧惧游走在每个角落。俩人趴在窗台上内心随着天气的阴暗蒙上一层沉重，忐忑地向外张望。他们害怕有人来，牛二是否……他们不敢想下去，筹划应对接下来将要发生的“挑战”。忏悔凶猛地撞击着他那颗扭曲的心，发出“咚咚”声响，大脑进入短暂的休眠状态。一段时间以来，过度的脑力劳动，让他难以招架盘踞在心头的忧虑。他深深地知道，水不来先叠坝的道理，可是坝被洪水冲垮过一个缺口了，再一次冲开是否能轻易堵住呢？他的大脑几乎要爆炸，越不想的事越是挥之不去。几天时间他捋出一些头绪，一线希望在眼前飘浮。“吱吱，嘎吱”他听到人踩在雪上发出的单调音符。杨二懒颇感惊讶，短路的神经立刻自动接上，此刻心里特别矛盾，他看到正是他不想看到的。

牛二捂着腹部缓慢地来到窗下，表情夸张。杨二懒和郎欣从炕上窜到门口，把牛二迎进屋，双双拉住他的手，似久别的挚友相聚，又像失散多年的亲人重逢。

牛二躬着腰，脸似被抽去了面皮，一直赤到双耳，额头有气体从套帽缝隙中喷涌而出，他把帽子往头上提了提，湿漉漉的额头暴露在外。消瘦的面孔上竟如此滑稽，呈现出冰火两重天。杨二懒急迫地问道：“我给你打那个吊瓶是不是见效了？不然你早应该来了，打针不能间断。”上下打量一番牛二，接着说，“下雪了，路不好走，你要是接着打两天，我保你药到病除，不会出现今天的样子了，胃病不反复了吧？”

“药到病除，说的有点儿悬，我看是药到命除还差不多。”牛二睥睨着他：“我差点儿没摸着阎罗王的鼻子，再在你这多治一天，今天来的应该是我的魂魄找你索命。”郎欣怒容满面：“大雪泡天的，你来是找事的还是怎么着？我们开诊所是为患者治病的，让你这么一说，诊所我们还怎么开呀？你把话说明白些，不然，我决不容你。”

“哟呵！你倒来劲儿了，我的话难道不对吗？我今天这个样子是谁造成的？开诊所的多了，我咋没去找找他们呢？”

一旁的杨二懒看到牛二无恙已是万幸！分析牛二此来的意图，是挑事还是要讹人？换作平时，他会发起与财势相匹配与日俱增的脾气，但目前是非常时期，绝对不可以节外生枝，要时刻保持克制，便语气平和地说：“兄弟，我不知你今天来的目的是什么？说来听听。”

牛二身体虚弱，汗水从脸颊滑落，坐在长条椅子上，双手放在腹部扬头看着杨二懒，语速缓慢：“你说的还像句人话，你瞅瞅你媳妇是什么态度？”

杨二懒感觉到牛二此来与他诊病有联系，他的动作表情不像是装的便赔笑道：“你别和她一样的。”扭头同时对郎欣说，“上一边得了，老娘们家家的瞎掺和啥，滚一边儿去。”

牛二此来是赌气而来，他与自己赌气，十来天的时间，他终于破解“图小便宜吃大亏”的真正含义。本屯子有大夫，他嫌药价太贵，来杨二懒小诊所前，家人劝牛二，杨二懒那虽然药便宜些，但是他刚学会看病才多久，哪能比得上咱们屯的老大夫？无论怎么说，看病年头多了，经验积累多。牛二置若罔闻，平心而论，他不愿舍近求远。他和杨二懒分别是现实农村真实的写照，杨二懒代表的是个别村医，他们打着优惠的旗号，招揽外村的病人来看病，他们不会顾忌本屯人的想法。杨二懒了解多数村民的心理，他们认可多花点儿钱也不愿意东跑西颠到处看病。而牛二代表千千万万病人，他们为居高不下的药价打着心理战术，出村无非是告诫本村的村医，药价适可而止。

牛二盯着自己的膝盖看，这屋内的一切，包括杨二懒，郎欣，他感到憎恶。问道：“对了，你那天说我得的是啥病？你说说，我再听一遍。”杨二懒从牛二的话里听出端倪，暗自嘱咐自己：牛二人没事就好，至于任何条件绝不能答应，应允代表默认，那是自毁前程。“你说的话我没明白是什么意思？作为医生给患者看病是天经地义的，信者为医，你找我看病是对我相信，不然你也不会上我这来？你自己得的啥病你清楚？我在对症下药，难道有错吗？”

面对杨二懒的狡辩，牛二哭笑不得，冷哼一声：“你别和我兜圈子了，我就纳闷了，你除了头疼脑热的看看还凑合，不会看的病你也敢给看？真拿我们的命不值钱？”

郎欣发脾气了，习惯性的双手叉腰，口沫横飞：“患者眼睛是雪亮的，谁看得好上谁的诊所去，我们也没去谁家生拉硬拽。哼！你管我们会看啥？你算老几？当初你上我们这里你根本没安好心，愿待你待会儿，不愿……”

“拉倒得了，你咋没完没了了。”杨二懒担心郎欣激怒牛二，发展到难以收场的局面，眼前的事如果解决不好，会牵扯出之前的医疗事故，立刻出言制止她，笑笑说：“牛兄弟，你劈头盖脸地说我一通，不知我哪个地方得罪你了？咱俩之前互不认识，不应该有矛盾存在呀？”

“我问你，你怎么能把阑尾炎看作是胃炎，胡说酒泡胃了，什么溃疡，耽误多大事？多亏我家人还有屯里人把我送进医院，我才死里逃生。医生说我用消炎药疼痛当然减轻，所以才穿孔了，晚到医院一会儿我的命就没了。我想问问你，你就为了挣钱什么都不顾，我是一个活脱脱的人，不是小鸡，小狗！”

杨二懒脸色陡变：“你来我这看病我表示欢迎，如果你是来教训我的请你考虑清楚，如果都像你这样跑我家无事生非，我早应该关门大吉了。我告诉你，没有两下子也开不起来诊所，至于你说我误诊，只不过是你片面之词，你来看病时，我告诉你兴许是别的病，你自己说是胃病，你仔细回忆一下。”他的这番话经过深思熟虑，继续忍让牛二，他会得寸进尺。牛二若是要上法院告发自己，今天他便不可能来此，再者法律要讲证据的，物证牛二根本找不到，找人证更是难上加难，现在的人谁愿意得罪人？

牛二怒发冲冠，伤口的疼痛顿消，猛然立起身：“你，你你，你还是人吗？自己说过的话都不肯承认？你口不对心还是男人吗？在你这治病的不计其数，治死的已经出现一例了，我差一点儿成为第二例。”

杨二懒微笑道：“气话说多了不解决任何问题，反而会伤害身体，特别像你大病初愈是生不得气的，不如回去养好了再来。”说着，做个送客的姿势，“请吧!”牛二一跺脚：“和你这人面兽心的东西说不出道理来，你记住我这个句话，多行不义必自毙。”

“慢走，慢走。”杨二懒叫住已迈出门槛的牛二：“你还没给我上次打吊瓶的钱呢？我从你进屋那时我没打算要，不过，现在我改变主意了，三个吊瓶一百元。”

牛二掏钱摔在他脸上：“不义之财看你咋花。”

望着牛二的背影，杨二懒两口子的脸上写满得意。经过这两件事情，杨二懒更加有恃无恐，在他看来，人命他都可轻而易举地摆平，区区医疗事故更不在话下了。

六

按常理说，把人治死就不会有人冒着生命危险来看病，可在这个偏僻的山村就是打破了常理，杨二懒家萧条了一段时日又重新恢复正常。

郎欣虽然相貌一般，但是精明聪慧。经过一段时间的锻炼，练就了娴熟的针法，也许女人做任何事都比男人心细的缘故，她打针时，患者感觉不到一丝疼痛，所以多数患者喜欢让她挂吊瓶。杨二懒并未理会别人会怎么想，因为让谁看都是一样，财宝全进入自家的金库。这样一来，能让媳妇得到更大的空间锻炼学习。自己在旁指导，更重要的是，自己能腾出更多的时间开着代步的“宝马”在附近村屯搞创收。

正值三九的第一天，郎欣两口子刚吃完早饭，杨二懒接到一个陌生电话，他对媳妇说："前屯有个老头儿突然间感到天旋地转，他家里人让我立刻去一趟。"郎欣帮他把几样治疗眩晕的药放进药箱里，杨二懒提着药箱跑进车内，车迅速驶出院子。郎欣把碗筷刚收拾完，只听阵阵"咳"声从院中飘进屋内，她颇感惊讶，问道："王大嫂，你的哮喘病刚在我这里看好了几天，怎么又犯啦？"

王大嫂手捂住嘴，出于礼貌把带菌的唾液吐在经常用的小毛巾上："可不，刚好了两天半，谁承想，刚进三九，昨晚咳了一宿，顿得腔子都疼。好不容易熬到天亮，没吃饭我就过来了，实在受不了了。"

郎欣示意王大嫂坐在炕头。心想王大嫂惯用好药，次药在她身上起不到作用，便兑好"头孢"，麻利地为王大嫂挂上，又拿过小花垫子盖在王大嫂打针的手背上，说："我家屋子冷，用鹅毛垫子盖上，免得针眼疼。"抬头看看点滴管，"我去烧烧炕，暖暖屋子，病人马上都快来了。"

王大嫂问道："怎么你自己在家？杨大夫上哪儿去了？"

"一大早有患者打电话，出屯子看病去了。"

"够忙的。"

"可不是。"郎欣走进厨房往灶内添玉米芯，突感心头一紧，心神不宁地朝屋里看。她明知"头孢、青霉素"等药品给患者用之前，必须经过严格的试敏后方可，可是她还没能学到这门课程。她给王大嫂用药前，已经过深思熟虑，"试敏"不过是个过程，从他们开诊所四五年多时间，给病人用这类药，杨二懒做"试敏"时她一直盯着看，结果都可以用，未发生一例患者有"过敏"现象。王大嫂一年当中打"头孢"药不计其数，今日也不会出现异常。借此，可以大显身手，让老公对自己刮目相看，她听厌了老公贬低自己的词汇，这次要证明一下自己是可塑之才。

她右手中指按在自己的眼睑上，减少它的跳动，数日来，一双眼睛变得呆滞无神。当手指触碰到眼皮时，反而跳得更厉害，她折断一根火柴棍用吐沫粘在上眼皮上，可并没有见效。她想起民间流传的话，左眼跳财，右眼跳祸，她清楚，这是当笑话说说而已，当不得真。右手按在即将脱落的火柴棍，直起身的同时，叫几声王大嫂，屋内没回应，只有细微的喘息声。她连忙地奔进里屋，不由得大惊失色，一个跟头摔在地上，王大嫂气息奄奄，面色铁青，后背贴在墙上，消瘦的身体向炕里倾斜，双眼上翻，手背隐隐泛起红色的斑点，身体各部位轻微地抽搐。郎欣短暂的意识丧失后，挣扎着从地上爬起。她全然不知口中淌着血，鲜血覆盖的白色地砖上浸泡着一颗门牙。她懊悔不已，自作主张，害了别人还害了自己。她哆嗦着扶住王大嫂，拔去针，掐她人中，连喊带叫，看王大嫂一会儿不如一会儿，忽然想起给丈夫打电话回来抢救。心里祈祷着王大嫂平安无事，不然无法向她的丈夫还有她的孩子交代。她才三十五岁，哮喘病刚得了不到三年，她印象深刻。

王大嫂开始得病时是重症感冒，她起初上杨二懒这看病，几天后高烧略有消退，可是咳嗽不减。她和杨二懒说要上县城医院做做仪器，杨二懒劝她说拍片没用还多花钱，说他肯定能把王大嫂的病治好，并且送她超出临屯享有的优越条件，医药费免半。当时王大嫂一度犹豫，让他看病还有些信不着，不用吧，又辜负大夫的一番好意，毕竟这样的待遇在她们屯尚属首例。人吃五谷杂粮难免生病，以后还怎么好意思再来人家这看病？跑县城打一个掉瓶就十几二十块钱，是挺便宜，可往返路费贵，算起来在家看划算些。

她得的病三天两头需要看一次，和丈夫吴智商量来商量去只好应允。又在杨二懒家治疗一段时间，肺部有发炎症状，越治越严重，嗓子里“拉风匣”的声音一天比一天大，杨二懒给王大嫂试敏用消炎最好的药，效果还挺渐强，其实治标不治本。这样一来，落下严重病根，一年比一年严重，怕冷怕风，天天戴口罩。年轻的王大嫂，只因家中贫困，误信杨二懒的谄言，感冒转成肺病，最后演变成哮喘。她今天本不打算来杨二懒家看病，因为接连发生医疗事故，王大嫂有些担心。但思来想去，治伤治死只不过是个例，自己到现在还不是好好的吗？经过艰难的思想斗争还是来到杨二懒家。

郎欣感觉王大嫂呼吸越来越微弱，看情形想到：大罗神仙下世也救不了她的命。她盘算如何向丈夫解释，就在这时杨二懒回来了，推开里屋门，两只眼睛发直，惊道：“这又咋的啦？”郎欣像见到救星，她避开他充满血丝的眼睛，哭诉着……突然脸颊落上重重的一巴掌，她没感到半点儿疼痛。杨二懒看了看发麻的手掌，似乎有悔意在眼角闪过。她是无辜的，是他把她拉上绝路。接下来即将发生的事似乎在意料之中他慢慢蹲在媳妇身边，两个人四目对视……或许这样的机会仅此一次。好运不可能一直伴随他们，他的心累了，实在太累了。他掏出手机，拨通110。

院中警车响起，他俩的心异常平静，他们不想再过刀尖舔险的生活了，不想日日煎熬在惶恐中，只是迟早都要发生的事情比预想来得提前些。

杨二懒耳边又响起深深烙在脑海里胡大夫老伴儿的话，还有牛二的那句：多行不义必自毙！

作者简介：张会，镇赉县建平乡农民，白城作家协会会员，镇赉县作家协会理事，白城市戏剧创作室特约创作员，江上文学网签约作家。作品散见于《白鹤原》《江山文学网》《瀚海》《小说专刊》 等。八十万字的长篇小说《春回大地》即将在江山文学网连载。

升学宴 张会民

一大早，村书记老吴就打电话叫村主任小王到村委会商量李长山家的事儿。李长山家三口人，妻子从小就得了小儿麻痹，走路不便，家里的农活全靠长山一个人。儿子小强是个懂事的孩子，上小学的时候就帮妈妈做家务活，很少看到跟小朋友去玩，长大后，他就跟着爸爸干地里的活儿。别看他年纪不大，农村的活儿样样干过，并且干得有模有样。

然而，天有不测风云，前年秋天，长山开拖拉机从地里往家拉苞米，由于是坡地，加上拉得多，车翻了，连人带车滚到了沟里。长山被人送到城里的医院，经检查右肾被轧坏了，需要摘除，出院时，医生告诉他以后不能干重活了。

这时李强刚上高中不久，知道家里的情况后，说啥也不回学校念书了，要回家种地，是他爸他妈苦苦劝说，才又回学校上学了。人虽然在学校，可心却在家里，期末考试后，他的成绩下滑了一大截。了解到原因后，村书记安慰他，鼓励他；“千万不要因为家里的事儿影响到学习，现在正是你学习的关键时期，耽误学习就半途而废了，咬咬牙就挺过去了。”

从此以后他在学习上没有再让老师操心，他成了班里的尖子生，老师在生活上格外照顾他。

寒来暑往，转眼三年就过去了，高考结束后，他马上就上地里除虫、割草、施肥。就连老师打电话告诉他高考成绩的时候，他还在地里干活呢。老师说："你打了六百二十一分，能走全国重点大学，咱们学校考生一千多名，过六百的才二十几个，明天你到学校来找我，咱俩研究研究你的志愿。"

李强从学校回来一点儿也没沉浸在考试的喜悦中，而是更清醒地知道自己在家干活的时间不多了，他要把家里的活儿尽可能多干一些。

眨眼十多天过去，老师又打电话来："你被东北师范大学录取了，明天到学校取通知书吧。"当他从老师手里接过红色的通知书时，一下子贴在胸前，通知书一起一伏随心脏剧烈地跳着。他向老师深深三鞠躬，热泪流了下来，他说不清楚怎么样离开学校的，反正有人向他打招呼，他都没听见，疯了似的向车站跑去。在车上李强想起了父母含辛茹苦地供他读书，想起了乡亲们帮他家春种秋收，想起了村干部为他家申请贫困补助，想起了老师为他辅导功课，一幕幕浮现在他脑海里。

看到儿子把大红通知书拿回来，两口子高兴得像刚从产房抱出来一个大胖小子似的，争着都想先看到。李强第一次看到妈妈这么漂亮，笑得像花一样，长山捧着"大胖小子"喃喃地说："咱家也有大学生了，咱家也有大学生了。"可是高兴没多久，两口子就犯难了，孩子的学费咋办？

其实，长山家的事，大伙心明镜似的。老吴他们早就看在眼里，记在心上。这不他俩正在办公室里商量这事呢，老吴对小王说："咱们一会儿找大伙儿商量商量。"

老吴把自己的打算说了一遍，他俩就分头行动。

小王负责捐款，每走一家，一说明来意都说："行！这忙咱得帮。"第二天，老吴让老伴准备好酒菜，老伴是个爽快人，手脚麻利，做饭菜挺拿手。她找来几个好姐妹当帮手，洗的洗，切的切，炒的炒，炖的炖，不像饭店那么多样，只是简单的几样家常菜。

小王找来长山一家，还有村里有孩子正在上学的几个贫困户。见大伙都到了，老吴示意小王开始，小王大声对大伙说：“人都到齐了，坐好，先请吴书记讲几句话。”

老吴把目光落到长山一家脸上，对长山说：“今天是咱靠山村的大喜日子，这么多年考上大学的不少，可过六百分的却是头一个，这不仅是你们老李家的骄傲，也是咱靠山村的骄傲。大家都知道长山家很特殊，可他家孩子很争气，所以我今天特意为老李家张罗这场升学宴。长山啊，你也别觉得亏欠大家的，咱们从小在靠山村，就像亲兄弟一样，你家的事就是我们大家的事，大伙说对不对？”“对！”异口同声。

王主任接过话说：“咱们村一共为长山家捐了一万七千八百零五十块钱，他家又是建档立卡的困难户，我昨天下午从乡民政取回来贫困家庭大学生补助款三千块钱，一共是两万零八百五十块钱，现在就请长山收好！”

长山一下子愣住了，像是耳朵听错了，老吴笑着说，“愣啥呀，这是给你儿子的上大学的钱。”说着把钱递了过来。长山忙用颤抖的手接过钱，一个劲儿地朝老吴和小王鞠躬：“谢谢！谢谢！”又朝大伙连说：“谢谢！谢谢！这叫我说啥好呢？”老吴说：“你就不用说了，让你儿子说说吧。”

李强到底是个读书人，站起来向大家鞠了一躬说：“大爷、大娘，大叔、大婶，你们好！我从小就是在乡亲们的关爱下长大的，亲眼见证了乡亲们为我家所做的每一件事。我在心里曾发誓，我长大了一定要回报家乡父老。高考分数公布后，老师根据我的成绩，建议我报理工科的综合性大学，而我坚持要报本省的师范大学。我想毕业后，回家乡工作，当一名老师，将来让他们走出大山，走向全国。我会努力学习，不辜负父老乡亲对我的期望，请大家放心吧！”

大伙爆发出一阵热烈的掌声。王主任大声说：“咱们升学宴开始，老吴和他媳妇为大伙准备了简单的饭菜，饭菜没有饭店那么丰盛，大伙吃饱就行，主要是为李强高兴！”

大伙觉得这是他们吃过的最好吃、最畅快的一顿升学宴，老吴和小王也觉得自己做了件有意义的事儿。

中午的太阳火辣辣地炙烤着周围的一切，村庄、群山、树木、庄稼。地里的庄稼长得郁郁葱葱，每一棵玉米都像要来一场长个儿比赛似的，各个努力地向上生长着。路边的小草、野花在微风的吹拂下，仿佛是在向人点头微笑。村东头的河水还在欢快地流淌着。

靠山村又恢复了往日的平静……

作者简介：张会民，蛟河市河南街牤牛河村小学教师，有多篇小说、散文在《参花》《松花湖》《蛟河文艺》发表。

敢生吃活蝎子的人 张君

村书记给老娘过七十大寿，来了好多人，正热闹间，张三把领导领来了，大伙都不错眼珠子地看着乡领导，全场鸦雀无声，十分的安静。

乡领导没有搭理跑上前来的村书记，用胳膊使劲儿地挡了挡他，他立刻戳那儿了。就看乡领导眼睛瞪溜圆地在找一个人，谁是李四？李四正喝欢着呢，一听乡领导在叫他，他慌忙站起，我就是李四。乡领导乜了一眼李四说，你就是李四？你没有种大豆，可你却领了一垧地的大豆补贴款六千多元，有这事吧？李四的屁股像被钉子扎了，嗷的一声蹦了起来，谁说的，他妈的，谁说我没种大豆？谁这么缺德，我要是知道他是谁，我非他妈地劈了这个王八犊子不可！你给我老实点儿行不行！你自己一屁股屎你往哪儿甩！谁还治不了你咋地？你给我消停点儿！你在横行霸道一个试试！乡领导喝止住了李四。乡领导一脸严肃地当着大伙的面公布，有人上告到乡政府，举证李四确实没有种大豆，经我们详细地调查核实，事实清楚，行为可恨！他今天必须当着大伙的面，立马交出冒领国家给的大豆补贴钱，并加罚金百分之十，如抗拒不交严惩不贷。在乡领导的震慑下，李四乖乖地交出了所有款项，一分不少。乡领导又严肃地公布，村书记在这件事上犯有严重的渎职罪，还有其他罪行，等着处分吧。并当场带走了村书记。跟在乡领导屁股后的村书记也失去了往日的威风，活像个霜打的茄子一样。

李四疯了般地在骂人，也在找从他腰包里往外抠钱的人。发生在李四身上的事也乐坏了一些人，都偷偷地窃喜，打心眼里佩服告李四的那个人。幸灾乐祸的人有，帮狗吃食的人更有。帮腔的人逞能地在骂，谁这么断子绝孙呢？竟干这么伤天害理的事，真他妈的猪狗不如，他就不是个人，简直就是畜生！是人就不会干这掘人家祖坟的事，连三岁的孩子都干不出来，真他妈地天打雷劈不得好死！也不是你家的钱，又不是大伙的钱，都是国家的钱，谁得点儿还不好呢。要知道他是谁的话咱们大伙非把他抠出去不可，这是个害群之马，有他没好，好狗还护三邻呢，这种人咋不出门让车撞了呢！

你们骂够了没？张三站起来说，没骂够的再接着骂，告李四的人大有人在，你们先别急着怎么整治这个人，你们先睁大眼睛看看我手里拿的啥，张三边说边往高了举举。大伙的眼睛唰地一下子都扫了过来，有人“啊”的一声，张三的手拿着一个活蹦烂乱跳的活蝎子，蝎子的毒钩还一翘一翘的，看的人身上都直发冷。张三手里拿着活蝎子走到谁的面前让谁摸摸碰碰，都吓得躲的躲藏的藏，喊爹喊娘的，捂脸闭眼睛的，连声尖叫，快拿走，快拿走。张三举着活蝎子大声喊着说，你们看着，这玩意儿的毒性可大着呢，不亚于当年小鬼子的毒气弹，你们眼睛可盯好了，我能一口把他给吞了。说着，说着，张三张开大口，把活蝎子送进嘴里，然后合上嘴唇慢慢地像嚼口香糖，嚼好了，仰了仰脖，一咕噜咽下去了。

人们都惊出了一身的冷汗。

张三面不改色，从容镇定地说，大伙不想好好地治治告李四的那个人吗？这个人就站在大伙的眼前，你们治治我看看，这个人就是我，我不但告李四，我还要告李五李六呢。我更要告村支书，他村书记的眼睛不瞎，可他硬装瞎，你说气人不，没种大豆，连个豆茬子都看不见却领着钱，他装瞎这么多年，国家得损失多少钱，他和当年的和珅还有什么区别呢？有他这样的村干部，国库有多少金银还不得给盗空了吗？明目张胆地冒领国家补贴的人可恨，可更可恨的人是村书记，而放过村书记的人更是罪人。你们今天亲眼看见我生吞活蝎子了吧，我连死都不怕，难道我会怕你们几个乌漆嘛黑的强盗吗？你们的行为不是强盗又是什么？今天的村书记被带走了吧，等待他的是何等的下场，我不说你们也会猜得到的。你们知道现在的世上什么玩意少了吗？现在的世上猫少了，所以耗子都快成精了，成精的耗子都快要吃人了。你们不是骂我是畜生吗，如今像我这样的害群之马少了，但你们还不知道像我这样的害群之马少了之后的严重后果吧！国家那白花花的银子可都是要用在刀刃上的，每花出的一分钱可都有着深远的重大意义的。大伙都想想吧！动动脑子吧！别再做着助纣为虐坑国坑民坑自己的事了。国家花的这些钱可都是为了我们大伙好，难道我们大伙都不想好了吗？你们再看看那些退耕还林的户，不栽树硬种玉米，还都冒领着国家给的环境绿化的钱。现在的环境都恶劣到什么地步了，一年里能看见多少天蓝天白云？有几天风和日丽？沙尘暴无处不在，气管不好的人像蚂蚁到处都有，还有成千上万个鼻塞的和那些数不清流鼻涕的，我们不要再做那些抓把土把自己埋了的傻事了行不行！

张三慷慨激昂地说完后，大模大样地走出了人群，没一个人敢吱声的，更别说骂人了，就连咬牙放屁的人都没有。再看看那个叫李四的人，早瘪犊子了，也不张牙舞爪地叫唤了。

作者简介：张军，笔名张君。有三十多万文字发表在《小说选刊》《小说月刊》等二十多家报刊上。

柿子红了 张文平

一

一进六月，天长夜短。曹春月刚翻了个身天就亮了，本想再眯一会儿，忽听有人敲门："嫂子，太阳照屁股了，还不起来。"

"是大贵呀，败类玩意，是不昨晚媳妇不在家，一大早来想拿我打补丁啊？"春月一边嬉笑着，一边扯过衬衫披在身上。

"自个觉着不错，跟电线杆子成精似的，谁稀罕你呀。"

"不稀罕还总往我这跑。"春月把大贵让进屋里。

"嫂子，我这些日子忙，没空过来，你身体咋样了？"

"好多了，这些年多亏老弟照顾，真得好好谢谢你。"

"谢啥，都是政府的意思，我就是跑跑腿。"

"是啊，腿都跑直了，也快跑出头了。我想出去找点儿活干，咱不能总拖累政府啊。"

"说着了，我就是为这事儿来的。上边财政拨款在咱们这搞了一个扶贫项目，扣塑料大棚种西红柿，专门吸收困难群众到里边干活，不但挣工钱，大棚的利润还能给大伙分红。"

"真的呀？太好了，那我今天就去。"春月喜笑颜开。

大贵是村主任，这几年没少往这跑。春月丈夫走得早，女儿结婚后，她一个人过日子，病歪歪的身体干不了农活，平时靠养几只鸡鸭鹅对付个零花钱。日子如同大风里的炊烟——飘摇不定，成了村里的困难户，大贵就时常代表村委会来送点儿钱送个物什么的。

送走大贵，春月紧忙收拾洗漱，扒拉两口饭，便骑上电动车出了门。

远处的松花江上笼着一层乳白色薄雾，如一袭白纱在晨曦中飘逸开来，田野里空旷寂静，凉丝丝的空气中弥漫着湿漉漉的花草的味道。一晃好几年没下地了，虚脱的身子全靠药支着，一副丰满的身板愣是熬成了电线杆子。

开春时，大贵不知从哪儿讨来个偏方，说是祖传的，专治春月这种病。春月一想有病乱投医，就抓了两服药吃了，还真见效了，身子骨轻快了，胳膊腿也有劲儿了，觉着日子也有盼头了。这不刚才出门时还特意捯饬了一下，对着镜子一照，这些年经常紧锁的眉头忽然舒展开了，连眼角的鱼尾纹都俨然成了一朵开心的小花。

这是一片塑料大棚区，十几栋大棚鳞次栉比。里边已经做好了苗床，准备移栽西红柿。大棚外聚集了几十个男男女女，大贵把大伙招呼到一起，粗声大嗓地说了一些要好好干活不能迟到早退之类的话，临末了特别强调，为了搞好柿子栽培管理，村里专门请了一位能人当技术员，大家干活时都要听他的指挥。

移栽秧苗有一套工序：打埯、撒肥、浇水，等水将肥融化了再往里放苗，然后培土。曹春月和大凤负责放苗、培土，大凤是前年嫁到这里的媳妇，和春月的女儿小翠是同学。春月性子急，不等肥融化了就将柿子苗放进了埯里，大凤说这样不行，会烧坏苗，春月就说等肥融化了再放苗耽误时间，太窝工。两个人各说各理，忽听背后有人说话："必须等肥化尽了再往里放苗，不然把苗烧死就白费劲儿了。"

"你是技术员？"大凤盯着说话的人。

“我是。”

曹春月突然觉得声音耳熟，急忙回身打量，一下子愣住了——怎么会是他？

二

他叫夏冬生。

时光倒退三十年。城市的郊区有个小村叫曹家店，村里鸡犬嬉戏，杨柳成荫，年轻的曹春月就生长在这个村子里，晨阳晚露，春种秋收，和村里人一样过着不紧不慢的生活。

那年，村里忽然来了一个工程队，在附近铺设地下电缆。工程队没有工棚，工人分头住在农户家里。春月家住进来两个小伙子，模样清秀细溜高挑的叫霍秋明，另一个壮壮实实长得跟牛犊子似的叫夏冬生，俩人同时来自一百里地以外的松花江边的一个小屯子。

两个小伙子手脚勤快，一有空就帮春月家干些零活，有时下工早，还到地里帮忙。起初春月有点儿矜持，不咋和他们搭话，可时间一长，她天生的爱说爱笑的性格就显露出来了，爹和他们唠嗑的时候春月也时不时地插上几句。再后来熟悉了，就时常在一起打打闹闹，春月总是甜甜地叫着秋明哥、冬生哥。

七月，阳光炽热，雨水调和，正是水稻分蘖期，春月家用于抽水的柴油机突然熄火，急得春月爹直打转转。傍晚下工回来的秋明和冬生听说后来到地里，秋明拿着摇把子对着柴油机启动孔摇了几圈，很内行的样子对冬生说：“小毛病，你来，我胃有点儿疼。”

冬生抄起摇把子转动着柴油机，仔细听着机器里的动静，然后拧下螺丝，把喷油嘴卸下来，用细铁丝捅了几下，对着嘴使劲儿吹了吹，拧紧螺丝，打火，柴油机竟然轰隆隆地启动了，井水喷涌而出。旁边的春月爹冲秋明一笑：“你说的准，真是小毛病。”

谁知刚过几分钟，机器突然又熄火了。冬生再把喷油嘴卸下来，清除了积炭，调整了喷油强度，安上，再启动，还是打不着火。他稍微思索了一下，又麻利地把柱塞卸下来（机体内的一种吸油、压油装置），清洗检查，调整间隙，弄得手上脸上和衣服袖子上满是油污。天黑下来了，春月一只手拿着电筒照亮，一只手攥着一把蒿子为冬生驱打蚊虫。冬生宽厚的脊背和埋头专心修理的姿势不禁让春月情思萌动，一直忙到小半夜，柴油机终于启动了。春月高兴得跳了起来："冬生哥，你真厉害，以后别走了，留下来给我家修柴油机吧。"

春月爹瞪了她一眼："挺大的姑娘，没个正形。"

春月咯咯咯地笑着。

春月爹问冬生："你咋会修柴油机？"

"家里以前也用柴油机抽水种稻，有个毛病就自己琢磨着修，天长日久就熟悉了。"

晚上睡觉时冬生问秋明："你胃疼好啦？"

"嘻嘻，哪儿来的胃疼，我是根本不懂。再说油渍麻花蚊子哄哄的，谁愿遭那个罪。"

雨后的下午，工地停工，秋明和冬生合计去河里抓鱼。曹家店前面有一条小河沟，村里人称小南河，是伊通河的河汊子，每当雨季，河水涨满，伊通河里的各种野生鱼就顺流而下，成群结队地游进小南河。两个人刚走到河边，忽听身后传来咯咯咯的笑声，曹春月风一样飘到跟前。

"抓鱼咋不叫我一声，干吗偷偷摸摸的？"

"抓鱼摸虾是我们男人的事儿，妹子在家等着吃就行了。"秋明讨好地说。

"谁说女人就不行抓鱼了？再说我不来谁给你俩拎鱼篓啊。"春月说着一抬胳膊晃了晃挎在臂弯的小筐。

雨后的河水清凉静谧，鱼儿都潜伏在草根栖息，冬生双手轻轻探入水中，慢慢贴近草根，猛然聚拢，一条小鱼就捧出水面，然后甩到岸上，春月捡起放进鱼篓，有鲤枴子，白漂子，穿丁子。没一会，春月也撸起裤腿下到水里，河水没过膝盖。她刚走到冬生身旁，突然脚下一个趔趄，啪一声，斜身倒在了水里。冬生急忙伸出胳膊把她拦腰抱起，春月的身子紧贴着冬生的胸脯，男人强健的体魄和宽阔的胸膛不禁让春月的心怦怦乱跳。远处的秋明也奔过来，春月一把推开冬生，咯咯咯地乐着走开了。裤子衬衫湿啦啦地紧裹着身体，本就丰满的身材更显得凸凹有致，格外妩媚耐看，冬生和秋明的身体里不由得生出一股难挨的热流。就这样，三个年轻人心照不宣，情感的小溪在各自的心田上流淌蔓延，不断荡起层层涟漪。

春月爹也不是死心眼，一个青春年少的大姑娘和两个风华正茂的小伙子老在一起，终归好说不好听。姑娘大了总得嫁人，两个小伙也确实不错，不如选一个，虽说相距远点儿，但是交通便利，来回坐车也就个把小时。经过一番对比考察，他觉得霍秋明更可心。秋明人帅气，还会来事儿，每次开支都给自己打上一斤老白干偷偷放进碗橱里，这样的人以后在社会上吃得开。

春月不同意，跟爹急眼："夏冬生体格好，能干活，为人实在，这样的人靠得住。"

"能干有啥用？脑瓜灵活才能吃得开！"爹大脖筋直蹦。

春月见不得爹生气，只好顺从了。转过年春天，秋明把春月娶进了门。

三

曹春月认出了夏冬生，夏冬生也看见了曹春月，四目相对，竟一时都不知道说什么了。

一旁的大凤看出了情况，问："姨，你们认识？"

春月一点头："嗯。"

瞅这架势，还不是一般的认识呢，这里一定有隐情。大凤急忙去了另一个大棚，只剩下冬生和春月两个人。

"春月，你不是进城了吗？"冬生问。

“早就回来了。”

“为啥呀？”

“都是因为你！没承想我回来了，你却去了俄罗斯。”

“这不是回来了吗，合同到期了，再不走了。”冬生望着春月：“你这些年还好吧？”

春月低下头，眼泪在眼圈儿里打转转。

“唉，这都是命啊！”突然，曹春月双手捂住脸，蹲在地上泣不成声。

四

真是应了春月爹那句话，霍秋明确实吃得开。

婚后的秋明没再出去打工，在家开了个卖店，卖个烟酒糖茶针头线脑，他进货，春月负责卖。有些来买货的人钱不凑手，春月就记个账。等到年终齐账时，日子紧巴的人家，秋明就给转到了下年，还免去了一些零头儿。一来二去就积攒下了一些人缘，不仅卖店干得红火，还当上了生产队队长。两年后，又通过关系被提拔到村里当上了主任，主管财务。一开始秋明还谨慎自律，可时间一长就松懈了，摆架子，讲排场，吃吃喝喝，请客送礼，经常出入镇上的饭店，酒馆，有时甚至参与赌博。

几年后，农村基层组织改制，设立村民委员会，村民自主选举村干部，霍秋明落选了。在台上咋说咋好，如今下台了，一些饭店、酒馆的老板翻脸不认人，立马跟着屁股讨要以前的欠账。而这些欠账，新的村委会认为是秋明个人行为，一概不予承认。并且根据村民反映对村里的账目进行了清查，认为秋明在主管财务期间有挤占和挪用公款行为，要严肃追究。

村干部下台了，要账的踢破了门槛，还面临着追究，霍秋明急火攻心，得了脑溢血，一病不起。春月把卖店兑出去，又借了一些钱还清了欠账。当时女儿小翠不满十岁，春月既要照看丈夫，又要拉扯孩子，日子一落千丈，往日的笑声荡然无存。就在春月一筹莫展的时候，夏冬生来了。

秋明和春月结婚的第二年，冬生也成家了，媳妇虽然长得有模有样，却是个中看不中用的花瓶，不仅不爱干活，还整天指手画脚。正赶上那两年西瓜行情看好，冬生就种起了地膜西瓜。几年下来，挣点儿钱总觉得不解渴，于是花高价买了五垧多地，全部种植西瓜。不料那年市场西瓜过剩，价格走低，夏冬生赔得血本无归。媳妇撂下一句话，这日子没法过了，就收拾东西走人了。

冬生没有泄气，自己一边种地一边打工，不时地寻找着赚钱的门路。

冬生和春月东西头住着，这边打个喷嚏那边都能听着响。两家人平时你来我往，关系特别好。眼瞅着春月一天哭脸悲悲的，冬生的心如同提到井口的吊桶，悠悠荡荡地稳不下来。

开春，家家户户都忙着备耕，冬生来找春月。

冬生说："秋明不能干活，你一个人种地也困难，不如把地卖了，咱们一起搞塑料大棚，来钱快，收入也高。"

"家里没钱。"春月说。

"不用你出钱，也不耽误你照顾秋明，只要有空来干活就行，收入对半分。"

"那我出地吧。"

很快，一栋大棚在春月家地里建起来了。春月把其余的地全卖了，除了照顾秋明，就和冬生一块起早贪黑地忙活在大棚里。大棚里种植黄瓜和一些小零菜，育苗栽秧施肥浇水，两个人处处细致，样样精心。很快就到了收获的时候，上市场零售费时又费力，夏冬生就招来小贩坐家批发。看着每天络绎不绝前来拉菜的大车小辆，春月的脸上又荡漾起久违的笑容。

秋明的病依然不见好转，躺在炕上形同植物人。女儿小翠住校念书，家里连个说话的人都没有，大事小情都是冬生帮着拿主意。

冬生也是一个人，媳妇自打出走就再也没回来，已经提出离婚了。有时夏冬生的衣服脏了，春月就给洗洗，干活忙的时候，春月做好饭了，冬生就顺便吃一口。耳鬓厮磨，天长日久，接下来，那个事儿就在秋天的一个雨夜里发生了……

黄花生白露，秋分不养田。黄瓜秧渐渐发黄打蔫，摘完这茬瓜就该罢园了。这一季卖菜的收入不少，冬生和春月心里喜滋滋的。他俩老早来到大棚，把摘下来的黄瓜装箱封好码成一溜，等着客户来装车。可左等右等，天快黑了来信了，车坏到半路来不了了。

半夜时分，突然听到噼里啪啦的雨点声。冬生急忙起来，扯出一块塑料布苫瓜箱，塑料布随风起舞，他忙活半天也没苫上，正好春月也跑来了，两个人一起盖严了瓜箱。四周一片漆黑，风越刮越大，雨点像鞭杆子一样抽在他们的脸上身上。

“避一会儿再走吧。”冬生说。

大棚一头有个简易房，是冬生晚上看大棚住的地方。俩人急忙钻进小房，冬生摁着了灯，脱下外衣拧干了水，搭在床上。

春月冻得浑身打着哆嗦，冬生说：“把湿衣服脱了吧，溻着多冷啊。”

春月把外衣脱了，接过冬生递过来的毛巾擦着肩膀、胳膊上的水珠。

灯光下，春月白瓷瓶一样的皮肤，小山似的乳峰，水一样的眼睛，看得冬生心里如同安了弹簧，再也按捺不住了……

吃完早饭，外面又下起了雨。春月收拾屋子，给秋明洗脸、刮胡子、喂饭。她突然感觉秋明有些异样，一双深陷的眼睛死死地盯着自己，那眼神里分明蕴含着一种哀怨，一种愤怒。慢慢地，那哀怨和愤怒变成了无奈和祈求，一汪清泪从眼角溢出，顺着脸颊滑落到枕头上。春月不敢和秋明对视，心如刀扎，泪水似房檐的雨水，哗哗啦啦落个不停。

雨过天晴，白花花的阳光透过窗户洒进屋里，可春月的心里犹如罩着一块厚厚的云彩，亮堂不起来，她恨自己一时糊涂做出那种事。她来找夏冬生，冬生哥：“大棚你自己经管吧，我撤出了。”

夏冬生直眉楞眼：“撤出了你怎么办呀?”

“我的事我自己想办法，你对我好我知道，可是我不能对不起秋明。从今以后，要么你走，要么我走!”春月的话不容置疑。

冬生理解春月，更检讨自己。平心而论，自己做出那事儿也太不仁义。俩人一合计，冬生就把大棚留给了春月经营。他说春月要给秋明治病，还要供小翠念书，没有了大棚就断了来钱道儿，而自己一个人怎么都好过。春月要按大棚成本给冬生返钱，冬生说什么也没要。转过年，冬生在几十里以外的邻县承包了两栋大棚，家也搬了过去，自此再没回来过。

女儿小翠上技校那年，秋明走了。这些年的里外操劳，春月已心力交瘁，百病缠身。小翠学校就在春月娘家附近，这里正在开发，一点儿一点儿融入城市的怀抱。小翠把妈接到姥姥家，这里亲属多，可以串门唠嗑，自己也方便照顾，等妈恢复一段时间，再给她在市里找个轻快活，就当散心了。

身在几十里以外的夏冬生一直惦记着曹春月。听说春月让闺女接进城里了，他的心就像三九天掉进了冰窟窿——凉到底。正赶上政府搞劳务输出，就报名去了俄罗斯，一去就是十多年。春月在小翠那只住了几个月，她不习惯城里的生活，一个人孤独的时候，夏冬生的影子总在她的眼前晃来晃去。所以她不顾小翠和亲属的劝阻，偷偷摸摸跑回来了。

五

欢娱光阴短，久盼日子长，等待的滋味是苦涩的。曹春月泪眼婆娑，她把这些年的痛苦、无奈、期许和久别重逢的欣喜都一股脑地融进了抽抽搭搭的哭泣中。

冬生安抚着春月，俩人互相打听着这些年的情况。冬生在俄罗斯一直种大棚西红柿，干得顺风顺水，合同到期，这才刚回来几天。那些年秋明有病，春月里外一把手，起早贪黑，风吹雨淋，落下了病根，秋明走了以后她的身体就越来越差，大棚卖掉了，土地出租了，钱款都偿还了以前的欠债。有好心人劝她再走一步，她总是一笑拉倒。女儿小翠有时回来，扔下点儿钱和东西，便来去匆匆。

几缕微风从棚边的缝隙吹进来，拂动着棚布，棚内的水蒸气夜间在棚布上结成的一层水珠，这会儿正滴滴答答地落在脸上、身上，凉凉的是那么清爽那么惬意。

夏冬生逐个大棚走了一遍，大棚里干活的人都来自附近的屯子，除了像大凤这样后嫁进来的媳妇，多数人都认识夏冬生。一晃搬走二十多个年头了，再相见自然免不了一番亲热客套。

中午听大凤说起夏冬生和曹春月早上见面的情景，大贵呼啦一下想起来了，怪不得那天去请夏冬生的时候他反复打听曹春月。夏冬生和曹春月一起种菜的时候，大贵还在上中学，记忆模模糊糊，后来不知道夏冬生为什么突然走了。前几天有人跟他说夏冬生是个种菜的能人，从俄罗斯回来了，大贵才又记起了他。少年夫妻老来伴，得抓紧时间往一块撮合，让这俩人旧梦重圆。大贵想。

第二天，大贵找人在棚区的一侧建起一座小彩钢房，里边放置了锅碗瓢盆和一些生活用品。大贵说大棚生产至关重要，冬生大哥的生活得找专人照顾，好让他腾出更多时间指导大棚的经营和管理。

晚上下工，大贵叫住春月："嫂子，冬生大哥忙，往后洗衣服做饭这些活就交给你了，我按大棚干活的标准给你记工。"

"我给他洗衣做饭算怎么回事？"春月急赤白脸。

"嫂子，我这是在给你创造机会，你可别狗咬吕洞宾，不识好人心呀。"

"净扯，都土埋半截了，哪儿来那个心思了。"

"哈哈，我看你是叨叨木敲石头——就是嘴硬。"

"去，你个败类玩意。"

春月每天按时给夏冬生做三顿饭，收拾屋子，空闲的时候就和大伙一起干活。两个人有很多时间待在一起，经历了那些鸡飞狗跳的日子，当初的激情经岁月的沉淀已变得舒缓、恬淡，如和风细雨，波澜不惊。春月的脸开始变得细腻红润，心就像大棚里含苞的柿子花，欣然绽放。

六

由于肥、水充沛，秧苗长势旺盛，柿子已结出鸡蛋黄大的嫩果，每棵秧上留四串，每串留四颗果。夏冬生正指挥着一帮人给柿子定果，曹春月忽然接了一个电话，急忙往外走去。

是女儿小翠来接春月。头两天就打过电话了，让妈过去待几天，春月说活忙没时间。这回见女儿亲自来接了，不好再推辞，就跟大贵请假，大贵趴着春月的耳朵说："抓紧回来呀，看夏大哥想你。"

春月伸手一捶大贵："上一边去，败类玩意儿。"

小翠早已技校毕业，在市里找了份工作，并且成家。见亲家母来了，小翠公婆很是热情，关切地询问春月这些年的日子，一个人孤孤单单的，不如在城里找个老伴儿，老来也有个依靠，孩子们也省心了。春月没往心里去，有一搭无一搭地应付着。

小翠丈夫说岳母总也不来，得好好招待一下，特意上饭店安排了一桌酒席，小翠还让妈妈换上一套自己给她精心挑选的衣服。临开饭时，小翠的公公陪着一位陌生人走了进来。那人看上去六十多岁，身体硬朗。大伙落座，小翠公公做引荐，来人姓许，是退休工人，有工资，有住房，子女不在身边，单身，然后又把春月介绍给许师傅。席间大家频频举杯，有说有笑。春月也喝了一点儿酒，脸颊绯红，说话唠嗑戚哧咔嚓脆，那位许师傅的一双眼睛不停地在春月的脸上扫来扫去。

晚上，小翠依偎在妈妈身边："妈，你觉得今天那位许师傅怎么样？"

“什么怎么样?”春月一脸茫然。

“妈，你年纪大了，一个人在乡下我们总不放心，不如搬过来。许师傅人不错，家里条件也行，我看……”

没等女儿说完，春月立马打住：“不行，我一个人在乡下挺好，有吃有喝，用不着你们惦记。”

“妈，不用瞒我了，你不就是想着那个夏叔吗？一个土包子，哪点能赶上人家许师傅!”

“你夏叔有技术，人也正派，我觉得他挺好的。”

“啥技术啊？还不是土里刨食!”

其实小翠接春月进城就是想给妈找个老伴儿。小翠和大凤是同学，有一次小翠回妈家碰见大凤，隐隐听明白了大凤说妈和夏冬生之间的那种关系，心里就不同意，所以才急匆匆地把妈接过来了。

第二天，小翠两口子刚上班，小翠公公领着那个老许就来了。小翠公公打着哈哈说，都这么大岁数了，有啥磨不开的，跟许师傅好好唠唠，互相了解了解。说完借故走开了。

老许很健谈，什么夕阳红了，黄昏恋了，春月越听越不顺耳，回手打开了电视机，把音量调得很大，自顾看着电视。老许自觉没趣，便不再说什么，推门出去了。下班回来的小翠听说妈妈把老许给撵走了，气就不打一处来，硬硬地说：“让你跟许师傅在一起是让你享福，你这人怎么死犟啊!”

听到含辛茹苦拉扯大的闺女这么跟自己说话，春月鼻子一酸，眼泪差点儿掉下来。夜里，她翻来覆去睡不着，闭上眼睛就看见夏冬生，看见一栋栋大棚和大棚里枝繁叶茂的柿子秧。

早晨，因为赌气，小翠没和妈妈说话，吃口饭就上班去了。曹春月洗刷好碗筷，收拾好屋子，坐在床上，思绪又回到了百里外的松花江边的那个小屯子，回到了夏冬生住的那间彩钢房，回到了那年秋天的雨夜和冬生哥一起避雨的小房里……不行，我必须回去，那里才是我的家。她给小翠打了个电话，然后收拾东西下楼。正是上班早高峰，马路上车流如织，春月一宿没睡，精神恍惚，一个躲闪不及，“砰”！被一辆轿车撞倒了。

曹春月睁开眼睛的时候已经躺在医院的病床上了。床边站着夏冬生，还有大贵。小翠哭哭啼啼：“妈，都怨我，当初就不该接你来。”

“我、我没事吧？”春月巡视着众人。

“没事儿，只是小腿骨折，你放心养着，很快就好了。”夏冬生轻声细语。

七

灿烂的朝霞透过塑料照进大棚，照在葱郁的秧苗上，叶片上的露水珠晶莹剔透，闪闪放光。第一串果已经成熟，果型匀称，个个饱满，粉红娇嫩，如新媳妇的脸，含羞带笑，在翠绿欲滴的叶片下半遮半掩。

今天采摘第一茬柿子，大伙掩饰不住兴奋，老早就来到了棚区。大贵急忙给这些人分工，采摘的采摘，装箱的装箱，嘱咐大伙注意，别弄脏弄坏了柿子，等下午客户来了就装车。

大伙正忙着，只见夏冬生推着轮椅走进了大棚，轮椅上坐着曹春月。大伙争相跟春月打招呼。春月出院后在小翠家住了几天，憋得实在难受，非逼着小翠把她送回来。一到家小翠就打电话把夏冬生叫过去，小翠理解妈妈，也尊敬夏冬生，亲切地说：“夏叔，我妈就交给你了，我相信你会对我妈好，我也会经常回来看望你们。”

在医院住了一个多月的春月身子清瘦，脸上却是异常的兴奋：“呀，真快，柿子都红了！”

大贵说：“是啊嫂子，柿子都红了，你们俩还抻悠个啥劲儿，该修成正果了！”

冬生说：“等忙完这阵子的。”

“行，等这一季的收获结束，大伙都分完红，给你俩热热闹闹搞个仪式，到时候我给你俩写一副对联。”

春月一撇嘴：“净吹，你还会写对联？”

“上联，春月冬生圆旧梦；下联，干柴烈火可劲儿烧；横批，柿子姻缘。大伙说这词儿怎么样？”

“好，这词编得硬。”大伙七嘴八舌，欢笑声嬉戏声响成一片。

“你个败类玩意！”春月的脸如同熟透的柿子，一团粉红。

作者简介： 张文平，长春市作家协会会员。2014 年开始写作，曾有作品发表于省市级文学期刊。

圈套 周成军

春节刚过，一场大雪就把松山镇变成了一片洁白，倒春寒吹得人直打哆嗦，清晨街路上不见一个人影。

在小镇的北面车站方向来了四个人，一女三男，穿着羽绒服，脚下的雪地鞋踩在雪上发出嘎吱嘎吱的声响，身后各背着一个大包。一看就知道是外地来的。路边一家小院的大门前，主人正在清扫着院子里的雪。那个女人看见院里有人，便走了过来说："大哥您好，我们几个人到您这地来做点儿小买卖，刚下车，这大清早的，镇上的旅店、饭店也没开门。大哥您看能不能关照一下，让我们上您家暖和暖和，喝点儿水。"出于东北人的热情和厚道，主人爽快地答应了，把他们让进了屋里。媳妇见来了外人，就去厨房拿来保温瓶和几个杯子。"爸爸我要吃果冻！"一个孩子的声音从屋里传来。

"大早上的吃什么果冻？"

"不嘛，我要！"

刚坐下的外地女人和男人露出了不易察觉的笑："小朋友快出来，我们这有好吃的。"说着，女人从包里取出几瓶饮料还有一些小食品。"听爸爸的话不准要别人的东西。一会儿爸爸去买。"

那个女人赶忙把一瓶饮料递到了孩子的手上："没事的，来，阿姨给，阿姨有好吃的。”孩子拿着东西看着爸爸，“还不快谢谢叔叔阿姨？”

大家都坐下来，喝着热水互相寒暄。好客的主人叫张军，是这个镇上的农民，在镇上开了一家时装超市，在当地也小有名气。

“我叫李才，他叫刘德，这个叫马四，她叫胡月。我们是刚到这倒腾山货的，听说你们这儿的山货价格便宜，种类齐全，我们就来了。这不刚下车，想找个饭店吃饭也没开门。遇到了大哥让我们在这歇脚，真得谢谢您。”几个人又聊了会儿，也不知道那个叫胡月的女人啥时候出去的，买了一大堆水果还有一些小食品进屋放到炕上，看上去得花一百多块钱。

“你们常年出门在外赚点儿钱不容易我不能要你们的东西。”张军说。

刘德说：“一大清早就麻烦您实在是不好意思，这是我们的一点心意，请您务必收下。在家靠父母，出门靠朋友。就当交个朋友。以后说不定还得麻烦您。”

“这怎么好意思呢？”张军笑着也就不说啥了。李才说，时间不早了，咱们走吧！以后有机会再见。四个人一起走出了院子。张军回到屋里看到这些礼物心里一阵欣喜……

隔了几天的傍晚，张军正在屋里看电视，突然被一阵叫门声打断。

“谁啊？”

“我”！大哥不认识了？我是李才啊！前两天早上在您家喝水那个。”

“哦哦，知道了。”说着，张军赶忙下地把门打开。把那四个人让到屋里，倒了几杯热水。

“这么晚了你们从哪里来啊？”

“我们刚从吉林过来，没赶上车。所以想到您家借个宿，您看方便吗？”

“行，行，没啥不方便的，都是熟人了。”

刘德说：“又来打扰您真不好意思。”

“你们还没吃饭吧，媳妇你去弄几个菜，大伙一起喝点儿酒暖和暖和”。张军说。

“不用不用，我们都在饭店打包了，您把盘子碗筷子拿来就行了。”放好了桌子，装好了菜，李才又拿出一瓶酒，几个人推杯换盏地喝了起来。

几杯酒下肚，马四醉眼蒙眬地的说：“现在的买卖真的不好做，什么畅销，好赚钱的，马上就蜂拥而上，跟上了才能赚点儿，也就是点儿辛苦钱。唉！不干吧，还没啥营生，好卖的东西不好收啊。眼下最赚钱的就是人参。市场上不多，也收不着，如果去黑龙江也许能行。”

李才接着说：“就怕没有啊，再说咱们人手不足，有收货的，有卖货的，有联系市场的，就是没有中间跑腿来回送货的人。”

说者无意，听者却动了心，张军略带醉意地说：“实在不行我跟你们干。”

三人打量着张军，脸上都带着疑惑：“您想干？不行不行，这种生意有风险，我们不能让你冒这个险。等我们把这批货出手了再说吧。”几个人又聊了些生意上的事，就都睡下了。

第二天早上，李才对张军说：“哥哥你有时间吗？要不你跟我们走一趟看看咋样？”

“行，我待着也没啥事，不如和你们去见见世面。”于是，一行五人到火车站后由李才买好了票，登上了去省城的动车。

到了省城，李才来到中草药批发市场的一个门市部，推门进去正好和收购老板打个照面，李才拿出货，老板仔细看着成色，用手捋着说：“纹流均匀、形状好、个头够大、重量也够。好，看你们也是实在人，我也不压价了，一根儿三百块吧。”

“那可不行，太低了吧，我们这大老远来的，路费吃喝的，您总得让我们挣点儿吧?” 胡月说。

收购老板说：“不行，最多一根儿再加二十元。不卖就去别家吧。”

李才他们聚堆儿一合计也就同意了，于是，他们把背包打开拿货，张军这才看清里面都是精美的盒装人参。看他们出手了二百二十根儿，拿到货款，点好钱，就都一起走出了这家门市。

张军心里暗暗地把地址记下了。心里核算，除去进价净赚了多少钱。胡月和张军说：“大哥您都看到了吧，真的很赚钱的。”

张军在半路与他们分手回到家里，就和老婆说起今天的事，这钱赚得容易啊！还好卖。就是本钱大点儿，一琢磨也没啥，世上哪有不投本的买卖? 两个人一夜也没睡好觉，光想赚钱的事了。

一晃一个月过去，这件事也就渐渐地淡忘了，张军仍然早出晚归地经营服装。

一天清早，媳妇进货去了，张军也准备送孩子上学。刚走出大门，迎面就碰上了李才他们三个人，都是老熟人了，张军回身把他们带进了院子。“张军兄弟，今天我们来就是找你的，现在正是中药材紧缺的季节。特别是这参价特别高，眼下正是赚钱的好机会。我们已和买主联系好了，黑龙江的货源也找到了，现在发货人已经到了吉林市。通过咱们这几次交往，我们看出您也是实在人，还爽快。我们想带您和我们一起赚钱，但什么生意都是有风险的，您要想干必须得考虑好。好好想想，如果想发财就得胆子大点儿。参价我们也谈好了，拿到省城转手就挣钱。要不，您帮着我们经管经管东西也行，我们每天给您开二百块钱，反正我们也得雇人手，这活没有风险。您要是自己干那挣多少都是您的，质量这块我们帮您把关，但今天上午就得去取货，不然就没了。您先把孩子送学校去，回来再决定吧。”

李才说完就等张军表态。

“好的，你们等着我，我一会儿就回来。”张军一边带孩子往学校走一边盘算，这真是个赚钱的好机会，这次不能错过了。一进校门口，张军看见了邻居家也送孩子就说：“大嫂求您点儿事，我今天有点儿急事得晚上回来，麻烦您帮我照顾一下孩子行吗？”

“行，你去吧。放学我一起把两个孩子都接回来，你放心吧。”邻居的话还没说完，张军就急急忙忙往家走。

“你怎么才回来啊，再晚一会儿我们就走了，要不赶不上车了。”李才说道。

“我想和你们一起干，得多少本钱？”

“那要看您想赚多少钱了，多投多赚嘛。”

“我现在家里就剩一万块钱了。”

“一万块钱够干吗的？”

“那咋办啊？”

“去银行取啊！”

“好，你们等我，一会儿就回来。”张军不一会儿就拿着十万块钱回来了。

他们说说笑笑地上了车，到了买货地点李才先挨个验了货。张军把自己的货装好后，刘德提议去饭店吃点儿饭。张军已无心吃饭了，恨不得马上就到省城把参卖了，赚了钱回家给老婆一个惊喜。

到了省城下了车，李才对刘德说：“你替我拿着货，我去办点儿事，咱们货站见。”说完就进了售票厅。剩下几人拦下一辆出租车向着市场驶去。

走了一段路，刘德的电话响了起来，说了几句，就急忙把电话挂了，回头对马四和张军说：“大哥的身份证在我这，他让我给他送去。”

“这么多货都让我俩拿？”马四问。

“一会儿我俩就回来了。”

“你俩可得快点儿，晚了我俩拿钱就跑了。” 张军开玩笑地说。

“没事，跑了去你家要去。”

张军在外面等着，点了一支烟，心里想，这回可找到门路了，以后就自己干。不知不觉一支烟抽完了，还不见马四出来。又等了一会儿，还没出来。张军突然预感到不妙，赶紧推门进去，里面就一个人在那悠闲地看电视，“你找谁?”老板看见有人来问。

“我是来卖货的……我是来找人的。”

老板看见他支支吾吾语无伦次，又问道：“你到底是干吗的?”

“我是来找人的，您店里刚才是不进来一个人吗?”

“是来了一个，问这有没有卫生间，我告诉他走旁边的那个门，通往大市场二楼就有。他就走了。”

张军听完这句，脑袋嗡地大了起来，赶紧把包打开，抽出一盒人参就问，老板这参多少钱一根儿。老板漫不经心地说：“我们这收参不论根儿，论斤。三五十元一斤，一般的，就三十元一斤，好的，也就五十元到头了。”

张军一听，顿觉天旋地转，一屁股瘫坐在地上。

作者简介：周成军，蛟河市松江镇靠山村农民，在《参花》《蛟河文艺》上发表过诗歌、散文。

希望 紫雪

单木一口气把今天最后一个雇主的四十袋水泥扛上了六楼，汗水湿得整个人像被淋过雨了一样，他接过工钱认真数了数，不少，憨笑着向雇主道谢。离开的时候，默默地把雇主家放在门口的垃圾拎下楼丢到垃圾箱里。

一阵风吹来，湿透的衣服贴身上有些凉，他索性脱了衣服搭在肩上，一身结实的肌肉让他显得年轻许多，看起来不像四十岁多的人。看看快下山的太阳，单木启动摩托车直奔菜市场。

菜市场里，单木买了一块豆腐，又摸摸裤兜里的钱，脸上掠过微笑走向熟食摊位："大姐，给我来二斤酱牛肉。"

单木满脸暖意迎着夕阳，加大油门往家赶。进院子边停车边喊："儿子，儿子……"

二妮应声从屋里出来："你呀，进门就喊，你儿子在后山呢。"说着接过单木手里的菜。

单木乐呵呵地边跟着二妮边进屋边说："快叫儿子回来，我买了酱牛肉。"

二妮麻利地往灶里填了一把柴火，拿水壶往盆里倒上热水边洗毛巾边说："过来我帮你擦擦，看你这一身灰。"

单木依旧呵呵地笑，接过毛巾："我自己来，你快做饭，饿了。"说着就噼哩扑噜一顿洗。边洗着又说："这阵子镇里有个小区有挺多新装修楼的，能多挣点儿，过几天你去把那条喜欢的裙子买了。"

"真可以啊?!"二妮脸颊泛红："哎，我再炒盘鸡蛋吧!"

"嗯，给我烫点儿酒。"单木边洗湿透的衣服边说。

"爸!"强子拎着一大篮子鸡蛋进来就叫："看，我捡这么多!"

"好儿子，让你妈这个礼拜天儿就带你去买运动鞋。"

"老爸最好，呵呵。"强子一脸的暖笑。

"你爷俩儿别腻歪了，强子洗手吃饭。"二妮笑着又说："今天网上下单的又多了几十个新客户呢，这散养鸡蛋真的很抢手啊！还有人问有没有散放公鸡呢，我说得等秋季，就有预定的了。"

"不会错的。"单木边擦着身上的水渍边说。

"二妮，二妮，在家吗?"屋外一阵脆生的女高音由远而近，华嫂走进屋来："哎呀，大兄弟在家呢，我找二妮。"华嫂说着话还摸了下强子的头："这小子，将来不能矮了，长得真快。"

"华嫂来了啊，二妮在厨房呢。"单木边打招呼边冲厨房喊："二妮，华嫂找你。"

"哎，华嫂来了，吃没?"二妮边往桌子上端菜边和华嫂打招呼。

"吃了，吃了，我刚刚抓了一百只蛋鸡雏，你一会儿去帮我打疫苗呗，我自己怕弄不好呢。"华嫂笑嘻嘻的，边帮二妮端菜边亲昵地说。

"好，你稍坐会，我吃口饭就跟你去，中午就没吃，都饿晕了我了。"二妮边盛饭边说。

"你吃你吃，我先去隔壁看看燕子家的鸡雏长多大了，她说你帮她开网店了呢。"

"是呵，我说鸡长大还早呢，她说要先卖鲜玉米，也不知道弄的咋样了，明儿我也去看看，你先去，我吃口就来。"

“华嫂再来啊。”

“华娘慢走。”单木和强子送华嫂出门。

“吃饭吃饭。”二妮催促。

“哇，今天这么丰盛!”强子夹了块牛肉放老爸碗里，自己就狼吞虎咽地吃了起来。

“不给你妈夹呢？浑小子!”单木夹块肉放二妮碗里，笑骂儿子。

“吃吧，吃吧，你那么重的活儿，儿子学习也累，都需要营养的。”二妮脸上满是温暖地看着爷俩儿说。

“华嫂咋也抓鸡雏了呢？你撺掇的?”单木边吃饭边问。

“我是自己趟出路了，才敢撺掇她们的，放心，我会一直带着她们的。”

“我就是怕你落埋怨，咱村的婆娘哪有好惹的?”

“不会的，不好惹是因为日子不好过，还整天没事做，现在忙了，都奔着挣钱呢，心情好，脾气自然就好了。”

“你这道理总是一套一套的。”

“我这都是实践出来的道理呢，不信你去全村问问谁家还有打麻将的，你再问问咱村买回多少台电脑了。我在慢慢改变咱村原来那种越穷越靠的习气，你看着吧。”二妮一脸的自信。

“好，你有数就行，需要我的时候，你就尽管吩咐，别自己撑着，你们妇女毕竟只是半边天。”单木半调侃半认真的表情。

“老爸，你这个时候应该说，我单木，有妻如此，夫复何求?”强子故作腔调地说。

“去去，快吃。”

吃罢饭，强子回屋学习去了。“炕热乎，你先躺着歇歇，我去华嫂家。”二妮边往外走边丢一句给单木。

单木开了电视，从裤兜里掏出今天赚的钱放在电视柜上，又拿出膏药贴腰上，然后上炕躺下。

二妮从华嫂家回来时，天都黑了，又忙了两个多小时，才把鸡鸭都喂饱，圈进窝。进屋边掸身上的灰边进强子屋里说了句：“儿子早点儿睡啊！”强子应着，她就出来了。洗漱罢进屋看到电视开着，单木却睡着了。

她关了电视，上炕轻轻地钻进被窝。单木突然伸手搂过她，她轻笑小声说：“你没睡啊？”

单木闭着眼睛答：“你没在身边睡不踏实。”

二妮猫似的钻进单木的怀里，手不安分地抚摸单木裸着的身体，游移到背部时，碰到了腰上的膏药，便停止了，柔声说：“你别出去干活了，我怕你累坏了。”

单木依然闭着眼睛：“等过了夏天，鸡场也扩建好了，我就不干了，现在你辛苦点儿，自己照料家里。”

“嗯，那个时候，我自己就忙不过来了。”二妮顿了下，接着说：“我都想好了，等立了秋，我就再找村领导谈谈，把咱家后山和那些荒地荒山都承包了，原有的杂树林留着，再补栽些刺五加苗木，然后扩大养殖规模，从现在往后，人们对绿色食品的认识和需求是没法估量的。”

二妮往单木身边靠了靠，脸贴着他的胳膊继续说：“没准儿，我会给咱这地少荒山多的村子寻出一条致富的路来呢，我想好了，等我成规模了，供销渠道稳定了，我就带领全村村民一起搞荒山养殖、搞野生食品加工、搞民间手工艺研发……开发所有自然资源……改革开放都三十年了，咱不能一直守着满山的宝贝资源和老祖宗传下来的手艺受穷，如果我的计划顺利，再用十年时间，咱村一定会大变样儿。”

“这么忧国忧民呢，不是要竞选下届村主任吧？”

“才不是，这届村班子已经给村里做了很多实事了，给咱们修了路，装了路灯，还组织咱村民去南方参加电商培训，开阔了眼界，增长了见识，我会支持他们连任的。”

“嗯，你做吧，等咱村富了，咱们也学南方的小表弟那样，再弄个乡村旅游什么的，别荒废了咱这真山真水的好景致。”

二十年后……

二妮被电话铃声吵醒时，已经阳光满窗了，边穿衣服边开了电话免提——董事长，您今天的日程是：九点在集团五楼有个外商投资洽谈会；十一点帮您约了新任驻村第一书记到集团见您；十二点在蓝荷庄园中餐，几家投标公司参加；十四点的航班，您和单总飞杭州……

洗漱完下楼，从餐桌上冒着热气的早餐中拿了杯热豆浆，两三口喝光，拎包出门。“你吃点儿东西啊，急什么嘛？”身后单木的声音被她关在了门里。开车的时候打开微信留言：“妈，今天是老爸的生日，我给他定了一套西装还有蛋糕，你记着让人接收啊！你和老爸别太累了，这个月末我和你儿媳就回国了，回村儿我们就不走了，正式接您的班……”

二妮瞟了眼遮阳板上镜子里的自己，自语：“回来吧，你妈真想歇歇了。”

作者简介：紫雪，本名王冬梅，女，1970 年出生于通化市，通化市作家协会会员，吉林省作家协会作家研修班第五届学员。作品散见于《吉林日报·东北风》《长春日报》《春风文艺》《长白山》等报纸杂志以及“中国作家网”“头条号”等网络平台。

女侠 邹本新

刚子十六岁那年被驻校“文革”工作组打成“现行反革命”，关押在镇赉劳改监狱，他在镇赉劳改监狱度过了漫长的六年劳改生活。

刚子被平反，从监狱出来，回到家乡生产队参加生产队集体劳改，每当打头的喊“歇气”的时候，我们这帮一块长大的光屁娃娃总是把他团团地围住，死皮赖脸地纠缠他，让他给我们讲他的故事。

“刚子！听说诬陷你的那个学生吊死了，因为没有被推荐？”

“刚子！听说你们蹲监狱竟吃窝头和苞米面糊糊，让吃饱不？”

“刚子！你们在监狱里干什么活？累不累？”

刚子被昔日发小伙伴们追问得蒙头转向，一时不知道说什么好，他的眼角湿润了，他在极力地控制自己，才没有让眼泪掉下来。

“好吧！既然你们那么想听，那我就给你们讲一下你们从来都没听到过的故事。”

出乎我们的意料之外，刚子并没有讲他自己，他讲了一个社会上几乎无人知晓的侠女英雄故事，我被刚子的胸怀所折服，更被故事里的主人翁所感动。时至今日，五十多年过去了，我不想把它烂在肚子里，我要替刚子把它写出来，让更多的朋友来读一下这个具有传奇色彩的故事。

刚子讲，那一年的中秋佳节，政府给犯人放一天假。那天，吃完早饭之后，刚子站在监舍院子里，单手擎起一只小碗，距他百步之外站着一位“老历反”（历史反革命）。他手握三枚桃核。这位老人一米八个头，腰板溜直，二目炯炯有神，头发胡子和眉毛全都白了。说他鹤发童颜有点儿夸张，说他掷镖命中率不减当年不足为过，刚子喊“一、二、三”，只听“当！当！当！”三枚桃核依次投入碗中。在刚子一再恳求下，那天，他给刚子讲述了这个具有传奇色彩的故事。

袁世凯篡位之后，为了巩固其统治地位，清除异党，毙了一批党政军界要员。石英杰是军队里一名副官，曾追随孙中山大总统，孙中山蒙难赴日之前，特安排他扮降将留在袁世凯部下做地下情报工作。由于叛徒出卖暴露了身份，被袁世凯处以死刑，临刑前特将四岁女儿托付朋友收养。这位朋友名李广浩，是军政里一名教官，他手持双枪，百米之内百发百中，人称外号小李广。

小李广是一个讲义气的人，为了朋友的后人，于当天夜里用重金买通了哨兵，携朋友遗孤和自己的妻子乘车逃出军部大院，并带走四只连发盒子炮和八箱子弹。

出城门并没有遇上太大阻碍，因为他持有教官证。出了北平府大门，他开车虚晃一圈，然后，调过车头直奔东北长白山开来。当行驶到吉林省蒙江县地域时，车厢油已经耗尽，他甩掉轿车，雇一辆当地马车来到长白山脚下一个偏僻的村庄。

小李广看好了这个山高皇帝远偏僻又寂静的地方，从此以后，他解甲归田隐居山野，买了五间大房，置了三十垧好地。他习惯了军人生活，喜欢烈马，特来小镇集市上选购一匹最烈性的白色客马和一匹红色的儿马，又雇几个长工种地，过上了逍遥自在的神仙日子。

小李广妻子不生育，夫妻二人把朋友的姑娘当成自己的女儿，给女儿起名“山里花”。山里花天资聪颖，长相俊俏，招人喜欢。

近朱者赤，近墨者黑。小李广教女儿识字，教女儿做人，教女儿习武。山里花六岁开始随父亲在院子里跑步、做操、练轻功，七岁能骑马；八岁能鸣枪；九岁能跑马鸣枪；十岁能随父亲骑马上山狩猎。

山里花少年时期就有虎魂豹子胆。十四岁那年秋天，自己上山采圆枣子，没有带枪，她蹲在一块岩石上大便。突然嗅到一股腥气味，腥气越来越浓，并且听到“扑哧”“扑哧”的脚步声，回头一看，一只大黑熊瞪着一双凶狠的大眼睛，张开血盆的大口走到她跟前。没容她站起来，这只凶猛的黑熊一爪将她抓住。熊抓人像猫抓老鼠一样先不吃掉，用它爪子戏耍一番然后才动口，这只熊把她摁倒坐在地上，用一只爪子摸她脚，摸她腿。

山里花不但胆子大，头脑反应也快，她看是一只公熊，便用一只手挠它肚子，另一只手把布腰带抽出来。这只老熊从来没有享受到这种感受，身上痒痒只能往树干上蹭，今天被她越挠越好受，越挠越放松，渐渐地倒在地上。山里花趁机把腿绑解下来和腰带接在一起，接成四米多长的布带，一头系上绳套，一点儿一点儿地把活套套在黑熊卵根上。她那只手一直在它身上挠，这只老熊第一次感到如此舒服，闭上眼睛几乎睡着了。山里花迅速将另一头系在附近小树干上，她手提裤腰就势往山下一滚。中断了舒服的感觉，老黑熊睁开眼睛发现她跑了，往起一蹿卵子被勒住，疼得“嗷嗷”直叫，它越疼越拽，越拽越紧，越紧越疼……最后，倒在地上一动也不动了。

山里花从父亲身上学到了各种枪法，尤其是马上功夫，什么地上跑的天上飞的，可以跑马击毙。她不仅学到一手娴熟的枪法，而且学到一身绝顶轻功，什么穿房越脊飞檐走壁，身轻如燕。

有一次，山上一绺胡子来抄她家，百十号土匪把院子围得水泄不通，爷俩从窗户跳出来，纵身飞上房顶一阵盒子炮把这群土匪撂倒一大片。从此以后，这个村子再没有来过胡子，土匪下山都绕着这个村子走。

山里花十六岁那年，大山里连续四十多天不见太阳，终日阴雨连绵，村子里一半多人染上了瘟疫，包括附近一带村子，天天都在死人。治愈这种病只有一种名贵的药材，东北没有这种药材，全国只有云南省产这种药材。但路途遥远，价格昂贵，药量之大，需要一笔资金。

为了筹集资金，治愈父老乡亲的病，山里花父女俩各骑一匹马，押一车道具到县城里举行义演。

山里花天生丽质，有羞花闭月之貌，沉鱼落雁之容，佩上今天的特殊装扮更显俏丽。一套粉色紧身衣裤，外披一件红色斗篷，一根大辫甩到腿弯，头插一支耀眼夺目的红绫花，一对金耳环，一串琳琅镶在额上，金光闪闪，光彩照人，简直就是天女下凡。围观的群众里三层外三层。

山里花舞宝剑，走钢丝，空中飞人，跑马叼花，样样绝技尽展奇姿，博得观众一阵阵喝彩，一枚枚银圆飞入场中，不一会儿工夫银圆摞成一大堆。

突然，人群里一片骚动，一名披蓝色大褂的公子带着数十名打手闯进来。公子嬉皮笑脸地拿扇子指点山里花：

“哪里的小妞敢到我的地盘来……”

“也好！这头一场的银圆就算你交本少爷的地盘费！”

公子说罢用手一摆，几名家丁跑过来抢钱。

说时迟那时快，只听“嗖！嗖！嗖！”几声响，几名家丁“妈呀”直叫，纷纷倒下，是燕子飞镖击中他们的手，鲜血即刻流出来。

公子一看急了，扇子朝前一摆，“把小娘子给我拿下……”

几十名打手统统围上来，各个手拿大刀片张牙舞爪地奔山里花袭过来。

山里花父女抽出双枪一阵盒子炮，数十名家丁倒成一片。观众们调头掩耳纷纷往家跑，人群乱成一片……

公子傻眼了，他也调头往回跑。没跑出几步，“叭！”一枪击中他一只腿，立刻也倒下，其余家丁屁滚尿流地往回跑。

山里花一个箭步穿过去，一只手擒住一名家丁，另一只手提起公子。小李广吩咐家人将二人绑上扔到车里，开始收拾道具。

山里花来到公子跟前，“咔”一声，将公子蓝衫撕下一大块，拿燕子镖把公子中指刺破，掐住公子被刺破的中指在上面写上：明天中午之前，交付大洋两万块，送至南山沟里老榆树下，一手交钱一手放人，逾期不交或不如数交付，公子人头落地。然后，将那个家丁松绑，放他拿票回府报信。

大马车拉着公子和道具向南山驶去，山里花父女二人骑马断后。

山里花用这两万块大洋去云南购进大量专治这场瘟疫的名贵药材，给大山周围村庄发放，拯救了数万人民的生命，受到一带百姓的赞誉和爱戴。

七十年前，不比今天科技发达，农作物生长期长。高寒山区气温低，受到高山与原始森林影响，光照时间短，庄稼十年九不收。山里花十八岁那年，山里气温特别低，霜期来得特别早，庄稼刚吐出穗来就遭到了一场苦霜，粮食绝收。财主趁机抬高粮价，山里老百姓吃糠咽菜，叫苦不迭，有的人家卖儿卖女又卖妻。山里花父女看在眼里疼在心上，将全部家底拿了出来购粮赈灾，因为灾区分布广，灾民多，所以解决不了问题。

这一天，山里花淡妆素裹，腰挎双枪，备足飞镖和子弹，辞别父母，飞身上马，奔大山里跑去。山里花骑在马上远远望去，连绵起伏的长白山层峦叠嶂，峡谷幽深，林海松涛一望无际。

她打马来到大山脚下，山上有一趟小道，只能过去一辆马车。不知是人工还是天然形成，山道两边像刀切的一样，这就是通往大山里的一道大门。山门足有十里长，真可谓“一夫当关，万夫莫开”。

过去这道山门就是另一条山脉其中一个大峡谷，峡谷里有一片开阔地。

山里花来到山门前，山门两侧有四名喽啰把守，看到她要闯入山门，几名岗匪端枪一齐瞄准她："站住！什么人？到哪里去?"

山里花下马抱拳："诸位兄弟！小女这边有礼啦，请回禀寨主，小女山里花来投奔贵寨。"

"你先在这里等候……"一名喽啰飞身上马奔开阔地跑去。一会儿工夫又返回来，用一条黑布带将山里花双眼蒙上，双手倒绑，带进寨里。一群匪兵正在比武操练，看带上来一个年轻女子停止了操练。

二百多名喽啰兵把她围在中间。三个膀大腰圆的汉子各坐在椅子上，两边站着卫兵。中间一个大汉浓眉大眼，满脸连毛胡子，两边椅子坐着的一高一矮，高者凶杀恶气，矮者眉清目秀，两个眼珠子不停地转动，中间黑脸大汉是山寨老大，两边一高一矮分别为山寨老三老二。

大寨主令松绑，众皆愕然，眼前站着这位女子简直就是仙女，稍有不同的是，红颜粉面显露出城府，慧眼明珠潜藏着霸气。

"大哥！咱山上正缺少一位压寨夫人，让这小娘子……"

"你知道她什么来头……"

"一介孤女敢来这里，不是那么简单……"

喽啰们你一言我一语纷纷议论，二当家的一双眼睛仍在不停地转动。

"你从哪里来？到这里来想干什么?"大当家的天始发问了。

"我是山下黑虾沟的，我投奔大哥，与弟兄们大碗喝酒大块吃肉……"山里花不惊不慌，谈笑自如。

"大哥！就让这个小娘子做你的压寨夫人吧！"一个喽啰开始起哄了。

"做压寨夫人也未尝不可，因为是女人嘛，不过，我有一个条件。”

“什么条件？”

“各位寨主，我的条件就是比枪法，如果哪位寨主把我赢了，那么我就做哪位寨主的夫人，如果谁也赢不了我，那么，我就是寨主。”

“好！太好了！这样最公平。”三个寨主胸有成竹地答应了。

这时，天上远远飞来两只鹰，鹰的后面呈“人”字形的一群大雁也朝这边飞来。

“谁先来？”

“大哥！我先来，我就打这只鹰……”三当家的边说边举起枪。

“砰”一声，枪响鹰落，另外一只惊飞跑了。

“姑娘！你就打大雁吧，不过不要打头雁，因为它是领头的老雁，打死它这群雁就迷路了。这么着，你打第二只，左右两个哪一个都可以。”

山里花不慌不忙从腰里掏出双枪扣上扳机，双手同时举起“砰砰”两声，头雁左右两只大雁同时坠落，喽啰们各个面面相觑，简直不敢相信自己的眼睛。

“姑娘好枪法！今天二哥和你比马上功夫。”二当家边说边吩咐两个喽啰进屋取来四根蜡烛分别坐在蜡台上，放在百步以外点着了，然后纵身一跃骑在马背上，示意马绕着蜡烛走，举起双枪，“砰砰”两声，两根蜡烛台倒烛灭。

“好！”众喽啰齐声喝彩。

姑娘飞身上马，调头向百步以外走去，然后身俯马背上，猛然回首，双枪齐鸣，两根蜡仍然坐在蜡台上，但两点烛光同时被击灭，众喽啰瞠目结舌，此时无声胜有声。

“姑娘确实好枪法！轮到大哥我了，今天，大哥和你比跑马击钱！”说罢，大当家的站起身来，吩咐喽啰进屋取来四枚铜钱，各用红绳吊在树上。大当家的骑上他那匹高头大马，以树为圆心，以百步为半径，打马边跑边举起双枪，“当当”两声两枚铜钱均被击中，发出长时间颤动的余音。

“好！大哥好枪法……”

“这回看你小娘子还能玩出什么花样？”

喽啰们一片欢呼雀跃。

山里花纵身跃上马背，还是调头朝百步以外走，她猛踹一脚马镫，这匹马扬开四蹄向前跑去，已经跑出距铜钱一百五十米开外，突然她仰身躺在马背上，双枪齐鸣。铜钱没有击响，可是，两枚铜钱双双坠地，两根红线均被平齐击断。

三位寨主和喽啰们都被惊呆了。

侠女神枪，慑服群匪，山里花坐上第一把交椅。中午，山寨大摆酒筵，一来庆祝山寨里来了一位英武神勇的女英雄，为山里花接风洗尘；二来庆祝她胆识过人，坐上山寨第一把交椅。大当家自然排到第二寨主，酒过三巡，举行交接仪式……

大当家也不是白给的，他有他的打算，他不但看好她的枪法神功，看好她胆识过人，而且，更看好她的花容月貌，看好她迷人的魅力。酒筵散了以后，他以察看新房布置情况为由来到山里花的卧室，色眼眯眯地看着她。已经三更天了还赖在那里不走，借着酒力摸她手，摸她的凸胸，摸她细嫩的脸，一点儿一点儿将她抱进怀里……

山里花心里非常清楚，尽管自己枪法出众威震群魔，尽管自己坐上了第一把交椅，然而，初来乍到没有根基，要想扎稳根基施展报复，还得依靠他。她经过周密考虑与他订下盟约，每与他……一次，他必须协助她做一件大事。

第一件大事就是调大队人马下山挟豪赈灾，但是，不能莽撞胡来，一切行动由她指挥，他必须真心实意地配合她。

她的第一次被他得到了，这是他第一次和如此漂亮姑娘在一起……他被她的姿色和魅力所倾倒，他要真心实意地为她效力。

当天夜里，山里花写了一封家书，第二天早晨派一个喽啰下山把这封家书送给了父亲手里。

山下老百姓仍然处在饥饿困苦之中，县城衙门里主管粮食的赵二爷囤积大批粮食，借荒年把粮价抬高三倍，并且往粮食里掺沙子，老百姓叫苦不迭。山里野菜挖光了，开始挖草根扒树皮来充饥，老人孩子每天都有饿死的，惨不忍睹。

小李广看到女儿的信，悲喜交加，流下泪来，悲的是为了百姓姑娘宁可委屈自己搭上女儿身；喜的是女儿孤身斗匪战胜群魔，达成协议，灾民终于有了盼头。他当即回女儿一封信，让喽啰兵带回去。

第三天夜里，山里花率大队人马直奔县衙，按照父亲图示来到赵二爷家将赵府围得水泄不通。二当家率众隐蔽在大墙外，山里花带三当家和四当家等闯进屋里，将赵二爷两个儿子绑上带走。给赵二爷扔下一张票，上面写道：限两日之内给大山十三个自然屯每户发送五百斤玉米，五百斤高粱，逾期不送或者报官，两公子即刻处死……

赵二爷当时就被吓得筛糠了，报官吧，小城里不足一个排兵力，个个都是酒囊饭桶，去省城又远水解不了近渴，他已经六十岁人了，两个宝贝儿子就这么都被抓走了。虽然小老婆八九个，可是现生又不赶趟，况且他已经没有那个精力了，无奈之下只能与票上兑现了。

山里花与大当家执行第二次同盟，那就是改变山寨原来的纲领，执行她亲手拟定“三杀两抢”的纲领。即抢掠百姓财物者杀；奸污民女者杀；不服从命令擅自下山者杀。只抢那些欺压黎民的土豪恶霸；抢那些盘剥百姓的贪官污吏。

山寨的规矩改变了，原来的大当家得到了好处，原来的二当家心里极不平衡，眼珠子转来转去，匪性上来了，他要孤注一掷……

一个十五的晚上，他从被窝里出来，穿上夜行衣，蒙上黑面罩，悄悄来到外面一刀一个将两个岗哨砍倒了。他来到山里花房前，用舌头舔破窗户纸，借着皎洁的月光让他看到了姑娘那花一样的姿容，看到了她那对丰满的凸胸，看到了她那两条白皙而细嫩的大腿。强烈的欲望让他壮起胆子用刀拨开了门闩，摸进屋里一看，就不像在外面看得那么清楚了。他双手举起刀想往下砍，又舍不得，便把腰带解下来想把她脖子勒上，然后再……他两手拽紧腰带往上一扑，是空的，中计了，他刚要跑，只听“嗖”的一声，一道白光射进他眼睛里，他“妈呀”一声栽倒在地上。匪性具有野性，他一狠心拔出燕子飞镖把眼珠子带了出来，鲜血喷涌而出。

山里花从梁上跳下来，单手把他擒住绑上。

第二天召开山寨大会，山里花从腰间抽出一把匕首，当着全体土匪面前将他开膛掏心。山里花拿着这把匕首挑起他那颗尚在冒着热气往下滴血的心说：“从今往后，如有不服者，它就是你们的下场……”此情此景，让胡子们感到头皮发炸，牙齿打战，魂飞丧胆。

从此以后，山里花彻底改变了这一绺胡子的纲领，由一支掠夺民财残害百姓的土匪队伍变成了杀富济贫除暴安良的侠义之师。山里花率大队人马驰骋在长白山脚下，威震辽东半岛，队伍在一天天壮大……

日寇侵占东北，东北成立抗日联军。联军首领闻山里花大名，特派两名干事准备收编这支队伍，在得到山里花许可后，两名干事来到山上。

五百多名的队伍集中在一片开阔地上，山里花亲自主持这次大会。正在一位干事给大家作抗日救亡报告的时候，一只乌黑的枪口偷偷地瞄准了这位干事的胸膛，没等他扣动扳机，一支飞镖穿透他一只眼睛，紧接着，又一只飞镖穿入他咽喉。

山里花登上讲台说：“我代表这支队伍决定参加抗联，同意跟我走的站到右边来；不同意的站到左边，想回家的发给军饷。”

明显看出，有一半人数同意随山里花参加抗联队伍，四分之一想回家，每人发给五十块大洋，另一部分人没有表态。

这天夜里，也就是大部队出发的头一天晚上，原来的三当家带领这部分人逃跑了，向牡丹江一带跑去……

“如果我没有猜错的话，你就是带领伙土匪逃奔牡丹江的胡子头老三……”刚子对这位七十六岁的老历反说出了自己的判断。

老历反没有吭声，他双眉紧蹙，刚子那直白的话语似乎刺痛了他的心，他那双透着杀气的眼神久久地凝视着刚子……

作者简介：邹本新，柳河县圣水镇缸窑村农民，自 1976 年开始文学创作，作品散见于省、市、县报刊等新闻媒体。

一样的月光 邹淑英

重症病房里很少有人走动，走廊也安静了下来，叶子看看时间，过半夜两点了！她哪里还会有睡意，站在窗前，月光透过窗，照在她有着斑斑点点泪痕的脸上，忽明忽暗，这样的月光叶子太熟悉了，清冷而凄凉。

十年前，整个村庄似乎安静了，空气中浓雾层层布满、漾开，熏染出一个平静祥和的夜，白雾在轻柔月光和路灯的照耀下，染成了金色。月光下，树叶儿“簌簌”作响，婉约而凄美，悠深而美妙，那跳动的音符仿佛是从模糊的月色中跳出来的，令人陶醉。叶子怀着从没有过的忐忑和兴奋等在村边的树下，翘首望着远处，她说好今晚和亮子私奔的。

叶子认识亮子是在哈尔滨去齐齐哈尔的火车上，叶子逃婚出去打工，亮子和同村的两个哥们也去齐市开塔吊。叶子靠车窗坐着，似乎有点儿困了，微眯着眼睛，夜晚的火车似乎很慢，月光洒在轨道上，被“轰隆轰隆”地碾压稀碎。亮子倒是很兴奋，这是他第一次离开父母去这么远的地方打工，想想新的大城市，再也不用听父母唠叨了，美梦像长了翅膀，早飞出十万八千里了。三个哥们喝啤酒、划拳、唱歌，还是觉得不尽兴，一哥们倒是带得全，竟掏出来了扑克，另一个哥们看看亮子，满脸怪异地朝叶子努努嘴。亮子笑嘻嘻地摇摇头，露出一口小白牙，加上酒精的刺激，好像害羞了一样，脸蛋微红。哥们儿瞥他一眼，那轻视的目光如刀，挑起了亮子的野性。

“美女，愿意和我们打会儿扑克吗？”亮子走向叶子，没有靠得很近，声音也很轻，因为他怕粗鲁吓到人家，人家毕竟是个女孩子，而且还是个很漂亮的女孩子。一身浅蓝色裙子，微带着小麦色的皮肤看起来是那么的健康，乌黑的头发瀑布般垂直地披在肩上，有丝丝缕缕遮住了脸，欲睡非睡的姿态更透着清纯的美。

“不愿意，没兴趣！”叶子被突来的搭讪叫醒，睁开眼瞅瞅亮子，又瞅瞅他那两个坏笑的哥们儿，直截了当地回答。

“不是没兴趣，是没胆吧？”亮子被这样的美女拒绝了，有点儿不甘心，干脆使起了激将法。

叶子没想那么多，脱口而出：“怕你们什么？你们吃人吗？”

亮子一看激将法管用了，马上趁热打铁：“不怕玩啊！”他的两个哥们儿也趁机起哄：“不怕就陪我们打扑克啊，保你输得很惨！”

叶子把大话说出去了，有点儿后悔，可车厢里很多人在看着他们，亮子看出了叶子小心思，马上打圆场：“算了算了，闹着玩的，寻思多个人热闹，没别的意思，对不起美女，你接着睡吧，我们哥几个玩。”叶子看看亮子，又看看他的哥们，心想：“他们看上去也不会是坏人，就是打个扑克，再说车上这么多人能咋地，也不玩钱的，下车各走各的，也当消磨时间了。”

“玩就玩！”叶子站起来，活动了一下胳膊、腿，用手轻轻把头发掖在耳后，动作轻盈而优雅，露出白皙又透着淡红的脸蛋，马上又坐下，准备迎战！三个小伙看美女同意了，脸上都乐开了花，马上围了过去。车厢里更加热闹了，叶子和亮子就这样认识了。

扑克打得热火朝天，很快车到站了，匆匆忙忙各自拿行李下车，没说再见，可能再也不能见了吧？

亮子的工地就在市中心，附近不足五十米远就是个大超市，干了几天活，亮子才第一次来超市买东西，一进超市，亮子第一眼看见了叶子，同时叶子也看见了亮子，两个人同时说："怎么是你?"之后两个人都笑了。叶子小脸微红，素格的花裙端庄得体，只是把头发用蝴蝶结挽了起来，亮子一直盯着叶子，叶子再看向他时，他突然觉得失态，慌忙去挑选东西去了。之后，亮子每晚必去超市，开始借口买东西，后来不买东西也去超市闲逛，再后来亮子告诉叶子，就是想她才来看看。

工地结工了，亮子要回家了，叶子家也催叶子回家结婚。分开的那个晚上，月色朦胧，月光零落，若隐若现，叶子眼中似有波光点点，轻轻眨动，一滴泪轻轻地滑过腮边，品尝一下，原来苦涩中还有一丝甘甜。此刻所有的无奈、伤感尽都融化在泪里面了。亮子环着叶子的腰，闻着她发间淡淡的香，好想时间能停下来。叶子让亮子等她，等她处理好，再让他去提亲。

等待的日子太残忍和漫长，分开以后亮子每天度日如年，他觉得自己不能失去叶子，他要去找她父母，告诉他们，他和叶子才是真心相爱的。结果叶子的父母不听亮子解释就把亮子赶了出来，还告诉他叶子的结婚日子。亮子没有办法，打算带着叶子私奔!

那个月光如水的夜，亮子带叶子走了，叶子怕父母找到，没留任何联系方式，一走就是一年。这一年，叶子母亲思女心切，得了中风，走路拄了拐。这让后来的叶子一直恨自己任性，也成了叶子心里难愈的伤。叶子怀孕了，亮子带叶子回去和她父母商量结婚才知道，叶子走以后，她父母就赔了那家彩礼，退了婚，天下没有哪个父母不希望自己儿女幸福。

婚后，甚至婚后这些年，亮子都非常爱叶子，视她如生命，公婆更是拿叶子当自己亲闺女一样。亮子依然每年都出去打工，开始叶子孩子小就守在家里，后来叶子非要出去打工，亮子无论如何也不同意，可亮子一走，叶子也就走了。于是电话里总是吵架，特别是最近两年，亮子知道叶子开始上网聊天，他觉得她迷上了网络，在渐渐地疏远他和孩子，疏远这个家了。工地多少个夜晚，亮子打不通叶子电话，他拼命地抽烟，歇斯底里地哀号。叶子不爱接亮子电话，她不爱听他用审问的口吻问她这问她那，特别是那句“又在和谁聊呢?”叶子觉得亮子越来越不可理喻。

干完一天活，匆忙地吃过饭，简单地冲洗一下，亮子就又给叶子开始打电话，正通话，再打，还通话，一个小时后，还在通话中！亮子气得差点儿从楼上跳下去，他出去打车奔向了叶子工作的地方。找到叶子时，她还坐在那通电话。亮子疯了似的去抢她电话：“我看看你到底和谁通话好几个小时?”叶子拼命挣脱亮子，左手一甩就把电话从五楼扔了下去。想想叶子最近的反常，亮子觉得他的心也如那电话一样粉碎了。

他从兜里拽出准备好的刀，狠狠地刺向了自己腹部，这是叶子怎么也想不到的，刀拔出瞬间，血如注。看着缓缓倒下的亮子，叶子扑了上去，亮子脸色惨白，他满脸是泪，告诉叶子：“我们再没有以后了!”叶子拼命地呼救，她不想让亮子死！120车在飞奔，叶子紧紧捂着亮子的刀口，黏黏的血液已经凝固，如何抢救和都发生了什么，叶子好像都记不起来了。

叶子再记起就是亮子躺在了重症监护室里，全身插着管子，输着血和吊瓶，还有医生告诉她，亮子多处脏器损伤严重，尽力做了手术，啥样就看他造化了。叶子不知所措，静静的夜，呜咽已经有气无力，只有那抹月光让她觉得还有一丝光亮，那是唯一的希望吧?

作者简介：邹淑英，九台市苇子沟镇人农民，笔名脆弱的唯美，作品散见于《绿池》《德惠作家》《德惠文苑》，九台《柳风》《文友天地》《文化兴隆》《泥香》等刊物上；有作品收入《吉林农民作家作品选》。

中篇小说

西口五韵 翟妍

西口韵又名五字锦，是二人转里带有抒情性的叙事板腔……

——题记

小村还在，那条河也在。

太阳照例从东边爬出来，在小村上空画一道弧线，沉到村子西边的河里去。那河是霍林河，从内蒙古的霍林郭勒，漫过科尔沁大草原，流到吉林的松嫩大地，不知它淌过了多少沟沟坎坎，转了多少弯弯绕绕，才在小村这块土地上，留下自己的痕迹。

那小村，就在霍林河即将要汇入松花江的一个拐弯的地方。太阳沉下去的每个傍晚，红霞洒满水面，折射起一片红光，披了小村一身，小村变成橙黄。

村后的河水一波一波掀过，河里的芦苇一浪一浪涌着，水草的香气和炊烟的味道一起在小村上空缠绕。马的嘶鸣，狗的狂叫，鸡从树杈飞到墙头，使小村更像小村。

我爷爷在世的时候，总和我讲，说他爷爷兄弟几个搭伴儿挑着挑子从山东那边逃荒过来，一眼看中了这儿，就是因为这儿的地肥，还有条河。老辈人都讲，靠山吃山靠水吃水，我爷爷的爷爷那时候肯定是想，霍林在蒙语里被解释为美食，那霍林河就是美食之河的意思喽。就算这土地长不出粮食来，守着这条河也饿不死了。更何况，那么好的土地，不知被大自然滋养了多少个春去秋回，啃一口泥土都能嚼出油来。

我爷爷的爷爷是第一个在霍林河这搭起窝棚，生火起灶过日子的人，过得久了，他有了儿子，有了孙子，原来没有人烟的荒草地里有了人气。赶脚的路过，会问，姓啥的？

答说，姓胡。

那小村子就叫胡家村了。外人再提起时，都觉得那胡家村确实不错，水美，鱼肥，粮食也产的多，就接二连三有胡姓以外的姓氏投奔过来，村子变得越来越大，大到胡家的姓氏很快就被湮没了。小村变得人来人往，新人换旧人，再提起它，年轻的总要问一问，为啥叫胡家村呢？年老的就要出来费一点儿口舌才能说得清楚。算算，它有二三百岁了。

二三百岁，多少人和事都憋了满满一肚子，随便扯下一根胡子，都能带出一沓故事来。

不扯远的，就说说小村里我从小看到大的这五个人吧。这五个人，其实足可以凑一台拉场戏了。

但我一个一个数，他们唱的是单出头。

六子

女：我好比高山那个灵芝草啊！

男：哟！把我比作啥呀？

女：你好比臭蒲洼里的癞蛤蟆呀！

胡家村在霍林河边上，我就出生在那里。那个小村地势属于陡坡状，村子建得很特别，不在陡坡之上，也不在陡坡之下，正好在陡沿儿上。如果在夜里，远远看，会发现村子上下亮着两层灯火，很美，像城里的二层小楼。不过，最美的，还是环绕村子的霍林河。我很小的时候，河面上翻滚着芦苇荡，成百上千的白天鹅常常在水上驻足，河里有鲶鱼、鲫鱼、鲤鱼、胖头、泥鳅……各种各样的，有一种鱼特逗，也不知道是因为长相老成还是怎么，村里人都把它们叫作“老头鱼”。因为这条河，村里的男人大多是打鱼的高手，河水养活了村子里大部分人。

那时候，每天清晨，我都从矮墙爬上屋顶，看见河边宛如小小闹市，各地的人聚在那里开鱼。车来人往，好不热闹！六子，是最抢眼的一道风景，鱼打得精，每天都倒背着手在河边乱转，嘴里的小调飘得满村都是。

那小小的村子，我从来不觉得它美，数不尽的鱼，让我从来不觉着鱼是一道美食。我父亲总是在炊烟一升，就跑去河边拎回二斤鱼来，让我母亲趁着新鲜炖了。我为此常常和他吵架，觉得一天至少两顿鱼的日子简直是一种折磨。

后来，掺着浓浓乡情的臭鱼烂虾是我再也无法品尝的美味佳肴。河水干涸了，渔网成堆成堆废弃在院子里，大部分以打鱼为生的人去城里打工了。小村子一下子安静下来，迁走的村民掀去了房顶的檩木，独留黄土堆砌的框架子，在我一天一天长大的过程中，一年一年矮下去。

村子里，唯有六子的心情没有因为河水的干涸而受到影响，二人转依旧唱着，还不停地说：“人的命，天注定，瞎琢磨个球！”。

六子家在村子的西北角，两间土房低得一脚踏进去像是踏进了黑窖里。墙面上有一道道沟痕，是雨水冲刷后留下的，似乎多少年来都未曾抹过一把泥。路过他家门口，总会有一股酸臭味随风袭来。有的女人爱干净，就会一手捏住鼻子，一手在眼前扇来扇去。六子的傻大哥要是看见了，会一个箭步冲过来，对着路人，用憨里憨气的声音大声嚷嚷：“你再敢捂鼻子，我就狗咬你。”说完真的就回头叫狗，狗疯了似的把前爪搭在墙上，对着路人狂叫。

村里的女人不叫他傻子，叫他半拉子，他放狗乱叫，女人就会骂，你个死半拉子！弯腰拾起半块砖头扔过去。傻子一下子就哭了，对着屋子里喊，爹，我不是半拉子！六子爹左腿有点儿瘸，走起路来却一阵风，披一件旧衣服，油油的，亮亮的，一颠一颠跑出来，对着傻子吼一声，老大，给我回屋去！傻子就噘着嘴，抖抖肩，用袖子在乱糟糟的胡子上抹一下，再踢狗一脚，乖乖钻回去。

六子爹跟进来，会问他，六子呢？他会说，谁知道又跑谁家蹭饭去了？

这是常事。六子一天到晚没啥事儿，早晨从被窝子里爬出来就到大街上溜达，猜准了谁家的活计忙，就凑近院子，与人搭讪。碰见了谁，人家若都不说什么，六子就哼着小调，甩着步子，手插在衣兜里，继续满街晃悠。

总会遇到有人问，六子，今儿没事？六子说，忙着呢！那人要说，家里有点儿活忙不过来了，求你六子帮个忙呀，中午正好喝两盅！六子就很爽快答应说，也行啦，我先回家吃了早饭就来。那人马上会把他迎到屋子里，怕他回家吃饭的空儿又被别人在路上劫去了。不过，吃饭之前，女人会端来一脸盆子热水，说，六子，洗把脸，精神精神。六子就把一脸盆子水洗黑了。

六子是个巧人，会木匠活，瓦工，修理村子里高级四轮车，还会点儿电焊，可是村子里的香饽饽儿。胡家村要是没了六子，估计比口袋里没钱还难受。难受在哪儿？难受在求六子一壶小酒就搞定的事儿，求别人不行！

六子的脸差不多天天被小酒醉得红扑扑的，从别人家里出来，踱着方步子，一手插在衣兜里，一手捏着一根笤帚棍儿剔着牙，嗓子眼儿里哼着二人转，小曲句句在调上。村里人逗他，六子，唱得好呀！六子得意起来，那是，想当年差一点儿就靠唱二人转吃饭了，县剧团团长嫌我长得丑，愣是瞎了咱这副好嗓子！边说边在脸上抓，惹得人一边走一边笑，走了几步又回过头来喊一句，六子，明儿来家喝酒呀，顺便帮我修一下四轮车！六子赶紧端起来，说，明儿我忙着呢！那人说，耽误你一天，哥实在是弄不好那个笨东西！六子就装得很无奈，说，也行吧！

六子喊我父亲大哥，我跟着父亲叫他六子，别人也都叫他六子，包括我以外的所有小孩子。六子有事没事总往我父亲那里跑，有活没活我父亲都留他吃饭。他若在家里吃饭，即便母亲烧上一水缸的水，把他扔在里面泡上两天，我也定不上桌。父亲拿眼睛瞪我，我一转身，一跺脚，捧着饭碗，躲进厨房里，不愿再出来。

六子不在乎，照样把盘子里的菜尝个遍。那个时候的六子，三十多岁。我常听父亲和他说，六子，给你介绍个媳妇吧，带个孩子，行不？六子说，我才不养别人的种呢。父亲骂他，你能什么能？人家愿不愿意跟你还不一定呢？六子就耷拉着脑袋说，我要是娶媳妇了，我爹他们就没人管了。

六子在我父亲的怂恿下还真去相过一次亲。记得那天父亲给他理了头发，刮了脸，母亲还找出父亲的干净衣服给六子换上。利索的六子并不情愿地出了门，我看着他一副垂头丧气的样子，直心疼我父亲的那套衣服。果真没超过五天，六子垂眉丧眼儿回来了，像是病了一场，大伙问他咋了？他说是惦记他那瘸腿的老爹和那个傻哥哥。

从那以后，谁都不再提给六子保媒的事儿了，六子自个儿也不惦记。他把自家的几亩地承包出去，靠拿政府的救济款和开一个修理铺过日子。手头宽绰了，钱全都揣在兜里，人多的地方，啐一口吐沫在手指头上，一张一张数。有人说，嗨，六子，满屯子人你活得最潇洒。六子头也不抬摆弄着手里的钞票，我没老婆没孩儿的，咋自在咋活。这时要是再有人说，六子，有些活计忙不过来哩，求你帮个忙。六子就冒出一句，明儿我忙！人家说，你有啥忙的？帮帮忙嘛，六子。六子就不耐烦了，说，明儿再说，明儿再说！任村里人再说上一箩筐的好话再加上一桌子的好酒好菜，六子也不动心，反过来他会对别人讲，想拿我当免费的使吗？我六子除了缺女人，啥也不缺。

六子爹九十岁那年死了，对六子的打击相当大。六子说，爹，你可不能死啊，国家政策规定，过了九十还给钱呢，咱可要好好活着啊！六子一包一包往回买药，旁人说，六子，孝顺！六子说，自个儿的爹，得好好疼！争取让他活到一百岁！可六子爹吃了很多药也不顶用，六子就把他爹抬到乡卫生院，六子对大夫说，可要救活我爹呀，这可是我们家的财神爷！大夫眨巴眨巴眼睛说没救了！六子就哭得撕心裂肺的。

政府给贫困户盖房子，六子家的大瓦房，三间，蓝盖，瓦蓝瓦蓝的。有个叫刘三的逗六子，有房了，弄个媳妇吧。六子说，我才不稀罕。可是，那年夏天，刘三去河对岸的一个庄户人家打工，回来对六子说，六子，我给打工的这个东家是个女的，男人死了，那女人和你年龄差不多，五十来岁，长得不老相，还大高个儿呢。六子眨巴几下眼睛岔开话问，明儿你们去多少人给她铲地？刘三说，越多越好！六子滴溜溜转了一圈眼珠子说，铲地也不累，明儿我也随车去，挣几张票子。刘三哈哈大笑说，你六子也缺钱？六子才不管那些，第二天早早在四轮车斗里占了个好位置。

说是铲地，实际上是女东家把黄豆种在了河床上，河水早就没了，河床肥沃，黄豆地里长满了杂草、水蒿子，还有芦苇，要用镰刀去割下来，根本不能用锄头去铲，这样反倒更轻松。找一个干活稳当、麻利又不毛糙的男人领队，其他人跟在打头阵的后面，好好干，不打狼，东家就会很满意。

六子去了，干着活，时不时瞄女东家几眼，大高个儿，头发烫着卷，一脸富态相，连个褶子都没有。六子心里喜欢得不得了，越干越来劲儿，把领队的都落在了后面。

女东家在后面偷偷问，那人是谁？刘三在心里骂着六子，嘴上却说，六子可是我们村的童男子，力气大着呢，有使不完的劲儿！是不六子？

六子头也不抬，弓着腰很卖力地割苇子。刘三又喊，六子，来一段二人转吧，女东家最爱听！所有的人就都跟着喊，六子，来一段，听你的二人转干活不累！六子回过身来，清清嗓子，眼睛溜着女东家说，来一段？哈哈，那我就来一段《蓝桥》吧！说着站在黄豆地中央，就唱上了：

红缎子来吊面啊，
大绒啊来镶边哪，
上有几出戏呀，
有戏咱们俩就慢慢演啊……

六子一边唱，一边摆姿势，女东家听得豪爽，看得大笑，最后还伸出大拇指说，六子唱得好！六子就唱了一个又一个。

女东家说，六子唱得好，活也地道，下午六子领队！六子美得午饭都没吃好，下午早早把人都领到地里干活去了。刘三骂六子缺心眼儿，第二天再去上工，说啥也不让他上车，六子就天天骑着自行车去。

刘三知道六子的心思，见到女东家就喊，东家，六子可是有钱的主，是我们村的钻石王老六，电焊工啊，修理铺子开得老大了。女东家看了看六子问，六子，你的铺子投资多少钱？六子很得意，说，我要全弄完怎么也得个五六万！刘三正举着水壶仰着脖子往肚子里灌水，听六子这么一说，一口水喷得满天都是。

女东家的活几天就干完了，六子的心却长了草，天天骑着自行车往河对岸跑。村里人问，六子，天天往对岸跑干啥？六子说，我去河里打鱼呢！村里人说，河都干了，哪来的鱼？是去打野鸡了吧？六子不回答，岔开话说，我看到芦苇荡里还真跑着野鸡呢！村里人就哈哈大笑。

暑伏，村里人最闲，男人女人成帮结队蹲在墙角下，女人在阴凉里纳鞋底，男人打扑克。六子也来凑热闹，手里多了个手机。那年头手机刚兴，墙根儿下的人齐刷刷看着六子，没几分钟那东西就要唱一下，六子就把它放在耳边，一会儿说一会儿笑，一会儿又骂上几句。快嘴的女人抢先问，六子，真能哎，哪来的手机？

六子笑而不答，很神秘。女人们互相递个眼神，一拥而上，把手机夺下来。六子说，别弄坏了呀，这可不是一般人送的！女人们追着问，谁送的？不是对岸的那个女人送的吧？

六子又装得神秘兮兮的，女人们更加好奇，你俩好上了？真的好上了？

六子说，早好上了，我去一次，她就把我的衣服洗得干干净净，不信？看看这衣服！说着随手在衣襟上掸几下。村里人看了看，六子确实变化了，比以前干净了。

六子的手机又响了，拿着它的女人吓了一跳。六子一把夺回来，往人群外站站，放在耳边嘻嘻哈哈地说。

有人说，六子，谁打的电话？不会是对岸那个女人吧？六子又笑，却不回答。

六子的电话唱得太频，接电话时说几句就急了眼，很威风。

刘三看着六子接电话的样子捂着嘴嘻嘻笑，笑得出了声。六子回头看他一眼，刘三笑得更响，原来是刘三在戏耍六子，只是震了他的手机铃，并没拨通，六子却自己对着手机说得有模有样。

把戏被揭穿，六子有点儿挂不住脸，一转身撤出人群，甩着步子走远几步，又哼起了小调。

河对岸的女人真约六子了，用六子自己的话说，是被他感动的。大冬天六子照样天天往对岸跑。深深的雪壳子，愣是让他给踩出一条道来。终于在一个大雪纷飞的日子，那女子像菩萨一样开了恩，给六子沏了茶，还留他吃了晚饭。几杯小酒下肚，她对六子说，我儿子刚结婚，手头不宽绰，想做点儿小买卖需要五六千块，你开着修理铺子，这点儿钱对你来说不犯难吧？还没等六子听明白，她又说，算我开口向你借，怎么样？

六子这回懂了，嘴本来就油滑，说，你的儿子就是我的儿子，自己儿子的事儿，我砸锅卖铁也帮你张罗，放心吧，包我身上了！一仰脖儿一口烧酒下肚，脸顿时有了红晕，话就又多了起来，瞧你，还和我说借，这不是打我六子的脸吗？我六子五十岁的人了，还没对哪个女人动过心思，大半辈子了，瞧上你了，钱对我又算个啥？

那晚，大雪像女人白花花的身子，掩了门，遮了窗。六子醉得一塌糊涂，那女人把一条棉被盖在六子的身上。六子的鼾声灌满了屋子，那女人把头贴在炕沿上昏昏打盹，听着六子梦里不时漾上一个酒嗝，溜出一段小调。

后来，村里有人说，女人和六子睡了。也有人说，和六子睡了？那得几辈子没见过男人呀？睡没睡终也无从考证，但有两件事儿是真的，那晚，女人真的把六子的衣服洗了，因为六子的衣服真的露出了最初的颜色，还飘着一股洗衣粉的味道。

另外，六子给了那女人一笔对他来说挺大数额的钱。

再后来，那女人揣上六子的钱跑了，无影无踪。村子里的人很少再听到六子唱二人转小调了，没有人再开六子的玩笑，胡家村一下子冷清了。

香兰

女：这本是门帘上几出小戏啦么呀

男：绣到天明咱也绣不完哪

合：咱们俩就慢慢观哪，哎……

紧贴着河边有一座小庙，紧贴着小庙有一户人家姓董，叫董海生。他家的女主人我从来没见过，我奶奶说是生了病，没钱治，手扶着锅台正往外扒灶灰，就死掉了。死的时候，两个孩子都小，大的也就五六岁，小的刚会走。这就苦了那男人，白天当爹，晚上当妈，屎一把尿一把拉扯。我最佩服的是那男人会做棉衣，棉衣里面还垫了塑料布，说是怕孩子尿湿。可是，他家太穷了，那两个孩子的棉衣总是今年穿过了，明年再穿，孩子一长，衣服就勾勾巴巴裹在身上，不是露半截胳膊，就是裸着半截脚脖。尤其是那个小的，吃不好，喝不好，还胖得圆滚滚的，所以就连衣服的扣子也系不上。鞋子也总是趿拉在脚上，脚后跟裂开的口子，小嘴儿一样张着，鲜红鲜红的。

到了上学的年龄，那大的坐了两天教室就坐不住了，因为那小的离不了她，她在里面上课，小的就趴在窗户上哭，弄得学生们嘿嘿直笑，老师也讲不好课。她退学的时候，央求老师给她和妹妹起个名字，老师看着那两个孩子确实可怜，那么大了，连个名字也没有，大的叫董大虎闺女，小的叫董二虎闺女。这怎么行？在我们那儿，“虎”这个字是不能乱说的，男孩子沾了“虎气”娶媳妇准是要娶个不好的女人，女孩子沾了“虎气”，想嫁个好人家那就更不可能了，人家都说一辈没好妻，三辈没好子。

那老师给那个大女孩儿起了名字叫宝香，小女孩儿叫宝兰。她们从小就可怜，名字里带个宝字，娇贵些。

宝香不念书以后就再也没去过学校，天天在家做家务，她能洗衣服，收拾房间，做饭也会，只是她个子矮，每次做饭都够不到锅台，就蹲上去，后来个子高点儿了就踩在小板凳上。她在上面往锅圈上贴玉米饼子，宝兰在底下烧火。有一次，火烧过头了，水干了，一锅饼子就糊了。宝香把宝兰打了，宝兰站在院子里哭，哭的时候不喊爹也不喊妈，专喊我的天啊！我的天啊！她那样一喊，能把一村人的心都喊碎了。

她邻居的老太太姓王，一条腿和一只胳膊都不好使，一听见宝兰喊我的天啊，她就隔着墙头说，造孽啊！造孽啊！她说造孽啊，也不全是为了宝兰，更多的是为自己。就像村子里的另一个老太太女儿死了，可是不能老是在家里哭，总在家里哭，儿子、媳妇都不高兴，谁家要是办丧事，她就跑去狠狠哭一场，王老太太的道理和她是一样的。王老太太胳膊腿都不好使，心性却高，嫁给王老头一辈子快过到头了，都不满意，倒也怪不得她，那男人确实其貌不扬，村里人都叫他王大郎。尤其是那宝兰，也没人教，喊王大郎喊得最欢。那王老太太要是听见了，也会说，造孽啊！造孽啊！

到了宝兰该上学的年纪，我也去上学。能不能入学得先数数，能从一数到十，再倒背过来，老师才会收。我胆子小，数一的时候声音还很大，从五到十就全都是从嗓子眼里挤出来的了，到了倒背那一节，哇一声就哭开了。哭归哭，到底还是背下来了。背完了就站在一旁听下一个同学背。下一个是宝兰。

宝兰还没开始数数，我就笑了。老师说，宝兰，会不会查数？宝兰用手指不停地挠大腿，左挠一下右挠一下，就是不说会不会。老师说，宝兰，裤子里有虱子吗？宝兰就瞪着老师数道，一二三四五爹妈奶爷。老师说，一二三四五爹妈奶爷这是几个？宝兰说，缺宝香。老师说，宝香是几？宝兰说，宝香总打我。

宝兰在教室里只坐了半天就跑了，她不喜欢那么规规矩矩地坐着，上课老动，一动老师就骂她，老师骂她一句，她就回一句，最后把老师气得捏住她的脸蛋说，你是不想好了？她一抬胳膊把老师的手掀下去，别掐我的脸，你又不是董宝香。

宝兰跑了，老师就一趟一趟去找，倒也不是因为宝兰多优秀，是上头有令，普及九年义务教育，不准女童失学。风声紧了，宝兰就去课堂做做样子。风声一过，宝兰就不进课堂了，高兴时就跑到学校院子里玩，我们在里头上课，她在外头唱歌，口袋里经常揣着爆米花。我们下课了她就掏出一把，见人就给，我们谁都不要，她的爆米花和她一样，有一股汗泥味。我们厌恶得要命。

但我妈不嫌弃。

我小的时候，村子里井少。我家院子里恰巧有一口。那井水又苦又涩，烧开以后锅底上会长一层厚厚的白碱嘎巴，人喝了就长一口黄牙，但还是要天天喝。宝香和宝兰打水打得最勤，因为她俩长得小，总是不能把水桶打满，就用一根棍子抬着，用点儿抬点儿。我妈得空就会把她们叫到屋子里，给宝香梳头发，用箅子给宝兰勒虮子。她们都叫我妈婶子。宝香长到十五六岁的时候，央求我妈教她做鞋。我妈有个大账本，不是用来记账的，是用来夹鞋样子的。那鞋样子都是用牛皮纸一张一张剔下来的，大的小的，棉的单的规规矩矩夹在里头。宝香没事儿就翻，翻着翻着就翻到了一副单鞋样儿，瞄了半天，说，婶子，这个我爸能穿。我妈就找一张牛皮纸，把那鞋样描下来，给她剔好，让她揣回去。

做鞋得用布，宝香没有，东家一块、西家一块地要。有一次去跟邻居王老太太要。王老太太不给，说，我自己家好几双脚还等着呢。其实，王老太太说的是实话，她有四个儿子，全都长成大小伙子了，老大和老二给村子里放马，鞋子从来都舍不得穿，总是用布口袋装着，背在后背上。宝兰不管那些，见宝香总也凑不齐做鞋的布，就把王老太太挂在晾衣绳上的两件外衣拿走了，还躲进苞米地，把衣服剪成一块一块的才带回家。宝香问起，她说别人给的。

到了晚上，宝香打了一盆糨糊，把碎布抹上浆糊一层一层往桌子上贴，厚度够了，就揭下来放到热炕头上烙，烙干了，成了袼褙，就照着鞋样子剪下来做鞋底。

照实说，那衣服打成袼褙，做成了鞋底，王老太太是不会发现的，可那老太太看着不起眼，心却精明得很，去宝香家三找两找，就找出蛛丝马迹来了。她从剪碎的袼褙里找到了和她衣服一个颜色的一块布，不依不饶起来，每天站在宝香家的大门口骂上一阵子。骂得一点儿口德都不留，恨不得话一出口宝香他们家人立马死绝了。

后来，宝兰终于顶不住那骂了，站在窗台上指着那老太太说，你那两件装老衣裳是我拿了，爱咋咋地！这一说，那老太太更受不了了，闹到了村上，哭哭啼啼让村主任出来评理。村主任想了一宿也不知道这理该咋评。不是别的，那董家，宝香和宝兰的爹，自从宝香会做饭，他就常年也不着家。偶尔回来一趟，也是给那两个闺女放下点儿粮食就走，他怎么好去和那两个闺女说呢？

村主任让媳妇拿两件自己的衣裳给王老太太。她不要，说大年三十揉馒头，争的就是这口气！活了大半辈子，还让两个小丫头崽子给欺负了，这可真是马善被人骑，人善被人欺！说着说着她哭开了。哭得村主任和他媳妇急得不知如何是好，实在是没招了，村主任说，那我去说说那俩孩子吧。

还没进董家的门，就听见宝兰在哭，一声一声我的天啊、我的天啊从门板缝里挤出来，飘出老远。

是宝香又把宝兰打了。宝香举着笤帚对宝兰吼，你说，你错没错？那宝兰是个滚刀肉，喊破天也不肯说出个错字来。宝香把宝兰打得后脊梁上全是瘢子，村主任都看不下去眼儿了，骂了一句，你们的爹怕是死在外头了！他把宝兰从地上拎起来，扔在炕上。炕上连片席子也没有，铺的是装过化肥的袋子，宝香针线活不错，袋子一个一个缝在一起，看上去挺板整的。

村主任坐在炕沿儿上抽了一根烟，一句话也没说就要走，到了门口，一推那门，看看宝香说，你也大了，晚上睡觉用棍子把门别上。宝香没应这话，却说，叔，你和我王娘说，衣服我会还她的。村主任想，你拿啥了？话到嘴边咽了回去，走了老远，又想，那门都掉下巴了，别不别上都一个样。

夜里，总有狗叫，宝兰害怕，就往宝香怀里钻。宝香摸着她后脊梁上的瘢子，问她疼不疼，宝兰说，疼。宝香说，疼的话姐以后再也不打你了。宝兰说，你总说不打我，可打起来下手贼狠。宝香说，那不是气头上吗？宝兰说，你要是把我打死了就没人给你做伴了。宝香咯吱着她说，哪那么不抗打？你看谁家孩子一打就死了？宝兰就笑了，说，姐，衣服的事怎么办啊？宝香拍着她，说，你睡吧，姐想招。

宝兰睡不着，问宝香狗咬啥呢？宝香从被窝里爬起来，趴在窗台上往外看，月光洒了一地，墙角几束苞米的影子映在玻璃上，一摇一晃的，宝香说，狗咬月亮呢。宝兰从被窝爬出来，去看那月亮，在薄薄的几片云后面慢慢跑着。

宝兰睡在窗台上，天亮时，宝香做好了早饭，叫她吃，她一睁眼，看见她们的爹骑着自行车进了院子，便光着脚从窗子跳出去，喊着，爸！爸！董海生嘴里应着，眉眼也不抬，闷着头往屋里走，宝兰就在屁股后跟着，活蹦乱跳，跟只兔子似的。

这一次，董海生没用自行车驮回粮食来。他进屋，宝香跟进来，直直对他说，我和宝兰快要断顿了。他坐在炕沿儿上抽烟，一根接一根，宝香也不再说什么，搬来一张小炕桌放在炕梢，和宝兰围上去吃饭。董海生抽够了烟，往前凑凑，也跟着稀里哗啦喝粥。等到吃得差不多了，宝香又说，村里人都说你在外头有家了，真的假的？董海生只顾得把粥喝得呼呼响，头也不抬。宝香说，是给人家拉帮套吧？他这才把粥碗放下，头垂得更低。宝香把碗撤了，桌子也撤了，在锅台旁忙了好一阵又进屋来，说，你要是有家了就好好过吧，我和宝兰小的时候都过来了，以后就更不用你惦记了。

董海生再走时，宝兰就不依了，他刚一骑上车子，宝兰就在后面追，鞋子也不穿，张着两只手喊爸啊！爸啊！追上了，手就抓在后座上，死活不松开。宝香来拽她，她哭得鼻子里直往外冒泡，那泡碎了，就成了一汪鼻涕，和眼泪混在一起，顺着嘴角往下滴。

宝香说，让他走！宝兰一抽一抽的，话也说不出来，就是不撒手。

董海生从自行车上摔下来，想去抱抱宝兰，但宝香一把推开他，说，要走你就拿出点儿狠劲儿来！董海生愣了愣，真的转身走了，连自行车也不要了。宝兰看着那人越走越远了，抬脚踢着宝香说，董宝香你不是人！宝香把那自行车扶起来，一手推着车子，一手牵着宝兰回家去了。

王老太太一见那自行车，就吵着要她儿子把车子推回来，说是正好抵她的衣服。宝香不干，宝香说衣服没有自行车值钱。村主任又去给评理，评来评去，也断不出个里表来。那宝香实在没法子，就把自行车立在炕上，睡着都用手抓着。

有一回看见我妈，她说，婶子，我和宝兰没法活了。我妈那人总是心软，说宝香你要是不怕吃苦，就去卖冰棍吧。宝香一下子露出喜色来，说，婶子，我不怕吃苦。那时候冰棍一毛钱一根，我妈说，我先借你十块钱，你去试试。

就去试了。冰棍厂在乡里，从胡家村走过去要八里路。宝香开始不会骑车子，边推边学。也算灵巧，三五日的功夫，能骑上去嗖嗖跑了。她嗓门大，喊起来一点儿都不怯口，在村头吆喝一声，村尾都听得见。她一喊，村里大人小孩儿都觉得新鲜，常常围上去看，尤其是晚饭后，几家几户凑到一起，坐在房檐儿底下，东一句西一句闲扯。孩子们在一旁跳皮筋，丢口袋，嘴里总要衔点儿什么，宝香看准了时机，推着车子往人群里一坐，孩子们一趟趟跑过来，她就笑盈盈地收钱，开箱子拿冰棍。

我那时候总是好奇，为什么冰棍放在那个箱子里就不化呢？总想伸手去摸一摸那箱子里头。宝香不肯，我那念头一动，她就给我一根冰棍吃。我妈说，吃归吃，宝香你心里头要有个账，吃够我那十块钱，就不能再给了。我用我妈那十块钱，吃了整整一个夏天的冰棍。等到转过年来，宝香卖冰棍，就很少回到村子里卖了。是那新鲜劲儿过了，也是她想多挣点儿钱。

她常跑到别的村子去，二十里路，五十里路，甚至六七十里路那么跑，总也不嫌累。

她那样不着家，早出晚归，村里人就很少见到她，偶尔见到她一次，都觉得她变了，像个大姑娘的样子，胸脯鼓了，头发梳得光顺，脸上会涂一点点胭脂，瞅上去红晕好看。她还告诉我妈，说，婶子，秋月胭粉不好，现在都擦天芳，两块五一袋，能把人抹白喽。我妈笑，说她只擦一块钱一袋的人参雪花膏。还告诉宝香挣钱了别乱花，攒足了可以做大事。宝香说，是要做一件大事的。我妈问，是啥大事。宝香说，再买一辆自行车，让宝兰也去卖冰棍。

那宝兰打小就胖，长到了十几岁还是胖。宝香从别人手里买了一辆旧自行车给她，她学了半个月还是上不去。后来总算上去了，学着宝香的样子驮着一个大箱子去卖冰棍，才发现，自己根本不会算账。人家给她正好的钱，她给人家一根冰棍。人家要是拿上个大票子，她就要问问人家，我找你多少钱？有那么几次，在别的村子被一群男孩子围上，一边喝啤酒，一边吃她箱子里的冰棍。吃完了，要她算账，她抠着手指头算不出来，脸憋得红到脖子根儿。惹得那群男孩子又是尖叫，又是吹口哨。到最后，她要走，人家拦住她，问她，钱不想要了？她就说，你管我？往人群外挣巴，不挣巴倒好，一挣巴倒撩起了他们的兴致，一把一把往回拽她。拽得急了，宝兰的泼劲儿就上来了，从路边抄起一根棍子，由着性子抡，打着了那群男孩子中的一个高个子。这下人家不饶她了，放下话说，你等着！说完就走了。

她哪能等着？骑上自行车就跑。跑到能看见胡家村的那条土道上了，回头去看，也没有谁追上来。舒了一口气，速度慢下来，后来，索性坐在经常路过的桥头上等宝香。那天刚好和宝香有个约定，晚上七点一起回家，小桥头上不见不散。

她就那样等着，真的看到宝香骑着车子过来，可宝香还没靠近，一辆大幸福摩托车先到了，一眨眼的工夫，就停在她眼前，跳下三四个人，也不说什么劈头盖脸就是一顿打。打过了，跳上摩托车就走。宝香愣了，愣了好久往桥头跑，跑到那儿，看见宝兰的脑袋下面流出好大一摊血来。她抱着宝兰喊，妹妹啊！妹妹啊！

宝香去派出所报案，派出所查来查去说人跑了，抓不到。这样一说，就很多年也没抓到人。董海生自打宝兰死了，每年都回来几趟，回来也不看宝香，直接去乡上，去派出所，问案子啥时候能破。又过了好几年，村子里突然传进来一个新词，叫“严打”，这一“严打”，那些一直抓不到的逃犯突然就全抓到了。宝兰那条命，人家赔了两万五，董海生把那钱领回来，一路哼着小调，逢人就说，这案子总算结了。

结了那案子，就再没人见到他了。

倒是宝香，始终守在河边，小庙旁的那旧房子里。冰棍早就卖不成了，她捡纸壳，捡塑料瓶子，有时候也推着三轮车，喊，收破烂喽！村里人劝她嫁人，她不吱声。宝兰没了以后，她很少说话。到了过年，清明，七月半，一个人去那桥头烧纸钱。是给宝兰的。因为宝兰没有坟。她死的时候还没成家，又是横死的，按村里的规矩，连埋都不能埋。当时宝香怕宝兰被野狗撕了，就拖着她的尸体，扔到霍林河里去了。

宝兰就在那河里，宝香是到死也不会离开那河的。

秀珍

女： 左一天右一天哪啊
男： 天天把我盼啊
女： 左一夜右一夜
男： 夜夜凄凉啊

有个叫秀珍的，长得可好看了。我妈说她最好看的地方是那双眼睛，我说不对，是笑。笑起来两个大酒窝。我特别喜欢一笑带酒窝的女人，尤其还是两个。为了模仿秀珍的笑，我常常对着镜子挤，想找个合适的姿态，把酒窝挤出来。挤得腮帮子都酸了，还是不如秀珍好看。我妈说，好看顶啥用，好看不如好命。村里人说女人好命，都是说嫁得好。就好像我将来一定能嫁得好一样。

而秀珍已经嫁人了，她就嫁给了本村的程顺。

程顺平日里做些小生意，骑着摩托车收鸡鸭鹅，收羊收狗，还收鹅毛鸭毛，当然，别人看不见时，他也捡路边的鸡毛，塞进装鹅毛鸭毛的口袋，就像我看见他家院子里到处都是他收来的死羊羔和死猪崽一样。

他家和我家是前后院邻居，我家在前，他家在后，我趴我家的后窗上，就能把他家看得一清二楚。秀珍过门以后，我更爱趴那窗户，因为有时候能透过玻璃看见秀珍和程顺抱在一起亲嘴，他们一亲嘴，我脸就红，把头缩回来，躲在旮旯里心跳上好一阵子。等想再去看时，他们就把窗帘拉上了，急得我什么也看不见。

又过了几年，就很少看见他们亲嘴了，总能听见他们吵架，一吵就吵得惊天动地，有时候已经半夜了，还要敲我家的门，是程顺把秀珍打了，不敢回娘家，就跑我家躲，也有的时候不去我家。有一次，半夜下雨，我起来撒尿，一个闪电劈下来，正好从后窗看见她在她家院子里站着。两间土房在身后影影绰绰，风掀她的头发，从后面掀到眼前，她也不动，我吓得半死，心里阴森森好几天，再见到她时，有一些害怕。

后来她对我妈讲，是程顺要买三轮车收杂粮杂豆。她不同意，程顺就把她从屋子里推出来。我妈说，他想把买卖做大，是好事啊。秀珍眼睛肿着，说，好啥好，不就是比别人手头宽绰点儿吗？我妈说，过日子，不就图个手头宽绰吗？秀珍说，我倒觉得日子苦点儿好过。我妈笑笑说，你们要是有个孩子就好了。秀珍一听，像犯了天大的错，把头低得不能再低。

程顺家的三轮车没几日就开回来。村子里平日里除了几辆四轮车嗒嗒响，也没什么上眼的东西了。所以程顺的三轮车一开回来就成了稀罕宝，都去看，夸程顺能干，夸秀珍是过日子好手。秀珍也不说话，里里外外忙着，炒瓜子，烧开水，给大伙泡茶，大伙就炕上一堆儿，地下一堆儿瞎聊，从地垄沟聊到中南海，从庄稼院聊到党中央。聊到日落天黑，程顺让秀珍整两个菜，秀珍就炖了一锅河里的鱼，又拍了一个黄瓜端到桌子上来。

酒喝到一半，程顺舌头大了，拎着酒壶喊，秀珍，秀珍！秀珍问他干啥？他说酒壶到底了，你快去打酒。秀珍说差不多行了，再喝你又多！程顺说，你管老子？生了儿子你再来管老子！一个丫头蛋子你都生不出来，老子不喝干啥？秀珍听了不吱声，脸子阴着把他手里的酒壶夺过来。

她打完酒回来，那些人全都散了，只剩下程顺瞪着眼睛在饭桌前坐着，秀珍把酒壶放在他眼前说，喝吧！喝死拉倒！他一下把桌子掀了，说："他妈的，家里来个人你就摆个吊丧脸，老子的面子都让你丢净了！"秀珍把摔在地上的桌子扶起来，开门叫她养的两条狗进来吃地上的饭菜，她捡地上的碎盘子碎碗，不紧不慢，说："面子都是自己给自己的。"程顺听她这么一说，摸起一把扫炕笤帚朝她打去，秀珍身子一歪，笤帚砸在了狗身上，狗立即缩起一条腿哼哼叫。狗平日里都是秀珍养的，这样一叫，秀珍就心疼了，凑到狗身边，抱住狗，眼泪噼里啪啦往下掉。

程顺觉得好笑，骂她："你对狗比对你男人都亲！你跟那狗睡了咋的?"秀珍这下子火了，吼着程顺："你给我滚出去！"程顺说："要滚也是你滚，这是我的家！"秀珍忽一下站起来，抹着眼泪冲出门。我妈那时候正站在院子里喂猪，眼见着秀珍顺着我家大门口跑远了，说一句，坏了，后院的两口子又打起来了。扔下猪食舀子追上去，不大一会儿，拖拖拉拉，把秀珍拽回来了。

坐在我家炕上，我妈说："你这人多傻？往哪儿跑啊，这天都快黑了。"秀珍不说话，一个劲儿哭。我妈说："别哭了，让你妈知道多惦记。"秀珍说："她要是惦记我，当初能把我嫁给程顺?"

这话一说就有故事了，我那时虽小，还是隐约知道，秀珍在结婚之前和村小学里的一个民办教师处对象了。那时，村子里自己搞对象的不多，他们处了一段时间，那民办老师就按规矩找了个人去秀珍家说媒。

秀珍她妈见了媒人，说，你说她搞对象也行，她倒是搞个好的啊，还搞了个穷教书的，搞了穷教书的也行，还是个民办的，还不如种地的呢。那媒人说，眼光要放长，民办教师也是知识分子。秀珍她妈说，哎哟，工不工农不农的，还一身酸气。都不如收鸭毛的程顺，你看人家骑着摩托车走南闯北的，天天进钱。

那媒人一听乐了，程顺正好是她叔伯侄子，就说，你还真有眼光，就是秀珍比程顺大一岁，俗话说，女大一，不是妻。秀珍妈说，谁说的？女大一，抱金鸡！媒人一见她这么说，忙改口道，这都啥世道了，谁还信那些？你要是觉得程顺好，我就把程顺给秀珍介绍介绍。秀珍她妈一下子热情了，说，那感情好，我就觉得程顺那孩子不错，将来能有出息。

媒人回去，也不知道是怎么回了那民办教师的，秀珍再去找他，他说啥也不露面。他本来是个高中毕业生，差了几分没考上大学才来当民师，和秀珍的婚事一黄，又埋头看起书来，说就不信自己考不上个大学？他再也不见秀珍，秀珍就嫁给程顺了。心里恨着那个民办教师，就总想把日子过好，处处都要个样。可偏偏在生孩子这件事上，就不遂人愿了。也不知道是谁的毛病，反正，在村子里，只要不生孩子，都是女人的事儿。

程顺确实能干。买了三轮车，去乡下进菜，运到城里去卖，起早贪黑，也不嫌累，只是在外面跑着跑着，就很少回家了。他们那个家，让人见得最多的就是秀珍。他家不种地，秀珍总怕冬天没柴火烧，一个人去撬树枝，然后推着小推车，一捆一捆往回拉，再一捆一捆码放在院子里，几天下来，小柴垛就跟小山似的。遇到刮风，村子里就容易停电，那柴垛上的干树叶刷啦刷啦叫，秀珍不敢一个人在屋子里待着，就蹲在柴垛底下，跟着那叶子唱，长一声短一声的调子，被风搅着听不清，总是到了结尾一声“唉”，才能让人松一口气。

有一次，有人跟秀珍说程顺总在邻村的李寡妇家打麻将。秀珍一听头就大了，那李寡妇是方圆百里都报响儿的人物，家里开着赌局，有好多乡镇甚至县里的干部都往她那跑，门前的小轿车一停起来都是一溜一溜的。

程顺去了她那儿，秀珍有些发毛。

当晚就裹一件衣裳，冒着雨，去找程顺。临走时跟我妈说，平时程顺在外面怎么疯都行，但这件事儿不行。我得要个说法，程顺这次要是还耍横，我就离婚！

去邻村，走近道，要穿过一大片高粱地。那高粱地里有一条毛毛道，白天走着都瘆人，走一步，道儿两边的叶子哗哗响，总像后面跟着个人。她后来和我妈讲，害怕，就跑，一边跑一边在心里喊着程顺！程顺！好像程顺能听见一样。等到了李寡妇家的门前时，憋了一肚子的“程顺”，却喊不出口了。她在人家的大门口走过来，走过去，把一个村子的狗都走醒了，不停地叫，给她助威似的，她也没敢敲那寡妇的门。过了不知有多久，看见从人家的窗子里突然亮起烛火，一摇一晃映在玻璃上，她担心是有人起夜，怕让人看见，就又那么顶着雨，顺着毛毛道回来了。

我妈还以为她会闹一场，结果那一次以后，她就跟什么也没发生一样，一个人守着两间空房子。

她娘家妈知道她的难处，想让她多回娘家走走，却又不敢当面和她说，就去我家找我妈，让我妈劝劝。我妈一劝，她就说，嫂子你劝啥劝？我妈当初说程顺好，那我就生是他的人，死是他的鬼。我妈把这话学给她妈听，她妈抹着眼泪说，是我当初拿错主意了，她不说怪我的话，这就是大怪了。

那以后，她妈总是想着多关心关心她，赶上刮风下雨就去给她做个伴，省得她夜里害怕。时间一长，她妈就恨起程顺来，有天半夜，程顺醉醺醺回来，她妈劈头盖脸就骂，程顺你个丧良心的，这样下去早晚不得好死！

秀珍她妈这么一骂，程顺就闹开了，说，把你闺女领回去，我早不想和她过了！秀珍一听程顺这样说，再也不让她妈去做伴了，宁愿天黑一个人坐在院子里唱，也不愿她妈再登门。我一听见她唱，就觉得为啥孩子偏偏要女人生呢？我妈总是说，这女人不生孩子，就是废物了。我真怕自己长大了结婚，也生不出孩子来。

秀珍的日子天天那样过，时间一长，村子里的人都习惯了，要是偶尔看见程顺回来，也不觉得奇怪，知道那是程顺给秀珍送生活费来了。秀珍也习惯了，忙完活儿，会和村里别的女人一样，蹲在墙根儿底下扯扯家常。有人要是说，秀珍，守活寡一样，离了算了。她就说，要是离了再嫁，嫁个有孩子的，还不如现在清净，毕竟羊肉贴不到狗肉身上。人家也就不再说什么。

过了一年，霍林河发了一场大水，全村的男人都去筑坝，一家一段，谁的分段出了口子谁负责。秀珍也分了一段，那扛沙筑坝不是女人干的活，她就去邻村找程顺，程顺还算通情，说，你回去吧，我一会儿就回。果真，秀珍前脚到家，程顺脚后就跟进来了。

那一次，水发得大，夜夜都报险情，程顺在家就住得长了些。再去看她的院子，就有了烟火气，晚饭时，总能闻见葱花爆锅的香味从她家飘出来，我妈说，这女人和男人，就跟秤杆儿和秤砣一样，离了谁，家都不像家了。

秀珍过上了像个家的日子，我觉得只要那大水一直涨下去，程顺就会一直住在家里。

可过了四十多天，大水撤了，村子里险情解除，一村子人终于松一口气，只有秀珍变得恍惚。人家说“这回可下子没事儿了”的那天早晨，她懵懵撞撞跑去我家，对我妈说，嫂子，把鸡卖给我一只。我妈问她买鸡做啥？她说，给程顺熬鸡汤补身子，前些日子修大坝，累得又黑又瘦。我妈说，男人不是你惯着他他就能回心转意的，那程顺壮得跟牛犊子似的，你这是何苦呢？她倚在门上哭起来，声音嘤嘤嗡嗡，听了让人觉得心里压着一块大石头。我妈看不得，只好说，你要非得给他喝鸡汤，我就去给你抓鸡。她点点头，抹去眼泪，说，嫂子，能不能留住他的心，死活就看这一回了。我妈叹着气，出去把一只正蹲在鸡窝里下蛋的老母鸡抓给她了，她接过去，往外走，我妈说，造孽啊！蛋还没下出来呢。

那天，我特意把作业本铺在后窗台上，写着作业，时不时溜一眼秀珍的院子，看她杀鸡，把两只鸡膀子别在一起，一只脚踩着鸡腿，一只脚踩着鸡头，两只手握着刀往下剁，一碰到鸡脖子，又突然抬起来，抹一把汗，重来。反反复复好几次，终于眼睛一闭，刀落下去了。松开两只脚，那鸡的脑袋已经耷拉下去了，却还是摇摇晃晃站起来，从脖子上一汩一汩往外冒血，满院子跑，等血淌没了，一个跟头栽下去，秀珍把它捡回来，扔进开水盆子里，烫过来，烫过去，一把一把往下撸毛。她做这些，程顺就躺在炕上睡觉，她过一会儿就要透过玻璃窗朝炕上看看，生怕他不见了。

那是只老母鸡，在她的锅里整整咕嘟了一个下午。中间她又跑来问我妈，嫂子，你说要是有根红参是不是更好些？我妈说，他一个大男人哪那么娇贵？说着，抓了一把枸杞给她，她握着，脸上红扑扑走了。

到了日头沉到河里去的时候，后窗口突然传进来程顺的吼声，你松不松手？到底松不松手？我和我妈同时愣住了，愣了半天，奔向窗口，看见秀珍趴在地上，死死抱住程顺一条大腿，程顺用另一只脚使劲儿踹她，她就是不撒手。程顺踹了几脚，累了，立在那大口大口喘气，喘了一会儿，两只胳膊松垮下来，拿脸对着天，说，你说咱俩这是干啥呢？你图个啥啊？你就抬抬手放了我吧！秀珍抬起头，看着他，说，程顺你要走也行，就把那鸡汤喝了吧！程顺看着天，松垮垮站在那儿，说，没用了啊！秀珍从地上爬起来，声音颤颤地，就这一次了，还不行吗？程顺把头低下来，歪着，不看她的眼睛，又朝屋子里走去了，秀珍跟着也进了屋子。

我和我妈趴在后窗上看着，没说一句话，只是我妈的手一直在我的后脑勺上不停地摩挲着。那样的摩挲，让我觉得，她一定是庆幸，她生了我。

喝过那鸡汤，程顺还是走了。秀珍坐在她的屋子里号啕大哭，我从来没有听过那样的哭声，尤其是午夜里传出来，就好像整个村子都被厉鬼赶着一样。那晚，她的屋子挤满了人，她妈也去了，陪着她一起嚎，边嚎边说，都怨我啊！都怨我啊！大伙看着她们哭，七嘴八舌说，程顺这是要离啊！

那天晚上，程顺在李寡妇家的大门口出了意外。这一筑坝，程顺也有些日子没到李寡妇那儿去了，她的门前挖了一条两米深的自来水沟子，他不知道，摸着黑，又喝了点儿酒，东倒西歪就张进去了。有人在李寡妇家打麻将，出来解手，听见沟子里有哼哼唧唧的救命声，仗着胆子去看，才发现了他。

大伙七手八脚把他救上来，送去医院，大夫说脖子断了，活着也是全身瘫痪。李寡妇嘱咐人给秀珍捎信儿，秀珍来了，她就走了，这一走就再也没露过面。程顺醒过来以后，一眼看见秀珍，问她，咋是你呢？秀珍说，你寻思会是谁呢？程顺说，她来过吗？秀珍告诉他，听说你再也站不起来了，就再也没来过。程顺嘴憋了老半天说，她说她怀了我的孩子了。秀珍愣住了，过了半天，说，真的是你的？程顺说，嗯。

程顺在医院里住了一个月，秀珍没钱了，就带他回家，在炕头上铺了厚厚的褥子让他躺在上面，怕他长褥疮，天天给他做按摩。有一次，秀珍正给他揉腿，他说，你能去看看她吗？那孩子还在不在她肚子里？

秀珍把程顺交给她妈看着，真的就去了，去的时候人家正好几张麻将桌开着，满屋子都是人，她叫李寡妇出来，两个人站在院子里聊。李寡妇说，他死也好活也好，你和我聊啥？秀珍说，你不是怀了他的孩子吗？李寡妇说，我自个肚子里的孩子，我高兴说谁的就是谁的。秀珍说，不是程顺的吗？李寡妇说，我说是程顺的你养啊？秀珍说，我养！你生下来我就养！李寡妇骂她，你这女人有病吧？我的孩子还轮到你养？

她被李寡妇推搡着出了院子，又穿过那片高粱地回了家。一进门，发现程顺已经死了，她妈就在一旁坐着，傻了一样，见她回来，笑了一下，说，闺女，这下一了百了了。

她一听啥都明白了，一下子昏死过去了，昏了好多好多天，再醒来，谁也不认得了，整日疯疯癫癫往外跑，见人就问，看到我们家董永了吗？人家问她，董永是谁？她嘿嘿笑说，你们可真差劲儿，我是七仙女啊，你说董永是谁？

她是那样让人心疼。怕她跑丢，她再问看见我们家董永了吗？村里人都会说，董永回家了，你快回家看看吧。她就乐滋滋跑回家里去，家里没有，就又跑出来，反反复复。

田禾

女：我在炕头搂着我的小狗睡啦么呀
男：我在炕啊梢搂着我的小花猫呀
女：你要是上炕头啊我就揍狗咬哇
男：你要是啊上我的炕梢我就架猫挠啊

小的时候我有个玩伴叫田禾，一直到她十六岁离开村子我们几乎天天在一起。我乐意跟她在一起，一是她跟我合得来，二是她家总让我好奇。我从小好奇心就重，她那样的人家时时吸引着我，让我总觉得，如果有一天和田禾分开，会错过很多秘密。所以，我常常早晨吃过饭就去她家找她玩。

她家那两间泥房子，土窝窝一样趴在河边，房子的后面有一个小菜园子，菜园子的东边有一个茅楼，紧贴着西山墙是一间小房子。茅楼天天用，那间小房子后来废弃了，上了一把大锁，锁得严严实实，顺着门板的缝隙望进去，黑咕咚叫人瘆得慌。

在那间小房子没上锁之前，那里用来装牛粪，满满一屋子，田禾的母亲总用那牛粪生火，煮饭，烧炉子。那牛粪干成一坨一坨的，她说烧起来比木头都好。

田禾的母亲是一个很能干也很爱干净的女人，她有一头绸缎样的长发，轻飘飘落满肩膀，没事儿就捏着一把棕褐色的木梳子，对着镜子来来回回梳。有时夜黑了，田禾的父亲蜷在被窝里探着头，看她还站在镜子前梳发，就会说，夜里梳头发，给鬼看去？

田禾的母亲天性话少，即便被田禾的父亲骂了，也不吱声。悄悄放下梳子，爬上炕去，绕开田禾的父亲撩起的被筒，钻到另一个空着的被窝里。田禾的父亲会更来气，在被窝里使劲儿扑通着被子抗议，田禾的母亲却不紧不慢翻个身，把田禾揽过去，用手轻轻拍她睡觉。田禾总是睡不实，能听见他父亲把一只大脚从被筒里伸出来，狠狠踹在她母亲的屁股上，还凶巴巴骂着，你死人啊？木头啊？

她父亲也有温顺的时候。我现在还能记起童年里有过这样的夏天，田禾坐着她父亲的马车，沿着河水的右岸往南走，一直走到那片莽莽的草原，草原上有成群的牛羊，还有遍野的牛粪。她父亲用马车拉上田禾，是为了让田禾和他一起捡牛粪。他为了捡牛粪，每年都会用柳枝编一个长长的粪帘子，围在马车的四周，一圈一圈绕上去，把牛粪团团围在里面，高高耸耸的。

草甸子上什么都有，尤其是碱蓬草，特别茂盛，和七八岁的孩子一样高，河边的青草格外浓密，常常会在那里遇到鸟窝，不经意就能拾到鸟蛋或者雏鸟。长嘴水鸟在天空来回盘旋，仰头看过去，它们就像是故意表演似的，俯冲下来，直直射到水里去，过一会儿再钻出来，嘴里叼着东西，是鱼虾或者别的什么就说不准了。有时候会碰到跳鼠，碰到跳鼠田禾的父亲会很兴奋，会抄起锹杆子在地上杵。他说，跳鼠这小东西可贼了，一个洞穴，好几个洞口，要先把洞口全找到，堵了，再顺着它钻进去的地方向下挖。他杵到一个洞口就会大叫，快用衣服把这个洞口捂了。

那时候，能和田禾一样坐着她父亲的马车去捡牛粪的，还有村子里的一个女哑巴。那哑巴长得特别好看，如果单从形貌上说，田禾的母亲是差了一些的。她皮肤很白，看人的时候大眼睛忽闪忽闪会说话。我想，如果她不是个哑巴，她唱歌一定会很好听。她笑的样子很撩人，她和田禾的父亲之间有很多默契，都是靠着这笑传递的。她能看懂田禾父亲的眼神，田禾父亲能领会她的笑，就这你一颊我一笑的交流，让田禾在十六岁那年对我说，如果我爸当年娶的是那个哑巴，而不是我妈，他的一生也许会很幸福。

田禾和她父亲抓跳鼠的时候，哑巴会守在他旁边，她父亲杵到一个洞口，哑巴会脱下她的外挂子，笑着捂上去。田禾的父亲会在她的配合下，越杵越起劲儿。田禾总以为她父亲愿意到那草甸子上去捡牛粪，是因为她母亲说牛粪烧起来比木头都好。可是，多年以后，她再去回忆在草甸子上抓跳鼠的那些细节，才突然明白，去捡牛粪，不过是个幌子。

田禾的母亲很少关心他们捡牛粪背后那些事，田禾的父亲把牛粪用马车拉回来，码在那间小房子里，田禾母亲就只管烧。有一次，她母亲蹲在灶坑前往灶膛里一块一块丢牛粪，田禾突然凑过去问了一句，妈，人人都要结婚吗？她母亲头也没抬说了一句，是。田禾说，如果我长大不结婚呢？她母亲这才看看她，说，不结婚村里人会笑话你嫁不出去。田禾说，那结了婚以后天天吵架就不被笑话了吗？她母亲的脸子立马阴下来，谁说结了婚一定要吵架？田禾不吱声了。可她偷偷对我说，他们晚上吵，我爸骂我妈你木头啊？死人啊？我妈突然从被窝里爬起来，用笤帚噼里啪啦打我爸，她要打死他，但到了白天就跟啥也没发生一样。田禾说她怕黑天。说夜里吵架格外吓人。她说，其实，我更害怕我爸总是那样骂我妈，我妈真的去死。

然而她的母亲一直都活得好好的，脸上总是挂着笑，见谁都笑，就连那个她最看不上的哑巴，她也从来不甩脸子。那哑巴见了她总是要比画一阵子，她就笑着看着，就像她能看懂一样。有一次我和田禾一起问她，那哑巴比画啥？她说，谁知道呢？我说，田禾他爸能看懂，她就不笑了。过了两天，田禾的母亲和哑巴都到河边去洗衣服，洗着洗着两个人比画起来，越比画越来劲儿，那哑巴突然脸红着把头低下去，田禾的母亲撩撩头发，很得意的样子。

没多久，村子里传出哑巴和张大要订婚的事儿，说是田禾的母亲做的媒。这在全村人眼里是个天大的笑话，因为连我都常常听见村里人说，田禾就是她母亲做姑娘的时候，和张大怀上的。而田禾的父亲在娶田禾母亲的时候，说了那样一句话，孩子生下来我养，其余的事儿我不问，只要以后断了就行。

结果，他们谁和谁的过去都没断了。

田禾的父亲成分不好，爷爷是地主，这让田禾的父亲三十大几的时候还没娶上媳妇，本来和那哑巴还算情意投合，可哑巴的家里不干，人家说，就算一辈子嫁不出去，也不能嫁给地主。就是在那样的时候，村里传出风儿说，田禾的妈妈怀田禾了。

一个大姑娘怀孩子了，他们都说是张大的。又说田禾的母亲不能嫁给张大，张大是个城里来的知青，他得回城，她也不能毁了他。田禾的母亲自己托人做媒，指名说看上田禾的父亲了。

她父亲的七大姑八大姨坐在一起一商量，觉得虽然肚子里有个野种，但总归比和一个哑巴过一辈子强。

话儿一搭上，就恨不得马上把婚结了。可这头准备结婚，那头张大已经被田禾的姥姥姥爷揪着押到了公社。这一闹，张大回不了城了，田禾的妈妈却嫁给了别人。

田禾小的时候，我和她一起在街上跑，要是碰见张大，张大总会停下来看她一会儿。田禾害怕，她说那样的眼神特别像饿了好几天的狗看见了一块大饼子。回去告诉她的母亲，说，他好像要吃人。她母亲总是说，他不是坏人。

就在哑巴和张大要结婚的前几天，田禾的妈妈怀孕了。她本来当一个秘密似的藏着掖着，可是没几天就捂不住了，那秘密就像扎进口袋里的小米，田禾的妈妈扛着它走，突然摔个跟头，划破了口袋，小米就撒了，金灿灿泼了一地。

她的肚子很快就大起来了，田禾的父亲知道那孩子和自己无关，就天天喝酒，天天醉得倒在炕上大睡不醒。他一直纳闷，自己的老婆到底是在啥样的地方把那个男人的种种到肚子里的呢？

也是巧了，那天他从早晨醉到下午爬起来撒尿，走到屋后那个装牛粪的小房子时，冷不丁看见用来别门的一根铁栓掉在地上，捡起来，想把那门重新别上，就在那一瞬间，他的头发奓起来。

以前，他只知道那间小房子的唯一用途就是用来装牛粪，这一刻，手里握着那根铁栓，才明白，对于偷情的人，这真是再好不过的去处。他想象着田禾的母亲把那粘在牛粪上的情欲，扔进灶膛随着烈焰化成青烟飘去九霄云天的同时，也听见那小房子里传出张大的喘息和田禾母亲的呻吟。他站在那小房子外，觉得这喘息和呻吟从那样黑黢黢的地方飘出来，有点儿像厉鬼的号叫。

酒彻底醒了。他晃晃脑袋让自己更镇定些，然后上前，敲敲门，动作很小，那里面突然鸦雀无声。过了好久，张大拎着裤子爬出来，身上沾满牛粪渣，跑了。

田禾的母亲坐在牛粪堆上，冷冷看着他。他说，你不出来？田禾的母亲说，你滚！他突然跳进去，在她的肚子上狠狠踹了一脚，转身又跳出来，喝着，田禾！田禾！田禾跑过去，他说，拿一把锁来。

田禾的母亲在那个小房子里锁了三天，那三天里没有人管她。田禾会拉上我站在离那房子远远的地方哭。那里面断断续续传出哀哀啼啼的调子，像是《六月雪》。

三天以后，田禾和我撬开一块门板，端了一碗凉水又在上面扣了一个馒头，顺着门板的缝隙伸进去，被她母亲一脚踢出来，她骂道，滚！都死远点儿！田禾跳着躲开了，我们再也不敢靠近那房子，就像田禾长到三十六岁以后，仍然不敢靠近男人一样。

到了第四天，田禾的父亲打开了那扇门，揪着田禾母亲的头发把她拎出来。她看见她父亲撕扯着她母亲，吓得全身发抖，手臂瘫软堆缩在墙角，田禾说，感觉自己就快死了。但是为了我妈，我还是使出全身的力气抓起一块石头，狠狠砸在了我爸的后脑勺上。

那一年田禾八岁。田禾认为自己做了一件这世界上最了不起的事，因为父亲倒下了，母亲挣脱出来。田禾以为母亲会感激她，至少会抱住她一顿痛哭。可母亲没有，她扬起手掌给了田禾一巴掌，田禾捂着脸，满脸都粘上了母亲身上的腥臭味，她望着母亲，觉得母亲已经疯了。当天晚上，张大逃跑了，踪影全无。

田禾的母亲被警察带走了，再也没回来过。直到田禾十六岁那年，村主任说有个人要见她，她就跟着村主任去了一个很远的地方，她母亲被关在那里。也是在那一刻她才明白，她那一石头砸下去，把她父亲砸死了，也把她母亲砸到监狱里去了。她说她母亲好傻，为啥要说是自己砸的呢？她在牢里和她母亲大吵了一架，问她，你为啥那么狠心把我丢在外面，自己舒舒服服在这坐牢？她母亲说，那个张大管过你没有？她哭着被村主任拖走，嘴里叨咕着，我是吃百家饭长大的啊！

就是那一次，客车从监狱回来时路过城市，田禾要下车，她说，村主任，你自己回去吧，我要留在这。村主任说，你还小啊。田禾说，不小了，我妈像我这么大的时候都怀我了，说完她就走了。村主任回到村子里说，我也没法拦她，走就走吧。

这一走，很多年音讯全无，像长在村口路碑旁的一根野草，活着还是死了，谁都没想起过，村子里的一切照常发生着。这样一直过了二十年。二十年以后，田禾突然回到村子，像她母亲年轻时那样留着一头长发，披散在肩膀上，但已经没有人认出她来了。她只见了一眼村书记就走了，走了之后村里人才回过神来说，那是田禾啊，就是那个田禾啊！他们说她回来是去找村书记办事，她母亲要出来了，她想让村里给解决一下住房。村书记说，有家属就家属解决，没家属就村上解决，她一听就只好走了。等到了她母亲真正出狱那天，她突然打了我的电话，我已经很久想不起她的名字了，她说她是田禾，我愣了好久才问她，你是村子里的田禾？她说是啊，小时候总和你一起玩的那个田禾。

我有点儿兴奋，问她在哪儿？我说我想见见她。她说，我先求你帮个忙。我问她帮什么？她说你在老家不是有两间房子吗？能不能借给我妈住？我说行。她说，那我就不见你了。我问为啥？她说，该变的都变了，不该变的还都和原来一样，见不见都行。我说，那你结婚了吗？她说，怎么可能？跟我谈什么都行，除了结婚。我突然没话可说了，停了半天问她母亲什么时候住进去？她说她会再打电话给我的，说完就挂了。

可到现在为止，她的电话也没再打来，她和她的母亲都不知道去哪儿了。有人说，是她母亲不肯再回村子里了。也有人说，张大在城里攒下一笔钱，一半家产分给了田禾。可我觉得，那都是传言，依我对田禾的了解，她根本不会要张大一分钱。我试图拨了几次田禾打给我的那个电话号码，开始无人接听，后来就停机了。

她像个谜一样住在我心里。

喇叭赵

男：她又美貌？
女：又多情啊？
男：坐在坟头？
女：泪盈盈（哎咳哎呀）绣鞋白布蒙啊？

每到过年，村里的喇叭赵都会组织一支秧歌队，编排节目，好在正月里挣彩头。要说起这个喇叭赵，可是个能人巧匠，会吹喇叭，会算命，会的多，外号就多，有人叫他喇叭赵，有人叫他赵瞎蒙。“喇叭赵”不用解释，大伙也清楚是啥意思。“赵瞎蒙”就要费几句口舌，谁家的小猪丢了，去找他算算，他捏着几根指头摆弄一会儿，说，朝西南方向找找吧。那就往西南方向找，准能找到；谁家的孩子总是相亲又总也相不成，找他算算，他让人家把生辰八字一报，眯着眼想一会儿，说，明年动婚。到了明年保准就有对象了；谁家死了人，都让他去给“出黑儿”，说他选的坟地风水好，这时候，大伙又叫他赵先生。总之，遇到火烧眉毛的事，村里人就说他通天，火烧眉毛的事一过，村里人又说他全是瞎蒙。他也不在乎，照样在别人找他的时候，笑呵呵去帮忙，人家给钱就收着，人家不给钱，他也从来不张口要。但“出黑儿”例外，“出黑儿”是丧事，钱自然少不了，每次还会抱回一只领魂鸡。

他媳妇平常总是瘫瘫软软的，一杀鸡却干净利落，领魂鸡一抱回来，她一刀下去，保准身首异处。

村里人都说，那天生就是个吃鸡的命。这样说，也是有来头的，喇叭赵把她娶来的时候，她是个寡妇，先前嫁的男人也是个阴阳先生，“出黑儿”那活儿，十里八村也是常常找，领魂鸡照样少不了。可惜那先生命短，早早死了。这喇叭赵，先前还和他有些交情，那寡妇嫁给喇叭赵的时候，说，我愿意嫁给你，是因为他会的你都会，他不会的你也会。这不会的，说的就是吹喇叭。她不知道他会吹喇叭之前，总是叫他赵先生，后来知道他会吹喇叭了，就什么也不叫了。再见到时，呆呆看着，想着她先生死那会儿，嘱咐她，葬礼不要太讲究，下葬时，请赵先生吹一段《大悲调》就行。

请是请了，《大悲调》也吹了，可《大悲调》一响，那寡妇哭得一下子昏死过去了，一群人围过去，又是捶胸口，又是掐人中，总算把那口气倒上来了，这时赵先生的《大悲调》也吹完了。是赵先生自己觉得不尽兴，喝碗水又来了一曲《百鸟朝凤》。

就是这一曲《百鸟朝凤》，让那寡妇认定了改嫁非赵先生不嫁。那时赵先生四十搭头，因为成分是地主，害得他该娶媳妇的年龄没人嫁，到了有人嫁的时候，除了缺胳膊的就是少腿的，他又都看不中。寡妇也有人给提过，他从没动过心，不是嫌人家带个姑娘，就是怕帮人家养儿子。可这一次，没人说没人劝的，他就把她娶回来了。白天一起下地干活，夜里没事儿，舍不得点灯，黑灯瞎火不能干坐着，就吹喇叭，打他家房跟前过，总能听见断断续续的喇叭声。

那寡妇带来一个女儿，原来姓冷，叫冷玉，一进门就改了姓，叫赵玉，胖乎乎的，讨人喜欢，人家问她管喇叭赵叫啥？她一点儿也不怯口，声音很大地喊爸。喇叭赵心里满意，出去忙红白喜事，赵玉嚷着要凑热闹，他就领着，尤其是正月里，唱秧歌，喇叭赵去吹喇叭，赵玉就往他后背上一贴，冷了，热了，他都要问一问。村里有男人逗他，你有福气啊，没费力气就有闺女了。他听了，还是那样乐滋滋的，最多也就回一句，你们懂个屁。

因为他对赵玉好，别人自然也就高看那丫头一眼，他领她到哪儿，有糖有瓜子，人家就往赵玉口袋里揣。喇叭赵有个姑姑，横竖不待见这孩子，见了，总没个好眼色，有一次，人家又往那孩子的口袋里揣糖，他姑姑在旁边说了一句，丫头要是惯得馋嘴，怕是养不住。俗话说男人是搂钱的耙子，女人是装钱的匣子，姑娘家的从小不吃苦，长大持不了家。他听了，心里不顺，抱起赵玉走了。以后再见他姑姑，总是绕道，他姑姑逢人就骂他白眼狼，娶了媳妇，要跟赵家人断亲了。

有一年正月，喇叭赵领着秧歌队去村子里一个比较富裕的人家唱秧歌，那家有个姑娘二十出头了，长得好看，会化妆，见了赵玉，就把她拉进屋子，给她画了眉毛和嘴唇，还抹了一点儿胭脂。出来正好撞见喇叭赵的姑姑，那老太太点着赵玉的鼻子骂道，就你这下贱坯子再怎么画也美不出个花来。赵玉已经十一二岁了，一听这话，当即就气哭了。到了傍晚，看见家家户户的烟囱都冒烟了，就想报复一下子那老太太，拎着一块坯头爬上了人家的房顶，盖在了烟囱上面。那老太太在屋子里做饭，烧得好好的灶坑突然呼呼往出炝烟，呛得她鼻涕眼泪一起往下淌。赵玉偷偷见了，心满意足，回家吃晚饭，饭吃到一半，喇叭赵的姑姑满脸黑灰推门进来，扬手就扇了喇叭赵一个耳光。

喇叭赵懵懵懂懂捂着半边脸，叫着，姑，你这是干啥啊？他姑身子一歪坐在地上，拍手打掌哭着数落道，老了，还让一个小的来欺负了？喇叭赵听她哭着嚷了半天，听明白了，觉得赵玉做得不对，对着赵玉的屁股就掴了两巴掌。他媳妇见了，丢下饭碗，从来没和他翻过脸，这一次急眼了，把他往旁边一推，瞪着眼睛盯着他，眼泪噼里啪啦往下掉。他说，孩子得管！他媳妇说，你打她干啥？他说，不管不行！他媳妇说，你也下得去手？他说，谁家的孩子当爹的没打过？他媳妇说，你是她爹吗？他当即就傻在那，动也不会动了。

他姑姑走了，他坐在院子里吹《大悲调》，他媳妇听了三四遍，出来对他说，换个吹吧。他眼泪扑唰唰落下来，说，我以前吹《大悲调》没数，从来没把自己吹哭过，今天才知道，这《大悲调》是真悲啊！他媳妇一听，把赵玉喊过来，赵玉站在一旁叫了一声爸，他就哭得更起劲儿了。

打那以后，他再出去吹喇叭，总是蔫着头，别人连玩笑也不敢和他开了。有一次，遇见一个不识趣的，见他身边没带着赵玉，就问他，你那个小棉袄怎么没贴身啊？他正用一块软布擦着喇叭，使劲儿抖了两下扔到地上，举起喇叭说，我砸死你你信不信？说过，握着喇叭走了。

再出去唱秧歌，敲鼓的去找他，打镲的也去求他，他死活不去。秧歌队那么大一个场子，全靠喇叭赵撑着呢。他一撂挑子，秧歌队办不下去了，只好解散，打那以后，村子里再也没有唱秧歌的了，逢年，只能躲在屋子里看电视。傍晚再路过喇叭赵的房前，也听不到喇叭声。

他五十岁那年，执意要去城里摆地摊算命，他媳妇不想让他去，说你走了我们娘俩咋办？他说，赵玉大了，能帮你挺起房了。他媳妇一听，就不再劝了，炒了一桌子菜给他践行。饭桌上，赵玉敬了他一杯酒，说，爸，外边要是不好，你就早点儿回来。他说嗯，把酒接过去喝了，看看赵玉又说，玉啊，我这辈子最后悔的事儿就是打了你那两巴掌。赵玉说，爸，都过去了，我不记得了。喇叭赵说，我知道你不记得了，可是爸忘不了。就跟一道坎儿似的，爸迈不过去了。赵玉听不懂，看看她妈，她妈说，啥也别说了，就让你爸走吧。喇叭赵笑笑，拎着一套行囊和他的喇叭上了路。

他这一走，就走了四年多，连个音信也没有。村里有人说，喇叭赵可能在外头又安家了。也有人说，大子儿没一个拿啥安家？到了第五年，有人给赵玉提亲，他媳妇说，男人不在家，做不了主。就让赵玉去城里找他，说死活要有个信儿。

赵玉就进城了。

照她妈的嘱托，和那些街头算命的打听，打听来打听去，真就打听着了，人家告诉她，说这人每天晚上都在一个大商场门口摆摊。赵玉打听好路线，到了晚上就奔着大商场去了。到了那儿，就听见一阵喇叭声悲悲怆怆地飘过来，她循着声音找过去，站在那儿吹喇叭的不是别人，正是喇叭赵。

赵玉远远站着差点儿哭出来，等他一曲吹完，刚想上前叫爸，又看见他面前的地上铺着一张广告，赵玉绕过去看看，突然生出一肚子气来，二话没说，上前就把那张纸掀了，装钱的铁皮筒子飞起来又落下去，纸币和钢镚扬得到处都是。

喇叭赵急了，上前拉住她，问她，凭啥砸我的场子？赵玉瞪着他，说，你不认识我了？他仔细看了半天，把手松开，腰弯下去，把那广告纸重新卷起来，铁皮筒子收了，拉着赵玉就走。

赵玉说，你拽着我去哪儿？他不说话，一路把赵玉拽到一个自助银行里，他从贴身的口袋里掏出一张卡来，在赵玉眼前晃晃，又插进提款机里，鼓弄几下，拉过赵玉对着屏幕看，赵玉看了半天，吓着了，问他，这么多？他说，嗯。蹲下去抽烟。赵玉说，你说我是你收养的，咒我出车祸瘫了，换了这么多？喇叭赵说，是吹喇叭换的。赵玉说，那你就好好吹喇叭啊，你整个广告铺在地上干啥？喇叭赵说，都这么整。赵玉说，都这么咒自己闺女？喇叭赵把一根烟捏死了，说，我也不是你爸啊。

赵玉一下子栽过去，半天也没说出话来。喇叭着说，我取点儿钱，你拿着，回去吧。赵玉爬起来，缓了缓，你也不是我爸，我要你的钱干啥？她转身走了，走了几步又折回来，把那张广告从喇叭赵的胳肢窝里抽出来，一使劲儿，撕了。

这一下，村子里炸开了，都说喇叭赵发财了，都说喇叭赵不要他媳妇了。他媳妇说，他这样不声不吭就想算了？门都没有！他回来也好，不回来也好，这么多年我一直苦巴苦业惦记他，守着他这个家，没有功劳也有苦劳。

他媳妇亲自进城去找他，城就那么大，寻了两天就寻着了，喇叭赵说，知道你会来，所以我没走。他媳妇问他，不打算过了？他说，这不过得好好的吗？他媳妇说，是你过得好好的，我呢？他看看她，说，你不好吗？他媳妇一见他那眼神，突然泄气了，说，离吧。他说，咱俩还用离婚吗？连个结婚证都没领过。他媳妇一下子呆住了，愣了半天，说，赵先生，你是怕我分你的钱才这么说的对吗？

喇叭赵不说话了，很卖力地笑了笑，端着喇叭吹两下，没调子。吹了又吹，停下来，闷着头说，钱，我要着也没用。也不想再找女人，钱就没用。他媳妇问他，那你啥意思？他说，踏实，就是心里踏实，越多越踏实。他媳妇说，我还以为，我有你，你有我，就会踏实呢。说到这，她也笑笑，又摇摇头，叹着气说，都不年轻了，心都透亮崩儿似的。有时候一句话就把一个人的心给魇住了，这一魇就把好日子魇没了。

喇叭赵领着他媳妇去炸酱面馆吃面条，时间不早不晚，面条馆里没人，他说，听啥？我给你吹？他媳妇说，吹一个我没听过的吧。

面条上来了，他媳妇用筷子搅着面条，他坐在对面吹喇叭，吹的是《篱笆墙的影子》，他媳妇听过这首歌，却从来不知道这歌可以用喇叭吹出来，用喇叭吹出来的调子，像挖她心的小铲子，一音一频地挖下来，挖出汩汩的血来。喇叭赵狠命吹，他媳妇就狠命吃面条，自己那碗吃没了，他的曲子还没吹到头，就又把他面前摆着那碗也拉过来，低着头不停往嘴里扒拉。这碗还没吃完，他的曲子到头了，他看着她边吃边往碗里砸眼泪，说，吃完就回去吧。她媳妇把筷子放下，用袖口抹着眼睛，说，都有老的那天，动弹不动了，还得有个伴儿，你也跟我回吧。

喇叭赵站起身往外走，到了门口又停下来，说，赵玉要是婚订妥了，嫁妆我出。跟我姓一回赵，不能白姓。他媳妇听了，冷笑说，我们娘俩看错你了赵先生，你以为谁稀罕姓你的赵，我玉就是光屁股嫁，用不着你的嫁妆。她先一步出了门，呸了喇叭赵一口，说，守着你的钱好好过吧！

他媳妇走了，他又坐回去，重新要了一碗面条，慢吞吞吃着，吃一会儿，偷着抹一下眼角。他想他已经是奔六十的人了，竟然无家可归。回到出租屋躺了一夜，脑子里斑斑杂杂全是梦，梦的都是赵玉小时候，骑他的脖颈，爬他的后背，两个人嘻嘻闹闹的，跟活回去了一样。第二天，病得下不了床，就在床上挺着，手来回摩挲着喇叭，瞪着屋顶，眼里都是虚空，脑子里嗡嗡响着喇叭声，是一曲《抬花轿》。年轻那会儿，最想做的事就是在自己娶媳妇那天，跟在新媳妇的轿子旁，一路吹《抬花轿》。可真到了娶媳妇那天，不但《抬花轿》没吹成，连喇叭也没吹成，因为他娶的是新寡，又是老相识的妻子，就只能那么简简单单领回家，买了两床新被褥，日子就过开了。

过着过着，就过成现在的样子了。他哭了，他自己不知道。

赵玉从订婚到结婚，只用了不到三个月的时间。这三个月里，他一直病着，可到了赵玉结婚那天，他还是背着喇叭从城里回来了，迎娶赵玉的车子一到，他就站在大门口和着鞭炮声吹起了《抬花轿》。一个曲子吹了五六遍，等到婚车走了，他累得靠在大门口一口一口倒气，乡亲们把他抬进屋子，问他咋样了？他只会说，喇叭！喇叭！有人把喇叭递给他，他握在胸前，踏实了很多。

赵玉七天回门时，他神志已经清楚了。赵玉说，你回来了，这房子就还归你住，反正以前也是你的。他说，这是啥意思？赵玉说，我妈我接走。他没吱声，只是点点头，点过头才说，也好！也好！

他媳妇早就把行李收拾好了，说走就走了。他送她们到大门口，他媳妇回头看看他，说，回去吧，你现在不愁日子过。他还跟在后面送，他媳妇说，多吃点儿药，不愁日子过，也得有个好身体。

他一直跟在她们后面，走到了汽车经常停在的路口，看着她们上了车，又等到汽车走得没了影儿，才慢慢转身往回走，走着走着，发现自己的脚步是沉的，越走越沉。眼看着就要到家门口了，腿却抬也抬不起来了，他就在路旁坐下，朝家的方向望着。两间房子，明晃晃的窗，从里面映出个人影，出出进进，正是他自己。

作者简介：翟妍，中国作家协会会员，鲁迅文学院第二十九届高研班学员，吉林省文学院签约作家，白城市作家协会副主席。有中篇小说发表在《十月》《中国作家》《作家》《江南》《阳光》《青年作家》《鸭绿江》《特区文学》《边疆文学》《广西文学》等刊物上。中篇小说《一径长途》被《长江文艺好小说》选刊转载。

半句承诺 王立娟

一

民政局对我来说，真是久违了。

“拿好号码，先去照相吧！”

我被一个姑娘领着，穿过院子，从后门走了进去，才猛然发现，这里似曾相识，我曾经来过的，只是前几次走的是前门。我忐忑着摄影师是否会认出我，因为我一眼就认出了她。我的曾经竟然都是她拍的照片，这世界是大是小？或者皆是一种缘分。

还好，摄影师见过的人太多，她似乎并没有认出我来。还真是讽刺啊，这个喜庆的红色背景下，同样在摄影师的相机里，原来每天就是这样，司空见惯的分分合合。

再次回到大厅里等候，这里更是冰火两重天。

一条长长的走廊，靠窗的椅子上坐着一对对男女，挨着坐着的，甚至想挤到一个椅子上坐着卿卿我我的，是来登记结婚的；分开坐着，面无表情，或无所谓的，或满脸泪痕的，是来离婚的。结婚和离婚都一样的流程，不过是那本大红与深红色差的区别。

我俩并排走着，听着彼此熟悉的呼吸声。“吃饭去啊？”我说。

“回单位吧！”

“好像太平淡了哈。”我笑得故作淡然。

“你看……”她指着民政局刚刚出来的一对年轻人，那个男孩子一下子把女孩儿背起来疯跑，爆出一串笑声和呐喊，两个青春的张扬，和他们年轻的色彩呼啸而去。

“那样好吗？我也背不动你啊！”

“那就安安静静地走吧！”

我看着她，她羞涩地笑着。

二

2004年，当一切结束后我一脚踏进风里，那大玻璃门在我身后“哐当”一声合上了，我的身影，在玻璃上很自由地摇晃着。心瞬间被初冬的风吹透，人行道上还有昨夜的霜花，在阳光下闪烁着不可一世的冷艳，树上几朵残叶随风摇摆，不时地飘落。我缩了缩脖子，回头看着刚刚变成前妻的何赛。似乎也没什么可说的了，那些什么再见，保重的废话，其实也没有什么意义，更何况我也不期待再见面了。

何赛红肿的双眼，让我恍惚间无法确定，这是否就是昨夜那个发疯的女人。她依然是漂亮的，即使像今天这样容颜憔悴，头发凌乱且面容苍白，她仍然是美的。她看上去很冷，因为她早晨起来匆忙，她意识到我并不是跟她开玩笑，她就没有心情像我一样，还找了一件棉服穿。我当然也没有心情和义务再去关心她，叮嘱她气温下降了，该换棉衣了。这样的天气，她竟然连丝巾都没有围，只是一件薄羊绒外套。看着她露着光光的脖子更是让人冷透全身，心也跟着打战，但这些已经跟我没有任何关系了。

何赛在来民政局的路上，似乎还没有确定，或者依然在侥幸，她无法判断我是否真的铁了心要和她离婚。直到车子拐过街口，直到她看见了民政局大楼，也就是从那一刻起，她便开始哭泣。我相信眼泪不是假的，我听着她抽泣的声音，也想象得出她在后排座上如何的泪流满面。出租车司机一直从后视镜里，瞟着何赛那一定是梨花带雨的脸，更是带着敌对情绪横了我好几眼，好像我做了什么对不起这个可怜的女人的事了。我只能无辜的沉默，这个无端同情弱女子的仗义者令我哭笑不得，下车给他钱，他的态度都像要跟我动手一样。

这是弱女子吗？我不由得用手摸了摸我的脸，昨天晚上的情景历历在目，以至于我忽然恍惚，今天的她和昨天的她，哪一个更真实。

“还有几天供暖啊老公，你把电褥子插上呗。”下班一进屋，就看见何赛蜷缩在沙发上娇滴滴、颤巍巍地说。

天确实冷，屋里好像比外面还冷。下班在路上就一直想着，回家马上吃一碗热汤面该有多好。然而一进家门冷锅冷灶，何赛说：“不是我不做饭，水太凉了，冻手。”我一边在厨房里忙活，她还拿着比天气还冷的声音颤抖地说：“你不是女人你不懂，女人啥都不怕，就是不能凉着。特别是女人这手哇，尽量不能碰凉水，对皮肤也不好，对那方面儿也不好。”

说实在话，我也不想说什么。做饭也不算什么累活儿，这样的天气如果不干点儿什么，越待越冷。但是一下班就想吃热汤面的那种心情，随着我拳打脚踢的忙碌，随着她不停地颤抖，竟然吃得索然无味。

但是，她吃得很有滋味，说是心暖和了一些。

“哎呀！你到底能不能干点儿啥了呢？怎么回事啊？电褥子没插呀！”何赛在卧室里狂喊，她竟然忘记了颤抖，歇斯底里，声音刺耳地从卧室里传了出来。紧接着她闪电般冲出了卧室，竟然没有穿拖鞋，这也不怕地凉了。噔噔噔地冲到我面前，瞪着眼睛大喊道，“肖一，你是故意的吧？”

“故意的？为什么？有那个必要吗？”我刚收拾完厨房坐在沙发上，气还没喘匀。我的性格就是这样，我从不把力气浪费在没必要的事情上，我也对莫须有的事情不屑置辩，我慢条细语地反问她，看着她一双白脚丫，实实地贴在冰冷的地砖上。屋里已经昏暗，可她的脚丫子白得刺眼。

常常，就会有这样一种人，他们总是把别人的心平气和，把像我这种不针锋相对的秉性，误会成一种别有用心，或者是钝刀子割肉般的不屑与伤害。比如何赛，每次家里鸡毛蒜皮的小事，她都惊天动地地大喊大叫，而我的息事宁人，都无法令她得饶人处且饶人，而是愈发不可收拾。我每次的迁就与忍让，竟然助长了她一次次的得寸进尺，甚至躲都躲不起，俗话说得好，赛起脸来咄咄逼人。何赛的记性还超好，性格不依不饶。她无论什么时候想起来什么不满的事，即使在深夜里，即使在床上，即使在我们夫妻生活的欢愉之中。只要她想起什么，都会停下所有该干的事情，然后把你的耳朵翻扯得就像身上爬满了蚂蚁一样去控诉、质问你。

不知为什么，此时何赛的大喊大叫，竟然令我的心陡然静了下来，我不想再说一句话了。你认为怎样，那就怎样好了。

“啪！”我是真的没有反应过来，只觉得眼前黑影一闪，我的脸，被毫无防备地打了一个耳光。也许是因为之前房间里刚刚短暂的沉默，这种寂静无声，竟然把这个耳光的声音衬托得无比响亮。不是疼，是惊骇，是刹那的顿悟与豁然。我的心就是“咚”的一声落在了地上，平静地落下了。

“一个。”我冷冷地说。

何赛打完，像是在等待我的反应，又像是在试探我的态度。但我像数数一样低声说的“一个”，显然令她没有想到。我当时在想，打一个，你若是回屋就算了。可是，这蹬鼻子上脸的脾气竟然一发不可收拾，她又打了一个。

“两个。”我依然轻轻地说。我没有看她，也没有改变脸的方位，以一个不变的坐姿，安然地等待着事情的发展。

“三个，四个，五个……”

三

女人的疯狂似乎是没有前提的，疯狂的继续也是没有止境的，她们常常会毫无铺垫地使情绪达到一个极致。电褥子没插难道是激怒她的导火索吗？或者我查嘴巴子的数数声令她怒火中烧？到底愤怒的根源来自哪里？她披头散发的影子在泛着银光的地砖上凌乱着，夹杂着她歇斯底里的呼喊，还有没有收敛的左右开弓，清脆的耳光声此起彼伏。

终于，在数到二十六时，我猛地抬起手，一把抓住了她的手腕，而我依然没有改变我的姿势，依旧眼睛平视对面。我之所以能忍受到第二十六个，并没有什么特殊的意义，是因为我已经感觉到，她的颤抖与无力，还有，我觉得一切放纵就到此为止吧。

我知道脸一定是肿了，因为炙热而胀痛。

“现在，你听好我的每一个字。”我依然保持着一个姿势，“天亮，咱们，就去离婚，没有任何……挽回余地！”我相信我的语气与平时没有区别，甚至更小，我也真的不那么生气了，就像在单位交代事情一样的心平气和。但是我却在自己我平和的语气中，特别是最后四个字的停顿中，感到了掷地有声的决绝。

“老公……”

我相信，她这一声呼喊，真的是因为冷而颤抖了。然后，在我头也不回地关上卫生间的门时，何赛开始了像每次一样翻着旧账的哭诉。

我看着镜子里那张刚刚被挥舞了二十六个嘴巴子的脸，竟然笑了。贴着镜子，我的眼睛在眼镜片里异常的大，我看着镜子里的自己，一种解脱令我无力，而我的喘息，冰凉地扑在镜子上，返回我的脸。我挺直了脊梁，我原来被什么压住了吗？我使劲儿地长呼一口气，整个卫生间弥散着淤积与污浊。

我向另一个卧室走去，她的女儿和男朋友外出了。

何赛光着脚，脚丫与地板砖发嗒嗒声。卧室的门突然随着声音被撞了进来，何赛像变魔术一样，脸上灿烂地笑着，身子娇气地忸怩着，却是忽然“扑通”一声跪在了地上。“肖老大，我错了，你别生气了，要不你打我吧！你出出气。”她娇滴滴地说，既像冷，又像撒娇。

我感叹女人表里不一的情感和她们翻书一样的脸，我被她炉火纯青的演技惊呆了。到底是什么样的内心变化，才能把一张这样的脸像换频道一样换了画面。

“求求你老公，我错了，啊！我求求你，别在我睡着时偷偷地离开。”她真是泪流满面，竟然哽咽得语无伦次。我不相信眼泪了，我眼里还是闪动她凌厉的挥手动作。你也许爱我，你却没尊重我，我心里是灰色的 ，像饱含泪水的乌云。我不想埋怨，或者争论不休，都结束了，我这样想。

这屋子里透着凉风，这地板冰凉彻骨，她光着娇小的脚跪在那里，在我面前，让我第一次在她的家里，扬眉吐气，居高临下。她的颤抖，我已经不再心疼了。“睡去吧，我答应你。”我轻轻地说。

她还是以往的天真，笑着看着我，脸上的表情告诉我，你就过不了我这撒娇的关。这让我心悸，也莫名地恼怒。

正是秋冬交接的季节，冷风萧萧。我站在窗前，玻璃上反射出我微驼的双肩。楼下那两棵自然生长的树，曾经是我眼里四季变幻的风景。那棵柳树的叶子竟然没有掉光，在灯光的映射下，反而显得很茂盛。风在摇摆，虽然不似春夏那样婀娜依依，却依然风姿绰约，就像成熟而性感的女人。那棵杨树早早地掉光了叶子，它原来是那样的毅力挺拔。此时光秃秃的枝杈，却是另一番无畏的风骨。唉！我轻叹了一口气。年华的老去，就像这棵杨树，既大义凛然又无所谓，比如此时的我。

季节对我来说曾经是无数的感怀，就像漫长而孤寂的秋色。高兴时绚烂多彩，颓废时满目疮痍。我曾经无数次感叹风的无情，也曾怜惜叶的坠落。可是，对于感情，对与错怎能说得清。就像那漫天飞舞的落叶，有谁能去责怪树未做挽留？

“秋虫应是谁家客，怀抱琵琶到晚秋。”突然想起我曾经写的《秋晚》里的这两句诗。我此时就像秋虫，这个家原本就不属于我，按着古诗词的释义，我一直就是客居于此。这几年来，我从来没有归属感。说起我这微驼的双肩，那是我内心的卑微和寄人篱下的剪影。何赛说她爱我，我相信，可是，她同时也对我颐指气使。我行使着老公的义务和责任，却没有老公的权利和自尊。我不能随便做我喜欢的事，即使并不影响到她。她和她的女儿，每天都暗示我找准我的位置，甚至有时特意明示我，她们可以在这家里为所欲为而我不能。她们无论从哪方面，甚至一句话，就常常让我明白，我是一个外人。家里无论大事小事，我都无权参与，都没人跟我商量过，都是我知道了就知道，不知道也没关系。我是从什么时候开始在意她们的脸色，开始揣摩她们的喜怒呢？无论在单位承受什么样的压力，我回来都无处倾诉，我要自我消化所有属于我自己的喜怒哀乐，因为与她们无关。我小心翼翼地行走在这个家里，谨小慎微，空气都不是我的，我甚至不敢尽情享受，我有多长时间没有尽情地说话，没有尽兴地欢笑了？是的，这就是我很久以来的生活状态。

常常在午夜醒来，觉得天一亮，是否我就会流浪街头。每天下班的路上，我都会有家在哪里的疑惑。这是何赛的家，从来都不是我的。

何赛是我第四任老婆，我终于再一次恢复了自由之身。这个年龄离婚了，不能用兴奋来形容，但也并不存在什么装模作样的感伤，就觉得像是结束了一件事那么无奈而简单。

对于那次离婚的原因，我常常在跟朋友们喝酒聚会时，被人一次次地问起，我便一次次讲来，时间一长，却变成了一个非常有趣的段子，一个男人查了 26 个嘴巴子的故事。借着酒劲儿，我跟他们一起说笑，一起讨论，回答来自他们调侃我的问题，我也并未觉得尴尬或者难堪。但是我常常有一种感觉，表面上，尽管可笑的故事，却没有人，没有人真心去触碰故事的本真，和我一直压抑的内心。

有一次聚会来了一位新朋友，听说她是写小说的作家，她叫苏南。她在听完这个老掉牙的故事后，端端正正地坐在那里看着我，她的眼睛穿透了我的心，我当时有点儿醉，但就是那样的感觉。她忽然直言不讳地说："作为一个小人物，我这样说，你不会介意吧？因为我们都是小人物。"

看着她一本正经的样子，我笑着说，"你继续。"

桌面上突然静了下来，老朋友都听过的故事，今天似乎因为这个新朋友，要有新的剧情延续，人们的脸上充满了期待。

她说："我简单地分析了你刚刚这个故事，我觉得故事的背后有两种可能。"她的眼睛并不躲闪，直视着我，好像真的在看我的内心。"第一，你是一个脾气好，有气量的男人。首先你应该是爱她的，否则我想象不出，什么样的男人能有这种耐性，忍受老婆耳光，并且还能坚持查到 26 个；第二就是，你像我们写小说的一样，早有设定，你做了伏笔，或者说这是三十六计之连环计。你其实一直在等待，你早就已经不想过了，只是在找一个让她无法纠缠，而且满身是嘴也无处说理的这样一个恰当的时机与理由，你为她创造好了条件，你太了解她了。你想离婚！怕她纠缠。"她依然瞪着眼睛看着我，语气坚定得像个检察官。

所有人都看着我，因为这是第一次在已经结尾的故事后面出现了新的剧情。

我看着她，我相信，她已经知道了答案。

四

有那样一句话说得太对了。说婚姻，就像两只刺猬过冬，靠近了就会互相伤害，不靠近又难御寒冷，非得彼此拔了一边的刺，才能靠近好好地过日子。

我从来都不是刺猬，那我是什么？

烟雾缭绕的酒桌，杯盏交错，朋友们又开始新一轮举杯，我还在想着苏南的话，她的声音在此时，竟然跟我那天晚上数数一样格格不入，却又清晰。此时的我看不见我自己的脸，但我相信我此时的笑容一定没人看懂。我突然穿过桌面上比比画画的手臂，笑着看着她说："你是这么多年第一个洞察了我心事的女人。我那时确实不止一次想离婚，因为我早已经无法忍受。男人，无论如何落魄或者沉沦，心都该有尊严地活。没错，我就是你说的那种男人，而她也恰恰是你想象的那种女人。"

听完我的话，苏南端起茶杯喝了一口茶，然后看着我进一步说道："你是一个理智的人吗？"我倒是从语气中听出她真是一个理智的人。

坐在我俩中间的小周说："理智什么？理智还这样做。"

"我就是一个理智的人。"我轻轻地说，我醉了，又不自觉地翘了兰花指在桌面上。

苏南若有所思地点点头："那就不难理解了，只有理智的人才会分得干脆果断，从不拖泥带水。"

朋友们各自聊着，我却把眼睛扔进了酒杯里。

喝了一口茶，苏南忽然抬头看着我，"一共几任了？肖兄，您最爱哪一任？"

真是一个直率的女人。

我心里有着不置可否的答案，尽管从来没有人这样直截了当地问过我。假如那句话是对的，假如真的是无恨亦无爱，那陈然，就当之无愧地是我爱恨交加的那一任。

我还没有回答，我的声音已经淹没在谈笑风生中。我在恍恍惚惚的人影间，用我已经眩晕的眼睛搜寻桌上唯一的清醒者。因为我知道，她从一开始就一直在喝茶。萍水相逢，我竟然如此渴望，有那么一个人，认真地听听我的故事。

五

陈然，是我的第二任妻子。

在我与我孩子的妈妈离婚后不久，她就像是在等着我一样，走进了我的生活。

我刚刚离婚时，忽然觉得日子过得没有意义，对什么都不感兴趣。每天上班不再盼着下班，下班也不知该到哪里去。常常一个人拖着疲惫的身体，凄风苦雨地走在大街上。那段日子，我特别不喜欢各种灯光，无论多么绚丽夺目，我都能看着看着就看出孤独的离愁。商家的灯箱，每个字似乎都饱含深意，多不挨边的语言我都能解读出讽刺与无奈。随风飘荡的广告纸和塑料袋，比我还无聊得没有方向，不知从哪里来，又去了何方。我不愿意走在人行道上，路两旁的树枝，在灯光中暧昧地拉扯着，令我心生嫉妒。人行道的昏暗又是无尽的寂寞与心酸。有风的日子风里全是呜咽，无论什么响声在夜里都是苍茫。我踩着路灯洒在脚下的光晕，那些重叠在一起的光斑，里里外外环裹着我的形单影只。而我的影子，不停地被拉长或变短，竟然分解成三四个跟着我晃悠在宽阔的马路上。

这个时间总是遇见最伤人的风景，随处撞见拥吻的男女。这个时候你看不看都得看，因为不用经意也随处可见。等到该睡的人都睡了，我才挺起蜷缩了一夜的脊梁，扑向属于我的梦乡。

我原本就不是八卦的人，单位同事谁家有了什么事我多半都是最后知道，而且是都无人再提起时，我突然知道得像新闻一样。同事们都取笑我“两耳不闻窗外事，一心只读圣贤书”。何赛就不喜欢看书，更不用说古典文学了。她看韩剧我从不打扰她，可是我每次看书她都大吵大闹，最严重时不是撕了我的书，就是把书扔得远远的。我喜欢古体诗，她竟然对我写得东西嗤之以鼻，有句话说得好，和懂你的人说话是减压，和不懂你的人说话是无聊，她不懂我。

陈然的丈夫因病去世，她带着一个四岁的男孩儿，等我知道单位里有这样一个女人时，她丈夫都死了两年了。

1994年，我与孩子妈妈离婚，孩子判给了他的妈妈。不管她如何背叛了我，我在离婚的那一天就下定决心，封存我和她所有的记忆，好的坏的，只留下我们共同的希望，那就是我的儿子。我在老妈家住了两个多月，每天忍受着老妈的唠叨，每天她都不嫌累，只要搭着我影就骂我一通。她就为她这个儿子鸣不平，骂完我就骂孩子妈妈。

"妈，我也三十多了，能不能给我个清净?"

"清净？几年前就已经清净的我们，你咋不还给我们个清净?"没等老妈说话，老爸就大声顶了回来。"肖一，你这日子过的，要不找你媳妇说说，为了孩子回去过得了，咋还不一辈子?"

"那可不行，给我儿子戴绿帽子，我儿子不吃那亏。"老妈瞪着老爸。

"你们真是的，这是打麻将吗？凑一起就能成局?"我站了起来。

"看看，一说就要走，又要出去喝酒啊？你胡子不刮，头也不理，你这样谁能愿意跟你?"

我再一次在黑夜里游荡。

直到那一天接到电话，孩子妈妈要去北京了，她把房子又还给了我。这也是我老妈心里最耿耿于怀的事，老妈因为我放弃房子而生气，她认定错不在我。其实我只是为了孩子，才把房子留给了她。既然又给我了，我也无须感谢，我终于可以清净了。

同事们都来帮忙收拾房子搬家，那次陈然也来了，她当时捧着两盆绿萝。

让所有人刮目相看的是，陈然竟做了一手好菜。也就是那次，我才真正注意了她，确实是一个漂亮的女人。她的漂亮体现在淡雅端庄，清丽自然。就像她捧来的绿萝，青翠欲滴，娇嫩可人。绿萝的枝蔓瀑布般的散落，亦如她如云般的长发。

我想起了藤萝花语，一说：为情而生，为爱而亡；一说：醉人的恋情，依依的思念。

六

陈然驻足在我的书柜跟前，让我很是惊讶。因为我的那个简易书柜，里面摆着的都是唐诗宋词古典文学方面的书。

“喜欢古体诗吗?”我走过去问她。

“喜欢，我还试着写过，以为只是有韵脚就行了，结果还要懂平仄关系，还有更专业的知识，我就不敢写了。怕被行家看了耻笑，就改写新诗了。”她声音柔和清脆，说话慢条斯理，大大方方，是让人听着很愉快的语速和音质。

“也不难，我也喜欢古体诗，新诗我也写。”我从书里拿出一张纸，说：“你看这是我写的一首新诗《来来回回》，你看看。”

如果深夜只是闭上了眼睛
谁会在你无边的黑暗里
如把思念化作窗外的雨
触摸柔软的是哪一滴
如果把心抛进风里
能否拖起沉重的身体
当黎明来临的时候
万丈柔肠应该扯住哪一缕
错过朝阳却与晚霞相遇
自己埋在自己的影子里
当夕阳被再一次剥离
黑夜依然是一望无际

陈然不再说话，可我清楚地看见，她闭着嘴，轻轻地，长长地从鼻孔送出一口气，我却瞬间读懂了她这无声的叹息。

这首诗是我跟孩子妈妈离婚后写的。

整个吃饭的过程，陈然都没有说话，脸色苍白，满眼都弥漫着雾气，睫毛也浅浅的湿。我惊诧我的细腻，我竟然心不在焉地好几次被同事扯着嗓子喊。一首诗的心情，在我们之间有了共鸣，我其实在她呼出那长长的叹息时，心就已经隐隐的辛辣的酸痛。

她懂我了，我们都懂了。

春节前，我听说了孩子妈妈结婚的消息，原本也不意外，她就是去北京找他的，可我还是五味杂陈了好几天。我以为我都忘了，我以为我与她之间只是连着一个孩子，可事实上，不爱她了，并不等于像删除更新的程序一样，不留痕迹。

心被喜庆的鞭炮声炸得七零八落，还带着蚀骨般的疼痛。电视里主持人每天热情洋溢地拜年，气得我连插座都拔了下来。

除夕夜我撒谎说值班，气得老妈又骂了我。那年除夕夜北风呼啸飘着细碎的雪粒，一点儿节日里瑞雪飘飘的样子也没有。我没有开灯，我已经在窗前站到双脚麻木。那时平房区有一个好处，黑，无边的黑。胡同口有一盏路灯，并不是标准的路灯，只是一个灯罩下晃悠一个不太稳定的灯泡。有风的日子，那灯泡整宿与那倾斜却不倒的木杆撞击着幽怨的节奏。我常常在夜里聆听，常常觉得似有一驾马车，从童年的乡间小路上走来，车辕下一定晃荡着一种空灵且孤寂的钟声。“咣咚咣咚”，冬夜里，伴着北风，伴着马蹄声，伴着赶车人的吆喝，还有响彻云霄的甩鞭子声。就在一个个无聊的夜里，让人百感交集地醒来睡去。

雪夜并不黑，是暗黑泛着银光，朦胧的白。雪花无声，纷纷扬扬，天空却是泛着红，一直红到很远。玻璃上布满霜花，我努力地在边角透风的地方，偷窥外面的世界。那盏孤灯下，好像所有的雪都涌向那里，弥漫得透不过气来，被风焦躁地卷积着，东一头西一头地没有目标。又像被灯光无视所激怒的女人，凌乱而狂躁地来来回回，最后不知飘向了哪里。

风转了方向，从灯光里向我扑来，像一条丢弃在风里的丝巾，拖着并不鲜明的颜色，撞在隔着玻璃的我的胸口。我把手掌摊开，放在玻璃上，瞬间凉到了心里，留下了我的痕迹。

陈然来了。

没有人能想象我的惊诧，我也来不及想她因何而来，就把那一身风雪抱在了我的怀里，我不顾一切地吻了她，大脑当时一片空白，我就想用我的疯狂抗击这无情而薄凉的夜。我的家和我一样已经冻透了，可我和她都不像是因为冷而浑身颤抖。我们都无比渴望温暖，都想燃起一团火来驱走心里的战栗。亲吻与抚摸，两个冰凉的身体无论怎么疯狂依然是冷。那种青春年少对视都能燃起的火焰，无论怎么刻意的迷乱，刻意的激烈，刻意地拥有彼此却依然颤抖，直到我们都在疲劳中像飞舞的雪花，上下翻飞。她在想什么我不知道，她一直在喊着我的名字，我在想什么？我闭着眼睛不敢看她，直到我也像她一样叫着她的名字，我们才颤抖地坠落在那盏孤独的灯下，埋在软绵绵的雪里，才焦灼地荡着高潮后的燃烧睡去。

不知几点，我竟然热醒了。怀里的陈然好像比我更早就醒了，她把头埋在我的胸口，一团团热气扑向我的心里。我清醒地抱紧她，此时此刻，就应该只有我们两个人才对，我想。

“醒了？”我把胳膊伸出被子，刷的一下凉风撞得寒毛都立了起来。

“嗯，透风啦。”她把我的胳膊拉回被子里，却碰到了她的乳房，“凉。”她一哆嗦，我也一哆嗦。

我伸手把她抱在怀里，一只手游走在她的身体上。

“怎么来了？”

“就是忽然想来。”

“忽然想我了？”问完我便笑了，吻了她，她的身体光滑而柔软。

“想你想没想我？”她说完也笑了，抬头看着我，起身开始吻我，瞬间我的整个身体都涌动着热浪。

我们都不冷了，不知外面是否还在下雪。也不知几点了，伴着不知哪里的鞭炮声，我们炸开了对方，像燃起又炸裂的鞭炮，一道道刺眼的火光，一声声响到心里。我们震耳欲聋了，像冲向空中的鞭炮，用尽全身力气点燃了自己，然后意犹未尽地坠落。

我的爱情应该是从陈然开始的，当我跟苏南这么说时，她赞同地点了点头。

"陈然，符合我对女人的所有想象。"我说。

我们常常坐在一起看书，她看书的时候就像一幅画，安静而美丽。我们会因为一句诗而心旌荡漾，也会因为一个人物而情意绵绵。我们总是能够心有灵犀，一草一木，日常生活都充满了诗意。在一次小酌后，我为她写了一首《微醺》：

小酌一杯
莫名地一直想笑
一种欢愉直捣心扉
心情便愉悦地飘
气氛微妙
喜欢举杯对视
这个距离极好
眼睛醉了心还清醒
用了平常不敢用的语调
是倾诉，更是撒娇
晕染的脸颊滚烫
迷离的眼角飞抛
掌心扣着掌心
好想拥抱
醉与非醉之间

清醒又糊涂的大脑
激情渲染了暧昧
泪光裹挟着嬉笑
终于挽着臂弯奔跑
终于扯住了衣角
那一夜微风不燥
弦月悬高

微醺后的陈然，娇艳欲滴，烟波迷离，美得让人心动，让人欲罢不能。

我那个时期写的东西，陈然是我第一个读者，我满足于只有一个读者的幸福之中，我的文字无论优劣，她是懂我的，因为懂，所以能感知字里行间属于她的爱。她的孩子也很懂事可爱，陈然想让孩子随我姓肖我并没有同意，他依旧叫他原来的名字邱雨，我不希望孩子忘了他的爸爸。其实我想起了我的儿子，不知他是否改了姓名。我儿子一定正在叫别人爸爸，因为他的妈妈爱他的新爸爸。邱雨和我儿子一样叫我爸爸，这也是没有办法的事。我以为我的余生就会和这娘俩儿在一起了。我一度庆幸，即使我经历了一次失败的婚姻，但是命运还是善待我的。我和陈然一起上班下班，蜜月连着热恋，我人生的春天来得不算晚，就这样幸福地生活着，我觉得人们都在羡慕着我们。

七

“你们出了什么问题吗？”这是苏南问的话。别人都问我陈然为什么离开我，可是苏南偏偏问我们出了什么问题。

“是啊，我们先是出了问题。”

时间好快，我好像还在蜜月期。我一如既往地爱她，甚至更爱。

可是，陈然忽然好长时间都不再安安静静地跟我坐在一起看书了。我那时经常去外站，她开始每天在班上总是来无影去无踪，有时兴高采烈，有时焦躁不安，情绪十分不稳定。开始我并没有在意，之前我去外站回来，她都会等我一起回家的。我那时是队长，外站走区间，下班时间开始不固定，每天要通勤坐慢车。慢车常常待避，经常晚点，所以也没太在意她的变化。

一天从外站回来，陈然竟然在火车站接我，我一走下天桥，就看见她满脸兴奋地站在出站口，穿着一件淡蓝色的长裙，飘动在来来往往的旅客中间。她向我招手，美得似出水芙蓉，明艳动人。

“咋想起来接我？”我笑着问。

“我想请你吃饭，咱俩去吃火锅吧！”她挽着我的手臂。

“那也得先回家换衣服啊，我这工作服也配不上你啊！”

“不用，我还想领你去买衣服。”她贴着我的胳膊说。

“哟哟！你不想买房子了？要买给你自己买，我家里有衣服呢！”

“我这件就是新买的。”她喜悦地转了个圈。“好看吧？”

“好看。”我没有拗过她，去专卖店买了衣服，尽管我觉得贵了，可是，我心里一直惊诧从不乱花钱的陈然，到底怎么就忽然不在乎钱了呢！

吃饭的时候，她突然跟我说，她最近跟朋友一起在炒股。

我当时吓了一跳。“陈然，不行啊，你没听说吗？炒股会倾家荡产的，有人都赔跳楼了。”

“哎呀！你说的那是什么人啊，那是不理性投资。我不会，就投了一万。”

“一万？咱家一共有多少个一万，不行，我不同意。”我连连摆手，非常严肃地说，“炒股跟赌博一样，陷进去就完了。”

“就这一万，我今天卖出，就挣了一千五，我不会陷进去，你相信我。”她并没在意我的忧虑，依旧兴致勃勃地给我夹肉，抑制不住的兴奋。

“可是，你总是离岗也不行啊。”

“我就要说这件事呢。”她放下筷子看着我。“咱家离单位近，要不咱买台电脑吧，这样我就不用去交易大厅了。我随时都可以跑回去看看。”

“买电脑？那得多少钱啊？”我真的吃不下去了。

“总也得八九千吧！电脑不白买，现在是网络时代，买电脑是迟早的事。”我都像不认识她了，这是原来的陈然吗？她什么时候对万八千的这么不在乎了。

电脑买了，陈然不去股票大厅了。当时我觉得还可以，她虽然没有时间和精力跟我一起看书，跟我讨论诗文，但是，她专注自己喜欢的事也很好。

我们的平房动迁了，分到了楼房，那是我生活最惬意也是最积极向上的一个时期。我的诗歌《秋晚》也在刊物上发表了，所有的一切，都是阳光灿烂的。邱雨十四岁了，学习成绩也很稳定，而且别人家孩子那种青春期逆反，邱雨却没有，这令我和陈然都很欣喜。我儿子也上了北京的一所重点高中，学习成绩也很好。而且，孩子妈妈也不那么抵制我去北京看孩子，这对我来说，也是极其欣慰的事。是非公允莫论，如今这样各自安好便是各自最好的幸福。

我还有什么不满足的呢？生活并没有亏欠我什么，而是前所未有地眷顾着我。

苏南一次问我：“有没有过一任妻子，除了你孩子的妈妈外，有想跟你生个孩子的想法。”

我使劲儿地点着头，我的心却是一剜一剜地疼。我跟无数人强调过我的观点，不要随便生孩子，我只要一想起我的儿子，我就决然地不想再要孩子了。我没有信心面对别离，这也许是我的自私，或者是不自信。我常常鄙夷那些随便生下孩子而不负责任的人，那些用孩子拼命维持摇摇欲坠的婚姻是可笑又无知的。我的每次婚姻的前提就是，不能再要孩子。

苏南那次见我没有回答她，她问：“你这样不敢面对孩子，难道不会令她们没有安全感吗？”

苏南像是说给别人听：“对女人而言，最勇敢，最神圣的事情就是给她爱的男人生孩子，这被女人称为爱的最高境界。最浪漫的事情，莫过于和最爱的男人生个像他的孩子。一起陪着孩子成长，看孩子携带着彼此的基因，延续着生命的光华。”

苏南说得轻描淡写，她好像尽量用平和的语气，不至于刺痛我。我不敢再触碰这个话题的原因就是，我无法忘却那一幕，我心痛的是，我也许真的没有给陈然完全爱我的安全感。

“肖一，我怀孕了。”

我现在想想，陈然当时的表情是幸福的，可是我当时却因为惊讶而忽视了她的表情。我不加思考地说：“不要！”

“那个我想……”陈然咽回去了后面的话，她应该是知道我不会答应的。

我躲避着不去看她的眼睛，我只是瞥见她的目光一闪而过，就感知她的心痛了。她的睫毛，再一次让我看见了湿湿的雾气。

“你爱我吗？”她低着头，语气里充满了疼。“我想有一个，像你一样的孩子。”

“我当然爱你，一如既往。”我说。“可是，陈然，这跟生孩子没有关系。我像爱我的孩子一样爱邱雨，我只是……”我只是什么我却说不出口，再说就敏感了，我心里总想强调的那句话现在不能跟陈然说。当然婚姻中不能总在为离婚做准备，可是离过婚的人，就是心里总是在时刻提醒着自己。虽然我从未想过会和陈然离婚，但我绝对不想再要个属于我的孩子。

“那，做掉他。”她哆嗦着说。

我走过去，我想拥抱她，可是，她颓然地站起身，我看着她晃晃悠悠的背影，现在想想是无法形容的心酸，可是当时却是短暂的窃喜。

“爱的最高境界吗？”我看着苏南。“接下来的问题，你所说的问题，出现了。”我痛苦得不愿去回忆。

八

人们都说，婚姻中的沉默是一剂致命的毒药。

陈然手术后，我们的交流变得可有可无。孩子打掉了，我的心轻松的同时，却失去了在陈然面前的坦然。我一度不敢跟她对视，说话变得小心翼翼，我觉得无论用什么状态面对她都会戳痛她的心。现在想想那时还是不够成熟，如果是现在，我也许应该跟她推心置腹地谈谈，我应该让她知道我的忧虑，同时，也让她相信我对她的爱。但我没有，我选择了逃避，我们都选择了自我疗伤，我竟然相信时间能证明一切。陈然那句“想有一个像你一样的孩子”，多年后都一直在我耳边颤抖地响起。苏南说得没错，陈然是爱我的，可我没有给她足够的安全感。

我们变成了彼此的空气，需要对方，却毫无影响地存在着。家里变得没有生命般安静，我在我的位置看书，她整天在电脑前，有时熬夜上网，甚至黑白颠倒。她开始炒股，我由着她。我知道炒股需要了解实事，新闻和经济动态，但是，她似乎过于痴迷于网络。转而我又自私地想，也许她上网可以排解一下失去孩子的忧烦，这样的话能让她尽快走出来。

然后更加祸不单行，我被起诉了。

段长找到我，那时我已经是队长了。“肖一，沿线电网改造工程，材料方实名举报了你。”

“举报？还实名？材料有什么问题吗？”我有点儿摸不着头脑，我们铁路沿线电网改造，跟地方农电局合作施工，材料都在一起，怎么会举报了我呢？

“你今天别带队下去了，一会儿他们派代表来。”段长脸色很不好看。

他们说我去领材料，差了一万五千元的材料款，材料方出货了，我们没有入货记录。这怎么可能呢？可是，人家有我签的单据，我却完全没有印象，可签名真的是我的。那个代表我是认识的，他曾经要和我合作，在材料上做文章，被我拒绝了。他算计了我，否则没有解释。

我平时在工作上都是非常严谨的，我从来没有过对过去的事这样一片空白的时候。可这名是什么时候签的，那批材料究竟是怎么回事，却无论如何也想不起来。

段长是信任我的，他找我谈话，他的意思是让我把款补上，段里就息事宁人了。我觉得既冤枉又是耻辱，那样的话，我的人品将会从此被冠上什么？我拒绝了段长的提议，要求弄清真相。

于是，人家起诉我贪污。

在拘留所里，我反复想着那天的事，那天就是陈然做人流的那天，我取完材料就急忙交代一下跑去了医院。材料到底落哪去了，如果没有出货，我为什么会签单？可就是想不清楚。

律师说，笔迹鉴定了，名确实是我签的没错。材料方也不想追究，那个代表跟律师说，补上货款他们就撤诉。我知道被人算计了，有人设局给我个教训。法律是讲证据的，无论事情的本质包含着什么。十五天后，我补交了货款还有各种费用，这场莫名其妙的案子宣告结束了。不光我说莫名其妙，律师，甚至检察院都这样说。

队长也被撤了下来，我被调到外站值班。

一天休班回家，陈然不在。

“邱雨，你这是要去哪里？”我一进屋正好看见邱雨在收拾东西。

“爸爸，不知怎么回事，这一放学看见我妈留了条子，让我去姥姥家。”

“那是什么意思，去姥姥家收拾东西干什么？”我奇怪地接过条子。“留条？你妈去哪儿了？”

“不知道啊。”

条子是写给邱雨的。大致意思就是，妈妈短时间内不会回来了，让邱雨去姥姥家住，她会经常给孩子打电话的。

看着邱雨提着行李箱上了出租车，我大脑空白了，短时间内不回来是什么意思？离家出走了？为什么呀？休假旅行？可这分明就是不想回来的意思啊，这条子只言片语都没有提到我，难道她去了哪里跟我没有一丝关系吗？

打电话，一直是关机状态。她有手机我没有，我一直守在座机旁边，把能想到的人都问了个遍，杳无音信。一个人可以这样凭空消失人间蒸发吗？我当时像个没头苍蝇乱撞，又像关在笼子里的困兽，猛然就冒出杀人的心。

几天过去了，我终于静下心来，却是欲哭无泪。悲愤地回忆着所有的美好，咬牙切齿地思念着点点滴滴。我是那么爱她，我相信她也一样爱我。到底在哪里出了错，难道曾经的恩爱，可以水过无痕般地一笔勾销吗？还是，从来就没有爱过。可是陈然留给我的，尽是美好，让我想恨都恨不起来。我忍着杀人的怒火却劝诫自己，只要她回来就原谅她，不管她做了什么事？我想我无论什么都能原谅她。

“可是，她没有给你原谅她的机会。”苏南的眼睛，不仅是同情，应该懂了。

我觉得胸口憋闷得喘不过气来，狠狠地干了一杯酒，却是一股辛辣沿着喉咙向心脏冲去。过了这么多年，想起她，依然难掩一种失望与悲哀。当年我不够成熟，没有成熟到可以原谅背叛。所有与陈然之间的爱情都是美丽的，可她对我的背叛与伤害，却时时让我有一种被雨淋湿的感觉，里里外外都不舒服。

“有人说爱情是一杯烈酒，当被第一个人打翻后，你只能掺水给第二个人。可我的爱情，就是从第二个人开始的，我把最浓最烈的真情毫不保留地给了她，全给了她。”我好像在说梦话，或者自言自语，又像在说给谁听，最后几句和着我的口水，囫囵不清地在我的喉咙里沙哑着，却呛得鼻子与眼睛酸痛迷蒙。

我醉了，闭着眼睛清醒着。

“相恨不如潮有信，相思始觉海非深。”心里想起白居易的这两句诗来，恨又无奈，恨罢相思，思与恨交织融合。

九

终于下雪了，今年的雪来得太晚了，这样的雪粒儿，一点儿也没有美感，不情不愿地落在地上，簌簌的，急切地把大地遮盖，仿佛就是为了被人踩踏而来。

我开始学着养生，开始快速走路。早晨在广场走，上班也走，也就是这样的生活方式，竟然鬼使神差地撞见了何赛。

“你现在，结婚没有？”她老了一些，我们真的好久不见了。

“结了好几次。”我说完自己都笑了。

“结了好几次？那你都没有想到找我？你真狠心啊！”她哀怨地说。

我也不想说什么了，说什么也没有什么意义不是吗？何赛走后，我竟然傻呆了好一会儿，想起了好多过往，从我俩第一次见面时的戏剧性，到纠缠不休，到分道扬镳。想想都觉得像是在开玩笑，是我在跟我的生活开玩笑，所以，生活便愚弄了我。

我是狠心的人吗？我是没有心。

当年，何赛确实诚心诚意地让我看出她在极力挽回这段婚姻，她跟我离婚后，去我买菜的市场堵我，去我买烟的小店门口，见到我就不顾形象地跟着我去除了厕所的任何地方，在单位门口一等就是几个小时，凡是我可能出现的地方她都去过。因为她的围追堵截，我不停地换着住处和活动范围，电话号码也一换再换，最后只好申请去了外站值班，我们之间才彻底断了联系。

不是我心狠，是我们从一开始就不合适。我一直都知道，这是一段随时都可能结束的婚姻，从我们那可笑的开始就注定了结局。

初见何赛，那是我结束短暂的第三次婚姻不久。

“肖一，何赛要把她的闺蜜介绍给你。”我当时借住在哥们家，何赛是我那哥们的朋友，对她我是有印象的。在聚会上见过一次面，她穿着一条大红的裙子，就像一朵会飞的火焰，一直吸引着满屋的目光。声音也很好听，笑起来又很夸张，总是花枝乱颤的。皮肤很白，就是妆浓了些，浓得有些风尘味，却是让人过目不忘。

“她就见我一次，知道我喜欢什么样的。再说我现在不适合，没条件，我的情况你不是知道吗？我连个窝都没有，找个女人一起流浪吗?”我嘴上不以为然，却调侃得满腹心酸。

“那也得看看呀，总一个人怎么行呢！”哥们一本正经地说：“何赛的闺蜜，我也见过，长得很漂亮的。”

我的心确实为之一动，我承认，我终是耐不住寂寞了，我急切地需要有一个抚慰我孤独的人。对于我那短暂的第三段婚姻，之所以草草结束，也就是我急需一个女人，我想用女人来迷乱我的空虚与寂寥，我想寻求身体上的刺激与麻醉，以此来忘记对陈然的爱恨与思念。尽管这种草率，已经让我品透苦涩，可我依然需要这样一个人的陪伴。实际上，我从第一次离婚开始，很长一段时间被寂寞孤独缠绕着，直到跟陈然结婚。陈然让我相信了爱情，也让我怀疑了爱情。陈然走后，孤独和焦躁便难以克服了，不可名状，即使重新拾回以往的自由，可是，我几乎每天都会不知不觉想起陈然。这种心理对我的第三段婚姻影响极大，甚至我无论与第三任妻子干什么，我都无耻地与陈然比较，除了陈然背叛我这一条，在我心里，她依然是最好的。我知道我这样有点儿痴和迂，我这样也对不起现任妻子，我想这也是过不下去了的主要原因吧。

我不敢放开去爱，没有自信，或者全情投入重新开始的新的感情，爱得拘束，爱得畏首畏尾，爱得不够洒脱。这当然不是妻子想要的，冲突不断发生，既想守住又想放弃，终于无法维持了。

何赛的闺蜜叫张小丹，见面那天，确实挺漂亮的，可是何赛那天却更漂亮，她又是极其夸张而大胆地使自己的风头，强劲地压过了当天的主角。

见面后，大家聊得还可以，就互相留了电话。把张小丹送回家后，回来时的路口，何赛站在那里等我。

“怎么样？对小丹。”我们慢慢地走着。

“没什么感觉，挺漂亮的。”

“我们走走。”她轻轻地说。

我心里一荡，莫名地觉得她所谓的走走饱含深意。我当时矛盾着，快速地在心里想着我该怎么办，可是我继续跟她走着又证明我的一种感觉战胜了另一种。

她把我带到了她嫂子家里。

我知道我想干什么，我也知道，何赛想干什么，这要是从前，我会鄙夷这种行为。可我现在就没什么想法，我把这种可能是一夜情的情况看得无所谓了。我不知从什么时候开始，已经没有了所谓道德，所谓品质的制约，我的心在左右我的行为，就是需要一种刺激，来填充我寂寥的生活。

“需要个男人，我寂寞很长时间了。”何赛的声音，没有任何色彩。

我不知她是不是就想单纯的一夜情，我想我是那个意思。而且，她确实很美，都是过来人，我们也都是自由的。她嫂子刚走出家门，我便被她活剥了。我在道德的天平上，被这个火热的女人悠来悠去，终是难以抵挡，烧得晕头转向。一个疯狂的夜晚，两个寂寞很久的心，就在急切和波涛汹涌中开始了。这个蛇一样的女人，仿佛练了什么柔术，她竟然能把我缠绕到窒息又无法脱身。也许是她的激烈与疯狂，我竟然慌乱地没来得及想什么，因为我常常会在这种时候，都会在愉快中猛然想起陈然。我有时会把那种爱带着恨拼命地送给那些欢叫的女人。

当一切被黑夜吞噬了，我又开始迷惘了。我潜意识里觉得何赛不是普普通通的女人，用什么来评判不普通我不知道，就是直觉。我后悔了好几天，一个在床上如此疯狂火热的女人，让我胆战心惊，可又无法忘怀。我刻意地躲避她，我想安心地与张小丹交往。

因为何赛与张小丹的关系，使得我想忘记何赛都不是件容易的事。即使我努力地想避开她，张小丹也会提到，她是我俩无法避开的共同话题，这常常令我有一种罪恶感。一个人心里要藏着多少秘密才能度过一生？因为与何赛的一夜情，我和张小丹的交往变得很无耻，很煎熬。我认为我做人还是有操守的，一脚踏两船的龌龊行为我不会干。那一夜，就像咬一口苹果后，甘甜中发现剩下半截虫子那样在胃里翻腾。单身期间，那种短暂的伴侣我也找过，那都是各取所需再不需要见面的关系。可是何赛不同，说实话，我被她的火热燃着了。我一度变得什么事都不能专心，总是心不在焉。张小丹无论干什么，都会闪着何赛的样子来讽刺和敲打我的灵魂。我也不敢跟张小丹亲热，那样我就会更加鄙夷自己。

最终的结果，我和张小丹结束了。

何赛马上就会知道，因为张小丹一定会第一时间通知她的。下班后，我毫无意外地在路口撞见了她，这次她把我带到了她的家里。

也就是那一次，我心里印证了我对她的判断。

她家里浓重的香水味令人晕眩，我又一次听见她用那种语气喃喃地说："我都寂寞多久了。"跟我第一次听见的一模一样。

何赛的急切和直接，令我这样温暾的人目不暇接也无力抵抗。说实话我当时，怀着忐忑与矛盾的心情。

天将傍晚，外面到处是车流鸣笛和人们的欢笑。何赛一进屋就迫不及待地拉上窗帘，等我从卫生间出来时，她已经脱得干干净净半躺在床上。她的皮肤因为白而闪着光，一缕斜阳把她晕染了一层红色的虚光。她妩媚地看着我，慵懒地撩着头发，顺带自己抚摸着自己令我心跳的部位。

我知道，无论我心里怎样矛盾，这样的身体，这样暧昧的情调，她这样曼妙撩人地摆在面前，我还是无法自持。我看着她，浑身已经在燃烧了，我一边脱衣服一边向她走去。

这时， 她却坐了起来，突然拿起内裤看着我，用两根手指捏着，然后用食指挑着，举过肩快速旋转，眼睛微眯着看着我。

我的心忽然开始翻腾，应该是胃里，莫名其妙地恶心。我不自觉地站住了，我不知她要干什么，也不知她这是为什么，心里陡然蹿上来几分反感。

她的样子和语气，此时跟穿着衣服判若两个人，也不像刚才斜卧那样迷人，甚至全无气质可言，侧退坐着，继续旋转着那个薄薄的紫红色内裤。“你猜，这个多少钱?”她的声音软软的，慵懒的又透着风尘味。

两个即将进入节目的人，忽然聊了一个莫名其妙的话题，我心里又有了几分反感，身体的热流与膨胀正渐渐消退。“不知道，没买过。”我看着她，淡淡地说。

她的卷发此时乱糟糟地垂在乳房周围，刚刚撩人的体态被遮挡得全无吸引力，反而像是跟头发一样垂了下来。两条长腿因为坐着也不修长，屁股显得像一团肉一样摊在床上。肚皮松弛，像街边挂卖的长气球鼓鼓囊囊。刚刚侧身半卧那么迷人的魔鬼身材，顷刻间变成了一堆白花花的肉堆在那里。

“六十。”她依旧旋转着那个内裤，眼睛斜瞟着我。

这是为什么呢?即使想跟我聊一聊那个薄如蝉翼的内裤，也不至于，把刚刚从身上脱下来的东西，就这样在耳边旋转啊。我觉得屋里都在弥漫她女人的味道了，我不仅是反感，我已经想吐了。

“你猜我在哪儿买的?”她没有卸妆，睫毛因为打了睫毛膏，僵直地颤动着，口红很深，竟然跟她手里的内裤差不多。这张脸穿着衣服时明艳照人，此时却像油画初学者没掌握好颜色搭配一样，不专业地抹在画纸上。

“不知道。”我浑身都凉了。

“在洗浴中心。”她随便地咧嘴笑了起来，放弃了风情万种后俗不可耐，“我们经理给我买的。”

我一句话也没说，当然什么心情也没有了。

那天，我们就那样躺着，什么也没干。我是全无兴致，她似乎另有隐情。我们依然相拥而眠，我觉得我已经堕落了，没有了曾经我一直秉持的人格。直到过了好长时间，知道她那天身体可能不舒服，又不想放开我，于是我忽而明白，那可笑的对话的本意，可能是躲避那天她无法与我做什么。那她目的还真是达到了，其实那天就是她行，我也不会跟她怎么样的。

我心里矛盾且烦躁，她会是干什么的呢？什么人在洗浴中心领导给她买内裤？我没有往好的方向想她，心里就从那时起觉得她不适合我。

可是，我又无处可去。

十

我家对面的顶楼檐边，有一棵柳树。我第一次注意到它是一个风雨交加的午后，当时电闪雷鸣，窗户被风雨撞击得嗡嗡作响，伴着轰隆隆的雷声。那棵柳树就闯进了我的眼里，它被风摇得马上就要连根拔起的样子，却又不卑不亢地随着风控制着身体。

家那时是十多平方米的插间，一个朝阳的卧室。

我不用在这里吃饭，所以这里只是容我休息的地方。与何赛离婚后，我便搬来了这里，对面的柳树，是我唯一的风景。

2008 年奥运会期间，是我最最安静的一年，也是把日子过得相对收敛的一年。为了看奥运直播，我下班就跑回来，享受一个人的赛事。

周晓梅就是那年结婚的，那年生的孩子，也是那年离的。

她家就住在那棵柳树的檐下那个窗口，开始，我并不知道那是她的家。也是无意中一次，觉得那个窗口的两个人，不是在亲热，而是在打架。我是鄙夷男人打女人的，无论什么原因。能过就过，过不了就分开，这是最后的结局。可是，有一次，那男人，竟然动手打抱孩子的晓梅，而且把她逼到窗台上，她根本就没有还手之力。我也就是那次看清，她是周晓梅。

因为这一次，我没事儿就往那窗口望去，那个窗帘竟然不再打开。

周晓梅在微机室工作，也是没什么交集。知道她离婚，已经是2009年了。每天只要看见她，都是匆匆忙忙，无论在小区还是在单位。听说孩子是姥姥看着，也不知离家多远，看着她抱着孩子挤公交车。

冬天穿得厚，孩子包得笨重，我站在窗前，看她蹲在门口，把孩子放在腿上，然后一只手在包里翻钥匙，这是最常见也是最让人无奈的场景。找到钥匙，一只胳膊倚着门，用一条腿托着孩子，试着寻找看不见的锁孔，看着就累，胳膊腿，身体，心，哪哪都累。

我们没有说过话，我却总是看着她想起我孩子的妈妈，当然，她不会过得这么辛苦，因为她不是一个人。比起离婚后的生活，周晓梅过得比我还要不容易，可她总是给人一种力量，不屈不挠，像那棵柳树一样。

有一天晚上，对面一直黑漆漆的。我忽然心想，这是还没回来吗？这时张京儒给我打电话，说是周晓梅家的控开坏了，托人找到他，他有事儿来不了，让我过去看看。

我按门铃说我是肖一，她似乎犹豫了一下。

换完控开，我一目了然地看着这个家，比我的家多出一个厨房，几乎没有什么家具。原来她的家也是租来的。

“孩子呢？”

“还没接，就没电了。”

“这么晚，打车吧！”

她也不说话，我却忽然冲动，觉得她很需要疼爱，想着要不要陪她去接，但终是没有那么做。

十一

城市的夜晚，各种灯光撕扯着黑暗。车灯放肆且卖弄，肆无忌惮地招摇，把人的影子扯得长长短短的凌乱，快如闪电地跟着车灯疯跑，待你发现时灯却扬长而去。

我倒车时，看见小周和苏南站在饭店门口。关车门时忽然听见有人大喊。

“肖叔叔，肖叔叔。”旁边冲上来两个孩子，奔过来就抱住了我的胳膊。

“哟！咋是你俩？这是干吗去了？”我笑着说。

“肖叔，你有饭局啊？一手一瓶酒。”

“啊，你们吃了吗？”

“肖叔，你要是没有饭局多好，好领我们吃好吃的。”

小周和苏南笑着看着我，然后推门进了饭店。

我目送孩子消失在灯光里。

走进包房，小周和苏南正在聊天。

“哎哟，肖兄，好久不见。”苏南跟我握手。

“其他人还没到？”我说。

“快了，都回复在路上。”小周说。

“哟，肖兄春风得意啊，带了两瓶典藏。”

“呵呵，我的人生，就剩得意了，哈哈。”

“师兄啊，刚刚那谁呀？”

“呵呵。”我笑着，“哎呀……忘了是哪任的孩子了。”说完我自己忍不住笑起来。

她俩眼睛惊异地看着我。

“忘了？孩子们跟你挺亲近啊，看起来你对他们很好啊。”苏南说，“那刚刚孩子身边不说话的那位，也是记不清的哪一任呗?”她说完也笑起来。

“常常这样，孩子们兴高采烈地奔我来了，他们的妈妈就这样不冷不热的。”我又笑起来。“我就是喜欢孩子。”

苏南看着我，点着头：“喜欢孩子跟喜欢别人的孩子是两码事。”

“师兄，趁着他们都没来，你再跟南姐说说你的故事，你不是说，让南姐写写你的丰富人生吗?”小周忽然说。

“行吗?”苏南看着我。

“行啊，我无所谓。”

“怎么能无所谓呢!”苏南严肃地皱了皱眉。“不管写不写，我都很好奇。我这人说话直率，肖兄，你经历这么多段婚姻，能让孩子记住你的好可不是容易的事，这几乎是再婚家庭的难题了。我想知道，在婚姻存续期间，你有没有出轨，重叠，插足，就是……你明白我的意思了吧?”

“没有没有，我还是有底线的。我的人生也许失败，也许堕落，但我不是败坏或沦丧。对于男女问题，有始有终，从不拖泥带水。就是，我自我定义我并不是什么好人，我承认我是遭遇完背叛后，自己在婚姻观上有问题。每段匆匆忙忙的婚姻，大多问题是我没有用心，是有我的责任的。”我知道我这是心里话。

“为什么……会是这样一种人生态度呢?”

“还是从陈然说起吧，是她让我不相信爱情了。”

现在说起来好像平平淡淡的，可是，我今生都无法忘记陈然出走那段日子，我是怀着怎样的心情，没头苍蝇一样乱撞。该找的地方找了，该问的人问了。说是夫妻一方出轨，最后知道的肯定是另一半，这话说得太对了。别人透露给我的只言片语，在我走投无路时不得不面对了。被妻子背叛是什么处境?死不起而又无法抬头。抱着一种侥幸，心里还得宽慰自己。可是当我在电脑上打开她的

QQ 时，我相信，一般的人无法想象，想杀人是一种什么样的心情。他们的网名狠狠地扎了我一刀，陈然的网名叫尤丽黛，那人网名叫奥菲斯。居然用了希腊神话中的名字，我该讽刺他们所谓的文学底蕴吗？奥菲斯深深地爱上了已婚的女神尤利黛，最后他们在一起相亲相爱，多么著名的爱情故事啊，多么美好的寓意啊。真是讽刺至极，他们竟然已经相恋了半年多。我为什么要坚持看下去，来受此侮辱和折磨，因为我好奇，我想知道，陈然从哪一天把心给了别人，她怎么能一边与他缠缠绵绵，一边在我面前依然坦坦荡荡？这是如何做到的？她会怎样与她的奥菲斯说起我，他们怎样处心积虑地计划私奔。陈然叫他老公，她都没有这样叫过我。他们像寻常夫妻一样每天问候，聊着寻常的话题，生活的琐事。而每次聊天的结尾，互相说爱你。我们从来没有说过爱，可我真的爱她，这她是知道的。

她多长时间不看书了，她好久不作诗了。可是，她给他写情诗：

我愿走过某一天的迷离
放纵自己随世俗远去
带着与你定下的承诺
我们在爱琴海岸相遇

陈然把不跟我说的话，都跟他说了。很难言的隐私话也有，身体上的病痛，心情不好，情绪不稳定，什么都说，甚至，甚至聊到很心惊肉跳脸红的情话，还有羞于启齿的细节。最让我伤心的，也是一直耿耿于怀，到如今都难过的是，陈然想给他生个孩子。

孩子，是我到死都无法挽回，且痛心疾首的心痛。

我在愤恨与痛苦中反省自己的错，常常彻夜难眠。

那句“想生一个像你的孩子”她也跟他说了，那句话就像一道闪电，瞬间灼伤了我的眼睛，一直痛到心里。我曾经以为那只是我们之间唯一的约定。我错了，陈然已经把爱毫无保留地给了别人，甚至更多，多过给我的，带走了我的不算，还加倍都给了他。

我想过无数个她离我而去的理由，或贫穷，或伤心，或失望，甚至不爱了，唯独没想到她会背叛我。我那么爱她，对她的儿子视如己出，我们有着相同的爱好和兴趣，最重要的是感情，她怎么会背叛我们的感情？

我的心，坠落进无底的深渊，是一种比死还要绝望的坠落。我渴望那种无边的黑，就这样永远把我埋葬，就此逃离。

网络虚无，像陈然这种性格的女人，怎么会相信网恋，我无数次认为她一定会被骗，她不会幸福的，这不是我诅咒她，我其实还是莫名其妙地担心她。我开始想象，他们也许偷偷地见过面了，也许什么事情都干过了，有些事是不能想象的，那样会把自己逼近绝望又愤怒的无底洞。

接下来，更加想不到的事情，接踵而来。所有的一切，像多米诺骨牌一样，轰然倒塌。陈然的出走，就像点燃了导火索，什么都隐藏不住地爆了。

家里每天都是要债的，电话从早到晚响个不停。存折不见了，我原以为她离家出走带走了家里的存款，可事实上，她早就赔光了我们所有积蓄。单位同事开始还很委婉，随着联络不上陈然，渐渐地失去了友好和忍耐，我便成为众矢之的，常常被礼貌地围攻。据跟她要好的李姐说，李姐也炒股。她说陈然不止在一个人手里借钱，越跌越补仓，以为见底了，可是继续跌，继续补。全然忘记了她当初对我理性投资的承诺。单位里的处境令我无奈到尴尬，人家似乎知道她割肉抛了股票，拿着那一点点钱出走了，也有传着她出走的原因。我既要顶着她留给我的羞辱，又要替她还债。然而，这只是单位的境遇，家里更是苦不堪言。陈然在亲戚眼里非常有信誉，人品又好，所以理所当然地把我殃及为他们的债主。家里每天闪着亲朋好友可怜我的面孔，可我依然逃离不了被他们追债的命运。

我卖了房子还债，我几乎是一夜之间失去了所有。

我在所有人眼里，变成了一个笑话。我原以为生活是我自己的，可是，我是社会的。遭遇两任妻子的背叛，我开始对自己产生了怀疑。孩子妈妈和我只生活了三年，我们似乎还没有建立感情就分道扬镳了。但至少，她是一个坦诚的人，她直接告诉我她原本就不爱我。她是一个都不能用漂亮来评价的女人，就像我第一眼就被惊到了一样，她也惊到了别人，她便爱上了别人。陈然不一样，我们是相爱的，一个永远想不明白的问题就是，到底出了什么问题？我到死也想不明白，她到死也不会给我答案了。

回忆和梦境连在一起，破碎地闪着光，像碎玻璃一样尖利，伤和美并存。

男人把眼泪和悲痛都应该咽到肚子里去，我混沌不堪的生活，因此雪上加霜。可是无论怎样对人生充满厌恶，我是个儿子呀，我要在迷醉和堕落中肩负起为人子的责任。我的心在哪里，我突然变成了多面人。工作是我生活的最基本保障，我不敢用玩世不恭对待生活的本钱。母亲是我歉疚与牵挂，我一样不敢丝毫麻痹大意。还有我的儿子，我还要用抚养费让他知道，我依然能够理直气壮地肩负做父亲的责任。还有女人，每个在我身边生活过的女人，我无论如何，都不会在她们面前失了尊严，我的放荡与堕落，都不是我丧失男人尊严的借口。我不会花女人钱，不会摇首乞怜，一无所有，我一样要活得潇洒坦然。

“你现在，对孩子这个问题怎么看？”苏南打破了沉闷。

“我还是那句话，不负责任地生孩子，我不苟同。有孩子难道就能保住婚姻吗？”

“不过有一点，师兄对所有带来的孩子都好，这一点令人钦佩，这不容易做到。”小周说，“像刚刚那样，我就碰见过，老远挥手兴奋地喊着‘肖叔叔，肖叔叔’的孩子和身后低头不语的妈妈们。”小周哈哈大笑。

“这就是肖兄的人品，但陈然是真心想给你生个孩子的，我想。”

我不想亲口承认，做掉那个孩子，是我带给陈然无法弥补的痛和遗憾。

“再见过面吗?”苏南不再追问孩子的事。

“头几天见了。因为卖房子没有办过户手续，现在人家要转手，必须我们都到场签字。”

再次见到她，虽然过去这么多年了，可是，她没有丝毫变化，岁月竟然没有在她脸上留下痕迹。从她安然静默的面容里，能够看出她生活的安逸，她一定很幸福。这我想不承认都不行。

她一如当年的模样，像一树绿萝，淡雅端庄的美，一点儿也不做作。她微笑着跟我说话，像多年不见的老友。“还好吧?”

我的心还是痛的，我下意识地摸了一下我已经没有几根头发的头顶。她身姿挺拔，好像比以前高了，而我像是矮了许多。“还好。”我找不到合适的词回复她，也不知怎样有礼貌地问询她一声。

“邱雨工作了，在南方，他常常提起你，他还当你是他的爸爸。”她的声音还是那样轻柔舒缓。

“好。”我一阵心酸，我以为，我会伴着他成长，我以为，他会填补我对我儿子的思念，我以为我会做他名副其实的好爸爸。

我们应该吃顿饭的，我想过无数次假如我们再见面，我会怎样，她会怎样。我该是此刻的坦然，我想过我会很有风度，可是，我却把彩排了无数次的话留在了心底。想问的一句也没有问，那些指责与疑问终究没有任何意义。我希望她幸福，又希望她不幸，我还傻傻地想过，她要是跟我道一句对不起我该怎么办，然而，所有的一切都在见面这一刻变得无所谓了。我的心依然痛着，可她就是那样，微笑着，大大方方地与我挥手告别了。

我不敢跟女朋友提起她，可是，我好想找个人说说，我真的想了好几天与她相关的过往，却是恍然如梦。甚至，我又像当年她出走时那样，忏悔了我的错，尽管她的背叛令我愤恨，可是却无论如何都难以忘怀她的好。

这时，小周突然说，“师兄，其实，你也该欣慰，无论爱也好恨也好，她幸福了，你才心安的，你不会真的希望她不幸的。”

我笑笑，是啊，心里是希望她幸福的。

十二

“老肖就是一个情种，是一个很纯情，很痴情的人啊。”一次聚会，话题在扯到我身上时，不知谁说了一句。我不知道是在说我好呢还是讥讽，我专情吗？我纯吗？

“真的，苏南，肖一年少时有个初恋，是中学同学，到现在一直在心里，我曾陪他跨越几省市去找过她。”

说话的是我的一个最好的哥们儿张京儒，我的事他都知道。

“并不是，所有的疼痛都可以呐喊的。”

苏南的声音特殊，这么多人闹哄哄的，我依然知道是她。苏南是新朋友，一共也没见几次，我的所有故事在朋友中间都不是秘密，但她知道的不多。可是，每次她问的，都与别人不一样。这可能源于她写作的敏感，或者说她更愿意深层次挖掘像我这样的人的内心。

我那哥们净瞎说，要是初恋我还有的思念了，我也会无悔无怨。其实说来爱情本身就是可怜可悲，人家并不知道，是我那时暗恋人家，是我单相思。可是，从来也没有忘记倒是真的。

我那哥们跟我是同事，他不喝酒，因为孩子补课，他席间要出去接送两趟孩子。他和苏南后来说些什么我都不记得了，也听不太清楚。酒桌上就他俩都没喝酒，这两个自始至终都清醒的人在聊着谁呢？我大脑混沌之前还看见他俩在看我，他们一定在说我吧，我糊里糊涂地想。

“谁把你的长发盘起，谁给你做的嫁衣？”

我常常想，词作者一定在学生时代，与我一样有过相同的经历。否则，不可能写出这样充满深情回忆的歌词来。

我那青涩的青春，我那懵懂的爱情。一直也不觉得可笑的单恋，是我甚至都没有表白就成为别人笑谈的初初相见。有一种爱情叫作错过，我无数次问过自己，如果可以重新来过，如果让我们再次相遇，结局会不会有所不同。

同学建了个群，我听说了。从那一天起，我就常常忽然心就咯噔一下想起她。没有征兆，不管在干什么，她就会猛地冒出来。然后，我就会长时间地穿梭在一段段有她的回忆里。会是浑身都无法言说的难过，双手和小臂会是痛到痉挛。想念一个人，常常是在午夜时分忽然醒来。窗外的寂静或者风声，都会让人有一种再也无缘相见的悲伤，最是热泪盈眶的那种无边的黑。不会有什么铺垫，看到一个人听到一句话，读过一句诗，反正一草一木，都会让人想起。她是不是也被拉进群里了，她是不是也会想起我，她和其他人聊什么，会不会偷偷地打听我。如果我有一天进群了，她会不会主动跟我打招呼，然后顺理成章地加我为好友。现在都用网名，大多不用自己的照片做头像，可我没有网名，我就用我的真实姓名和头像，只是，我老了。

终于有一天，我被拉进了群。我的心好久不曾这样跳了，血液里都在焕发着青春的激情。这种感觉就是我第一次对她心动的感觉，没有为什么，就是突然的一瞥，她在我的余光里心跳了。

同桌的她，懵懂的爱。

她的名字叫李念念，羞涩而美丽的女生，一双纯净的犹如湖水般清澈的大眼睛，皮肤白得总让人想入非非，总想用手摸一下是怎样的滑，或者怎样的软。那时她和我一样高，应该是男孩子长得晚吧！我们坐在最后一排。李念念梳着齐刘海，就好像一睁眼睛，睫毛就要和发丝连接了一样。乌黑的长发束成马尾，黑亮的大眼睛。她就像一个发光体，就这样每天在我的余光里闪烁。初二的下学期，忽然有一天，在学校没有看见她，看不见还不敢打听，我的旁边空空的座位使我的心也从此空落。好长时间后，终于知道她的爸爸是海军军官，她们家随军了，就这样突然转走了。我们没有说再见，因为那时候男女生不说话。否则，我想她会跟我说她要走了，或者我可以表白我的喜欢。我们就这样告别了，没说过一句话。

我的生命里，就是这样一段离别连着一段离别。

五十多个同学，有网名有真名，却无法对号入座，一切头像与信息真假难辨。我把像李念念的头像和网名点个遍，结果发现没有一个是她。我留意同学们的聊天记录，想寻找蛛丝马迹，对于这些久别重逢的同学，每天刷屏的聊叙旧情，我不放过任何一句话，我怕错过她的信息。终于有一天，同学们议论起她，听到语音里蹦出她的名字，我的心都要跳出来了。我自己听着自己不均匀的呼吸，粗重而急促着。可是渐渐地我又失望了，原来群里根本就没有她，根本就没人联系上她。我颓然地不知茫然了多久，浑身因为之前的紧张，忽然就瘫了一样，酸软得像刚刚用尽了力气，虚脱得要倒下来。但是说来也不是一无所获，另外一个信息就是，她现在住在天津，当年随军去了海南，后来她父亲转业搬到天津。

我想了好多天，在过去和现在之间。在心里勾描她的样子，却是无法把她和五十岁的女人重叠在一起。我的心里，她依然是纯美漂亮的中学生模样。

十三

老辈人看重饭局之人品。人在陌生人面前会比较矜持，喝醉后往往却能说出其真正的想法。酒过三巡之后，便能更好地发现其隐藏起来的习惯与性格。

苏南应该懂我的意思，因为，她就从未提及我第一任妻子的事情。我想她是好奇的，因为，她若想写我的话，那一段过往便是我人生无法逾越的。

二十多年了，无论谁对不起谁，我已放下，孩子妈妈应该安心地过她想要的生活。更何况我们之间，还有我们的儿子。

其他朋友陆续到了，听见我提起孩子妈妈，有个哥们儿接口道："你孩子的妈妈怎么了？老肖，你天天喝着小酒，假如你孩子妈妈在你身边，也许，应该说，你给不了他们今天的生活。"

苏南愣了一下，他们并不熟悉："世界上最没意义的事情，就是假设。"她淡淡地说。

张京儒说："苏南，你知道吗？孩子跟他的妈妈去了北京，真的很有出息，初中高中北京重点，毕业北京名牌大学，现在就职中科院，要是在咱们这小地方，怎么会有这成就?"

苏南好像并不苟同这种假设的观点，她又淡淡地笑笑，似有深意地喝着茶，没有说话。

我一句话也没有说，苏南的沉默让我感到她应该懂我此刻的心情。孩子有今天的成就，我知道当然跟我没有什么关系，当然跟他的妈妈培养教育，甚至创造的条件分不开的，可是，我依然不喜欢这种假设。谁的人生都不能重新来过，世上只有生活是现场直播，没有彩排和回头的机会。我是一个小人物，可我无论怎样失败，我都不愿空白我儿子的成长。这二十多年的空缺，是我人生无法弥补的遗憾，也是我无法言说的伤痛。

今年夏天，孩子和他妈妈回来了。再见前妻，都是伤人的剧情。她竟然，比年轻时还漂亮，皮肤和身材保养得亦如当年，竟然没什么大的变化，这是怎么回事？难道岁月就折磨我一个人了吗？我无话可说了。但是与儿子聊了一下，他偷偷告诉我，说他妈妈心脏不好，有时还很严重，似乎有很大的压力，总是莫名的不开心。我又觉得奇怪，既然不顾一切地去寻找自己的爱情了，怎么没有照顾好身体呢！怎么会不开心呢?

孩子的姥爷，这些年来一直无法放下与我的这份亲情。刚离婚时，只要过年过节就必须叫我去家里。我开始是尴尬的，可是，岳父对我那份疼爱却是我无法割舍的。多年来，只要做好吃的就打电话找我，陪他下棋，陪他打麻将。他甚至节假日不让女儿回来，以避免我的难堪。我说我如今能跟前妻坐在一起吃饭打麻将聊天，谁听了都笑，我说我们面对面我竟然心如止水，谁听了都质疑。可实际上，就是这样的，平淡得已经没有任何感觉了。

“那是你曾经也没那么爱她。”苏南说。

“你说得太对了，曾经不是因为爱结婚的。我的性格，唉！狭隘且封建，我不知为什么，当年对于她婚前的恋爱史总是耿耿于怀，可能是她的美貌令我不自信了。现在想想都觉得这是可笑的，但那时就总觉得不舒服。在处理夫妻感情上，我是有责任的。”我努力想把话说清楚，却好像并没有说清楚。

“处女情结吗？”苏南看着我。“应该说，你没有用心经营好你的婚姻啊。”

“能怪年轻吗？”我摇了摇头。不是年轻，我明白，是我多疑与狭隘造成了这一切。

“你与孩子的继父再见过面没？如果我没说错，你们曾经关系应该很特殊。”苏南问。

“啊！”我心一动，苏南这真的是写作的敏感吗？“没有。关系是特殊的，他从来也没有回过这边，但是，我和他的前妻倒是一直有联系。”我说完这句话，看着苏南稍稍愣了一下的表情，我自己先笑了。

“你不想明确你们曾经的关系，可以理解，但我知道一定不寻常。既然你不想说，那就不要说。”苏南微微一笑，分明就是懂了。

“你说得太对了。这种事情这样发生了，受伤的不止一两个人，都尴尬且痛苦地生活着。但是令人欣慰的是，我的孩子非常懂事且优秀。”我想我只能说这些，我抿了一口酒，有些事不是出于恨或者怨，但却不能随随便便地说明白。“那个人的前妻，是北京一名区检察官，遭遇亲情和爱情的双重背叛，几乎毁了她的整个人生。她性格刚烈，在知道了一切后，伤心欲绝，毅然决然地选择离婚。然而因为依然爱着，痛苦了这么多年。我如今看见她，丝毫找不到曾经的美丽，她没有认真地好好生活，放纵了自己啊。”我叹了口气。

“她胖得我都不敢认了，那曾经是校花啊！”

“这也许就是你前妻的压力所在，既然关系非比寻常，那她得到的同时也失去了。她的幸福是建立在别人的痛苦之上，就会造成无法想象的心理压力。”苏南说，“她和他的孩子怎样？不好吧？”

“你说得太对了。”我叹道，“他的女儿就不像我的儿子，那孩子一直带着仇恨，因为她的妈妈就是把她留在这个家里，来制造这种仇恨的。”

“他前妻只是离了，却没有真正放下。”

“他们是大学同学，是有感情的。两个人事业有成，都是有地位的人，他是公司高管。唉！她一直在折磨自己，因为她还爱着他，这到底值不值？这一点，就没有我这个小人物洒脱。”我自嘲地笑笑。

“情关难过，像我的文友有一句诗‘自古伤心总为情’啊！”苏南叹道。

“上次她回来请我吃饭，拍了照片发了朋友圈。哈哈，我当时也没多想，现在的人不都这样，干什么都拍张照片发朋友圈晒晒。后来我儿子找我，她女儿找她。原来她就是想让他们看看我俩和平共处的融洽劲儿，你说，这多幼稚可笑。”

苏南听完被我逗笑了。

还没有上菜，我自己已经喝了两杯酒了。

与何赛离婚后，什么是行尸走肉我体会过了。其实，自从陈然走后，我就知道，我已经不是我了。

堕落？我是从什么时候开始堕落的？

我一度整宿失眠，工作时间我要十二万分紧张，然后便是夜晚的凌乱。我认定我不是好人的标准，是我用女人来麻醉自己。我是自由的所以我堕落，我需要有一种慰藉，慰藉我内心的空虚。我不想一个人掉进夜的深渊里，于是辗转在女人的怀里。我不相信爱情，更不敢再触及婚姻。不是我不能给女人承诺和安全感，是我自己已经没有了自信与安全感。一方面我不需要婚姻，一方面我又没有安身之处。所以，我堕落了。

张欣小说《深喉》里的一句话是这样说的：在能够改变男人的东西中，酒最厉害，其次是女人，然后是权力，最后才是真理。

我的另一个堕落，是酒。

每次醉酒后的心情，和随便找了女人睡醒后是一样的后悔。

大多时候，喝下的不仅仅是酒，而是几丝感伤、几点回忆、几多心痛、几缕哀愁。推杯换盏之后，暂时忘却一切爱恨情仇的纠缠、成败得失的困惑，然后，就是漫漫长夜，瞪着眼睛的黑。

尽管过得如此浑浑噩噩，我依然是独具魅力的，这一点我自己常常惶恐。依然有人喜欢如此混沌生活的我，我自己都放弃了我自己，依然有人说愿意和我在一起。可是，爱情如果没有用心，就变成了异性游戏。做爱如果没有用情，就变成了动物的生理需求。

多年后我曾回望那段日子，我也许罪孽深重，辜负和错过了真正对我好的人，尽管我当时并不明白。不是不明白，应该是刻意不想明白。

我常常在镜子里一次次找寻曾经的自己，皱纹，脱发，驼背。谢顶是我衰老的表象，其实我的心也在衰老。

朋友们谈论的话题似乎离我遥远，我好久不写诗了，诗曾经占据着我的整个生活。诗人感怀人生，诗人心中都是美丽的伤感。作诗犹如做梦，诗就是诗人的“白日梦”。那么“爱情诗是男人炫耀他的艳遇”的说法，就不纯粹是调侃。作诗与做梦都是不用逻辑思维而用形象思维的精神活动，这么说我认为没有错。

欢笑的时候，难忍突然的悲凉
像月亮一样，用浮云擦拭泪光
茫茫人海终不见

情归何方
躲进夜色里，往事徒增感伤
路灯眨着眼睛，叹息岁月匆忙
踏在光影重叠处
亲吻寒霜
没有你的日子，夜风寂寞虚慌
窗户缝像埙一样，诉说聚散无常
酒暖回忆思念瘦
情短愁长

朋友喝多了，语无伦次地调侃我：“老肖，你的人生丰富命运却坎坷多舛，你是命犯桃花劫啊!”

我不置可否，定义我人生的又何止这三言两语。每次有人品评我，不知为何，我却舒畅，我觉得谁的评价都正确。我相信我的眼睛正在镜片后迷离，面对满桌的酸甜苦辣，百味百态!

苏南说：“肖兄，你的生活不能用坎坷来形容，至少，到了这个年龄了，孩子是你炫耀的资本，也是你的骄傲，身边还有爱人相伴，你还有稳定的工作，这都是可以在五十多岁的当口，值得欣慰，甚至炫耀与自豪的事情。”

我端着酒杯敬了她，“你说得太对了，假如这些都没有了，那就不是坎坷了，那是悲催了。”

十四

关于酒，当代诗人艾青说，“你有水的形态却有火的性格”。男人常常喜欢一饮而尽的豪爽，作为男人我也许不够阳刚，我喜欢入口后唇齿间流连，迫不及待且跃跃欲试，然后从喉咙徐徐滑落，像触碰火星的引线，慢慢地点燃肺腑，燃尽心事。

“说说你的女朋友可好?”苏南一定是看我几度陷入自我冥思的状

态了，她应该是能够洞察别人内心的人，继而这样转移话题地说道。

张京儒是我最好的哥们儿，这时他接口道：“老肖是很好的人，我俩共事多年，否则现任女朋友怎能是我们一个单位的同事。”

苏南显然没想到，惊奇地看着我，端着茶杯忘了喝。

“你是不是觉得，一个有着丰富的情史的人，怎么会继续有人不知死活，明知山有虎，偏向虎山行？哈哈。”我自嘲地把她想说的话说了出来。

“你们在试婚?”

“可以这么说，我经历太多了，看淡了一纸婚书，那证明和约束不了什么。”

“但是，生活应该是有仪式感的，这对女人很重要。”苏南显然不太认同我的玩世不恭，她似乎已经认为我对生活态度不严肃了。

“周晓梅比我小十一岁，有一个十三岁的女儿，我们在一起八年了。”

周晓梅不认识陈然，因为她上班时陈然已经不上班了。在何赛之后，我真正有了想与其过日子的女人也没有几个，都是分分合合地过着同居式的日子，与其说当时是为了找个女人，不如说我曾经需要个住处。

但我自认为我是有上进心的男人，我的专业曾经是全段最过硬的。因为那场官司，我被撤了队长一职，下去收电费。可是，新提上来的副队长，甚至都没有爬过杆作业。段长应该是相信我的，队长一职一直空着。队里的工程每天乱七八糟，竟然在一次作业中，因为送电失误，错送高压电，致使一个沿线村屯的家电都烧了。这样的事故，分局都通报了。没办法，段长顺理成章地重新启用了我，开始只是宣布我代职。

工作走入正轨后，我理所当然地官复原职了。

因为城市大规模的拆迁，新的楼房需要专业电工。我看准商机，成立了工程队，我带着三个徒弟，承接新房的户内电务安装。因为专业过硬，渐渐有了声誉，收入也很可观。

生活就是这样，它会善待努力的人。

我对生活的转折，应该说对生活重新认识，是跟张京儒的南方一行。一路上我们有了充足畅谈的时间。他虽然比我年轻，可他对人生，对家庭，乃至对婚姻的态度，对我有很大的触动。说是幡然醒悟有点儿过，就是在刹那间被点悟了。

他能开车跨越几省市陪我寻找学生时代的暗恋，圆我那份清纯的执着。他并没有像别人一样调侃，也没有觉得可笑，他是懂感情的人。但是，张京儒从一出发就开始惦记家里和孩子对我触动很大。他直言不讳地在我面前说想家了，想老婆了，想孩子了。

尽管天津一行一无所获，大海捞针般地寻找，并没有找到要找的人，我却并不是想象中的那么遗憾与失望，而是安然。在天津的最后一晚，我半开玩笑地跟张京儒说："让你传染了，我也想家了，也想她了。"

张京儒并没有笑，而是惊喜地说："老肖，心终于落地了。"

就像苏南曾经说，"生活需要仪式感"，张京儒也这样认为。我在从天津返回的路上，陡然开始审视我和周晓梅的关系，想了我这磕磕绊绊的三十年，想我曾经没有用心地经营我的每段婚姻，有我感情接连遭遇背叛，有我冷漠无情的疏离，也有并不拖泥带水的分分合合，是是非非终究已是过眼云烟。

前几天和朋友们去登龙潭山，我叹息我的身体苍老之快。两位诗社的老师都有充足的体力，而且走走停停等我，我却停在半山腰举步维艰。回来后，苏南看到小周拍的我上山时手拄棍子抬头遥望的窘态，写了一首诗。

奈何（看图说话）

颓叹前途举步艰，

蹴躇怯惧众人颜。
独摇倚柱心飘絮，
汗漫犹疑无路攀。
燕雀安知鸿鹄愿，
高瞻才可览群山。
问天勿要凌云志，
老去方知嫉少闲。

我的诗词老师看见苏南的诗，在她的基础上稍加改动。

奈何

慨叹秋高举步艰，
前途怯惧路漫漫。
身心倚杖龙潭角，
袖手听风松水间。
抱石何疑无彼岸，
尽心才可上青山。
凌云别去哀天命
信此攀登只等闲。

登山好比逆水行舟，不进则退。这张照片只是我人生的一瞥缩影，我走过的路不堪回首，但前路在我脚下，我站在山顶，阳光拥抱了我，八面来风，我坚信，我的路，依然在我脚下。

我好久不写诗了，应苏南的要求，我写了这首登山有感。

登龙潭山

四野多宁静，冬藏诸事闲。

同旅有悲客，体衰志不残。
折枝为一杖，竭力试向前。
枫叶足下踩，乌鹊头上旋。
彳亍复彳亍，嘘嘘动腹肝。
疑信山途尽，哪知天路宽。
登峰不到顶，亦可览平川。
笑我五十载，蒙君多垂怜。
他日若有时，还来就龙潭。

十五

人生假如百年，我已半百有余，对于荣辱已经淡然，是知其不可为而为之。周晓梅跟了我八年，人生还有多少个八年？

曾经那段日子，周晓梅心里有没有我，在没在意我不知道，可她确实让我莫名地牵挂了。我竟然像为了完成一道工序一样，每天站在窗前望着她。该回来了，该接孩子了，家里有没有电，在干什么……

然后的一天，我看着她带着孩子走进单位，忽然给我一种想跟她过日子的冲动，那时我的工作生活双双难堪。而她每天在我的视野里，也是无法诉说的艰难。我想我是认真的，我先租了适合过日子的房子。在众目睽睽之下，我突然走到她跟前跟她说“咱俩一起过呗！”她当时吓得瞠目结舌，瞪着眼睛看着我，然后慌不择路地跑掉。

所有人都把这一桥段当作我放荡不羁的笑料闲谈，我知道，我其实就是认真的。

晓梅长得普普通通，就是干干净净的样子。与我曾经所有的女人比起来，可能是最普通的一个了。我那句并不是玩笑的话，我知道为什么会吓到她。我知道，因为单位的人都知道我多少年都不触碰婚姻，这也不是什么秘密。我的名声众说纷纭，好坏参半。晓梅带着一个五岁的女孩儿，其中辛苦可想而知，我话说出了口，我的心就在那一刻定了下来，但我并未期待，我认定她不敢答应。

可是，几天后，她竟然在下班时，在单位门口等着我。

我非常意外，“你怎么敢答应？你没听别人议论过我吗？”我逗她说。

“知道，你的意思不就是试试吗？”她低着头说。

“呀！你的胆子比我还大，我可没说试试。”反而我被逗笑了。“不过，试试就试试，我现在能保证你的生活，过不到一起就拉到，现在没有房子，我们先租个房子。”我严肃地说。

“行，我也有工资。”

“不用，我的人品里，唯一拿得出手的，就是我不花女人的钱。”

“知道，就是……”她脸一下子红了。

“就是知道我有这个优点是吧？我真怕你不知道呢！”我哈哈笑了起来，真是让人踏实的女人。

苏南说：“肖兄，八年啊，对于一个比你小十一岁的女人来说，你其实没有给她真正踏实的生活。她难道没有一次，表现出她想要那一纸婚书吗？我认为，她是渴望的。”

女人是从一个属于自己的家开始真正的踏实吗？

我终于下决心买了房子，当周晓梅看到房产证上有她的名字时，哭得说不出话来。她那天高兴得像个孩子，她说她攒了五万块钱，装修钱她出。我看着她脸上未干的泪水和她充满幸福的笑容，忽而心酸。“我怎么能让你花钱呢？”我给了她十万。她当时的表情却又令我感慨万千。这个跟了我八年的女人，她就是这么容易满足，从来也没有要求什么，就这样简简单单地跟我过日子。我看着她，或许她的心里，真的会像苏南所说，需要那一纸婚书吧？

苏南说：“你读没读过钱钟书的一句话，‘结婚无须太伟大的爱情，彼此不讨厌已经够结婚资本了’。何况，你们看似平平淡淡的八年，其实你的心已经落地了。”

这八年，真是没有掺杂任何佐料的家常饭。我们的开始，像同事一起出差一样，彼此固守着该有的礼貌，在一间房子里各自生活。一种风雨雷电都不曾有过，便直接过成了老夫老妻的样子。从需要一个可以歇息的房子，到如今互相惦记的家。原来，最平凡的生活，就是应该这样像两杯白开水一样融合在一起，不分你我。

庆祝八周年纪念日，我们看了一场电影《北京遇上西雅图之不二情书》，影片中那对没有登记的老夫妻的婚礼，震撼了我。那位老爷爷向老奶奶表白时，我和周晓梅都泪流满面。这一次我的脑海通透而纯净，没有任何纷杂闪烁。我觉得我欠身边这个女人一份庄严的承诺，她的泪水该是对我长时间的等待。我握住了她的手，我们都是温热地颤抖着。我于是相信，我们会这样牵着彼此的手，然后，幸福地老去。

想着摄影师的镜头……
想着红色的背景……

作者简介： 王立娟，德惠市惠风文学训练营会员，创作中、长篇小说多部，部分作品在网络与地方刊物发表。

吉林农民作家作品选（2019年）

第柒辑　吉林省作家协会 编

（下）诗歌散文卷

時代文藝出版社

图书在版编目（CIP）数据

吉林农民作家作品选. 2019年 / 吉林省作家协会编.—长春：时代文艺出版社，2020.2

ISBN 978-7-5387-6251-8

Ⅰ. ①吉… Ⅱ. ①吉… Ⅲ. ①中国文学－当代文学－作品综合集－吉林 Ⅳ. ①I218.34

中国版本图书馆CIP数据核字（2019）第291647号

出品人　陈　琛
产品总监　邓淑杰
责任编辑　李天卿
特邀编辑　马爱茹
责任校对　高　莹
　　　　　李一兵
装帧设计　王义璞
平面制作　李春岩

本书著作权、版式和装帧设计受国际版权公约和中华人民共和国著作权法保护
本书所有文字、图片和示意图等专有使用权为时代文艺出版社所有
未事先获得时代文艺出版社许可
本书的任何部分不得以图表、电子、影印、缩拍、录音和其他任何手段
进行复制和转载，违者必究

吉林农民作家作品选（2019年）
吉林省作家协会　编

出版发行 / 时代文艺出版社
地址 / 长春市福祉大路5788号　龙腾国际大厦A座15层　邮编 / 130118
总编办 / 0431-81629751　发行部 / 0431-81629755　北京开发部 / 010-63108163
官方微博 / weibo.com / tlapress　天猫旗舰店 / sdwycbsgf.tmall.com
印刷 / 长春第二新华印刷有限责任公司
开本 / 880mm × 1230mm　1 / 32　字数 / 850千字　印张 / 28
版次 / 2020年2月第1版　印次 / 2020年2月第1次印刷　定价 / 76.00元（上下册）

图书如有印装错误　请寄回印厂调换

目 录

诗歌

散文

诗歌

水命（组诗）华生

我的头枕在一条山脉上

像一只不断摇晃的蚕蛹
枕在胳膊上的头，在腋窝下
不断地拱来拱去
心痛男人的女人，用一只手
搂着男人，另一只手不断地去梳理
男人，被日子吹乱的头发
轻松下来的鼾声，越来越响
似乎要把失眠的梦补齐，踏实中
忘记了，蚕场里与蛇
与猫头鹰，对阵时
背后冒出的冷汗打湿衣服
忘记了，帐篷的门
被风拍得啪啪作响，推倒顶门的棍子
砸翻锅盖发出响声
此刻，一个充当过头蚕的男人

在蚕食了，一棵柞树的绿色之后
温顺得，像装进瓶里的酒
枕着一条山脉，去梦里
做头蚕

我的脚印和父亲的脚印在蚕场里重叠

我该怎样对待，
这些拥有灵性的虫子
是以朋友，还是亲人的身份
我问过自己，问过柞树
问过大山
父亲的话充满魔咒，你对它好
善待它，它就会用微笑回报你
你对它不好，它就会用死亡来警告你
父亲把经营，几十年的蚕场
以遗产的形式交给了我，无论我行走的方向
是顺势，还是逆势
我的脚印和父亲的脚印，都会
在蚕场里重叠，这些脚印，像半夜里打鸣的公鸡
叫醒了这片蚕场的魂
把它注射给一只蚕，它会爬遍山坡，
沿途，不断地喊
我的名字
让我也有了魂

边缘

我对佛说，请原谅
我是一个有事，临时抱佛脚的人

举过头顶的香火，
燃烧着
缭绕的心事
我是一个游走在投机边缘的人
一次侥幸的成功，让钻营的目光
明亮如灯，下一次的脚步
该如何迈出，
成了过早失眠的病根
我是一个多么不洁的人，像松毛虫
等待机会，毁灭整片松林
挂在墙上的祖训，
像祖母的手
在犯规的想法，
提前抢跑时
挡住了我

一杯咖啡搅拌出的浓厚

把一场雪，装进一杯咖啡
等于，把自己
留给了一段悠闲的时光
窗外的雪，下得
无所顾忌，像一个伪警察
在高速路口摆动着禁行的手势
我趴在窗台上，向远方的妻子述说
这边被封锁的消息，一只失去方向的鸟
落在四楼的窗台，我们四目相望时
像两个同病相怜的人，而我
一个滞留在异乡的外乡人，不用去想

翻来覆去的失眠中听到的训斥，不用去想
明天的早高峰会不会堵车，不用去想
上下班刷脸时，严肃的表情
像自己和自己的遗体告别，一夜的雪
捂在大地的身上，像听诊器
在听大地的心跳

记忆

大哥病重那年，十八岁
结霜的空气中，爷爷时断时续地说
妈妈时断时续地哭，爸爸坐在那儿
低着头一声不吭地抽着烟
哥哥忍不住疼痛地叫，一声一声的
撕扯爸爸的肩一抖一抖
像儿时扯住衣襟的样子
爸爸使劲儿地把烟摁灭在炕沿上
背起哥哥，冲进雨中
去医院的路上，妈妈用一件旧衣服
充当起遮雨的伞，留下爷爷
沉重的叹息
一声比一声重
那年家里欠了很多债，也没有
留住哥哥

霜降

节气的关节处，提前
增生的一场白，
是过早埋下的恶

是怨恨，独占秋天
搔首弄姿的花，红的，紫的
黄的，绿的
一个权利生效的早晨，用统治的手段
制造出四间村满眼的白
像统一的度量衡
太阳出来，霜抚摸过的叶子
都成了茶色，风不敢搂它
它们身上披着一层
一碰就响的塑料布
唯有果实，低着头
饱满的，一幅
要撑破衣服的样子

大雨滂沱

从昨晚到现在，整整
十五个小时，充满感染力的泪水
从你委屈的脸上流下，泥泞了
大地的心情，平日里
时常跑来捣乱的风，哪儿去了
快用你淘气的方式，改变一下
天空里云的表情
失去精神的庄稼，像一群
犯错的孩子，操场上
规规矩矩地听老师没完没了的数落
站在节气的关节处，天空显得
格外的静，格外的低
越来越急的雨声，淹没了

所有的声音，一些
吵吵闹闹的虫儿，像一群
刚刚被教育过的孩子，躲在暗处
偷偷地看着脸色严肃的面孔，你不露出好脸
它们谁敢笑

暗香

想象，如潮
一夜之间，涌出河堤
一会儿，是漫山遍野的向日葵花
向周边漫过来，黄灿灿的
追赶着我，摔落一地的笑脸
一会儿，是无数条鱼
翻过围剿的渔网，落在我的怀里
压弯了流浪的船
一会儿，是少年时暗恋的女孩儿
热情地跑过来，拥抱，轻吻
唤醒我久违的冲动
这一夜，想象
像小脚的姥姥，带着我
在童年的游戏里，不停地变换角色
这一夜，我的梦
像随时滑落的路牌，反转中
指向另一个方向……

水命

当眼泪，从脸上经过的时候
病重的爷爷，突然

用力握住我的手，用听不清楚的语言
告诉我，憋回去
我也想做爷爷说的
那种男人，像冰
无论被雕刻成花朵
佛，或者是老虎
都会把打碎的牙齿，咽进肚子里
不断地有亲人为我提供
历练的机会，远去的他们
不是磨刀石，怎么
也磨不硬我的心，相反
我更加相信，我是水做的
像被雕琢的冰，再坚硬，再有棱角
再锋利，也改变不了
它们的身份

作者简介：华生，本名张德军，1964年生，永吉县人，中国诗歌学会会员，吉林省作家协会会员。有诗发表在《诗刊》《诗选刊》《作家》《山东诗人》《参花》等刊。有作品入选《吉林省作家作品选》《中国乡村诗选编》。

张晓英的诗　张晓英

更远的地方

柴门以外，油菜花开
一条扁担，挑水也挑午餐
更远的地方，水草铺向天边
船桨划起，波澜在风里
有翅膀暗藏神性
更远的地方，有时
只需一步，越过跳板
或者翻过一道墙
经历闪电
也经历一枚茧爆裂的声响
……

蛐蛐又叫了

蛐蛐又叫了
在草丛间，声音和去年没什么两样
不敢确定
这只蛐蛐是不是去年的那只
今年的月亮和去年的也一模一样

就算都是去年的，也不是去年的了
就像树的影子，比去年又多出几寸
树下的人，来回走着
偶尔有一两片树叶飘落
他捡起放在掌心
不一会儿又放下了……

烟火

一

秋天
我在老屋给母亲梳头
梳一下
母亲的白发就脱落几根
在她肩上、背上
像一声声巨响
砸疼我的目光……

二

一只过冬的火盆，被搁置
在老屋的一角，火炭已成灰
天气一天天暖和起来
院子边的积雪，闪开了
露出一小块儿一小块儿
濡湿的地皮，母亲还是不肯
将火盆里的灰倒掉，我看见好多次
母亲走到火盆前，用火铲扒拉
像是看火，又像是看灰
……

糖尿病人

他说：饿
从卧室到厨房，转了一圈儿
苦荞麦的味道，像刑期
多少有些接近今晚窗外的月光
他还看见，一些萤火虫
正在人间的夜色里
幸福地飞来飞去……

肖马者说爱

我属马，春天出生
我和马有很多相似的地方
比如：跋涉与远方
因此我爱上草原
爱上游牧者的天堂
以及白云
你如果爱上我，首先要做牧民
其次做骑手、再做雄鹰
你要相信：一匹马的内心
有着一片草原的辽阔……

作者简介：张晓英，吉林省作家协会会员，鲁迅文学院吉林省中青年作家班学员，曾被吉林省作协授予“吉林省首届十大农民作家”的称号。作品散见《诗刊》《诗选刊》《作家》《鸭绿江》《中国诗人》等刊。有诗歌入选《2015中国诗歌年选》(花城出版社)《中国年度优秀诗歌》(新华出版社 2017卷、2018卷) 等选本。

山寺（组诗） 高森林

像一位坐禅的老僧
久坐在这山水间
诵经的梵音
滋养草木

春雨
细细地
清洗尘垢
桃花开出了纯真
夕阳下的鸟鸣
声声含着慈悲

山水沉默
佛像沉默
晨钟响起
木鱼响起

小僧洒扫的声音响起
梵音悄悄弥漫
洗我身心

火星

小鬼子在折磨她
亲人枪杀于眼前
刑具在她身上加重
泪流出来
血流出来
疼痛流出来
眼里的火也流出来
身上的血性也流出来
把小鬼子的刺刀
磕出了烈烈的火星
……

老人

暮色笼罩着他
眼花，背驼
白发飘动
像一面举起的白旗

那颗跳了八十三年的心脏
仍然有力

他在菜园里劳动
那个老钟表

滴答滴答……
忠实地给他打着节拍

留守老妇

儿女们寻梦去了
老宅是她忠实的伙伴
寂寞后面是大片的寂寞
她用走路
散去内心的郁闷
她用劳作
驱赶身边的无聊

更多的时候
她给自己唱歌
这些自编自唱的词
是从心底发出的
用来温暖自己

回家

一个奔波的民工
生活压在中年的背上

他选择傍晚进家
选择山间的小道进家

他的屈辱在眼泪里打转
远远的家中的灯火
在温暖地等着他

他心头一酸
一肚子的苦水
也急着奔家

作者简介：高森林，政协永吉县第十四届委员会委员、北京《人民文学》作家俱乐部会员、中华小品诗协会会员、吉林省作家协会会员、吉林省新诗学会会员、吉林省企业家文艺家联合会驻会作家、2016吉林省中青年作家高研班学员、永吉县作协副秘书长。1988年开始文学创作，至今创作一百七十二本《森林创作增知文集》，在各级报纸杂志发表作品五百六十八篇，作品发表于《诗刊》《星星》《作家》《散文诗》等国家、省级报刊，作品收入多种诗选，获得四十余次奖励。

乡村记事（组诗）孙玉平

口哨

二十年前的芦苇荡
消失了，还有
星空下的河流
水边的风吹乱我的头发
吹开我迷彩服的衣襟
我吹着口哨
只有自己听得见的口哨
只有自己知道口哨里的音符
有小石子一样的光滑和硬度

如今，我依旧可以迎着风
站立，在空旷的星空下
却再也吹不出那样的口哨
任风使劲儿地吹乱我的白发
芦苇一样倾拂

画

再大的风
也要停下来

风一停下来火势就小了
或者消失
北山梁只剩下一件黑色的披风

我和外孙绕过村庄
紧随一群飞鸟的行踪
在焦糊的气味中
她取出画板和油彩

山画得肃穆
草画得轻盈

他说再画一片树林吧
那些飞鸟就可以出没其间了

这个八岁的孩子
竟然超出了我的想象
在山梁下又画了一条河流

只是水中的石头画得不像石头
形同游鱼

他

他在北山梁上

坐下来像一个王
蹲起来像一头猛兽

之前，村里人喊他
老黄牛

斜阳照在他伸出的胳膊上
拉长的影子
鞭一样抽在牛背上

天很快就黑了
升起的月光遮隐了星光

无法遮隐的是北山梁下
村子里的灯火

河水

门前的小河里没有石头
奶奶在河岸
放置了一块老榆树的木板
奶奶捶打衣服的时候
也在捶打一漾一漾的河水

奶奶去世的那一年夏日
河水就枯了
黑乎乎的泥土
像一件浆洗过的衣衫
晾晒在星空下

荡动不停

兄弟

兄弟刚下车
脚还没落在地面
就拉着我的手
忘情地谈起他城里的生活
谈起他见过的一片很宽很宽的海

我弯下腰
系了系松散的鞋带，兄弟
突然拍了一下我的肩头
“哥，今晚让嫂子给我弄几个
玉米面饼子，我想吃
——好久了”

那一刻
我没敢迅速直起身子
我怕流出眼窝的两滴泪水
被兄弟撞见

作者简介：孙玉平，蒙古族，松原市人。鲁迅文学院第27届少数民族作家班学员，首届鲁迅文学院吉林作家班学员，吉林省作家协会会员，作品发表于《诗刊》《民族文学》《诗选刊》《作家》《诗歌月刊》《延河》《儿童文学》《扬子江诗刊》等。

被夏天命名的一切 (诗五首) 张丽英

如果

一直想做一个奔腾的女孩儿
一直想抱着一把吉他闯天下
可是一直过去了三十年也没能兑现
现在想起来只是一笑而过
该做的事太多了
该取的经也取不过来
于是，把一切都放在了水里
向东向东再向东
如果说世上只有一片大海
那么它就在人心里
如果世上只有一面镜子
那么它一定是你的仇人

金镶玉

极品不过如此

爱情不过如此
美人儿也不过如此
原谅我们每个人，都曾在
自己的金玉之国里
织别人的锦

不易

有人解开伤疤
有人预订了悬崖
而我
选择了把自己放在书里
默默地打开和被打开
像放一片枫叶
但时间
不会轻易放过一片叶子
它挪走我体内的粮食和水
偷去我脸上的日月
正运往季节的路上

在生活面前
每个人都是一个大的碎石场

桃花开了

一

桃花开了
像一列火车从冬天的梦里开出来的
热情、奔放、妩媚、妖娆
安营、扎寨、定天下

二

闻风而动
桃花说开就开了
说这话的时候
她把围裙上的几片桃花摘下来
放进了心里

三

桃花自顾自地开
自顾自地浪
即使没有观众
她也要三千粉黛
一树一树的化妆盒
将人间打扮成梦里的样子
不舍昼夜
不舍昼夜啊
那一世又一世的美
一一被蜜蜂取走

举出

雨水举出了季节
白云举出了辽阔
爱情举出了敌人
大海举出了岸
月亮举出了黑
而黑夜举出了罪证
我的白发

一丝不苟地举出了我的暗疾

作者简介：张丽英，女，70后，吉林省作家协会会员，吉林省第三届中青年文学培训班学员，曾荣获“吉林省十大农民作家”“吉林十大影响力女诗人”等称号。作品散见《诗刊》《作家》《诗歌月刊》《参花》《吉林作家作品年选》《吉林日报》《四平日报》《美塑》等杂志报纸。

乡村学校（外四首）　吴冰

雪花的心思不在树上
在校园的墙角，在操场的边缘
在我不经意的抬头远眺中
她们把心思化作泪水，化作雾气
化成泥土下面小草的蠢蠢欲动

乡村学校不要求清雪
校园里处处都有雪花调皮的眼睛
这里的孩子们能够听懂雪花的语言
他们不需要用现成的古诗词
来描绘雪花古典的忧伤

孩子们不会轻易走在雪地里
他们不忍心踩痛雪花娇弱的呼吸
他们下课后都会绕着雪地行走
他们用微笑和注视跟雪花交谈
他们在雪花的亲吻中一天天长高

乡村学校有着跟城市学校一样的建筑
高大的教学楼，硬化的操场
还有明亮宽敞的宿舍和食堂
这些都不重要，孩子们也这么认为
站在乡村学校的操场上
我能闻到泥土和炊烟的味道

语文教师

踏着一首小令的韵脚，语文教师
背着双手，从办公室
踱向教室。琅琅的读书声
高一声，低一声
语文教师深鞠一躬
全体学生皆肃然起敬
古老的东方文化，开始
在学生心中潜滋暗长
语文教师开始板书，一笔一画
都是中国汉字
楷书，个个眉清目秀
行书，行行舞姿蹁跹
语文教师最爱书写的还是隶书
女生说，隶书端正如谦谦君子
男生说，隶书柔美似窈窕淑女

语文教师讲起课来更是天马行空
从蒹葭苍苍到杨柳晓风
从大江东去到小桥流水

刚刚还是千古兴亡多少事
转眼就是聒碎乡心梦不成
一挥袖，燕山雪花纷纷下
再低眉，山寺桃花片片红
感伤时弊，就让鲁迅说话
体味亲情，就随自清回眸

随着铃声的响起，语文教师
就会戛然而止
或怒发冲冠，扬长而去
或满面春风，款款而行
留下一群发呆的学生
在座位上，面面相觑

梨花香自白石沟

与一树梨花最亲密的接触
从红梅镇的白石沟开始
从白石沟的山坡上开始
从白石沟山坡上的梨园开始

太阳穿过云层
越过冬季的残垣断壁
她的衣裙上还粘着未化的雪花
还粘着几朵红梅的芬芳
只为了赶在春风到来之前
把光芒撒到人间，撒到白石沟
撒到山坡的每一株梨树上
撒到每一朵梨花的花蕊上

目光抵达梨园的最深处，聆听
一树梨花与另一树梨花的
窃窃私语。梨花带雨的杨贵妃
从《长恨歌》里款款而出
她轻拭泪滴的纤纤玉指
弹落一瓣梨花的忧伤

清风不语，梁祝幻化的彩蝶
仍沉醉于昨夜的梦乡
十八里相送，最先醒来的
可是我那以身相许的相公
那位手执经卷的白面书生
要给梨花拟订一个节日吗
那就从白石沟开始吧
白石沟的梨花，每一瓣
都散发着诗经的芳香

我不敢碰触那朵梨花
哪怕仅仅碰触她的一枚花瓣
我怕惊醒她孕育着金色的梦
那该是怎样一个丰硕的季节啊
连天空飘浮的朵朵白云
都会被苹果梨的乳汁
醉落在沉甸甸的树枝上

爱着

爱着，多么美好的事物
一粒米和一滴水的亲近

一束阳光和一株小草的歌唱
一枚雪花和一只蟋蟀的忧伤

爱着，多么令人神往
比莲的心事更加迷人
比蒹葭苍苍更富有诗意
比花瓣上的晨露更加单纯

爱着，不需要珠宝的光芒
也不需要亭台和楼宇
我们是草叶上的星星
有月光和琴声就足够了

不老的思念

冷雨漫过冬季最后一道栅栏
我来不及夺门而出
被淋湿的，何止是
我千回百转的思念

手捧一朵莲花的洁白
默念一个充满敬意的称谓
那个小脚女人慈祥的笑脸
总会映红西山的晚霞

镰刀在墙上不动声色
岁月被犁铧分割成春夏秋冬
鸭子在门前的水塘里相互爱抚
祖母伫立窗前的凝望

送走了我骑在牛背上的童年

芳草萋萋，蜂飞蝶舞
祖母已在青山绿水中安息多年
哪里有青山绿水啊
哪里就有我不老的思念

作者简介：吴冰，本名吴凤喜，20世纪60年代生人，梅河口市人，山泉诗社创办人。至今已在《梅河口日报》《辽源日报·作家周刊》《青年知识报》《松辽文苑》《西南作家》《广东文学》《中国魂·散文诗》以及吉林人民广播电台等媒体发表诗歌、散文、报告文学等作品上百篇（首）。

秘密（外四首）王林凤

阳光将要离开我的窗子
墙壁光滑
茶水褪去余温
小灰尘踩着老钟摆在房间里
摇——荡

我仿佛有一万亩光阴
又不清楚自己置身何处

我必须制造些响动
以应对这个空置的下午

搬来雨水，清洗浑浊的树干
挪用的鸟鸣，已隐于风声
立夏以后
蔬菜、水果、音乐都有新鲜的样子
夜幕后

雷声古老而沉重

我像一个替自己
保守秘密的人

立春

比东风早
比尚未褪去的寒意早
比胆小的杜鹃提前打开喉咙
用雪意在空枝上捏出理想的花苞
阳光斜向窗台
猫在懒睡
我比蛰伏的虫蚁醒得早
稀薄的云下
河水一直像个沉默的老者
春天的意象里
只有我一个人在过度地使用修辞
炊烟缭绕
久居深闺的人
燃香、喝茶、默诵古老的经书

雨水不落，春天终究是一纸
空文

没有风雪打扰的夜

没有风雪打扰的夜
静谧，不凌乱
小小的屋子，紫苜蓿淡淡的香气

萦绕着你我
还有那把木吉他
倾泻的灯光善意，而温顺
我仿佛看到栅栏外待收的羊群
垂落的马尾划过明亮的月色
音阶错落，委婉
小小的人儿啊，多像那个
光阴中奔跑的我
宝贝，请不要停下你指上和缓的弹拨
很快，我就会在这小小的忧伤中
——入睡

情节

十二月的阳光
越来越短
好不容易从楼层的夹缝里
爬上桌案，很快又被挤到墙角
我把书页一寸一寸挪进光和暖里
它又一寸一寸退回去
故事没有结局，那些无辜的情节
一会儿喜悦，一会儿颓废
奢望继而又荒凉
你说：天黑的时候
它们会不会跑出来
像个孤独的人，嗜爱一小撮灯光

入境

春意尚浅

我认定我只看到，零下一度
温润而透明的冰
轻薄是最美、最适宜的颂词
至于柳色和阳光，我同样认定
是你准备强加给我和春天的
我已停止赞美，而
小风一再撩人，苍老的枝上
隆起几朵初绽的玫红
有娇媚、金发、柔软身段的少女
隐隐约约怀春

你开始清洗画笔
而我，主动劝说一条河逆流而上
腾出清澈的水域
——为即将分娩的鱼群

作者简介：王林凤，笔名青花雨。中国诗歌学会会员、吉林省作家协会会员、《关东诗人》副主编、《辽源日报·作家周刊》编辑部主任。作品发表于《光明日报》《中青在线》《诗歌月刊》《延河》《岁月》《中国诗歌》等报纸杂志。

诗三首 毕英芬

生机

一颗璀璨的明珠
在广袤的松原大地上镶嵌
复苏的查干湖
把天水一色
弹唱悠远

风微微拂过
引松工程纪念碑
把人们的期盼
镶嵌在她胸前

五十三点八五公里的水域
以“红旗渠”精神
把历史推向前沿
当年的水利大军胜似愚公移山

一条人工的草原运河
从此缓缓地流淌着甘甜

曾经盐碱肆虐
如今却托起浩渺云烟
天连水，水接天
难分一线

玉带，蜿蜒
松花江水环青山，育良田
水鸟呼朋引伴
翩飞流连
一张网撒向湖面画个圆
收获在老翁脸上露出笑颜
温馨为两岸的稻农升起了一带炊烟

夏夜湖水湛蓝
清辉下
鱼儿在水中袭月
蛙鸣又起伏在浮香的睡莲

是谁撑起百姓的快乐
让笑声迂回在碧水之间
十月
秋熟透的日子
湖光越发潋滟
“五个赞许”擦亮“金字招牌”
“年年有鱼，年年有余”

充实着圣水的母亲湖
从此把幸福在生命中繁衍

小小一粒微尘

四野空旷无垠
太阳微笑着，暖暖的
冰雪日渐消融
一株草
绿了一季的春

夜风初起的荷塘
是谁动了藕的心
自愿擎一滴露
润一润你皲裂的唇

蓝天瀚宇处
我是一朵漂泊的云
跨过岁月的蹉跎
默默地
凝练成一粒——金色的尘

水墨人生

风轻轻地
翻开记忆的笺
青葱
还没有画完

一江寒雪入梅

把胭脂浸透
暗香染指千年
梳理那一缕缕时光
仍然留有一丝暖

沧海沉浮
香墨依然
斜阳已是夕照时
我还是 不忍
将笔在纸鸢上搁浅

作者简介：毕英芬，松原市作家协会会员，作品散见《松原日报》等报纸杂志。

姚亚英的诗 姚亚英

父亲，镰，和他敬慕的土地

父亲一直都喜欢把腰弯成镰的弧度
去生活
他们的宿命一样
都是要把自己磨薄
被岁月咬得豁牙露齿嚼不碎悲欢时
才肯歇息

雁声回荡，高粱又红了
那把锈迹斑斑的镰已搁置
无论我在梦里怎样呼喊
父亲的音容都没有出现在收割机前
他不知道他走后
人们已不用哈着腰铲地
不用趟着露水披着月色去抢秋天

历经风吹雨打，人间的秋熟了

黑土地上又收获一茬黄金
我想，此时的父亲应该也很开心
低了一辈子头的他，今天
终于可以和他敬慕的土地平起平坐
每一阵风吹过，都有一排庄稼虔诚地致敬

我听见

夜深了，我听见秋风在哭泣
为它无意间扼杀的美丽
为满世界的
嗔言怨语
它哭时，月光正碎了一地

晨起，我听见秋风笑了
和农民的笑声一样
在玉米和高粱地
在榛子树和柿子树上
它笑时，枫叶也红在梦里

秋风，每年都这样纠结过
只是和谁，都不曾说起

又是中秋

桂花又开，你又在异乡
混凝土做成的月饼
有无法说出的空，和无法描述的圆

劲风，捎不去家乡的炊烟

弥散在思亲路上的月光
缕缕生寒

鸿雁会骤增离愁
这样的时节，只加衣保暖是不够的
你不用惦记病中的老树
和着急回家的秋

自古以来，月圆花好事常有
而难全者居多
我不念你
只念你头上，和白露一起降临的霜

月光如昨，我缅怀那样一盒
叫作“秋月”的胭脂
打开它，或许就可以翻出
一段没有斑痕，不伤圆缺的岁月

冬至之后

夜就短了，春就近了
我把比昨日多出的光线都储存
好让我在最低谷的岁月
也能写出悦目的诗篇

你归家的脚步就不远了
我就不用失眠
母亲就可以把三九天的念裹进豆包
等待团团圆圆的年

应该还可以接受几场大雪
因为有爱在身边
我会在雪上铺开所有留守的日子
你会说外面太冷，你都记在了心间

冬至之后就数九了
北方的夜要多冷有多冷
但，只要想起那一盏盏暖心的灯
就会有无限希望，穿越冬透过寒

雪花开

雪花一开，犁痕不复
一化，春就醒了

温馨的岁月
都留给鲜花去点缀
雪，只拥冬入怀

美丽的灵魂相伴
即便是
再破败的江山，也不会决绝

雪花开，开在尘之外
小朵小朵绽放
让大片大片的黑，转白

作者简介：姚亚英，笔名榆钱飘飘，中国诗歌学会会员、榆树市太安乡老榆树农民诗社社长、榆树市文学艺术界德艺双馨会员、中诗网副主任编辑、中诗报吉林室副主编，人民艺术诗社十佳优秀诗人。作品散见于《人民日报》《世界日报》《中国诗人》《中国诗歌》《中国乡村》《作家周刊》《四川人文》《关东诗人》等报纸杂志。

故乡，突然很想你 （外三首） 蔡欣然

刺骨的寒冬已远去
春风又拂面春水又潺潺
故乡柳绿的溪畔
可否还有
我与儿时伙伴嬉戏的身影
故乡的山岚
可否还珍存着
我天真烂漫的童年

当那首饱含相思味道的歌谣
又回响在耳畔
无意间勾起无限美好的回忆
以及深深的眷恋

春雨绵绵　往事如烟
如今的我
逃不出现实的囹圄

心甘情愿每一天
都沉浸在对你的魂牵梦绕中

亲亲的故乡
我突然很想你
高高的山岗　茫茫的雾霭
让我望眼欲穿
太多的难耐，万千的离索
让我肝肠寸断
多想长出一双翅膀
像燕子一样
飞回你温暖的怀抱

北方之春

雪花
乘着东南风
依依退场
化作春水
流进睡醒的土地
春光和煦
柳枝挥舞着柔软的手臂
杏树的新蕾
孕育着初蕊

第一场绵绵春雨过后
燕子已在来时的路上
不畏路远山高
不惧料峭春寒

只为故乡那一声热切的呼唤

阳光暖暖
人们脱去厚重的棉衣
换上适宜的轻装
茶余饭后
公园里热闹非凡
跳广场舞做健身操的人越来越多
假日里
大手牵着小手
小手牵着五彩的纸鸢
奔跑着　笑如银铃

一年之计在于春
勤劳的北方人
在涌动的春潮中
用无限的真诚与汗水
种植着新的希望

最可爱的人

——悼在凉山火灾中牺牲的英烈

因为你们牢记责任与使命
人民的生命和财产才得以安全
你们总是在危难之时赴汤蹈火
这份执着染浓了一身的橄榄绿

你们是夏日的轻风
带来无限的清凉

你们是冬日的暖阳
时刻释放着温热
然后　悄悄落下西山

你们的青春年华
永远留在了凉山的山间
你们的精神与挚爱
照耀着后人的夜空与前程

你们是最可爱的人
体内流着的热血
一定与长江黄河同源
体内长着的骨骼
一定与泰山珠峰同脉
你们过早逝去的生命
只是肉体的终结
你们的英名浩气
将与日月同辉
长存华夏儿女世世代代的心中

你就住在我心里

你在哪里
我不知道
该以怎样的方式才能走近你
在这苍茫的人世间
在这喧嚣的人海里

冬夜的弦月下

我听见泪水滑落的声音
还有那个印在心头上的
孤单的身影

想你那些润泽心灵的话语
想念曾经彼此目光的碰撞
想你是三月枝条上的新绿
想你如粉蝶翩跹在我的田园
更想你如晚秋的轻风
摇曳着我生命的枫林

你奔波于尘世的喧嚣中
你跋涉在满是风雨的荒原上
我的心
永远是你温暖的家

作者简介：蔡德先，笔名蔡欣然，女，1972年生，惠风文学创作训练营队员。热衷散文、诗歌、歌词创作，2014年开始利用空闲时间执笔写作。有作品散见《松原日报》《松原文艺》《松花湖》《吉林农民作家作品选2018年》《绿池》《黑土地》等图书、报刊。2016年加入松原市作家协会。

细雨轻纱下的等待（外二首）程小雪

一袭朦胧烟雨
清浅岁月时光
细数曾经过往
历历朝朝暮暮
我在小桥这边等着你
目光穿透时空封锁
手牵情丝想把你缠绕
守候岁月孤寂
生生世世盼君归

细雨打湿美罗裳
睫毛挂满忧伤
一串串晶莹
凝成爱的珍珠闪亮
不肯离
不愿别
忘川河边许誓言

几生几世等着你

盼无期
怨无垠
茫茫人海哪个是你
变换时空
是否也变换了容颜
深谙在心里的爱意
怎么能说忘就忘
刻在轮回里的情
是不是改变了运行轨迹
再也找不到
曾经
相爱的痕迹

雨雾似轻纱
遮挡空洞的视线
日出月落星光闪
手中情丝微微动
含笑的星眸
熠熠生辉
温暖的怀抱
熨干
我眼角滑落的泪滴
期盼满足在此刻
上穷碧落下黄泉
与你
不离不散……

醉雪

大地敞开了怀抱
等待了整整一个冬天
望眼欲穿的你
姗姗来迟在春分
这个美妙的节气

你如多情妩媚的女子
风，为你奏响明丽的乐曲
跳着欢快的华尔兹
热情、奔放

把每一缕精魂
都献给人间
洁白了世界
化作点点晶莹
装点乾坤
洗净尘世污浊
荡涤迷醉心灵

走进自然
亲吻你娇嫩的脸颊
拥抱你柔美的身躯
手捧着
你赠予我的晶莹
沉浸在你
干净绝美的笑里
不可自拔！

乡愁

年幼时
乡愁是父亲长长的担子
一前一后挑着我们姊妹两个
盘山路上
留下
银铃般的笑声
穿透青纱帐
一串串
一串串

童年时
乡愁是父亲的大黑伞
单手抱起小小的我
不论风多大，雨多猛
泥泞的路上
留下脚印
一行行
一行行

中学时代
乡愁是
父亲长满老茧的双手
火炉旁，烘烤着
我被汗水浸湿的手套、棉鞋
不嫌脏，不嫌累
留下感动
一份份

一份份

工作时
乡愁是
父亲驻足在村口长长的等待
饭桌上
亲手为我安排
爱吃的饭菜
留下温情
一脉脉
一脉脉

而今
我成家了
乡愁是父亲日渐蹒跚的背影
却不能常常伴在身边
谈天说地
博古论今
留下遗憾
一缕缕
一缕缕
……

作者简介：程小雪，笔名子非鱼。1987年出生在德惠市夏家店镇一个普通的农民家庭，初中文化，爱好文学，尤爱诗歌。德惠市惠风文学训练营队员、中国诗歌网蓝V诗人，有作品散见于网络平台。

山里的夏天（外二首） 樊春波

走向林荫小路
烦躁、琐事渐渐隐退
轻快的脚步
卸去不安和疲惫
白色小花于手指间
轻轻抚过
清纯、自信、洒脱
树木茂盛
树荫下丝丝清凉
远处又有水声吸引脚步

踏青

雨声
敲响女人的春天
放下围裙
梳妆镜前飘来桃花的清香

如花的女人
踏青桃林花海
望着含苞待放的桃花
舒展开紧锁的眉头
花瓣雨落在温暖的手掌……

牵挂

远行的孩子
你可知道母亲的牵挂
长长的列车
一头是孩子
一头是妈妈

作者简介：樊春波，蛟河市河南街农民，有作品在《参花》《江城日报》《松花湖》《蛟河文艺》发表。

期盼（外二首）　高和英

冷寂的冬夜
被鸡声啼破
熟睡的太阳
被高调唤醒
冰凉的眼神在太阳的笑容里
悄悄地融化
微弓的身影
正在把日子从锅里捞起
蹒跚的脚步
努力把岁月沿袭

粗糙的手把萝卜土豆装好
将一棵棵白菜摆齐
闻着铁锅里小笨鸡散发出来的香气
混浊的双目
望向远方的高楼林立
侧耳倾听那由远而近的车声

仔细辨别着一声声汽笛

难忘那一年

那一年山川披孝
那一年北风呜咽
那一年鸟鸣不再动听
那一年唢呐不再欢悦
那一年我肝肠欲裂
那一年我青丝染雪
那一年我跪倒在您的遗像前
洒泪和血

从此艳妆早卸
从此爱上黑夜
夜空里那颗闪闪的星
妈妈呀
那可是您关注女儿的眼睛
天上人间
共望月

早春

当立春的字样
出现在日历上
北风就像被贴了符咒一般
霎时减去了嚣张的气焰
檐上的积雪
开始用泪水书写着
离别的赠言

几只麻雀
似乎听到了什么消息
开始四处打探
蠢蠢欲动的
不只是枝头的期待
也不只是覆盖着的心事
还有
日益伸展的
白色的火焰

作者简介：高合英，德惠市夏家店街道姜家崴子村农民，德惠诗社理事，喜欢文字。

人生之歌（外二首） 高明军

长或短的生命
一生一次随行
或轻于鸿毛或重于泰山
或伟大或平庸
有人加倍珍惜呵护
绽放七彩的霓虹
有人碌碌无为放纵
得过且过了却此生
有人活出生命的高度和质量
有人虚度一生
有人留下千古好评
有人留下一世骂名
花开花落人生匆匆
辉煌的收获离不开拼争
失望的叹息的迷茫的
是对生活绝望的众生
同样的起点同样的命运

人生呈现的精彩各有不同
有人总想不劳而获
有人埋头苦干让日子丰盈
追求是人生的加速器
懒惰是人生的无花果
得到与失去之间
上演多少精彩和无奈的传说
人生像一首歌
起起落落
有时低沉有时高昂
有痛苦也有欢乐
人生是一条大河
有风平浪静也会有曲曲折折
不管经历过什么
都要做出无悔一生的选择
珍惜生命就是珍惜生活
让人生更加壮阔
珍惜生命就是珍惜生活
让一生的旅途处处是最美的景色

理想之歌

理想是鸟儿的翅膀
伴它在蓝天里翱翔
即使前面有乌云风雨来袭
也无法将它阻挡
理想是种子蓄积的力量
一朝破土迎来春光
迎来蝶飞莺舞，百花芬芳

将希望写在大地之上
理想是春风浩荡
吹进每一颗心房
人人心花怒放
对明天和未来充满遐想
心里一旦装进了理想
生活的灯塔就将为你照亮
再多的犹豫彷徨
只是你匆匆的过往
理想是你前进的拐杖
理想是你不灭的向往
走在人生的风雨路上
脚步更加坚强
理想是你放飞的雄鹰
在蓝天上振翅八方
理想是你付出的汗水
在果实的金黄里闪光
人生的大海浩瀚茫茫
理想是伴航的双桨
只要心里种下了希望
幸福就会为你生长
人生的道路曲折又漫长
理想是你心中的那枚太阳
无论遇到多少坎坷风霜
心里都会暖洋洋，放声歌唱

心愿

种子的心愿

是扎根在泥土里面
将收获和果实奉献
星星的心愿
是朵朵星花灿烂
装点黑色的夜晚
我的心愿
是将大爱传散
让人人心间多一分温暖
人和物都有自己的心愿
不管你看见还是看不见
他们都在努力地实现
人间有多少心愿
就会有多少期盼
幸福地蔓延
心愿是追求的动力
也是人心向善的体现
不要辜负年华的流转
心愿是对美的追求
也是爱的拓展
愿所有的心愿都能够兑现

作者简介：高明军，笔名远帆，松原市音乐舞蹈家协会会员、松原市作家协会会员、吉林省作家协会会员、中国音乐文学学会会员、中国音乐著作权协会会员、香港华语音乐文学学会荣誉理事、吉林省音乐文学学会理事。至今已发表（演唱）诗歌、散文、散文诗、小说、新闻、摄影、报告文学、作词歌曲等体裁作品六百余篇（首）。

诗四首 高亚茹

我的父亲不属金

在一处水塘里，我看见一丛丛的稗草在生长。
它们致密的草穗低垂，多像你。
这弧度向着地心的卑怯，多像你。
父亲，五形之中，我原以为你是属土的。
不想这水中还有你一半的命运。
你说，被牧人发现和枯死水中没有区别，
那个冬天，你劈柴，也劈自己的身体。
你说这些都是不被上帝所雕琢的木头。
像我和唯一的弟弟身上并没有相似的花纹。
你的体内留有可以涅槃的火种？
我们的一生却都在各自的檐下蜗居。
父亲，我查遍五行
水火土木你都有了
却独独不能为自己再塑金身

继续

早晨，雨停了
村庄有哭出来的清爽与干净
一些早起的老年人，
他们在路上走，
越走越不动声色
——孤独、沉寂，不紧不慢
天阴着，像是在酝酿下一场雨
我们也仍在继续——是下一场失去
——尽管，我们也已失去了
流水，回头路，少年心

收留

在平原，
我有安身立命的场所，有柴扉、
寒窗、月光。
我还会有一小寸孤独，
散在月光中
我收留了它们，正如世间
慷慨地
收留了我

徒步 301 国道

一个人在公路上走，日光刚刚好
它们哪一片又是你深居简出的烟火呢
日影将你的倒影垂落，在柏油路面上跳跃

哦，你这个年近四十的女人，身体无致，如大河无波
像某种昆虫将自己困于茧中不能自拔

周遭无不是车来车往，安静，她们只说恍如隔世
嗯，是隔世
而你今生，无非是这样
——蛰伏、苏醒、活着

作者简介：高亚茹，笔名竹韵，榆树市人，农民，诗歌爱好者，有作品发表于纸媒和网络平台。

白莲出水（外二首） 葛玉书

鲲的心愿，
被鹏带上蓝天，
接受了庄严的洗礼，
又重返人间。
回避了大海，远离高山，
落脚在浊塘浅岸。
用寂寞熏养真心，
让孤独把欲望风干。
就这样，
苦守着岁月华年。

直到有一天，
天池净水横遭污染，
盘古的身躯不停地震颤，
天上的雨水化成了眼泪，
群神的叹息传来始祖的呼唤，
于是，

在无人问津的荒野，
幽幽绽放一株耀眼的白莲。

她解脱了禁锢已久的灵魂，
释放了长期封锁的意愿。
只是一个无求的念想，
只为一个大事因缘。
发誓，
要将芬芳弥漫寰宇，
定让品貌人神惊羡。

揽日月星辰在怀、高情可鉴，
纳四海山川入梦、豪气冲天；
化邪驱毒居污不染，
扶正聚灵志在谱写新篇。

此心此情，孰能同舞？
此生此路，谁可为伴？

鲲鹏的翅膀令人惊叹，
可谁又理解鱼的辛酸？
庄子那无用大用的逍遥，
绝对是，
挣脱了最初的艰难，
才迎来脱胎换骨的蜕变。

盘古的开天、鲲鹏的往返，
把精气一分为二、又合二为一，

造就了生机勃勃的五彩人间，
而如今，却惨遭劫难！

欲要重整天地、再塑山川，
令风水互换、木火相连，
世道人心归自然，
大任，何人担？

舍我其谁，接旨在肩！

誓与众生同羽化，
星拱瑶枢助稿仙。
不为你心知我心，
但求我愿如你愿。

莲子赤诚一片！

寂寞

寂寞的时候
脚如巨石般沉重
心却似浮萍般无根

隔窗远眺
目光聚焦在一点
思绪却杂乱无章地放任

寂寞真的很苦？
真相闭上眼睛

让穿越的梦想成真

在寂寞中
难熬只有熬
难忍只能忍

忍透了天机
熬熟了本性
沉淀出纯洁的心

寂寞
让现实充满魅力
把幻想斩草除根

寂寞
把乱丝理成经纬
把重量注进灵魂

经过了漫长的寂寞
能够坦然面对飓风
可以轻松抚平伤痕

感谢寂寞
更感谢——
给我寂寞的人

走过的那些年

走了几十年，虽说不近

可也不算远
肩上的扁担一直没有换
两头的故事
却是不断的乘除和加减

那些年爱做梦
根本不懂什么叫失眠
在梦里喜欢冒险
飞起来很美，很甜
那笑脸要比花灿烂。偶尔
摔倒了也很痛，很惨。哭起来
泪似珍珠流成串……

时过境迁，如今那些梦
有的成了逗号，有的
画了句点，被零零散散地
丢弃在路边。那些故事
却成了经典……

走了几十年，不近
可也不算远
路漫漫兮人生如梦
那些如梦的岁月，如今都是
无法忘怀的岁月景点

深深怀念
——那些年

作者简介：葛玉书，笔名坤平，1964年生，农民。热爱文学，兴趣广泛；松原市作家协会会员，业余时间创作，作品有诗词、散文等。散见于《吉林农民作家作品选2018年》《松原文艺》《松原诗词》《松花江》《黑土地》等图书、杂志。

趁春光（外二首） 韩雅君

五月的季节，多了纵容
花儿们欲说还羞
唯有允许
那些虚弱时光，或真实的春色
将你拽进葱绿的树影
让一种深刻被蓝色天空映衬
趁着能遇见这样的春天
一定会有鲜花开满山岗的那一刻
不如，将微笑重新研磨
时间，可以被记录
兴许，是笔太轻的原因
我找不到一个词，可以准确表达
此刻的春意与你的对话
只有在春风一度时
能和简单的诗句保持一致，
能让繁花在你的镜头下高枕无忧

春之韵

风在晨曦中醒来
桃林飞出的黄鹂
把梦交付给蓝天
白云以外
有桃花分泌的香，四处弥漫
海棠花的梦
也醒在几只春燕被雨打湿的羽翼上
而草用低矮的影子
正从泥土里捧出
绿笛的声音

芒种

香味儿是稻穗的，田野是飞鹰的
炊烟是母亲的
我的书页，被翻开
装满时令
邻居大爷叼着烟袋
立在屋檐下，细数着一场雨
笑笼在烟雾里升起
远去的日子，又像蜗牛爬了回来
而我，则抚摸着泥土，
掌心里温热的种子，
一粒，二粒，三粒
散落前
被汗水叫醒。

作者简介：韩雅君，笔名飘雪，一直从事作文阅读教学，舒兰市作家协会双协会员，喜爱诗词、赋、散文、诗歌，作品散见于《诗词研究》《老年作家》《鹰潭日报》《江城日报》等。

我坚信我的翅膀没有折断（外二首）

赫亚静

一场风暴洞穿我的身躯
生命的经络，刀砍斧凿
留下永远无法消除的瘢痕
即使乾坤朗朗，这一生的伤痛
也像阴天一样时常发作
我再也无法控制梦想的痉挛
雏鸟还在巢中就已经折翅
从此，长路只是我眼里的远方
无论那里是多么美丽
都只是一副拐杖的哭泣

命运关上了那扇通向阳光的大门
诗歌却为我打开照进明月的小窗
一盏小灯支撑我残缺的春夏秋冬
我的憧憬蹒跚在无数个黄昏黎明
每一个锦缎般精致的汉字
都是一朵绽开的月光花

让我吸吮到人生未曾泯灭的芳香
每一行美丽到极致的诗句
都是为我长出的健壮的远足
引领我徜徉于文字天地
每一篇云卷云舒的曼妙
都为我展开飞天曼舞的羽翼
甚至伊甸园也会在不远的地方

我终于知道，我的翅膀并未折断
我的心仍然可以飞翔
如一朵蒲公英，无论飞到哪里
都会在阳光下绽放缤纷的梦想
如一棵昆仑草，无论长在哪里
都会在贫瘠里长出坚强
我坚信
我一生都将坚信
我的翅膀即使曾经折断
残缺的美丽一样可以创造辉煌

当我的秀发拂过你的钢枪

当我的秀发拂过你的钢枪
青春之火映红了你冷俊的面庞
一副铁骨，万千柔肠
让世界战争的烽烟
化为姹紫嫣红
幽幽花香

当我的秀发拂过你的钢枪

激情在部队的大熔炉里冷藏
当兵的日子活泼紧张
难忘的岁月短暂又漫长
无悔的人生
却是丹心一片熠熠闪光

当我的秀发拂过你的钢枪
美好的明天像你我的爱情一样
我长发及腰飘飘若仙
你英俊潇洒挺拔阳刚
虽天各一方
那耀眼的橄榄绿
却让心爱的姑娘
心驰神往

当我的秀发拂过你的钢枪
铿锵的誓言在湛蓝的天空回荡
那鲜红的朝阳
是最可爱的人用生命书写的辉煌
那明媚的月光
是我深情的眼眸
守望你的梦乡
那巍巍的长城
滚滚的黄河
是铁血之旅壮志男儿
保卫祖国母亲
顶天立地的钢铁脊梁

当我的秀发拂过你的钢枪
无论战火纷飞
还是和平共享
都有你——我们优秀的中国军人
抛洒的热血滚烫滚烫
都有你——十三亿人民坚强的后盾
全力的支持
无限的敬仰

当我的秀发拂过你的钢枪
真情如酒醇厚溢香
伴你共度华年流转芬芳
携手如梭光阴，迎接雨雪风霜
看岁月不老，雄关漫道
让八一军旗在共和国的上空
鲜艳如虹
永远飞扬

雪中情

我的亲爱
终于盼来你的身影
你袅袅婷婷映入我眼眸
你轻轻盈盈闯入我梦境

经过了春的翘首
经过了夏的企盼
经过了秋的望眼欲穿
终于我们旧梦重圆

你抚摸我的头发
你亲吻我的脸颊
你拥抱我的躯体
你钻进我的怀中
那么恣意妄为
那么脉脉温情

炽热的眼波
点燃寒冬
浓烈的唇
融化坚冰

你是圣洁的天使
你是快乐的精灵
你滋润我干涸的土地
你充盈我苍白的生命

冰一样的清澈
玉一样的晶莹
你翩翩起舞在风中
你轻轻吟唱在夜空

你抚慰我的伤
你治愈我的痛
你是我的爱我的情
你是我的魂我的灵

作者简介：赫亚静，1972年出生于长春市九台区，两岁时患小儿麻痹后遗症致双腿残疾，后在父亲辅导下走上自学道路。十四岁开始在省市区各家电台发表文章并且在一些征文活动中屡获殊荣。现为吉林市作家协会会员、吉林市残疾人文联作家协会理事、吉林市残疾人文联民间艺术家协会宣传部长、桦甸市北方玄鸟诗社成员。

胡井斌的诗歌 胡井斌

雪

你不是天使
却折白色羽翼把自己装点

你柔弱
柔软得如一滴泪水
你把懦弱藏起
却装作坚强

你把自己冰封成一枚种子
在簌簌中飘落
你本寒冷
却把这个世界变得圣洁
有多少诗篇把你盛赞
你却依旧高傲如昨
雪
是你最简单的名字

简单中却包含了多少聚散离别

你翩翩曼舞
如冬季的蝴蝶
那一野梅香
因你而热烈

雪
你装扮了这个世界
我把双手合十
只为祈祷你的美丽
还有还有
你身下哭泣的落叶
正把片片香魂
寄托在你与春天的离别

最美的相遇

清晨，当白鸽子飞起
那些掠过
如一片云般飘逸
昨夜的雨过荼靡

那些失去了的痕迹
只有向阳的油菜花
金黄了一种幸福的含义

没有距离，我和你
十指相扣地走过

小径悠悠
那是通向春天的一首诗
不用吟哦
却依旧有无尽的典雅
被微风轻轻地吹起

我把风筝放飞
那细细的丝线
紧紧地把你的柔指牵系
草色青青，如梦幻中的神秘
淙淙流水，旋转着奔流不息
我把柔唇
在你柔美的面颊上留下一个印记
那是爱的契约
被丘比特的箭串起

叶子微笑了
布谷鸟婉转地高啼
我轻轻地把玫瑰的种子种下
那份希冀
一定会绽放最美的花朵
被我插在你的发间
你的娇羞，比花儿还要美丽

夕阳伴着晚霞
那是一份感谢
感谢相识感谢爱情
感谢在这个春天中

最美的相遇

心形的花园

你背靠着岁月的房门
手中执着春天的花朵
这是一个属于季节的寂寞
在所有的成熟中
你的美丽如诗行的视野
那纤指紧扣的
是关于爱的渴望

此刻
我想种植满天的蝴蝶
在你的发梢飞舞
那些翩跹
是我心中编织的旋律

那些如音乐声中的歌谣
渐渐伸展
如藤蔓的情愫
是我最真的渴望
拥你入怀
聆听这个花季的细语

那些漫漫的诗谣
因爱你而改变
于是
那扇门开了

内中的世界
是我心形的花园

江南，你

你走在江南三月的烟雨中
油折伞撑开了步履的孤寂
那条青石铺就的小巷
仿若没有着尽头

这一端是烟雨
那一端还是烟雨
你莲足下的水花
泛着涟漪
那也许是我的心
被你留下的痕迹

我想把双手高高撑起
为你遮挡这个雨季
我想把所有的花种
播撒在你前行的路上
哪怕最终把我的生命遗忘

我也想让那一路的花语
陪你走过孤寂
我不去想
蝴蝶在哪里
只愿你的脚步
偶尔地停留

你便会感觉得到
我强有力的心跳
在为你痴在这一场季雨中

你越行越远
我多渴望你回头
看一看我早把诗行
写满你走过的每一个足迹

作者简介：胡井斌，笔名独孤冷狐，自幼热爱诗歌，痴情文学。诗歌《雨巷》获《中华文艺》全国首届精英杯优秀奖（2016年）；在《大平原》《文化与市场》《大东北文化报》等多家报纸杂志亦有作品发表。

诗四首 金秀燕

独处

我好想
好想知道
世间
是否能存在
一个角落
可以让一个人笑
抑或一个人哭

我也想
也想知道
一个人奔跑
跌倒了
能否有人来扶

我知道
从来都知道

我没有能力
扯过一片云
把头上的阳光遮住

但我能做到
我可以打开
一把伞
让自己置身在
那片阴影里

种树

我清楚
亦明白
终有一天
我会把那颗
沉甸甸
血淋淋的心
切割去一半
缝合
然后再切割
直到某一天
把它种在土里
长成一棵树
……

思念

在一个特定的时间

把心中那缕
长长的思念
放在阳光下
晒干，浓缩
直至
没有一点儿水分

然后
储藏在
某一处
不为人知的
角落

在梦回故乡时
把它挂在
那个小小的
池塘边
唯一的那棵
柳梢头

久经风雨的洗礼
雕刻上
一道道
不见血的
痕迹

受伤的小草

一片乌云

遮住了星星
覆盖了月亮

心随着夜
暗了下来

怎样的胸怀
可以容纳
劈天盖地的黑
却不肯流出一滴泪

坚韧的小草
低下了头
阳光照得它
不想睁开眼睛

作者简介：金秀燕，女，1973年生。舒兰市白旗镇保安村二社农民，舒兰诗词协会会员、舒兰市作家协会会员。曾发表过小说、散文、诗歌。

天仓岁月（外三首） 刘凤杰

风吹乱发
那年母亲把天仓画在地上
柴灰作囤
五谷填仓
针线缝补的流年
人寿年丰，囤囤吉祥
渴望春风带给她的孩子一些梦想

多年以后
我还站在这里回想
我把天仓写在天上
诗作囤
字填仓
变幻的岁月冷漠的世界
给我的孩子一些向上的力量
天仓是美好的圆满
一年又一年的春天

季节的悲欢在天地开花结果
恰如昨日重现

瘦岭村庄

其实那年的村庄就是父母的村庄

村庄是一条没有水流的河
没有雨没有鱼
岸边没有花开的日子
花盖虫咬碎了丫妹的梦
飞来进出在大红袍①里取暖
白虫子在甜杆②里住家家
父母的白发垂钓着苦难
散落在院子中间
愁坏了德哥与庆哥

那个夏天漆黑一片

五月，跪别双亲

窗前月光如水流
细柳如丝绸
缕缕如烟
接天边春草绿
风吹更浓

注：①大红袍——豆角的一种名字。
②甜杆——东北人的小甘蔗，形似高粱秆。

雨汐还长
五月笛声悠扬是故乡
容我回身长跪想念
爹啊 娘亲

院里杏花开满了没有
昔日青苔满目
早已漫过孤寂的芍药花
燕寻旧路归巢
而你们是儿远足时的家
七载离乡
几次回首
几次徘徊在儿时的山路
我是爹娘心爱的宝贝 不哭
看我有风笛子独奏
爹啊，知道有你为我拂拭保留
少年青衫依旧
娘啊，知道有你缝补的针脚与纽扣
可是再也抓不住一缕光阴
还爹娘一寸
晚炊的烟火再也唤不回
双亲回家

野草花为我绣出一条羊肠山路
从天垂下
愿是爹娘的手暖我
在黄昏时刻
幻化成我衣袂的花边 起舞

随歌与泪
风或雨
飘落在爹娘的坟头
夜莺隐去了行踪了吗
于是我喜欢夜的降临
有星星的童话，听见娘的叮嘱
入梦 入梦
以鸟儿飞翔的姿势
让灵魂相拥

珍贵天下第一情
默然，寂静
至亲父母啊，长眠吧
天亮我要起程
去远方勾画生命年轮
五月，跪别父母双亲
任季节绽放紫色忧伤
让花草，一岁一枯荣

隐去了三月三

在那芳草萋萋的天边
我曾一路风尘骑马奔跑
那里有父亲的草原
母亲的河流啊
夸父逐日般将我追赶
父亲送我的太阳
指尖头顶还留有他的温度
直到我远离他们的视线

走过母亲河
染湿远远的牵挂啊
母亲飘飞的白衫驻足路口
等我回家
夜晚的篝火依稀照亮
父亲筑垒的女儿墙
母亲植满红红的女儿花
星星眨一眨眼啊
我再次唱起母亲的歌谣
歌儿就会飞遍草原
刮来三月三的春风
飘起油酥细雨
长出离离春草
开出山花灿烂

如今啊，隐去了三月三
再也没有放风筝的童年
我只有化作纸鸢
才能飞到父母身边
黄泥野草封合的路口
有一座桥阻隔了我们再见
梦里我蹚过河流飞越高山
然后回归我女儿身
只有这样我才能抵达父母身边
匍匐叩首
长跪恸哭
那里有你们长长的等待啊

那里有我远远的驻足留恋

作者简介：刘凤杰，笔名掬水月明、刘芷祺。吉林省新诗学会理事，有百余首诗歌发表于《诗刊》《诗选刊》《散文诗》等。有诗文入选《中国青年作家年鉴2017~2018卷》《散文诗2017~2018年年选》等。曾获首届“夏青杯”全国朗诵文本大赛奖、全国首届“中草药杯”诗歌大赛三等奖、第二届仓央嘉措诗歌节三等奖等。

春天的消息（外三首） 刘晓燕

雪花还未落
青山还未绿
谁提着一路的灯笼
赶往春天

无须剪辑
阳光　流水　花蕾
这些真情实景　还有我女儿
用十八年的剑光换来的加身红袍

就拿这些先润笔
等那桃花红了
潭水深了
我再借三千尺

打开春天的心跳和惊喜
手握命运的词根

我终于放下了世间的焦虑

东风来信

钟声滴答
檐水滴答
一溜烟　时光的马蹄
掠过尘世的背面

过百川　跨百草
穿陌院
提一颗孤胆
藏一封密函

东风来信说
春已启程
正带着浩荡的队伍
赶往北方　省亲

赶往春天

谁打马跨过百草
越过冰封的羁绊
嘚嘚的马蹄踏碎微露风寒
叩响春天的门环

天空　小鸟　河流　树木　五谷　花朵
给我一路的风雨兼程
也埋下了一路的词语
谁看清了泥土里的秘密

我期待那个打马叩响春天的人
他一扬鞭便甩亮世间万千气象
他一跃马便荡起红尘一场浩浩长风
于是所有的故事开始在大地上
布局　谋篇

顺着时针又走过一截生活的侧面
谁握一把钥匙　谁携一颗孤胆
谁将统领着春天的半壁江山
已无须预言

暮春

杏花一转身
荒野　落日　远山　坡岭
只剩下
一个背影

燕子一频顾
草花　农舍　田园　旧垅
百年俗事
如出禅堂

我终于落回到大地
这么些年　我一直住在
一粒尘埃里　如寂静处的
一个词语

作者简介：刘晓燕，吉林省作家协会会员，东丰县政协委员、作家协会秘书长兼副主席。《地脉文学》杂志执行主编、《鹿乡文苑》杂志编辑。作品散见《北方文学》《远东文学》《长白山诗词》《长江诗歌》《德州晚报》《中国诗歌精粹》等几十种杂志、报纸、选本。获奖二十余次，出版文集三部。

回故乡（外二首） 刘忠双

我用尽想象
大山外的蓝天下
是不是没有冬季
小鸟飞翔的夜晚
是不是能生出太阳
我站在山顶望着
山外有灯火的方向
总觉举步维艰
空空的行囊
放在寒路的风口
谁能
为我敞开胸怀

把腰直起
再把大山装进
背上的行囊里
一步步去丈量

春天的距离
心中那些梦想
伴随着水泥钢筋
铸造了我的坚强

静坐在光阴的彼岸
我已从残冬
故事里走来
迎着春风
眼前高楼林立
我站在繁华街市的拐角
呆呆地望着
沉落的黄昏
和家的方向
夜空中有流星划过
我看见星光
点亮了大山
每一寸家乡

我随着大雁
飞过的痕迹追赶
我看见
冰雪融化的原野
杏花环抱的新村
还有家乡山下
汩汩流淌的小河
美妙的流水声
醉了上方的蓝天

醉绿前方的稻田
我看见
柏油山路如飞龙盘天
依偎在大山的怀抱里
连接着远方
树绿山青
还有缕缕花的浓香
鸟鸣　和着村庄的笑声
徘徊在绚美的音画之外
荡去离乡人梦里的忧伤

谷雨

顺着布谷鸟的叫声
听来谷雨
在希望的田野上
泛起泥土的波浪里
暗藏着千军万马
跃跃欲试

盘旋在
空中的飞燕
不安分的样子
好像来自雨声
不知叫着谁的乳名
一声比一声高

一双雨燕　落在
母亲的晾衣绳上

啄了几下根羽
抖了几下雨水
望着瓦檐下的泥窝
和着淅淅沥沥的语音
鸣唱
家的温馨

打工仔

顺着时代的潮流
搭上南下的快车
离开了家乡
留下的 是你
身后的脚印
带不走 是你
背后的故乡

迎着同一个太阳
送走同一个月亮
怀揣着希望
走进轰鸣的工厂
在这方寸之地
轮回着
平分的昼夜

身藏的汗水
一万滴落下
奔放 晶莹
汇成大海苦涩的咸

很苦也很累 但却
永不言输
决不 失信
本来的自己 只因
眼前的儿女
背后的爹娘

作者简介：刘忠双，生于1965年9月，镇赉县沿江镇西二龙村农民。农村文化大院院长、镇赉县作家协会会员。爱好文学，坚持笔耕。作品在镇赉县《白鹤原》有奖征文两次荣获过一等奖，多首诗歌作品入选2016年、2017年、2018年度《吉林农民作家作品选》。

诗四首 吕丽

春天里的麦芒

东风吹起时
我在天空中洒满了麦种
等待空灵的鸟鸣衔来潺潺流水
麦子就开始，发芽
柳枝尽吐情丝
拨弄远山的琴弦
麦苗便亲吻娃娃水嫩的笑脸
长长的睫毛是麦芒的线
万道光影中的
呢喃，翠绿，桃红

风信子

花开在风口，并
守口如瓶

静寂中

暗香浮动
如星光闪烁

像雾，像雨
丝丝如泉
唯独，不能有风
只怕，风捎来的口信
消亡了爱语

青花瓷

走进你
绵绵古韵
空灵，缱绻
你的素雅，端庄
令所有事物顿失高贵
沧桑巨变
流传于今天
瘦身一季旗袍
盛典
辉煌
一瞥难忘

曾经沧海

风
打捞着
随波逐流
向源头
追寻着过往

一朵红色浪花
跳出了沧海
落英缤纷的骨头里
蓄满笑声
掠过麦田时
大声尖叫
生命的河道
依然
川流不息

作者简介：吕丽，1972年出生，公主岭市黑林子镇郭家店村农民。吉林省新诗协会会员，黑土文学社社员，公主岭作家协会会员，中国齐白石艺术研究院长春分院常务理事。2011年开始文学创作，作品散见于《山东诗歌》《吉林农民作家作品选》《北斗诗刊》《中国当代经典诗集》等。

比孤独更可敬畏的秋天 马艳华

一

比起犁尖上的影子
鞭子比云朵更加实用，秋天
累累的鞭痕，抽打
自己的斑纹之梦。一叶叶金子
舔着戗眼的刀尖，而
留给宁冷的，是一朵半开的小花儿
顶着凝结的露珠
一点儿一点儿地镀上死亡

二

夜，顶着一枚月亮初升了
比黑色的底盘更加炫耀。蛙鸣
在秋池里，苦乐参半。极其
象征着未来时态
枯竭的秆，空洞着

疏松的衰老。刚好
反刍的老牛，嚼出一声
拔节的嫩调

三

阳光，过滤着村庄、田野
过滤着淌过的河流。变异的鸦
绕着树的枝冠，反哺
叫出新的模式
而父亲，已忘记回头
把自己犁入山谷。与
另一个世界耕耘，且持之永恒

四

与另一个世界，且持之永恒。耕耘
同一片土地，或许在最近的那条垄上相聚
我手中揪过的松针，也灸过膝前的墓穴。然
透骨的声音，已钙化成碑
而世界安然无恙。你我
已于不老的床上，卷着铺盖
随时换人
而秋风不断，如送行的烈马
在火中嘶鸣

五

夜晚，坐于檐下
听一切收割由远而至
母亲坐于黑暗之处，她笑说

提前适应终点。夜真黑，像一口倒扣的锅
她银发寥寥无几，而后嗣
如秋意寒暄的树梢。沙沙之中
幡然醒悟
而月亮，依然年轻

作者简介：马艳华，东辽县足民乡金星村农民，多年来陆续在《北斗诗刊》《诗天府》《中国民间短诗》等众多报刊和网络平台上发表诗歌及短诗近千首。

春（外二首）潘太杰

绿肥红瘦阳光慵懒
脚步和落花一起散落在季节深处
穿行柔情似水的风中
心也柔软得像脚下的土地

拈一瓣落花清香满袖
蝴蝶翅膀上舞蹈的是谁的梦呢
目光迷离与季节纠缠
如烟过往被一层层过滤一寸寸拾起

那些据说是传说的故事
因为口口相传而充满活力
那些毫无征兆的相遇
因为唐突而被铭记

都是红尘过客
每个生命都有理由在阳光下开花

懂得轻轻欣赏的时候
所有的花都能开成你喜欢的样子

花开

不知道你将用怎样的方式和态度
触摸我温热的指尖
准备了无数个四季的轮回
期待被期待千年的邂逅打乱

在这个细雨霖铃的清晨
在这一世的这个春天
世上所有都停下脚步
倾听

可是我们谁都没有说话
我就这样看你清清浅浅的笑
梨涡盛满故事
醉了千年的顾盼流转

明眸善睐变成了波光潋滟
这时牵手的距离太远
不能走得更近时我终于明白
思念的对面还是思念

立秋

立秋了
雨却多了起来
比起越来越凉的晚风

越来越凉的记忆
是更加难以抵御的寒冷

焦渴的足音串起四季
雁字长空
是我放飞的风筝
心事结在每一根线上
扯着舍不得放下的痛

等一个诺言变成另一个诺言
等一场期许变成另一场期许
等眼底的微笑变成嘴角的嘲讽
沉默是晚秋的叶子
注定的结局不敢触碰

立秋了
山渐宽水渐瘦
用还未耗尽的温柔
种一路花开许一场相逢
或许还可以做一个有温度的梦

作者简介：潘太杰，1974年生，曾用名潘太玲。吉林省戏剧家协会会员，长春市作家协会会员，第二届长春市百名文艺新秀。诗词、戏剧作品曾获全国诗词大赛一等奖、戏剧文化奖一等奖、全国剧本征集一等奖、吉林省艺术节会演一等奖等。

拜谒长白山（外二首） 齐振波

一

由黑走到白
是体验，也是流淌
从辽阔走向高远
有时候需要勇气
更需要从骨子里发出的一种认定
在松辽平原腹地
向一座山的头顶进发
如同去抚摸巨龙的骨骼
十弯九曲，九曲十弯
每一座山峰，都有一种闪耀
每一处弯曲，都会棱角分明
这时候，坚定便会注入
沸腾，澎湃，到最后的气定神闲
治愈了一生的痛，斧正了
真草隶篆的，每一处败笔

二

皮肤的黄和眼睛的黑
组成了一面旗帜
头发的颜色充满假象
神人站在山顶
将冰冷的水泼下来
我喷洒出一腔热血
接住了那个古老的传说
山上白雪皑皑
山下百花盛开
阿玛娶了人间的女子
又生了阿玛，从此
一个姓氏的族群
在林海中，在松花江畔
打败了一个又一个
嗜血的流年

三

很想讲一个故事
讲那些无缘无故的存在
讲峡谷里那些遥远的时光
讲佛多妈妈，讲额娘的无奈
讲格格的纤纤玉指轻轻划过的水纹
讲色音姑出出嫁时的眼泪
讲纳兰性德破解经书里的秘密
讲百花公主和巴土鲁的爱情
讲那只被猎人放生的白狐

讲梅花鹿口衔着仙草
在时间的赛场上奔跑
讲树神的瞳孔里暗藏的玄机
……
讲完这些故事
就从长白山的腹腔里走出来
然后，把自己忘掉
让一切，再变回虚无

四

我必须承认
首先震撼我的
并非天池的辽阔与高远
而是脚下的千里江山
牧人刚刚从母羊的胯下
将咩咩声捧出来
密林深处，便有两道
绿色的光探刺如芒
那些疼，一直在发生着
那些蜿蜒的涌动
刚刚褪去滴血的外衣
努尔哈赤便一枪锁住了英雄的咽喉
每一处沟壑，都是男儿的策马之地
每一处河流，都是女人的泪洒之殇
将军从皑皑白雪中纵身一跃
成千上万声虎啸
便与险恶的狼嚎厮杀起来
空气中的冷，落了

树叶，落了
孩子的哭声从远处飘过来
百灵鸟的歌声戛然而止
那些亘古的时间
在巨龙的瞳孔里反复播放着
我只好跪下来，再跪下来
亲吻母亲如雪的睫毛
将母亲大大的眼睛
放进我的双眸里
一同回归
心灵的故乡

铁匠

铁匠把星星的骨头扔进烘炉
骨髓和残余的肉体，抽泣着
无奈地皈依天空，那些坚硬
在他的手下柔软成泥
然后，变成刀，变成剪
让一些冷，在这里凝聚成光

铁匠的手越来越硬
铁匠的双眼锈迹斑斑
亡灵与亡灵厮杀着
从遥远，打向未来
从阳间，打到地狱
没有骨头的星星，呻吟着
那些疼痛的泪水泛滥成灾

铁匠没有徒弟
铁匠的子孙
都去了远方
住进了铁里
铁匠死的那天炉火正旺
铁匠纵身一跃，然后
烘炉坍塌，铁水四溢

母亲的炊烟

母亲用炊烟把早晨和黄昏连在一起
把家和田野连在一起
把所有的心思和父亲连在一起

傍晚是母亲最繁忙的时候
她把炊烟拧成绳
上足劲儿
使出全身的力气
把父亲的疲惫拽回来

母亲用炊烟把白发和青丝连在一起
把家和天涯连在一起
把思念和儿女连在一起

晚年是母亲最无奈的时候
她的炊烟再也拧不成绳
上不足劲儿
她的炊烟最终幻化成云
在天上随风飘去

母亲松手把炊烟放飞的那个早晨
有一场雨落下来
蹒跚了整个乡村
踉跄了迟归的步履

母亲的炊烟，终于
落地，成泥

作者简介：齐振波，笔名老亓，四平市铁东区叶赫满族镇英额堡村农民，现居于四平，吉林省作家协会会员，作品散见于《微型小说月报》《山东文学》《星星诗刊》等报纸杂志。

感恩节的思念（外一首）曲华珍

都市里昼夜嚣喧
我不属于繁华与时尚之间
却时时眷恋着
沉默古朴的家乡那缕炊烟
量着日子的脚板
疲倦地把所有的爱
扛在双肩……

每个不眠的背后
都用嘀嗒的钟声
画一列绿皮车厢
可望着在连接处
能容下一双脚的旮旯里
把那颗牵念的心载装
旮旯里能带我找到原始的
牛哞、犬吠
鸡鸣、篱笆杖墙

还有娃的摇篮
妻的辘轳
和蹒跚年迈的高堂……

在哪里
母亲把襁褓中的那株绿
呵护成茁壮
她把最靓的青春
葬给了回不来的时光
从绵绵细雨盼到白雪茫茫
尘沙埋没的足迹一行一行
不为残年遮风挡雨
只为儿在岁华中平安健康
在哪里
妻用厚厚的老茧
裁出一张温暖的大床
擎着她的宝贝
还有异乡奔波的归郎
任风餐露噬
不计一生舍偿……

我伫立在都市的午夜长廊
望着片片白絮铺成的毯上
让远眺的目光
一遍又一遍把回家的轨道
画得曲曲长长……
直到穿过大山的心脏
那里有都市给不了我的土坯房……

感恩节里
给过世的父亲燃一炷香
告慰他付给儿孙的一世
静静的安详
给风烛残年的母亲
道一声久违的康
扯开温暖的衣襟
听永不放下的挂肚牵肠
喝一碗
妻用汗水熬的腊八粥
饮一钵
娘用泪水煮成的汤
细嚼着
人生不易的惆怅
细品着
岁月蕴结的沧桑……

我忘记了身边
来往如蚁的奔忙
痴痴地在霓灯的变换中
依旧画着通往家乡的轨道
曲曲……长长……
曲曲……长……长……

那些被风霜侵染的岁月

时光是岁月的段落
岁月记载在时光的扉页

我驻足于红尘时光的段落中
捕捉、搜索、回味，那些
被风霜侵染的岁月

在淡淡的茶盏里
凝着
耕牛哞夕、雨打弋荷
风吹落叶、寒鸦叫雪……
随着缕缕热茗的香流
风霜侵染的岁月一一浮过
年复一年从时光流逝中始谢
不曾停歇

在墙壁的诗、画上
品着
灯下夜读、渔舟唱晚、
樵夫砍柴、锄禾当午、
亦同于我
感意着凝结的岁月
我……曾经从那里走过

在父亲蹒跚驼背的相册里
看着
咧嘴的芒鞋，褴褛的衣衫
变形的指头、脸上的沟壑
聚焦在时光中的那一刻
静止在岁月里的无奈与沉默……
走不出去、又不能重来的

人生孤泊……

端着茶
我无法在去捕捉、搜索
那些被风霜侵染的岁月
童年的天真、少年的无邪
青年的烂漫、中年的困惑
耄耋的……失落
总有一天会在相册里
我抱着被风霜侵染的沧桑
……定格

茶香依旧缭绕
水浸出叶的所有
在盏底静卧
姑且不言它的品级
应说堪是被风霜侵染中
患得患失亦悲亦喜的
……岁月

作者简介：曲华珍，笔名曲直、曲华珍，喜欢诗词歌赋，现为榆树市诗词学会会员。作品散见于《江南文学》《齐鲁文学》《定远文学》等杂志。

念（外二首） 施德君

念及过往
塞外和江南岸
你就常躲在
我异乡窗帘后面
不能写诗 不能交谈
文字下酒几行
就是夜晚怎样
怎样的泪漾
有村西小河
我年少的时光流淌

提及故乡
远方与理想的迷惘
我晒在太阳下
汗水抛下强忍心慌
不能落泪 不能声张
一本书里写着的沧桑

就是明天怎样
镜中变老的模样
有门楣下妈妈
盼儿归的思念疯长

新诗·伊通

抽空替你去个远方
和你一样痴傻
一样去看满城繁华
留心事给你那多悲欢
那时的伊通河水哗啦啦
站在贫瘠的土地上
我誓言有一片花
会绽放在七星山下
我最美的家

梦消瘦最远的天涯
有个地方诱惑
总在哭泣时的泪花
把所有年少轻狂留下
我心永远留在温暖刹那
西风小桥流水人家
我誓言有一片花
会绽放在七星山下
我最美的家

走吧走吧
忍辱负重天涯

浴火涅槃只为
一树不曾老去芳华
走吧走吧
你一直是我
惊醒的午夜天涯
我要回家
伊水河畔梦里生花

十二月，我曾过客

温酒把盏
一个人坐冷了空房
我轻描淡写
昨夜梦里有一簇远方
时光挂进一幅画
沧浪亭畔凭寄苍凉
可题一笔刘伶杜康
流金岁月没落着慌张
一并昔年狼烟
掉进五味杂陈的酒缸

温酒把盏
十二月不冷的洪荒
我卑微一笑
倾城这冬月色恍恍
沉寂所有不卑不亢
江湖是走不尽的远方
好时来日不再方长
独举酒敬一杯西窗

十二月我曾过客
只嬉笑怒骂记心上

作者简介：施德军，笔名施德君、泊客天狼。1970年生于伊通，吉林省伊通满族自治县伊通镇北岭村农民。吉林省音乐文学学会会员、伊通音乐文学学会理事、吉林省新诗学会会员、伊通新诗学会会长。

写给父亲（组诗）宋连柱

父亲老了

父亲的牙齿又掉了一颗
这颗跟随了父亲
七十多年的老伙计
毫无先兆，突然
下岗了

我正壮年，父亲却老了
喜欢在村头，与几位老友
对话，摆上一桌往事
一壶老酒，半碟花生
总有，一些散淡的回忆
浅酌在米酒里
美滋滋的，悄然而至

父亲老了，总是一个人
坐在山坡上怀念旧时光

山边的夕阳，斜了又斜
风暖暖地吹动斑白的头发
父亲站在山岗，高声
向山谷里，喊了几嗓子
这是我听到的
最美的，动听的歌谣

父亲老了，一晃就老了
总爱在田地里逗留
与心爱的庄稼，对视
父亲立在田间，更像
那棵葵花，站得笔直
腰杆子挺得
又硬
又直

父亲与酒

父亲爱酒，无酒不欢
一壶陈年老酒
喝了几十年

父亲懂酒，轻尝一口
眉梢一动，就能品出
玉米酒的醇厚
高粱酒的辛辣
大米酒的糯香
小米酒的绵甜

父亲的活法简单
累了就坐在田埂上
浅饮几口米酒
和母亲说说贴己情话
和疯长的庄稼
唠唠生活的美满

更多的时候，父亲
沉默寡言，带着一丝
醉意，淡淡的乡愁
在稻花香里自由散步
眺望袅袅升起的炊烟
回家的路不再遥远

聆听父亲唱起的那首酒歌
一棵葵花就抱住了秋天

父亲与老黄牛

父亲与老黄牛任劳任怨
一生务农，与世无争
在春暖花开的春天
犁开三月蜇醒的黑土地
嗅嗅泥土清新的味道
像孩子一样快乐着
种下一颗颗小惊喜

父亲与老黄牛是无间的
伙伴，形影不离

天气晴好时，与村庄
站在一起，看心爱的
禾苗，一天一个样
吸一口小草尖露珠的清香
眼眸子明亮，明亮

父亲与老黄牛无话不谈
在故乡的山坡，放牧
岁月和爽朗的笑声
或一起站在山顶上，望着
西边的夕阳，细细回味
历历往事的苦辣酸甜
在回忆里，弥久醇香

现在，父亲和老黄牛
都老了，常常在乡间的
小路上，悠闲地散步
守护幸福温馨的时光

父亲的半坡田

站在故园，一眼就能
望见，东山的半坡田

父亲和心爱的田地在一起
就是整个春天，有无数话题
被父亲小心地，种在
这半坡软绵绵的泥土里
悄悄地长出欢乐和惊喜

每天早晨，父亲的身影
把星星撒在山间的小路上
几只麻雀落在垄间
在晨光里愉悦，听
禾苗撒欢，青豆花开
父亲脸上就乐出一朵花来

父亲一生务农，三亩方田
扶犁、耙地、播种、锄禾
浇水、施肥、收割、入仓
这样的活什，父亲
做了六十多年，到现在
都不肯停歇下来

如今父亲老了，常常
坐在田边的老槐树下，小憩
轻轻咬着一枚狗尾巴草茎
细品出点点滴滴的幸福滋味

父亲的村庄

父亲的村庄很小，池家屯
普普通通的名字，小到
是祖国版图上的一个点
背靠金大山，大路朝南
老家门前的杏树河
日复一日，年复一年
清澈盈盈，流向远方

父亲的村庄很大
方圆十里，良田百顷
五十五年前，父亲
和母亲在这里安家
三十几户老邻居和善相依
呵护一代代儿女健康长大
开枝散叶，繁衍生息

父亲的村庄很美，很美
冬披瑞雪，夏拥繁花
绿树环绕亮堂堂的砖瓦房
袅袅升起富足而惬意的炊烟
在葵花簇拥的日子里
快乐宜居，幸福生活

父亲的村庄春暖花开
父亲的村庄人间天堂

作者简介：宋连柱，笔名宋连著，满族，1967 年出生。吉林省作家协会会员、长春市作家协会会员、鲁迅文学院学员。1989 年开始发表作品，先后在报刊发表文学和新闻作品二百余篇。

春之组章 宋延清

春风

我知道你来了，就如我心灵上的候鸟。

当那轻轻柔柔的唇，亲吻我的面颊时，我又一次沉沦。

忘不掉，躲不开，连同这万物，接受你的爱意。

你轻轻地挥挥手，抹去一切苍老，重新注入新的活力。

如那斑斓的水墨丹青，生动着这一刻。

春雨

这时候的雨是贵如油的，也是忧伤的，更是诗意的，亦是多情的。

许是积蓄了一冬，心里有些憋怨。许是厌倦了江南的粉墙黛瓦，你选择了七星山这片福地轻轻飘落。

滴答成韵，落地有声。丝丝如线，雨粒成珠儿，编织着一帘幽梦。

此时，我愿拿着一把青油伞，在雨中垂钓。希望有一个人能够来到伞下，陪我倩影成双。

春心

举手投足间，年的步履已远。回首，方留恋红梅罩雪迎春的潇洒，烟花绽放唯美瞬间的永恒。眸里，瞬时有晶莹溢出，沉思过去患得患失。

梅香逝，雪消融，醒枝犹绽新绿。风拂面有丝丝的软。春在大地吹弹可破的肌肤里悄萌。

一年之计在于春，春能给予人与万物蓬勃向上的力量。把薄弱的灵魂挂在早春的枝头上，享受第一缕光暖，第一滴春雨的滋养，就会爆发出洪荒之力，所有愿望都得以实现，宇宙天空任我行。

春馈于自然界太多太多，我只取于冰山一角，跋涉于文字的边缘。

春风传诗韵，春雨润诗行，春露沁诗心。春是一副水墨丹青画卷，风为笔，雨为墨，泼墨于大地，在春绿色的气息里起航，背起诗囊，撷取最柔美的诗句。

遐想美轮美奂，憧憬逸然脱俗。一片诗心向阳春……

作者简介：宋延清，女，初中文化，伊通满族自治县二道镇二道村农民。有作品在《四平晚报》等报刊发表。

老村剪影（外二首） 苏家臣

无论我
如何用力地挥手
老村
似乎也不回头
她含泪捧着
我伙伴的呼唤
和矮草房的炊烟
把我儿时上学的山路
绕成一步步的感慨
也在我心头结个扣
一扯
就疼醒一个梦

奶奶的油窗纸
还亮着那月的心灯
透明着黄昏时的疲惫
也鲜活着黎明的露水

爷爷的粗布褂
就晒在井台边
轻摇着太阳花
一小片汗水的斑痕
就成了时光嫩叶
也成了岁月的帆
载着我的村庄
渐行渐远

爸爸鼓励我勇敢地走
老村也不让我回头
因为一回头
泪水会澎湃
澎湃一个少年微笑
澎湃一个乡妹的酒窝
也会淹没
那片山野花
几颗甜心果

家乡的小河

家乡清澈的小河
清亮的
我伸手就捞起
童年的天真趣味
也顺着手指流走了
无数尘嚣庸扰

小河
从我梦中流出来

又流回我的梦
小河
从我心里流远了
又千回百转
流回到我心房

走过
阳光下岸草青青
走过
绿苔石油滑腻腻
飘纱岁月
就如此在美丽中相慰
余我一道笑纹
泪花纯粹
我多想
是一朵
故乡河镜里的白云

回头问候
小河
静静地流
忍不住
摘朵岸上黄花
香在手
万念心头

秋韵

吹来的风
可是你

新读的唐诗宋词
微妙清冷
柔润了菊香雅致

新红叶子
金灿灿的美目
撩人不必多彩
早已
足够打动我心

水向天边
笑蓝了空之美
你偏偏叨扰
念已离去的
雁荡余音

山昂扬
英姿倜傥的眉宇
纵看川城
年少江湖
本就是传奇

秋色长天
淡然落叶纷飞
我们共秋韵随缘
别自然
聚也自然

作者简介：苏家臣，1971 年出生，中专毕业，洮南市东升乡农民，爱好文学。

春天的乐章（外一首）苏静波

腊月的几朵雪花
落在大地的五线谱上
传来春的几声细语
山河开始了律动
她知道
这是春天
要奏响新的旋律
拨动生命的乐章

新年的第一缕朝阳
喷薄出积蓄已久的力量
划开岁月的界线
弹出春的第一抹霞光
这是早春的序曲
步履轻盈
用童声击打琴弦
用鸟鸣娓娓铺张

不想惊醒田野无边的畅想
不想抖落柳枝上银色的光芒
不想打断冰河的清流浅唱
让山川慢慢醒来
等河流敞开广阔的胸膛

几枝暗香凌寒怒放
顶着严冬的风雪
传递出春天的第一曲乐章
太阳是乐曲里的标点符号
一天天翘起了嘴角
懵懂的眼神撩拨着大地
照得绯红翠绿的裙摆
绽放成冰雪中的花朵
汇成冬日里耀眼的春光

当火红的灯笼
挑起年的气息
当一副副春联
写出新的祝福
一锅锅黏豆包
蒸出喜气满堂
牵着游子的目光
跨过高山
越过海洋
春的乐章随着热烈的福字
肆意欢畅

乐章里有亲人相拥的泪水
有举杯高歌的勇气和梦想

春的乐章中
有情感的跳动
带着几分羞涩和惬意
拨动曼妙的心扉
期待着春的抚慰和阳光
像冰凌花
按捺不住涌动的芳心
冰雪中坦露清香
等待每一位
踏青者的目光

乐章中
有沙场点兵的号角
有跃马扬鞭、大船开桨的欢畅
有指点江山的豪迈
有创新图强的铿锵
有城市快节奏的构想
有乡村的欢腾和变迁
铺陈出一片片崭新的风光

乐章里
能听到春风穿过山林
捎来暖意和亲情
大手牵着小手
长者抱着幼童

怀揣一份璀璨的期待
带着憧憬和希望
朝着奋进的目标
尽管春寒料峭
但信念已经点燃了梦想
脚步是那样执着而顽强

春的乐曲
已经绘就了追梦的蓝图和
绚丽的篇章
从喜马拉雅的冰川
到青藏高原的牛羊
从南疆的千顷竹海
到北国的松水稻浪
哈达已经飘扬在蓝天
列车正跨越峻岭山岗
春的乐章里
大地欢欣鼓舞，江河扬波高唱
没有谁不怦然心动
热血飞扬

春的乐章
唤醒了一个国度的黎明
一个沸腾的时代
飞越万里苍穹，跨过深海大洋
正书写着七十载的辉煌
描绘新征程的浩荡
像催发的汽笛

引领巨轮破浪远航

春天的约定

阳光从山外走来
山岭已经涂上新意
风，刮亮了云彩
擦着山尖，一路跳跃着
摇醒了柳枝
河水滟滟，探寻春的气息
目光里闪烁着辽阔
大地开始萌发生机
每一支花蕊
都是春的触角
每一声鸟鸣
都在歌唱春的韵律

即使春风料峭
生命的脉搏也一刻未曾停息
江河一直在涌动
小草一直在蓄势张弛
桃李开始浓妆淡抹，装点妩媚
梨花又要吐露幽情，铺陈诗意
布谷啼开田野的秀色
铧犁拿起春的画笔
到处都袒露着殷切
热情冲破了冬的固绊
迎接着四月的艳阳
五月的好雨

没有谁不盼望这生命的周期
没有谁不感动这澎湃的希寄

行囊中装满祝福和甜蜜
心窝里揣着蓬勃和朝气
黑土地已经春雷滚滚
每一粒种子都饱满欢愉

追梦的风笛已经吹响
理想和路标就要并驾齐驱
既然春风已经送来了约定
就把生命托付给花季雨季
有春潮春雨相伴
我的世界春意盎然

作者简介：苏静波，舒兰市作家协会会员、吉林市诗词协会会员。

诗四首 孙国兴

四月

雨绕过四月
躲开农村
唐时的天街酥油更青睐于现代的城市
缠绵得让建筑工人牢骚
楼在汗雨里拔节
一部分人安于享乐
干渴的心田
谁来浇灌

落英从五月开始

落英推开农家五月
丢了魂，雪一样堆在角落
如果是雪也好，足可慰藉
干裂田垄里的渴望
这里风总是干号

没有一点儿悲怜
云被挟持到远方
还有蹲在老榆树下
一口口旱烟和干咳

远行，怎能不想起

明天就要远行
不由得想起北山前
小丘里住着的安静的母亲
眼里又滚烫了一次
不敢轻易写母亲
怕惊动母亲的不安
而油灯下
细密的针脚，细碎重复的叮嘱
还有和好备用的面团，爱吃的酸菜馅
在我起床前恰好出锅
十三年了，老妻同样的唠叨
却不同于母亲的深刻

梦被吵醒

梦被一阵咳嗽吵醒
忽然听到
隔壁有杜康的安慰
还有悬在窗外磨利的牙齿
铮铮地啃着三千丈愁缘

风胀肿着工棚，充鼓了耳孔
撑开夜许多破洞

洞外有光坠下
黑干涩着双眼，那里仅收留一丝
有意切割远方，安放诗魂

作者简介： 孙国兴，德惠市作家协会会员。诗歌曾在《长春日报》与长春市文联《茶与生活》征文中获优秀奖，第七届长春市群众诗歌、散文、小说大奖赛获征文三等奖。有作品在《浪淘沙》《绿池》《文风》《北斗诗刊》等杂志发表，有诗歌收入《芙蓉国文汇》(第七卷)、《吉林农民作家作品选（2018 年)》、2018 年卷《中国诗人档案》。

诗四首 孙丽荣

心田那片绿茵

小时候
在我心田那片绿茵
是母亲的影子
落在黄昏的田埂上
投在煤油灯下的墙壁
温暖着我
安心地入睡

心田那片绿茵
陪我走过多少岁月的沧桑
在春风里
有母亲的呼唤
黄昏里
有母亲佝偻的身影
清晨里
有母亲爱的炊烟

如今我也人过中年
心田那片绿荫
就成了我
永远放不下的牵挂

月圆的时候

有一种疼
在月圆的时候
很软
风吹过，就会战栗不已

有一种无眠
很白
像辽阔的雪
种植在枕边
我喜欢这样的时刻
一种孤寂
伴着清冷的月色
灵魂却如此清澈
这样的白色
能够思念的人越来越少了
唯有明月
感觉离我很近

月圆的时候
感谢尘世间纷纷扰扰的相遇
虽然有一种疼

在心底
不能叫喊

渡口

站在寒风凛冽的渡口
遥望远方的尽头
泪水迷离了我的眼眸
知道思念从此生根
热泪在心中汇成河流

就这样万般无奈地凝视
从此
想你只能在我的梦里头
千言万语都塞住我的喉咙
轻轻抽回握别的手

北方的冷风吹进衣袖
飘飘的雪花
让我白了头
这个渡口
是我此生
永远无法治愈的伤口

相思的夜

此时的夜，起风了
此时的你，可安好
会不会把门关严
把窗关好

能否盖严被子
暖暖地睡一觉

但愿，这样相思的夜
你也这样想着我
望着窗外的夜空
狂风
扰了相思的梦

月光洒在心上
闭上眼
问佛
能不能再见
春又来
红豆花开
那是相思的果
最怕
真情的人不在

愿下一个轮回
相思，相守
不再有
无奈

作者简介： 孙丽荣，榆树市人，太安乡老榆树农民诗社社员、中国诗歌报吉林工作室成员。有作品刊发在《山东诗歌》《榆树人》杂志、《中国诗歌报》及网络平台。

孙英武的诗 孙英武

瑶池之水

草心儿里的露珠被冉冉烈日
蒸发，去了太虚境
离水的蒲草
张着惶惑的眼
直想偷偷伸手
牵住游走的云
赴不了蟠桃盛宴的仙人后裔
坐在瑶池的游船上
逍遥
手指浸到温润的水里
像整整晚了一个季节的禾苗
抓住身下仅存的一丝墒情
深深地扎根

好雨记错了时节

邀一杯清凉

镰起茂盛的秋草
沿着庄稼成熟的路径
去聆听白露渐渐成霜

好雨记错了时节
收获的脚步临近了
才来到屋檐下不住地缠绵
雨神是否
羞于向苍天问询
与这个季节相关的所有讯息

雪后树上最后一片叶子

渐渐离开
母亲的体温
独自在风中
飘零
何处捧一抔泥土
让我
叶落归根

这场雪下得依然有些迟疑

这个冬天的最后一场雪
下得依然有些迟疑，因为
在2018年里老天爷干了两件错事
春天，种子该发芽时
他出门溜达去了
该回来时又忘了时间
致使种子怎么踢蹬

也解不开土地公公施的魔咒
到了秋天，他不得不
把剩在兜里的雨全都抖搂出来
这样一来，直到快立冬了
面对涝洼地里的吊死鬼
(吊死鬼是指被霜冻死的青苞米)
收割机也时常气得瞪圆了眼睛
对此，老天爷一直惭愧不已
所以，这一冬天
天空飘过的几场雪都有些迟疑
雪下大了，那些被冻得鼻青脸肿的苞米
无法畅通无阻地涌进烘干塔里取暖
下小了，多余的雪存在兜里
等到开春，又该泛滥成灾了

作者简介：孙英武，农家女。2001 年加入舒兰市作家协会。曾在《松花湖》《江城日报》《江城晚报》《多种经营报》等报刊上发表散文、诗歌百余篇（首）。

诗四首 孙玉红

秋事

三尺红绫束上秋的额头
一大片的高粱
羞涩如胭脂

大片金黄色的浪
涌过胸口
低头的瞬间
目光和目光碰撞

形如一把刀
痛并快乐着

隔岸的花儿
纵身跃入浅流
生前的一片叶子

随同
季节目送
无悲无喜

你站在桥上
一切皆为风景
我站在桥下
目送
一片云
飘离

随景入境

一尾鱼，划开浓浓的夜色
饵，悬于天边
诱惑成为远景

浅浅的池塘
一弯月下垂
芦苇吹着口哨
试图唤醒一节藕
可，一切都不容乐观
来看残荷的人
不止你，我

雪，还在路上
秋凉已引起恐慌

眸中

一尾鱼
潜入水底
它看见
有人又在织网

想法

日子分行了
在诗句里打磨的人
找了一些春天的草药
历经夏的高温熬制
一剂良方
随着一片雪花儿
治愈多年暗疾

行走的脚步不碍于
那滴泪凝成的冰凌
脚下会打滑
一个踉跄
跌倒，只是一个姿势

冬，来了
树都裸着
让我有些冲动
也想
一丝不挂

代言

残月依稀

晨缠绕梦乡的温柔
用一抹羞涩
涂抹
林间雀跃的鸟儿

朝阳罢免星月
一切皆，情理之中
露珠儿
代言了所谓的花花草草

你挽起裤脚儿
不小心招惹了一首诗
恰巧
逢了这时，这景

我佯装路过
于平平仄仄中
寻着
晨曦
或
日暮

作者简介：孙玉红，女，70后，舒兰市人，舒兰市作家协会会员、吉林诗人委员会理事。诗歌散见国内部分纸刊网媒，部分诗作被收入2017年和2018年的《吉林农民作家作品选》。

乡居散记（组诗） 王凤立

夜

站在孤独的月下
看蝉鸣撕破夜色
一只鸟
或者夜之外的某种生物
目光探向深处
夜的底层
有细虫蠕动
旅途上的那盏心灯
可曾照亮回家的山路

速写

夕阳
从不同的路口逼近
老家的暮色
又深了一层

匆匆的脚步
敲亮繁星点点
一抹轻柔
把谁的心事拉长
月光照着
视野之外的一截枯树
苍老的枝干
吐不出半点儿新绿
夜，用她的宽厚
将白天的故事藏起来
……

偶记

平常的岁月
被一些琐事
围成日子
往事如风
来了又去
去了还会再来
怀揣故乡的旅人
又在客家的梦里
晃动春雨
穿过民谣的韵脚
你用乳名抚摸着
斑驳的故事
浸满沧桑
时光若水
把世间倒映成虚幻

随笔

一把生锈的锄头
躲在岁月的门后
还有
用它锄地的父亲
和他的那些风雨
也在日子的另一头
攀着老家的炊烟
沿着思念的脉络
父亲
我走近了你
田垄上蹒跚的身影
弯曲的脊梁
如同秋风里的谷穗
你用佝偻的身躯亲近泥土
你用挥镰的动作诠释人生
岁月的阳光
照着尘世间的每一个角落
却照不到故事里
深藏的父亲

作者简介：王凤立，生于1963年8月，长春市九台区兴隆镇大荒地村农民。1981年起开始发表作品。著有散文集《月光家园》，数次获省市文学奖。

诗四首 王凤霞

一壶老酒

说不清这壶老酒有多老
父亲喝过哥哥们也喝过
我也想喝父亲不让
说这酒太辣
女孩儿家不能喝
可我不信
背着父亲只喝了一点儿
就兴奋地缠着父亲
去数天上的星
那时候的天特蓝
也许是我的手太小
怎么也数不清
天上到底有多少颗星
等你长大了
读好书就知道了

父亲说
从此我一直在
做读书的梦
如今梦醒了
父亲也不在了
只有那壶老酒的味道
还在辣辣地烧灼着我

生日

从诛仙台上
跳下人间的这一天
叫作生日

当你睁开眼睛
第一个认识的人
叫作母亲
是母亲 用疼痛
换来了新生命的诞生

从此
你看到了星辰日月
走过了春夏秋冬

一年一日的生辰
记录着一个又一个的
光阴故事

致母亲

每当康乃馨花开的时候
眼前就会浮现出
你那张慈祥的笑脸

记得儿时的一次
野外玩耍着了凉
我赖在床上
浑浑噩噩三天没起

你说 是受了惊吓
于是 手拿饭勺脚蹬门槛
一声声地喊着
丫头　回家吃饭

紧闭双眼的我
早在你喊丫头时
就已完全清醒
只是想闭着眼睛
享受着你急切的关爱

一碗疙瘩汤勾起我的食欲
也换来你灿烂的笑容
像盛开的康乃馨

如今我已长大
想做一只反哺的小乌鸦

可母亲你又去了哪里
你是否闻到了
我亲手摘给你的
那束康乃馨的花香

梦里 我又穿上了那双
你挑灯纳的千层底
舒适得一直在飞
飞到有你呵护的
那个青春岁月
蝴蝶一样的我
亲近着花一样美丽的你

然而 这一切只能在梦里
在鞋底上 纳着的
千山万水里

可无论你在哪里
注定
你永远都是我
最亲最爱的母亲

那个冬天没那么冷

有人说怕冷的人孤独
面对直线下降的气温
心也会结冰

那天燕子来过
它叽叽喳喳地说
春天来了

可我却没有看到
那朵盛开的花儿

我不喜欢燕子
也不能说总不喜欢
七夕那天它感动过我
一年一次的感动
仅此而已

当秋风吹落了第一枚树叶
燕子就携儿带女飞走了
只有屋檐下的麻雀
还在不离不弃

麻雀的生活很简单
有食物吃有水喝
就满足得欢蹦雀跃

我的生活与麻雀略有不同
除了有食物吃有水喝
我还喜欢文字

麻雀在雪地里啄食
我在书案上写字
有了麻雀和文字
那个冬天也没那么冷

作者简介：王凤霞，笔名紫霞，诗词爱好者，四平市诗词协会会员、四平市作家协会会员。曾在《诗东北》《梨树文艺》等杂志发表作品。

秋进农家院（外二首）王坤

那一场及时雨
缠绵了一季情怀
秋意浓了

你看
园里的小白菜
越发茁壮
轻摆着腰身
像是在与蝴蝶翩然起舞
那披着紫色外套的茄子
在秋阳的爱抚下
闪着吉祥的光
还有那满架的西红柿
争着抢着给秋天
披上美丽的霓裳
还有那巍然挺立的玉米
像等待检阅的士兵

精神抖擞迎着灿烂朝阳
那满架成熟的豆角啊
摇着脑袋
随着微风轻吟着
轻吟着献给秋天的情歌
还有靠西栅栏的
那片小红豆角啊
也到了采摘的季节
清爽的风吹过
像是一串串悦耳的风铃
跟秋天耳鬓厮磨缠绵絮语
那阵阵响亮的蟋蟀的鸣唱
汇聚成一曲秋天的赞歌
在这个秋阳普照的农家小院里
正传唱着一个个秋天的童话
而我
好想成为童话里的百灵啊
放声歌唱
展翅飞翔

何必远方

厚重的行囊
载满挂肚牵肠
却载不动离殇
一声汽笛撼动两颗牵念的心房
那哀婉的柳笛低唱
故园的春风伴你起航
柔情似水的双眸

盈满万般不舍
晶莹的泪光里是殷殷盼望

他乡远方
没有山遥水阔
一根思念的长线连接故土他乡
那头是风餐露宿奔波流离
这头是父母妻儿的执着守望
海角天涯
何必远方
有爱处处鸟语花香

春雪，亲吻三月

没有人能知道等了多久
盼了多久
早春的风呜呜咽咽
大地裸露着瘦削的胸膛
沙哑的喉在一遍遍地呼唤
不忍听这声嘶力竭的呻吟
流泪眼执手看
无言的心酸

或许是这份日增一日的切切期盼
换回了你的频频回眸
还是你眷恋着三月的香唇
你飞越万水千山
冲破一道道关隘
从遥远遥远的地方赶来

满腔的激情拥吻春的腮

风轻拥着你
吻遍每一幢楼房
每一扇门窗
每一条街道
每一棵结满芽苞的杨柳、古榆
然后匍匐在大地裸露的胸膛
用热吻去滋润它干裂的嘴唇
如饥似渴的土地
尽情享受你的这份温存
这一刻听不到痛苦的呻吟
呢喃软语蜜意情深
你的柔情给他灵魂
你的蜜意给他力量
托举起生机盎然的春

作者简介： 王坤，榆树市作家协会会员、榆树市诗歌学会会员，有诗歌、散文发表在《榆树人》《五月》《新风》《长春文化》《山东散文》《山东诗歌》上。

乡下 （外三首） 王志发

抱着水带的母亲

这是她第一次抱起水
水在一个白色的管子里
有了身高和腰围
她抱起来
水的身体冰凉
好像死了的一条蟒蛇
以前水对于她
就是一条河流
大江东去，大浪淘沙
她喜欢水坑，高处的水
流下来聚集在里面
那是她命运的深度
她的老公被大水冲走后
那条河就干涸了
人们把没有水的日子

叫作旱
其实她也被水抱过
抱过她的水叫洪水
现在她每天把水装在盆子里
双手合一

她抱着的水管子这地方叫小白龙
她对着那些发蔫的庄稼呲着水
水从垄沟里淌着
她错把最高的那株玉米
当成了一个人

一颗死了的草

她坐死的那棵草
被她重重地压在屁股底下
那棵草从倒下
到想挣扎着站起来
大约经历了半个小时的时间
她站起来
并没有发现这一切

回去的时候
才看到裤子上已经留下了痕迹
那是草的血，草的汗
抑或是草的精液
总之那是草的
因为她怎么洗
都是洗不掉的绿色

三伯

三伯的屋子里
堆着锄头，镰刀和镐
还有绳子
镰刀和锄头是专门用来对付草的
它们有着高与矮的分工
镐用来劈开木头
有时也用来刨根很深的草
还有一瓶药
他轻易不拿出来
只要用喷雾器轻轻一撣
有时他看一眼这瓶百草枯
脸上就带着胜利的微笑
他的院子里
容不得一棵草生长

三伯是喝下那瓶除草剂走的
很多年后
他屋子里的锄头，镰刀
和镐依旧铮亮
只是他坟的周围
长满了草

作者简介：王志发，梨树县刘家馆镇西五家村农民。吉林省作家协会会员，作品散见于各类文学期刊，有作品入选各类文选。

倩影朦胧入梦深（外一首）吴彦哲

谁把温情的句子，遗落在时光里。经年以后，再去找寻，已无法还原你真实的影像。我只好拥一缕月光，在梦境里徘徊。

——题记

一

那年，你以朝霞染醉了青春，似一株茉莉，在四月的春光里招摇。无法用行囊装载你的芬芳，只好让无边的落寞在心海沸腾。多想，牵着你的手，在月光下散步，把一首乡间小曲哼成最美的天籁。清风读懂了我的心，我便把爱意托付给清风，让它趁着今夜月明，去你的窗外诉说。

二

清风未必是最忠实的朋友，有些事只适合怀念。远在天涯的眺望，带着浓烈的乡愁。那片生香的土地，是否还在葱茏的希望里播种？万绿丛中一点红，动人春色不须多，你从清纯到妖娆，风韵犹佳。我的思念也从心底蔓延到每个神经末梢。

三

红尘中一笔注定的沧桑，又何必回首云烟的过往。习惯在暗夜，于笔尖倾诉衷肠。流淌的文字，是岁月无声的伤。虽然心碎，却不想流泪，默默地把行囊背负在肩膀。酸甜苦辣，雨雪风霜，都会催生我前行的力量。捡拾起失落，却不想珍藏，你的身影，已在记忆里缥缈成朦胧的月光……

转身何必问离愁

原以为，思念只是心底的哽咽，可转身的刹那，泪水已泛滥成河。

——题记

一

如果前生，你是穿越沧海的蝴蝶，我愿伸出一只手臂，幻化成你疲惫时栖居的岛屿。我掌心的温度，不足以暖热你冰冷的身躯。我会在贲张的血脉中融进太阳的色彩。

如果我炽烈的情，不能挽留你向往远方的心，我愿追逐你翩然离去的身影，穿越咫尺天涯，直到地老天荒的那一刻。

二

前尘如梦，今生却又如此真实，你从龙江之畔，着一袭冰雪的盛装，穿越风雨潇湘，寄身古道秦淮。一首首温婉的辞章，在夜风中无声地诉说千古情缘。

天空中一对明亮的星星，正是你会说话的眼睛，每一次翕动，都流露着万种风情，直叩响我紧闭的心门。

三

如果寒潮不能席卷到南国的山水之湄，你为何在旖旎的春光里冰封了爱的誓言？你把多情的种子种在北方的土地，花蕾却在南国的艺苑里芬芳。只想撷一支十月冰天里乌檐下的冰柱，作为斩断情丝的利剑，未及挥出，剑已夭折。

你依然在花丛中含笑，而我却被潮水淹没……

作者简介：吴彦哲，笔名楼兰王子，伊通诗词学会、伊通散文诗学会会员。作品散见于《长白山诗词》《四平百年诗人作品选》《四平日报》《云雾山诗词》《于凤至故居诗词》《七星诗苑》等图书、报纸，有作品多次在各类赛事中获奖。

雨（外二首） 徐晶

是和谁约好了吗
你登场了
从天而降，洋洋洒洒
用自身的清白
洗涤万物污浊的躯体
从何而来
是哪片云，又是哪阵风
送你来
相逢时喜极而泣
是谁的眼泪
还是谁的汗滴
诉说着和谁的相聚
花草树木，牵你的手
因为你
千情万种，百媚生
江海河流沉淀了你
才有

川流不息大江东去
最终你牺牲了自己
扑向大地
孕育的种子
让世界插遍生机
在你的笼罩中
我张开双臂
你与泪同时落下

我渴望

我渴望
在春天的路上
放飞心灵，放飞梦想
我愿，携一缕清凉
带上几分遐想
让心随文字一起飞扬
我渴望
来一场西部之旅
去穿越
塔克拉玛干沙漠
畅游雅鲁藏布江
站在美丽的大峡谷
俯瞰澜沧江
我渴望
自由的飞翔
多想让梦
为我插上轻盈的翅膀
在雪域之巅

寻找你的名字
聆听你的气息
展翅飞翔
我渴望……

我在德惠等你

人生行走
总有不舍的别离
回首生命之根
总有您热爱的土地

每一个，岁末的风雪里
总有，翘首的归期
携一张薄薄的船票吧
我在德惠等你

掬一捧松花江的水啊
烹一条饮马河的鱼
斟一杯家乡的水酒
我就在德惠等你

东岭的高粱西山的谷
稻黍含笑把头低
北坡的海棠枝头
挂四野飘香的南山梨
家乡的风光美如画
我就在德惠等着你

歌声在巷子里飞扬
雪花被远去的车轮卷起
那一片片随风而去的落叶啊
你可听得到，根的叹息
燃一堆温暖的篝火
披一件你梦想中的嫁衣
我就在德惠等你

我在德惠的春雨中等你
那远去的雨滴可曾
告诉你我的消息
我在德惠的夏花中等你
那花朵间的蝴蝶
已经告诉我你的归期

我在德惠的秋月下等你
那轻柔的月光会不会
伴着你黎明的早起
我在德惠的冬雪中等你
那漫天飞舞的雪花
告诉你这个冬天如此美丽
我在德惠等你

不知道归来的列车上
有没有你的座席
我在德惠等你
不知道久等的我
还会不会有拥抱的力气

我在德惠等你

这里是您的家乡
这里是富饶的土地
我在德惠等你
这里有你的爸爸妈妈
这里是幸福的土地
我在德惠等你

这里的红旗正招展
一带一路有传奇
这里是英雄的土地
我在德惠等你

这里此刻正飞歌
万众一心向党看齐
这里是奋进的土地
吻一吻你的厚重
我在德惠等你

我在德惠等你
这里有我的柔情
这里有你的回忆
我在德惠等你
这里有我的明天
这里有你的过去

就让这份等待

谱写一段爱的传奇
我就在德惠等你
我在德惠等你
我就在德惠等你

作者简介：徐晶，德惠市人，中国诗歌报吉林工作室成员、惠风文学创作训练营会员。

咏菊（外三首）徐霖

一

看你在九月
娇艳吐着芬芳
风传送着美丽
太阳爱怜你的芳容
让你在年终岁尾的低温里曝光
顶着严寒
从不畏惧
然后自己写诗
在冬天里同雪纷争

二

于是有人赞美
菊花的耐力
大片时光里
都有你的痕迹

我嗅到九月的午后
菊的诉说
急忙收集
在秋天里发表

草

总想拥抱春天
可历经的是衰竭
风甩着十月的利箭刺伤了它
它还在三月的回忆里
用微笑送走寒风

草的命运太单薄了
太阳总用暖暖的光
使它长成碧绿
风无尽地折磨
让它总在回忆里拥抱春天

草无奈写下人生回忆
把从古到今的沧桑
汇集在风雨里
愿意付诸

我在梦中
看见自己变成草
也在受风的摧残
人生如草，岁月兮兮

放牧青春

独守那一幕光亮
从小时记起
天天追赶太阳
陪着月亮落下

日子久了
感觉自己流逝了
太多的美好
那一瞬顺着指尖溜走

这一天天，一年年
好像放飞的羔羊
在啃食着岁月
又发现自己
成了牧人

赶着它们
在每个春夏秋冬
送走一个个夕阳
青春大片大片的时光
又像鸭子戏水
看着成堆的日子
被我牧放着

望着那一串串印迹
在岁月的尘烟里
生活的牧鞭

咔咔甩走美妙的青春

人生如梦

人生的田地
犹如一株株禾苗生长
吮吸四季风雨
芬芳时捧出璀璨
似如梦中回影

一切都在幻觉中
靠理想栽培
用心灵培植
用智慧生长

昨天的事
都在梦中
今天实现了
从梦中走来的现实

梦是成功的伙伴
成功里的萌芽是梦
有梦的世界精彩
采撷一朵梦幻

等待从现实走来
一湾美丽的风景
绘出人生多彩的梦

作者简介：徐霖，中国音乐著作权协会会员、吉林省音乐文学会会员、松原市作家协会会员、松原市音乐舞蹈家协会会员。1984年开始文学创作，1990年发表作品，1992年《乡情》一诗在湖北省作家陈列馆展出，并授予《收藏证书》。1995年获湖北举办的“李白杯”文学大奖赛优秀奖，至今已发表作品二百余首。

诗三首 闫云波

何苦要等到下辈子

今生的这份遇见
已经是五百年的积淀
那份苦苦的等待啊
真的是望眼欲穿
都说光阴似箭
这要多少个星移斗转
茫茫人海
几度的回眸
才会捕捉你的笑脸
说要等到下辈子
那只是苍白的谎言

不悲叶落
不喜花繁
拉着你的手
相守着那份执念

就让那一个个相思
都有一个美好的团圆
别说要等到下辈子
也许下一个轮回
都是过往云烟

空荡荡的屋子
一个人的心酸
斟一杯冰冷的酒
挡一挡这冬至的严寒
掬一捧苦涩的泪
淹没今晚的无眠
别说要等到下辈子
怎么能用今朝的拥抱
去把明天敷衍
也不要轻易地挥挥手
就把这份情怀亏欠
何苦要等到下辈子
就让我用祈祷的目光
把你的收获丰满
何苦要到等下辈子
就让我用滚烫的文字
为你写一首
爱的诗篇

你要在 我不会离开

生命中所有的遇见
都是前世约定的等待

人海茫茫
总是渴望回眸的精彩
我春夏秋冬的翘首
只为了你
款款深情地到来
我所有流淌的泪水
都洒在了你
柔柔的怀
吻一吻你的冰冷
轻轻地对你说
你要在
我不会离开

十字街头
总是有
犹犹豫豫的徘徊
红绿灯下
是循规蹈矩的节拍
再好的导航
也不会让我找到
你的不理不睬
等一季花落
盼一季春来
你如果在
我不会离开

漫长的夜
把一个人的孤独掩埋

复制我所有的思念
粘贴在
你初冬的心怀
让迟到的弯月
敲开你的窗
你要在
我不会离开

多少次行走
因为有了凝望才豪迈
多少故事
因为有了思念而精彩
此刻屋顶的炊烟
把我的祝福
飘荡在千里之外
让清冷的晨风告诉你
你要在
我不会离开

掬一捧此刻的北风

黎明
街巷里
隐约听得
一辆辆车子疾驰而过
就如同那
呼啸的风儿
把漫天的星星夹裹
敲碎了我的梦呓

也把我
写给你的篇章吹落
想道一声　早安
却总觉得
有一道初冬的冰冷
把我的问候阻隔
掬一捧此刻的北风吧
也许这风中会有你
昨夜的诉说
将这风
挽留在我
他乡的今夜
就像与你曾经的
耳鬓厮磨

黎明
我的温情如昨
只是
空旷旷的屋子
被我的思绪
堆满了角落
漫漫人生路
你我都是过客
人海擦肩时
为什么
你的微笑被我捕捉
本应该
匆忙的步履

我们就此别过
可你非得用纤纤细手
把我的衣角拉扯
在我中年的沧桑中
着了你
喜欢的颜色

往事不曾随风
岁月也并不如歌
就让我再掬一捧
此刻的北风
驱散我掌心里的温热
那里有过你的泪水
她总是让我
把每一次的忘记
都在不经意间
重新铭刻

再掬一捧此刻的北风
让她抚平你
前路的坎坷
也让她
吹动那路边的杨柳
陪伴你
一个人的寂寞
也让她
吹动你早起的炊烟
让这炊烟

温暖我每一天的奔波

作者简介：闫云波，长春市九台区苇子沟街道新开村农民，德惠市作家协会会员，惠风文学训练营学员。有一百首左右诗歌发表在报纸杂志上。

埋葬父亲的那座山（外二首） 杨春颖

又到了家家户户上坟烧纸的时候
我不禁想起了村西头的那座山
与学校只有一河之隔
站在叔叔家院子里或是学校的操场上
就能望见它

不知道三十多年前的夏天，这里
到底枝繁叶茂成什么样子，以至于
全村人找了三四天也没有找到他
直到他彻底地躺在那棵松树下，长眠
直到尸首即将腐烂，乡亲们才发现了他
据说，是被一个采“托巴”的孩子发现的

如今，那座山早已没了山的样子
父母的坟茔被一片苞米地包围着，坟后面
唯一的两棵松树也被惊雷打剩下了一棵
孤零零地独守着这座孤坟

听婶娘说：那时父亲很爱我们
走到哪里都会带着我们哥俩
那时家里很穷，锅台上面的棚顶
总是用塑料布兜着

听老人们说：父亲是个很好很好的人
也是村里医术最高的赤脚医生
只要有求于他，保证毫不犹豫地鼎力相助

可，为什么这样一个人
却舍得撇下我们母子呢
是什么压垮了他，把他提早送给了大山
是什么让他绝望，情愿去独守那片蓝天

埋葬父亲的那座山，渐渐裸露
慢慢感受着父亲在走向大山时
心里的凄苦、不舍与无助
是父亲背叛了生活
还是生活埋葬了父亲
我的心，亦如这座秃山
对父亲的怀想、理解
日益坦露于光天化日之下

我，不敢大声把你读出来

请原谅我，带着三十多年的恨
没在心里给过你一次称谓

请原谅
连照片都不认得的我
却在为人母后，第一次
把你定格在冰冷的诗行中

你原谅，或是不原谅
我都无法宽恕自己，昨夜酒醉
当着众人的面竟不敢
不敢大声地把你读出来

仿佛，顺着泪水地指引
我轻声读过的每一个字
都在触碰你
短暂
而苦难的一生

刺痛的泪

市中心的黄金地段
工商银行门口跪坐着几个行讨人
像极了，丰满玉米棒上被虫鼠啃噬的籽粒
偶然跃入的新鲜画面针似的
充斥着行人看似麻痹的神经，刺破了
我为幸福堵塞许久的泪腺

那个席地而坐的少妇
怀抱嗷嗷待哺的婴儿，紧紧揪住路人的脚步
为她久病不愈的丈夫频频弯腰

驻足画外，心被干渴的烈日灼烧
仿佛看到一双无形的黑手
正在悄悄伸向这“新鲜的血液”
一想起前几天，被上门乞讨者
打进医院的老板娘，不禁打了个寒战
不远处台阶上那个面无表情衣衫褴褛的人
更加令我惴惴不安

作者简介：杨春颖，舒兰市作家协会会员。自 2016 年写作以来，曾在《江城日报》《诗东北》等报纸杂志发表过诗歌作品。

盘坐，在青云寺前　杨朔

一

一条通天的路，青石铺就。

求缘的人，拾阶而上。

高香带着“哔啵”之声，一寸一寸燃烧，青云寺里缭绕着禅香，还有黑压压的善男信女。

他们忘了因果，轮回，放下。

我佛，这烦恼，遇上该怎么办？

你不语，嘴角微微上扬。

灰袍的老僧，白眉低垂，不嗔不怒，不喜不悲，念着过去未来，在这无甲子的深山。

木鱼声声掠过泛黄的草尖儿，十月的长天琉璃一般。

二

盘坐在青云寺前。

山门在前，凡尘在后。

高高的菩萨，手持净瓶，满面慈悲。

一颗心开始伏低，再伏低。

我佛，迎着你的目光，我灵魂的锁孔开始漏进阳光，九层塔内的沉睡开始游走。

灵魂，心甘情愿被一缕缕抽离，剩下一念执着。

执着为哪般?

时光的拐角，隐着蓦然回首，还有灯火阑珊。

三

把半生行程搁浅，时光水岸，一岸相逢，一岸遗忘。

把半生岁月重温，光阴两端，一端流离，一端清欢。

梦，是一程永不褪色的山水，在我咫尺的天涯。

梦，是一束长夜未央的月光，在我无眠的轩窗。

作者简介：杨朔，女，大学文化，伊通县小孤山镇西大有村人，喜欢读书写作，现兼职于一家民办教育机构，有习作在报纸杂志上发表。

诗四首 杨巍

童年梦幻

妈妈亲手缝制的书包
装满了游鱼的海岸

老师的粉笔
偷偷地启航长大的童年

青春是一叶漂流的帆
从没离开过惊险的风口浪尖

多少次看见前方的岛屿
驶过去了
才知道那不过是虚幻

多少回当作家的梦想
把脊梁压弯
匍匐也要向前

垂暮的天
也想以书为伴

拥有诗情
就不会寂寞孤单

新年随笔

温馨的农家小院
飞出幸福的笑声

大红春联福字
黄澄澄的玉米楼
映衬着丰收与富足
一家人团团围坐
妈妈端上热气腾腾的水饺
爸爸斟满飘香的米酒

醉了春风
醉了杨柳
醉了山沟沟……

年味儿

挂起大红的灯笼
贴上吉祥的春联

儿女回家
带回

火火的新年

声声爆竹
在小区欢唱
昔日的邻居
彼此互道祝福

传递
一抹温情
一缕暖风
吹来红烧肉
水饺的馨香

就让我
让我们一起
相伴那
融融春意
吟诵
新年美丽的诗行

这是暖暖的温情
满满的幸福
记忆火红的新年
留香浓浓的年味

腊八粥的记忆

小时候的腊八节很冷
烟雪裹着肆虐的狂风

吹得树梢啾啾作响

大鹅蜷缩在墙角
不时仰望白茫茫的天空

母亲找来仅有的两捧杂粮
熬制出一锅喷香的米粥
等待打工的爸爸满载收获归来

我和哥哥姐姐们围着破旧的锅台
满满的期待和幸福

而今又过腊八节
学着母亲的样子
一样的食材
一样的熬制

盛一勺放进嘴里
却再也品尝不出当年的味道

捧上心头的腊八
任思绪飘进这无雪的冬
渐行渐远……

作者简介：杨巍，1971 年生。长春市九台沐石河镇段家八组农民，吉林省诗词学会会员、九台作家协会会员、九台诗社成员、九台楹联协会秘书长、柳风诗书画微刊主编。1988 年开始文学创作，作品散见于省内外多家报纸杂志。

诗五首 于俊娟

宋词是一朵情花

梦里古道
忽远忽近的西风
荡白一地纤细的离愁

孤独爬上斑驳的墙体
墙垛口沉默
不见衣袂翩翩的少年

我坐进春光里
斟字为经，酌句成纬
引线穿针织一张网
拼尽周身力气
打捞光阴冢里的
一阙宋词

在春天

在春天
想跟上风儿的脚步
需要有日听千里
夜寻八百的耳力
这还远不及
发聋振聩的轰鸣
细如蹄窝的挤挤擦擦

在春天
想跟上鸟的翎羽
需要眼睛插上翅膀
掠江河、跨远山
一蓑烟雨里
捞起串串鸟鸣

在春天
白鬓与青丝携手
风筝绳线牵起荡漾春心
蓝天白云如洗
江河摇曳生姿

在春天
我相信
一切都是赋予神性的

中年

当夕阳沉下水底

呈现眼前国画一样的油彩
浓中有淡，淡中有浓
浓淡之间的转换
构成整幅画布的错落
跌拓起伏
多像中年的我们
如果能
浓就浓成血色
淡就淡到一笔带过
时时把控一个度
不褪色，不走样
便是优雅，便是从容

蒲公英

一点点
把阳光积聚内心
努力举高自己
花瓣蓄满黄黄的温暖
足可以抵御
岁月的风刀雨剑
当有一天，胸中块垒耗尽
她便一一吻别
孩子们撑起降落伞
四海安家

四月

在四月
最好闭紧嘴巴

伸长耳朵

去听关于繁茂的故事

一

风的说辞
是最具有召唤力的
几番蜜语
蹄窝挤出无数小脑袋
引来朝圣者
在山坡上膜拜

二

云的密谋
雨掠城夺池，一夜之间
柳刀出鞘，宠不尽的
桃花妖
吐着红唇
站在枝头，等待
打马经过的人

作者简介：于俊娟，笔名寒梅傲雪，松原市作家协会会员。有诗词、诗歌、散文刊于《经济日报》《吉林石油报》《松原日报》《诗东北》《长白诗世界》《松花江》《松原诗词》《松原散文》等报纸、杂志。有散文、诗歌入选《吉林农民作家作品选》《百年扶余》《龙华寺》《风雨三秩著华章》《水韵天风——同题诗精选》《松原文艺精品集萃》等诗文集。

一只好看的鸟（外四首） 袁井和

一只好看的鸟，在我头顶
左盘右旋，我一眼就认出了它
它也准是认出了我
因为多少年了，我们都在这个时节相遇
今年，和往年可不一样喽
成片的大树，连个影子都没了
这只小鸟，本来很好听的歌声
此刻，显得凄凄惨惨与无可奈何
累了，连个歇脚的地方都找不到
可叹啊，我竟成不了一棵大树
抽不出一杈青枝
展不开一片绿叶
只能目送这只好看的小鸟
悻悻地飞走了
一条美丽的弧线
把蓝蓝的天划开一道深深的伤口

小桃红，死得冤枉啊

小桃红死了
刚开完了花就死了的小桃红
死在了新的岗位上
她是今年春天被人移栽过来的
人家之前可是活得好好的啊
其他的来到这里也都活得好好的

不知道为什么
她说死就死了
若不是来这里当风景
说什么也不能这样
不明不白地就死了呀

不过，移栽她的人没有死
设计移栽她的人也没有死
所以，我总觉得
没招谁没惹谁的小桃红死得冤枉啊

抓根草，命中注定遇到你

抓根草，是村头的羊倌
羊倌就叫抓根草
爹妈起的名字
人们都给忘记了
多少年过去之后
只知道他是最顽强的抓根草

田间地头，也有抓根草
无论土地肥沃或贫瘠
只要允许和土地亲近
就会一节一节地生根成长
不多言不多语
牢牢地守护着村庄
任凭城里的霓虹怎样闪烁
丝毫没有离开的念头

父母的坟头也有抓根草
他们活着的时候
和野草撕打了一辈子
最终还是被野草呵护起来了
抓根草，命中注定和你相遇
所以，我对野草尤其是抓根草
一直怀有敬意
它教会了乡亲们如何繁衍生息

其实，我很佩服乌鸦

其实，我很佩服乌鸦
惊蛰都到了
还不肯轻易开口
在天空，盘旋
在枝头，歇脚
默默地一言不发

把所有的黑都一人承担
那些长得好看的

唱得好听的鸟儿们
头也不回地远走高飞了
乌鸦不走，且老守田园
惹得我常常含着热泪打量着

和乌鸦一起
老守田园的，还有
村头树上的喜鹊
也说不上哪儿来的兴趣
一聚到一起
喳喳起来就没完没了

燕子，和我们最亲近

燕子，从来不把自己当外人
驮着春光衔着春泥
呼朋引伴地在屋檐下垒窝
然后，理直气壮地繁衍

屋檐下的孩子们
一看到刚飞出的小燕子
就有了要飞起来的冲动
央求爷爷奶奶给他们安上翅膀

燕子十分懂事儿
不用我们去精心饲养
风里雨里自己打食儿
捉着房前屋后菜地里的虫子

村子周围的高粱玉米谷子大豆
也都在燕子的呵护之内
只是人们使用了大量的农药
让燕子们到了进退两难的地步

作者简介： 袁井和，中国诗歌学会会员、四平作家协会会员。曾在《作家》《吉林日报》《芒种》《飞天》《星星诗刊》《诗刊》等几十家报纸杂志上发表诗歌四百余首。

再入雨巷 （外四首） 战莹

依然是下着雨的季节
有伞，却没有撑开
因为你的心一直潮湿
飘着些许阴霾，或抑郁，或是孤单

你总是把彩虹揉碎，散落成
星的眼
眨一下，便掉落满身丁香的韵脚
在雪后铺成一首诗，或直或曲
读着平平仄仄
你的眼，就流淌着爱恋——柔柔绵绵

轻叩雨巷的石板
古老的故事沧桑着年华渐远
四面声响，描摹着伞下曾经的驰骋
一缕缕蔓延
让鼓动的雨点总结一段人生吧

不论完满还是缺憾

撑开伞，旋起一股风
依然浪漫
我就是那个姑娘
不再——哀怨、惆怅、彷徨
是那风消散了我太息的目光
馥郁了我丁香的芬芳

目送雨巷，不再山高路远
默默牵住你的手
手心里
有一种诗情画意，还有相见恨晚

春行早

一帘幽梦被春风唤醒
挂在刚刚吐蕾的树尖
鸟儿便婉转了歌喉

匍匐的浅草等待了一冬
转身，已酝酿好久违的蓬勃
远山高楼定格成背景
无须勾勒

一池静水筛满霞光
旖旎晨练人的清欢
于是
脚步生风

追云、追雨、追太阳

归期

星子从不落泪，落泪的是
看星子的人
在一首诗的对面，抑或是在
旷野的凉风里。明月别枝
鹊不惊，人也不惊

嘈杂的城市
不知疲倦地生长出高楼
还有一道道高墙
高楼里有离开你的女人
你的目光被高墙托举，撕裂

郁闷的云常把雨下在
局部地区
沟渠里，野性花草却因此
丰满，妄想扶正

此时尘世浓缩进
嘴里吐出的烟圈儿，虚无着
艰辛，吹破了夜幕一隅

炊烟对接远山和近河
释放母亲的温度
《一壶老酒》从喑哑的喉咙喊出
归期，起身前行

一脚希望，一脚重生

清明祭

乘着小船从三月的扬州顺流
四月北方微冷的风吹
思念——泊在了凉山

提一壶杏花村的酒，在牧童的笛声里
瘦了夜雨，醉了乡愁

太阳被鸟鸣唤醒，轻轻搭在树梢
尚未返青的枯草还顶着
昨夜的白霜

肃杀　庄严
在无奈里祈盼奇迹
只是虚无，一任泪水滂沱

博尔赫斯说，人死了——就像
水消失在水中。三十位可敬的灵魂却
源于火，缘尽于火

天地动容
从此，凉山无大火
从此，天下无大火

如果

我是一只蛾

寻着袅袅的钟声
停歇到一座寺庙屋檐的
西南角上
夜空如墨
偶尔有风声和蛙声划破

可此时，我却听到了哭声
发自心底，而且已经流成了
一条暗河。淹没了绝美的
大观园和破落的贾府
水过无波

如果
我是他手中敲击的木鱼
一定能读懂他眼中的颜色
何况春秋，何况冬夏
也能透过体温感受他心脏
无边的——潮起潮落

胸前的宝玉里一定是
藏着一坛鸩酒，不是传说
醉了那么多人，只是
清醒着清醒，孤独着孤独

我的影子摇晃进他的眼
葬花吟的气息便更加浓重
并不芬芳，河尽头也不见香丘

停驻灯前
枉然一梦，守候千年
不想他和我一样，扑火成佛

作者简介：战莹，长春市双阳区人，2018 年 8 月加入双阳区作家协会。

诗二首 张公雷

月光下的乡恋

每当夜深人静，月色盈窗
远在他乡的游子
总会在幸福里徜徉
夜，尽管静得可怕
月，也略显凄凉
乡恋
已然触动着游子的神经
也挤满了甜蜜的心房

月光下
思念呼唤着远方的妻女
牵挂围绕着渐老的爹娘
守望耕耘着门前的田垄
期许喂养着圈里的猪羊
那山，那水

那田地，那土墙
无不牵引着思绪温暖着肝肠

在他乡
距离不会使人遗忘多情的乡土
在他乡
努力就是通往理想的殿堂
那忙碌的身影是如此的雄壮
那坚定的步伐是如此的铿锵
肩头的负荷本是汉子的责任
不屈的信念就是勇敢的担当

就让游子
怀一份希冀到远方
任凭汗水肆意地流淌
再存一款乡愁在心上
走得再远也不会是孤独的流浪

就让游子
集一枕思念在夜里
去陪伴那醉人的月光
就让游子
携一窗期盼入梦境
去迎接次日的朝阳
就让游子
再拈一丝牵绊成诗句
去渲染生命里的芬芳

月光下的乡恋
鼓舞着游子
奋勇前往

粮仓榆树

在中国东北广阔的松辽平原腹地
有一片沃土
盛产玉米、水稻、大豆和高粱
这里山清水秀
这里瓜果飘香
这里人杰地灵
这里古典风尚
这里的历史脉络源远流长
这里就是富饶的吉林省榆树市
被誉为天下第一粮仓
春天
那黑黝黝的土地
泛着油汪汪的光
清爽爽的空气中
裹着淡雅雅的花香
夏天
那绿油油的花园山
映衬着火辣辣的骄阳
那清灵灵的松花江水
滚着白花花的浪
秋天
那金灿灿的原野啊
承载着沉甸甸的粮

黄澄澄的五谷呦
装满圆滚滚的仓
冬天
那香喷喷的美食
那热乎乎的火炕
那白皑皑的瑞雪
还有毛茸茸的雾凇景象
无不洋溢着榆树的热情
无不昭示着榆树的吉祥
你看
那无边的露天冰场
就是欢乐的海洋
他，时时恭迎着天下的贵客
他，处处充满着爱和希望
他，就是美丽的吉林省榆树市
以包容、奔放
奋进、图强
以革新、立本
秉公弊私的姿态和理念
奔跑在幸福的康庄大路上
我要为你点赞啊
为你喊棒
赞你大中型企业林林总总
赞你现代化酒业千里飘香
我为你欢呼
为你歌唱
歌唱你数不完的成就
歌唱你了不起的辉煌

我要把赞歌写成壮丽的诗行
我要把赞歌唱得更嘹亮
我要骄傲地告诉人们
中国，有个粮仓叫榆树
这里是我的家乡
我会自豪地告诉人们
榆树，天下第一粮仓
是我可爱的家乡

作者简介：张公雷，原名张波，榆树市作家协会会员、老榆树农民诗社会员、吉林省新诗学会会员。诗词对联等文学作品散见于各网络平台和报纸上。

诗四首 张宏敏

十点以后

三十年了
一直想写一封信，寄给天堂的父亲
说说他离开以后的日子
说说母亲的病
说说兄弟姐妹
说说我出嫁时的样子，和
沦为人母的沧桑
说说二叔怎样毒死了咱家的狗
说说现在的生活
九点以后，我想留给诗和远方
十点以后，我想
再看看你

故乡是有温度的

故乡总是有些温度的

奶奶的年糕，妈妈的炉火
而这些
我都没有

奶奶，我从未见过
妈妈的世界是鸡、鸭、鹅、狗
一家八口人的棉衣
四季行走的千层底

我有爷爷的风车
爸爸的农具，他总是在满天星斗的夜晚
跟我讲星星之外的事情
姐姐手捧樱桃的时候就可以穿上花裙子
弟弟吹响了杨拉罐，我就想叫他哥哥

直到那年，下了很大的雪
我离开了故乡
许多年了，我始终没有走远
拴住我的是故乡的柳条
和那口老井

唤醒春天

除了太阳晒一晒
布谷喊两声
还要三位数的朝思暮想

美好的事物
总不会从天上掉下来

要经历十八层地狱的历练，一寸一寸地升高
越是高大的越是要从根部孕育
你看那春天的第一抹新绿
总是要低下头
她不在雄鹰的翅膀之上
不在彩云间
她在三月的惊雷
在小女孩儿呼唤着扑向妈妈的时间里

惊蛰

放下翅膀
所有尘埃落定
高傲的、陈旧的、难过的
在众生面前一切平等

草虫、春雪
都在这一天复活
犯下过错的人，脱去甲衣
赤诚相见

作者简介：张宏敏，梨树县人，四平市作家协会会员。2008年开始发表散文作品，2011年开始发表诗歌，喜欢唱歌及朗诵艺术，生活简单且富有诗意。国家二级心理咨询师，从事教育及心理咨询工作。

父亲的河流（外三首） 张慧智

一条跑了七十年的河流
放下了所有的浪花
在那个春天的杏花渡口
停止了所有的脉动
我是那条河的支流
有一种悬空的无助
把我捆在了黑色的深渊

您在我小时候抱了我多少回
我记不清了
轮到我抱着您时
我整个怀里都是空的
可是那个小小的四方木盒子
却比世界还沉

我只抱了您一次
不是疼爱　而是

告别

当风踢落园子里所有的杏花
我翻开所有尘世的角落
都找不到您了
我就是把您所有的影子
都从记忆里取出来
含泪都拼不圆父子亲情了
跟您有关的一切
我放在一个叫怀念的痛点里
我想您时就有了撕心裂肺的理由

让我好好地替您活着吧
我们都是尘世里短暂的光影
让我接上您停下来的河流
给不了世界更多的颜色
就给点闪烁的光斑

无力的麦田

干净的雨水
触摸到小麦的身子
麦粒的心跳
快要撑破紧身的外衣

隔着遥远
我说：红啊！太阳出来作证了
我要跪下来向你求婚
我要捧出内心的雨水

洗净
你所有的泥泞

泪珠比麦粒更多
手里的镰刀抛弃了芒种
麦子在一夜之间
躬下所有的腰身

我真的跪了下来
剩下大张的口
喊不蓝空洞的天空

大片的乌鸦飞了过来
替我守护那片
无力的麦田

红尘哀歌

你走以后
世界就成了空荡荡的袖管
追你的手　被你的影子
绑架在千里之外
等着我的绝望去赎
我心里的这片废墟
只剩时光面无表情地
祭奠

除了伤口里的深情和不甘
我什么都没有留下

我只有打碎骨头

才能在骨髓里
把你找到

而红尘深处
哀歌遍野

羊群

草原走不到边
我一直想找个姑娘
她拿着皮鞭放羊
也放我

最先离开的羊看见屠夫
刀子只是配角和帮凶
羊不停走向巨胃深处

当所有的羊在云端
自由自在
草原上便有歌声
变得细长而嘶哑

作者简介：张慧智，洮南市大通乡湖沧村农民，1965年生。曾用笔名远村、荒岛、蕙紫、岛上荒等，在《诗歌报》《词刊》《中国青年报》《北京晚报》《关东作家》《青少年作家》《城市晚报》《中华周末报》《当代歌坛》《民情》等四十多家报纸杂志以及《美文赏析驿站》《诗词坊》《北斗诗星》《中国现代文化报》等网络媒体发表诗歌、散文以及歌词评论等作品六百余篇。

诗四首 张枢

露天电影

朝阳红山诗社
有一个同题
题目是露天电影
多年前的一幕立刻在脑海上映

不管疲惫身躯有多疼
喇叭里的通知
可以改变
此刻的心情

十里八里的乡亲
不顾夜的清冷
带上不起眼的小凳
收获着笑语声声

如今
露天电影成为曾经

所有的记忆
在同题中沸腾

三月的鸟鸣

我曾在二月徘徊
荒凉的世界
凛冽的寒风
无情地将瘦小的身影掩埋

我努力
我挣扎
我要将快乐主宰
让时间证明我的精彩

终于
我站起来了
站在三月的时空
让自信的花儿盛开

终于
站在三月
不信
你听那婉转的百灵

歌唱三月的雨
歌唱三月的风
歌唱三月出生的我
旋律最动听

凉山的杜鹃血一样红

凉山
我不知道
不知道那里的杜鹃有多红
不知道山上可有自由的蒲公英

今天
知道有一场大火
很无情
吞噬了三十条鲜活的生命

如果永远陌生
可否挽回他们的年轻
可否看到他们的纯洁笑容
可否看到他们依然步履从容

望着漫山的杜鹃
血一样红
凉山的英雄
化作挺拔的青松

困惑

初春
凌乱的愁绪如杂草
在心中蔓延
疯长

此刻
是否告别人群
在淡泊中寻找一隅
清修

还是继续前行
沿着春天的轨迹
播种
去收获未知

作者简介：张枢，吉林省诗词学会会员、中华诗词学会会员、新诗学会会员，有作品发表在《长白山诗词》等刊物上。

赵广梅的诗（组诗）赵广梅

惠风

舒眉翘望
是哪一树新枝
惹乱心扉
撩起了想象

山谷里的水弦
弹奏着旧往
缠绵的旋律
响彻十里琴房

南崖的鹃莺
声声对唱
勾起了多少
想你的情肠
洒洒扬扬

夕阳斜照不喧

铺一地暖凉
把如潮的花香
紧绣慢纺
绘制成诗行

梦里，等你

借一地
如水的月光
把心绪搅乱
独依轩窗
折叠思念

素手纤纤
左右同挑风帘
抬头望远
山峦迷蒙着
痴痴含情的双眼

又是一处
身心倍感孤单
枕畔相思无限
又是一个
等你入梦的夜晚

睡吧
别再幽怨
就让床前的
皎白月光陪伴

等你
在梦里相见

初约

桃红的跑车
疾驶在城东
亭台楼阁的街道
满载两情相约
与山水相和

透过车窗，举目远眺
街角处闪出一个
梦里想喊，而没有
喊出的那个……

还没等车轮
完全停靠
寻觅的眼神
便从半开的车窗
四处捕捉
眼前的一切
似梦非梦
似歌非歌

看到了
款款走来的一身优雅
满脸的笑容
荡漾着柔波

霎那
心跳加快
血脉成河

阳光亲吻的山坡

阳光吻醒了山坡
也吻醉了我，只想看
花草的生命
在泥土的血脉里跳动

初入三月
约春促膝对坐
松枝做笔溪为墨
书一涧香诗
写婉约春色

骄阳依山
人偎触手可得
争春的老树
早有鹃莺
把弦韵附耳轻叠

喜欢忙里偷闲
来这养一颗禅心
酿一怀静默
是雕、是刻？任由山水
独自把握

彼岸是山

彼岸是山
明知遥不可及
却还是走进心间

泡一壶清茶
独坐山前
伴我痴痴想你
陪我无限缠绵

借一弯彩虹
凌驾仙山
搭一座鹊桥
日夜相伴

若有一双翅膀
筑巢山巅
我愿意与你
同沐风雨
共煮炊烟

作者简介：赵广梅，根雕艺术家、诗人。现为中国根艺家协会会员，中国网络诗歌协会会员。曾在《黄海晨刊》《读书报》《雁鸣湖》等各类网刊微信平台发表诗歌一百多首。

诗五首 周玉杰

土地的宠儿

春，吟歌而来
由远至近
悠扬之音，唤醒了沉睡的土地

腹中孕育的种子，聆听
风恋爱的声音
嗅着海棠花的香气破土拔节

沐浴阳光，温暖
描一笔妖娆，才不辜负春色
不言片语，就很美好

花儿斗妍，鸟儿争鸣，谁也不想
错过，一场盛会
大地将这份美好——入怀

立夏

彩色的季节
藏在花香里听岁月低吟
身处花海的女子从四月芳菲中缓步而来
看梨花清冷
像染上了月色的白

蝶儿盘旋，栖身花枝间如梦初觉
一缕缕暖阳
一缕缕花香
听雀儿在耳边欢唱
好像进入了充满雅韵的禅意生活

绿意葱茏，不再稚嫩
清心境悠
宁神惬意
我闻着淡淡的青草香
闭上眼
沉醉在不动声色的美好中

暗香

听远山倾诉
孤独
几朵云悠闲地挂在山尖
聆听
翩然身姿
绽放着人间最后烟火

闭目空冥
沉寂在苍穹之下

稀疏的柳枝裸露着干枯的骨骼
在寒风中瑟瑟
一缕幽香
穿过风的束缚扑鼻而来
淡淡的
带着你特有的温雅入梦

遇见
感动着缥缈的灵魂
似嗔，似怨
娓娓倾诉着心中的美好
嗅着梅香
感叹——
暗香浮动的期待
勾起
思念如潮

你的冷，你的寒

三月，思念如风
躲过冬的严寒
渐暖
却无法躲过“倒春寒”

思念化雪
飘在桃花盛开的季节

凝结成
一朵朵晶莹剔透的白莲花
暗香飘过
却无法驻足心头

三月“倒春寒”
给不了，你想要的温暖
无法泅渡的无奈，在下一秒
转变
微笑着
去迎接人间四月天

惊蛰

蛰虫惊醒
此时，春意正浓
我推开窗
风，掠过眉间
虽暖，却方寸不乱

约上阳光与风
一起听，花开的声音
还好
一朵桃花和云一起醒来
淡淡清香
逗留在鼻翼间

这是又一次的轮回
人生多像一册厚厚的书卷

反复咀嚼
越品，味越浓

正如，人与人之间的缘分
若能只如初见
愿
故人不散
余生无憾

作者简介：周玉杰，长春市作家协会会员、双阳区作家协会会员，喜欢诗歌，散文。作品曾发表于《五月》《参花》《水浒诗刊》《吉林农村报》《似水年华》《绿池》《建筑工人》《唯美纸刊》等报纸杂志。

散文

父亲的军装 王书艳

年迈的父亲又翻出他珍藏了半个多世纪的旧军装，其实这身军装并不旧，只是在时间的概念上陈旧了些，而军装本身的颜色还是崭新的。父亲说，这是他在朝鲜退伍前发的军装，自己再也没舍得穿上身，便一直放在老箱底，保存至今。

父亲是在 1957 年 8 月 25 日退伍的，这套草绿色纯棉布面料的军装，已经陪伴父亲走过六十多个风霜雨雪的春秋。军装是两个兜的士官服，因为是中国人民志愿军，所以，军装的扣子上没有“八一”的字样。在上衣的右兜盖上面，赫然地缝着白底红字的“中国人民志愿军”的布签，布签的背面写有姓名、部别、职别、代号等，一名军人的简介就详细地填写在这里。在兜盖的下方还别着三枚军功章，其中一枚是朝鲜民主主义人民共和国为中国人民志愿军颁发的“特等功勋章”，另一枚是“和平万岁”抗美援朝纪念章，纪念章的背面打印的时间是 1953 年 10 月 25 日。还有一枚是抗美援朝“战斗英雄”章。这些经过岁月洗礼和涤荡的痕迹，都深深地沉淀在经纬交织的时光里。

每次父亲看着这身蕴藏着特殊意义军装的眼神，都是那么深沉、凝重，我能感受到父亲又陷入遥远往事的回忆中……

1953年的初春，又到了征兵季节，年少的父亲随着和他一般大的男孩子们，都踊跃报名参军，穿上部队上刚发给他们的绿军装，就义无反顾地走进了革命的队伍。肥肥大大的军装罩在他并不强壮的身上，让原本还没长高的父亲显得更矮小了。

当时，正是中国人民志愿军赶赴朝鲜战场的时候。年仅十七岁的父亲在入伍的第三天就坐上闷罐车，跟随大部队开拔到辽宁省丹东市，就像《抗美援朝战歌》唱的一样，“雄赳赳气昂昂跨过鸭绿江，保和平为祖国就是保家乡。中国好儿女齐心团结进，抗美援朝打败美帝野心狼……”父亲说，他们就是唱着这首雄壮的歌曲，在这里告别了自己的祖国，去参加这场史无前例的抗美援朝战争。

这是父亲一生中最为刻骨铭心的日子，“1953年2月22日下午三点多”渡过鸭绿江，他们到的第一站是朝鲜安夏。

如今，八十三岁的父亲每次听这首歌的时候，我都能看到他眼角闪动的泪花。那是父亲又在这首歌里追忆起他青春时代从军路上的往事，也是父亲一生引以为傲的荣光。以至于后来，我每一次听到这首歌的时候，也会泪眼婆娑，仿佛看到朝鲜战场上，那些英勇奋战的将士们冲锋陷阵、鲜血染遍山野的场景；仿佛看到青春年少的父亲英勇杀敌的身影。

这在当时，最为荣耀的还是爷爷和奶奶，因为大伯父也是抗美援朝志愿军。在这样一个一贫如洗的家庭里，爷爷和奶奶把仅有的两个儿子都送到战场上的时候，他们不会不想，两个儿子这一去，是否能活着回来？那些年，伯父和父亲在战场上生死未卜，这对爷爷、奶奶来说是最揪心和牵挂的事。值得庆幸的是大伯父和父亲都能从硝烟弥漫的战场上健全地活着回到家乡，回到爷爷奶奶以及亲人们祈盼的目光里。

挽着发髻的小脚奶奶，温婉贤淑，灵秀聪慧但却体弱多病；而驼背的爷爷，则是木讷憨实，勤劳倔强。他们二人无论从相貌，性格，到体质，无一不相差悬殊。听母亲说，当时奶奶娘家的家境殷实，就因年轻的时候，奶奶身体不好才嫁给一贫如洗的爷爷。从我记事起，爷爷凡事都听从奶奶的，而父亲的秉性正是综合了爷爷奶奶的特质，我猜想大伯父和我父亲一定是得到奶奶的允许，才得以走上从军之路。以至于使他们的人生改变了轨迹，他们从部队转业后分配到铁路上，都当了铁路工人。

依然还是一身制服的父亲，军人的特质在他身上很明显地体现着。常听父亲说，他所在的这支部队开拔到朝鲜的时候，朝美还没停战。父亲是工程兵，那时他还不完全懂得战争的概念。他们的任务就是维修一些被炸毁的工事和桥梁以及一些军事设施。父亲常常回忆起在那一幕幕硝烟战火中，那些志愿军冒着生命危险抢修工事的场景。现在精神矍铄的父亲，眼神里依然透着坚毅。但父亲并不全主动提起这些，只有我问到时他才答复我。

让我最为敬佩是，八十三岁高龄的父亲，虽然已是耄耋之年，但思维依然清晰，语言也很有逻辑性，他在朝鲜到过的地方竟毫不犹豫地如数家珍。父亲在朝鲜战场四年的时间里，一路经过安夏、新义州、西甫、福西、金刚山、圆山、内外石桥、马家地、金川、福川、常寨洞、杨德、澎来湖、里世里、黄江等，这些地方都留下了志愿军们的足迹和鲜血，甚至还有那些没来得及看到和平的志愿军战士们年轻的生命。

当时，父亲是在二十三军某部工程指挥部当警卫员，机敏的父亲晚上睡觉都是睁着一只眼睛，恐怕突发紧急情况。父亲所在的工程指挥部驻扎在“内外石桥”的时间比较长，距离阵地“马家地”仅有五华里之隔，他们抢修工事的时候，经常会遭遇冷枪，这种危险的情况时有发生。

在父亲到朝鲜战场的半年之后，虽然已经宣布停战，但是他们依然要维修被战争损坏的一切设施、设备，以及战争留下的残局和疮痍。

因为父亲是初小毕业，部队领导又给父亲加派新任务，让他教连队的战士们读书识字。父亲做事很认真，稍有闲暇，他便找一处破旧空旷且安全的房屋，教战友们识字。

每到年节，找父亲写家书的人就排成队，直到父亲写到手腕疼。后来他想出一个好点子，先写出三封样书（写给妻子的情书、保平安的家书、年节问候父母大人的家书）。这样就减轻父亲的压力，让大家抄写各需所求的书信。

在父亲记忆里最深刻的一件事，是在 1956 年 3 月初，修黄江大桥的时候。三月的朝鲜依然是春寒料峭，工程指挥部突然接到上级的命令抢建黄江大桥。而原来的黄江上只是悬着一条窄窄的，晃晃悠悠的铁索木板桥。指挥部的首长派父亲到江的对岸去取雷管和白酒，在这极其艰苦的条件下作业，官兵们只能以白酒驱寒。

当时一百多米宽的江面共有五处桥墩，中间一处，被敌机给炸毁。与两边的连接处是用仅四十厘米宽的木板固定在铁索上，年轻的父亲双手扶着晃摇不定的铁索飞快地就跑到了江的对面。等他拿上雷管，背上十几瓶白酒，再想走回来时，那可是难上加难了，父亲试过几次，都无法在桥板上站稳。当父亲低头看到距木板桥有三层楼高的滔滔江水时，他急得直冒汗，可是首长和战友都在江的对面焦急地等着他，他一只手根本就扶不稳铁索，父亲只好咬紧牙根，趴在窄窄的桥板上，艰难地向前爬行，硬是爬过这段窄窄的木板桥。等到父亲下桥时，身上的军装已经被汗水湿透，勇敢的父亲完成了首长交给他的任务。而正是经历这一次次生命的历险，让父亲变得更加坚强。

每当父亲在生活和工作中遇到困难和挫折时，他都会想到在朝鲜战场上经历过的风险，一切困难在他面前都退却了。

父亲的生日又快到了，他老人家又翻出这套军装穿在身上，并让我给拍几张照片保存。看到父亲又爱不释手地抚摸着他的军装，和父亲眼神里透出的祥和，让我们深深地感受到和平的幸福。而这套军装里藏着父亲的灵魂家园，藏着父亲军旅生涯的风风雨雨。从父亲六十岁那年在铁路上退休，每年的生日或是重要的日子，父亲都会穿上这身军装，军装的绿色依然，就像父亲永葆的军人本质！

作者简介： 王书艳，笔名姝燕。鲁迅文学院第24届（报告文学）高研班学员，中国报告文学学会、吉林省作家协会会员。作品散见于《解放军文艺》《前卫文学》《吉林文学作品年选》《铸梦边关》《吉林国防》《延河》《安徽文学》《山东文学》《吉林日报·东北风》等。已出版诗集《指上时光》。

铁匠 北果

铁匠姓张，很少有人知道他的名字。所以，大家都叫他“张铁匠”。

张铁匠并不是本地人，听说他的老家在辽宁，因为闹饥荒，他带着全家人迁居到本地的一个村落。

张铁匠身材高大魁梧，面颊绯红，逢人爱笑，一口浓重的辽宁口音，是他身份与来处的唯一凭证。

张铁匠迁居于此，人生地不熟，更是房无一间，地无一垄。幸亏他有一手巧活儿，瓷的、陶的在他的巧手下，经过一颗锔子，一把铁锤，便能修复得完美无缺，全家人的起居生活便落在了他肩上的那副挑子上。

张铁匠每天起早贪黑，走街串巷。洪亮的辽宁口音不断地吆喝着：“锔缸，锔锅嘞……”不到半年，十里八乡的人都认识了他。居家过日子，锅碗瓢盆有个残缺是常事，那个年代，物资匮缺，能修补的大家都找张铁匠。因此，张铁匠在当地安了家，并置了两间草房和几亩地。

铁匠有六个女儿，一个儿子。张家祖辈单传，张铁匠对这个唯一的儿子尤为溺爱，并且称小名为“久儿。”

铁匠常年在外，为了生计奔波，家里大小事宜全凭老伴儿一人照料，六个女儿年纪相仿，前后都到了婚嫁的年龄。老伴儿为人谦逊和善，向来少言寡语，整日足不出户，家里人口多，光是九张嘴，就足以让她在石磨前转上一天。最令人心寒的是，七个儿女各个不省心，竟无一人帮衬她做活，尤其是儿子久儿，八岁了还在吃奶，后脑勺留着一根辫子，终日在外闯祸，回到家里和六个姐姐依然横行霸道。

一日，张铁匠外出数十里做活，半夜才回到家中，一进院子就发现老伴儿趴在磨杆上，双手下垂，一条腿半跪在地上，另一条腿还在用力地向前迈着步子，只是，人已经僵硬。铁匠扔下肩上的挑子，使出全身力气也没能把老伴儿从磨杆儿上扶下。他拼了命地喊着老伴儿的名字，眼泪泉涌而下。

七个孩子无一人在场，铁匠气急败坏地踹开房门。吓得孩子们从被窝爬起来，久儿却急头白脸地冲铁匠嚷着："半夜三更不让人睡觉，作死吗?"铁匠不由分说，上去就是一个嘴巴，这是他第一次打久儿。久儿被打得满眼冒金星，半天才缓过一口气。铁匠的举动，吓坏了六个女儿，各个扯着被角不敢出声。

铁匠"唉"了一声，蹲在地上，一手拍着脑门，一手指向屋外，有气无力地说："去磨坊看看你们的娘，她被活活累死了，你们这帮畜生……"随后呜咽起来。

七个儿女惊慌失措的奔向磨坊，看着母亲瘦弱僵硬的模样，哭声一片。

第二天，铁匠没有出工，在家办理老伴儿的后事。处理完，他也倒下了，一连几日，茶水不思。他后悔自己没管教好孩子，悔恨自己没本事，老伴儿没和他过上一天好日子，他闭上眼睛就是老伴儿趴在磨杆儿上的模样……

此后，铁匠再没外出做活，而是在家开了一间铁匠铺。这样不仅可以照顾儿女，还能对儿们女有个管束。俗话说，好货不愁客，十里八乡的人都上门来找铁匠帮忙修理各种器具。

转眼十年过去了，六个女儿都已成家并有了孩子。做了外公的张铁匠，对外孙外孙女尤为怜爱。三女儿家过得并不富裕，他还时常帮衬财物，女婿们也还算孝顺，逢年过节都来看望。

村邻见铁匠一人生活忙碌，便私下给铁匠说媒，让他再娶。铁匠先前犹豫过，但并没有真正表态。这事被儿子久儿知道了，和他大闹一场。并大骂村邻，扬言以后谁再给铁匠说媒，就掘他祖坟。铁匠又一次打了久儿，他并不是嫌久儿破坏自己再娶的事儿，而是觉得这样的儿子实在是自己管教无方，难以面对街坊四邻。

傍晚，张铁匠拎了一壶酒和一筐纸钱去了老伴儿的坟前。他背靠一棵老松树坐在地上，一边烧纸，一边喝酒，老泪纵横地对着老伴儿的坟头说哭诉："老伴儿啊！从你走的那一刻起，我就没想过再娶，我愧对你，可久儿这个样子，谁家的姑娘能嫁给他啊！外面的人都说我累死了老伴儿，说久儿有爹没娘教，村里人都叫他张驴子，是我无能啊……"

月升当空，铁匠才踉跄着回了家。

又是五年，铁匠依然重复着修补残缺，腰梁已显现弯曲的姿态，长满老茧的双手，裂纹叠加。这一年，久儿成家了。嫁给久儿的姑娘并不是外乡的，而是铁匠隔壁邻居家的小女儿。久儿从小骄纵无理，十里八村人尽皆知。可这姑娘偏偏就看上他了，物以类聚，人以群分。久儿媳妇也是一样蛮横，但却出落一手好活，家里家外，无一不能。

久儿能娶上媳妇，铁匠自是喜出望外。对方要啥条件，他都一口答应。全部家当毫无保留地交给女方。他本以为久儿娶了媳妇就能有所改变，并且娶了一个厉害媳妇，定是好事儿，最起码能够管束久儿的性子。

生活就是这样，总会冷不防地给人一个意外，不管你能不能接受，都得毫无条件地接着。

久儿婚后，并没像铁匠所想的那样。不过，他倒是很听媳妇的话。铁匠也完全不会想到儿媳妇比久儿变本加厉。从前自己亲手置办的房子不再属于他，儿媳妇将铁匠的铺盖丢了出去，并斥责铁匠无能，把儿子养成这样，要不是为了张家的家产，她什么样的男人找不到。

铁匠听后，顿时全都明白了。可事到如今，后悔也无济于事。无奈，他和久儿说了儿媳妇的种种行为。久儿不但无动于衷，反而直接把铁匠推了出去，并告诉铁匠能住就去仓房，不能就立马走人，别破坏他们夫妻关系。

张铁匠一生忠厚坦诚，自己也想不明白怎么会生出这样一个儿子。秋霜寒露，他一个人蜷缩在七裂八缝的仓房里，潸然泪下。本打算去柴垛上拿捆柴火生火取暖，谁知儿媳妇还没开口，儿子就破口大骂："老不死的，你想放火烧死我们吗？我媳妇可怀着你孙子呢！咋，你想让张家绝后？"

铁匠一听，原本的怒火全消，他宁可挨冻挨饿，委曲求全。心想着自己要有孙子了，似乎有了盼头。从此以后，他更加卖力地干活，攒下钱给孙子，他像年富力强的小伙子一样，家里的粗活累活，一人独揽。久儿却终日游手好闲、赌博、打架斗殴。经常有债主上门讨赌债，张铁匠全部如数奉还。

几年间，久儿媳妇一连生了三个男孩儿，铁匠乐开了花，哄完大孙子又哄二孙子，再多的苦和累他都隐忍了。看着孙子一天天长大，一声声地叫爷爷，让他觉得上天还是公平的。

东北有句俗话：老猫炕上睡，一辈留一辈。是啊，久儿虐待自己亲爹，他的儿子们看在眼里，并在心里埋下了深深的根。

转眼又是数载，张铁匠老眼昏花，终日住在潮湿阴凉的仓房里，笔直的双腿变成了 O 型，花白的头发所剩无几，老年斑在他的脸上、手上堆叠着。就像他当年在那些残缺的锅碗瓢盆上锔上的锔子一样。他为千家万户修补的是完美，可岁月赠给他的却是残缺。残缺的亲情，残缺的一生……

大孙子结婚那天，老铁匠乐得合不拢嘴。颤抖的双手从腰间拽出一个蓝格子手帕，一层一层打开，里面是厚厚一沓零钱，一毛的、五毛的、一块的，数了数有两百多。这是他捡破烂攒下的，也是他给孙媳妇的见面礼。孙媳妇穿着一身鲜红的新衣服，看着爷爷老态龙钟的样子，泪水夺眶而出。

老铁匠持着从未改变的口音说："孩子，收着吧！这是爷爷的一点儿心意，就是，就是少了点儿……"

孙媳妇急忙推让："爷，不少，您自己留着用，我们有钱。"

站在一旁的久儿媳妇一把夺过零碎的两百元钱，塞到儿媳妇手中，边塞边说："让你收着就收着，他那么大岁数，留钱有啥用?"

场面异常尴尬，老铁匠强忍泪水，默默地退回仓房。

晚上，孙媳妇给老铁匠端来一碗面条，并把那两百元钱也带来了。老铁匠看着孙媳妇，先是笑了，后来又哭了，一边摇头一边叹气。孙媳妇看着眼前的爷爷，一脸无奈，临走时对老铁匠说："爷，明儿，你搬来我们屋，和我们一起住吧!"

老铁匠一怔，再也忍不住满腔热泪，他摆摆手只对孙媳妇说了一句话："好孩子，好孩子啊!"

当天夜里，老铁匠拎着一瓶敌敌畏，步履蹒跚地走向老伴儿的坟地。那年，张铁匠八十三岁。

数年后，人们不再记得那个当年走街串巷的铁匠，可却记得那熟悉的叫卖声："锔缸锔锅嘞……"

前不久，听说久儿得了癌症。据说三个儿子将他和老伴儿一同送去了养老院，孙男娣女无一人前去看望。后来，久儿终日觉得口中满是农药味儿，一日发狂，将老伴打伤，老伴儿被他重伤后，成了植物人，他，跳楼身亡。

作者简介：北果，80后作者，就职于吉林广播电视大学桦甸分校。桦甸市人，擅长创作散文，诗歌。作品散见于《中国老年》《中国乡村》《吉林日报》《青岛日报》《长白诗世界》《小诗界》《作家周刊》等报纸杂志，另有多篇散文、小说获奖。

秋千儿 李玉红

一

荡秋千，东北人方言称“悠悠”，有句儿歌：“悠悠，到老不抽抽”，说的便是秋千儿的好处。对于 20 世纪 70 年代农村出生长大的人，对它一点儿也不陌生。那时，每家房前屋后都少不了几棵上了年月的大树。每到春夏之际，两根结实的绳子，无非是麻是纤，高高地拴在歪脖树杈上，枝繁叶茂的树下，便成了孩子们的舞台，上演着一幕幕惊天动魄的游戏。在物资匮乏的年代，俨然成了童心唯一的奢侈。

我从小出生在这样的农村，对荡秋千儿的记忆始于四十多年前。我必须承认自己不是一个有记性的人，于儿时生活里的无数记忆早已模糊。永不褪色的便是家里的两间泥草房和陪伴我长大的秋千儿。从泥房的屋内到屋外至房前屋后的菜园子，以及几棵苍老的大树，我儿时的脚印一直未曾离开过这些地方。而关于泥草房的来历，是长大一点儿后听大人说的。

父亲是乡里学校的一名老师，30 年代末生。那时能从农村贫困的家庭中，走出一名教师实属不易。父亲几乎是半农半学过程中完成学业的，师范毕业后参加工作时只有十八岁。我小时候，常听包括爷爷奶奶在内的长辈们，称呼父亲为“先生”。儿时，我对“先生”一词的意思并不了解，以为是父亲的名字，后来才知道“先生”原来就是指有学问的人。现如今，对有学问的女人大家也尊称为“先生”，譬如大家称呼钱钟书夫人为“杨绛”先生。这不仅仅是对一个人知识的认可，更是对职业的尊重与敬仰。

母亲和父亲一样，都是贫苦农民家的孩子。十八岁那年，和父亲一起挑起了十几口人家的大梁。两个哥哥一个姐姐出生后，父母开始分家另过，没有房子和粮米，一直过着寄人篱下的生活。难言的悲苦可想而知。

父亲利用放假期间，自己拓坯盖了两间泥草房，对于当时也是实属不易。那是 1972 年农历四月，还没来得及抹好一指宽的墙缝，四处透风中，我便呱呱坠地了。

二

大约五六岁的时候，哥哥姐姐已经上学，父亲上班，母亲要去生产队里干活，每天只能把我锁在家里。没有玩伴，没有人说话。父亲怕我一个人在家哭闹，便在屋里的房梁上，用绳子拴了架十分简易的秋千儿，坐板是一块长方形的木板。能够陪伴我的只有家里一只温顺的大黄猫，饿的时候，它仰着头和我喵喵地叫。我会笨拙地给它弄点儿饭菜，吃饱了它陪我一起荡秋千儿，晃来晃去，没一会儿我俩便一起躺在木板上睡着了。熟睡当中，一翻身就会掉到地上，醒来已是晌午时分。

母亲不仅勤俭持家，也是生产队里出了名的劳动力，一个人做两个人的工。每天中午，已过晌午才能回来吃饭。当看到阳光直线照进屋里的时候，我知道，母亲快回来了。就坐在窗前和大黄猫一起望着窗外等待母亲。那时，窗外的世界于我而言充满了好奇，哪怕是偶尔的一声狗叫，也会让我惊奇地向窗外探出头看一看。那时的窗子是最原始的木制框架，上面分有对称相等的四个小窗框，下面是整体一个大框，分别可以自由拿下来放上去。上面的窗户有专门随时可以支起它的一根木条。除了雨天关闭，晴天的时候，那是母亲给我留下的唯一一处可以探出身子向外遥望的窗口。我没有力气将其支起来，每天母亲走的时候都是她弄好。我每上一次窗台必须小心翼翼地不能碰到那根支棍，否则窗户会落下将窗口关闭。每当听到院子里的狗叫声，我就会立刻站到窗台上伸出脑袋探个究竟。母亲告诉我，要看好院子，免得丢了东西都不知道。我必须格外留神，来了邻居或者不认识的人，母亲回来我一一描述汇报，常常被左邻右舍夸我是看家的好帮手。

大黄猫乖顺地躺在我的腿边，不时地舔舔我抚摸它的手。阳光从窗子照射进来，暖洋洋的，隔着玻璃向天空望去，反射出五彩缤纷的光芒，如多姿多彩的童话世界。院子里的一只只母鸡，随着晌午的到来，不断用它特有的音调，报告她产蛋的成功，不停地在院子里悠闲地踱来踱去，时而歪着头东瞅瞅西看看，似乎也在焦急地等待母亲回来，好给它们带回一点儿特殊的奖赏。我不需要奖赏，我只要母亲快一点儿出现在我的视线之内。

晌午的时光仿佛是凝固的，凝固得似乎让人觉得没有尽头。坐着等好久不见母亲的身影，我站在窗台上一次次探出身子向远处望，一次次失望地又坐回原地继续等。肚子开始咕咕地提起抗议，不由自主的眼泪，惊动了身边睡去的大黄猫，它抬起头喵喵地叫着，说着我听不懂的语言，来回摇动尾巴焦急地看着我，眼神里透着焦虑，似乎也有一汪泪水在眼里打转。几次我试图想跳出窗外去找母亲，可我过于瘦小，怎么努力都无济于事。只能站在窗台向远处望，一直望到远处的乡间小路上，一个小小的黑点，一点点变大，变出母亲的轮廓，脚步匆匆。便欣喜，是母亲回来了，然后高兴地又快速奔向秋千儿。大黄猫特别聪明，它会观察我的神态举动，见此情景，总是比我快更速地跳到秋千儿的木板上，调皮地摇晃着尾巴，似乎比我还高兴。这时，我总是能把秋千儿荡得很高很高，仿佛一下可以荡出窗外，快速跑向母亲。

三

随着时间的推移，生命中总会有许多遇见的人或经历的事令人记忆犹新，仿佛就在昨天，依旧历历在目。

在我家门前的菜园里，父亲栽了许多果树，至于哪年栽的我并不知道。等到我七岁那年，它们已经枝繁叶茂。听母亲说，那些果树是盖房子那年，父亲特意为我们几个孩子栽的。童年，唯有那些果树每年结的果子，能满足着我们儿时的味蕾。每到春天，一树一树花开灿烂，像一把天然的遮阳伞。一张张粉嫩的笑脸，绽放着醉人的芳香。父亲将屋里的秋千儿，拴到一棵李子树下。荡着秋千儿，微风吹来，听树叶哗哗作响，仿佛弹奏着一曲美妙的旋律，拨动了岁月的心弦。于是，仰望树上成熟的果实缀满枝头，成了儿时最美好的期待。圆形的场地，凉爽的树下，彻底成了我儿时的乐园。我的小伙伴也因此开始多了起来，每天玩得不亦乐乎。

两个哥哥一个姐姐当中，二哥对我格外谦让。他年长我三岁，从小性格内向，少言寡语。我随意地在他面前任性，他从不舍得和我争执。我没有其他玩伴，每次只有二哥肯带着我玩。

一次，荡秋千儿的时候，大家比赛看谁荡得最高，二哥为了不让我的秋千停下来能越荡越高，就在我的后面帮我助力向前推送。可是荡久了就会感到头晕目眩，加之我长得瘦小，没坐稳，手也没握住两侧的绳子，便掉了下来。额头立刻磕出血，我捂着额头，坐在地上，歇斯底里地哭起来。父亲听到立即从屋里三步并作两步来到我面前抱起我。二哥见状，吓得魂飞魄散，一溜烟儿不知跑向哪里，整整一个晚上都没敢回来。

其实当时额头只是一小块擦伤。为此多年来我一直自责，不该歇斯底里地哭，吓得二哥为了躲避父亲的家法，不知在哪儿躲了一夜，第二天才被人找到。一段时间，父母不再让我玩秋千儿，趁父母不在家，我还是喜欢跟在二哥的屁股后荡秋千儿。因为有了上次的教训，二哥格外小心我的安全。

经常和二哥一起玩的有一个男孩儿，我不知道他的名字，他的双脚给我留下最深刻的印象。我从来没见过那样的一双脚，双腿从小腿以下部分是弯曲的，两双脚极明显区别于正常人。向腿内测严重歪斜，变形而丑陋，走起路来，两只脚横着，一只隔着一只向前迈步，看起来特别吃力。但他却显得十分轻松自如，有时还能跑得很快。每到寒暑假，他都来我家和二哥玩。而我又多了一个肯和我玩的伙伴，虽然我的身高仅仅到他的腋下。他和二哥一样，对我特别好。

每次玩秋千儿，他都特别小心翼翼地照顾着我，从来不和我争抢。树上果实成熟的时候，他的脚丝毫不影响他爬上去给我摘果子吃的速度。寒假时，他和二哥经常拉着我的手，玩雪地爬犁，堆雪人。在雪花纷飞中，玩得自己反倒成了等待春天的雪孩子一般。因为脚与众不同，我时常会发现别人异样的目光，对那些目光，他似乎习以为常。那时，我曾天真地以为，他的脚有一天会长得和我们一样。

直到我上学后，再不曾见到他，也不知他去了哪里。后来我才知道，他不仅是二哥的同学，也是父亲的学生。因脚长的特殊，常遭到同学的嫌弃，没人搭理，心理特别自卑，父亲格外关照他。再后来，听说他家搬去了另一所城市，他是否还会遇到某些异样的目光，他的脚变得怎样，走出了怎样的生活道路，遇到了什么样的困难，一切不得而知。

从那时起，我再不曾玩过秋千儿。如今四十年转瞬而逝，不知不觉，童年的秋千儿已成往事，无情地把我们推向了遥远的地方，将生活推向了别处……

四

上学那年我八岁，正是20世纪80年代初期，农村包产到户，百废待兴。茅草屋仅有三十平左右，早已容不下六口之家，家随之搬到了镇上。除了怀里抱着那只大黄猫，两间茅草房和房前屋后的那些果树，都留在了的那里，还有我回不去的童年。

所谓的新家并不新，是学校的旧校舍，父亲买下三间，收拾好后却也宽敞明亮。只是房前屋后除了长时间踩踏的坚硬的操场，光秃秃的，没有一棵树可以遮阴，更谈不上各种果子缀满枝头，总感觉少了很多东西，心里空落落的。

家里因为买了房子，所以日子格外捉襟见肘。父亲带领我们兄妹四人，每天天刚刚放亮就起来给房子前后的操场翻土，把里面的砖头瓦块挑拣出来，尽量保证土壤松散，易种些蔬菜以填补家用。待蔬菜油绿，长势喜人的时候，周围人家甚是羡慕，直夸赞我们一家人吃苦耐劳。

1987年大哥结婚生子，国家有了农转非政策，除了大哥因已结婚条件不符之外，我和姐姐、二哥，都变成了农村吃“红本”的人。那时，对于吃“红本”的人，很多人特别羡慕，再不用面朝黄土背朝天，一样会有饭吃。虽然每月供应粮还不足以过上丰衣足食的日子，但也令人欣慰不已。随着侄子的出生，更是给家里增添了许多喜庆。尤其父亲，做了爷爷自然喜上眉梢，对下一辈人，更显得尤为关爱。待侄儿会走路的时候，父亲便在大门横梁的柱子上，找来绳子又拴上秋千儿，哄孙子玩耍。此时，我已升入初中，面对秋千儿，欲坐上去找一番童年的感觉，不仅令家人笑我幼稚，羞得面红耳赤而径自走开。

有些过往，逝去了不再回来。亦如时间的脚步，我们无法令其停止。

树大自然要分枝。一家八口，同一屋檐下，日子久了，难免磕磕碰碰。加之哥嫂结婚时欠下外债，不得不分家另过。父亲没让哥嫂承担任何欠款，家里变了供应粮便没有了土地。父亲只好将家里唯一的房子变卖，回到村里买了相对便宜的旧房子。剩下的钱还了债务。那年，飘满父亲头上的风霜，再不曾化过。

旧房子是一位孤寡老人住的，去世后一直闲置。房前屋后野草重生，足有一米多高，把房子围在中间，荒芜了门前的路。窗户，房门有些破旧不堪，比小时候的两间茅草房大不了多少。屋内黑暗，四处灰尘，墙角挂满蜘蛛网。父亲找人重新里外修整一番，才算焕然一新。又在西面盖了两间偏房，这时，姐姐已经结婚，二哥没有工作，利用这两间偏房做起了豆腐。生来老实巴交的二哥，起早贪黑，做了一手好豆腐，十里八村出名。

父亲在房前屋后，又栽了一些果树，没两年，果树花开，接了许多丰硕的果实，仿佛又看到我们小时候树上摘果子的情景，只是，我们都已长大，不用再爬上爬下，树下，也再不曾听到儿时荡秋千儿的儿歌。常常果子吃不了，父母便送给乡里乡亲吃个新鲜。

家里蔬菜、果子，每隔几天，父亲便大包小包乘车给我们各家送来一些，每次也都是来去匆匆，从不肯多住两天。每次回家，父亲也总是把吃的用的准备齐全，生怕我们少吃一口，住得不习惯。前后的菜园子，即便父亲每天上班，他都会利用闲暇打理得井井有条，葱郁旺盛。

五

相继，我们兄妹四人都组织了各自的家庭。父母在哪儿，哪儿就是家。无所谓富丽堂皇。父亲退休后，房前屋后的菜园子成了父亲新的阵地一般，整日望着极少言语。十几年光景，那些果树棵棵已经粗壮，一圈一圈的年轮，在它们的周身刻上了岁月的痕迹。亦如父亲不断增深皱纹的面庞，写满生活的沧桑。

岁月风吹，无法阻止时光的脚步。父亲逐渐走向老年，身体大不如前，也把我们吹向各个角落。忙碌的时候，各自的孩子送至父母跟前看管，成了父母晚年卸不下去的任务。为此，父亲也常乐此不疲，每到春夏季节，父亲依旧在树下准备好秋千儿供孩子们玩耍，恐怕只有悠悠荡荡的秋千儿，才能无言地承载着父亲的挚爱历程和心酸无奈。

岁月催人老，倏忽间，父母老得让人心碎。2007 年，父亲患上脑血栓，开始行动还算自如，但是随着年纪不断增大，走路也越来越蹒跚。为了照顾方便，大哥将父母接到家里。2016 年冬，女儿在外地工作，得知父亲病重住院，千里连夜赶回到医院看父亲。父亲在昏迷中醒来，拉着女儿的手，用他不清晰的言语，依然叫着女儿的乳名："我们心儿长大了，姥爷都快认不出来了。"欣慰得眼角湿润。顾不上吃一口女儿送至嘴边的食物，一直望着，仿佛在搜寻着那些逝去的时光。

那一刻，我才发现，原来父亲就是我们生命中唯一可以乘凉的一棵大树，用他宽大的胸怀给予了我们如山的父爱。童年，在那样一个贫困的年代，给予了我们一段美好而难忘的时光，一生，让我们在他坚实的臂膀下快乐成长。时间永远是新鲜的，而童年的秋千儿，却将父亲推向了时间的另一端。

2017 年 7 月 11 日清晨六时，父亲松开了时间，走完了他七十八岁的风雨一生。那天，父亲像走了很久的路，累得没说一句话，便永世长眠。只有我和哥嫂，为他穿好衣物、鞋子，送他走向人世另一端的路程，也将我们自己向前推送了一段。

某日，随同事去山庄游玩。山庄清凉、幽静，环绕在树林之中，各种果子缀满枝头。一眼碧绿，洁净而淡雅，忽有走进世外桃源之感，又仿佛记忆中某个场景再现。小路曲径通幽，向深处走去，眼前出现一处圆形的场地，一棵李子树枝繁叶茂，果子缀满枝头，一个秋千儿自粗壮的树干上垂下。午后阳光透过枝叶缝隙照在地面上，斑驳而静逸，似曾相识，俨然童年秋千儿的模样与场景。我驻足凝望，继而飞奔过去，轻轻抚摸上面模糊的痕迹。坐在上面轻轻荡起来，耳边回响起幼时的儿歌“悠悠，到老不抽抽”。仿佛看见树下，父亲牵着那个荡秋千儿的小女孩儿，走在时间的风里。

我蓦然发现，父亲的一生也是一架秋千儿，他把生活事业和儿女们一次次荡向空中，用尽所有的时间和力量。

作者简介：李玉红，吉林省作家协会会员、吉林十大乡村作家。作品散见于《中国文化报》《团结报》《中国新闻出版广电报》《中国气象报》《当代教育》《速读》《椰城》《博爱》《学生家长社会》《合澜海》等多家报纸杂志，也有作品入选《吉林文学作品年选》等文集。

况味童年 程少青

在一个暑夏炎热的日子里，我陪同屯聚古稀之年的老人们，游览一马树国家4A级森林公园景区，纵观晚情，逐梦梓园。在森林氧吧安恬绥靖的区间里，我沿着林荫下曲径通幽的森林栈道，款步漫行，纵目芳草蓬茸，花鲜妩媚。一条跌宕蜿蜒的溪水，婇媚清雅，一路恣意潺湲，不舍昼夜。在目光收掠中，意外惊现淙淙泉水声中，亭亭玉立的蒲草，举着毛茸茸的蒲棒，斜出脆生生的蒲剑，令我叹为观止。惊讶这旱漠荒地植物群落，竟奇迹般衍生出植物种群的后裔，堪为沙漠中绿色的精灵。有道是物竞天择，适者生存的自然法则。幻化成我眼前回归自然，况味童年的旧事钩沉。

半个世纪前，这里一片荒凉，莽莽戈壁，一派乌烟瘴气，风沙疾掠，沙虐成为一年上演的主场戏。当年流传下来这样的顺口溜儿：一年一场风，从春刮到冬；没有森林树木，竟是黄蒿子；没有河流湖泊，竟是碱泡子；没有高山峻岭，竟是土包子；没有珍禽异兽，竟是黄鼠夜猫子；没有宝马香车，竟是遍地滚的扎莫棵。漫漫黄尘古道，人们过着民不聊生，饥肠辘辘，颠沛流离的灾荒生活。

那时候，我还很小，为了添补家用，常约童伴们走出家门，来到这边荒野外，采集羊奶子叶、苋菜、曲麻菜、桑葚、欧里等果蔬斗鲜。最为叫人垂涎的，要数那尘封心底，挥之不去的酸塔。其形状怪异，类似于塔，是多年生草本植物。根蒂结满密匝匝的圆莛叶茎，翠绿鲜嫩，错落有致地拥簇一团，约有酒盅般大小，静敷在野地里。摘下一瓣品尝，酸溜溜的，醇厚芬芳，野味十足。用清水洗净后，摆上农家餐桌，蘸一点儿醇香的东北大酱，其味悠长，让村野人家尽情享受那一份属于塞北农家所特有的佳肴订制。

欧里，是童伴们最为抢手的野果，属灌木类矮小丛生的木本植物，开紫白色稠密小花，果实熟透时呈深红色。深藏在坨岗坡上的灌木丛里，显而不露。我拨开荆丛，只见植株上，次第垂挂着红灯笼一样的欧里，玲珑剔透，煞是讨人喜爱。我如获至宝一样，唯恐玷污圣洁，便小心翼翼地将一枚枚圣果，如数家珍般盈满私囊，得偿奢望。那种惬意十足，是大自然赐予我平生里最美的褒奖，让我念之以恒，萦记于心。如已缥缈得淡之远矣，已成不可复得的遗缺之憾。刺猬，则是采食野果的高手，昼伏夜出。凭借一身的硬刺，钻进野果丛中，获得遍身的果实。随即满载而归，滚下岗坡，匿伏在极为隐蔽的荒蒿草丛深处的洞穴。欧里不仅能够充饥，还能够为哺乳期的刺猬补给奶水。

采集桑粒，成为我们这群野孩子的遥想期盼。天真的童趣，和着夏日里的蝉鸣，低吟浅唱着天空中从远方寄来的童谣，率性而为地撒野在大千世界里。桑树为落叶乔木，叶子卵形，花单性，果食可以食用，也叫桑葚子。果穗成熟时呈黑紫色，味甜微酸，沁心润肺，亦可入药。是东北地区沙荒野岭中的常见树种。我们几个野性无羁的孩子，不一而足，为盈满手中的篮子，疲于奔波。在一株树冠庞大的老桑树下，仰望着掩映在婆娑树影里叠翠的桑葚儿，垂涎欲滴。我攀缘桑树梢头，猴子似的穿行在枝柯之间，采下一串串珍珠玛瑙似的桑穗，传递给等候在树下的伙伴。他们也不示弱，以人梯的方式，一人踩着两人的肩膀，采获触手可得的鲜果。桑葚类似葡萄的果穗，每一颗穗码，结满密密实实的桑粒，如小米粒般大小，累成形似倒垂的翡翠塔。摘下果实放入口中，咀之甜润芳香，成为孩子独有的嗜好。

在回家的路上，小伙伴们攀比着各自篮子里的盈余亏短，少的自觉囊中羞涩，多的则仗义疏财。围坐在一个小坨尖上，把收获多的篮子，翻个底朝上，酸塔、酸巴溜、欧里、桑粒抢着分享。个中迥味独鲜，大快朵颐。

记得那是一年春天的清明节，狂风大作，沙浪排空。野地里一种枯干的草本植物扎莫棵，隆起一米多高的圆体，耐不住大风的掠夺，被驱赶成飞滚的风中快骑。在孩子们好奇的视野里，却成了一件极具魔力的趣事。于是，不顾沙霾风暴的袭击，挺险到旷野迷沉中围追堵截。由于风力大，只见扎莫棵借势迅疾飞滚，不时在头上腾空掠过，见势其来，便撒腿奋起直追，直撵得气力不接，消失得无影无踪，望之兴叹。偶有截获，就用麻绳拴上，系在一个固定物上。经过多时的争抢奔夺，战绩斐然。俘获的战利品，蔚起囤积的营盘。待风消沙伏的天气里，伙伴们牵出驯服的“战马”，左手牵起缰绳，右手握着牧鞭，俨然一个骁勇善战的骑士。只听“叭”的一声，仿佛离弦之箭，拖起身后一道烟尘，浮没在乡野之间，构成一幅小村梦幻般的迷醉画卷。

岁月其徂，温郁感怀的游园老人们，深深陶醉在仙境里的世外桃源，故地重提陈年往事，凝重而又淡远，浮成远天一缕散去的云烟。在与时俱进的新常态下，临风问乐，看岁月静好，守梦里花开，一个生态福地的超然境界，正悄然向我们走来。

作者简介：程少青，1955年3月出生，在多家媒体发表通讯、报告文学、诗歌、散文等不同体裁的作品三千余篇，其中《石竹花》《心声伴着歌声飞》《寻梦天然绿色间》《北疆情结》等数十篇应征作品在全国征文大赛中获奖，其个人写作经历曾先后被《吉林日报》《四平日报》等纸媒刊发报道。

豆腐的故事 青庆

豆腐是日常生活中的美味，可是，在我的童年时代，吃一次豆腐并不那么容易。那时候，大集体，生产队每人分十四斤黄豆作为一年的油料。母亲一般不舍得动用。除了换几斤豆油，余下的，常年放起来，生活实在紧的慌，就抓出一把放在菜里。

逢年过节的时候，母亲会泡上几斤磨豆腐，端到邻家院里的石磨上，磨成豆浆，第二天上午，把它做成豆腐。母亲把豆腐割成方块块，然后拿出一小块，切一切，给爷爷盛一碗，其余的，我们每人分一条："尝尝。"一小块豆腐，怜惜地拿在手中，一小口一小口地品尝，生怕一下子吃完，就再也捞不到这种让人留恋的美味。心想："这要是吃个够多好……"

随着我和大哥岁数增长，母亲觉得我们能帮她干活了，再到推豆腐的时候，就让我和大哥帮她推磨。说："想吃豆腐就推磨。"可是，我很懒，总想耍滑，母亲说："不推磨，捞不到吃豆腐。"我说："我不吃，我不推。"母亲一听生气地拿起一根小棍，照屁股乱打："叫你懒，你不吃也要推……"于是，我借机躺地上打滚，抱住娘的腿撒野。娘笑了笑，对大哥说："你大，你帮娘推。"大哥听话，帮娘推豆腐。

豆腐做出来，母亲故意对我说："死懒，不推磨就别想吃。"我眼睛直勾勾地望着豆腐直咽口水说："不吃，不好吃……"一家人哈哈大笑。爷爷把自己碗里的分给我一些。母亲连忙拦住，从自己碗里夹了一小块塞给我："死懒，吃瞎了东西……"

在过去的年月，做豆腐很辛苦。首先要将泡好的黄豆在石磨上推成豆浆，然后经过熬煮后点卤水才能成豆腐。后来的日子里，我也大些，懂得劳动才能创造生活的道理。再逢年过节母亲做豆腐的时候，就主动帮娘推磨了。其实，劳动磨炼了人的品性，幸福来自于勤劳。

1976年初春，我在长白县城的街上，看到一小伙拿一块豆腐啃，我和一帮盲流馋得直流口水。那时，吃豆腐要凭票。我们都眼巴巴看着，哈喇子往下直掉。后来，大家在一起说笑，有的说："看到那块豆腐，真想上去咬一口。"艰困的年月，不只我没"出息"，大家都没"出息"。

前些日子，挂锄之后，老伴说做锅豆腐。几年前就买了浆渣分离机，现代化煮浆锅和压豆腐工具，拿出来洗刷干净，老伴一下子泡上四十斤黄豆，分两锅做出来。老伴用方便袋这家分几块，那家分几块，一锅豆腐很快分完了。大家都说："自己做的豆腐就是比豆腐馆里卖的豆腐好吃!"

艰困的年月，吃一次豆腐，是很奢侈的事情。现在，随时就可以吃上美味的豆腐。卖豆腐的豆腐馆，遍布城乡大街小巷。

豆腐不只是味美，它还是吉祥的象征，每到逢年过节，无论城乡，家家都要准备豆腐，以示"人人有福""家家有福"之意。豆腐不再是生活上的奢侈品，它已经是平常之物。但在平常里，又寓意着我们的生活幸福吉祥。

作者简介：崔维雨，笔名青庆，桦甸市白山镇平岗村农民，作品散见于全国各地报刊，多次获省市级文学奖。

我与辉南作协的十年 崔秀梅

有缘才能相聚，有爱才能同行。我和辉南作协的朋友们，相聚在作协这个有爱的大家庭里，已经整整十年了。

2009 年 6 月初，作协成立伊始，好朋友娄姐兴奋地告诉我一个好消息，辉南县要成立作家协会了！她问我要不要参加？我简直不敢相信自己的耳朵，我当然想参加，迫切地要参加。自从我出事后，每天被禁锢在方寸之间，文学就成了我的精神支柱。每天信手涂鸦自己的喜怒哀乐，文字给了我最大的慰藉。突然听到这个好消息，怎么能不欣喜若狂呢？

加入作协容易，但要作为会员之一去参加作协的成立大会，就难了。生活在我面前再次呈现出它冷酷的一面：从我家到朝阳镇有一百多里，我的轮椅出入不便，上下车都需要人背。靠轮椅代步的这几年，一直是姐姐在承担我的出行照顾之责。而最近姐姐的身体出了点儿问题，她瘦弱的体格让我惴惴不安。还有，截瘫患者由于神经受损伤，大小便随时会失禁。我担心开会时间过长，不方便如厕，会给其他会员们带来不适，那就太尴尬了……轮椅生涯这么多年，我的自尊心早已脆弱得不堪一击，实在没勇气面对陌生人的冷眼。可是，每天只是徒然地面对四角墙壁的人啊，一旦在心里点燃了“走出去”的一蓬野火，就爆燃得一发不可收拾。姐姐懂得我的渴望，只轻声说了三个字：姐能行。

6月5日，凌晨两点多我就醒了，对于走出去，走到朋友们中间去的喜悦和忐忑交织，让我的心如同塞满了乱麻。我听见了细微的雨声，心立刻沉到了谷底，下雨会让我的出行更不方便啊。还好，当晨曦初露，雨意便被初夏的风儿吹得无影无踪，也驱散了堆积在我心头的重重阴云。我，就要走出房间，走进一个崭新的群体了。他们会嘲笑我稚嫩的文笔吗？我真的有资格坐在作家代表们中间，去靠近文学的宝殿吗？

作协会议在地税局大楼举行。进入地税局院内，一则公告给了我当头一棒：作协会议在四楼会议室举行。我抬头仰望，准确找到了四楼的方位。四楼，在轮椅面前就像一座珠穆朗玛，穷尽蛮荒之力，瘦小的姐姐也无能为力。

姐妹俩面面相觑，默立无言。这时一个亲切的声音响在身后：“我们抬你上去，好吧？”于惊喜中回头，看到了一张和善的年轻的脸。都没用他招呼，几个正在忙碌着的人纷纷放下手中的事情，朝我走来。突如其来的温暖让我的心如同浸泡在一缸热醋中，又酸又软。还没等我想出感谢的措辞，轮椅已经升了起来。

楼道不算宽敞，前面的两个人必须侧身握着前轮，用力向上拉扯，后面的两个人则艰难地向上抬举。他们的动作小心翼翼，轮椅的轱辘离开地面很高，他们生怕轮子磕到台阶上，给轮椅上的我带来丝毫伤害。才上到二楼，每个人都已经气喘吁吁、大汗淋漓。轮椅的重量加上身材丰满的我，二三百斤不在话下。我在感激和内疚中突然怨怪起自己的体重，真是的，要是能瘦一点儿，小一点儿，也不至于连累新朋友们累成这样……一阶、两阶……我在心里默默数着，记着，每个楼层有二十四级台阶，我的心随着他们的脚步，沉重得如同灌满了铅。

就这样，一步一步，作协的新朋友们把我抬到了四楼，推进了会场。这些素昧平生的文友们，就这样用双手有力地托举起了我，把我送进了文学的殿堂。

会议在热烈的氛围中有序地进行了两个小时，每一个人的发言都带给我全新的感受和触动，在浓浓的文学气息中感受家乡丰厚的文化底蕴，让我对自己的家乡更加热爱，对辉南作协这个群体更加了解。

会议结束后，我丝毫不再担忧“空降”到一楼的问题，身边那么多双热情友善的眼睛在对我发出呼唤：别担心，我们都愿意帮助你！只要我们能抵达的地方，就不会缺失你的身影！

在白艳华主席的盛情挽留下，我选择留下来参加晚宴。餐桌上的氛围比起会议现场自然更加轻松愉悦，那么多朋友都来和我打招呼，关切地询问我的情况。我这才知道，助我上四楼的朋友中有享誉辉南文坛的青斗大哥，有音乐才子江浪，还有满腹经纶的长富大哥和龙湾本土诗人化成兄。我很想很想去敬他们一杯酒，向他们道一声：辛苦了！可是，话到嘴边又咽下，内向的我，只能用微笑向他们表达谢意。文联墨澜主席握着我的手，鼓励我多出佳作，多和作协朋友沟通；于德胜老师鼓励我多创作诗歌，需要的话他可以帮我谱成曲；何伤老师叮嘱我有需要尽管说，大家都会帮我解决，最后，还关切地询问需不需要找车送我回去……那一幕幕温馨的画面，那一张张脸上的笑容，那一句句暖心的话语，深深地印在我的脑海里，暖我至今。

加入作协后，在辉发部落论坛里，我如沐春风，如鱼得水，有机会就向各位老师和前辈学习、请教。论坛里有小说、诗歌、散文等几大版块，我像一只贪婪的小蜜蜂，一有闲暇就飞舞在文学的百花园中，尽情地汲取营养。在这里，能时时学习到老师们的新作品，也能发表自己的习作，很多老师都热心地指点我，给我批评和建议，也给我鼓励和支持。我就这样一步步成长起来。

2011 年，在文友们的鼓励下，我第一次参加征文比赛，创作了一篇怀旧散文，何伤主席逐字逐句帮我修改，最后，这篇散文获得大赛入围奖，这也算是对何伤主席辛勤辅导的回报吧！之后，我又写了一篇关于母爱的散文，是艳华前主席帮忙把关修改，最后以《母爱点亮我心灯》为题，发表在《吉林农民作家作品选》上，这盏在我心底燃放的心灯，也照亮了我写作的路途。

2009 年冬天，生命里第二个重大打击降临在我的身上——我的妈妈因病猝然离世。那是一段黑色的岁月，绝望充斥在我的每一个细胞、每一条神经中，我把自己的心彻底囚禁起来，蜷缩在黑暗的角落里，无视日升月落，无视老父亲担忧的眼神。

一天，村子里的小孩子们跑来告诉我，有人来看我了！我呆呆地看向窗外，作协的白山樵夫老前辈、于德胜老师和卫秀云大姐、王丽……他们来了。在那个奇寒彻骨的隆冬，他们跑了百里路，顶风冒雪地来山里看我了。

樵夫老师给我带来了书，这是我的精神食粮。这份沉甸甸的礼物里有关爱，有希望，也有一份绵长的祝福。卫大姐和于老师、王丽把对我的那份疼惜放在心里，写在脸上，一句句温和的话，一双双温暖的手，让我的眼泪不知不觉地流淌下来……

后来，我才知道他们此行是非常不易的。就在快到我家的时候，车子出了意外。在那么寒冷的天气里，于老师徒手扒沙土推车；卫姐下去推车，却不小心滑到了车轮下，几乎是九死一生捡条命……还好，人车平安。卫姐说，车子在明亮如镜的路面上蜗牛般行驶，十里路，她如坐针毡，在心里一遍遍祈祷，祈祷平安无事，一个多小时的车程，漫长得像是一个世纪。这事至今想起来都让我不寒而栗。

而在那个下午，这些刚刚死里逃生的文友们，盘腿坐在我家的火炕上谈笑风生，警句频出。提及刚刚发生的这起事件，每一个人的脸上都写满了云淡风轻，仿佛不过是刚刚参加了一场灾难演习，这是一种什么样的情怀和力量呢？

转过年的正月，我家的老屋又迎来了作协另一批尊贵的朋友，飞天姐、江浪老弟、文白大哥和甲云大哥等一行人。他们了解我坚强的外表下其实有一颗脆弱的心，希望能用友谊之爱暖我失母之痛。在这段人生最低谷的日子里，作协的朋友们一次一次来看望我，给我鼓劲儿，为我加油。在友情的浸润下，不知不觉，我走出了那段灰色的日子，笑意逐渐飞上了我的眉梢眼角。在妈妈的百日祭上，我对着妈妈的照片默默地在心里说：妈妈，别惦记我，有这些朋友们的扶持和鼓励，女儿会好好活下去的！

因为残疾，我结交了很多文友，作协的朋友们又默默承担起替我招待远方贵客的职责。2011 年的夏天，深圳一海的斑斓姐姐千里迢迢来看我，我特邀何伤主席和长富大哥、娄姐、蓝翠姐、刘枫岭大哥一起陪同她去龙湾游玩。我后来才知道，何伤主席和长富大哥都是带病来赴约的。长富大哥忍着严重的腰椎病，为我跑前跑后，负责那次游玩的摄影任务。何伤主席的腰脱还在复原中，那是他在家中静养三个月以来第一次走出家门，他胆战心惊地攀山涉水，防止一不留神前功尽弃。而他这样辛苦，只为了兑现对我的承诺。为了掩饰身体的不适，不给我和我的客人造成心理负担，他响晴的天却拿了把雨伞，其实是拿来做拐杖用的……景区的于大哥在我们去之前不小心把脚崴了，不但一直坚持陪我们一路走下去，还坚持推着我的轮椅，竭尽所能地照顾我。

同样的事情在 2012 年的春天再次重现，我长春的老师和师姐来看我，作协的朋友和领导早早就驱车到车站替我迎接他们。整整两天，他们放下手中的事情，只是为了帮我完成一个简单的心愿——共赴一场春天的约会。在那个充满希望的春天里，我们一起徜徉在龙湾湖畔，感受着龙湾诗意的美。

那些年，点点滴滴，这类温馨的回忆充满了我的生命，我的写作能力也一点点提高起来，不时有作品发表在报刊上。也是在文友的牵线搭桥中，我迎来了生命中最重要的一天——2015 年的冬天，我盛装出嫁，和普通人一样，成了一个幸福的新娘。在镇上的饭店里，我翘首等待，等待我生命中另外一拨亲人。吉时马上就要到了，他们还没到，可我知道，他们一定会出现的，六年了，他们何曾让我的希望落空过？那真是最幸福的一刻啊，长春的师姐来了，作协的朋友们来了，坐满了二十多个座位的大桌子。音乐才子江浪担当我的婚礼司仪主持，他的才华让这一场婚礼别开生面又极富文化品位。村里的邻居们眼巴巴地感受着这份只属于我的殊荣，悄悄议论着，艳羡的眼神长久地停留在我的身上。这是我作为一个写作者的骄傲！作协的朋友们，不只是我文学创作上的良师益友，更是参与我成长，见证我幸福时刻的亲人。于大哥拉着我的手，对我的新郎说：秀梅不光是我们辉南作协的会员、文友，她还是我们的姐妹、家人，以后如果你让她受了委屈，辉南作协人可都不答应！

我和辉南作协的故事太多太多，作协人对我的厚爱太深太深。范主席送给我的电热宝，至今还温暖着我的每一个冬天；海东青送我的书筐，至今还装满了书，时刻不离我左右；江浪为我拷贝的歌，至今还存在我那台旧电脑里，想念朋友们时我会一遍遍聆听，重温旧日时光。长富大哥，是我的电脑专业医生，每次我的电脑出现故障，都是他第一时间帮我修理。每次出游，只要有他在，抱我上下轮椅的活都交给他，他就像我的亲哥哥一样，给我体贴入微的关怀。娄姐是我的“知心姐姐”，时刻在电脑的那一端守护着我，分担着我的进步与成长，喜悦与忧伤。作协主席已经完成了三次换届，没换的是对我的关照、关爱、关心，他们鼓励我勇敢地走出去，骄傲地活着，有尊严地活着，活出自己的气势来。这一份份沉甸甸的爱，不断倾注在我残疾的身体里，让我不忘初心，坚定前行。

感恩文学路上有这些师友相伴，感恩每一次遇见，有你们真好！这些珍贵的记忆，是我人生路上最美的风景！

作者简介：崔秀梅，辉南县抚民镇北关村新立屯农民，曾发表数篇故事作品、亲情系列散文《母爱点亮我的心灯》《爱在无言中》《除夕夜的父亲》《姐姐》等，部分作品入选《吉林农民作家作品选》。

邂逅猫一家 邓春云

叔叔的院子里有一棵高大的杏树，繁茂的枝叶早已高过房顶，树干丫交叉着伸向高墙上的四角天空。每当杏子快要成熟的季节，我觊觎杏子那酸酸甜甜的美味，又喜欢果实刚从树上摘下来那微脆的口感，所以经常去叔叔家的杏树下徘徊。

我与那只猫的邂逅是在一个闷热的午后，太阳慵懒地散发着炙热却并不耀眼的光芒。没有一丝风，叶子静静地垂着。就在杏树的浓荫处，叔叔放杂物的简易棚顶上，我看见了它。那是一只非常瘦弱的猫，可能是处在换毛期的缘故，黄白相间的皮毛斑驳着，一块一块的，看上去像是长了秃斑，更加地显出一种病态来。那只猫看见我，依然趴在那里，眯着眼睛有气无力地叫着，似乎在乞求什么。我走过去，踮起脚尖，向它伸出手并呼唤它过来，它站起身慢慢地踱向我，先是小心翼翼地闻了闻我的手指，然后退到一个自认为安全的距离蹲坐下来，依旧向我喵喵地叫。这时我发现它是一只正处在哺乳期的母猫，小小的微红色的乳头瘪瘪地吊着，并有被吸吮过的痕迹。我终于明白了它为什么那么瘦弱，原来它是在极度缺乏食物的情况下仍然在艰难地哺育它的幼崽，我忽然从它的身上看到了母性的光辉。

再次去叔叔家的时候我特意带了些食物给那只猫，叔叔也常常喂些食物给它。于是它跟我们渐渐熟悉起来，也不再害怕地躲得很远。直到有一天，它把四只幼崽也带了来，在杏树下安了家。那四只小猫中有两只是白色的，一只是灰的，另一只是花狸猫。它们那毛茸茸卡通玩具般可爱的样子，还有那好奇纯真近似于孩童般的眼神，都令我更加的喜爱不已。我很想抱下一只来捧在手心好好爱怜一番，又怕吓坏了小猫，把母猫好不容易与我们建立起来的信任伤害殆尽，所以拼命地压下这个念头，只是在喂它们食物的时候趁机在小猫们柔软的皮毛上轻轻抚摸一下。更多的时候，我只是站在树荫下，看着猫一家吃饱后无忧无虑的样子。四只小猫在互相追逐打闹，有时会淘气地爬上杏树，有时会顽皮地捕捉随风摆动的叶子，而母猫总是静静地看着它的孩子们尽情地玩耍，陶醉于一种安逸的幸福之中。

然而这种安逸的幸福并没有持续多久，自然界永远都有着残酷的一面。白天看上去宁静祥和，夜晚却到处充满了危险的气息。当我再一次去看望母猫一家的时候，却发现只有母猫独自蹲在树下喵喵地叫，好像特别伤心的样子。我把食物放在棚顶的树荫下，呼唤着小猫们前来进食，可是唤了半天也不见小猫们的踪迹，母猫也只是吃了一点点，好像没什么胃口。后来听叔叔说，前一天夜里来了一只凶猛的动物，母猫与它进行了一番殊死搏斗，打斗声以及母猫的惨叫声惊醒了叔叔，他拿了一根木棍扔向棚顶，那只始终未见其真实面目的动物便逃之夭夭了。可是第二天就不见了小猫的踪迹，叔叔猜测说可能是被那只动物咬死叼走了。忽然间我的心一下子痛了起来，为小猫们悲惨的命运而惋惜，为母猫痛失爱子而伤感，也为自然界中弱肉强食的自然法则而无奈。可是不管我怎样伤感，也无法挽回既定的现实，也无法慰藉母猫的心痛。

故事似乎到此就应该结束了，但是没想到的是，又过了几天，杏子开始成熟的时候，母猫带着它的孩子们又回来了。这让我万分惊喜，我想一定是在母猫与那只动物进行搏斗的时候，小猫们便巧妙地躲藏起来，然后母猫觉得这里已经不再安全，就带着孩子们搬到了别的地方。也许这就是好几天不见它们的原因吧。

杏子成熟的季节很短，但是小猫们却在渐渐地长大，开始独立到离母猫视线很远的地方玩耍。后来有一只健壮的猫帅哥流浪到这里，它有着郁郁的眼神，嘴角似乎挂着缥缈的坏笑。看上去它对母猫好像一见钟情，每天都在离母猫不远的地方锲而不舍地等待，等母猫对它心动的一刻。这也许才是故事最好的结局。

作者简介：邓春云，笔名荻花醉月女，70后。喜欢散文（诗）、新诗及古诗词等多种体裁的写作。曾在《词刊》《词苑乐坛》《四平日报》《吉林日报·农村版》等报纸杂志发表过作品。

血脉的传承 丁铭春

附李汉荣老师点评：此文甚好，情深意切，没有废话。

——李汉荣

几次提笔，总是颓然放下。泪眼蒙眬，往事历历。父亲啊，你为什么总是蹒跚在我的泪光里？

父亲虽然已经停止了呼吸，父亲虽然已经瘦得胸骨条条隆起，父亲虽然不再用那浑厚的男中音与我们交流只言片语，但是，父亲静静地躺在那里，仍然岿然如一座山。父亲那紧皱的眉头里，刻满了无尽的牵念和思绪。

就在父亲临终前三天的夜里，我从外面急匆匆地赶回家，天上正下着滂沱大雨。我去拽门，“咣啷”一声，门是从里面锁着的。屋里卧室的灯却突然亮了，透过门玻璃，我看到那位陪护父亲的亲属睡意正酣。父亲却已经从床上晃晃悠悠地拱起身子——他一直在等待我回来呀！他躬着腰，头垂得很低，他已经没有力气完全支撑起他的身体了，他已经连续十多天无法咽下哪怕一小口饭菜了，只能靠营养吊瓶来维持最后的呼吸了！

我在外面焦急地喊，爸爸你别动，你别动……可是父亲仍然扶着床，吃力地回转着身子，一点儿一点儿往床外边挪动着。那颤巍巍迟缓的动作，如将熄之烛，如风中残叶，如水中浮萍。以父亲慈爱和坚韧的性格，他心里只有一个念头——打开房门，让雨中的儿子进屋。

终于，父亲离开了床头，他的一只手触到了卧室的门边。他双手并用，两腿叉开，紧紧地扶着门边。他的头深深地往下垂着，腰弯得更像一张拉满的弓。父亲大口大口地喘息着，使尽全力不让身体倒下去。而父亲的床和门框之间，只有不到区区两米的距离，但父亲已经筋疲力尽了！父亲低垂的头微侧着，无奈地望向屋外雨里的儿子。啊，多么遥远的距离！我连声喊着，爸爸你别动，爸爸你别动……我用力地拽门，意在唤醒还在沉睡的那位陪护的亲属。可是，他喝多了烈酒，我的喊声淹没在他如雷的鼾声里。父亲已经从卧室的门边松开了手，他仿佛是要扑到雨中我的站立之处，但是，天旋地转，父亲的身体却向后仰了过去，他已经没有力气来掌握身体的平衡了，犹如一座大山顷刻间坍塌了，我的心一阵剧痛……

那位亲属猛然惊醒，但他显然还没有完全清醒，他只听到门外我的哭泣和叫喊，却没有看到仰倒在墙角的父亲。他像一只无头的苍蝇，直到他找到钥匙打开房门，我几步扑到父亲身边抱起他，把他放到床上躺下。父亲的一只手下意识地捂着脑后，我伸手一摸，天，足有鸡蛋大一个包！

我站在父亲的床头，我的浑身湿淋淋，我给父亲轻轻地揉搓。父亲突然拽住我的手，用力地握着，他睁开眼来，目光中满是慈爱和怜惜，只有父亲的目光才会如此温和柔软，才会如此蓄满深情，我已天命之年，我亦为人父，我懂啊！父亲用微弱的声音对我说，去，快把湿衣服换下来，我不要紧。

我换了衣服回来，父亲示意我坐在床边，对我说，不要难过，死，是早晚的事……父亲拿起床头的毛巾，让我用凉水冲冲，给他擦擦脸——父亲知道自己就要走了！父亲的脸已经瘦成皮包骨，他的眼窝凹陷，眼眶凸出。擦完了，父亲对我说，你开三轮车把我拉回我以前住的那个房子吧，我不能死在这儿。我执意不肯，因为我明白，父亲怕影响我的生意，我的泪水又夺眶而出。父亲喘着粗气，急迫又恳求地说，快，快点儿吧，别耽误时间。

父亲让我扶他坐起来，他勉强抬起头来，把整个卧室慢慢地、细细地看了一遍，好像要把这里的一切都印入脑海，那神情是依依不舍，是最后的诀别，是绵绵父爱不尽的牵念。然后，父亲望着我，他眼含热泪，好久，说，走吧……

走吧！我知道，父亲的离去是他终究得离去，那丝丝入扣的痛彻心扉是每个人的归途，也是新的开始。父亲的身体依然会驻守在他为之付出了几十年汗水的广袤大地，父亲的灵魂将行走在无垠的宇宙中，但父亲对这个世界的爱昼夜不舍。父亲用七十四年的生命历程践行并最后完成了一个血脉传承的仪式，思想的传承、心灵的传承、感情的传承、怀念的传承、家族和爱的传承。

作者简介：丁铭春，辽源市作家协会副主席、东辽县作家协会主席。鲁迅文学院第10期少数民族作家班学员、鲁迅文学院吉林省中青年作家班学员。《西散南国文学》顾问、东辽作协官网平台《辽河之春》主编。著有散文集《秋晨山行》。

风中的花语 葛永荟

江南早春二月的微风就像是少女柔弱纯情的手，轻轻地，淡淡的，有些羞涩，有些潮湿，有些微凉，微微颤抖。

又是宿雨初收，满街风清气润。轻轻推开位于古镇前儿童艺术馆的小角门，在一进入明经堂的入口，百年沧桑的老墙一隅，一束含苞待放的蔷薇花静静地开在江南早春的微风中，似点点的晨星般点醒了满眼古旧的灰色。使我仿佛闻到了雨后花香带着尘埃落定的清气。“雨前初见花间蕊，雨后全无叶底花。”忽然想起王架的这句诗来。

在我早年的想象之中，无论是在文学作品里还是在美术作品的画幅上，野蔷薇就是那种风情万种的花朵，可是，当我第一眼看见那些柔弱的花时，却让我惊异于一直还停留在想象中的蔷薇花竟是这样的普通而纤弱。在满是岁月留痕古朴沧桑老墙的阴影里，她静静地依偎在藩篱上，柔枝被自然随意地合拢成一个椭圆形。藩篱的枝条都因花的藤蔓而显得极尽温柔，仿佛那花不是在依附于枝条而是枝条全要靠那花藤的支撑。

微风轻轻拂来，一架蔷薇花的幽香洒满了一座小院，飘散在整个弄堂，美丽了一条街巷。春雨过后，芍药含泪，满眼脉脉含情，蔷薇枝软，欲醒斜依枝头，像是受了满腹委屈的小姑娘，好生惹人生伶。真是“有情芍药含春泪，无力蔷薇卧晓枝。”“蔷薇泣幽素，翠带花钱小。”与满枝是新吐出的嫩叶相比，其实我更欣喜那些如米粒般微小的如晨星般星星点点的花苞，因为它们虽也恣意地开放，但却不事张扬，有色彩但不夺目耀眼。

如若把初绽的蔷薇花看成是亭亭玉立的妙龄少女，那枝头含苞待放的几颗小点儿，也许还未及豆蔻之年华。“白日不见处，青春恰自来；苔花如米小，也学牡丹开。”这首《苔》出自300多年前的清代才子袁枚之手。虽还是并不知名的一首小诗，却娓娓道出平淡之中不甘寂寞沉沦的生命之力量。“我家洗砚池头树，朵朵花开淡墨痕；不要人夸颜色好，只留清气满乾坤。”这是元代素人画家王冕的一首吟咏梅花的诗，则被后人誉为咏梅诗中的神品。这不也正合适表现蔷薇花的不畏风雨，甘于寂寞，默默开放，不与人争的品格吗？

生命的魅力在于宁静致远，宁静给人以美，给人以智慧，人世间的万丈红尘，唯有宁静最美，一首诗，一只曲，一段故事，一生的深情，虽曲终人散，却余音犹在。真正内心的平静，不是避开车马喧嚣和都市的繁华，而是于滚滚红尘中在内心里修篱种花，采兰折菊，读书、赏画、吟诗、著文。始终保持一颗溪水般清澈平静的心，坦然面对四季人生，花落花开，云卷云舒，顺意随缘，柔软如云。人生世间三千事，淡然回首一笑间。生命的丰盈在于内心的祥和慈悲，生活的美好源于一颗领悟恬淡的心。

满枝蔷薇叶叶柔，雨晴花香朵朵羞。祈愿春陪蔷薇驻，留得人间万古愁！原来，每一个弱小的生命都远远比我们想象得要坚强许多。走过人生的风风雨雨，才知道我们原来也是可以到达自己从未想象的高度。野蔷薇扎根在萧墙之下，仗义地用自己谦卑的身体与大地粗糙地结合，用自己柔弱的身姿装饰着毫无生气的古老石墙，点缀着寂静的一隅。她始终谦逊地书写着同枯同荣、生死与共与侠肝义胆。

在江南早春二月温柔的阳光下，行走在那沧桑的古巷里，一路寻找生命的花语。凝望那开在风中的花儿，那一簇蔷薇的絮语，就是风中的花语吗？“不摇香已乱，无风花自飞。”这是柳恽写蔷薇花的一首诗中的一句。愿早春的微风永远轻抚蔷薇花，一起停留在这静静的小巷里，不然，待到蔷薇花完全盛开之时，春意已尽。

作者简介： 葛永荟，吉林省美术家协会会员。有文学、摄影、美术和评论作品发表于《中国教育报》《美术报》《吉林日报》《大东北文化》《读者》《作家文摘》等报刊。

江湾捉兔记（外一篇） 耿志明

那还是 1983 年初秋的一天，一场洪水，将嫩江边长山岱的堤坝掘开了个口子，洪水四溢，把父亲开垦的两亩菜地全冲垮了。

我同父亲和妹妹在水中抢捞着土豆儿、茄子、芹菜、辣椒和大头菜，岸边有不少围观男女也开始抢捞我家菜园的大葱……

突然，人群中不知谁喊了一声："兔子!"只见一只大兔子甩开众人向南拼命奔逃。人群中有不少壮男猛女手持棍棒穷追不舍。我见此景也扔下了手中的半篮土豆，凭着在校时练就的长跑特长，霎时间，我便箭一般追撵上那只大兔子，大兔子被我捉到了，尽管它拼命挣扎，但还是被我捆绑住了，为了防它逃跑，我把它装入一条麻袋里。直到中午，我套上自家的马车，拉着从水中抢出的几袋儿微薄的收获，载着父亲和妹妹那幅忧伤的面容奔回了家。

到家卸了车，才发现装在麻袋里的那只兔子不知怎么死了，便拿下来剥皮开膛，结果从它肚子里取出好几个快要降生的兔崽。我顿感自责，觉得太残忍，早知如此，说什么也不能追捉，一时间，我深感内疚。山野之兔，又不是我喂养的，尽管兔肉熬在锅里飘散着肉香，但我却怎么也品尝不出它的味道，总有一番说不出的滋味溢满心头。

直到如今，我还在想，要是那只做了妈妈的野兔不死，不知要繁衍出多少只山野兔？捉住了那只山野兔，我真的好忏悔。

一副腿绑

自打我记事起，每逢大雪封山的冬季，解放战争时期参过军的父亲，便总是要打开炕稍锁着的那个小蓝木箱子，从里边取出两副腿绑，一副是豆绿色，一副是草绿色。深绿色的那幅与草绿色相比较为新，而这幅新的，父亲从未舍得用过。尽管自己从军时用的腿绑都快不行了，但他还是用。他将那副腿绑拿在手上，歪着头像欣赏一件珍贵宝贝似的打量着。然后他回过头对着正趴在炕边关注他的我说：“你瞅瞅，这是我那老战友在我复员时送给我的纪念品……”我早已知道父亲的老战友姓袁，我们都叫他袁叔，他是江苏人。

父亲观赏完后，便又小心地将那副腿绑重新放回箱内，他每年冬天都如此。他坐在炕边絮好了他的大褶牛皮靰鞡头鞋，然后又打好腿绑哼着部队时的歌曲，到生产队出工去了。记得我在读小学时，每年的冬季早晨都是如此。

直到有一天，也就是 20 世纪。1988 年冬，我到公主岭市荣军疗养院接在那儿就医的父亲回家过春节，他一回来便找那副腿绑。母亲告诉他：“是你那刚出校门的小儿子去长春打工捆行李时给拿走了……”父亲只是很惋惜，他倒背着手在屋内屋外来回徘徊了好长一阵子，最后他横倒在炕边，头枕双手，眼望屋顶失望地叹了口长气……

那副腿绑消失了，但印象已在我脑海中扎了根，其中一条腿绑还带有一处紫红色的血迹。现如今，父亲已是年过八旬的古稀老人，可每当回想起与他生死相处的战友，往事的回忆都无不让他为之动容。

我深知每一件纪念品的背后，都包含着一段情缘和一个故事。如果当初弟弟不把它带走，便不会将这幅腿绑丢失，我真替父亲丢失了这幅腿绑感到可惜。

作者简介：耿志明，大安市月亮泡镇先进村农民，白城市作家协会会员。

馒头 金生

老孟拿起桌上被咬了一口的馒头追出门来：“孙子别跑，今儿爷爷做的是糖心儿的！”孙子头也没回：“不好吃！”便扎进了孩子堆儿……

老孟看着手里被孙子咬了一小口的馒头无奈地摇摇头叹了口气：“唉——现在的孩子……当年就为了多吃这一口……”老孟的眼前又浮现出让他一辈子都挥之不去的阴影……

“收工了！”在场院里干活儿的人们盼望已久的三个字终于从队长的嘴里喊了出来。“今天食堂给咱们改善伙食！”这一嗓子比队长的那一声“收工了”更让人振奋，社员们扔了工具一窝蜂似的涌进了大食堂。

“你们不饿是不是？”大师傅的吼声从小小的窗口喷了出来。人们从大师傅愤怒的眼神里意识到自己违抗了“圣旨”，“一窝蜂”蔫蔫地变成了一条叽里拐弯儿的“大蜈蚣”……

长长的队伍，小小的窗口——“大蜈蚣”被一节节儿地吞掉。终于能看见窗口里的馒头，老孟的眼睛透过近视镜片看到了希望，肚子咕咕的叫声迫使他又数了数已经数了好几遍的后脑勺儿……“今天怎么了，打馒头还这么慢”？老孟在心里埋怨着。近了、近了，老孟按照大师傅馒头夹子的顺序看到了比较“大”的那个馒头正冲着自己笑……唉——呀——明明那个是自己的怎么就被夹走了呢？老孟按着自己的逻辑迅速地又给馒头排了号儿，随即转身往后窜了一位：“啊——是老张啊，你先来、你先来，我不饿。”“到底是识文断字的，真有素质，多谢了啊！”老张乐不可支。老孟又目不转睛地盯着馒头盆。终于轮到自己了，咦？怎么搞的，馒头夹子怎么伸向了那个最小的。老孟又咽了一次口水随即转身又把老徐推到了前边……

老孟不知自己做了多少次“好事”，望着窗口里已经见了半边底儿的馒头盆，心里暗自埋怨着自己今天的运气咋这么不好。当老孟应付前边那位的道谢再次转身的时候，这才想起自己已经是最后一个了。老孟无可奈何地把碗和票儿一起伸进窗口，眼睛瞅着看上去比较大一点儿的馒头，心中默默地盼望着。大师傅好像故意和他过不去，馒头夹子并没伸向那个“大”馒头。老孟望着大师傅夹起的馒头嗫嚅着而又不得不张口：“师傅……你看……给我……来那个……行吗？”大师傅显然是生了气，但还是松开夹子顺着老孟手指的方向夹起了那个馒头重重地放到老孟的碗里。

老孟心中庆幸这个长着一脸横肉的大师傅今天竟然给足了他的面子，他正要拿回碗，却发现刚才夹起的那个馒头下面的那个似乎比碗里的这个还要“大一些”，他不甘心地望着馒头盆，硬着头皮赔起笑脸：“师傅……麻烦你……给换一下……那个行吗？”大师傅本不想在最后一个人这儿惹气生，但话里还是带出一万个的不乐意：“就你嚼性！分量都是一样的玩意儿！”说完便夹起最下面的那个馒头、没好气地伸向老孟的碗，竹夹子差点儿把碗杵翻过来。

大师傅刚要夹回碗中的另一个，老孟这时才发现后来的这个馒头似乎真的没有碗中的这个大，于是忙不迭地打躬作揖：“大师傅，给您添……麻烦了，我不换了，实在对不住您……刚夹这个……您再夹回去吧……”老孟央求着。大师傅的忍耐显然到了极限，拿起老孟的碗就把两个馒头都倒进了馒头盆，随后麻利地拽过旁边的小盘秤，又从盆里随意地捡过一个馒头称了称，之后操起小片刀就着秤盘恨恨地切了一刀，接着又麻利地称了一遍，然后拿起切掉的那小片儿馒头举到老孟的眼前："你看好喽！就多这些！这回你合适了!!"大师傅缩回手，把那一小片儿馒头扔进盆里，随手抓过秤盘里的馒头拍进老孟的碗里，随之碗便飞出窗口。碗和水泥窗台的碰撞发出了一声让老孟心碎的声音，接踵而来的是小小的窗口被重重地关上，同时也彻底隔断了老孟期盼的目光。这一连串的动作让老孟傻了半天才回过神儿来，他望着被切去了一角儿的馒头，喉咙里好像有个东西堵在里面、再也没了口水……

老孟从回忆中缓过神儿来，觉得平时干涩的眼角今天又有些湿润，他咬了一口馒头慢慢咀嚼起来："咦？我明明包了糖的，咋就没有那阵儿的香甜呢?"……

作者简介：金生，曾任初级中学美术教师，1995 年开始写作，2005 年至今任农安县戏剧创作室特约编剧，2010 年加入吉林省戏剧家协会，作品多次获省市大奖。

卖菜笔记 李冬梅

中午，人流渐渐散去，菜市场又恢复了短暂的平静。我和同村的媳妇午休时，斜靠在电瓶车下，用多余的一件棉衣把自己裹起来。缩着脖，端着肩，看着风从脚边刮过，卷起浮躁的尘土，四处飞扬。宣传小报，废弃的垃圾袋，也跟着翩翩起舞，摇旗呐喊，使得风更加得意忘形，无所顾忌，横冲直撞。我总是多带件厚棉衣，天凉时就穿在身上，天热时就用来捂车胎。村里的姐妹们也都或坐或半躺着凑到一起，一边吃饭聊天，一边大声诅咒着秋风。我没有附和，突然想起刘禹锡的《秋词》：自古逢秋悲寂寥，我言秋日胜春朝。晴空一鹤排云上，便引诗情到碧霄。同处秋季，心境却大不相同！

九月中旬，在我们东北，已经进入秋季了。当陆地生长的蔬菜都开始发黄继而罢园的时候，蔬菜大棚正迎来了二茬菜的收获期，开始采摘。我们每年都算计着和陆地菜错开收获期，这样辛苦种的菜就有可能卖个好价钱。在岭西市场的最西面，市政府修了一条小街，场地宽敞，地面平整，专门供我们将自产的农家菜自销。现在党和国家对农民的政策好，种地不收税，还给补贴。在市场卖菜更是减免了一切税。收获季节，这个小市场成了我们菜农的根据地。无论结婚前是干什么工作的，嫁到棚膜区环岭街道獾子洞村后，你就会入乡随俗，日熏月染地会卖菜了。

记得电子秤还没有普及时，卖菜时用的是小盘秤，打上定盘星，秤斤数的同时，心里就把要收的钱数算出来了。然后收钱、找零，麻溜利索。我刚结婚那会儿，村里的小孩一边疯玩，一边说着顺口溜：老猫房上睡，一辈留一辈，老鼠的儿子会打洞，獾子洞村的媳妇会卖菜。可见，我们都是卖菜的“王”！每天卖菜都像打一场特殊的战斗，要应对形形色色的顾客！讨价还价者有之，买豆角一根一根选者有之，买完菜零钱想不给者有之，买二等菜顺走一等菜者有之……当然，这些只是极个别的人，大多数顾客都是善良且有素质的。

多年的卖菜经验练就了我们耳听六路眼观八方的才能，特别是识别假钞的本领最强，五十、一百的大票只要一经手，就知道真假。我的摊位左边是二红媳妇，右边是大小子媳妇，对面是二宝婶，相处很融洽，谁要是有点儿啥事，只要告诉菜价，都能帮你看着往出卖，特别放心。

有一次我卖黄瓜，讲好了一大筐全包，姐妹们一起围过来帮忙：装袋的装袋，过秤的过秤，算账的算账，只用了十几分钟就把顾客答对走了。一人有事，全体帮忙，这就是我们善良淳朴的獾子洞人。遇到这样的大风天气，比不上风和日丽时，市场里少了溜达的闲散人，买菜的自然少。上午市场就没多少人，直到下午三点多了，才稀稀拉拉地开始上人。我们也都来了精神，从坐姿换成了站姿，希望菜能顺利卖出去，尽量别往回剩。重新把收起的菜拿出一些新鲜的，以招引顾客的注意。可拿出的菜经风一吹，一会儿就落满尘土，像极了剩菜。

我们不得不注视着来往的顾客，大声地叫卖：黄瓜、柿子便宜了，筐里有新鲜的；新鲜的豆角、茄子贱卖了……叫卖声被风传递到市场的各个角落。在一声紧似一声的叫卖声中，感觉大家都在焦急着……五点多钟的这拨人流（下班的，接学生的）经过后，市场真正买菜的人变得更少。来往的行人挨个摊位打听价钱，把价压到最低。我们也在和顾客讨价还价中，把心一横就廉价处理了。不知不觉中，天说黑就黑了，身后超市的霓虹灯一闪一闪的，该收摊了，剩菜、秤、大伞，一样样拾掇装车，相互诉说着今日的卖菜情况……

回到家，在镜子前一照，简直像刚从煤堆里爬出来的一样，灰头土脸……水遇到凉就结成了冰，土豆子遇到阳光就晒成了青。哎！环境造就一个人。摘掉头巾，抖落上面的灰尘，脱掉卖菜时穿的厚棉衣，洗漱净面，总算和外面尘土飞扬的世界隔离开来。吃晚饭的时候，婆婆问我今天菜卖得咋样？我说："还行吧！今天风大，买菜的人少，各样菜都剩回点儿。"

屋地上，婆婆已经又摘了二十几桶柿子，我撂下饭碗，顾不上休息就坐在地中央挑选。分出等级，好酌情要价。挑着挑着开始打瞌睡，手里握着柿子机械地乱放，迷迷糊糊中，就听得婆婆一声大喊："快挑吧，九点多了！"吓了我一大跳！把半闭的眼睛使劲儿睁了睁，晃晃脑袋，强打精神继续挑选。十点多的时候，总算爬上了炕！此刻睡觉成了我唯一的念想，过日子，卖钱，仿佛都成了遥远的事儿……

作者简介：李冬梅，女，公主岭市苇子沟街道獾子洞村农民，曾在《公主岭文学》上发表作品。

请您对我说“谢谢”

李广兰

从前在娘家时，比我年龄小一些的，都叫我二姐，因为在姐妹中我排行第二。后来，嫁到了婆家，因为丈夫在兄弟中也排行第二，别人又称呼我为“二嫂。”如今，中年后的我，已逐步升级为二姨、二姑、二婶、二大娘，甚至已成为了小孩子初学说话时，口中含混不清的“二奶奶”。忽然觉得挺可笑的，这辈子怎么就离不开“二”了呢？回头想想，自己也真就挺“二”的。

单说上个月，我就连接做了几次“二”的事情，让身边的朋友都调侃我，笑着说我“二”。

入冬后的一个早晨，天有些冷了。我从沟里乘大巴回来，车上的人满满的。我坐在靠窗的位置，双耳插着耳塞，一边听着音乐，一边观赏着窗外随车退去的风景。我身旁的座位上，坐着一位八十多岁、高高瘦瘦的老大爷，穿着厚厚的棉衣，戴着一副眼镜(也许是老花镜)。怀里抱着一个大大的帆布包裹，身边还放着一根用树枝简单做成的拐杖。

车行至半路时，老大爷忽然用手拍了拍我的肩膀，我赶紧把头转过来，拔下耳塞。老大爷问：“闺女，这车是去临江的吗？临江有火车站吗？我要去通化找我儿子，然后去丹东串个门。”我问：

“大爷，你从哪里来的，没有儿女陪您吗？”老大爷说：“我家在抚松，去儿子家住几天，我都在这儿住了三十多年了……”

车到临江客运站后，我替老大爷拿着包裹，老大爷拄着拐杖，慢慢地下了车。下车后，老大爷问我：“闺女，火车站在哪儿呀？”我看了看长长的马路上不停穿梭着的汽车，又看了看背着包裹、拄着拐杖，站在马路边一脸茫然的老大爷，想离开心里却犹豫起来。这么大年纪了，出门在外，万一出了什么危险怎么办？最后心一横，送佛送到西，干脆好人做到底吧。随手拦下了一辆出租车，打开后车门，把老大爷连同包裹一起推进后座，我坐入前座，汽车直奔火车站。

刚扶着老大爷在火车站候车室的座位上坐好，正准备离开时，迎面走过来两位怒气冲冲的中年男人，刚好堵住我的去路。其中一个男人一把抓住我的胳膊，大声说道：“你不能走，你究竟是什么人，为什么要领走我爸？”而另一个男人正匆忙地翻看着老大爷的口袋和包裹，我顿时懵了！

原来，老大爷患有轻微老年痴呆症，这两个中年男人是老大爷的儿子，家在抚松，老大爷一共有三个儿子，一个女儿。老大爷平时住在丹东女儿家，在通化还有一个儿子，早些年他们的老家就是抚松的。近日老大爷被儿子从丹东接回抚松养老，一清早，没经过儿子允许就偷偷地跑了出来，两个儿子驱车一路追来，刚才在客运站寻找了很久，怎么也没想到他那年迈还有些痴呆的父亲能如此快速地去了火车站。而我呢，正是那个帮了倒忙的好心人！我连忙向老大爷的两个儿子道歉，力求人家的理解和原谅！忙了将近一个上午，搭钱费时又出力的，到头来人家连个“谢”字都没有，反而还要向人家儿子又是解释又是道歉！回到家里，已近中午，心里越想越不是滋味，自己可真是“二”啊！

上个星期日，公交车上，我坐在前面靠门的第一排座位上，也许是周日的原因，那天车上人很多，很拥挤。车行至外国语站点，上来了一位七十多岁的老大娘和一位三十多岁的女人，老大娘叫她“艳儿”，两人似乎很熟，一边说着话，一边站在了我的座位旁边。我连忙站起来，把座位让给了那位老大娘，老大娘呢，一边和那位叫“艳儿”的女人说着话，一边坐了下来，始终也没顾上和我说句话。于是，老大娘坐上了本应属于我的位置，而我呢，站在了本应属于她的位置。车行至解放小学站点，老大娘起身要下车，我便又往前站了站，靠近那曾经属于我的座位，想等老大娘走出后，欲再次坐上去。这时，只见老大娘伸手一把将“艳儿”拉到座位上。之后，笑呵呵地和“艳儿”打了个招呼，便自顾下车去了！

我站在那里，突然感觉自己很可笑，又犯“二”了。把本应属于自己的座位让给了别人，自己却站了一路，自觉高尚，而别人呢，在接受关爱的过程中，自始至终都没看你一眼。到头来，还把本应属于你的位置，转给了别人！

这两件事情，每次想起，自己都觉得可笑。你说这是做了好事呢？还是又犯“二”了？

尊老爱幼是我们民族的传统美德，也是我们每一代中国人需要继续传承下去的华夏文明。当下，城市的地铁，公交车上，到处都为老弱病残的乘客设置了专座。年轻人每天上下班，累了一天，即使再疲乏，只要车上有一个老人还站着，你就不敢坐在座位上。生怕一不小心，就要遭到道德的谴责。久而久之，这种风气便成了习惯，成了理所当然。

其实，我们家家都有老人，能帮到您，是我的爱心使然，但却不是我的职责。而您，在接受关爱的同时，是不是应该转过头来，对我们说声“谢谢”呢？

作者简介：李广兰，1969年出生，白山市临江市人，临江市作家协会会员。曾在《黄海晨刊》《长白山文艺》及各种文学公众号发表作品六十多篇。

二姐的韭菜花 李秀军

从冬至开始，夜一天比一天的长，梦也多了。

家乡西大甸子上那些开着连奶奶都叫不全名的花儿……在我的眼前一遍遍跳跃。

记忆深处，还是每年一到七、八月份，那一条条、一片片，形如伞盖，出身绿色家族，与小草像姊妹一样的山韭菜花。此时，她们个个亭亭玉立彰显长长的茎，茎尖上端坐着十几个相依为命的小精灵，宛如白衣少女飘飘欲仙，飞满山野，不声不响地蕴含其中……那缕缕清香迎风而至，叫人有说不出来的爽。

美，真的好美！

二姐就从那百花香里姗姗走来，挎着平时挽菜的小筐，带着我和妹妹、弟弟，背着大帆布口袋去采韭菜花。此刻，我思绪的浪潮一下子跑回了那艰苦奋斗的年代，泪水也不由潸然而下……

小时候，母亲常用我们姐弟采回来的山韭菜，在青黄不接的苦春日子，给我们炸韭菜酱、蒸鸡蛋糕、烙韭菜合子、包三鲜馅饺子，现在，想起来还那么香，嘴里直流口水。妈妈告诉我们三伏天臭韭菜，吃了会拉肚子的。所以，至今“夏至三庚”我从来不吃韭菜食品。

那时候的韭菜花，到了草甸子上不用你找、不用你寻，信手就可拈来。旷野里，有许多三五一群、两个一伙，采韭菜花的大军，大家唱着祖辈流传下来的歌谣“韭菜花、青苞米，神仙的日子没法比。吃口韭菜花，别忘爹和妈。啃口青苞米，妈妈不想你。”不大一会儿，筐满了，袋子鼓起来了，二姐喊着我们的小名兴高采烈地回家了。路上，二姐还会给我和弟弟捉一两只蓝蜻蜓或大绿蝈蝈，给妹妹采摘不同颜色的山野花编成发卡戴在头上，乐得我们忘记了劳累。

二姐的个子矮像母亲，一双杏核眼闪烁着质朴和善良更像母亲。她识字不多，但十分敬重知识文化，喜欢唱红歌和东北二人转，特别关心我的学习。记得上中学时，每当周六、周日或寒暑假，我最喜欢去的就是二姐家了。她每次总是默默地在我开学前，把事先做好的咸菜、肉酱、韭菜花分别装好，每个瓶口都用塑料布小心盖好，包得严严实实给我带上，偶尔还偷偷地塞给我几块零钱，让我买点儿好吃的。那时候，农村的日子几乎家家都很困难，学校的食堂伙食实在不好，至今我都难以忘怀，二姐的心我懂。

二姐已是六十多岁的人了，两个膝盖里长满了骨刺，走路越来越艰难，人也日渐衰老。坐车、上楼，还得用手帮助抬起、放下，所以行走多了，是很难受、很痛苦的。可她还是每年坚持去山上或大甸子上采韭菜花，特别是仲夏的雨后，是谁也挡不住她的。茫茫大草原寂静无人，道路泥泞，坑洼不平。清晨的露水打湿了二姐的衣袖和裤腿，湿漉漉地侵进鞋壳里，泡久了十分不得劲儿。那条带着假膝盖骨的腿，时常不听使唤还隐隐作痛，不小心就会摔倒。但二姐一声也不吭，目的就只有一个：多采一些，再采一些。

到了晚上二姐的两条腿就会浮肿，用手轻轻一按就是很深的小坑坑，可她看着自己采摘到的满满的一大袋子韭菜花时，心里特别高兴，再劳累也必须连夜把采回来的韭菜花挑洗干净，还得用大盆或小缸控上一夜。至于腿脚手睡觉时放哪儿都难受，二姐却从来没说过。

近几年，家乡草甸子上的韭菜花越来越少了，但是二姐还是年年都要从六十多里地的乡下，把韭菜花做成泥送给我。听说，有一种外来物种，叫“刺草”繁殖得特别快，扎人很疼，拔出来还会带上点儿肉。所以，二姐采韭菜花时无论怎样小心，手脚小腿都会让它或扎或划出许许多多，大大小小的血道道，可二姐压根就没提过。

有一次，我去内蒙古克什克腾旗讲农业课，在集市上发现有卖纯羊绒的护膝，我高兴地给二姐买了一副，春节时送给了她。看见她的后背驼了许多，弯曲的双腿使身体更矮小了，她用伸不直手指的手接过护膝，嘴里喃喃地说，我大兄弟心里总是惦记着我，眼里闪着泪花……那张布满沧桑的脸上，泛起灿烂的笑靥。

去年，二姐来我家送韭菜花时，她的左眼皮上，有个玉米粒大的红包。我以为是长了啥东西，就问二姐咋回事？她不好意思地说采韭菜花时，不小心被可恶的臭蚊子咬了一口，半个月都没好。不敢碰，一碰还会肿得像溜溜灯似的。那天天气非常的闷热，没有风，像下火。那片韭菜花让她喜出望外，连午饭都忘记吃就去摘了。

今年秋天，我的胃做了微创手术，我感觉没啥大事也没和单位请假休息，照常上班，有一天不小心抻着了，夜里疼得我难以入眠。这时，家住松原的小老妹打来电话问我最近忙些什么？我告知她现况，她立即把我当下的情形在“欢乐一家亲”的微信群里做了告知。二姐得知后一宿都没睡好觉，一大早起来就把自家最大的还在下蛋的小鸡让姐夫杀了，相约松原、白城和县里的三姐、四妹、老妹、老弟、弟妹、外甥女、外甥媳妇等一起来看我，还有远在青岛打工的外甥女们也发来红包，表示慰问。

一进屋二姐一边猫腰脱鞋，一边用一只手扶着始终不大听话的左腿膝盖骨，另一只手慢慢打开大布兜子，两只浅黄色的大鸡爪子露在外面，格外醒目。里面那圆圆的罐头瓶子，溢出浓浓的韭菜花味儿，沁人心脾。她抬着头，不错眼珠地打量着我，嘴角微微颤动。

见我消瘦的样子，眼泪在眼眶里转了两圈止不住从那爬满皱纹的眼角淌了出来，声音不大哽咽着说，大小也是个手术咋不告诉大伙一声，胃可不是个小事，一定要多注意休养。我说没事的，过两天就好了，还能吃你做的韭菜花泥呢。我望着二姐脸颊奔流的串串泪滴，感觉那泪水比血还浓。

二姐临走的时候，站在门口十分不舍地望着我，那条病腿有些颤抖，再三叮嘱我，一定注意不要吃太硬、太凉、太辣的东西，多喝鸡汤、鱼汤、小米粥最养胃。家里太忙不能照顾你了，最后还说家里就缺那罐头瓶子要不就多装几瓶，让你们同事尝尝了，城里人大都愿意吃山韭菜花泥。

那天，我独自躺在床上，感觉胃突然舒服多了。起来打开冰箱，小心地拿出那瓶韭菜花，捧在胸前静静看、细细想，透过那翠绿的韭菜花泥，我仿佛看到了已经离开我们十几年老母亲的身影，还有二姐的身影……

静悄悄的屋里，我禁不住热泪盈眶。

作者简介：李秀军，吉林省作家协会会员。从 1984 年至今发表各类体裁作品一千余篇（首），现任《鹤乡》副主编。

樱桃红了 李雁春

前几天女儿打来电话，说她在去郊外练车的路上，看到农户园子里一簇簇火红的樱桃树，忽然有一种想家的感觉，问我咱家园子里的樱桃是不是也熟了？知道女儿是想家了，我故意说城里啥好吃的都有，馋樱桃就买点儿吃呗。女儿不无委屈地说那能一样吗？我就想吃咱家树上的，现摘的……

听了女儿的话，我也有些鼻子发酸。女儿十六岁去松原读书，然后留在那里工作，转眼已经八个年头了。虽然从我家到松原两地之间不到三百里的车程，可是由于忙于学习和工作，她每年只能回来几趟，每次回来也是来去匆匆，只能小住两日。平日里的牵挂只能在电话里、网络上倾诉。

说起来，我家园子里不光有樱桃，还有葡萄、杏子、李子、海棠和 123 小苹果等几种果树，都是女儿和儿子还小的时候就栽下的。二十多年里，有的果树已经更新换代了两三茬，品种也换了几个，但是，必须保证每年的夏秋两季都有水果可吃。孩子小的时候，看着孩子领着小伙伴在园子里摘水果，有时还有点儿炫耀的样子，做父母的也有一种成就感。有时熟的果子多了，我们也会摘了一些让孩子送给亲属和邻居品尝。如今，每次女儿回来赶上哪种水果熟了，临走时她都会带一些回去，与室友或者单位同事分享。想象着那种情景，心里真的有一种说不出的高兴。

英国有句谚语说“赠人玫瑰，手有余香”，的确，好东西在与人分享的时候，不光自己心里有成就感和满足感，与你一起分享的人也会有被尊重被记挂的感觉，他们也会从心里对你存在着感激之情。其实，邻里之间的感情就是通过这一桩桩小事建立起来的。

俗话说“好男儿志在四方”，其实，孩子长大了，他们对家的依赖和留恋也就淡了很多，都想像小鸟一样要到外面的天空翱翔，做父母的也希望他们在外面闯出一片属于自己的天地。可是，女儿去外地读书工作后，每年从樱桃红了的时节开始，每一种水果成熟，我和妻子都会盼望她回来。有时在电话里也会告诉她某种果子要熟了，能不能安排出时间回来尝尝。有时女儿走的时间太久了，自己也会适当安排时间串休，说是回来尝尝水果，其实心里盼着的是亲人相见，骨肉团聚。

如今，我和妻子在县城陪儿子读书，女儿在外地工作，一家四口都离开了乡下的老家，我们彼此对乡下的家都有着深深的想念，从春暖花开，心里就一直惦记着园子里的果树开了多少花？接了多少果？有没有生害虫？需不需要浇水？哪个果子该成熟了……在我心里，总感觉那才是真正的家，是我梦开始的地方，也将是我魂归的地方。

上个周末，我特意回了一趟乡下，走在村街上，彼此打着招呼，已经感受到浓浓的乡情。打开老宅的院门，映入眼帘的就是那一树鲜红的樱桃，一颗颗圆圆的果粒，如串在一起的红珍珠，挨挨挤挤地排满枝头。忽然想起以前写的一首打油诗《吃樱桃》：

点点猩红挂满枝，招来群娃嘴喊吃。
个矮手小摘不到，叫来母亲要折枝。

这是当年孩子小的时候和小伙伴们围在一起摘樱桃的场景再现……

我急忙掏出手机，照了几张照片发给女儿。没一会儿，女儿就打来电话说："爸，我下周就回去，我直接回乡下去，别忘记周末回家接我呀！"

握着手机，我仿佛看见女儿就在我身边，摘着樱桃，品尝着，说笑着，眉眼间充满了幸福和快乐。

作者简介：李艳春，笔名李雁春，1967年出生，长岭县太平山镇南太平山村农民，吉林省作家协会会员。有小说、散文、杂文等作品发表，并有部分作品获奖。

天上的棉花糖

李占彬

“轰隆隆……轰隆隆……”

“飞机！飞机！……”小时候，一听到飞机声，我第一时间就会从炕上爬到窗口，有时也会毫不顾忌地爬到外面去，像青蛙一样的姿势，仰起头，左手遮住刺眼的阳光，去追看飞机飞去的方向，“哇！好大的飞机！”接着就会爬着追出好远，好远……即使膝下付出血的代价，也好不快乐。那时感觉非常自由，不光整个陆地属于我，就连那片广阔的天空和那架飞机也即将属于我。

随着飞机渐渐远去，视线也渐渐模糊，不再清晰，我并未有失落感，而是调转身，原路爬回。爬到家后，扶凳子站起身，在抽屉里翻出好多好多书纸，用牙叼着，再扶着凳子，身子渐渐下弯，然后“扑通”再跪到地上，爬到炕沿边，伸手够到木炕沿，扶着，站起，爬到炕上，跪起，折叠起各式各样的纸飞机。叠累了，“扑通”躺倒在炕上，闭起双眼，想象着那些纸飞机。载着我，在天空中翱翔，一边飞一边打开机窗，伸出手去，轻轻地抓过一把白云，塞进嘴中，充当棉花糖吃。

为了能尽快吃到棉花糖，从那以后，我每天都会仰望天空，盼望着飞机的身影，等着，盼着，盼着，等着，想象着坐飞机的感觉。

随着年龄的增长，我渐渐有了男人的脸面，因此，不再追飞机了，十岁多的时候，妈妈背起我，走出百十来米远，把我送进了学堂。上学后，我开始发奋学习，其目的，就是为了实现我那童话般的梦想——吃天上的棉花糖。

六年，风雨无阻，我在妈妈的背上读完了小学，距离吃天上的棉花糖又进了一小步。

小升初的时候，哥哥每天早晚骑着爸爸买的摩托，载着我，后面坐着同学阿涛，他负责扶着我，我们像唐僧取经一样穿过距家十三里的盐碱路，来往于家与学校之间。

那时我以为进了中学，便可顺顺利利地进高中，上大学……从而距那童话般的梦想越来越近，越来越近……

然而事情并没我想象得那么圆满，持续到初二上学期止，阿涛要转学了，因此我迫不得已辍学了。辍学后，为了继续接近那个梦，我并没有气馁，而是受着母亲的鼓舞，捧起书发奋地读，边读边写，就这样我在火炕上趴了三年，读了三年，写了三年。我想以文学的梦，载着我，去实现那童话梦。

后来，我写的文章终于得以发表，获奖，还有幸被吸纳为省作协会员，2016 年，我被授予了“长春好人·自强之星”称号；在 2018 年本土使用优秀人才评选活动中，我又有幸被授予了“优秀人才”的荣誉称号。

当然这些都要得益于我的母亲，要是没有她的鼓励和无微不至的照顾，就不可能有我的今天。这些年，她背我读书，跋山涉水，足以走过千里、万里……为了感谢我的母亲，我申报了重庆电视台的《谢谢你来了》栏目，没承想，我的选题《妈妈的后背》很快便得以通过。

不久，熊编导就和他的同事不远千里，乘飞机再转自驾车来到我家中拍短片，然后又给我和母亲还有哥哥在网上订了机票。2017 年 6 月 27 日，我们母子三人提前一天从家乘车来到长春，在老姑家暂住了一宿，第二天早早就赶往龙嘉机场，去重庆电视台参加录制节目。经过托运、安检……我们登上了飞机。

当哥哥背我拾级而上的时候，我闭上眼睛，慢慢地感受着这一登机的感觉，这一感觉，是喜悦的，高兴的，欢快的……上来后，我们坐的是头等舱，哥哥把我放到座位上后，母亲就学着其他人的样子很是笨拙地帮我扎上安全带，随后空姐又给每位乘客分发一件毛毯，遮盖在双腿上。由于我们都是平生第一次坐飞机，坐好后，就开始拿出手机不停地录，拍，拍客舱，拍空姐，顺着机窗拍外面……还没等拍完，飞机就要起飞了，空姐随后就开始提示叫我们赶紧将手中的手机关掉，坐稳。

随着飞机慢慢起飞，我就感觉双脚渐渐地悬在了半空，彻底离地了，随即两只耳朵就嗡的一声，像整颗脑袋一下被按在了水中，两只耳朵呛进了水，接着整颗心也像被一根线拴着，被猛地提起来了一样——这感觉，直到飞机飞上高空平稳飞行时，才慢慢恢复。我紧闭的双眼，才慢慢睁开。我看了一圈飞机内，接着就顺着机窗看向外面，只见那朵朵白云，不停地游来游去，像自由的鱼，我多想一下就打开这扇机窗飞出去，随那些白云自由地飞，当然更想随手抓过一朵白云，塞进嘴中，尝一尝这棉花糖的味道。

我虽未尝到棉花糖的味道，但我体会到了什么是飞得更高的感觉。我握起坐在我右边母亲满是老茧的手，暗暗地告诉自己：我要像坐飞机这样，争取让我的文学梦，随飞机飞得更高，更高，更高……

作者简介： 李占彬，1985 年生于农安县。2014 年 9 月加入黑土文学社后，先后在《黑土地》文学季刊和《黑土艺苑》网刊发表作品，微电影剧本《母女情深》由吉林电视台投拍播出，小小说《疯妈》发表在《天池小小说》，自传体励志小说《梦，始于左手》由求真出版社出版发行，作品多次在省、市级征文比赛中获奖。

舅姥姥 林一苇

舅姥姥是个好看的女人。

她和别的乡下女人一样，终年一身蓝布褂子，圆口黑布鞋。不一样的是她的蓝布褂子总熨得平平整整，绑腿缠成对称均匀的鱼鳞状，穗子掖得一般高，黑布鞋干干净净，下雨天也不显脏。鞋面儿磨破了，鞋底帮露出的毛边儿，还是白的。喂鸡的时候，总有当年的半大小鸡追着她的鞋边儿鹐，舅姥姥紧着扬一把苞米粒儿，小鸡们去抢食儿，舅姥姥站着看一会儿，才去找个甩子，把鞋子掸掸。

舅姥姥的发式也和别的女人不一样，那时已经流行剪短发，舅姥姥却不剪。她还像从前的女人那样，在脑后盘个髻，随手别一根木簪，有时横着有时斜插。斜插时，暗暗的油光一闪一闪，总让人忍不住多看两眼。不管冬夏，舅姥姥的怀里常揣一块绣着红花的白手绢儿，忙完地里活计，纳鞋底儿、绣枕套儿，她会先掏出手绢儿擦手，每个指缝儿都擦到了，再将手绢儿方方正正叠回去，揣好，才开始捏针线。我最爱看她不紧不慢擦手的样子，即便左手少了一节无名指，我也觉得那样子特别好看。

隔壁玉才婶子总爱笑，谁家有个大事小情儿，隔老远就能听见玉才婶子的笑声。舅姥姥也笑，像村后那眼仙马泉，冷冷的，让人想起月白风清。玉才婶子说舅姥姥说话声音不好听：侉。我不懂啥叫侉，只知道舅姥姥说话声音确实与我们不大一样。她会常说“中”。中不叫中，她要拐个弯儿，再扬上去，犹如丝瓜的嫩尖儿甩着往架上爬，又没够着，一荡一荡的样子。西院的姑娘要出嫁了，找舅姥姥绣一对枕套儿，舅姥姥说：“中。”村东头儿宝山两口子新添个胖小子，求舅姥姥做一双虎头鞋，舅姥姥说：“中。”

这是三十年前的舅姥姥，三十年后，我见舅姥姥最后一面时，是在她的葬礼上。

舅姥姥是在三闺女家出的殡。我们赶过去时，远远看见灵棚搭在大门外面，稀稀拉拉几个戴孝的人在灵棚里外晃。母亲紧走几步，扑到灵棚前，双腿一软，哭声从腔子里发出来：我的舅妈啊……边哭边挑着烧纸，腮边的泪不断线地流着。火光一明一暗，跳一跳，暗下去，盆子里的纸钱卷了边儿往中间燎，等不得纸灰飞起，又拿起一沓续进去。火苗子呼啦啦跳起老高，灵前的桌案红彤彤的，晃动着母亲散乱的发影。

我走进灵棚，和母亲一起跪在灵前给舅姥姥烧纸。一副寸把厚的杉木棺材，漆着黑漆，停放在灵棚里，没有响器班子，哭灵的母亲和三姨，愣愣怔怔地跪坐着，眼神空荡。风吹着灵棚的遮檐噗嗒嗒响，棺材静静地架在供香淡淡腾散的烟中，棺材帮儿上画着二十四孝图，孝子们都红袄绿裤，色彩热闹鲜艳。风声弱下来，听见外面三五人杂沓的脚步声。

舅姥姥是跟在家人屁股后，提着打狗棍，一路要饭，从关里老家逃荒到我们梨树沟的。那年，舅姥爷刚死了妻子，扔下三个儿子两个女儿。恰巧舅姥姥一家走到梨树沟，有热心人给舅姥爷撮合。舅姥姥的母亲已经饿得前腔塌后腔，她看了看身边的闺女，咬了咬牙，说：成！老家没啥可恋的了，只要有口吃的，一家老少能活下去……

一个黄道吉日，舅姥爷披红挂彩，把舅姥姥娶进了家门。那年，舅姥爷的大儿子十岁，给十六岁的舅姥姥叫妈。那年，我妈也十岁，我姥姥因为姥爷去世，刚走道儿不久，想我姥姥想得急了，我妈就从她伯父家逃出来，跑到我舅姥爷家去。新婚不久的舅姥姥见我妈衣衫破旧单薄，冻得筛糠，就用彩礼钱买了二斤棉花，扯了几尺灰土布，给我妈缝了一身里外三新的袄裤。

转过年，舅姥姥生了四舅。然后是五舅、六舅、七舅，还有三姨，脚踩肩膀，一个接着一个，被舅姥姥带到这个世界上来。又转过一些年，逢到千古不遇的三年自然灾害，分的粮食不够吃，只能以一些米糠和野菜顶着，舅姥姥家人口多，米糠和野菜很快都填进那些舅舅和姨的嘴里，舅舅和姨们仿佛是个永远填不满的大坑，去坡上挖的野菜、树皮，不过夜就没了。舅姥姥到处告借，屯子里所有人家都去过了，什么也没借到。全屯子的人，拿不出一点东西周济舅姥姥膝下那些饿蓝了眼睛的孩子们。

舅姥姥去找队长，想从队里想点儿办法。队长说，要种地了，库里那点儿粮食，都是留的种子。不是你一家没粮，都咬牙挺着呢。熬熬吧，熬熬，种完地，收了庄稼就好了。

我妈说，舅姥姥的那根手指，就是那年没的。舅姥姥从队里偷了豆种回来，连夜熬了一锅豆粥，给那些舅舅们。第二天，队长发现丢了豆种，带人挨家挨户搜，舅姥姥怕被搜出来，提了把菜刀，当着队长的面儿，剁了手指。“亏得那半袋儿豆种啊，你那几个舅舅才没被饿死，不然那一大帮孩子，个个都像小燕儿似的张着嘴……”

我妈说，舅姥姥那次做贼做得真有钢骨，以致后来成了村人们口中的英雄传说。几个舅舅每次讲起他们母亲的这段英雄往事，都要唏嘘一番，感叹一番。

舅姥姥在三十岁时做了婆婆。那年，她跟舅姥爷一块土坯一块土坯地垒起两间房子，给大舅操办了婚事。在给七个舅舅都娶完媳妇儿的第三年秋天，舅姥爷得了一场大病，能坐起来后手里就离不开拐杖了，每天只能叼着一根长烟袋晒太阳。地里的庄稼全靠半民装脚的舅姥姥往家收（本地把三寸金莲称为“民装脚”，半民装脚即裹了一半儿又放开的脚）。等到舅姥姥把最后一颗玉米收回仓里的时候，已是大雪天气。那个冬天，风夹着大块的雪粒子，哗啦啦地往舅姥姥脸上、手上糊，舅姥姥的手和脸裂了很多小口子，特别是那根无名指，少了指甲的保护，更是七裂八瓣的，每天都有脓血淌出来。

那天吃完下黑儿饭，舅姥姥摸蛤蜊油擦手，舅姥爷说：明天把他们哥儿几个找来，商量商量，过年地不种了，给他们哥儿几个分了吧，让他们每人掏点儿，够咱喝粥就行。

第二天，几个舅舅都来了。舅姥姥拾掇了一桌子菜。饭桌上，兄弟几个都满口应承。说，这么大岁数了，还种啥地，有我们这一大帮儿子呢！

来年到年跟前儿，先窝儿三个大儿子都送了养老费过来。后窝儿四个小儿子，只有五舅把养老费按数给了，还拿来一副猪下水。剩下的三个舅舅，我看着你，你看着我，没什么动静儿，第二年，还那样。第三年，舅姥姥再敛养老费时，七舅妈起大早就来了，一脚门里，一脚门外，脚踩门槛子，嘴里噼里啪啦爆豆似的：这养老费可不能这么稀里糊涂地交。俺家老七是哥儿几个里最小的，上边有那些大的呢，他们要是给了，俺们肯定一分不差。说完，拧身就走了。

舅姥姥去找四舅。四舅是村里的赤脚医生，几个儿子里最有出息的，凭着手艺，日子过得不错。舅姥姥进门，四舅把舅姥姥让上炕，打开药箱，找出几片去痛片儿，递给舅姥姥。说：妈，这几片儿药你拿回去吃，省得这儿疼那儿疼的。然后便在屋子里走遛儿，皮鞋踩在水泥地面上，嗵嗵地。踱了几圈儿，坐下来，呲溜呲溜喝茶，问四舅妈：钥匙呢？四舅妈在外屋地做饭，铁水舀子使劲儿咔喳锅，听得人骨头直哆嗦。有猪羔子拱门，四舅妈抄烧火棍打猪，猪羔子嚎叫着跑了。四舅妈拉开屋门，骂儿子小国：“还不快去喂猪？小瘪犊子，随根儿，就知道吃，咋不早点儿替好人死了，也省点儿粮食。”四舅看四舅妈进来，又问：问你钥匙呢？别像个哑巴似的，连个声儿也没有。别问我，我哪知道钥匙在哪儿？说着，咣的一声，使劲儿把门一摔，梗着脖子出去了。四舅看着四舅妈的背影，嘟囔了一句：不懂人语的玩意儿，看怎么收拾你。然后站起来，踱到柜子前，左翻右翻，翻出一串钥匙，打开最下面的一个抽屉，从里面拽出五十元钱，递给舅姥姥：妈，年跟前儿，事多，不凑手，这个你先拿着，剩下的我再给你凑。

舅姥姥本打算再去六舅、七舅家看看，可是经四舅和四舅妈这么一闹，一股火上来，就觉着头重脚轻的，赶忙儿回家炕上躺着。舅姥爷看舅姥姥回到家就躺下了，也不吃饭，就追问起来。舅姥姥把事情经过一五一十跟舅姥爷说了。舅姥爷气得胡子直颤：妈了巴羔子的，咋养了这帮牲口玩意儿？我去老六老七那儿看看。

六舅妈有点儿疯疯傻傻的，六舅的日子过得确实不易。拄着拐杖，一呲一滑的，舅姥爷直奔七舅家。七舅是个肯下力气的主儿，七舅妈过日子勾噶不舍的（小气，会算计），一分钱掰两瓣儿，花一半儿，剩下的一半儿能攥出油来。出去一趟不空手回家，不是拣几根儿柴火，就是从裤腰里掏出两穗苞米。鸡呀鹅呀下个蛋什么的，都要拿到集上换钱。甭管地里的活儿多重，也不给七舅煮一个吃。

七舅家住屯子西头儿，四间红砖大瓦房，大门敞开着，院脖儿很长，离老远看见舅姥爷来了，七舅妈就把七舅从后门撵了出去。然后提一桶泔水，使劲儿泼了出来。舅姥爷正走到院当心，一桶泔水不当不正，恰好泼在舅姥爷的脚边，溅得满裤腿都是，风一吹，冻挺了。七舅妈咯咯地叫鸡鸭们吃泔水里的饭粒子，大黑狗跟过来抢食，七舅妈抬起一脚，踢在大黑狗的屁股上。头也不抬地说：啊，来了，老七不在！说完转身便去隔壁二贵家看纸牌了，撂下舅姥爷一个人，冰天雪地里戳着。

大年腊月二十九，舅姥爷四肢佝偻着，躺在一口薄薄的棺材里，不再跟儿子们着急生气。他的儿子们，有一个算一个，都来灵前磕了头，尽了孝。

发送完舅姥爷那天晚上，是年三十儿，四舅背着手，在地下踱了几圈儿，对四舅妈说：去，给妈煮点儿饺子来，爹走了，妈受苦，让人笑话。又坐到舅姥姥身边，犹犹豫豫地说：妈，老六老七让我跟您商量个事儿：您看，以后就您一个人过日子了，开销少，俺们每年的养老费看看能不能减半，这日子，都紧巴巴的，老六那边过得那么困难，老七身体囊了吧唧儿的（指身体弱），咱家小国又这么大了……这事儿，这时候说，兴许不对，可趁大伙儿都在，定下来也好。您多担待着吧。舅姥姥蜷腿躺在炕里，抬起头来，看了四舅一眼，说：中。

转过年秋收以后，敛养老费时，还是只有先窝儿三个舅舅和五舅给了。舅姥爷一场丧事，已经花光了老两口儿之前所有的积蓄，眼看舅姥姥揭不开锅了，三姨说：妈，你去我们家吧，我养你。我母亲说，行，舅妈（men），你就去我老妹那儿吧，年纪一年比一年大了，身边咋也得有个人照顾。他们哥儿几个的养老费我替你要。母亲求人写了一张状纸，把我那几个舅舅都告上了法庭。那以后，舅姥姥总算按时拿到了养老费。十里八乡，我的舅舅们很是出了一阵子名。

舅姥姥在三姨家住了十年，也病了十年。一个早晨，她喊来三姨：把妈的衣服找来。三姨没回过意来，舅姥姥抬起胳膊，指了指柜子，说：妈不行了，你别哭，这些年，拖累你和姑爷了。妈走的事儿，别给你几个哥哥信儿了，不想让他们有愧。棺材，停外边儿。说着，不放心似的又抬起胳膊指了指大门外，不能让姑爷为难。妈走后，你也没个亲人了，跟你大姐好好处，这些年多亏她了。去，打盆水来。

舅姥姥挣扎着坐起来，推开三姨的手，颤颤巍巍地拿起毛巾自己梳洗。她把头发打开，重新挽了一个髻。灰白的发髻垂在脑后，岁月抽干了她的油润，没有油润头发的舅姥姥，还是那么干净。

舅姥姥就这样走了。后来，三姨每次回忆起舅姥姥走时的情状就落泪：那时，不该听我妈的，该通知他们哥儿几个的……

作者简介：衣香华，笔名林一苇，四平市作家协会会员。梨树县梨树镇苗圃村人。创建《人间草木深》文学公众号，任主编，作品散见于纸刊和网络。

家乡的土豆花 刘成滔

提起我的家乡——扶余县白面铺村，不少外地朋友往往顾名思义，加上想象和猜测，说我的家乡有规模宏大的面粉厂，出产大量白面。这是一种误解，其实，我家乡不产白面，却盛产又大又圆的土豆，是闻名遐迩的土豆村。

家乡的土豆，宛如一颗颗黄灿灿的金蛋，让父老乡亲实现了发财致富的梦想，迅速跨进了小康户的行列。而那名不见经传的土豆花，也以她那别致的风采和独特的魅力，使四面八方的来客心怡神往，流连忘返……

山野青青的仲夏，当农民们挂起锄头的时候，你站在村头向四周眺望，便会看见一畦连一畦的土豆苗，葳蕤翠碧，坦荡寥廓，真像一片绿色的海。微风吹过，绿波浩渺，极目望去，绿海和青天相连，无涯无际，仿佛蓝天白云就倒映在这浩瀚的绿海中。

节气到了小暑前后，大片大片的土豆花陆续开了。花分紫、白二色，小瓣黄心，玲珑娇巧，楚楚动人。家乡的土豆主要有紫花和白花两大品种。为了保证土豆的品质和纯度，一块地只能种一样，因此花开时节，乡亲们的土豆田里，不是一片浓浓的紫花，就是一片纯净的白花。观赏土豆花，倘单看一株，也许那风韵还差一点儿；

若是连成片来看，那景致就美极了，简直让你叹为观止！早晨，当大阳升起雾气消散以后，你站在高岗上向四外俯视，就会望见辽阔的绿茵茵的原野里，飘荡着一片片紫色的云霞，覆盖着一方方晶莹的白雪。而这绮丽多姿的霞光雪色又像是绣在一张无比巨大的绿毯上……是什么样的丹青妙手能画出这美丽迷人的图画呀！

色覆碧野、香飘云天的土豆花，无疑是我家乡一道最亮丽、最别致的风景线！

有位著名的诗人说过："熟悉的地方没有景色。"这话很有道理。久居素称"上有天堂，下有苏杭"的苏杭二州的人们，对于朝夕相伴的古迹名园和奇山秀水，早已看腻了，再也提不起观赏的兴致，他们要到更远的地方，去寻找没有见过的景色，从稀奇感和新鲜感中领略游赏的乐趣。可是，我们家乡的父老乡亲，对于司空见惯的土豆花，却是百看不厌！

乡亲们徜徉在花团锦簇的土豆田里，早上看，晚上瞧，时而仔细端详花心花瓣，时而亲切抚摸花枝花叶，看那神态，就像是欣赏和爱抚初恋情人那姣好的面容和迷人的身段一样……难道这里面有什么奥秘吗？说起来很简单：土豆花虽然娇美可爱，但乡亲们却没有那么多时间和闲情逸致去欣赏她；朝观暮察，主要是根据土豆花开的太小、密稀、浓淡和叶片的种种变化，来判断秧苗是否患有病害或虫害，是否缺肥或缺水，以便及时采取防治措施，保证秧苗的茁壮生长，达到丰产丰收。

面对家乡的土豆花，我常常想起广州的花市。素有"花城"美誉的南国名城广州，一年四季花事不绝，香气氤氲。大街、小巷、酒店、宾馆、机关、学校，以及各家的客厅、卧室、走廊、阳台，都摆着各式各样的花，把偌大一座广州城装扮得仪态万方，分外妖娆。然而，两相比较，我觉得家乡的土豆花比广州的花市更有特色。广州的花市看起来虽美，但局限于一街、一巷、一室、一厅，总有人工摆设的味道，不够大气；而我家乡的土豆花，漫山遍野，一望无际，清丽自然，雄浑壮观。

广州的花市是供人观赏的，自然会吸引中外的大量游人；而我们家乡的土豆花并非专门供人观赏之物，却诱惑着南来北往的商客。当土豆花开得如云似锦的时候，土豆客商就陆续来到村里，一边欣赏着艳冶多姿的土豆花，考察土豆的品种、品质和产量；一边收集各方信息，预测行情，酝酿购销计划，编织发财致富的梦……

花开花落，月缺月圆。

当诱人的土豆花开始凋谢的时候，它根下的土豆已经长得鹅蛋那么大了，围了根系一圈，把表层的黑土都拱出了一道道裂缝。过不了多久，大约是九月下旬吧，飒飒的金风送来丝丝凉意，家乡便进入了土豆收获的季节。田野里人来车往，歌声阵阵，笑语频频，汇成了繁忙快乐的秋收乐章。不经意间，一堆堆黄澄澄、金灿灿的土豆，像小山似地堆在田野里，等候着客商的光顾。这时，来自白山黑水、长城内外的土豆客商一股脑儿涌进村里，开始了公买公卖的交易。半月二十天左右，全村三四万吨土豆销售一空。村民们攥着大把大把新铿铿的钞票，眉开眼笑，心花怒放，深情地品味着小康生活的甜蜜和勤劳致富的幸福……

也许有人认为，土豆花比不上那些供人观赏的奇花异卉。是的，如果从单纯的审美角度来看，土豆花的观赏价值可能差些，但，她能带来充盈的果实和丰收的愉悦，能带来生活的富裕和经济的繁荣。因此，她不是普通意义上的花！她是充实的花，幸福的花，吉祥的花！一个国家，有代表她精神面貌的国花；一个村子，也应该有代表她特色的村花。土豆花完全有资格作我家乡的村花！倘若今后什么时候有关部门组织村民评选村花，我相信，乡亲们一定会踊跃地为土豆花投票，让这象征着幸福吉祥的无名小花，成为我们家乡名副其实的村花。

作者简介：刘成滔，扶余市肖家乡白面铺村人，松原市作家协会会员。擅长散文创作，有散文集《竹林倩影》出版。

花开一马树 刘东兴

一马树森林公园有许多可游玩的去处，但在这流火的日子，当首推百合花海了。

百合花海位于园区西北处，建于 2017 年春季，总经营面积一百八十亩，共分四个主题区。一是百合花采摘区，二是鲜花教科体验区，三是婚纱摄影区，四是花卉培养区。花海内共分有十个百合栽植区，共栽植百合品种有：香水百合、野百合、卷丹百合、白百合、亚洲百合、圣诞百合、狐尾百合、火百合、姬百合等多个品种。出于对花期的考虑，园区内划分出多个草花栽植区，栽植区内有矮花百日草、鸡冠花、翠菊、旱金莲、紫茉莉、美国薄荷、玩具熊向日葵等数十种草花品种。

一进七月，花海内便一扫往日的沉闷与寂寞，满园的花气与游人的笑声交织在一起，那香味不由分说地扑进你的鼻子里，叫你有一种流连忘返的感觉。看到游人喜笑颜开、如醉如痴的模样，我们这些侍弄花草的劳作者，虽然又苦又累，却有一种成就感从内心一直洋溢到脸上。特别是我们的“花主”贺子更，他是主管花海的场长，更是乐得合不拢嘴。仿佛那些千姿百态、神情各异的花们，就是他辛辛苦苦没日没夜养大的孩子。每当他看到极个别的游客踩踏花草，折花玩耍的时候，便压抑住内心的不快心平气和地劝阻。然后感慨道，唉，他们哪里知道咱们的苦啊？是啊！有的游人也许只陶醉于那袭人的花香里，又怎能想到头顶烈日、经风沐雨的养花人呢？

走进用竹片编就的自然淳朴的门里，就恍若走进花的世界，在那一眼望不到边儿的花海里，可谓目不暇接，叫你的眼睛有一种不够使的感觉。就连我这个总在园里干活的人，每天都有一个新鲜感。头天晚上还含着苞呢，恰如害羞的玉美人儿，第二天一来就看到怒放的花朵，令你耳目一新。不用说别的花草，单说百合，就有各式各样的颜色。有如雪的百合，看去纯洁、庄严，那心心相印的样子煞是惹人怜爱；有粉里透红的百合，看去特别清纯高雅；有如蛋黄般嫩黄的百合，那高贵的姿态显得特别富贵；还有鲜红的百合，看去大有鲜艳欲滴的样子。

我们正在花间挥汗如雨，一个看去很艺术的老者，显出很心疼的样子问：你们不累吗？我用手帕擦一把脸，然后拧出许多水来，很淡定地说，只要你们高兴，常到我们这儿玩，我们的累也就值了。看样子老者对我的话很感动，很诗意地表达着她的愿望：我真想化作风擦掉你们的汗水，再化作云降降这滚烫的气温。说来也巧，一股习习的凉风真的吹来，花儿们便欢快地点着头。老者惊喜地喊道，瞧瞧，花儿们怀着感恩的心在向你们敬礼呢！她们是不会忘记你们的！

这时候，“花主”贺子更领着一马树林场场长赵俊杰来到我们面前。我不无夸张地说，他们才是真正的育花人呢！从设想到计划，从计划到实施，到处都留下他们辛勤的足迹。主管花海的贺子更是林校毕业的高才生。他说，我们把每一朵花的盛开都视作幸福的表达。我们要把这种幸福传递给游客。是的，每一朵花都是一个彩色的文字，我们要把“花”这篇文章写得精彩纷呈，才不辜负游客对我们的希望啊！赵俊杰场长非常动感情地对老者说。老者一喜之余又增一喜，她寓意深刻地说，有你们这样的育花人，还怕花儿引不来蜂与蝶吗?!

笑声飘在花海的上空。

作者简介：刘东兴，笔名沐歌、木人等。在国家及省、市级报刊电视台发（播）过小说、散文、诗歌、短剧等，有部分作品获奖。是四平市作家协会、戏剧家协会会员，诗刊社子曰诗社社员，中国青年作家学会会员等。

俺娘 刘金光

清晨，当月亮隐退，太阳还没有升起，所有的星星都不再眨眼的时候，在我家的东南方向空旷寂寥的夜空中，总会有一颗璀璨夺目的星星，如白炽灯般守候在那里。每当我看到这颗明亮的星星时，脑海里的第一反应就是我娘那张慈祥微笑的脸庞，仿佛是娘站在那里正慈祥地看着我。

我娘因病离开我已将近一年了，每次想起娘，我的心总会湿漉漉地疼痛，眼睛里泪水不知不觉溢满眼眶。

娘出生的地方是一个海边的城市，家里兄妹五人，娘是家里唯一的女娃，在那个重男轻女的年代，娘的少年生活就是在家帮姥姥带弟弟，没有机会去学校念书。娘看着舅舅们上学羡慕得不得了，每次都是趁姥爷教舅舅识字算术的时候，娘就在一旁，一边看弟弟一边偷学。后来，姥姥看娘实在是特别喜欢念书，就瞒着家里的老人偷偷地拿了几个鸡蛋作为学费，让娘去了几天学校。

虽然娘没上过几天学，但是她天资聪慧，无论什么东西一学就会。后来，由于闹饥荒，娘跟随姥姥来到吉林投奔亲戚并在这里落了户，在不满十八岁时，嫁给了我的爸爸，从此，为人妻，为人母地辛苦了一辈子。

时间如流水一样匆匆地流动着，娘离开后的日日夜夜，她那慈爱的身影始终就在我的脑海里不停地晃动着。

记忆中的娘总是忙碌的，无论春夏秋冬，每天都起得特别早，把饭菜做好，温在锅里，就急急忙忙地拿着一块玉米饼子边走边吃，去生产队干活了。娘为人忠厚老实，重活累活从来都是冲在最前面，抢着干，在生产队里年年都被评为劳动模范。后来，包产到户，娘就更加辛苦了，家里的一切大事小情都由娘操心打理。

娘是一个干净利落的人，我小的时候，家里住的是土草房，屋子的地都是泥土的，但是娘总是打扫得很干净，连一根草棍都看不到，墙壁是用报纸糊上的，很整洁。一对紫红色的小柜永远都擦得锃亮，就连那火柴盒都摆放得整整齐齐。说实在的，那时候家里穷得没有什么摆设，但是看起来却非常的温馨整洁有序。即便是到了晚年的娘，身体特别不好的情况下，家里的瓷砖，天棚都收拾得干净利落。

娘是一个闲不住的人，家里的菜园里总是种着各种鲜嫩的蔬菜。春天，绿油油的菠菜，小油菜，生菜。夏天，长得细细长长的豇豆，宽扁油亮的四季豆，通红通红的西红柿，还有那顶花带刺的绿黄瓜。秋天，胖嘟嘟的冬瓜和南瓜，圆滚滚的大西瓜，香甜脆口的香瓜，各种萝卜，卷心菜，雪白的菜花，翠绿的西兰花，更不用说一年四季都要用的葱蒜香菜了。这些琳琅满目的菜啊，一年又一年，都要在娘的菜园里快乐地聚会，开心地生长，每当这些瓜果蔬菜成熟之后，娘都会挑最好的采摘一些分给亲朋邻友们品尝。

娘是一个善良贤惠的人。平时她总是会力所能及地帮助一些能帮到的人，所有人的过错她都能包容原谅，好多好多的委屈都能一个人默默地承受。娘刚嫁到奶奶家的时候，奶奶总是让娘干一些超负荷的活，身体瘦弱的娘从来都是不声不语，默默无闻地为家里付出着，好在那时有爸爸关心她。

奶奶年纪大了，躺在炕上好几年不能自理，其实，这个时候的娘也是七十多岁的老人了，但是她每天都无怨无悔的，拖着病痛的腿，给奶奶送水送饭，每顿饭都要做新的给奶奶，剩饭剩菜都是她和老爸吃。虽然有时候也唠叨一些从前奶奶对她的不好，但是说过之后，还是一如既往地尽心尽力地伺候着奶奶。对婆婆如此，更别提对她自己的爹妈如何了，我们每次给她买的好吃的，她都舍不得吃，留着，攒着，瞒着我们捎给姥爷姥姥，其实也不是没有，现在的生活都不错，可她就是舍不得自己多吃一口。

2015 年，我的奶奶，姥姥，姥爷因年事已高相继离世，娘没有挂心的人需要伺候，也该享享福了，谁料想，就在姥姥去世不久，娘居然检查出乳腺癌晚期，我们领着娘到处求医。就在 2018 年 1 月 10 号，那个寒冷的冬日，我最可亲的娘永远离开了我们，离开了这个她无比眷恋的人世间。

娘走得很安详，面容沉静，一双布满老茧的手，虽然写满了岁月的沧桑，可是，依然柔软地垂放在身体的两侧，她那双劳累了一生的手轻轻地摊开着，似乎真正地放下一切，放心地远行了。

就在娘检查结果出来以后，我们始终没敢正面告诉她病情，但是精明的娘已经猜到，她总是装作什么都没发生一样，还是跟往常一样做饭洗衣，收拾屋子。我们看在眼里，疼在心上，不让娘干活，可是娘说：我不干活可不行，我能干点儿就得干，你们回来了能吃个现成的多好，我要是真不能动了，那我可就完了。我们能听出来她的话外音，就因这，我不知背地里哭过多少回，让她干吧，又担心她的身体，不让她干吧，又怕她有别的想法，没办法，只好依着她。娘每天吃很多药，总说，我这病没事，吃了药和这些偏方就会好，可见，娘的求生欲望有多强烈。看着娘日渐消瘦的身体，我们的心真的不好受。

我想，就像我娘这么能干，这么心地善良，这么不与人计较的人，如果不是得了这病，她应该是非常长寿的。唉！我的娘啊，就这样匆匆地离开了我们，她这辈子也没享到什么福啊，生活刚刚好转，我们也有能力让娘享福的时候，娘却悄然地走了，没给我们留一点儿报答的机会，愧疚的泪水又一次模糊了我的双眼。

娘的一生是平凡的，可是在我心中，娘是伟大的。日思夜想的娘啊，今天，女儿在这里写下这样的一些文字，您可知道女儿心里有多想您？您离去后的每个日日夜夜，我都会想起遥远的您，想您叮嘱的话语，想您听我唱歌的表情，想您做饭菜的清香，想您在菜园里忙碌的身影，想您在我回家时站在大门口的眺望，想您每晚跟我电话聊天的情景，想您……想您……

亲爱的娘，愿您在天涯的那端过得安好，再无病痛劳累……

作者简介：刘金光，蛟河市河南街黄花村农民。有作品入选《吉林农民作家作品选（2018年）》，部分作品发表在《参花》《蛟河文艺》上。

那片桃花源 孟晚菊

一声“布谷”，我放下手里的书，拿起手机打开微信，竟然是我的发小，外号“李大丫”发来的：“我一小时后起程，五月我们一起去看望我们的‘方妈妈’。”我立刻回复了“嗯，嗯”的表情符号，使劲儿地点头。这时，一个枯黄头发，满脸泥巴，衣服破旧，终日带着我们到处摘野花、掏鸟窝，大声高唱信天游的大个子姐姐便浮现在眼前，我们这样一群山村的“淘气包子”根本不想什么上学，那时的父母们也终日忙于生计不停地干活，只有在吃饭时才能想起我们来。

清晨的阳光温柔地斜射在窗前的书架上，我起身拿起一本书页发黄的《唐诗三百首》，这就是我们的“方妈妈”在我小学毕业时送给我的，如今的我已不惑之年了，让人不得不慨叹时间的飞逝。我取出夹在扉页的那张当时流行的彩色老照片，满脸稚气的我们簇拥在方妈妈身边，一个个怪态百出傻里傻气，我们的方妈妈笑得那么幸福那么灿烂，虽然已过半百，却如孩子一般朝气蓬勃。花白头发下面是被乡村的毒太阳晒得黝黑的面庞，被皱纹紧锁的双眼盛满了温柔的微笑，照片上方妈妈正在带我们表演“鹅，鹅，鹅”，方妈妈的两只胳膊也在“拨清波”，记得当时院门外水塘里的大鹅也“嘎嘎”地叫了起来，欢声笑语响彻小山村的篱笆院里，那三月的桃花也正迎风开得芳香红艳热烈……

方妈妈是当年知识青年下乡来到了我们贫穷的小山村，一次次的返城她都不回去，她说她爱上了这里的人们，这里的山水，这里的一切。

后来她和村东头满院桃花的王二柱相爱并结了婚，一同侍候王二柱常年卧病在床的老母亲，那年院里的桃花开得更艳了，老人的道道皱纹被红艳艳的桃花映衬得似乎也舞蹈起来，嘴里不停地只说一句话：“傻二柱哪辈子修来的福分哪，能娶到方华这么好的姑娘，我们太穷了，啥也没给方华。”老人晶莹的泪光被三月的春风慢慢地揩干，只有满院桃花的芳香在随风荡漾……可世事难料，憨厚能干的王二柱婚后不久却不幸遇难，老母亲经不住沉重打击不久也离开了，从此院里只有我们的方妈妈一个人守着这满院四季更迭的桃花。

家里人一次次接她回城，她一次次拒绝。每天除了干活，就是每天读她那些别人看不懂的书。方妈妈为人和善又勤快，没有城里人的傲慢和娇气，屯里人都很喜欢她，但是方妈妈却不再提婚嫁的事。

方妈妈住着两间土坯房，夏天漏雨冬天透风，在屯里人的帮助下修了又修。由于方妈妈家的桃树多，我们这群半大不小的孩子常趁方妈妈不注意掰几个杈摘几朵花，桃子成熟的时候，我们更是乐坏了，一边摘一边吃，方妈妈也会摘上一些到集市上去换些口粮钱。

但是闲暇的时候，方妈妈总是一个人静静地捧着一本书专心地看，我们这些到处“撒野”的毛孩子把方妈妈家当成了玩耍的“阵地”，方妈妈家的桃树、围墙、院门……常常被我们损坏，我们也就免不了被大人们数落一顿，说我们是一群“看不着后脑勺”没出息的毛孩子，方妈妈却从来不和我们生气，总是把我们叫过去，说是“惩罚”我们念几个拼音认几个字。方妈妈还会和我们一起聊天给我们讲许多我们不知道的外面的故事。渐渐的，我们都很喜欢方妈妈——“方妈妈”这个称呼就是李大丫让我们这样称呼的。

方妈妈家的小书屋里放着很多都是她平时看不完的书，整齐地摆放在一个小木柜上面，方妈妈有个特点，在她的小书屋里不可以淘气，可以随便看书，但是不可以弄坏。奇怪的是我们这些毛孩子都听方妈妈的话，虽然看不懂也学着方妈妈样子翻看，谁也不吵，看完就自己摆放整齐。谁看累了，就去外边耍一阵跳一阵。

方妈妈后来托省城的人捎来很多书，都是给我们毛孩子看的，那个时候能看到那么多花花绿绿还带着各类插图的书，我们高兴坏了，把方妈妈家的小书屋都坐满了。坐木凳的、坐地下的、坐砖头儿的、沉思的、讨论的、表演书里情节的，方妈妈总是微笑地看着我们，有时还会给我们讲上几句，有时也会拿出纸笔教我们做题识字或者写上几句话，累了就带我们聊天讲故事，开心时方妈妈会和我们一样笑得前仰后合。

那个时候，我们可以不回家，但是一天不去方妈妈家就像丢了什么似的，放学后和礼拜天总要去方妈妈家的小书屋看会儿书说会话，开心的事不开心的事我们都会一股脑儿说给方妈妈，方妈妈总是高兴地耐心地与我们分享，也耐心地开导我们，教育我们。在方妈妈家，我们饿了，有吃的，耍困了，就睡个踏踏实实。

我当时总是拿着方妈妈的《唐诗》《作文选》看了又看，方妈妈便有意识地引导我，我也慢慢地动笔写了我自己的第一篇作文《蒲公英》，当时方妈妈还奖励了我一顿白面疙瘩汤。那时的白面是很稀少的，我的父母知道了，还特意带我去找方妈妈感谢，只记得方妈妈说：“这些孩子是我的快乐，我喜欢这些孩子。”我们爱我们的方妈妈，家里做好吃的，没等父母说，就急忙给方妈妈送去，可是我们的方妈妈却只尝一小口，然后都留给了我们。

有一次方妈妈不知为什么生病了，李大丫带我们把方妈妈家里里外外打扫了一遍，又烧水又送饭，然后都悄悄地坐在小书屋里一边看书一边担心地守候在旁边。方妈妈起身坐了起来，拉着我们的手："孩子们，你们的心就像院里的桃花一样美好，方妈妈期待你们结出丰硕的果实。"

桃花开了又谢，谢了又开，历经了十几个春秋，小书屋的书越积越满，我们也越长越大，方妈妈却在一点点变老。

初中毕业时，方妈妈发给我们每人一本书和一张白纸，每张纸的上面方妈妈都画了一枝含苞的桃花，方妈妈说："孩子们，我在你们人生起步时空白的底色上面，添上一抹希望的色彩，剩下那大部分的空白用什么颜色描画？如何画？方妈妈期待你们用画笔在人生的道路上画出灼目的精彩。"当时的我们似懂非懂，只是静静地叠好放进了自己的小书包。

方妈妈的小书屋送出去多少孩子，又迎来多少孩子，已经不知道了，只知道院内的桃花在四季的衣襟上摇曳着远方瑰丽的心梦……我们从小书屋走出来的孩子也相继走上了各自的工作岗位，描绘着各自的色彩。

也是一个早晨，阳光很好，我正站在讲台上教一如当年的我们那般可爱的孩子们。校长急匆匆来找我，说是我的家乡打来电话，有个叫方妈妈的病危……我的心猛地一沉，扔下课本，顾不得一切……

到了村口，一路的泪水夺眶而出，桃花院外，我们的小书屋，里里外外挤满了乡村老小，我推开拥挤的人群，李大丫、二蛋、孙耗子……都已经来到了，我们又一次簇拥在方妈妈身边，双膝跪倒："方妈妈，我们回来了！"

深夜，我们守候在方妈妈身边，听方妈妈叫着我们的乳名，我们都孩子一般痛哭不止，我摸着方妈妈枯枝似的手："方妈妈，没有你，就没有我们今天，我们在一笔笔地描画我们的生活。方妈妈，你本来可以有十分美好的生活，可您守着这小山村，陪伴着孩子们，你图的什么呀？"

只见方妈妈微微睁开双眼，声音微若游丝："心中……若有桃花源，何处不是……水云间……”

后来我们才得知，方妈妈的愿望就是投身教育事业，但事与愿违，没能如愿。是呀，方妈妈，无论校里校外，您都是我们心中的老师，是引导我们人生之路的恩师。

夕阳的余晖洒在我们这些“成功”的毛孩子那亮丽的“翅膀”上。“我决定在这里投资办一个村民免费图书馆，而且定期举行读书有奖活动。”“孙耗子”看着满院绽放的桃花，像是自言自语，又像是在和桃花轻声地说话，随后只见一只只手重重地搭在了一起……在漫天缤纷的桃花雨中，我们拿起方妈妈的画笔继续描画我们又一时代的“芳华”。小山村里满院的桃花，依旧也将永远迎风散发出清香……

作者简介：孟晚菊，小说《红糖》2018年入选《黄龙府》；散文《捡拾那段岁月》2017年入选《吉林省农民作家作品选》；小说《雪打灯》2018年入选《吉林省农民作家作品选》；散文《春城一枝花》2018年获长春市第七届群众诗歌散文微小说三等奖。

父亲的遗产

孟祥梅

父亲的遗产不是存折，不是房屋，更不是田地。父亲的遗产是他给我们留下的做人原则。这份遗产弥足珍贵，厚重千斤。

父亲的遗产是一句话，让我们时时咀嚼回味。

记得小时候，父亲经常给我们说："做人要有原则，无论生活贫富、地位高低，总要记得本分、诚实、宽厚、善良。"说心里话，那时对父亲讲的话只是懵懵懂懂，似是而非。但是，长大后慢慢才明白，父亲不止是对我们讲，更是以自己的身体力行，给儿女后辈诠释着这句话中的深刻含义。

父亲宽容诚实，在我记忆中，从没听见父亲和别人争过吵过，更没见他做事亏负过谁，甚至遇到别人的误解，他都是包容忍让，宽厚以待。

20 世纪 80 年代初，有一次父亲去城里给单位买冷冻机零件。选完零件后，父亲按标价核算是 191.12 元。可售货员拨完算盘后，却递给父亲一张 119.12 元的交款票据单，然后转身招呼另一位顾客去了。父亲看过单据本想开口，见售货员在忙，便站在原地等他重新开票。售货员看父亲没动，就极不耐烦地说："还不快去交款拿走你的东西，在这碍手碍脚的干吗？"父亲刚说出"这票开得不对……”，后半句话还没说出来，售货员便怒气冲冲地拍打着包装箱吼道，“你学没学过算术啊？我在这工作十几年了，还从来没有开错票的时候呢。”这样的场面，如果换作别人，即便不争吵，可能也要立刻去付款拿货走人了。可是父亲却耐心等售货员吼完，才给他讲票据上的金额是少写了。售货员一看，立刻换了笑脸，尴尬地向父亲连声道歉并重新核对开了票。要知道，那时父亲每月的工资才 64.5 元，售货员的一个笔误可是等于白白送了父亲一个月的工资啊！

父亲节俭善良。他曾多次告诫我们要懂得“一粥一饭当思来之不易，半丝半缕恒念物力维艰”的道理。父亲自己总是省吃俭用。家里的日用器物，都是经过反复修理，直到实在不能用时才能买新的。但是面对别人的财物，无论多贵重，父亲都不会有丝毫动心。

1989 年，父亲退休被返聘到市里一家公司做会计。一天正要下班时，父亲发现椅子下面有一条闪亮的小链子，以为是谁废弃的钥匙链掉在那里，捡起来没仔细看就随手扔到角落的纸篓里。第二天，一个税务员打电话来，问父亲在办公室里有没有看到一条金项链。父亲毫不迟疑地告诉她，在地上捡过一个铜链似的东西，不知道是不是她要找的项链。原来前一天那个税务员与同事来父亲的办公室查账，第二天，才发现自己的项链不见了，翻天覆地地找，家里没有，单位没有，急得团团转。因为这几天忙于查账，她们一直奔走于各家单位，项链丢在哪里根本就不确定。同事提醒她，问问这几天查账去过的单位吧。她想，这么贵重的物件，谁捡到了能承认？虽然感到很渺茫，但她还是抱着最后一线希望，给几家单位的会计办公室打了电话……

当她来到父亲办公室，确认了父亲拾到的正是自己遗失的项链时，紧紧握着父亲的手，激动得热泪盈眶。之前，她恐怕做梦也想不到项链还能失而复得吧，而她所以激动，不光是因为找到了自己心爱的项链，更是因为她在老人身上看到了金子一样的光芒。

父亲的遗产是一本书，让我们读之有悟。

父亲对人对己宽严有别，处处给儿女后辈做出榜样。可以说父亲的言传身教，亲力亲为，就是一本我们读不完的书。因为，那是我们一辈子都要去认真领悟和学习的。

说到学习父亲，其实在兄弟姐妹四人中哥哥更像父亲。他是高级工程师，经济状况在我们兄妹中是最宽裕的。可是，他却非常简朴。他的衣服有开线或是小的破损时，总是一针一线地缝好继续穿。并且他的针线技术特棒，整个小城恐怕也找不到这么好手艺的缝纫技师。听嫂子说，有一次哥哥下车间检查设备时，西装被刮出个一寸多的三角洞。嫂子要拿到裁缝店去弄，哥哥不让，说自己弄得随心。赶上周末休息，他先拆开西装的里绸，小心地挑开搭门的锁边，从搭门的缝份抽出一缕西装面料的布丝来，将布丝穿入最小号的钢针，然后按照布料的经纬走向，认真地编织那个破损的地方。费了好些功夫，终于把那个洞编织好，稍做熨烫，破洞的地方与衣襟浑然成为一体，几乎找不到破损过的痕迹，连嫂子都一个劲儿地说佩服。

哥哥自己虽然节俭，但是对父母、家人却毫不吝惜。对父母，他尽心尽孝。对兄弟姐妹，他关怀备至，即使对陌生人，他往往也是关爱有加。

2012 年 9 月，因为我们两姐妹生活在乡下，没出过远门，哥嫂便专程带我和姐姐及甥媳，一行五人南下旅游。一日，哥哥带我们在南京“七天酒店”附近吃早餐，当我们快吃完时，忽然瞥见一位略有智障的老人，在邻桌顾客走后，急不可待地端起别人吃剩的半碗粥，在保安人员的叱呵声中迅速地吃干净，然后眼光又不舍地扫向下一张餐桌。食客们小声嘀咕着，纷纷流露出了同情的眼神，但是谁也没说什么。这时哥哥叫服务员过来买单，并额外又买了四个小甜饼，一碗绿豆粥，一碟小咸菜，吩咐服务员，送到那边的空桌上，让老人坐下来安心地吃。哥哥交代完，带着我们默默离开。我情不自禁地回头，看一眼那老人用餐的背影，默默地祝福着老人，愿他每天都能有这样的遇见，也愿他每天都能感受到这样的温暖。

父亲的遗产是一种爱，让我们无私与人。

父亲在农村居住几十年，朴实无华的生活中，左邻右舍有活帮个忙、有事搭把手、有难出份力的事儿，对父亲而言，可谓是家常便饭。常言道大爱无形，我想父亲所做的这些小事，不就恰恰是反映了人间的大爱吗？而更令我高兴的是父亲的这种爱，不但令我们做儿女的感动效仿，也深深影响着我们的晚辈。

侄女是哥哥的独生女儿，是家族这一支“令”字辈唯一的女孩儿。她漂亮、聪明、懂事，从小就很有爱心。八九岁的时候，夏天的一个中午，哥哥给侄女五元钱让她去楼下超市买雪糕，侄女蹦蹦跳跳地跑下楼。由于天热，中午街上行人极少，这时一位跛着脚的老人和侄女走个对面。他向侄女打听去某敬老院的路怎么走，说自己早上出来溜达，时间久了就转糊涂了，现在找不到回去的路了。侄女还是个小孩子，根本不知道去敬老院的路。她看了看手里的钱，稍犹豫了一下，便将五元钱送给了那个问路老人，让他打车回敬老院去。她生怕大人责备，低声细语地向哥嫂述说着这件事。哥嫂问她为什么不买雪糕却要把钱给老爷爷，她说“老爷爷太可怜了，我不吃雪糕没事，老爷爷找不到路走丢了咋办啊？”。哥嫂当然没有责备孩子，而是高兴地表扬了她。

侄女很自立。从十二岁开始，就一个人在长春上学，一直读到现在的博士。虽然大家都非常宠爱她，但她一点儿也不娇气，而且从不乱花钱。每到放假，师哥师姐们都巴望着趁假期放松一下自己，或是回家团聚，或是出门旅游。侄女却多次利用假期帮别人批考卷或去做家教，并将自己劳动所得分成三份，一份给家人买礼物，一份给自己买生活用品，一份买些文具捐给贫困山区的孩子。

侄女在用实际行动证明，这个世界需要爱，但是若想获得别人的爱，首先一定要学会去爱别人。爱的真正意义不是索取，而是付出。

父亲的遗产是一种精神，让我们代代传承。

我深深地懂得，父亲的遗产不是万贯家财，但是，可能散尽万贯家财也买不来。我也深深地懂得，父亲的诚实本分，哥哥的节俭善良，侄女的自律上进，无一不是家族一代一代传承下来的治家理念。这种理念已经融入生活的点滴之中，体现着几代、甚至十几代人对家风家训的自觉修为，也体现着中华民族的传统美德。

大爱无形，大德无欲。我深愿这良好的家风能世世代代传承下去，更深愿这中华民族的传统美德能世世代代传承下去，就如同日月星辰一般——永恒不老。

作者简介：孟祥梅，德惠市郭家镇向阳村农民。长春市作家协会会员、德惠市作家协会会员、德惠市诗社社员。作品多次在长春市诗歌、散文大赛中获奖，并在长春市非遗征文、长春市群众故事大赛、北京市作家协会纪念抗战征文比赛、第十四届长春电影节主题征文比赛等活动中获奖。

走进镇赉这片神奇的土地 任国有

鸟瞰关东大地，在吉林、黑龙江和内蒙古三省（区）的交汇区域里，在松嫩平原和科尔沁草原交融汇聚的地带上，在吉林省白城市的东北部，有一个神奇而美丽的地方，那就是赫赫有名的镇赉县。

这里，幅员辽阔，风光如诗如画，土地肥沃，而且物产富饶，素有“鱼米之乡”的美誉；这里，苇草萋萋，鸟类繁多，是鸟雀生活的理想天堂；这里，水系充沛，湖泊众多，那一泻千里的嫩江，奔腾的洮儿河、蜿蜒的呼尔达河和美丽的二龙涛河流淌在镇赉这片广袤的土地上，这“一江三河”犹如母亲的乳汁温润着这片古老的沃土。泡沼湖泊星罗棋布，犹如一颗颗晶莹闪亮的珍珠，镶嵌在广阔的碧野上。

镇赉之美，美在南湖。当你站在瞭望塔上遥望镇赉大地时，你会发现县城与南湖一北一南相依相伴，如果把充满活力的镇赉县城比作是彰显阳刚之气的暖男，那么一泓碧水的南湖就是温柔清秀的少女，二者配合得是那样相得益彰。选一个夏风清爽的日子，约上三五个朋友，抑或邀请一位知己，兴游南湖，实乃是人生一件乐事。

沿着湖北的甬路自西向东漫步，南望湖面波光粼粼，水草丰美，北看杨柳依依，松林浓郁。湖畔树下，鲜花盛开，蜂舞蝶飞，不时传来燕语莺歌，未至湖中，你就已经心醉不已了。行至几十米，你就会惊喜地发现，广阔的湖面上架起了曲曲折折的木栈桥，木栈桥上坐落着一个个凉亭。那橙色的小木桥，蜿蜒在碧绿的湖面上，与蓝天白云映衬着，又与远处的彩色楼群一起构成了南湖特有的风光。南湖分为东西两部分，当你离开西部湖区，穿过笔直的南北柏油路，就到了东部湖区。伫立湖畔，沐浴着轻轻晨风，碧绿的荷叶铺满了湖面，大有杭州西湖“曲院风荷”的意境。

走在弯弯的木栈桥上，望着田田的荷叶，看着红红的荷花，你就会自然地吟咏起“接天莲叶无穷碧，映日荷花别样红”的诗句来，你的心也会深醉在这美丽的意境中了。你看，那盛开的荷花，多像穿着粉红色罗裙的仙女，在宽大的荷叶上翩翩起舞，此时的你，一定会沉醉其中，那种感觉就好像饮了陈年老酒一样，飘飘欲仙了。在湖岸边，在栈桥上，在凉亭里，富裕起来的镇赉人或漫步，或驻足，或小憩，享受着生活的幸福，体验着休闲的惬意。

镇赉之奇，奇在生态。如果你去白城，不到镇赉那是一种遗憾；如果你到了镇赉，不去莫莫格那便是一种缺憾。莫莫格是国家级自然保护区，是国家 AAA 级景区，它具有原生态之貌，纯自然之趣。初秋，当你迈进“吉林莫莫格国家级自然保护区”的大门时，一幅纯天然的秀美画卷就会在你的眼前徐徐展开，站在自然保护区的西侧，向北、东、南三个方向望去，那绿苇白水更凸显出了莫莫格的辽阔与壮观。

你看，青翠翠的苇草从脚下铺向远方，白亮亮的湖水荡漾着繁茂的绿苇，映着蓝天白云，此刻，那汩汩的诗意就会流入你的心田，让你顿生心旷神怡之感。沿着古朴的木栈桥向东漫步，天然生长的苇草绿浪起伏，绿苇映着湖水，湖水拥着绿苇，像热恋中的情人一样相依相偎。站在木栈桥的中央，置身于绿苇碧水中，顷刻间，你也融入了大自然的怀抱之中，那满满的绿充盈了你的眼底，一缕缕清新的水草气息沁入心脾。透过水面，鱼儿、虾儿、螺儿在水中追逐着飘逸的白云，嬉戏游玩。不远处，一群白鹤栖息在水草间，好像是一片盛开的雪莲花。忽而，几千只白鹤扑啦啦地飞起，在蓝天绿草之间自由地飞翔，那阵势大有“白玉落地，嫦娥飞天”的意境，难怪此地冠以“中国白鹤之乡”的美誉，此时此景，在你心里涌起来的恐怕不仅仅是壮美，也许还有那种惊心动魄的震撼吧！此刻，你最好是微闭着双眼，静静地聆听那种远离闹市的天籁之音，感受那种气魄宏大的白鹤乐章！

近年来，莫莫格的奇景吸引了大江南北的摄影爱好者，一幅幅珍贵的摄影作品在这里酝酿而生，同时也吸引了长城内外的文学爱好者，一篇篇美文从这里飞向全国。莫莫格，自古以来就是候鸟栖息的宝地，除了白鹤外，还有大天鹅、灰鹤、大鸨、东方白鹳、黑鹳、丹顶鹤、白头鹤、金雕等多种鸟类。驻足在“鹤的故乡，鸟的天堂”诗意中，我静静地沉思，千百年来，莫莫格的自然生态能保持这样的原始、古朴和奇美，这些鸟类能在这里安家、栖息和繁衍，一定是一代又一代的镇赉人用心守望着这片自然风貌，保护着野生鸟类赖以生存的环境，我们才有幸看到这梦幻般的神奇景象，才有机会体验到这如世外桃源一样的生活，才有福气享受到这种回归自然的闲情野趣！

镇赉之强，强在文化。文化能代表一个地方文明进步的程度，能凸显一个地方人们的文化素养，更能彰显出一个地方人们的精神风貌。走进镇赉，你就走进了浓郁的文化之城，你就会感受到那种强烈的文化气息：惟妙惟肖的美术作品，鬼斧神工的摄影图片，妙不可言的音乐演唱、美轮美奂的舞蹈艺术，出神入化的民间剪纸，新颖时尚的体育运动……各种艺术精品和运动项目层见叠出，丰富了镇赉人的文化生活，也给这片沃土带来了勃勃生机。

乾赐福地，坤德镇赉，一方水土孕育了一方文化，广袤的土地为镇赉这朵文学奇葩的生长提供了肥沃的土壤，涛涛的嫩江水滋养了多姿多彩的文学元素，郁郁葱葱的湿地触发了作者创作的灵感，这样，以白鹤及其生长的原野而命名的文学季刊《白鹤原》，在松嫩大地上应运而生了。自创刊以来，镇赉的作家和文学爱好者植根于这片绿野，汲取了草原文化、渔猎文化和农牧文化的营养，传承了这些传统文化，歌颂了在党领导下的镇赉县所发生的翻天覆地的变化，他们在全国各地各级报刊和网络上发表文学作品已有两千余篇，这些宝贵的精神食粮熏陶了镇赉人的情操，坚定了他们的文化自信，弘扬了社会的主旋律，可以说文学这朵艺术之花成了文化镇赉的一张最美最强的名片。

如果你走进了镇赉这片土地，你就会深深地感受到自己在欣赏着一场视觉盛宴，你更会感受到今生不虚此行。镇赉虽小，但在一代代勤劳的镇赉人精心打造下，已雕刻成一件艺术精品，细细地品味它，那种蕴含在精品之中的思想会时时荡涤着你的心灵，震撼着你的情感，熏陶着你的流年。

作者简介：任国有，洮南市东升乡三胜村人，白城市作家协会会员，喜欢散文创作。作品曾发表在《中国民族报》《人民日报·百姓中国周刊》，泰国《中华日报》等海内外报纸上。

借盆 任艳

不论何朝何代，男婚女嫁永远是个说不完的话题。譬如相亲，就说时下吧，电视上各种相亲节目应接不暇，婚介公司到处是，有的城市里小区也有专设的相亲栏……可是，你们知道在几十年前的农村，也有起着这样作用的习俗吗？那就是借盆！

那时家家办喜事不像现在乡镇都有婚宴大厅，或者也有一条龙服务的餐车，主人家啥心都不操，只管出钱就是。那时哪有啊，碗筷还好凑点儿，这盆就不好弄了，所以，每到有人家办喜事，就得挨家地借盆。

说起这借盆可有说头，不是谁都能借。人可多可少，但必须是村子里的未婚男青年，因为正好借这个挨家串户的机会，可以名正言顺地登堂入户。每走一户有女孩儿的人家，小伙子们都会极尽能事地表现。你看每逢有办喜事的，小伙子们都打扮得亮堂的，头发都打着头油，锃亮的，推着一个板车。谁家有闲置的盆，就用胶布写上名字粘在盆底，怕有误差，还有记账的，双重保险。就算偶尔有误差，乡里乡亲的也不太计较。当然这盆家里外头都用，难免破得快。常看见母亲找来布条依盆窟窿大小捻成相应的小绳状，塞进窟窿，在将两端点燃，待布条燃至盆边时，忙用手蘸水快速摁下，便牢实地堵住漏洞，有的盆都打过好几块补丁了。因短缺吧，这些盆丝毫不因脸长了这些麻子而自卑，依旧快乐地坐上板车东家走西家串，而且还肩负着一层神秘浪漫的使命迂回在俊男靓女中。

我们家姐妹四人，无疑是受借盆队伍青睐的一家。听，大黄狗一阵狂吠，伴着人声嘈杂，一支阳刚的队伍雄赳赳地开进院子。每当这时，母亲总是笑盈盈地，她很喜欢男孩子。我们也都稍作打扮，倒不是非在这个时候有什么动向，大姑娘家的，形象还是要的。我感觉这时小伙子们就好像上了《全城热恋》似的，争相表现，有机灵会来事的赶紧给父亲点烟，还会有给弟弟糖果的，更有故作由头多待一会儿的。这倒让我想起在非洲有个小国家，关于婚嫁有个风俗，就是谁家有适龄婚嫁的女儿，父亲就要在指定的日子和地点，拉着嫁妆和女儿来到这里，供未婚的男青年挑选。当然，嫁妆多的被选中的概率会高一些。

我们姐妹每每会和父亲打趣此事，父亲总是笑得一脸的灿烂："咱家就土豆多，大不了搭四车土豆呗哈哈哈"！不过要是真和土豆相比，母亲觉得多备上几个盆还是很划算的。男孩子走了以后，母亲都少不了一番品评：老李家二小子长那高了？老邱她大叔家三儿可挺有眼力见呢，老姜家四儿听说可能过日子了，长的还好……往往借盆过后，就会有提亲的来女孩儿家，因为那时还不时兴出去打工，念书的也少，家家孩子又多，本村结亲的很多，"财不出外国"嘛，所以靠借盆的机会也促成不少好姻缘呢。

姨奶家六叔都二十好几了，没对象，平时也不出屋。看着着急的姨奶，母亲提议：让六子出来和这些小伙子一起借盆，也好让大家看看有这么个人呀，屯子里没有，兴许谁家亲戚有相应的姑娘呢。可真别说，自母亲提议后，果然在借盆队伍里发现了六叔。那时候办事没有现在这样繁多的名目，大多都是在冬天里结婚的。十冬腊月，六叔才不戴帽子呢，头发梳得光光的，皮鞋也擦得锃亮的，不一会儿耳朵边就冻红了，捂一会儿还冻手，搓搓手再捂一会儿。印象最深的就是他那条白裤子，在队伍里尤为抢眼。后来在一次借盆展示中，凭借着在众多深色衣服里一道亮丽的白色，儒雅的外表，很快俘虏了来邻居三婶家串门的外甥女的芳心！次年喜结连理之日，姨奶还不忘母亲的提议之功呢。

记得在借盆队伍里，有着一道存续多年的风景：吴荣子，一个年纪和我相仿的娘声娘气的男孩子。平日我们几个要好的女孩子在一起，他就会凑过来，说话间会时不时温柔地捶你一下，我们见得惯了，姑且拿他当好姐妹了。荣子长相极好，身段苗条，他父母当时都外出唱二人转，那时就叫“滚地包”的，家里弟兄也多，还穷，加之他有点儿女性化的性格，这些原因也一度多年让荣子在借盆的队伍里保持着元老的地位。

后来听说他结婚了，媳妇是和她母亲一起唱二人转的。耳濡目染，荣子二人转也唱得好，有时就会补个场啥的。头几年有一次回娘家，碰见荣子，满脸沧桑尽现，见我大老远地就喊：“死艳子，这些年跑哪儿去了”？而且近前不容分说，就来了那么一下他的经典动作，虽时隔多年，但力道并未增加。就这么一捶，仿佛又看到被调侃着依旧战斗在借盆队伍里，渴望着爱情降临的那个聪伶秀气的男孩儿，也一下捶回到那个虽说苦兮兮但却无忧无虑的青涩涩的时光里……

日子就像石辗下的粮食，被推着赶着掰开了揉碎了被人们品味着，时代不同嚼出来的味道也不同。现在农村年轻小伙子可以变着花样地展示自己了，但如今的盆呢？无论你是镶金裹玉，也回不到那个让它们有着辉煌历史的美好时代了。

作者简介：任艳，女，1971 年生，吉林省前郭县宝甸乡农民。有多篇散文、随笔发表在省市报纸杂志上。

柳哨吹出的绿色音符 苏亚兰

春风劲吹着原野，草木竞相抽芽吐绿。北国春天最抢眼的当是古人笔下“碧玉妆成一树高，万条垂下绿丝绦”的柳巷盛景。

透过小区楼前那一帘绿色画屏，眼前浮现出老家村边那片防护林，儿时的玩伴三五成群地在林间嬉戏玩耍，耳畔不时地回响起那悠远又熟悉的柳哨声。

于是我突发奇想，让爱人到楼下折几根柳枝。经他一番巧手运作，几支久违的柳哨瞬间摆在眼前。我激动地逐一反复吹奏，仿佛又回到了遥远的童年……

清明过后进入谷雨，正是制作柳哨的最佳时机。我和小伙伴们追逐在几位兄长的身后，来到村边初绽绿色的树林里。看着他们悄悄爬上树干，折下几根筷子粗细的杨柳枝条开始制作柳哨。因为柳哨吹出来的声音酷似某种动物的叫声，所以我们俗称为“拧叫叫”。别小看这自制的土玩具，在那物质匮乏，缺少娱乐活动的年代里，可是我们乡村孩子就地取材，亲手制作出来的一种主打乐器。

先把折下来的杨柳枝条削去两头，摘掉树叶芽苞后，用手从上至下稍稍用劲儿一拧，借着树条体内释放出来的润滑浆气，树皮与中间的木轴迅速剥离。将树皮内部的骨干抽出后，用剪子将圆筒剪成或长或短的若干小段，把捏扁的一头端口用小刀将树皮刮掉，一只只精巧的柳哨就制作成功了。含在唇边轻轻一吹，便发出悠扬悦耳的声音，恰似城里人吹奏的竹笛乐，又像火车鸣响的汽笛声。

同样能制作柳哨的材料还有杨树，但因杨树不如柳树枝条柔软，故此常用柳枝来制作，所以文化人称为柳笛，乡村人都叫它柳哨。但杨树相对来说要比柳树枝条粗一点儿，因此，粗壮的哨子必须用杨树枝条来制作。那时候，我们这些没见过世面的乡村孩子，对于竹笛可望而不可即。以致火车发出的汽笛声，也是在露天电影的屏幕上看到听到过，或者是居住在铁路沿线的村庄才能见识过。因此，称柳笛为柳哨或叫叫，更显得古朴、自然而亲切。

女孩子们喜欢吹柳树制作的短柳哨，声音清脆、委婉而悠扬。男孩子则喜欢吹杨树做的长柳哨，声音浑厚、响亮而雄壮。男孩子们玩到兴头上，会把柳哨剪成一寸长含在嘴里边玩边吹。有的还常将两三支柳哨同时放在嘴边吹奏出琴音，你一声、我一声、他一声，你唱我和，相互交错。节奏此起彼伏，音调酣畅淋漓，以此引起大家的共鸣。

有的男孩儿这样还不过瘾，竟独自寻找一段小拇指粗的杨树条做材料，随即亮出一支粗而长的大柳哨，然后骄傲地鼓起腮帮，使足力气，吹出的调子犹如一只粗犷、豪放的牛角号，古朴而高亢。吹绿了原野上的枯草，吹来了呢喃欢歌的燕子，吹开了朝阳坡上无名的野花，吹醒了沉睡一冬天的土地，更吹响了农人备春耕劳动的号角。

每当此时，奶奶或姥姥就冲我们喊："哎哟我的小祖宗们！你们可别再吹了，再吹老天爷就该刮大风啦！"虽然她们嘴上说不让吹，但还是乐呵呵地看着听着我们吹。虽然老辈人都已作古多年，但年过半百的我一直都在想：北方的春天本来就是多风的季节，难道真的是我们吹柳哨吹出来的么？这对我来说直到现在也还是个谜。

最有趣的是：有的孩子还在柳哨上面剪出几个小孔，这样就成了笛子状，用手指敲打各个空洞吹，便能吹出高低音的韵味来。还有一种更尖端的吹法是：把细小的柳哨套在粗大的柳哨口上面，再听柳哨吹响的声音，立时变得悠远嘹亮，既有点儿像汉族的唢呐，又酷似古老的蒙古长调。若几个人同时吹奏时，宛如一曲悠扬的田园乐章，令人陶醉与神往。那绿色的音符，在乡村的原野上空余音不止，久久回荡，再度把我带回到儿时的梦乡。

为了防止新制作的柳哨干枯，晚上睡觉前要用水泡上，次日清晨我们一路吹着柳哨，行走在一公里之外去往母校上学的路上。

小小的柳哨看似其貌不扬，却被冠以笛的美称，备受乡村孩子的青睐，成为那个时代一辈人的挚爱。伴随着我们走过了多彩的童年岁月，在人生的履历表上留下了难忘的一页。

作者简介：苏亚兰，1963年生，扶余市弓棚子镇广发村农民。多篇散文和民间文学作品分别在《吉林文化》等省市级报刊发表，现为松原市作家协会会员。

关于井的记忆 孙国福

在我的记忆中，关于井的画面尤为深刻，以至于现在还时常出现在我的梦境里。

我的上半生是在农村生活，下半生估计也是。关于井的记忆，也是从儿童时代的生活开始。

神秘莫测的老井

记得小时候，住在农村的我，家附近只有公社的粮食所院内有一口老井，老井的旁边有一棵垂柳。听老辈们说，那还是父亲刚到粮食所做临时工的时候，和工友们一起栽种的，距今已有六十多年了。

每到夏季，垂柳就会舒展它温柔的胡须，为我们撑起一柄巨大的绿伞，罩出一大片荫凉。父亲和工友们干活累了，就去老井旁，打上一柳罐斗子凉水，把柳罐斗子放在木质的井架上，喝上一气儿拔凉的井水。然后坐在老柳树下，歇上一会儿。我们一群七八岁的小孩子，也经常到粮食所院儿里玩儿。疯累了，也会跟着大人蹭到老井旁边的老柳树下歇一阵儿。但我们是绝对不敢打水的，因为老井的井口有一米见方的大小，父母早就告诫过，要离老井远点儿，免得发生意外。

家长越是不让靠近，老井在我们眼里就显得越神秘。

于是，当绒嘟嘟的春天娇羞地爬满纤嫩的柳枝上时，我们就以折柳枝拧柳笛为由，去接近老井；当雨水匮乏，河水不再恣意撒着欢流淌时，我们就以“修城堡”或“建水库”的名义，去亲近老井；到了滴水成冰的季节，我们会央求大人，在距离老井稍远的地方，用井水泼一趟儿冰道，小伙伴们一起打出溜滑儿。老井，像一个玩伴儿，一年四季陪着我们，更像一张金灿灿泛着油光的大饼，时时诱惑着我们。

特别是在广播里听了孙敬修爷爷活灵活现地演播《西游记》后，八角井里老龙王用定颜珠救乌鸡国国王那段儿，给我们留下了深刻印象。小伙伴们没事就在一起琢磨：这口老井里，会不会像西游记里讲的那样，也住着一个老龙王呢？会不会也有一个国王，被坏人推到井里，困在了井下呢？

为了揭开这个谜底，小伙伴中年龄稍大点儿的孩子提议，选一个没人打水的空档，由他去一探究竟。其余的小伙伴负责望风，在一旁看着来打水的大人，防止被人撞见，回去向家长告状，再挨骂。

就这样，安排妥当之后，在一个夏日的午后，我们几个小伙伴排成一路纵队，有的手里拿着木剑、有的拿着木头枪，实在没啥拿的，就捡了根木棍，挺胸抬头，雄赳赳气昂昂地向老井进发。那神情，仿佛我们个个都是英雄，就好像真的有老龙王和国王，在那等着我们去营救似的。

到了目的地，我们这些年岁小的躲到了粮仓的背面巴望着。那个年龄稍大点儿孩子，自己走到距离老井两米左右的地方，停下了。然后从地上拾起一块石子，扔进了井里。过了一会儿，听见井里传来“咕咚”一声，他“嗖”地一下跑了回来，把正在望风的我们，吓得也跟着跑出好远。隔一阵儿，看井口那儿没啥反应，他才又走到距离老井更近一点儿的地方，趴下了，然后一点儿一点儿爬到了井口边，把脸探进井口，向井下一通乱喊。阵阵喊声从井底返回到井上，空荡荡、飘忽忽的。这时他回过头，仰起脸，洋洋得意地对我们说，下面黑乎乎的，啥都没有，我都看了！说完，又冲着井口大喊了几声，果然，没有我们想象中的井龙王和国王出现。

等他慢慢地缩回身子，到了距离井口较远的地方，从地上爬起来，在那儿边擦去额头上和手心里的细汗，边拍打身上尘土的时候，突然听到一声大喝："这是谁家的小兔崽子，不要命了?!"

原来，这时候正巧赶上有大人来挑水，先前看他距离井沿儿近，不敢惊动，等距离井沿儿远了，才大声地喊了出来。我们吐着舌头做着鬼脸，一哄而散。等到大人把水打上来，倒进水筲里的时候，我们这群淘气包也不知道从哪儿又冒了出来，一个个围着水筲，偷偷地喝水。

这时候挑水的大人是绝对不会骂我们的，只会说："慢点儿、慢点儿、别呛着。"等我们喝够了，他才拿起立在井架上的扁担，忽闪忽闪地挑着水远去了。

好玩难忘的压井

我渐渐地长大了，也上了小学。可能是为了安全起见，学校内没有井，老师和学生的饮用水，都在附近居民家中打。居民家当然不会是老井，而是一种手压井。

我读小学那阵儿，教室还都是小黑瓦那种的老房子，室内都是原生态的土地面，连水泥地面都不是。同学们下课的时候，在教室里来回跑几趟，就暴土扬尘的。冬天还好一点儿，可以用铁锹从室外铲些雪洒上，抑制灰尘。开春之后，就得靠洒水解决。那时候每个班的值日生除了负责擦黑板，打扫教室卫生之外，就又多了一项任务——午休时间，去学校附近的居民家打水。因为手压井没有什么危险，所以这个任务小学生也可完成。

很多淘小子和我一样，是非常热衷于去打水的，因为不仅可以不用在老师的管束下睡午觉，还能出去玩儿，这简直就是美差。每到午休的时候，老师会说：“值日生去打点儿水吧！”话音未落，只见七八个淘小子，离弦的箭一样从座位上蹿出来，抢着去拿水筲和抬水的木杆，老师就得像老鹰抓小鸡游戏里的老鹰一样，左右拦截，拦下这个，拽回那个。最后，当然只能是当天的值日生两人去。

在农村，不论到谁家打水都不会烦的，并且还会手把手地教你如何压水。用手压井打水，要先从水缸里打几瓢水，倒在井口里做“引子”，这样，才能压出水来。长大后才知道，所谓的“引子”，其实主要是起密闭作用。另外，先压上来的水，不能直接用筲接。因为刚打上来的水有水锈，要多压一会儿，看着水变清澈了，再用筲接。接满一筲水，大约要几分钟的时间。其余的时间，就在这户居民家的附近玩。跳房子、捉蜻蜓、弹溜溜，玩得不亦乐乎。玩累了，热了，就再压点儿水，把嘴伸到出水口跟前儿，咕嘟咕嘟地喝上几口。赶上园子里下来黄瓜、柿子的时节，井主人还会大方地给我们摘下来几个，放到新压出来的井水里冰镇一会儿，一口吃下去，暑气顿消，清爽无比！

压水和玩游戏，当然是令人开心高兴的。可抬水回去，就不那么轻松了。记得当年和我一起抬水的同学，个头也和我差不多，只不过他经常帮家里干农活，长得比我壮一些。每次抬水，别的班的同学，都会因为水筲没有放到木杆的中间，而来回挪动水筲，有时候还会因此而发生争执。可他每次都会把木杆给我多留出一块，让水筲靠近他那边。当时虽然年纪小，但都知道，谁留的木杆短，水筲靠近谁，谁那边就沉，抬着就费力气。

抬到半路歇气儿的时候，我会偷偷地把木杆往他那边送，让水筲靠近自己，可每次都被他发现，最后的结果当然是我以失败而告终。就这样，我享受这个“特殊待遇”，一直到小学毕业。后来，因为家庭条件不好，姊妹多，他辍学了。我也曾去他家找过他，每次去的时候，他都会问，学校有啥好玩的没有？我就会把学校新近发生的事儿跟他讲述一遍，随着我的讲述，他的眼神就像黎明前的星星一样，由闪闪发亮变得渐渐暗淡……

多年以后，当我向朋友问及他时，他已经是一个建筑企业的老板。朋友说，老家好多人都跟着他干，都说他心好，总为别人着想。其实，这些，不用别人说，我早就知道。

爱意满满的小井

我十四岁的时候，家东面几十米远的地方打了一眼小井，井管使用的是直径二十厘米左右的水泥管，辘轳和柳罐斗子也都是铁质的。我与井真正的亲密接触也就是从这儿开始的。

那是我上初一的下半年，也许是因为父亲工作调转，全家生活的担子一下子全都压到母亲身上的缘故，一向身体健壮的母亲，患了急性阑尾炎，做手术住进医院。家里养的几头大肥猪和几十只鸡鸭鹅，煮食、解渴所需用水就没了着落。就这样，我开始了生平第一次挑水的经历。以前都是看别人挑着水，忽闪忽闪、轻松自如地从自己的面前走过，现在自己总算有机会挑水了，那兴奋的心情真是无以言表。

母亲住院后的第一天，天刚蒙蒙亮，我就迫不及待地早早起床，拿起扁担和水筲，飞奔去小井打水。俗话说，看花容易绣花难，果真不假。看别人打水时，辘轳转得飞快，人家也气不长出面不变色的，那叫一个潇洒。轮到自己，还没摇几下，是胳膊也酸，手腕也疼。这都不是重要的，重要的挑水的时候，最令人尴尬的是我这骄人的海拔，一米三十多的大个儿，非得把扁担绳在扁担上缠绕几圈，水筲才能离开地面。不然，那水筲就像被地球引力牢牢吸住了一样，说啥都不起来。等打满了两筲水，扁担一上肩，我更傻眼了。看人家挑水忽闪忽闪，轻松自如的，到了我这，两只水筲就像顽皮的牛犊子一样，不听使唤。一会儿往前使劲儿，一会儿朝后使劲儿，不是磕前腿，就是卡后腿，没走多远，满满的两筲水，就晃荡洒出去一多半儿。这还不算，没挑上两挑水，这肩膀头儿也不争气，愣是被压得红肿起来，一接触扁担，刀割一样的疼。即便这样，当时自己还暗自庆幸，幸亏起来得早，要是赶上邻居们都起来挑水，看见自己里倒歪斜、龇牙咧嘴的糗样，不被笑掉大牙才怪！

这样起早贪黑挑了两天，随后发生的一件“怪事”，彻底打乱了我挑水的节奏。“怪事”发生在母亲住院后的第三天，我照例清早起来挑水，当我到园子里的水缸前取扁担时，惊异地发现，原本空空的水缸，竟然装了满满一下子水。我揉了揉惺忪的睡眼，定睛仔细查看，不是幻觉，还是满的。再低头看看脚下，地面干爽，根本也没下雨。咦！真是奇了怪了！我仔细一想，平日里每天晚上我都在家，这“怪事”肯定是我在上学的时间段发生的。为了查个究竟，第二天的自习课，我和老师请了假特意早回到家，躲在屋子里偷偷观察。果然不出我所料，不一会儿，院子里就响起了纷杂的脚步声。我抬头一看，原来是邻居家的几位叔叔，也是父亲的老工友，他们每人挑一挑水，正在往水缸里倒……后来还是邻居婶子告诉我的实情。原来，父亲的几位老工友看见母亲生病后，身材瘦小的我挑水太费劲儿，就想帮我一把。但直接给我挑水吧，还怕伤我自尊心，只好想了这个办法，趁着我上学的时候，帮我把水挑满。真没想到，这些看上去五大三粗的汉子，心思居然这样细腻！至今回想起来，仍然忍不住唏嘘叹服！

岁月流转，时光飞逝。如今，老家的邻居和伙伴们很多都搬到了城里，用上了饮水机。像我一样没搬走的仍旧老守田园的，也早用上了自来水。可是每当汩汩的清水从自来水管里流出的时候，我还是会忍不住怀念当年的井水，以及那如水般纯净的情谊。那清爽，那甘甜，一直从我的记忆深处流淌到现在，无法忘记。

作者简介：孙国福，榆树市人。作品散见于《小说月刊》《民间故事》《天池小小说》《新聊斋》《诗选刊》《绿风》《创世纪诗刊》《诗歌周刊》《北斗诗刊》等杂志上。

岁月 孙立国

走在从村里回家这段最熟悉不过的路上，接到儿子打来的电话。无外乎是一些关于年的话题，小两口年三十也都在班上，邀我们两个老的也去城里过年。我笑着婉拒了，大半辈子的农村生活，思维早已经根深蒂固。我的乐是山水田园之乐，我的愁是静听小桥流水，抑或独行在月圆之夜，浅吟不思量自难忘。而不是城市里的西湖歌舞之乐，更不是无言独上西楼之愁。但儿子的这个电话却触动了一根尘封多年的神经，让我改变了回家的路线。

家离村部约七百米距离，一条当年是土路，沙石路，现在是水泥路，傍着水渠道延伸。中间经过母亲家，二十年前的冬季，我每天早上去村里上班，三五岁的儿子都要嚷嚷着去奶奶家。于是我们爷俩穿戴严实，拉出座驾——儿子的冰车——从我家走三十米进入渠道。儿子稳稳地坐在冰车上，然后就兴奋地指挥着年轻的爸爸，加油，加油！真的应了歌词写的：父亲是那拉车的牛。到母亲家约五百米距离，我都是一路跑着拉着儿子的冰车，洒下一路儿子那稚嫩欢快的笑声。

但岁月这个神偷，不声不响间偷走了我们许多芳华，也偷走了母亲。现在母亲的坟茔，就在渠道的上游，村部后面百十米处。还是母亲在上游，我在下游，但日日思君不见君，已经天人永隔。儿子的冰车也换成了小汽车，但自己踩油门的车和父亲拉的车，对他而言哪个幸福感强，我没机会问孩子，但我相信和我一样淳朴的儿子会选择后者。

我挑一处略平坦处，从水泥路下到渠道里行走。思绪也随着脚步延伸，短短几百米冰路，随着儿子的长大已经近二十年没走了。两岸景物依然，只是斯人两鬓微霜。身后已经没有了儿子那奶声奶气的笑声，中途的驿站也已经是人去楼空，只有渠道旁侧母亲坟茔上的荒草随风微动。喔，原来我们并没有拥有母亲多少年。小时候淘气，叛逆，对深深的母爱体会不多，甚至从心理上想逃离、回避。大了成家了为生活奔波，总是想父母还年轻，来日方长，自己有大把的光阴可以从容尽孝。当无情的病魔横亘在古稀的母亲和近知天命之年的我之间时，才知道孝是稍纵即逝的眷恋。一声亲切喊我乳名，上学转身碰到在窗口默默守望的母亲的眼神，都是无法复制的幸福。原来，我们真的没有拥有母亲多少年。

又真正拥有儿子多少年？那空闲多年的冰车因为记忆的珍贵而在角落里保存，这个角落也是心灵的角落。儿子小的时候，会因为淘气耽误我农忙或打麻将而打儿子的屁股。然后就是孩子求学在外，一年里也回家不几趟。好容易电话里知道儿子要回来，就将满满的思念盛入冰箱，等回来的是“爸妈你们自己吃吧，难得回来一趟，我要去同学和朋友家”，身后留下的是当年母亲在窗口看我一样的眼神。工作了，成家了，他们这一代可能不需要窗灯如豆，抑或年三十晚上，接财神时那篝火熊熊的记忆的。他们思维里常态是林立的高楼，甲虫一样爬行的小汽车，偶尔给父母发个视频，仅此而已。原来，我们拥有儿子也没有多少年。

一段段往事，随脚步的前行被抛在身后。冰面已经没有了二十年前的光滑，一段段断流，现在拉冰车已经不能如当年那样奔跑如飞。看来，绿水青山真的比高楼汽车，金山银山珍贵。因为绿水青山能抚平记忆，金山银山却不能。喔，到家的路口了，人生这短短几十年寒暑亦如这记忆，忽然而已。

作者简介：孙立国，长春市双阳区农民，1971 年出生，中共党员，长春市作家协会会员。先后有十三首诗歌发表在《参花》杂志上，散文《心灯》《从药——战狼 2》发表在《双阳文化》杂志上。

寄红梅镇梨花节

孙希伟

“红梅镇上佳期至，白石梨花欲盛开；美景芳香皆备好，君须款款有情来。”

梨花终会开放，当冰雪化尽，新春来临。在一个名为红梅的小镇，白石村中，轻轻缓缓，不等你，也不期待他。千朵万朵于枝头，于微醺的风中，颤抖着，迎着阳光，绽出花蕊……

而这时，你最好不在，让她们急急也好，缓缓也罢，总之自由自在，随心所欲地展放姿容。为清风明月、为朝露暮雨、为远山近水、为蜂飞燕啼，也为安家的村落、扎根的大地，想开就开，说开就开了。开得抒情、开得烂漫，开得尽兴了，也说落就落，没有伤感也无须牵强附会的说辞。

这样年复一年，今年枝肥叶瘦的坦荡，明年色浅颜深的从容，每一年都有类似而又各自不同的风情。这无疑是一种无瑕的美好。

或者即使你有幸在了，见到这美景，这无边无际的淡淡雅雅的，花的笑靥，也请平复激扬，舒缓惊喜，安安静静，轻轻悄悄。嗯，最好像个行者或者痴人，在花前漫散地想。这是应邀？还是偶遇的缘分，再坦然和这些梨花聊聊曾经未来：方开几日？几经阴晴？昨夜睡眠可好，是否有梦？可会浅吟轻唱？欲何时缤纷而起，曼舞斜阳……

做不到如此洒脱？那好吧，匆忙的过客，也请你停一停，在品味来路的泥泞之后，在论想前途的荆棘之前，在这里小憩一会儿。放下喧嚣浮躁，放下浮生欣悦悲苦，专心地看这一树树纯净、洁白的花儿，听她们的欢笑，嗅她们的香。也许漫长人生的意义，也就只是这眼前，这一刻，被梨花包围环绕的宁静，抚慰。

总要离开的，是啊，这梨花漫天的世界和你的归宿无关。你要去到来处，继续你的旅程。莫窃花瓣，勿折花枝，身染花香魂浸悠然，足矣。在疲惫困惑落寞时，再念及这里，心生宁静坚持，再期明年。

明年春暖，千树万树梨花，也会暖暖地，绽放。

那时你很可能在那里，在她们中间，随意驻足、率性伸展，仿佛在和她们一起，欣然地，盛开……

作者简介：孙希伟，笔名尽欢，1973年生，梅河口市李炉乡农民。

将山川湖海藏于心间

田雅芝

说起旅游，很是惭愧，至今尚没有走出东北三省。近邻黑龙江省只是去过大庆市和哈尔滨呼兰区的萧红故居。除了家乡的瓮泉山，还登过扶余市内的圣鹰山。最奢华的一次登山是去年夏天登上了吉林市的北山，登北山之前的夜里宿在朱雀山脚下的一座道观里，挂的匾额是“三清宫”。下着小雨的夜里，听松风过耳，禅音缭绕，心如止水，身似清风。因为在有限的时间里一心想着去松花湖，错过了登朱雀山的机会。又因为没能去上松花湖，转而回到朱雀山脚下，恰逢一位本地村民采蘑菇归来，就在朱雀山脚下的摩崖阁闲坐。我们攀谈起来，从而了解了朱雀山，不算遗憾。省内我想去的地方还有红叶谷和大草原。查干湖是去了几次的，也曾泛舟湖上，放眼远眺，清风拂面，内心的波澜更大于湖面的波澜。

一位朋友说，贫穷限制了我们的想象。出来旅游看见那些风景名胜，皇家园林式的建筑，既开阔了视野，又丰富了我们的人生，这样的旅游会让我们人生的格局有很多改变。他还跟我说，你爱写东西，不出来旅游，恐怕写不出来高端大气上档次的作品。我轻轻一笑，不置可否。诚然旅游是我所热爱的。但是我不想裹在人群里，我想凭吊历史，亲近美学，但不是在人群里。有一位文友，喜欢一个人独自旅行，他写游记，每一篇我都看。很喜欢他那种旅游方式，不在节假日里，一个人默默地走，伴着那些亭台楼阁，历史的烟尘，远古的旧貌。旅游若不是和家人以及心爱的人在一起，那就和三五知己也行。若这两样都不能，那就一个人默默地走，像三毛那样。

有一个人承诺，他说等我们老了，我带着你去旅游。我说我们都老了，到时候我就走不动了。他说我背着你，我又说，我能那么老么？他赶忙说：不能，我们相视痴痴地笑……这一生为了承诺，受了很多苦，流了很多泪，不敢再承诺什么了。在葫芦岛的女友说，来吧，我带你们去看海，再不来，我们就老了，照相都不好看了。她也说我们的一位故知，就和她有过这样的约定，说我们要一起去看海，结果这个人已经不在尘世了，那诺言也已随风飘逝。还因为海，我和一位诗人起了争执，我说海就是水泡子，大小上说话，你的海大点儿，我的小点儿，我的一个盆，一只碗，一个杯子，只要装了水，放了盐，都可以是海，往最小了说，我的眼睛就是海，我的泪不也是咸的么？他为此默不作声了很多天。我最亲近的人，为了生活，一直在外奔波，国内大部分山水都已看过，他最恋的还是这个家。最爱吃的还是我做的那几道家常菜。最开始的时候，他每到一个地方，我都会去到地图上查阅一番，久而久之，我不看地图，也知道他身在何处，在心里默默地计算，若是没有雾霾，若是高速上不堵车，他差不多已经过了山海关了，往北或是向南……

最难登的山还是书山，最难游的海还是学海，浸淫学海书山，心中自然有了块垒，喜乐有了方向。什么样的山也不如一个人心中滋长出来的山，什么样的海也不如一个人内心里的海，她泛着波澜，她扬着征帆，她忍着伤痛，她带着眷恋，一往无前，向着春天……

作者简介：田雅芝，女，吉林省作家协会会员，松原市作家协会理事。1968年5月出生于扶余县得胜镇得胜村。曾在《作家》《松原日报》《诗人》《松花江》《松原文艺》等报纸杂志发表散文、诗歌等作品。有散文入选《吉林农民作家作品选》。

院墙的变迁 王海龙

走进乡村，首先映入眼帘的，除了街道，便是这院墙了，院墙是村庄的一张名片。

村庄里的院墙，也作园墙，早先是用树枝作篱笆，俗称障子。夹障子最好用柳树枝，笔直细长的新枝为佳，笔挺、柔顺，有韧性。赶在无风天气，先用铁锹挖成一溜窄沟，一锹多深为宜，再将备好的柳枝的根部顺次插进沟里，埋上土，踩实。再挑选些粗细适中的长柳枝作腰，障子里外各横放一根，对齐，每隔一小段距离就用铝丝勒紧。若障子高的，最好作两道腰，以免枝头旁逸。两道腰顺次接力下去，整个院篱笆便水到渠成。家家有篱笆墙，家家就有了温馨的庭院和碧绿的菜畦。

柳枝式的院墙，不失为一道亮丽风景。更奇妙的是，得到雨水的滋润，篱笆墙中的个别柳枝竟能生根发芽、吐叶展枝成活下来，有的竟能长成粗壮的柳树，给偌大个庭院增添无限的魅力，树荫下便成为夏日里人们纳凉闲聊的歇息场所。倘若每根都有幸存活，那就真的成了高而密的青纱帐了。

如果找不到相宜的柳枝，人们也常常用杨树枝或葵花杆，也有用高粱秫秸、粗苞米秸秆的。杨树枝大都宁折不弯，枝棱八翘，勒腰时就要费力气，整个障子不如柳枝篱笆墙整齐美观。将粗细均匀的葵花杆掐去弯头，围成的篱笆墙倒是齐刷刷的，但埋进土里的部分极易腐烂，风一吹便可能成片倒地，顶多挺过一年。

回想起来，篱笆墙还承载着儿时的好多故事。炎炎夏日，长长的障子里，蚂蚁在上边爬上爬下，蜘蛛在那里结网，蛾子在那里藏匿，蜻蜓、蝴蝶、麻雀常常在梢头小憩。爬山虎、豆角秧、葫芦藤也会乘势而上，篱笆墙便成了绿色的屏障，且点缀许多五颜六色的花朵。屋前的障子上还晾过衣服、夹过盖帘，镌刻着孩子们的欢声笑语……

记得有一次，我在院道边的篱笆墙上发现个秘密，一枚小向日葵般的灰色“窝煤”挂在枝间，上面有些马蜂在忙碌着。顽皮的我虽已知道其为何物，却因好奇，还是忍不住拿棍子去捅。结局可想而知，我被暴脾气的马蜂蜇得好惨，额头上鼓起好几个红包，疼痛难忍。此事不胫而走，很快成了伙伴们的笑柄，同时也更加深了我对儿时的种种记忆。

现如今，古老的篱笆墙已退出历史舞台，就连泥土墙也不见了踪迹。土墙的历史也不算短暂，那时，几乎每家都备有打土墙所需的工具：四根粗细均匀的原木、八根细麻绳，一两副墙堵头。记得外婆家还有几把大木槌，那是手巧的外公自己制作的，多数人家都没有。

工具备全了，打土墙就有了着落，但要打好、打结实还真不容易。村民们大都就地取土，在墙外挖沟。墙里外各两根原木，起底时稍宽，逐渐往高收缩。可以接原有的墙打，另一端便可用木板钉做成的墙堵头，外支一根柱。里外原木由麻绳交叉固定，系绳头有专门的方法，确保系得紧，还容易解开。填上一层湿土后，全家老小齐上阵，穿着平底鞋在上面来来回回地踩，用脚跟狠劲儿往下点，尤其是边边沿沿更要踩实。外婆家打墙时总是边踩边抡起大木槌夯实，这样定会更结实。

待一层土墙打完了，就将墙下边的那根原木卸下，托到上边来。拽住绳子的粗头抽出，再将原木固定。墙顶再次出现凹床，地上的人用锹取土继续往上扔，上边的人并排踩实。边儿上土边踩实，一层层增高，一堵墙不到半天就矗立起来。最后用平板锹将墙里墙外的表面削平，大都是有经验的长辈去做。削得好，墙面平滑，墙体上窄下宽，挺拔而美观。

为了让土墙经受住狂风暴雨的考验，人们就用碱土掺些羊草和成泥，一锹锹顺次扔到墙顶，再用泥板抹成垄台状。为了防止鸡们跳墙祸害菜园，还将剁好的一段段树枝插到刚抹好的墙顶上，且插作网状。泥干后相当结实，这样盖了帽子的土墙，抗雨淋、耐风蚀，能保持多年坚挺不倒。

倒塌的土墙大都逢在汛期。一场大雨过后，院子里、村道上汇流成河。雨一停，人们就房前屋后地去察看。这时候，总会看见谁家的院墙倒了，或是一段，或是几个豁口。村民一碰头，就不停地议论，雨如何大，谁家的土墙倒了，还有谁的仓房后墙或大山墙也没挺住，堆帮了。砸了园子里的蔬菜，还好顿可惜，脸上流露着无奈的表情。每每这时，乡亲们也就忙碌起来，互相伸出援助之手，窜换着使用打墙杆。土墙倒塌的面积大，就要用打墙杆重新建起；土墙头有了缺口，最好就地和泥，掺些羊草或陈苞米皮，用四齿叉垒上，看起来与土墙不太协调。

叉墙也是一项技术活，首先泥需和好，不宜太稀，羊草掺得适量。如果叉得不好，还不等完工，墙体就会坍塌。当年村里住的泥土房，也大都是用墙杆打的。也有用土坯一层一层垒的，但要许多坯块才行，每年人们大都会在草甸子上拓出几十块坯，以备入冬前换土炕时用。所以，叉土墙盖房就很普遍，干燥后特别坚固。当时，一些淘气的男孩儿，总爱在没插树枝的墙顶上走来走去，就像走独木桥似的，张开两只臂膀，掌控着平衡，互相比赛着，看谁走得稳、走得快、走得远。每每这时，总免不了大人们阻止、呵斥，担心孩子们摔下来，害怕他们踏坏土墙。

后来，不知谁发明了水泥板。两米高的方柱，相对的两面做成凹槽，用以连接水泥板。水泥板大约两米长，一米半高，三指厚。方柱和水泥板均由混凝土和细钢筋构成，利用现成的模板制作。个别农民也就成了小老板，农闲时雇佣几个小工，制作好了就上门给各家各户安装。农民的日子富裕了，也不在乎花千八百块钱，求的是省时、省力、省心，院落整洁、规矩。有了整齐、美观的水泥板院墙，那种略显憨笨的老土墙也就逐渐被淘汰了。

如今放眼再望，村庄里大都用红砖统一修筑起了坚如磐石式的院墙，墙面可绘就一些宣传标语或公益广告。那平坦洁净的街道，道路两旁婀娜多姿的金丝柳，绚丽多彩的鲜花，还有那高高挂起的太阳能路灯，标准化的排水沟、公厕及垃圾箱，金黄色的户户通八字桥，宽广的群众文化广场，还有适应时代发展的农机合作社，种植、养殖合作社……不知不觉间，一幅幅幸福、和谐、秀丽的乡村画卷呈现在面前。

从原始的篱笆墙，到土墙、水泥板，再到现代化整齐划一的砖院套，这不平凡的发展历程，印证着改革开放40年来村容村貌的大变迁、大兴旺和大繁荣。在党的富民政策指引下，村干部与群众拧成一股绳，农民生活水平愈来愈好，新农村的风景定会更加美好、亮丽，这怎能不让人感到欣慰和幸福！

作者简介：王海龙，笔名辽河心源，1974年生，双辽市作家协会会员，双辽种羊场六分场农民。《双辽消息》编辑、制作人。作品散见于《年味》《华人时刊》《文学月报》《娄底日报》《四平日报》等报纸杂志上。

窗前有棵小杨树 王敬坤

不知是风刮来的、雨淋来的、燕子衔来的、蚂蛉翅膀粘来的，抑或是其他什么天使送来的一粒树种，散落在七楼我家北阳台的窗框缝里，竟奇迹般生长出一棵小杨树，我发现时已有笔杆般粗细、一米来高了。

如此这般普普通通的小树，给我家增添了无限的情趣。

每当冬天悄然远去，乍暖还寒，我最先看到的便是小树的枝芽萌动，鹅黄嫩绿涌动着春的消息。于是我便告诉儿子，你要像小树学习，他不畏严寒酷暑，是顶天立地的男子汉，你要称他小弟弟。记得那年春天，春风刮得特别大，我下班回家，忽听到一声好听的鸟叫，吓得我出了一身冷汗，定睛一看，原来是一只葵花鹦鹉不知什么时候飞进了我家，我十分纳闷，这鸟是怎么飞进来的呢？走近小树才恍然所悟，原来是小树招来的。于是，我对儿子说：咱家来了天外客，你看她这么美丽，你应该叫她小妹妹。

从此以后，姹紫嫣红的春天，时常有蜂儿、蝶儿、小麻雀、大山雀、家鸽子、野鸽子飞落在我家的北阳台上，她们在摇曳的枝头上鸣叫着、梳妆着，甚至觊觎我家的米袋子，和我的“小女儿”谈情说爱。到了每年的端午节，我便把葫芦挂在枝丫上，更是别有一番情趣。

时入盛夏，天气十分炎热，小树根扎于冰冷的水泥缝儿间，很少得到充足的水分、养分和阳光，以至于旱得有些打蔫，但树枝仍峭然昂首，没有半点儿的卑躬屈膝，于是我告诫儿子。你应该向小树学习“人不可有傲气、但不能不有傲骨”的精神。

金叶飘零，伴着沉甸甸的收成，小树开始卸妆，叶子随风散落，化作一捧泥土回归大地，妻子把红辣椒、萝卜干、干白菜挂在小树的脖子上，小树任劳任怨，总是默默地承受着。

严冬煞是寒冷，寒风萧萧，北雪飘零，踏雪寻梅，尽享雪中情更是北国一大情趣。望着窗外的雪花，看着心爱的小树，如一位坚守岗位的哨兵，傲然挺立于风雪之中，敬意油然而生：“咫尺窗棂半平台，半捧泥土半掩埋；根须裸露云天外，犹有丹心报春来”。

啊，平凡而伟大的小树呵，生长在我平凡而又平凡的家中，得不到丰腴的营养却如此坚毅和执着，和我们生活得其乐融融，就像我的孩子，于是我对儿子说，其实你就是一棵小树，需要阳光雨露，需要肥沃的土壤，更需要有坚毅的性格。只有根植于广袤的泥土，才能成长为参天大树。

作者简介：王敬坤，1958年生，农安县靠山镇齐家村农民，1990年开始写作，先后在省市报刊发表小说、诗歌、散文等。

我的六号屯

王玉欣

记得曾看过这样一句话，“生命的历程就是在自己的宿命里调制一杯酒，而这杯酒的滋味就是人生的滋味。”有时，回忆就像岁月呢喃不息的轻轻低语，时间越久，记忆的游丝便会愈加真切地从遥远走来，那一物、一人、一景、一事，在你的身旁悄然映现。我的六号屯，就在这时从我蛰伏的心底间，一寸寸浮出记忆的宫殿，让那些往昔的窃喜、艰辛、痛并快乐着的往事，震颤不已。

六号屯是我的出生地，位于吉林省敦化市青沟子乡，地处长白山北麓，张广才岭脚下的牡丹江畔，距敦化市区七十余公里，距长白山天池二百四十余公里，距镜泊湖一百五十余公里，东与雁鸣湖镇毗邻，南与官地镇、黑石乡隔江相望，西与额穆镇相连，北与黑龙江省接壤。

她坐落于青沟子乡西南部，青沟河和当石河的交汇处，现名叫双河口村。多年以前，这里是无人居住的黑土荒原，清末至民国初年，关内的饥民逃荒，陆续到这里来垦荒种地。1931 年日寇侵占东北，为切断抗日联军与人民群众的联系，逼迫散居各地的农民归屯，形成了老屯、六号屯、七号屯、八号屯等村庄。1937 年后，日寇又大量向这里移民，组成“开拓团”强占此地，直到抗战胜利，这片沃土才得解放，额穆县撤销后，隶属敦化县十区青沟子村。

其实，童年记忆里的林林总总，一直都在随着六号屯山坡上的欢乐时光追逐，还有东河套、西河套那一层层卷起的浪花，还有那条小铁轨，载着儿时的欢乐，还有岁月的艰辛，亦如年轮镌刻头顶发丝，随岁月抻长，其影子也再随思维和年龄一点点长高。

一个村庄有编号，必然是凝结了无数的历史篇章和人物故事，六号屯，密集的河川为她凝聚神韵，挺拔的山峦为她铸造性格。那些与之经历的苦难，在年轮疤痕结痂后的今天，依旧是我永远也绕不出的情结，封存，愈发厚重！

记得小时候，在寒冬腊月，我常偷偷裹着姑姑那件只有两三块补丁的花棉袄，一是显摆着给邻里邻居的几个同龄孩子看，再者就是站在屋门前，望着我家茅草屋房檐下的那一串串长长的冰溜子发呆。房檐下的冰溜子在初冬时很小很细，但到了腊月天，特别是中午，冬阳笑呵呵地把脸贴在我家那间佝偻着不到五十平方米的茅草房上。寒气在房檐的草上结冰结霜，经日头一晒，寒气变成潮乎乎的水珠，顺着房檐板往下蔓延，房檐板下的冰溜子有的是滴溜在房草下，有的是滴溜在房檐板下，打着各自的旗号。天一冷一热，冰溜子就像裹了件乌白或是玲珑剔透的衣服，胖得特别快。

在我家外屋门口房檐下的有个小天窗，大冬天的，屋里做饭、炖猪食菜的热气像一股股疯了的妖身，顺着小窗口拼命往外挤，在热气和寒气交流的一瞬，翻滚着白烟的雾气贴着冰溜子往上蹿，一点点地把那根当时还是很细很小的、很玲珑剔透的冰溜子魔术般变粗变长。我不知道那些在房檐下哭泣的冰溜子怎么会一天天长大，那些冷气和热气交融时的凝固会是个啥滋味。于是，常常在第二天早饭后，便拿着一根柞木杆子，东摇西晃地把一根根乌白的，或是玲珑剔透的冰溜子砸掉砸碎，听着它们如昨晚红卫兵小将大合唱时的声音，然后和许许多多孩子一样，扔掉柞木杆子，蹲在地上捡起一块块或是一截截的冰溜子，放到嘴里想品尝出一种任思维都无法抓住的或是根本就还没有成型的滋味。当舌尖触及凉冰冰的、即刻在热乎乎的口腔里变成一点点水珠，滑落到嗓子眼时，一份抓不住的奢望就伴着一丝小小的满足在口腔里碾来踊去。有时，就是毫无缘由地发疯般用木杆砸着冰溜子，看着地面上的碎片，一份满足、自豪，同时心里又莫名其妙爬上一丝惆怅。我还是不知道自己想要做什么，想要发泄一些什么，那时，我毕竟还小，但我却有了想知道六号屯以外世界的奢想。

记得在我家房顶的东西两头，分别有两根松木杆子压着那些张牙舞爪的毛草，房脊上几棵干枯的、摇摇晃晃的蒿草哆哆嗦嗦地扭着。冬天的风有股杀气，看什么都不顺眼，常常不是把我家糊着好几层的窗户纸撕裂，就是把我家房檐草掀起。好多次爸爸妈妈在深更半夜起来，摸着黑竖起木头梯子，把墙角堆着的羊草一抱抱按到房盖上，再用几根柞木杆横竖压上。从我懂事记事起，我就知道，当时只有二三十户人家的六号屯，家家户户都重复着这样的劳作。因为那时六号人居住的房子都是泥草房，一般都是两大间或是小三间，房梁就地取材是山坡上的落叶松，但要用八根结实的柞木柱子支起，房柁是三脚架子型，而且要用防腐的松木檩条钉牢，横向搭上一尺左右的杨木椽子。椽子上面铺上厚薄均匀的房笆粋子，然后用黄泥抹平，再铺上羊草，这样即能防雨，还能隔潮。

六七十年代，乡间盖房子都不挖地基，但要在房柱子的脚下垫上一块方方正正的大石头，放架子都是用木杆子固定，墙体则是用黄泥砌筑，大多用土坯的，也有干打垒的，还有用泥母株编的。

那时六号屯人家家都会编泥母株。所谓的泥母株就是用羊草或是稻草在和好的稀泥里反复翻滚，把泥浆填满成柳的羊草或是稻草身上，形成一种长长的滚圆的泥柳，然后大人们就是用这样的泥柳，编成一堵结结实实的马莲垛，把中间的空地用黄土填满，一面密密实实的墙身就出来了。虽说这样的房子开始还能抵御寒冷，可年头长了，房上的草被大风掀掉一层又一层，墙身也被侵蚀得千疮百孔，就不那么能抵挡风寒了。可家家都是这样一个过法，户户都在重复着这个古老的活法。所以，我总觉得那时的冬天真冷。

我小时候就爱琢磨事，特别是听奶奶给我们讲过的那些神话故事后，我的小脑袋瓜里就会产生许多奇奇怪怪的想法。比如：六号屯啥时能飞来一个美丽的仙女，把六号屯那些涝洼地变成一片片绿油油的稻田；把六号屯家家户户住的泥草房变成一栋栋美丽的宫殿，还有啥时琵琶仙女能把我们这些同龄孩子带出六号屯？我们想看看外面的世界究竟是个啥样子，等等。

那时，我小脑袋瓜里的梦啊，一个个跳出，又一个个摔碎，就像房檐下的冰溜子就那么直挺挺挂着，甚至在我们的杆子下粉身碎骨。我不知道它们是真的解脱了，还是只想在六号屯的土地上睡上一觉，在第二年的冬季，依然被轮回至此，重复着只有它们自己才知道的故事。

我讲述六号屯的故事，不是感觉现居繁华的世俗，而是感觉六号屯一直未曾走远。六号屯只能是我记忆中的一片叶，或是一棵树，我终将要离她而去，她是我的人生的一个圆，一个点，我这条线必将在轮回中与之相交，重重叠叠，成为我永远的航标。

在我心里，六号屯的人们是世上最质朴、最勤劳、最伟大的亲人。就连记忆中那红红绿绿的桔瓣糖，那金灿灿的山梨，那片诱人的葵花地，还有那奔腾不息的东河套西河套，以及芦苇塘里三丫化作的那缕青烟，还有六号屯的孩子们撵着二叔头上的那枚五角星时的神态都是真实的存在，终将成为我记忆中永远的岁月。

记得奶奶常在我耳边叨咕："长大后不能忘本啊，你的命是六号屯人给的。"是的，我的血液里有六号屯父辈的体温。

九岁那年春季，爸爸妈妈去地里干活，我和同伴小云、小霞、小花去路边挖婆婆丁。婆婆丁的学名叫蒲公英，一般在五至六月开花，适应性广，抗逆性强。抗寒又耐热，早春地温 1～4℃即可萌发，种子发芽最适温度为 15～20℃，叶生长最适温度为 20～22℃。它还有一种别称叫"黄花地丁"，属菊科，全株含有白色乳汁，根垂直，叶莲座状平铺，匙形或狭长倒卵形，边缘羽状浅裂或齿裂。冬末春初抽花茎，顶端生一头状花序，开黄色舌状花。果实成熟时形似一白色绒球，所以能在风中逍遥飞翔。婆婆丁在中医学上可入药，性寒、味甘苦，功能清热解毒，主治乳痈肿痛、疔毒等症。现用治咽炎、急性扁桃体炎等。嫩株可作猪饲料。可那时的我们，家家挖春季的婆婆丁是为了掺杂在玉米面里，这样既省粮又能填补发瘪的肚皮。婆婆丁主要生于路边、沟边，宅旁及田野草地。

婆婆丁最漂亮的时候是在五六月份。长长的具锯齿绿叶托着一只只巴掌长的暗红色茎秆，顶端举着铜钱大小的圆形或是舌状的小黄花，那种深黄的颜色在春季绿色草坪和各色野花的衬映下，显得格外靓丽。婆婆丁花耀眼而不浮华，阳光下，绿茵茵的原野就像撒落了满天耀眼的星星，又宛如一头头小向日葵在享受大自然的沐浴。

我们所处的那个年代，正是人们公社吃大锅饭时期，由于粮食不足，六号屯的人们总要到路边、沟旁、山坡下挖蒲公英来充饥。而今，人民的生活水平提高了，蒲公英不再是人们维持生命的野菜，而是人们调节口味和保健的绿色食品，甚至在酒席桌上成为招待客人的美味佳肴。

婆婆丁在六号屯的山坡、沟旁随处可见，它从不因地位低下，出身寒微而怨天尤人，越是环境恶劣的地方，它越发顽强生长。即使在路边被人和牲畜践踏，它依然用生命的坚韧，释放出一缕缕幽香。到了秋季，成熟的蒲公英花举起一团团洁白的希冀，在秋风的召唤中，释放着一缕缕遥远的醉意。每到这个时候，一团团白絮，就像风儿的舞衣，在秋日的上空飞扬。

都说穷人家的孩子早当家，那时八九岁的我们，早早就知道为家人分担一些。我们蹲在路边一边天南地北地白话着，一边往小筐里挖婆婆丁。一会儿的工夫，小筐就挖满了。

“都挖满筐了，天还早着呢，咱们去后山坡抓小鸟去啊！前几天我看见好几只还不会飞的小鸟呢，俺哥说那是老家贼（麻雀）的仔儿。”假小子小云又开始不安分了。

“我看行，反正回家了还得剁猪食菜，咱们玩一会儿再回家吧。”小花也扭着小屁股在路边晃荡着，于是我们一起呼呼啦啦地向后山坡跑去。

春季的中午，阳光筛子般漏下，一丝丝落在我们头上、脸上、心上，暖暖的。远远的，绿草如毯，星星点点、五颜六色的野花就像这绿毯上随意点缀的图案。天空如宝石般蓝得高贵，白云下，草坪上一声声清脆的鸟鸣婉转悠扬，眼前，出现了一对刚刚学会起飞的鸟儿，扑棱棱地在草窠里蹦蹦跳跳，刚刚飞离地面又落下，特别是看见我们东张西望的样子，小鸟儿惊慌地沿着绿毯出出溜溜地往前颠着。

“好家伙，前边有对小鸟还不太会飞呢，大欣，你快点儿把筐放下，你从东边截，我从西边抓，快点儿，别磨磨蹭蹭的。”

小云已经撸胳膊挽袖了，我悄悄放下筐，猫着腰，伸出两只小手，前后悠荡着。那对小鸟一见，惊慌失措地往西边跑，正好小云在那里堵着，后边小花她们几个也赶上来，我们几个丫崽子把包围圈越拢越小，那对鸟儿一见无路可逃，就扑棱着还没有硬实的翅膀，往上一起飞，正好撞到小云的胸脯上。就这样，这对小鸟成我了我们手中的玩物。远处，传来一阵不是好动静的鸟叫声，我抬头一看，一对大麻雀朝我们飞来。

“小云，快点儿把小鸟放了吧，它爸和它妈找来了。”那对麻雀，眼巴巴看着小云把小脸贴在小鸟的嘴巴上。

“哎呀妈呀，它妈可真厉害，叽叽喳喳的，要叨咱们呢，再不还它孩子，它们该急眼了。”小云一边嘟囔着，一边恋恋不舍地把小鸟放到草窠里。那对大家贼急忙落下，叽叽喳喳地和那对小鸟说着啥，我们看着都笑了。

“你们看，前边那片野花多漂亮啊？咱们采回去放到瓶子里还能开好多天呢，咱们采花去吧。”小花说着已经向前边那片五颜六色的小花园跑去。我也拎起筐跟着伙伴们跑过去。那些我们叫不上名的花儿可真美啊，有鲜红鲜红的，有水粉水粉的，还有紫色的、白色的，它们形状不一，闪亮亮地点缀在翠绿欲滴的草坪上。我放下小筐，弯腰用小手折着草坪上各种各样的花儿。几下的功夫，手里就满满的一大把了。我一抬头，看见前边沟边长着一堆粉红色的烟杆花，旁边还有一个大树墩子。我快步跑过去，把手里的那把花儿放在树墩上，弯腰就去折那堆花儿，可脚底下一滑，我踩到树墩旁一截枯木，双膝一下子跪在那里，双手同时也触在地上，当我的右手触在地上的一瞬，我只感觉手底下凉哇哇的，紧接着右腕就是针扎的痛一下。在我定神抬起右腕看时，见手底下那截枯木旁一条黑黑的长虫急匆匆爬过那截枯木，向草丛里钻去。我的心一揪，看着右手腕里侧有两个红色的小牙印，“哇”的一声哭了。

“咋地了？咋地了？你哭啥呀？”小云毛毛愣愣地跑过来，见我左手擎着右手腕，哭得鼻涕都流出来了。

“呜呜，长虫，是长虫，长虫咬我了。”我的右手腕开始钻心地疼痛。

“你们快过来，大欣让长虫咬了。”小云招呼她们几个过来。

“那快点儿回屯找大人吧，要是土球子咬的，那毒可大了，还得上青沟子医院呢，快点儿吧。”小花、小霞她们把我架着往回跑，我们呼呼啦啦地刚到屯里，小云就冲着屯边几个大人喊道：“大欣让长虫咬了，大欣让长虫咬了，快点儿告诉她爸吧。”几个大人一听，急忙跑过来围住了我。当时我只觉得头昏昏的，手腕开始还是钻心的疼，可跑回屯里了，只感觉整个手臂麻麻的，我低头一看才发现一大截已经发黑了，我更觉得头胀得老大，嗓子都哭得冒烟儿了。

“哎呀，应该是土球子咬的，胳膊都肿得发紫了，得赶快去青沟子医院啊，时间长了可不好，恐怕烟袋油子也不好使了呀。”我的眼皮已经沉得睁不开了，耳边迷迷糊糊传来几个大人的声音，胳膊胀得发烫，眼珠子往外直鼓，腿一软，脑袋忽悠一下，两条胳膊从小云和小花的胳膊间落了下来。

当我醒来时，我已经在青沟子医院了，刺鼻的药味熏得我打了好几个喷嚏。妈妈坐在我的床边，见我醒了笑着说："没事了，针也打了，过两天就好了，幸亏你张大爷和苗大爷他们几个把你早早送了过来。"我抬起脑袋往身边一看，张大爷和胡子拉碴的苗大爷还有丁大爷正在我对面的床上坐着唠嗑呢。一个穿着白大褂戴着大口罩的人对妈妈和他们几个说："没事了，没事了，打完针再回去吃点儿药就没事了，要是送来得晚可就不好说了。"

原来我昏倒后，张大爷和苗大爷急忙找了副担架，他们怕背着我胳膊来回磨不舒服，就把我放在担架上，派人通知爸妈，他们几个抬着我顺着小铁道往青沟子医院跑，后边呼呼啦啦还跟着不少人。听妈妈说，小云小花她们也跟着了，后来大人把她们撵回去了，她们就可怜巴巴地蹲在地上抹眼泪。

我的胳膊上糊着药，不那么疼了，肿也消退了，只是手腕上边还有些黑紫。就这样，我又躺在颤颤悠悠的担架上，回到了六号屯。谁知刚到村口，小云和小花、小霞、小英子她们一大帮就围了上来。

"大欣，好点儿了吗？没事了吧？大欣，你可吓死俺们了。"她们几个七嘴八舌地趴在担架边，用小手摸着我包着药的胳膊，小嘴叭叭地问个不停。

"好喽，好喽，你们快别堵在这里了，回屋让大欣躺着你们再问。"张大爷把她们几个扒拉开，把我抬回了屋里。小炕上，奶奶已经铺好了一个小褥子，让我躺着，谁知我一骨碌爬起来，对着屋地上站着的小云小花她们说："你们过来坐在炕沿边，我没事了，也不疼了，过来呀。"

"大欣，这回你可上青沟子了吧？是不是那个地方老大了？比六号屯大多了吧？我还没去过青沟子呢，还不如让土球子咬我一口，我也能跟着大人去青沟子了。"小云一边摸着我的手臂，一边咧咧上了。

"呸呸呸，快别瞎说了，我妈说了，大欣这回是让小蛇咬的，毒轻没啥事，要是让眼镜蛇咬了，那可完了，不等到青沟子就瘪咕了。"小珠子撇着嘴推了小云一下。

“哈哈，你们看这些孩子，也不知道个愁，整天瞎咧咧。”张大爷在炕沿上嗑达磕达烟嘴儿。小屋的窗棂上挤进一缕缕阳光，暖暖地围在人们的脸上、身上。

后来妈妈告诉我，咬我的是条“土球子”小蛇，牙印不深，毒也没走多远，打了针，吃了药就没事了。

“土球子”是我们对蝮蛇的一种俗称，它是一种小型毒蛇，长辈人有时又称它们为“草上飞”“土公蛇”。蛇体长 60 至 70 厘米，头略呈三角形，背面灰褐色到褐色，头背有一深色“∧”形斑，腹面灰白到灰褐色，杂有黑斑，有较强的耐寒性，多栖息于丘陵地带、荒野、田边和路旁等。无论是什么蛇，如果你不激怒它或是突然冲击，一般情况小蛇会自然溜走，不会主动伤害人的，那天，我是脚底下踩到了那截枯木，蜷缩在枯木下的蛇以为我去攻击它，所以狠狠咬了我一口。蛇是我们那时候常见的动物，我们常常在自家的烂柴垛下、沟渠里，甚至自家的仓房里都能看到。

孩童时的一年夏天，我们全家人正围在仓房边的木桌上吃饭，我突然觉得脚底下有个什么东西蠕动，我低头一看，是一条小黄蛇，我吓得扔下饭碗惊叫一声跑开，爸爸看了一眼小蛇说：“不要怕，蛇是通人性的，你不惹它，它不会咬你的。”按家乡的规矩，家蛇是不能打死的，父亲用一根木棍挑起那条不停蠕动的小黄蛇，金黄的颜色下还透着白色的花纹，阳光下十分好看，但我的心里还是怦怦跳个不停。突然又想起前几天我和小东升、小巴巴、小云几个去生产队的牛棚玩，见两条小青蛇绞在一起，被几个淘小子一顿小石子和砖头瓦片的袭击。小云还煞有介事地一边看一边给他们加油，但她还不停抚弄自己刺刺歪歪的头发。据说蛇会数数，如果碰到蛇能数出你几根头发，那人就得死。一般水蛇没有毒，淘小子们有时碰到水蛇就拎起蛇的尾巴转着圈摇，没几下蛇就散架了，淘小子们就会拢起一堆火，把蛇穿在木棍上烤着吃，但不能让大人知道，否则会一顿胖揍。老辈人常给我们讲一个关于蛇的故事：据说在很早以前，有个年轻人不听父母劝阻在山里打死一条大蟒蛇，回到家后，年轻人觉得浑身不自在，躺在炕上迷迷糊糊睡着了，当他一觉醒来时，发现他家四周到处是蛇，那些蛇瞪着眼睛，张着嘴，吐着信子看着他。他一见吓坏了，跪在地上就给蛇磕头。那时年龄小，听到这个故事时，头皮也是簌簌的发麻。那时老辈人不让打蛇、吃蛇。现在蛇肉却成了餐桌上难得的美味佳肴，但不知那些品着鲜美蛇肉的人是否听说过这个关于蛇的故事。

时光就这样慢慢流着，我的心思，我的个头，随六号屯河套的水渐渐长高。夕阳下，我常常坐在河套边，手中攥着五颜六色的小石头子，在周身野草味十足、花果香蔓延的季节，听着“哗哗”流向远方的小河水，听着远处传来清脆的鸟鸣，看天边火烧云的凝重。一个个小石子儿飞向河里，那些溅起的朵朵水花，是那么洁白，一层层形状不一的波纹，带着我日益膨胀的心思，向远方推去，推去。

“一切历史都是当代史。”非常欣赏克罗齐这句话。我的六号屯，我的出生地，虽然偏僻、贫穷，但她在我人生的坐标中，是一个多棱角的折射点，让我沿着这条情结之路，与之相交，与之相随，与之成长，与之相离，与之相忆。

情感迫使我提笔，用心记录故乡的童年趣事。于是，我的非虚构散文集《六号屯记事》带着故乡的温度，摆在了我的面前。

我心我述六号屯，其实就是想在姹紫嫣红的世界里，握住岁月中那些生命的过往，但更多的是想让人们知道我的六号屯在漫长的岁月中，不曾被苦难淹没，不曾被艰辛击倒，也不曾被安逸笼络。于我，就是用情感的麻绳，拧着我人生的滋味，用血管里跳动的脉心，践行司汤达的墓志铭：“我活过，爱过，写过。”

作家简介：王玉欣，女，汉族，中共党员。吉林省作家协会会员、敦化市作家协会理事。曾出版散文合集《雁鸣湖之恋》，出版非虚构散文集《六号屯记事》。

午夜交响曲

奚继玲

风匣呼啦、呼啦、呼啦啦地有节奏地响着。铁锤叮当、叮当、叮叮当当有规律地敲着。

一曲风匣铁锤美妙的乐曲飞出茅草屋，飘向伸手不见五指的夜空。

风吹炉中火
锤打万两金

这句老话，是铁匠铺里古老的楹联。

我的父亲和叔叔是20世纪60年代闯关东大潮中在冀鲁人手里学到铁匠手艺的。20世纪80年代初，在自家建了铁匠铺。从此父叔不分昼夜劳动，我家的小日子也越过越红火。

风匣拉得一下比一下快，炉中的火苗，越烧越旺。父亲喊："快拉、加快速度"。

我，一个十六岁的女孩儿，由于交通闭塞退学了，在自己家的铁匠铺里做学徒，每天吃力地拉着风匣，头上冒出了许多汗珠，目不转睛地盯着火苗。火苗慢慢地变成鲜红的颜色，加大力气拉着风匣，火苗又变成银白色，像一汪银水似地在上下滚动，又像洁白的晨雪在沙沙作响。偶尔有焦炭发出噼啪的声音。我已经气喘吁吁，还要加大力气拉动风匣。父亲把炉中的铁条上下翻动。嘴里还重复说："只有这样拉风匣，炉中的温度才能达到一千度，铁条才能烧到炉火纯青的极点。"

你看：分秒必争，父亲左手熟练地拿起火钳，从炉中夹起铁条，放到铁砧子上，右手抡起大锤和二叔迅速地叮当、叮当敲打着铁条。黑乎乎的房间，随着叮当、叮当、叮当敲打的声音，整个屋子霎时间铁花飞溅、星光灿烂，叮当、叮当、叮当的声音越敲越响。

铁条从原来的银白色变成红色，它的形状变成弯弯的月牙，又继续敲打月牙，渐渐地变成黑灰色，铁条的体温全部冷却时，铁锤声音才能停下来，铁花也逐渐消失了。弯弯的月牙不见了，像变魔术一样，变成 C 字形，马蹄铁初级制造已完成。

下一项：马蹄铁要在平砧子上叮当、叮当敲打，找水平、蹭钉眼，这块马蹄铁如果水平不合格，就是一块废料。找完水平，需要两个人一起拿小锤子小钳子蹭钉眼，一个马蹄铁有五个小孔，每个小孔锤打五次才能合格。照这样算一个马蹄铁蹭眼，就要敲打二十五小锤，然后拿起来，用肉眼细心观察，既光滑又漂亮了，马蹄铁才能制造成功。万籁俱寂的夜空，只能听到叮当、叮当、叮当的声音，在空中荡漾回旋。

金鸡报晓了，疲惫不堪的父叔放下手中的锤子钳子，坐在木板上休息一会儿，拿出旱烟，抽了几口烟解解乏。伸伸酸痛的腰，又拿起大锤加工马掌钉，一分钟制两个马掌钉，两个小时二百四十个马掌钉，一个钉要敲十六锤，父亲和二叔又要敲打三千八百锤。开口说一声，腰很痛休息一会儿吧！抽一支烟，抬头看看门外，自言自语地说："东方闪出光亮了，天放亮了。"父亲和二叔望着天空，乐呵呵地笑了。他俩笑得那样灿烂，那样阳光。

随着科学技术的发展，社会的进步，粗糙手工制作业，渐渐地消失了，留给子孙后代只有记忆和传承的文史知识了。

岁月如梭，父亲和二叔都已经老了，再也抡不动重重的铁锤了。但是我们都时常想起 80 年代初期，那段红红火火的日子。

父叔手巧才艺精
十里八村享盛名
勤劳致富建产业
个体创业首颗星

作者简介： 奚继玲，女，1968 年出生，长春市九台区胡家回族乡农民。九台区文友社会员。

春来燕呢喃 习秀容

“小燕子来我家，住在我家房檐下，不怕风，不怕雨，年年来把害虫抓。”这首童谣伴随我度过清贫的童年，后来我又把这童谣教给女儿。到了小外孙这代人，关于燕子的儿歌又升华了。外孙女学会唱的第一首儿歌就是：“小燕子，穿花衣，年年春天来这里，我问燕子你为啥来？燕子说，这里的春天最美丽。”

读了高尔基的《海燕》和郑振铎的《海燕》让我对燕子的感情再一次的升华。

小时候，我家屋檐下，年年春天都有小燕子来光顾。母亲绝不允许我去碰燕窝，看到的时候，都不许大声说话，唯恐惊动了燕子。小燕子最喜欢落在我家门前的晒衣绳上，头朝里尾朝外，整整齐齐地排成一排。母亲常说：“燕子是有灵性的动物。燕子不进愁房，它选择安家落户的人家一定是仁爱、兴旺、祥和的家院。”燕子在我家仓房里垒窝了，母亲就把仓门的玻璃拿下一块，作为燕子自由进出的通道口。真正做到了人与燕子的和谐共处。

聪明伶俐的小燕子，穿着一身油黑发亮的黑色礼服，黄白色的肚子就像礼服里衬着的小褂，一双滴溜溜的小眼睛，不停地转动，充满了精气神儿。长着剪刀一样的尾巴，还有一双坚强的翅膀。我和弟弟最喜欢趴在窗台上静静地看着小燕子俊俏的样子，看小燕子垒窝，小燕子出飞儿的情景。

燕子从村外的泥塘里衔泥，一口一口地垒窝，飞来飞去，马不停蹄，风雨无阻，时不时地在泥巴中掺些毛草之类的东西，目的是用来加固燕窝，几天的工夫一个精巧别致的小燕窝就垒成了，形状酷似半个碗粘在屋檐下。历尽千辛万苦，新家落成了。过些日子，四五个或五六个毛茸茸的，镶着一圈黄嘴巴的小雏燕便诞生了。它们有序地趴在窝边，齐刷刷地伸出头来，张着嘴巴，闭着眼叽叽喳喳叫个不停，等待父母捕来小虫喂它。那情景让人立马会想起一个成语，嗷嗷待哺。过不了几天，燕子妈妈就该训练燕宝宝出飞儿了。

燕子妈妈嘴里衔着小虫落在门前的晒衣绳上，叽叽喳喳叫个不停，诱引小燕子飞出来。虽听不懂燕语，但我们能感悟到那一定是燕妈妈在教导它的孩子们，勇敢些，飞出来，只有到风雨中锻炼，才能有一双坚强的翅膀来搏击长空……在燕子妈妈的鼓励下，燕宝宝终于飞出来，飞向天空展翅翱翔……从燕子妈妈身上我们读懂了母爱的神圣与伟大。

儿时喜欢燕子，还有另外一个原因，生长在北方的我们，只要看见燕子飞回来了，便知道春天来了，是燕子把希望带回了北方。燕子回来了，农民伯伯就要种地了，门前的杏花也盛开了。燕子带来了春风吹绿了原野，绿油油的草地上，开满了五颜六色的野花。蓝天白云下，一群群马牛羊缓缓地游动着，世间万物充满了生机，偶有燕子倏地飞过，更为这春天的画卷平添了许多生趣。

燕子呢喃绕草堂，携来春风百花香。

作者简介：习秀容，笔名相远。洮南市人，白城市作家协会会员。曾在吉林人民广播电台发表散文《父母情悠悠》。在《农家女》杂志发表诗歌《家乡的小河》；多篇散文入选《吉林农民作家作品选》。

那年 那雪 那烟花 薛成龙

那是三十年前的一个冷风呼啸的日子。

为了实现“曲线升学”的梦想，我怀揣美好的憧憬，只身从山东来到了东北。我怀里揣着的，还有老父亲卖空了粮囤子又求亲告友凑来的三千块钱——那无疑是家里六口人大半年的口粮，并透支了未来几年的油盐酱醋。

刚下火车，扑面而来的寒风使我不禁打了个寒战，可在一瞬间我却惊出一身冷汗——我兜里厚厚的一沓钱已经不翼而飞了！头上厚厚的雪花仿佛麻木了我的神经，我像个傻子一样呆呆地站在大雪纷飞的站台，无声的泪水流在前衣襟上结成了冰瀑。

我实在不敢面对年迈多病的双亲那昏花而又忧愁的眼睛——即便辍学不再参加来年的高考，我也实在没有勇气回到他们身边。

早些年闯关东的三哥远去黑龙江打工了，我一个人来到他的简易房里。那个冬天嘎嘎冷，土路都冻裂了，屋里像冰窖一样十指不能屈伸。钉着一层塑料布的窗户、门还有薄薄的西山墙，都结满了一层厚厚的冰霜。我拿了引柴想把炉子生着，可是，炉子仿佛也跟我作对似的，煤块刚放进去，浓烟便从炉口和炉盖儿上汹涌地扑满屋子。我大口咳嗽着，眯着流泪的眼睛推门跑出屋外，烟顺着房门涌向天空。

外面的风像刀子一样刮着脸，我又急忙猫腰钻进屋里。水缸里结了一层厚厚的冰，我找来菜刀一下下地敲打着，老半天，只敲出中间碗大个窟窿。我把饭勺子伸进水缸，一勺一勺地舀水，把依旧冒烟的炉子浇灭。

几天后，二哥把我接到他家。刚开始，二嫂的脸上还有点儿笑模样，后来，吃饭时二嫂把碗往桌上一顿，“哗啦——”筷子从她的手里零散地落在饭桌上……我只吃了一小碗就急忙放下碗筷，坐到炕角里——东北的农村冬天都吃“两顿饭”，一小碗饭犹如一颗枣核掉进一个空布袋子里，但二嫂那冷若冰霜的面孔，让我无法再去盛第二碗、第三碗！在二哥家待了三天，我对二哥说：“二哥，我回三哥那去，房子扔太久了不好……”

“马上过年了，回去干啥！在这吧！”说话间，二嫂使劲儿翻了二哥一眼，一把拎起炕上趴着的猫，狠狠地摔在地上。猫痛苦地叫了一声纵身跃出屋外。二嫂从炕上拿起毛线和毛针，往腋下一夹，咣当摔了一下门出去了。

“不了二哥，大冷天，三哥那房子扔一冬不住人不行……过几天我再来……”说完，我转身走了。

黄昏的雪，懒洋洋的，既想融入大地，又不舍和天空挥手作别。雪花形态万千、晶莹剔透，它们飞舞着、旋转着，像受伤的蝴蝶落进我的脖颈，在身上激起阵阵寒意。天地间浑然一色，近处尚能看清山峦和房屋的轮廓，远处一片苍茫，我脸颊上滚烫的泪水也融成这个世界冷酷的白。

二哥随后骑着自行车撵了出来，给我扔下一个电炉子，两块冻豆腐，十个邦邦硬的黏饽饽后就匆忙走了。

电阻丝一点点变亮、变红，我蹲下身子，对着炉子不停地搓着手，淌在手上的眼泪也是冷的。这时，课本上的那个卖火柴的小女孩儿出现在我的泪光里……

我来到东北的第一个年如期而至，午夜时分，山村从上到下、由南至北传来一阵阵此起彼伏的爆竹声。如排山倒海，如雷霆万钧，如暴雨倾盆，由远及近压来。双响炮响声震天，一个挨一个震耳欲聋。那一条条“彩蛇”好似受到惊吓一般由地面迅疾地窜向空中，五彩缤纷的烟花如金丝银雨在半空灿然绽放。浓烈的火药味和诱人的香味夹在一起在空中弥漫。每户人家的大门上都挂起红红的灯笼到处传来人们的欢声笑语……

我把铝锅里添上水，放在电炉子上。把白天买的一斤油炸花生米分出一半倒在盘子里，用刀敲掉菜板上的冰，切了一盘火腿肠。水开了，我倒里一绺挂面，又倒里一点儿酱油。尽管我不停地搅和着面条，但由于“炉火”太旺，仍有面条煳了，有股黑烟从锅底冒了出来。烟煳味和酱油一起味飘进鼻孔。这一晚，几乎流干了我这一生的泪水！大颗大颗的眼泪噼里啪啦滚落进铝锅翻滚的水中——我在心里是多么想念家里的亲人啊！

此刻，老娘是不坐在灶坑前，“呼——达，呼——达”一下一下地拉着风箱？大嫂、妹妹是不正在热气腾腾的屋里炒菜、煮饺子？平时不擅喝酒的老爸应该烫好一壶酒了吧？大哥、四哥是不已经在灯火通明的院子里摆放好了烟花、爆竹？

寒风恶魔般使劲儿吹打着窗户，窗上的塑料布哗哗作响。在寂静的小屋里，我眼里噙满泪水，两条决口的小溪奔流在我脸庞的河床。我努力控制着喉咙里的哽咽，对着空空的屋子，对着老家的方向，我大声地喊着：“爸——妈——您的老儿子在这里给您拜年了……”

一晃三十年过去了，那段往事早已尘封心底。可说不清为什么，在无数个失眠的夜里，我总是对那年那雪那烟花有丝丝的怀念呢？

作者简介：薛成龙，辽源市首位由文化部备案的获奖歌词作者，农民记者，多部专题片和诗歌获得省级、国家级奖。现为辽源市作家协会理事、东辽县作家协会常务副主席，官网平台《辽河之春》执行主编。

难忘的生日 杨泽田

盛夏的季节，花香四溢，人们吃完晚饭都去村外的大杨树下乘凉。忙碌了一天的我，拖着疲惫的双腿收了工，骑着摩托车回家了，肚子里叽里咕噜地在叫，觉得自己好饿。

忙完农活的我一直在外面干木工活，好在离家不是很远，半个多小时的路程就回到家了。放下工具，去厨房洗个澡，这大夏天的，洗澡冲凉，觉得是最好的享受。我洗完澡，进屋才发现餐桌上摆满了菜！回过头来就问我的爱人："今天是啥日子啊，咋弄那么多的菜?"老婆微微一笑，告诉我："今天是你的生日！"这时看见儿子拿着蛋糕放在桌子上，打开摆在桌子中间。

儿子和儿媳也带着孙子孙女走了过来，"今天是爸爸生日，儿子、儿媳祝你生日快乐。"孙子、孙女也急忙过来拉住我的手，我把孙子孙女抱在怀里，他们俩齐声说："爷爷生日快乐!"我真的是很高兴。这时，爱人从厨房端来一碗热腾腾的鸡蛋糕，放到了我面前，看着这碗鸡蛋糕，使我想起童年往事，那是关于我生日最难忘的记忆。

那年我十岁，记得那天学校考试，中午就放学了，我与我们屯的小伙伴们收拾好书包，高高兴兴地走出了学校。回家的途中路过一条水渠，我从小就在饮马河边生长，所以对水并不陌生。天到了中午，酷热难耐，我随同伙伴们一起下水野浴，生长在河边的孩子，看到水就忘乎所以地在水里玩耍起来。

洗了半天澡，也许是玩耍的久了，觉得饿了，我们上岸穿好衣服回家，回家不敢让妈妈知道，如果妈妈知道了，那就是一顿笤帚疙瘩炖肉。妈妈对我管得比较严，回到家不用我干啥活，只要求我好好读书，以后能有出息，为家里多多挣钱，来改变家庭贫困局面。

回到家里，马上冲进厨房四处找吃的，书包都没有放下，看见桌子上一盆大饼子，一个酱碗，一堆扒好的毛葱嫩苗。我顺手抓起一个大饼子，上去就咬了一大口。这时妈妈从厨房里端出一碗热腾腾的鸡蛋糕，我问妈妈："今天是什么日子啊，咋有好吃的呢？"妈妈走到我身边，告诉我今天是我的生日。

我高兴得不得了，大勺一下子就伸到了鸡蛋糕碗里。妈妈看见我高兴的样子，微笑着说："快趁热吃吧。"我刚端起碗，抬头看见哥哥，妹妹正在盯着这碗鸡蛋糕！他们在嫉妒我。我把鸡蛋糕推到了桌子中间，哥哥推给了妹妹，妹妹又推给了我。这时妈妈眼睛湿润了，"我的好孩子们，以后你们谁过生日，妈妈都给你们蒸鸡蛋糕。"一碗鸡蛋糕分了三份，我觉得那是我吃过最好吃的人间美味！

一碗鸡蛋糕，对别人可能不算什么，可我家那时很穷，根本就没有啥好吃的。因为爸爸有病，不能正常下地干活，就妈妈一个人在生产队给村民放猪来维持生活。整个家庭重担落在了妈妈一个人身上，一年到头也挣不到多少工分，所以每年都分不到那么多的口粮，记得那时吃"返销粮"，每个人三百六十斤杂食，我们家人口多，所以根本就不够吃。到了夏天，早早地就得去自留地里，抠早土豆回来补充，要不家里的粮食用不到新粮下来就没有了。

记得那时都种"紫眼圈"那个品种的马铃薯，我不爱吃，一吃就想哭，妈妈偏爱我，总想法做点儿我爱吃的，那时的我，因为吃东西挑剔，所以长得矮小。妈妈只能变着法地给我炒点儿土豆丝，放一点点油和酱，大人只能吃炖土豆，到了青玉米下来才缓解了状况。

从那天起，我就暗下决心，一定努力学习，用最优异的成绩回报妈妈，让她过上最幸福的生活。后来，我们渐渐长大，条件也好了许多，可我们兄弟姐妹谁过生日，都会让妈妈蒸一碗鸡蛋糕，这碗鸡蛋糕我们都会将第一勺给妈妈吃，因为我们知道妈妈为了我们一帮儿女所付出的艰辛，撑起了这个极其贫困的家庭。

如今我已儿孙满堂，可我从未忘记那次的生日，不会忘记兄弟姐妹们推让鸡蛋糕的情景。孩子们把生日蜡烛点燃的那一刻，当音乐声响起来的时候，我站起来默默无语，心里说不出的滋味，妈妈的一生都无私奉献给了我们，我的一生又给了我的儿女，爱在一代代的传承。

爱人把第一勺鸡蛋糕盛到了我的碗里，她笑了，我也笑了，孩子们都笑了。

作者简介：杨泽田，1961 年出生，现居住在长春市九台区苇子沟镇。在 2018 年长春地区农民诗歌大赛中荣获三等奖。

蜜 袁恒雷

我第一次吃到蜜的时间已确定不出是在哪年了，只觉蜜是燃着的甜的火焰，让口舌生津，甜满全身，每一个细胞都舒坦着，恰如听到悦耳的琴音、山间的鸟鸣、泉水的叮咚、爱人的情话。

蜜自然离不开蜜蜂，唐人罗隐直接地夸过蜜蜂："采得百花成蜜后，为谁辛苦为谁甜。"他喜欢蜜蜂的勤劳，虽然他可怜的是百姓，但蜜蜂因为酿造了蜂蜜，显然自古以来就受到人们无限感激。这些神秘小精灵的灵性令人惊诧，他们知道花的最甜部位在哪里，发现目标后便跳蜜蜂舞，它们成群结队地飞来，互相照应着，然后一次两次地搬运酿造。

蜜蜂是甜的制造者，人们闯入蜜蜂的世界时它们属于被打扰的一方，它们奋起反抗来反击人们，我想那是它们用生命在捍卫自己的成果，它们极其珍视蜂蜜，乃至用蜂针带出肠子，牺牲了自己。但蜜蜂仍然前赴后继地去酿造，那情形感人至深。我老家的一个小伙伴，他长到十五岁时跟着一个外乡来村边养蜂的人走了，他父母让他跟着学习养蜂的手艺。养蜂人这种逐花而居的生活方式令人想到牧人的逐草而居，只是牧区退牧还草及生活水平提升后，牧人固定居住的越来越多了，而养蜂人依然随着季节在逐花养蜂，他们周身披着纱罩，像是古代的侠士打扮，却是这世间最甜蜜食物的经营者。

如果我们留心观察，会发现养蜂人没有得过关节炎的，这是因为蜂蜇有神奇的治疗关节炎的效果。我仍记得小时候和小伙伴去打猪草，我们被蜜蜂蛰到后的惨相，手指和脸，不仅奇痒难忍，还肿得老高。家长们用各种奇怪的办法给我们消肿，比如在被蜇处抹豆瓣酱，这样的土办法虽说不知道具体有什么药物性功效，但至少在心理上有些许安慰，而且一般过一个晚上，被蜇的地方就会好得差不多了。当然，这是因为小蜜蜂的蜂毒较弱，若是大马蜂之类的蜇人，带来的创痛自然要影响更久。

蜜蜂对花的采撷显然是不挑食的，光我知道的蜂蜜类型就有好多，比如葵花蜜、椴树蜜、荔枝蜜等等，但无论哪类花蜜，蜜的颜色无非两种，要么金黄，要么暗红，那自然是因为花的种类不同所致。当我来到商场的时候，发现蜂蜜有专门的柜台，甚至有澳洲运来的，一百多块钱一罐。虽说我没去买来吃过，但想必味道不会有多大差距。

我相信它们是真正的蜜。许多朋友告诉我现在市面上不少蜂蜜是白糖勾兑的，说真正的蜜在罐里呈现的是什么样云云……我望着街市上一家家大大小小的卖店，他们的标牌上都写真纯正蜂蜜的，甚至会说如假包换。我们选择相信他们，总不能在养蜂人那里买吧！

我有朋友家是开蜂场的，这是真正的纯蜜了。也不至于多贵，四十块一斤。那种黏稠劲儿令人想到琥珀，琥珀多像是远古的蜂蜜化石，那是树滴落的泪，或者说是松汁酿出的蜜。历经千年万年来到世人面前，里面住着蜘蛛、昆虫或者其他小动物，它们沉睡着不愿醒。

蜂选择来到人们面前，给人们带来各种妙处，可直接吃，可冲水喝，可佐味佳肴，可美容养颜。人们把好听的话叫甜言蜜语，把恩爱的日子叫度蜜月。蜜就是人们的美好生活中不可或缺的角色。

现在我和父母常常一起吃蜜，我给他们冲蜂蜜水喝，寻常百姓的营养品，蜜是最贴心最实用的。有蜜的日子，日子也就过成了蜜。

作者简介：袁恒雷，80后，满族，桦甸市苏密沟乡关门砬子村人。2018年出版散文集《把生活过成一树繁花》《住在乡下的海德格尔》等著作。

忆父亲 张宝殿

父亲，是家里的顶梁柱，父亲，是家里挡风的墙。令我愧疚的是，在父亲离世时，我却没有陪伴他身旁，那个孤寂的夜晚，不够明亮的灯光直到现在还在我的记忆里摇晃。我清晰地记得父亲离开时的情景：骨瘦如柴的身体，两眼直直地盯着那扇曾经贴满霜花的玻璃窗——没有贴一张画、花白的那面墙。

——题记

多少次想写父亲的文章，提笔又放下，父亲的离开，如一枚枚硬硬的石头，多年来一直积压在我的身体里，不能释怀。这辈子最对不起的就是父亲！最放不下的就是父亲凄凉的离世。

最初和父亲的情感是建立在小人书之上的。见过许多人家的孩子，被父亲抱着、拉着孩子的手逛街或买一些好吃的，我却没有这份丰厚的待遇。在去往乡里的路上，我紧追不舍地跟在父亲身旁，恐怕被陌生的集市吞噬掉。在琳琅满目的商品旁，终获得了一份惊喜！父亲从口袋里掏出了几毛钱，我从众多的小人书里面挑选了一本廉价的、自己喜欢的一本《蓝天纺线》，还有一瓶至今难忘的老式玻璃瓶的汽水。在回往家里的路上，我把小人书津津有味地翻看一遍又一遍，汗珠挂满了额头，但一点儿也不觉得累，知足得不得了。那时感觉自己是世界上最幸福的人，父亲真好！

去年在收拾仓房的柜子时，才发现当年的那本小人书被狠心的老鼠啃食得一片狼藉，还当成自己温馨的窝。小人书被毁坏掉了，封面上蓝天上飞机飞过留下一条条长长的线，至今还深深刻在我的脑海里，挥之不去。

父亲的一生清贫，打我从记事儿起，父亲就没有穿过崭新的衣服。一身老旧的衣服穿过好多年，衣服上还打过不少大一块、小一块的补丁。长大后才明白，或许是为了养活我们，为了节约家里花销，才委屈了自己。父亲唯一的一套新衣服，是在乡里一个和父亲很要好的裁缝那里定做的。深蓝色的调子，和父亲的岁数很搭，的卡布料，在当时也是很结实、很流行的布料。以后的日子里，再也没有见到父亲换过别样的衣服。

据母亲说起父亲的往事：为了活命，父亲同奶奶一起挑扁担逃荒来到东北，在一个小山沟沟里寄居了下来。当年的父亲年轻英俊帅气，并且吃苦耐劳，姥爷看中了他这一点，把母亲许配给了父亲，后来生下了我们姊妹六人。本来很幸福的一家人，我的二哥在他八岁那年却不幸夭折了，从那以后，父亲像变了另外一个人，从来不喝酒的父亲，抽起了烟、酗起了酒。

父亲在世时有两件宝贝。一件是“三道泉”牌子的斧头，另一件则是一把板镐。父亲把这两样工具视为自己的生命！田间地头，他都会时刻带着它们，因此，这两样宝贝也为父亲立下了汗马功劳。父亲用这把普通的板镐，给予了全家人光明和希望，一把板镐，让全家人吃到了米饭，闻到了米饭散发出的淡淡米香。

在我深刻的记忆中，有一个离村子约一公里半的偏僻的荒草甸沟子，那里曾是一片沼泽地，里面长满了大小不一的卡头，卡头上面长满了高矮不齐的黄草，在以前那个年代，黄草可以用来修葺房屋，也可以编制生活所需用的窝篓。父亲就用这把镐头在这里开辟出属于自己的一块乐土。

不管晴天，连雨天，还是即将要封冻的冬天，他都会来到这个地方，开垦荒田。夜以继日的劳作，终于有了回报。由一个小池子慢慢增加到十多个，用小木棍插个眼儿，然后再把稻苗摁进去，自然降雨和自身田间的涝湿，秋后的稻穗笑弯了腰，也笑弯了父亲的眉角。

当然，和父亲最有缘、最有感情的当属这片稻田了。错乱不齐的田埂，大大小小的池子，就像一幅多彩的农民画，脱颖而出。池中倒映出的影子，随着池水轻轻晃动，苑如在空中飘、水中游。

好景不是很长，大约种植了四五年的光景，稻田水利费、私有土地规划改革来临了，私有土地作为一种规划对象，被划入到国家征收费用范畴之内。当父亲得知这一消息后，先是一阵从未有过的伤感，之后，整个人呆呆地想着什么，平静了很多。

母亲看出了父亲的心事，没再言语，给父亲炒了两个菜，倒了一小壶酒，那一夜，父亲脸上挂满了泪水，没有脱衣，也没再言语便睡下了。

母亲忙家里，父亲忙家外，一个贫困、人口众多的家庭，慢慢从困境中走出来。刚刚从初中毕业的我，也渐渐懂事，也能帮父亲干一些力所能及的活了，父亲也多了一个助手。从那时起，懵懂的我才明白了现实中什么才是真正的生活，才理解父亲背后有多么的艰辛。

记得那年毕业的夏天，父亲和我说出了个大胆的想法，要把刚开垦的稻田与之相邻的山坳挖开，将水源从这个山坳引进稻田。当时，我都不敢相信自己的耳朵！挖个小水渠还可以，要把山坳挖开，谈何容易？也只是说说罢了。父亲慈祥地对我说：“只要咱爷俩齐心合力，一定能挖开！”当时我想到了书本上的一篇课文《愚公移山》，年轻气盛的我同意了父亲的想法，一种使命感在心中萌生，挖沟引水灌田。

炎热的酷暑炙烤着大地，庄稼人都干完了地里的活，地里也见不到几个人的影子。别说干活，就是不干活都满身汗水。在父亲的带动下，一锹锹土被挖开、扔出，父亲的板镐也起到了极大的作用，杂木树根像贪软的筋，被镐吓得魂飞魄散，纷纷让步。看到父亲那么卖力，我也不知哪来的劲头，一边挖土，一边念着："愚公能移山，贵在意志坚"。父亲笑了，我也笑了，衣衫上浸满了汗渍味，不时地引来凑热闹的小苍蝇，围着身子哼着小曲转来转去，父亲看出了我的情绪，说："它看你干活累了，想让你歇歇。"我没明白父亲说话的含义，直到现在才发现，父亲也是一位和蔼可亲、风趣幽默的人。只是上学期间与父亲拉开了距离，没有发觉罢了。

经过一个月来的辛苦付出，爷俩的共同努力，从前连想都不敢想的一件事情成功了！六月的夏季里，一条又深又长的水渠，迎来了新的生命。当看到潺潺的溪水缓缓流进稻田的时候，我的眼泪含在眼圈里，激动得想哭。在一旁圈着老旱烟的父亲，早已掉下了眼泪，用一块粘着泥巴的手帕擦拭着，怕我看到，强装笑脸说道："这回，稻苗有救了！稻苗有救了"！我拿起父亲身旁的板镐，仔细打量着，其实它和普通的镐没什么区别：一个用柞木棒剥光后做的把柄，镐的主身是用废旧的尖镐截断一头，呈三角也有点儿像扇子面形状的车簧板用电焊焊成一体的一把镐头。父亲去世后，我才真正得知这把板镐的来路：原来是父亲托一位老铁匠精心焊制的一把镐头，它并非我想象得那样简单！附近的村屯里，以至于整个镇子上，只有父亲有一把这样的板镐。看着这顶刀刃上参差不齐的缺口，从没有过的伤感遍及心头。后来偶然得知，在一个秋风瑟瑟的秋季末期，一个初夜的傍晚，这位给父亲打制板镐的老铁匠走了……

从此，镇子上少了一位老匠人。虽说社会的发展与进步，继而又出现又一批能工巧匠，但，却再也找不到那个年代的那种味道。

为了庆祝水渠顺利完成，我特意到邻村的供销社连跑带颠地买了五百响的鞭炮，才花了一元多钱，回到水渠旁将鞭炮挂在渠旁的一棵柞木桠上，燃放鞭炮的鸣响声引来了不少前来围观的人。喝！“真的挖通了”！不几天的时间，爷俩挖水渠的事儿传满了全屯。

这也是我这辈子最骄傲的一件事情！也为有这样勤劳的老父亲深深感动！

父亲是一个脾气很倔强的人，他从不服输，也从不听人劝阻，只是坚持着自己的理念。许多人在忙碌的同时，也放松着自己的心情。他却恰恰相反，他视劳动为一种快乐，整日乐此不疲地耕耘着，身高一米七六的他，本来健康的身体，由于整日的辛苦，后背渐渐佝偻，头发也有了岁月的痕迹。

那条被父亲铁一般的脚掌踩平了的小山道儿，道儿边的野草枯了又绿，绿了又枯。父亲的身体也一天不如一天，重负荷的劳动与不均衡的饮食，让父亲躺在了病床上，再也不能去那块稻田劳作，再也不能去看一眼那条水渠。这把板镐也闲了下来，放置在仓棚里，再也没有使用过。

多少年来，我一直把这把板镐珍藏着，小心翼翼地将它搁置于仓房的棚顶。时间长了，也难免积落了一层层厚厚的灰尘，灰尘就像父亲沉睡多年的影子，将我带到父亲曾经那些年难忘的岁月。它的刀刃上已生了一层铁锈，把它攥在手里，感觉它很轻，轻得一只手就可以举至头顶。它又很重，重得像父亲苍老的话语、千嘱万叮……

六年期间，父亲得了三次病。最初还能用语言和我们简单交流，有时用牛车拉着他到田边瞅一瞅、转一转。到了第三次病情复发，瘦弱的父亲栽倒在自家的屋地里。那天，家里没有一个人，从山上捡柴回来的我，看到父亲躺在地上满身粘满灰土，顿时吓傻了眼，整个人崩溃了。村里乡亲帮我把父亲抬到炕上，父亲只是两眼看着天棚，再也不能说一句话。在地上躺了那么长时间，到底发生了什么，谁也不知道。

从父亲的眼神里，我有一种意会：或许是怕我一个人在冰冷的山里冻着，想召唤我早点儿回家。血浓于水的父子情深，怎能叫他放下？

那一天的那一刻，我好像长大了、懂事儿了。

二十多年过去了，有时感觉在眼前，又感觉在梦中。时间老人不会因某个人的离去而驻足停留，它以睿智的面孔接待每一个人的降临或走开。

父亲走了，板镐还在，看到板镐，就想起父亲的背影。蹉跎的岁月带走的只是时间，带不走的却是我对父亲深沉的思念……

作者简介：张宝殿，笔名张啸一，桦甸市民间艺术家协会农民画会员，自由画家。《山东诗歌》《原创诗歌文学社》《坚果诗刊》入驻诗人，作品散见于《菇友》《东山书苑》《咱们村》《原创诗歌文学社》等文学平台。

怀念桃花水 张景云

开春的时候，桃花水泛滥，可我，已经很久未见，我们常常把融化的雪水称作为桃花水。

今冬无雪，对于北方来说，有些尴尬，没雪的冬天，还叫冬天吗？雪，越来越少，尤其这几年，稀稀薄薄地覆盖一层，还不到开春，便被北风抽干了，很难见到开化时稀里哗啦的冰雪水。而儿时，我们是趟着桃花水长大的。

儿时的冬天，刚一入冬，就是漫天鹅毛大雪，三天一小场，五天一大场，雪积了一层又一层，我们就在冰天雪地里摸爬滚打，总有玩不够的游戏。堆雪人，打雪仗，已经不新鲜，我们喜欢盖雪房子，在房山花雪厚的地方挖洞堆积，搭建大大的雪房子，然后蹲在里面，背风，很暖和。雪房子直到开春时才渐渐化去，然后，地面上开始有一汪汪的水，再然后，雪流成河，雪房子没了。春天的雪水到处都是，先化开的水混着未化开的雪，踩上去，软软的，稀稀的，黏黏的……

院子里积满了桃花水，下不去脚，我和弟弟经常拿铁锹挖沟引流，把雪水引到菜园子里，地下的冰化不开，就用斧头凿。满院子都是深深浅浅的小河沟，水顺着河沟哗哗地淌进园子里。有了水沟，我们的乐趣来了，我们拿出书本，叠纸船儿，放在雪水里，纸船就开始飘飘荡荡。玩到傍晚，雪水渐渐结冰，而我们的衣服和鞋，也都湿透了。晚上睡觉时，再脱下来放炕头，炕头上都摆满了我们湿湿的棉乌拉鞋。第二天早上起来，穿上鞋子，又出去玩雪水了。

我的童年，特别期盼能有一双靴子。那种适合自己脚大小的，到膝盖的靴子，黑黑的，铿亮的，泛着光，能映出人的影子。我的童年，是没有靴子的，家里姊妹五个，经济条件比较困难，别说靴子了，一双棉鞋有可能都穿到露脚趾头。每到春天跑桃花水的时候，我只能羡慕地望着小伙伴们，他们有靴子，他们可以随意地在哗哗流淌的雪水里玩。他们可以毫无顾忌地疯跑，有调皮的小伙伴，知道我没有靴子，故意拿了雪团砸我，然后跑到水泡深的地方，而我只能眼睁睁看着他们坏笑，却不敢多追一步，因为我怕湿了棉鞋。

上学路上，一清早还好，夜里，雪水又冻成冰，踩上去嘎吱嘎吱地响。可是一旦放学回家，因为一天的光照，到处都是稀里哗啦的雪水，我们无处躲藏，只能在哗哗的水里趟着走。因为我们都喜欢玩水，也不管不顾地跟着疯跑追打，到家后，不光鞋子湿透，就连棉裤，都湿到膝盖。哗哗的水流向路边的田地，那上面的雪还没有完全融化，可是下面，已经河水涌动，暗香流动了。我们喜欢踩着哗啦的雪水听着涓涓细流的鸣奏走在上学放学的路上。

等地里的雪化尽了，桃花水也就停止了流动，到处都是泥泞，泥泞的乡村小路，泥泞的庄稼田地。这些也都挡不住我们，我们开始挎着筐去地里剜小根菜。小根菜还没露出芽芽，只顶着红色的尖尖，我们就开始用力剜，此时的大地还冰封，有浅的，能剜出来，深的，自然就剜断了。但是我们乐此不疲，一天下来，也能剜一小盆，够家人美餐一顿。桃花水过后，大地的精灵——冰凌花开始绽放。我们常常是带着一筐小根菜和几朵冰凌花回家的。春天，已经悄悄地来了。

冬天的雪越大，春的桃花水也越多，父亲是最喜桃花水的，他总是望着汩汩流淌的桃花水深情地说：“年头不错。”虽然我那时不懂，可我现在懂了，因为，我成了农民。

这几年，冬天越来越不像冬天，除了暖冬，便是无雪。无雪，自然也就看不到桃花水。当我有能力买起靴子时，却看不到桃花水了，我多想年年开春的时候，穿着锃亮的黑色靴子，走在稀里哗啦的桃花水里啊……

作者简介：张景云，女，1975年生，永吉县双河镇黄狼沟村二社农民。爱好文学，擅长写散文、随笔。

墙豁儿 张银平

1978年，我六岁。那一年的雪下得很大，风踅过的地方，雪就有了我年龄的高度。所以，父亲堆出的雪人，在我的心里永远是一个巨人。六岁，正是跟着姐姐后面哭着让她等我一会儿的年龄。于是，对于墙及墙外总是充满了神秘感。墙豁儿，无疑便成了我儿时的向往。

那时候的家乡，矮矮的土墙都是用黄土和成的泥垛起来的。两面用木杆绑上，中间用麻绳连起来，然后把和好的黄泥垛在上面，再用脚踩实，一面墙就成了。

我的家和生产队的队部只是一墙之隔。在屋子里常常能听到牛叫和吆喝声，早晨的空气中总是弥漫着牛粪的气息。

父亲和母亲上工很早。听到队里上工的钟声响了，就从墙头翻了过去。久而久之，就在那道我无法逾越的墙上扒出了一个豁口。姐姐们也偶尔带着我爬过去，时候生产队给我的印象，就是满院子的胶轮马车和耕犁。

从大人们的口中我知道了会计、队长，组长和保管员。队部、场院、仓库、草篮子，这些标签给我的童年打上了深深的烙印。父亲给我用秫秸做的一个小风车也仿佛到了生产队的院子里就转得比家里还快了。依稀地记得我最后一次翻过这个墙豁去玩，是被一头牛追了回来的。

后来，那个墙豁不知道被谁用黄泥堵上了，父亲说，那里从此不再是生产队了，而是分给了他的二哥我的二大爷。我们上下两个屯子四个生产队，都归到了一个村部，我的童年就这样被隔在了墙外。

队部是我儿时最好的去处，我可以在那里看着大人们喝酒，讲古和摔跤，尽情地享受着大人们的快乐。昔日的队部没有了早晨上工时的喧嚣，常常是一声鸡啼划破家乡的第一抹晨光。

大人们和墙外面的邻居唠嗑时也总是把胳膊搭在用黄泥堆砌的土墙上。邻居二娘也常常隔着这道土墙喊母亲借一瓢高粱米或者苞米面，母亲应声也就隔着土墙伸手就递了过去。

直到长大了，我才知道，我的家乡乃至整个中国，在我的童年里发生了一次深刻的变革。当安徽凤阳小岗村彻夜不眠的灯光照射到这个贫瘠的小山村时，日出而作日落而息的乡亲们终于结束了那种传统的大帮轰模式。他们每一个人，都做了土地的主人。而那个墙豁的消失，也足以证明我们每个人都不再是一个个体的存在。队部里的那盏煤油灯还依然亮在每一个人的心里，一个队部的集体不复存在了，一个国家的集体却越来越强大了。

八岁那年，我去了村里的一所小学读书。一天放学回来。父亲说，闺女，去和邻居的孩子玩吧，那个墙豁又扒开了。父亲说和邻居二大爷分到了一头牛。二大爷给我们家找回了半头牛的钱，父亲自己添钱又买了一头牛，他和二大爷达成共识，两家凑一副犁搭伙种地，父亲和二大爷就把那个墙豁改成了一扇可以随意通过的门。

秋收的时候，每家的院子里都有了自己的场院。金灿灿的五谷，让大人们的脸上都露出了丰收的喜悦。

时间，它真的就是一个分水岭，它把昨天分在四十年前，把今天分在四十年后。改革开放已经过去四十年了，四十年的雪没有变，只是我飘逸的黑发上有了被染白的部分，昔日那个贫穷简陋的小山村也被丢在了历史。

这些年在外面，或许是因为身在此山的缘故吧，我感受到身边的人在变，身边的事在变，身边的楼也在长高。每一次回到家乡，我就陌生一次，也重新认识一次。当年的那个被淘气不经意爬出来的墙豁也有了长高的经历，它由一个墙豁变成了一扇门，再由土墙变成了砖墙。再后来砖墙的上面又嵌上了崭新的琉璃瓦，只有那上面的标语，还残留着当年我小学老师的笔迹。

真的找不到我原来的家乡了。

上次回家，发现我家的老房子不见了，和邻居家的那堵墙也已经拆除了。院子里的耕牛早已不见了踪影，一排排崭新的大型农业机械整齐地摆放在院子里。昔日的队部里，正在燃放着烟花和鞭炮，好像是在庆贺着一个农民合作社的诞生。

可我多想再孩子一回，趴在四十年前的那个墙豁上，再看一眼。不知当年的那些小伙伴还会不会蜂拥而至，带上我，在曾经的队部里，再玩一次丢手绢。我想，这一次输了的，肯定不是我。

作者简介：张银平，女，四平市人，吉林省作家协会会员。有中短篇小说、诗歌、散文、歌词等作品散见于国内各大报纸杂志以及网络平台。

绿水青山，离我们还远吗

赵良玉

正值山菜旺盛的季节，我来到了靠山屯嫂子家小住几日。我爱吃山菜，尤其对“山猫爪子”情有独钟。这种山菜一下锅就清香四溢，吃上一口，长时间的满口纯爽。这种味道，我是念念不忘的，也成了我早春最难忘的记忆。

靠山屯，三面环山。四五十年代时，茂密的深林，厚厚的植被，清清的矿泉水汩汩地流淌，鸟语花香令人陶醉！而20世纪60年代，乱砍盗伐肆虐，森林不见了，靠山成了秃顶山，毁林开荒，山泉水枯竭了，鸟儿不见了，“小片荒”代替了山花烂漫。尽管如此，我还是表示“爱好”的意思。聪明的嫂子诡秘地笑而不答，只见她找出两只筐，拽起我踏上了电动车直奔后山而去。

我们到了山脚下，放好车子，就向高耸入云的山顶爬去。路过一片灌木林，就看到前面的秃顶子山了。当我举目望去时，有些茫然了，怀疑是否走错了路，哪里还见到秃顶山的影子啊？往日的梯田早已长满了郁郁葱葱的松树，有序地排列在这起伏的山峦之上。当山风掠过时，飒飒的响声像演奏着欢迎乐曲。我兴奋极了！是山林在欢迎它久违了的挚友并热情地告诉我：他们已经夺回了自己的领地！青山绿水替代了荒山秃岭，鸟筑巢，花绽放，一派生机盎然……

不远处，有几十个人正在全神贯注地在林下割蒿草。看得出来，他们做的是计件工。一个个不肯抬头，也不直腰，用劲儿地挥动着镰刀，身后一捆捆蒿草被运走，露出了绿绿的草坪……

我向前几步，都是熟悉的面孔，一个个打着招呼。这时一只粗壮的大手握疼了我，我还没有转过头，“老师，我想你了！您爬这么高的山，不累吗?”“快坐下来歇歇，一会儿，我把大家采的山菜收上来，都送给您!”说着，硬拉着我坐在一块青石板上。

握疼我手的小伙子，他叫赵顺财，是靠山屯人。今年不到五十岁，一米八的个子，膀大腰圆的，十分魁梧。浓眉小眼镶嵌在不相称的四方大脸上，炯炯有神。黑红的脸上，挂着微笑，四十六号的大鞋穿在脚上像条船，在山间游来荡去，如履平地。说起话来，铿锵有力，足有震山吓虎之威力，无论山风多大，他说话的穿透力让所有的队员无论距离多远都能听清楚。

谈话中，我了解到：顺财当队长已有十五个年头了，而且当这个植树队长已超过十年了，现在还担任村部的会计工作。家有两垧地，他每天起早贪黑，家里外头一起忙。他最关心的还是如何带领全屯子乡亲们走上致富路。“老师，俺屯子人多地少如何提高人均收入？实现小康才是当前工作的重中之重呀！”我说：“听同学们说，你在带领大家奔小康的工作中创作出许多新的成就呀!”顺财笑着说：“老师，改革开放四十年，家乡发生了翻天覆地的变化。山川沟壑遍地是金，如何把它拾起来，变成老百姓腰中的财富，真需要动动脑筋呀!”我说：“顺财，听说，你们村民已经脱贫致富了?”他绽露笑容爽朗地说：“倒也没那么悬乎。前几年，春耕结束，年轻力壮的年轻人就都背井离乡外出打工去了。家里只有老弱病残和孩子留守，这都是留给我们这些当头头的难题呀！那时我就想，外面的世界那么精彩，为什么不能把家乡也变得靓丽些呢？留下这些人建设，改变自己的家乡面貌，不是更好吗?”“后来在上级领导的支持下，经过多方协调，我们承包了咱镇植树造林的任务，把我们屯子里有劳动能力的村民都集中起来，借农闲时节，参与第二产业劳动，增加收入。”我怀疑地说：“那会儿常年有活计吗?”他看看正在埋头干活的村民们深情地说：“只要他们有空，可以长年干活的。春天栽树、剪枝，夏天护苗，秋天打松树塔，能一直干到上冻呢!”我突然想起说：“那冬天可以猫冬了吧?”顺财笑着说：“老师啊，冬天我们承包了县城西城区的扫雪任务。每当下雪，我们全员出动，两班倒，昼夜不停直至扫完为止！一冬天下来，每人也能挣几千块呢!”

我坐在石板上，放眼望去，这一望无边的林海，刻下顺财及乡亲们多少汗水啊！林带边缘，还有一片片果树，杏树、李子树、樱桃树、梨树、苹果树，正开着绚丽的花朵，蜂蝶穿梭期间，上下翻舞，好不热闹！顺财说：“老师，这些果树是我们亲手栽下的。是集体的财富，有专人看管，年终收入分红。果子成熟季节，进山旅游的人们可以亲手摘下品尝呀!”说完，他爽朗的笑声回荡在峡谷之中……

是啊，对于这位年近六十的学生，我肃然起敬，而且是满满的。虽然他在那个年代，因贫穷未能上大学，但他当过兵，觉悟高，作为党员干部的他心里只有乡亲们，为了家乡建设，为了脱贫致富，他付出了艰辛。他带头退耕还林、他带头植树造林，自觉维护林地，他的足迹踏遍了茫茫林海。如今，十多年的辛苦，已经得到了回报。秃顶山披上了绿色的盛装，苍劲的青松笔直向上，灌木郁郁葱葱，山涧泉水叮咚，溪水淙淙。天蓝了山绿了，水清了，人富了！我站起来，面对青山峡谷发出呼唤：“绿水青山——离我们还远吗!”峡谷里久久地传荡着：“还远吗——还远吗——还远吗”的回音。

作者简介：赵良玉，女，1950年出生，辽源市作家协会会员，拉拉河镇马尾山文学社社长，东丰县作家协会副秘书长。作品散见于《参花》《辽源日报》《地脉文学》《鹿乡文苑》《中国民间短时精粹》等报纸杂志。

女王驾到

赵迎华

清晨，照例以悠闲的姿态步入菜市场。偶一抬头，却差一点儿笑喷，只见市场旁边的一面墙上赫然贴着一张招工启事：饼店招聘烙大饼女王一名。是把工字错打成王字？还是为了吸引求职者的眼球？应该是兼而有之吧。边走边用手捂嘴窃笑，继续前行。走到菜市场东头时，却遇到了这样的一幕：一个高个子男人，推着轮椅迎面走来，轮椅上坐着一个白发苍苍穿着整洁得体的老太，看上去应该是母子，因为男人的眼睛像极了老太。

男人身子前倾，推车缓慢前行，并在老太举止优雅的指挥下，不时地停下来查看两旁的蔬菜，老太大气指挥儿子时的样子，让我一下子想到了刚刚看到的“女王”俩字。我用眼睛在老太的脸上搜寻，老太发现我盯着她看时，微微一笑，我也赶忙以微笑回应。擦肩而过时，心底在刹那间闪现了一个意念：他们母子会走进我的文字。

为了能再次遇到他们母子，接下来的几天里，我刻意把逛早市的时间提前了。果然又再次相遇，我主动搭讪，同老太攀谈，男人偶尔也会插上一句半句的，自此，了解了他们母子的生活状况。如我所料，每天的清晨，高个子男人都要推老妈遛弯。他们的家住在车站附近，儿子在货物段上班。老太在几年前摔坏了股骨头，伤好以后却只能靠双拐走路，从此过上了囚徒一般的生活。一天，儿子回家发现老妈趴在窗前盯着小区的门口出神，他的心隐隐疼了一下，随即做出一个决定，在小区附近买下一个小平房，夏天陪老妈住在平房，并买来一个轮椅，推老妈遛弯是他每天清晨必做的功课。一天无意中带老妈逛了一次早市，看到老妈孩子一样兴奋的脸，不停地指挥他查看两旁的蔬果，并传授他如何识别各种蔬菜的老嫩和好坏时，儿子的眼睛有些湿润了。原来那个健康的老妈在家里始终扮演了一个保姆的角色啊！买菜做饭，一日三餐，成了她生活的全部内容。受伤以后的老妈之所以郁郁寡欢，是因为她觉得自己成了一个废人，不仅远离了热闹的菜市，还变成了儿女的累赘，也因此常常在心里深深地自责……

早市上，高个子男人身子前倾，缓缓推着轮椅，时不时在老妈的指挥下蹲下身子查看那些时鲜的蔬果。此刻，老妈俨然是一个高傲的女王，两旁的蔬果变成了她的臣民……

之所以用女王形容老妈，还源于我四哥对待老妈的态度。永远清晰地记得四哥在老妈面前那句座右铭：老妈就是上帝，老妈对是对了，老妈错也是对的！决不允许任何人在任何时候说老妈半个不字！四哥以男人的豪气，以儿子的柔情，小心翼翼地呵护着老妈因衰老而日渐卑微的心。在这样孝顺的儿女面前，再怎么老迈的老妈也绝对有资格像女王一样高傲地活着！

作者简介：赵迎华，女，笔名澄水碧云。吉林省诗词学会会员、吉林市作家协会会员、吉林市船营区作家协会会员、吉林东方文学社社员、九州诗词总社副社长、磐石三余诗社副秘书长、沈阳盛京文学网站蓝魂社团诗歌主编。作品散见于省内外各种报纸杂志。

让泪化作相思雨 朱达

万里苍穹，那么高远空洞；星汉争辉，那么灿烂和谐；清风徐徐，那么缠绵醉人。一片寂静，连往日聒噪的虫子都不知道躲到哪儿去了，静得好像整个世界只有我一个人，仿佛听见自己的心跳。仰面对着月亮，接受月光的洗礼。回首往事，想起爷爷奶奶在世时的点点滴滴，心头不禁隐隐作痛。

爷爷不急不忙地踱着方步，奶奶佝偻着腰背，他们老两口的身影占据了我的整个童年，爸妈总是忙、忙、忙，所以无论开心，难过，甚至是生病，陪在我身边的从来都是他们老两口。夏日的夜晚，我每次把被子蹬开，轻轻帮我盖好的，是奶奶。雷雨的天，闪电伴着雷声，我怕得要命，爷爷就跟我做游戏，当雷声落下的一瞬间，张开嘴就觉得声音没有那么大了，我试了一次又一次，不但不怕了，雨过天晴的时候，还有点儿不舍呢！爷爷可真是聪明，不动声色地转移了我的注意……最爱奶奶的被窝，窝在奶奶的怀里，那时，真感觉自己特别幸福，也特别安全。奶奶就像个战士，护着怀里小小的我。爷爷呢，就是我的哆啦A梦，上衣兜看起来瘪瘪的，却总能掏出来我意想不到的好吃的，柿子饼，花生，黑枣……真是太神奇了！

随着我一天天长大，我开始不再需要他们体贴入微的关心。当我出汗时，奶奶递给我手绢，我嫌她脏；当奶奶弓着背走路干活时，我嫌她慢；我在写作业时，他们在一边嘘寒问暖，一遍遍地说腰坐直，头抬高，说得我直嫌他们絮叨。一次，两次……我在无意间伤害了老两口。可是他们什么也不说，总是笑呵呵地叨咕着“这孩子”——还是撑着那单薄身子无私地奉献着，为了我也为了全家。现在回想起来，那一句句不留心的话，那一个个不经意的眼神，该是有多么刺痛他们的心。

我曾天真地以为他们是不是吃了什么灵丹妙药，永远也不会老。可是，我渐渐发现一切都在潜移默化地变了，不知道什么时候，奶奶的头发都白了，刚开始爸妈还给染黑，后来奶奶就拒绝了，说老了就有老了样儿，那之后奶奶就满头白发再没染过。缝缝补补，也不像从前那样飞针走线了，穿针的时候也不像原来那样娴熟，总是眯眯着眼睛，一下一下地杵不进去，无奈地说“老喽，老喽！”爷爷的牙齿一颗颗掉落，终于一颗不剩，镶了满口的假牙，吃什么都不香了。一向要强的爷爷不能接受当时的自己，腰越来越硬，甚至连弯个腰都很吃力。我才终于承认——我的爷爷奶奶老了，我的骑士不再强大，需要我的保护了！

很小的时候就知道，奶奶的肠胃一直不好，奶奶胆子小，最怕别人吵架，一听见家里谁吵吵了，奶奶就赶紧往厕所跑，小时候我还因为这事嘲笑过奶奶。没想到，最后，还是这个肚子的毛病，要了奶奶的命。初二那年，我做阑尾手术，那几天，也是奶奶最遭罪的几天，最后的半个月里，她的病情已经发展成肠癌，剧烈的疼痛只能靠着高强度的止痛药才能得到缓解，整条手臂由于药物作用，已经邦邦硬，爸就用热毛巾给敷。就在这样的情况下，奶奶还在关心我，在跟死神较量的同时，还在问她刚做完一个小手术的宝贝孙女疼不疼。那段时间，爷爷一声不吭，总是把自己关到车库里，因为那里放着奶奶的棺椁，我想，可能是爷爷不想让家里人看到他的脆弱吧！终于，奶奶在操劳中走了，在临走之前也没有抱怨过什么，坚强的奶奶始终没有留下一滴泪。

自奶奶走后，本来就不善言谈的爷爷更加寡言了，身体情况也每况愈下，我上大一的时候，因为摔了一跤，爷爷再也没有起来，这一躺就躺了三年，爸照顾了三年，远在他乡的我始终没有在旁尽孝。

直到爸因病来长春就医，在病床边，爸和我说："你爷已经走了一个多月了，走得很快，没遭啥罪，没告诉你，怕你难受。就算你知道也没啥用，走得突然，你工作忙，回去也不赶趟儿了。"爸是一口气说完的，或许是生怕看到我的反应，说不下去，也或许是不敢酝酿情绪，怕他自己说不下去。我当时是蒙的，过了许久才有眼泪出来——其实，实话讲，悲痛之余，是有些许的宽慰的。在爷爷最后的岁月里，是多么的茫然无措，像是犯了错的孩子，惶恐地看着身边的人和事。生怕因为自己给家人添麻烦，又希望家人能有空多陪陪躺在床上孤单的自己，两种情绪撕扯着爷爷，每当假期我回到家的时候，爷爷总说，"想当年我驰骋沙场的时候咋能想到最后落到这步田地?"那一抹光彩在爷爷眼中一闪而逝，一个来自退伍老兵的最后的倔强，一个在枪林弹雨中都能活着回来的人，这样的自己对爷爷来讲是屈辱了吧!

陈年往事了，现在回想起来，仿佛一切都还在眼前，历历在目，不曾蒙尘。偶然间，梦中相见，爷爷奶奶还是记忆中的样子，笑呵呵地唠着家常，奶奶常常在老房子的炕里盘腿而坐，爷爷不慌不忙地在屋里踱着方步。

夜已深，任凭胸口传来撕心裂肺的疼痛，任凭心底歇斯底里地呼喊，他们还是离开了我，消失在我的世界。深呼吸，我嗅到了夜的味道，清香淡雅之中混合着浓浓的忧伤。泪，无声地爬满脸庞，渐渐泛滥，化作内心无尽的相思雨……

作者简介：朱达，洮南市东升乡农民。

哭泣的土地 庄吉春

成为城市的一员后，我梦中常常还是那片养育我的土地，站在城市的大街上，看着不断长高的楼层，常常想象那是田野里长高的庄稼。最近各大媒体上经常看到“农业迎来黄金时期”的文章，这些文章有理有据，可谓秋毫明察，政策洞见。但看多了，不免顿生疑惑：农业的机会到底来了没有？啥时候来呢？

农业不同于华为芯片，不同于量子对撞机，也不同于电影电视文玩收藏，它除了作为商品的属性外，更担当着对生命的根本维系。人可以不用高科技，甚至可以不穿衣服，但不可以不吃饭。正是由于农业伴随着对生命的担当和承载，当下中国，人们讨论农业的发展机会时，仅仅讨论它的经济属性和商品属性，剥离农业所承载的特殊使命。

所谓的机会来了，实际上说得再通俗一点儿，就是赚钱的机会来了。因为有人从事农业产业，而有人只是在投机赚钱；有人生产的是食品，而有人只把食品当商品。既然人每天都要吃饭，农业的机会就一直存在。仔细回想一下，农业的政策扶持是直接打到账户上的真金白银。正因为是真金白银，于是乎，它就成了一批机会主义者的唐僧肉，谁都想来咬上一口。资本的机会主义者进入农业主要是以市场为导向的，手持资本的人是以追求经济效益的最大化为根本目的，与人文、生态无关。他们言必称“现代”，法必讲“科学”，量必要“规模”，而且以“大干快上”为指导方针。对农村、农业、农民竭泽而渔式的掠夺正如火如荼：原本是已经成片的梨树，全部被砍倒种成葡萄，规划建设中国最大的“波尔多”酒庄；原来家家户户豢养的过年猪，在“企业 + 农户”的模式下，老母猪下崽也必须整出个“标准化生产”。

在这种理念的主导下，此前寿命七八年能上树爱吃虫的鸡，在温度、湿度、光照、隔音全副武装的现代化车间里，只能是抬起头喝水低下头吃食。在其可怜的几十天左右的生命里，没有阳光，没有鲜花，没有毛毛细雨……它们的生命已经脆弱到必须依赖大量的抗生素和激素才能维系。因为追求利益最大化，化肥、催熟剂可以没有底线地使用，恨不得今天种地明天就长出庄稼；为了让鸡多下蛋，可以一天二十四小时的强光照射；因为猪只要不动就没有能量消耗，就会多长肉，所以给猪喂上安眠药，让它吃了睡睡了吃。

农业自身的生态平衡被彻底打破了，不管是种植的粮食蔬菜还是养殖的牛羊猪鸡，它们统统失去了生命的本性。这种以逐利为目的农业生产方式，完全删除了农业首先作为食品的基本属性，仅仅把食品沦落为可兑换货币的商品。因为讲究科学、高效，本来一天下一个蛋的鸡，变成了一天下两个蛋；本来三个月才长二十多斤肉的羊羔儿，硬是催肥到三个月长一百多斤肉；本来四个月能熟透的西红柿，为了让它早日上市卖钱，就可以在一夜之间变红；又红又甜是西瓜的本质，结果如今却只红不甜；有肥有瘦是猪肉的特征，结果现在的猪肉却只瘦不肥；利益的驱使下，大蒜可以“蒜你狠”；绿豆可随时“豆你玩”，生姜能天天“姜你军”。

在这样一个只在乎抓住机遇而没有情怀的产业链条里，提起农业，人人会想起很多高大上的名词，现代农业、高效农业、设备农业、观光农业、休闲农业、生态农业、有机农业、智慧农业……但很少提“传统农业”。如果被提到了，它常常被另外一个名字“小农”所替代。“小农”是什么？落后、守旧、短视的代名词！由它衍生出的，是小农经济、小农意识、小农思想。中国老祖宗很早就懂得使用粪肥和懂得作物之间的轮做，被世界农业专家视为是中国人对农业和人类文明的巨大贡献。中国农业在被国人斥之为“小农”加以抛弃的同时，却被世界公认的农业机构称之为精耕细作、用养结合、地力常新的典范，被看作是中国之所以能在有限的土地上养活着地球上最庞大的人群，而且几千年的经久不息，绵延不绝的根本所在。

小时候，家乡的“小农经济”是玉米、大豆、荞麦、谷子、糜子、土豆……正常情况下，一亩地种土豆能产五千多斤，大豆能产三百斤，而谷子只产二百斤。因为“小农”自给自足思想，家乡所有人总是谷子种的最多而土豆最少。接受过“现代教育”的我向父亲建议，为什么不能少种谷子而多种土豆和大豆呢？父亲说，如果人人都只种土豆而不种谷子，土豆卖给谁？从哪里能买小米？但是接下来发生的事，证明父亲错了。在“看得见的手”的作用下，当越来越多的人发现种土豆比种谷子赚钱时，这个传统最终还是被打破了——短短的几年时间里，几乎是家家户户全种土豆而再也不种谷子了。父亲伤心地说，土地就像人一样，也需要养护，人需要五谷杂粮，只吃一种东西会生病。土豆最废土地，这样不倒茬连续一个劲儿地种土豆，迟早会把地毁了，一颗也长不出来。

后来发生的事情，证明父亲是对的。土豆的产量每况愈下，从每亩地五千多斤，下降到一千多斤、几百斤……直到颗粒无收！连年地重茬种植，加上为了增加产量大量地使用化肥，土地肥力严重透支，土壤结板酸化。后来，土豆得了一种不治之症——根腐病。病虫防害专家介绍，这种病无药可治。而我在家乡成长生活的几十年里，这种病闻所未闻。因为土地里已经长不出土豆了，农民们只能去城市打工维系生活。

中国文化讲天人合一，道法自然。中国传统农业正是对天人合一道法自然的最彻底和最全面的体现，它顺天时而作，视土地为生命，主张精耕细作，尊重生物本性，注重作物之间的和谐共处。正因为这样，中国的土地垦种千百年仍然肥力常新，只需使用粪肥，注重和保持多个作物间倒茬轮作。现在土地在只种不养的掠夺利用下，土地肥力下降并不需要几百年，也不是几十年，只是几年而已！

可悲的是，产量连年下降，“现代农业”的专家诊断结果是种植方法“不科学”。怎么科学呢？专家说种子要脱毒。农民照办了，从他指定的地方购买脱毒种薯，但第二年又不行了。专家说要用原原种（即专门培育的种子），农民又照办，从指定的地方购买原原种，又不行了。专家又说，要用马铃薯专用肥。用了，后来又不行，直到长不出土豆了。这让人联想起一个感冒病人，到医院后医生让你打抗生素，说这样好得快；打了，感冒好了，肠胃又不舒服，医生又劝你把胃切除，说这样防止进一步恶化；胃切了，身体水肿排不出尿了，医生说是肾功能衰竭，劝你透析……直到无计可施时，医院会拿出病危书通知让你签字，说医生不是万能的，他们已经尽力了。

中国农业正面临着类似的遭遇。当我们都在质疑为什么现代人有那么多怪病而无药可治时，有多少人反省过曾对自己身体的伤害，自己对空气、水、食物以及整个自然界所犯的错误？农作物以及牲畜的疾病同样如此，当我们在追问农药残留有没有超标，关心所吃的每一口食物是否安全时，有没有人追问过自己曾给予了土地什么，以及农作物疾病的来历？化肥农药之于作物，正如抗生素之于人类一样，它带给我们快捷、高效的同时，也让它们赖以生存的土地付出了昂贵的代价。

与土地相伴终生的父亲不光能根据当年的天气情况，清楚地预见不同作物的收成，也能够根据气候特点选择把不同的作物种植到不同的地块来预防病虫。他可以睡在炕上根据半夜的风声，准确判断第二天的是刮风下雨，并提前预备是收瓜还是种豆。如果用现代的学科来划分，父亲至少相当于现在的土壤专家、育种专家、病虫防治专家、肥料专家、气象专家等等的总和，但这样用他全部生命传承人类最先进农业生产技术的农民，在当今中国是没有发言权也不受尊重的。而相反，只要是抓住了“农业的机会”的人，跑到农村圈上几百亩地，就可以煞有介事地培训起农民，指导他们肥应该如何施，猪应该如何喂，滔滔不绝地讲有机农业应该如何生产。

中国的农民，像父亲那样视土地为生命的老一辈农民已经渐渐老去。新一代农民，要么已深知靠种地养活不了自己，而选择当了农民工；要么继续种地，沦落为“现代农业”指挥下的“产业工人”。

与农民的退出相反，城里的一个又一个土豪却租地当起了农民！没有多少人是为了赚钱，也没有多少人是因为喜爱，更没有多少人觉得当农民高大上，只因为想吃到一口安全的食品。当一个社会的食品到了不是自己种的就不敢吃的程度时，恐怕是真该到了需要深刻反省的时候了。

当今的农民种地，已经不是按农民自己的意愿来决定。农民种粮食可能是分文没赚，然后还得靠打工来养活自己。还得遭受消费者的指责，问他种的粮食为什么会使用化肥农药？在所有的人都在谈经济效益最大化的时代，凭什么农民只能理所当然地白种地，只有坚守别人指定的道德规范的义务而没有追求利益的权力？当人人都站在利己者的立场上打着“本来”的盘算时，你会发现现在所有人都是受害者，没有人真正的获益！

而且受害者远不止人！由于人对食物、人对人的极端不信任，结果猪躺枪了，被装上了监控，强迫要求它只吃不动；羊躺枪了，被打上了耳钉；鸡也躺枪了，被囚禁在笼子里；白菜萝卜也只有在消费者的脸皮底下成长，才会敢吃。这种人对人，人对猪的极端不信任，结果是消费者把生产者逼疯，生产者再把猪逼疯，然后羊疯了，牛疯了……白菜萝卜全疯了。“本来”不是种地的人，为吃到安全食品，只有自己种起了地。或者一个大棚，或者一小块农场，或者在自家别墅的花园，或者在自己的老家，有人把这种农业叫“情怀农业”。

在中国，传统注重人与自然和谐发展的“小农经济”正在消亡。中国农业正像中国文化一样，已经青黄不接。农业已经不再是农民的生产生活方式，土地的眼泪已经流干，剩下的是人类自己的眼泪。

作者简介：庄吉春，笔名清明雨，1983年开始文学创作，1985年在《当代诗歌》发表处女座《牛背，我诗的摇篮》，1999年加入四平作家协会，2000年加入吉林省作家协会。作品散见于《文学视线》(韩国)《诗东北》等国内外报刊，现为延边新诗学会常务副会长兼秘书长。